Christa S. Lotz

Die Pilgerin von Montserrat

Roman

aufbau taschenbuch

ISBN 978-3-7466-2535-5

Aufbau Taschenbuch ist eine Marke der
Aufbau Verlag GmbH & Co. KG

1. Auflage 2009

Umschlaggestaltung Dagmar & Torsten Lemme, Berlin
unter Verwendung eines Ausschnitts aus dem Gemälde
»Oh, Swallow, Swallow« von John Melhuish Strudwick, 1894
Satz LVD GmbH, Berlin
Druck und Binden CPI – Clausen & Bosse, Leck
Printed in Germany

www.aufbau-verlag.de

Auf den Gipfel ist das Ziel
Und das Ende unseres Lebens
Auf ihn ist unsere Wallfahrt gerichtet.

Francesco Petrarca, 1304–1374

1. Buch: Die Chronik

1.

Teresa hielt einen Augenblick lang inne und schaute wie gebannt auf die Flamme der Öllampe. Der Sturm machte eine Pause, vielleicht um Atem zu holen für einen neuen Angriff. Es ächzte und stöhnte in den alten Mauern. Die Flamme zuckte, drohte zu erlöschen und brannte ruhig weiter, als wäre nichts geschehen. Der Regen klatschte gegen die gegerbte Lammhaut, die vor das kleine Fenster des Raumes gespannt war. Teresa nahm die Lampe, goss aus einem Kupferkännchen Rübsenöl nach und verließ die Kammer. Um zur Bibliothek zu gelangen, in der sie gewöhnlich mit ihrem Vater zu Abend aß, musste sie einen düsteren Gang durchqueren. Im Schein des Lichtes sah sie die feucht glänzenden Wände, roch den Modergeruch. Trotz der Mauerstärke hörte sie weit entfernt den Sturm heulen. Sie nahm direkt vor ihrem Kopf eine Bewegung wahr und hielt den Atem an.

Etwas näherte sich lautlos mit raschen Flügelschlägen und landete mitten in ihrem Gesicht. Teresa schrie auf. Schon war das Wesen wieder weg, aber sie spürte, wie ihr das Blut von den Wangen aufs Kinn tropfte. Rechts und links von ihr schossen weitere geflügelte Gestalten vorbei. Teresa drehte sich um und hob mit zitternden Händen die Lampe. Sie erkannte die großen Ohren und das seidenweiche, braunschwarze Fell der Tiere. Hatten die Fledermäuse hier schon ihr Winterquartier aufgeschlagen und waren durch sie aufgestört worden? Sie wusste, dass es harmlose Säuger waren, die in der Nacht auf die Jagd gingen, Insekten und Kleinlebewesen als Nahrung suchten. Und doch … sagte Ursula, die Köchin, nicht, dass sie Gefährten des Bösen seien?

Ihr Herzschlag hatte sich wieder beruhigt. Sie wischte sich das Blut aus dem Gesicht und lief schnell die letzten Schritte, bis sie aus dem Gang in eine kleine Halle kam. Sie öffnete die Tür zur Bibliothek. In dem großen Raum hatte der Diener Caspar ein Talglicht entzündet. Im Kamin prasselte ein Feuer aus Buchenholzscheiten. Teresas Vater, Froben von Wildenberg, saß in einem Stuhl mit hoher geschnitzter Lehne vor einem Pult, auf dem ein dickes, schon etwas vergilbtes Buch lag. Teresa liebte den Geruch der vielen Bücher, die an Regalen entlang der Wände aufgestellt waren. Sie rochen nach dem Staub von Jahrhunderten. An einer Seite der Bibliothek war die Wand mit Fresken bedeckt. Froben war in grauen Wollstoff gekleidet; grau waren sein Rock und sein langer Pelz, den er über die Lehne eines Stuhles gehängt hatte. Er blickte ihr aus seinen Augenspiegeln entgegen, die auf seiner Nase klemmten.

»Du kommst spät, Teresa, ich habe mir schon Sorgen gemacht. Du hast ja Blut im Gesicht!«

»Ich wurde im Gang von Fledermäusen gestreift.«

»Ach, du Armes, zeig mal.« Er untersuchte ihre Wunden. »Ich werde gleich die Ringelblumensalbe holen. Wie kommen die Tiere bloß dahin? Sonst ziehen sie sich zum Winterschlaf in die Höhlen der Umgebung zurück. Und natürlich hast du an die Worte von Ursula gedacht, dass sie etwas Böses an sich haben, diese kleinen Biester. Haben sie aber nicht, glaube den Unfug nicht.«

»Ich glaube, dass sie ein Unheil anzeigen. Heute wird bestimmt noch etwas geschehen.«

»Und wenn schon! Das werden wir schon meistern, du und ich. Haben wir bisher nicht alles zusammen erreicht, was wir wollten?«

»Als ich von Krähenstetten zurückkam, stand Wilhelm, unser alter Hakenschütze, im Tor. Der Wind war schon so stark geworden, dass er Äste und Zweige heruntergerissen hatte.«

»Und? Was hat er gesagt?«, wollte Froben wissen.

»Er hat gesagt, dass kurz vorher eine Kröte zu ihm hereingekrochen sei, seitdem müsse er immer an sie denken.«

»Ihr beide messt den Dingen zu viel Bedeutung bei«, brummte Froben. »Sie wird Schutz vor dem Wetter gesucht haben.«

Ohne ihre Antwort abzuwarten, wandte ihr Vater sich zur Tür, ging hinaus und kehrte bald darauf mit einem Töpfchen Ringelblumensalbe zurück. Die kühlende Arznei tat Teresas Haut wohl. Auf dem kleinen, runden Tisch mit den zierlich gedrechselten Füßen war das Familienporzellan für das Abendessen aufgelegt. Auch in diesem Raum hing zum Schutz gegen die nächtliche Kälte eine Decke vor dem Fenster, die sich im stürmischen Wind hin und her bewegte. Ein Kerzenleuchter warf sein Licht auf das Gedeck; es flackerte, wenn eine kühle Böe den Raum durchstrich.

Teresa setzte sich auf einen der beiden Stühle, ihr Vater tat es ihr nach. Er wandte ihr sein breites Gesicht mit dem gezwirbelten Schnurrbart zu. Ein Lächeln lag in seinen Mundwinkeln, und seine Augen glitzerten wie schwarzer Onyx.

»Unsere Magd Kathrin, die kleine Schwatzbase, hat dir sicher schon erzählt, dass uns die Einquartierung der adligen Nachbarn bevorsteht«, sagte er.

»Das hat sie. Fürchtest du auch ...?«

»Es wird zu eng hier oben. Ich kann mich kaum bewegen, wenn sie da sind. Das war schon einmal der Fall. Vor allem können wir uns dann nicht mehr mit der Familienchronik befassen.«

»Sollen wir nicht auf unsere Residenz in Peterszell ausweichen?«

»Dort herrscht ebenfalls zu viel Geschäftigkeit. Teresa, die Aufgabe, diese Chronik zu vollenden, sehe ich geradezu als heilig an, die dürfen wir auf keinen Fall vernachlässigen.«

»Nun gut«, sagte sie. »Noch ist ja Zeit, noch hat keiner von ihnen ans Tor geklopft. Wir werden nachher weiterarbeiten. Aber eins möchte ich dich noch fragen: Sollte Barbara nicht zu uns kommen? Im Kloster Inzigkofen ist sie nicht sicher. Vom Schmalkaldischen Bund und dem Kaiser aus wird es bestimmt auch hier zu kriegerischen Handlungen kommen.«

»Ich habe gestern einen Boten nach Inzigkofen hingeschickt. Er kehrte unverrichteter Dinge zurück; deine Schwester wollte ihrem Gelübde treu bleiben. Und vielleicht ist es besser so.«

»Du meinst, weil sie ... blind ist?«

»Sie müsste hier auf engstem Raum mit Männern leben.«

Der Diener Caspar, gekleidet in ein schwarzes Wams und graugestreifte Halbhosen, kam mit einer silbernen Kasserolle herein, stellte sie mit einer angedeuteten Verbeugung auf den Tisch und hob den Deckel. In Butter geröstete Weißbrotscheiben häuften sich neben glänzenden Artischockenherzen. Caspar stellte einen Gewürzständer in Form eines Schwanes daneben. Im Rücken und in den Flügeln des Tieres befanden sich Höhlungen, die mit Salz, Muskatblumen und Pfeffer gefüllt waren. Der Diener wünschte einen gesegneten Appetit und entfernte sich. Der zweite Diener mit Namen Heinrich trat ein und setzte einen Krug mit frischem, schäumendem Bier auf dem Tisch ab, einen anderen mit Wasser. Im Gegensatz zu Caspar, der groß und hager war, empfand Teresa Heinrich als klein, dicklich und verschlagen, weil er stets in eine andere Richtung schaute, wenn ihn der Blick eines Menschen traf.

»Den Herrschaften möge es wohl bekommen«, näselte er mit einer Stimme, die Teresa schon immer unangenehm gewesen war.

»Können wir nicht einen anderen Diener einstellen?«, fragte Teresa, nachdem Heinrich sich entfernt hatte. »Er ist mir unheimlich.«

»Es ist nicht leicht, hier auf dem Land Dienerschaft zu bekommen«, antwortete ihr Vater. »Jetzt lass uns beten.«

Teresa faltete die Hände, senkte die Augen auf den Tisch, und gemeinsam sprachen sie die Worte:

Der Mensch lebt nicht vom Brot allein,
sondern von jedem Wort,
das aus dem Munde Gottes geht.
Amen.

Teresa war so hungrig, dass sie am liebsten die Hälfte des Gemüses auf ihren Teller gehäuft hätte. Doch sie besann sich ihrer Erziehung, spießte eine Brotscheibe auf ihr Messer, legte ein paar Artischocken dazu und streute Gewürze darüber. Ihr Vater nahm nur ein Stück Brot.

»Du isst spartanisch wie eh und je«, neckte sie ihn. »Ich frage mich, warum du nicht noch mehr vom Fleisch gefallen bist – du ernährst dich ja von nichts anderem als von Brot und Wasser!«

»Dafür habe ich eine Tochter, die sich keinen Genuss entgehen lässt«, gab er zurück. »Doch nein, es erfreut mich immer wieder zu sehen, dass es dir schmeckt und du auch Freude am Kochen hast. Das wird dir einmal von Nutzen sein.«

»Zum Nutzen für wen?« Sie blickte ihn einen Moment lang schärfer an, als sie es beabsichtigt hatte.

»Nun ja, irgendwann werden wir die Chronik beendet haben, und irgendwann wird es auch Zeit für dich, dein Leben an der Seite eines Mannes zu verbringen.«

»Daran möchte ich nicht denken. Ich bin für etwas anderes geboren.«

»Ich weiß schon, du willst schreiben, etwas von der Welt sehen ... Leider ziemt sich das nicht für ein Mädchen von Stand.«

»Ich habe Petrarca gelesen«, erwiderte Teresa. »Wie du weißt, ist er im Jahr 1336 auf den Mont Ventoux gestiegen, einzig zu dem Zweck, sich selbst und der Natur näher zu kommen.« Sie zitierte: *»Und es gehen die Menschen hin, zu bestaunen die Höhen der Berge, die ungeheuren Fluten des Meeres, die breit dahinfließenden Ströme, die Weite des Ozeans und die Bahnen der Gestirne und vergessen darüber sich selbst.* – Ich möchte wissen, woher wir kommen und wohin wir gehen«, fuhr sie fort. »Möchte weiterkommen, ferne Länder sehen und fremde Menschen kennenlernen!«

»Du wirst das ganz sicher erleben, mein Kind, aber hüte dich davor, es allzu wichtig zu nehmen.«

Nachdem Teresa die Gartenfrüchte mit dem köstlichen Aroma verspeist, der Vater sein Brot verzehrt hatte, öffnete sich die Tür. Caspar trat nah an ihren Tisch heran, so nahe, dass Teresa sich unwillkürlich zurücklehnte. Er fragte, ob die Herrschaften weitere Wünsche hätten.

»Eine kleine Scheibe Schweinsbraten mit Soße«, sagte Teresa.

Froben winkte ab. »Bring mir noch einen Krug Wasser«, sagte er zu Caspar.

Der Diener verbeugte sich. Teresa stellte sich vor, dass seine Hakennase dabei den Tischrand berühren würde, und unterdrückte ein Kichern. Der Wind ließ jetzt nach; im Raum war es kühler geworden, da das Holz im Kamin heruntergebrannt war. Caspar legte neues nach, räumte das Geschirr zusammen und entfernte sich. Kurz darauf kehrte er mit dem Braten, einer Schüssel voll Birnenmus und dem Wasser zurück.

»Du solltest dich ein wenig besser benehmen«, sagte Froben und drohte seiner Tochter scherzhaft mit dem Finger. Sein Gesicht wurde ernst. »Es geht mir heute noch nach, dass deine Mutter so früh hat sterben müssen, sie hatte sehr viel Sinn für gutes Betragen. Und da mir ein Sohn versagt blieb, bist du meine einzige Hoffnung. Mit deinen blonden Haaren und deiner zierlichen Figur erinnerst du mich immer wieder an sie.«

Seine Augen wurden feucht. Teresa erinnerte sich gut an die Krankheit ihrer Mutter. Sie dachte an das Stöhnen, das aus dem Krankenzimmer gedrungen war, an den scharfen Geruch, an die spitze Nase und die eingefallenen Wangen. Ihre Mutter war an der Cholera gestorben. Sie wischte die Erinnerung fort. Ob ihr Vater die Chronik deswegen zu Ende bringen wollte, weil sein Geschlecht mit ihr, Teresa, aussterben würde, selbst wenn sie heiratete? Sie wandte sich wieder ihrem Braten zu und nahm einen herzhaften Zug aus dem Bierkrug. Froben aß ein wenig von dem Birnenmus und trank Wasser.

»Wir werden nachher, bevor ich dir weiter aus der Chronik diktiere, noch in die Wunderkammer gehen, die hat deine Mutter sehr geliebt, wie du weißt.«

Darauf freute sich Teresa. Froben gewährte nur selten jemandem einen Blick in diese Kammer, und wenn, dann nur Familienmitgliedern oder engen Freunden. Daher konnte sie es kaum erwarten, dass die Mahlzeit beendet und das Geschirr abgetragen wurde. Nachdem er sich vergewissert hatte, dass niemand außer ihnen in der Bibliothek war, bat Froben seine Tochter, den Leuchter zu nehmen. Er selbst trat zu einem der Regale und schob es beiseite. Dahinter befand sich eine Tür, die mit scharlachrotem Damast bespannt war. Ihr Vater nahm einen Bartschlüssel von seinem Gürtel und schloss auf. Er ließ seine Tochter vorangehen. Wie immer, wenn sie diesen Raum betrat, befielen sie Verwunderung und gleichzeitig eine Angst, die sie sich nie hatte erklären können. Die Kammer war etwas größer als ihre Kemenate. Die Kerzen beleuchteten Truhen mit Holzbrandmalereien und Kommoden, deren vergoldete Schnitzereien Teresa immer aufs Neue beeindruckten. Einige der Schubladen waren halb geöffnet; aus ihnen quollen allerlei Dinge wie silber- und goldgeschmiedete Ketten, Korallen, Perlen und Bergkristalle, bemalte Straußeneier und Tiere aus Elfenbein. In einem Regal standen vergilbte alchimistische Bücher, und auf dem Tisch in der Mitte thronte neben einem Astrolabium ein Globus. Verschieden große Zirkel lagen neben Kolben, Schröpfgläsern und scharfen Messern. Teresas Blick fiel auf einen Gegenstand, der sie erstarren ließ. Es war eine präparierte Fledermaus. Die großen Ohren standen senkrecht über dem kleinen, mausähnlichen Kopf mit den Nagezähnen. Die Augen des Tieres wirkten lebendig, sie schienen sie anzustarren. Wieder spürte sie das weiche Fell an ihrem Gesicht, den Schmerz der winzigen Krallen.

»Vater«, sagte sie mit erstickter Stimme, »was bedeutet dieses tote Tier? Warum hast du es in deine Raritätensammlung aufgenommen?«

Froben, der hinter ihr den Raum betreten hatte, meinte: »Ich habe die Fledermaus nicht zu einem bestimmten Zweck in die Sammlung gebracht. Sie ist einfach eine Kuriosität, die ich während einer Reise auf einem Markt gekauft habe.«

Teresa drehte sich zu ihm um, breitete wie hilfesuchend die Arme aus.

»Was ist mit dir?«, fragte er. »Du bist ja ganz blass.«

»Ich glaube, dass bei uns bald ein Unheil geschehen wird.«

»Warum meinst du das?«

»Weil Fledermäuse Unglück bringen. Ich habe das Gefühl, dass etwas Entsetzliches passieren wird.«

»Das sind Hirngespinste.« Ihr Vater legte ihr beruhigend die Hand auf den Arm. »Ich werde Ursula sagen, dass sie dir keine Gespenstergeschichten mehr erzählen soll.«

»Es war nicht nur Ursula, sondern auch meine Amme Maria.«

»Vergiss es doch einfach. Wir beide sind hier, um die Chronik unserer Familie fertig zu schreiben, und es wird überhaupt nichts passieren, das verspreche ich dir!«

Teresa fühlte sich halbwegs getröstet. Sie trat auf eine der Kommoden zu, bückte sich, hob den Leuchter vor die unterste Schublade.

»Schau mal, da ist ein sehr hübsches Kästchen.« Sie nahm es heraus. Es war ein kleiner Kasten aus Kirschbaumholz, einer Truhe nachgebildet, wenn auch etwas wurmstichig und schwärzlich verfärbt, als hätte er einen Brand überstanden. Teresa erkannte aber deutlich die Schnitzereien und die versilberten Sterne auf dem Deckel.

»Das ist eine Hinterlassenschaft unserer Vorfahren«, sagte Froben hinter ihrem Rücken. »Das Kästchen ist mit Schmucksteinen gefüllt. Du darfst es ruhig öffnen.«

Der Wind hinter den Mauern des Raumes begann sich wieder zu erheben. Teresa war es ganz feierlich zumute. Der Stammbaum ihrer Familie reichte bis ins 11. Jahrhundert zurück. Es war ihr eine Ehre, so alte Gegenstände zu berühren. Sie wollte den Leuchter auf die Kommode stellen. In diesem Moment – war es ein Augenblick der Schwäche? – entglitt das Kästchen ihrer Hand und schlug mit einem Klacken auf dem Boden auf.

»Wie ungeschickt, Teresa«, entfuhr es ihrem Vater. »Hoffentlich ist es nicht beschädigt worden.«

Sie gingen beide gleichzeitig in die Hocke. Eine Menge glitzernder Perlen lag über den Boden verstreut. Mittendrin bemerkte Teresa noch etwas anderes. Das Kästchen war offensichtlich in zwei Teile zersprungen, und als sie näher hinsah, entdeckte sie eine kleine Pergamentrolle.

»Na, so etwas«, bemerkte Froben. »Das Ding scheint einen doppelten Boden gehabt zu haben.« Er nahm das Pergament und richtete sich mühsam auf. Teresa schien es, als wäre dem Kästchen ein Geruch nach Weihrauch entströmt.

»Komm, gehen wir zurück in die Bibliothek«, meinte ihr Vater.

Froben schob das Regal wieder an die alte Stelle zurück, ging hinüber zu seinem Schreibpult und breitete das Pergament darauf aus. Teresa setzte sich auf einen Stuhl und hörte mit wachsendem Interesse, was ihr Vater vorlas:

»Ich, Friedrich von Wildenberg, habe im Jahr 1096 am Kreuzzug zum Heiligen Grab teilgenommen. Gottfried von Bouillon aus Lothringen führte unseren Zug an. Bei der Schlacht um Jerusalem 1099 wurde mein Bruder Albrecht tödlich verwundet, ich selbst entkam schwer verletzt dem Massaker. Aus der Heiligen Stadt brachte ich einen Goldkandelaber in die Heimat mit, den ich dem Kloster Agenbach im Schwarzwald zur Aufbewahrung übergab. Dieser Kandelaber hat einen unermesslichen Wert für denjenigen, der ihn besitzt: Er verleiht ihm Macht über andere, Reichtum, Glück und dauernde Gesundheit. Ich spüre, dass meine Zeit bald um sein wird. Deshalb gebe ich diese Niederschrift meinem Diener Abel, damit er sie nach Wildenberg bringe.

Agenbach, im Jahre des Herrn 1099, 12. Dezember«

2.

Froben schaute von dem Pergament auf, blickte Teresa aus seinen Augengläsern an, die seine Pupillen stark vergrößerten, und fragte: »Was hältst du davon?«

»Das ist ein ganz wichtiges Dokument für unsere Familienchronik. Unser letzter bekannter Vorfahr starb im Jahre 1224. Dieser Friedrich muss zumindest einen Sohn hinterlassen haben, sonst wäre unser Geschlecht ausgestorben.«

»So sehe ich das auch«, meinte Froben. »Es ist ein sehr wertvolles Dokument. Ich möchte dich bitten, es gleich abzuschreiben, falls es verlorengehen sollte.«

Er holte eine Feder aus der Schublade des Lesepults, ein Tintenhörnchen und das Gefäß mit dem Löschsand. Teresa stellte sich an das Pult und schrieb. Dabei schob sich ihre Zunge unter die Unterlippe. Von der Tür her ertönte ein Klappen. Caspar trat ein und fragte: »Darf ich den Herrschaften noch etwas bringen?«

Froben blickte zerstreut in seine Richtung. »Ja, noch eine Kanne warmen Würzwein und für mich ein Wasser. Dann kannst du die heißen Steine in unsere Betten legen.«

Caspar kniff die Lippen zusammen, verbeugte sich und ging hinaus.

Teresa streute Sand auf das Geschriebene, wartete einen Moment, blies darüber und fragte: »Was sollen wir jetzt damit machen? Und wie bringen wir unsere Forschungen weiter?«

»Sag es selbst, du weißt es, Teresa.«

»Ja, ich kenne dich und mich und den Wagemut unserer Familie. Wir werden in das Kloster Agenbach reiten und schauen, wo dieses Familienerbstück geblieben ist.«

»Genauso machen wir es. Die Abschrift versteckst du am besten in deinem Ausschnitt. Wer weiß, ob dieser Raum nicht Augen und Ohren hat.«

»Wer sollte so ein altes Pergament haben wollen?«

»Bedenke, was da geschrieben steht: Der Besitz bringt seinem Eigentümer Reichtum, Macht und Glück. Dieser Kandelaber ist wundertätig.«

Caspar kehrte mit dem Würzwein und dem Wasser zurück, setzte die Kannen auf dem Tisch ab und stellte zwei gefüllte, grün glasierte Becher auf das Pult. Mit einer weiteren Verbeugung entfernte er sich. Vater und Tochter tranken in langsamen Zügen. Teresas Lider wurden schwer.

»Wir sollten zu Bett gehen«, meinte ihr Vater. »Morgen werden wir alles Weitere besprechen.«

Heinrich leuchtete ihnen voran zu ihren Kemenaten. Er sah stets aus, als habe er etwas Anrüchiges im Sinn, fand Teresa. Sie schloss die eisenbeschlagene Tür und zog sich aus. Die Decke vor dem Fenster hielt die Kälte nur ungenügend ab. Es war so kalt, dass sie wieder hellwach wurde. Ihre Schlafstatt hatte eine hohe Lehne, die mit zierlichen Blumen bemalt war. Schnell glitt sie unter die Decke. Ihre Zähne schlugen aufeinander. Durch den heißen Stein wurde ihr bald warm, und sie sank in den Schlaf.

Teresa träumte. Sie schritt mit ihrem Vater durch einen düsteren Gang in einem Kloster. Am Ende schien ein helles Licht: Das war der Goldkandelaber. Er war besetzt mit den herrlichsten Edelsteinen; ein Funkeln und Leuchten ging von ihm aus, dass sie meinte, nie etwas Schöneres gesehen zu haben. Ein Gefühl der Ruhe und Zufriedenheit erfüllte sie. Doch es währte nicht lange. Hinter sich hörte sie ein Trappeln und Keuchen, einen dumpfen Schlag und ein knirschendes Geräusch, als wenn ein Schädel splitterte. Im nächsten Moment spürte sie einen heftigen Schmerz und wachte auf.

Sie starrte in die Dunkelheit. Ihr Herz klopfte schneller als je zuvor. Angestrengt lauschte sie, aber es war nichts zu vernehmen. Es war nur ein dummer Traum, sagte sie sich, drehte sich um und wollte weiter schlafen. Doch da hörte sie es, das Rufen von einem Menschen, gar nicht so weit entfernt. Sie sprang aus dem Bett, warf hastig ihre Kleider über und eilte zur Kemenate ihres Vaters. Die Tür war angelehnt, das Bett leer.

Mein Gott, lass ihm nichts passiert sein, betete sie stumm.

Wohin sollte sie sich wenden? Da war das Geräusch wieder: Es kam aus der Bibliothek. Sie riss die Tür auf. Im Schein des Kaminfeuers sah sie eine Gestalt, die sich auf dem Boden bewegte. Mit zitternden Fingern nahm sie eine Kerze, ging zum Kamin, und nach einigen vergeblichen Versuchen gelang es ihr, sie anzuzünden.

»Vater! Was ist passiert?«, rief sie und eilte zu Froben, der auf dem Boden lag und stöhnte. Von seinem Kopf rann Blut. Er öffnete mehrmals den Mund, um zu sprechen.

»Sag jetzt nichts«, sagte Teresa. »Ich werde Verbandszeug holen.«

In fieberhafter Eile nahm sie den Kerzenhalter und lief zur Küche. Auf der Feuerstelle glomm noch ein Rest des Feuers. Sie suchte die Regale nach Leinenstreifen und Ringelblumensalbe ab. Dabei tropfte ihr Wachs auf den bloßen Arm. Sie schlug sich mit der Hand an die Stirn. Ihr Vater hatte die Salbe doch nicht aus der Küche geholt – er bewahrte sie in seinem Zimmer auf! Endlich wurde sie fündig. Sie lief zurück in die Bibliothek, wo sich inzwischen die schlaftrunkenen Diener, Ursula, die Köchin und Kathrin, die Magd, eingefunden hatten. Sie standen um Froben herum, als wüssten sie nicht, was in einem solchen Fall zu tun war. Ursula besann sich als Erste und nahm Teresa Salbe und Verbandszeug aus der Hand.

Sie langte in das Töpfchen, strich Froben mit der Salbe über den Kopf und wickelte saubere Tücher darum.

»Ich habe ein Geräusch gehört und bin hier herüber in die Bibliothek gekommen«, sagte Froben mit schwacher Stimme. »Die Kerzen brannten, und in ihrem Schein sah ich, wie sich zwei vermummte Gestalten an meinem Pult zu schaffen machten. Ich rief sie an, doch statt einer Antwort nahm einer von ihnen den Kerzenständer, rannte auf mich zu und schlug ihn mir über den Kopf. Ich verlor das Bewusstsein und bin gerade erst wieder zu mir gekommen. Da«, er wies auf sein Hemd, »alles ist mit Kerzenwachs beträufelt.«

»Fehlt etwas aus der Sammlung?«, wollte Caspar wissen. »Die Diebe müssen es auf die Bücher oder auf die Wunderkammer abgesehen haben.«

»Der Herr wird jetzt erst einmal zu Bett getragen«, protestierte Ursula, die Köchin.

»Ob etwas fehlt, können wir morgen untersuchen«, bemerkte Froben. »Das ändert auch nichts mehr daran. Weg ist weg, ob wir es nun gleich bemerken oder später.«

Caspar und Heinrich fassten Froben unter den Schultern und an den Füßen und trugen ihn in seine Kemenate. Während die anderen wieder ins Bett gingen, folgte Teresa den beiden Dienern. Von draußen her erhob sich plötzlich ein Lärm. Stimmen schrien durcheinander. Einer der Hakenschützenmänner stürmte zur Tür herein. »Wilhelm, der Torwächter, er ist ...« Grauen stand in seinen Augen.

Froben sank in Ohnmacht, sein Kopf fiel zur Seite. Mit einem Gefühl, als wäre ihr der Boden unter den Füßen weggerissen worden, folgte Teresa dem Mann nach draußen. Beim Überqueren des Hofes mussten sie sich Wind und Regen entgegenstemmen. Sie stiegen die Treppe zu den Unterkünften der Mannschaft hinauf. Teresa keuchte, sie spürte Stiche in der Seite. Aus der Vorburg waren die Hakenschützen gekommen, müde und nur notdürftig bekleidet, ihre Katzbalger am Gürtel. Sie standen am Ende der Zugbrücke.

Als Teresa eintraf, öffneten sie den Kreis. Da lag Wilhelm, mit dem sie am Abend noch gesprochen hatte. Seine Kehle war aufgeschlitzt, die Augen waren weit aufgerissen. Es roch metallisch und süß nach dem Blut, das sich in einer Lache um ihn herum ausgebreitet hatte. Seine Arme hielt er noch im Tod vor sich hingestreckt, als wolle er einen Angreifer abwehren. Angst kroch Teresa die Kehle herauf.

»Wie konnte das geschehen?«, rief sie.

»Wilhelm hatte sich schon in sein Quartier begeben«, antwortete einer der Schützen. »Jemand hätte ihn ablösen müssen! So ist er wieder zurück auf seinen Posten, und so hat es ihn erwischt.«

Verlegen schauten die Männer auf den Boden.

»Er wollte es so«, sagte schließlich einer von ihnen. »Er traute niemandem außer sich selbst. Heute ist so ein Wetter, da ist was im Anzug, hat er gesagt. Und wir haben ihm seinen Willen gelassen.« Zustimmung heischend schaute er seine Kameraden an.

»Ja, er wollte es so«, bestätigte ein anderer.

»Bringt ihn hinein!«, sagte Teresa. »Ich muss nach meinem Vater sehen.«

Sie eilte über die Zugbrücke und durch den Burghof zurück in den Palas. In seiner Kemenate fand sie ihren Vater aufrecht im Bett sitzend. Er hielt die Federdecke zwischen seine Finger gekrallt.

»Vater, was machst du da?«, rief sie. »Du musst ruhen, du bist schwer verletzt worden.«

»Ach was!«, meinte er. »Das bisschen Blut schert mich nicht im Geringsten. Was war los da draußen?«

»Wilhelm ... er ist tot, jemand hat ihm die Kehle durchgeschnitten.«

Froben zuckte zusammen. »Um Gottes willen! Was ist das heute für ein Tag! Wir müssen ihm eine anständige Beerdigung geben, morgen auf dem Gottesacker gegenüber der Burg.«

»Ich werde in der Frühe eine Magd schicken, um die Familie Wilhelms zu benachrichtigen.«

Frobens Blicke schweiften im Raum umher. »Hast du nachgeschaut, ob etwas fehlt?«

»Dazu hatte ich noch keine Muße. Ich werde gleich in die Bibliothek gehen und nachsehen.«

Teresa ergriff den Leuchter, der auf einem kleinen Tisch in der Nähe des Bettes stand, und ging zögernd hinaus. Durfte sie ihren Vater überhaupt allein lassen, ohne Licht? Anscheinend hatte es auch auf ihn jemand abgesehen. Von draußen drangen Rufe und Flüche herein, doch hier drinnen war alles still. Teresa erreichte den Gang zur Bibliothek. Die Wände rochen feucht und glitzerten im Schein des Lichtes. Sie betrat die Bibliothek und hob die Lampe. Auf den ersten Blick schien alles unberührt zu sein. Teresa ging näher zu den Bücherregalen hin und ließ ihren Blick darüber schweifen. Es fehlte kein einziges Werk. Auch von dem, was den Raum ausschmückte, wie antike Vasen, Bilder an den Wänden, war nichts entfernt worden. Siedendheiß fiel es ihr ein. Das Pergament! Sie lief zu dem Stehpult, in dem ihr Vater die Schriftrolle verstaut hatte, und zog die Lade auf. Sie war leer. Wo hatte sie nur die Abschrift hingetan? Was hatte das zu bedeuten? Wer wusste von diesem Pergament und seinem Geheimnis? Sie lief zurück durch den Gang und kam außer Atem im Zimmer ihres Vaters an.

»Das Pergament ist fort, gestohlen!«, platzte sie heraus.

»Es scheint jemand Wind davon bekommen zu haben«, meinte ihr Vater und zwirbelte sich den Schnurrbart. »Aber wir haben ja noch die Abschrift. Ich hoffe, du hast sie gut verwahrt.«

Teresa schaute sich vorsichtig um, als könne jemand ihr Gespräch belauschen.

»Jetzt fällt es mir wieder ein.« Sie senkte die Stimme. »Ich habe sie in meinem Zimmer versteckt. Als hätte ich geahnt, was passieren würde.«

»Schon deine Mutter bewunderte deine Fähigkeit, Ereignisse vorauszusehen«, versetzte Froben. »Eine Fledermaus hat diesen schlimmen Abend eingeleitet, und wir haben gesehen, wie er endete. Aber lasst uns jetzt schlafen, wir haben alle eine Menge durchgemacht.«

»Was sollen wir tun, Vater?«, drängte Teresa.

»Sobald die Beerdigung vorüber ist, werde ich alles Nötige veranlassen, um zu dem Kloster zu reiten und Nachforschungen über diesen Kandelaber anzustellen.«

»Ich möchte dich begleiten.«

»Das ist viel zu gefährlich für ein junges Mädchen. Ich werde dich, wenn ich aufbreche, sicher in der Obhut von Ursula und den Mägden wissen.«

»Aber heute ist jemand ins Haus eingedrungen, hat dich niedergeschlagen und Wilhelm getötet! Willst du mich angesichts solcher Gefahren hier zurücklassen? Bedenke, es gibt noch die Abschrift des Briefes, die ich gemacht habe.«

»Du bist ein kluges Kind, Teresa, aber ich fühle mich heute nicht mehr in der Lage, eine Entscheidung darüber zu treffen. Morgen ist auch noch ein Tag.«

In ihrem Zimmer nahm Teresa die Abschrift des Pergamentes an sich und steckte sie in die Innentasche ihres Mantels. Sie würden sie gewiss noch brauchen.

3.

Über der Wiese gegenüber Burg Wildenberg wölbte sich ein durchsichtig blauer Septemberhimmel, in dem einzelne Wolken segelten. Der Wind war abgeflaut, aber die Spuren des nächtlichen Sturmes waren nicht zu übersehen. Abgebrochene Äste und gelb verfärbte Blätter lagen auf dem Boden, und auf dem Weg hatten sich Regenpfützen gebildet. Die Familien des Burgherrn und des Torwächters, das Gesinde und ein paar Leute aus dem Dorf standen um das offene Grab versammelt. Der Geistliche in schwarzer Soutane, der auch sonst die Messen in der Burgkapelle las, sprach über das Leben Wilhelms, von seiner Treue zur Herrschaft und seiner Fürsorge für seine Familie. Frau und Kinder schluchzten laut.

Der Herr hat's gegeben, der Herr hat's genommen, der Name des Herrn sei gelobt.

Die Anwesenden sangen ein Lied, dann wurden die sterblichen Überreste Wilhelms in einem grob gezimmerten Sarg in die Erde gelassen. Teresa konnte ihre Tränen nicht zurückhalten. Solange sie sich erinnern konnte, war Wilhelm bei ihnen Torwächter gewesen. Sie ergriff eine Handvoll Erde und warf sie in das Grab. Das dumpfe Geräusch hallte in ihren Ohren nach.

Im Burghof war auf Tischen ein einfaches Mittagsmahl hergerichtet. Gerade noch waren die Menschen still und andächtig gewesen, jetzt schwatzten sie wie eine Herde von Elstern, während sie sich auf den Bänken niederließen. Ursula schöpfte Suppe in die Zinnteller und schnitt Brot. Teresa saß zwischen Froben und Kathrin, ihrer Magd. Die Sonne wärmte ihren Kopf, den sie mit einer schwarzen Haube bedeckt hatte. In einer Linde, die einen Teil ihres Laubes schon eingebüßt hatte, hockte ein Rabe. Teresa war es, als würde er zu ihr herüberschauen. Er krächzte misstönig und erhob sich flügelschlagend in die Lüfte, wo sich ihm andere zugesellten. Der Rabe war ein Bote aus der Unterwelt, er verkündete Unglück und Tod.

»Euer Vater hat uns gesagt, dass Ihr heute Nachmittag noch aufbrechen wollt«, hörte sie die Stimme von Kathrin. »Ursula und die Diener versuchten ihn wegen seiner Wunde am Kopf zurückzuhalten, aber Ihr kennt ihn ja, er lässt sich von niemandem was sagen.«

Teresa schreckte auf, so sehr war sie in Gedanken versunken gewesen.

»Heute Morgen hat er mir gesagt, dass ich ihn begleiten darf«, gab sie zurück. »Ich denke, in ein, zwei Stunden können wir aufbrechen.«

Ein Blick zum Himmel zeigte ihr, dass das Wetter freundlich sein würde.

Teresa hatte früh reiten gelernt. Oft dachte sie, sie müsste ihrem Vater den Sohn ersetzen, den er sich so sehnlich gewünscht hatte. Auch sein Unterricht im Rechnen, Lesen, in Grammatik, Latein und Griechisch entsprach seinem Ehrgeiz, einen gebildeten Menschen aus ihr zu machen. Andere, weiblichere Betätigungen wie Sticken und Nähen gingen ihr nicht so leicht von der Hand. Nur das Kochen, das Sammeln von Wildkräutern und Beeren, das Zubereiten und Konservieren von Nahrung waren schon immer eine ihrer Leidenschaften gewesen. So stieg sie jetzt mit Schwung auf das Pferd, das für sie bereitstand. Der Sattel war mit einer rotgolden bestickten Decke überworfen; die sollte ihr den langen Ritt, auch wenn sie über der Bruche Halbhosen und Beinlinge angezogen hatte, angenehmer machen. Auf dem Kopf trug das Pferd ein Büschel aus weißen Federn. Vor ihr war ein lederner Reisebeutel am Sattel befestigt. Froben und die zwei Hakenschützen, die sie begleiteten, saßen ebenfalls auf. Umringt von den Dienern und dem Geistlichen, der sie segnete, ritten sie zum Tor hinaus und über die Brücke. Teresa warf einen Blick ins Tal der Donau hinab. Umrahmt von goldenem Laub, erschien in der Ferne ihr Lieblingsfelsen mit seinem grauweißen Steilabhang. Wie oft hatte sie dort gesessen, den Schreien der Wanderfalken gelauscht, die sich um ihre Brut sorgten, und hatte in die schwindelerregende Tiefe geschaut, wo sich die junge Donau ostwärts wand.

Sie ritten auf der Hochfläche, an deren Spitze die Burg erbaut war, hoch über dem Tal. Auf der Wiese standen Champignons, und Teresa überlegte, wie sie in einem Eiergericht schmecken würden, zusammen mit Speck, Butter und Sahne. Sie war hin- und hergerissen zwischen dem Leid, das ihr Wilhelms Tod zugefügt hatte, und der Freude, aufzubrechen in eine Welt, von der sie noch wenig gesehen hatte. Gleichzeitig empfand sie Furcht vor dem Bösen, das mit der gestrigen Nacht in ihre vertraute Umgebung gedrungen war. Der Weg ging steil hinab ins Tal. Da, wo die Tannen zurückwichen, sah Teresa den Fluss, der sich zwischen Wiesen schlängelte und in der Herbstsonne glitzerte. Eine Zeitlang hörte sie nur das Schnauben der Pferde, das Scharren und Klopfen der Hufe, das Knarren der Sättel und roch den Schweiß der Tiere. Wenn eines von ihnen über einen Stein stolperte, fluchten die Männer leise. Gero und Jost waren Teresa als besonders treue Schützen bekannt. Sie hatten manchen Angriff auf die Burg abgewehrt und schon viele Fehden bestanden. Mit ihren Eisenhelmen, die in der Sonne funkelten, den Brustharnischen und den Kettenbeinlingen wirkten sie beruhigend auf die junge Frau.

Als sie endlich das Tal erreichten, stand die Sonne tief über den bewaldeten Höhen.

»Wir werden im Kloster Beuron übernachten«, beschied Froben. »Weiter kommen wir nicht vor der Dunkelheit.«

Sie folgten dem Weg am Fluss entlang. Ein Schwan fauchte sie an, als sie ihm zu nahe kamen. Immer wieder flatterten Blesshühner und Kormorane auf und zogen klatschend über das Wasser davon. Von den gemähten Wiesen ging ein würziges Duft aus. Nebel stieg aus den Wiesengründen auf. Die Dämmerung senkte sich schnell herab. Hinter ihnen war Hufgetrappel zu hören. Teresa hatte ein beklemmendes Gefühl. Wer mochte das sein, der zu dieser Abendzeit zum Kloster ritt? Sie brachte ihr Pferd zum Stehen, die anderen ebenfalls. Teresa erstarrte. Zwei Männer kamen auf dunklen Rössern angaloppiert. Sie trugen schwarze Kutten mit Kapuzen und sprengten so schnell auf die kleine Gruppe zu, dass alle zur Seite weichen mussten.

War das ein Spuk gewesen? Nein, das kann nicht sein, sagte Teresa sich. Es waren wirkliche Pferde mit wirklichen Menschen. Die Huftritte wurden leiser, klapperten in die Ferne, dem Kloster zu. Teresas Knie zitterten. Die Apokalypse der Johannesoffenbarung fiel ihr ein: *Und ich sah, und siehe, ein fahles Pferd. Und der darauf saß, dessen Name war: Der Tod, und die Hölle folgte ihm nach.*

»Kannst du dir erklären, Vater, wer das gewesen sein mag?«, fragte sie.

»Es werden Pilger sein, die befürchteten, zu spät ins Kloster zu kommen, bevor die Tore schließen.«

»Aber die Tore der Klöster öffnen sich doch immer für müde Reiter und Wanderer.«

»Dann waren es eben Mönche, die vom Markt kamen und sich verspätet haben«, entgegnete ihr Vater. »Lasst uns jetzt weiterreiten, bevor es gänzlich dunkel wird.«

Im Schein des aufgehenden Mondes sahen sie bald das Kloster vor sich liegen. Es war vor Jahrhunderten in dem weiten Tal erbaut worden, nahe am Fluss, umgeben von Steilwänden mit Felsen. Die Kirche war eine einfache romanische Basilika.

Als sie zur Pforte kamen, fragte der Pförtner, ein untersetzter Mönch im dunklen Habitus: »Habt Ihr diese wilde Jagd gesehen? Soeben sind sie an mir vorbeigeprescht. Ich rief sie an, erhielt jedoch keine Antwort.«

»Uns haben sie fast niedergeritten«, gab Froben zur Antwort. »Aber wir wissen nicht, wer unter diesen merkwürdigen Mänteln und Kapuzen stecken könnte. Wir suchen übrigens ein Quartier für die Nacht.«

»Das wird sich machen lassen«, sagte der Mönch lächelnd. »Für

Eure Tochter haben wir ein Besucherzimmer, ihr Männer müsst Euch mit dem Schlafsaal der Mönche zufriedengeben, da heute noch mehr Gäste gekommen sind.«

»Damit sind wir zufrieden«, antwortete Froben. Der Mönch öffnete das Tor, und sie ritten in den großen Klosterhof ein. Aus der Kirche klangen Gesänge von der Vesper herüber. Der Mönch zeigte ihnen ihre Schlafplätze und wies den Cellerar an, einen Krug Wein aus dem Keller zu holen und den Gästen etwas zu essen vorzusetzen. Sie aßen schweigend, wie es hier zu Gebote stand, und begaben sich bald zu Bett. Die Glocke läutete zur Komplet, bald danach gingen alle Lichter im Kloster aus. Teresa streckte sich auf ihrem Strohsack aus, zog die wollene Decke über sich und versank bald in tiefen Schlaf. Der Gekreuzigte, der an der Wand hing, würde ihre Träume schon beschützen.

Mitten in der Nacht wachte Teresa vom Klang der Glocke auf. Im Kloster wurde es lebendig. Schritte trappelten in Richtung Kirche, und bald darauf erklangen gedämpft die Gesänge und Gebete der Morgenhore. Noch drang kein Tageslicht durchs Fenstergeviert. Teresa drehte sich noch einmal um. Wenig später ertönte die Glocke des Turmes sechs Mal. Teresa erhob sich, zog sich zitternd vor Kälte an und ging hinaus in den Kreuzgang, um ihr Gesicht zu waschen. Eine halbe Stunde später saß sie mit den Mönchen, ihrem Vater, Gero und Jost am Tisch im Refektorium und aß ihren Haferbrei. Jetzt erst fielen erste Sonnenstrahlen durch die vergitterten Fenster. Ihr Atem stand wie Dampfwölkchen vor ihrem Gesicht, Elstern schimpften in den Bäumen im Klosterhof.

Erneutes Fußscharren, noch ein Segen des Priors, und die Mönche machten sich auf den Weg zu ihren Arbeitsstätten. Die Schützen holten die Pferde aus dem Stall. Der Pförtner schenkte ihnen zum Abschied einen Beutel mit Walnüssen, dann ritten sie in den Morgen hinaus. Das gewaltige Panorama der Felsen und bunten Buchenwälder vor Augen, zogen sie die Donau aufwärts. Erinnerungen an den Bericht Fulcher von Chartres über den ersten Kreuzzug, den sie vor längerer Zeit gelesen hatte, stiegen in Teresa auf.

Hier waren Friedrich und Albrecht, ihre Vorfahren, gewiss auch entlanggeritten. Sie mussten sich mit dem Heer Gottfrieds von Bouillon weiter nördlich, etwa im Kinzigtal, vereinigt haben. Vielleicht war es auch weiter nördlich geschehen.

Als sie den Pass erreichten, brachte Friedrich sein Pferd zum Stehen. Sein Bruder Albrecht schloss zu ihm auf. Unter ihnen breitete sich das Tal aus, dessen Wiesen noch saftiggrün im Herbstlicht schimmerten. Die gegenüberliegenden, dicht bewaldeten Berge verschwammen im Dunst des Nachmittags. Doch Friedrich hatte keine Muße für die Schönheiten der Landschaft. Er beschattete seine Augen mit der Hand und schaute nach Westen, dorthin, wo die Sonne sich dem Horizont zuneigte. Von Lothringen her sollten die Männer und Frauen des Kreuzzugsheeres eintreffen, eins der Heere, die dem Aufruf Papst Urbans II. gefolgt waren, um das Grab Christi in Jerusalem von den Ungläubigen zu befreien. Furchtbares war ihm und seinem Bruder zu Ohren gekommen: die Massaker an der jüdischen Bevölkerung von Köln und anderen Städten des Rheinlands, Plünderungen und Vergewaltigungen.

Nach drei Stunden wurden die Berge flacher. Sie passierten immer wieder kleine Ansiedlungen am Fluss. Mittags rasteten sie in einer Gaststätte am Weg. Während sie ihre Rübensuppe mit Speck verzehrten, setzte sich der Wirt zu ihnen.

»Darf man fragen, woher Ihr kommt und wohin es Euch zieht?«, fragte er mit heraufgezogenen Augenbrauen. »Nichts für ungut, aber Ihr solltet Euch in Acht nehmen.«

»Ich bin so frei«, antwortete Froben. »Wir kommen von der Burg Wildenberg, falls Euch das ein Begriff ist, nahe dem Dorf Krähenstetten, und sind unterwegs zum Kloster Agenbach im Schwarzwald. Warum sollen wir uns in Acht nehmen?«

»Gestern Nacht kamen zwei Reiter hier vorbei und fragten nach dem schnellsten Weg nach Agenbach. Sie haben sich … sehr merkwürdig gebärdet.«

»Inwiefern merkwürdig?«, fragte Teresa.

»Nachdem ich ihnen freundlich erklärt hatte, dass der beste und kürzeste Weg über Rottweil und Oberndorf ginge, haben sie grußlos kehrtgemacht und sind davon galoppiert. Ihre Gesichter waren bleich, mit kalten Augen darin. Ich glaube, dass sie etwas im Schilde führen.«

»Das ist gut möglich«, antwortete Froben. »Bei uns wurde gestern Nacht ein Mann ermordet, der Torwächter.«

»Davon habe ich schon gehört. Ihr meint …«

»Ich kann nichts Näheres dazu sagen. Wir haben einen Auftrag zu erfüllen, und sie wollen uns möglicherweise daran hindern.«

Sie hatten inzwischen ihre Mahlzeit beendet. Froben legte ein paar Münzen auf den Tisch.

»Gott schütze Euch auf Eurem Weg«, sagte der Wirt.

Froben und Teresa passierten den Weiler Tuttlingen und wandten sich bald darauf nach Norden. Sie ritten durch eine weite, fruchtbare Ebene, das Neckartal. Im Westen sah Teresa die dunkle Silhouette der Vogesen. In Rottweil, einer alten Stadt mit vielen Türmen und trutzigen Kirchen, übernachteten sie in einer Herberge. Tags darauf ritten sie auf einem schmalen, gewundenen Weg ins Waldgebirge hinein. Es war mühselig, auf dem schmalen Pfad zu reiten, der immer wieder durch einen reißenden Bach führte oder unter tiefhängenden Tannenzweigen verschwand. Teresa war in Gedanken versunken. Vor dem inneren Auge sah sie ihre Vorfahren, wie sie auf das Kreuzfahrerheer warteten. Endlich war es angekommen, es mussten fast hunderttausend Mann sein, die sich unter der Führung Gottfrieds von Bouillon langsam näherten. Gottfried, ein noch junger Mann, mit einem hellen Panzer und Kettenbeinlingen bekleidet, darauf das rot-orange Kreuz. In Siegerpose ritt er dem Heer voran. Fast alle hatten sich ein solches Kreuz auf ihre Rüstungen geheftet. Auch Friedrich und Albrecht trugen dieses Zeichen, das sie immer daran erinnern würde, warum sie sich dieser Wallfahrt angeschlossen hatten.

»Anhalten!«, befahl Froben mit unterdrückter Stimme. Teresa schreckte zusammen. Sie durchquerten gerade eine tiefe Schlucht, deren Grund im Schatten lag. Ein Stück weiter unten floss ein murmelnder, klarer Bach. Teresa blickte hinauf zur Spitze der farn- und moosbewachsenen Felsen. Sie erschrak, als hätte ein Blitz sie durchfahren. Dort oben standen unbeweglich zwei Reiter und blickten zu ihnen herunter. Sie waren in helle Gewänder gehüllt, auf denen Kreuze prangten. Waren das vielleicht ... die Geister von Friedrich und Albrecht?

Du hast eine zu lebhafte Vorstellungskraft, hatte ihre Mutter immer gesagt.

Im nächsten Augenblick waren die beiden Reiter verschwunden.

Sind sie überhaupt da gewesen? fragte Teresa sich, doch kaum hatte sie das zu Ende gedacht, ertönte ein Rumpeln von der Spitze der Felsen, und sie sah mit schreckgeweiteten Augen, wie zwei Felsbrocken in einer Lawine aus Geröll donnernd den Felsen herabstürzten. Sie krachten auf den Weg, rissen die beiden Hakenschützen um und begruben sie unter sich. An der Stelle, an der die Brocken heruntergekommen waren, stieg rötlicher Staub auf. Ihre Pferde wieherten laut und stiegen mit den Vorderbeinen in die Luft. Teresa und ihr Vater hatten Mühe, sie unter Kontrolle zu bekommen.

Dann war es still, selbst die Vögel hatten ihren Gesang eingestellt. Froben erhob sich, klopfte sich den Schmutz von der Kleidung und half seiner Tochter beim Aufstehen. Teresas Knie zitterten heftig, ihre Zähne schlugen aufeinander.

»Dieser Anschlag galt nicht unseren beiden treuen Männern«, sagte Froben. »Jetzt müssen wir schauen, ob den armen Unglücklichen noch zu helfen ist.«

Mit vereinten Kräften versuchten sie, einen der Felsbrocken beiseitezurollen, doch vergebens. Die Waden der beiden, noch bedeckt mit dem Kettennetz, schauten unter dem Stein hervor, aber sie bewegten sich nicht mehr. Froben nahm ein leinenes Taschentuch vom Gürtel und schnäuzte sich. Teresa schluckte. Die Tränen liefen ihr über die Wangen.

»Es galt uns beiden, nicht wahr? So wie es schon auf Wildenberg uns gegolten hat.«

»Dir galt es nicht«, erwiderte ihr Vater. »Es könnte auch ein natürliches Ereignis gewesen sein. Aber das glaube ich nicht.«

»Hast du die beiden Reiter da oben gesehen?«, fragte sie.

»Was für Reiter? Nein, ich habe nichts gesehen. Aber mag sein, dass du recht hast. Das alles muss mit dem Pergament zusammenhängen. Warum nur habe ich dich mit hineingezogen? Ich hätte dich zu Hause lassen sollen.«

»Ach, Vater.« Teresa berührte seine Hand. »Unser Schicksal ist untrennbar miteinander verbunden. Hast du nicht oft gesagt, ich solle die Chronik auf jeden Fall zu Ende führen, selbst, wenn dir einmal etwas zustieße?«

»Ja, das habe ich, Teresa.«

Sie saßen auf, und es gelang ihnen mit Müh und Not, die Gesteinsmassen zu umgehen. Hoffentlich erreichten sie bald das Kloster. Teresa sehnte sich nach nichts mehr als nach einem Licht, nach Wärme und der Anwesenheit von Menschen, denen nichts Böses zuzutrauen war.

4.

Als die Sonne hinter den gegenüberliegenden Bergen versank, sah Teresa das Kloster in einer Senke unter sich liegen. Um die Kirche drängten sich Häuser aus braunrotem Sandstein. Der schmale Fluss zog nahe am Ort vorbei. Teresa schaute sich noch einmal schaudernd nach dem Wald um, aus dem sie gekommen waren, und machte sich dann leichteren Herzens daran, zusammen mit Froben den Berg hinunterzureiten. Der Duft nach Thymian und Heu stieg ihr in die Nase; ein Hund bellte. Die Hufe ihrer Pferde klapperten über die festgestampfte Lehmstraße.

Mächtig ragte das Kloster vor ihnen auf, mit rötlich dicken Mauern, Rundbogenfenstern und einem gewaltigen Tor. Wie schon im Tal der Donau wurden sie auch hier freundlich begrüßt. Teresa bekam ein Gastzimmer zugewiesen. Als der Bruder Pförtner, ein rundlicher, gutmütiger Mann mit breitem Gesicht, von dem Grund ihres Besuches erfuhr, versprach er, sie am nächsten Tag mit dem Librarius Alexis Furer und dem Abt zusammenzubringen.

Nach den *Laudes* mit ihren Hymnen, Psalmen und Wechselgebeten und dem Frühstück um halb acht gingen die Benediktinermönche ihrer Arbeit nach. Sie trugen schwarze Tuniken, Skapuliere und Kukullen mit Kapuze. Vom Kloster Inzigkofen, in dem ihre Schwester Barbara weilte, wusste Teresa, welche Arbeiten in solchen Stätten zu verrichten waren. Die einen waren in der Bäckerei beschäftigt, andere in der Küche, im Cellarium, im Garten oder im Waschhaus. Der Bruder Pförtner kam wie angekündigt und führte sie durch den Kreuzgang, der zu dieser Tagesstunde von den Mönchen nicht besucht wurde. Teresa war beeindruckt von den Gewölben und den Rosetten, die in jedem Durchbruch anders gestaltet waren. Sie gelangten zur Bibliothek, die in einem Raum im Obergeschoss untergebracht war.

Beim Eintritt stockte Teresa der Atem. Sie kannte die Bibliothek, die ihr Vater und ihr Großvater in der heimatlichen Burg zusammengetragen hatten. Eine Sammlung dieses Ausmaßes hatte sie jedoch noch nie gesehen. Unter einer Kassettendecke zogen sich an den Wänden Regale mit hellen, ledergebundenen Büchern entlang. Sie verströmten den Geruch nach altem, gepresstem Papier. Im unteren Bereich standen die Bücher zwischen Pfeilern und hölzernen Figuren. Die Regalschränke selbst waren mit Flachschnitzereien versehen, flankiert von schlanken Säulen. Auf einer Art Empore schlossen diese Säulen mit Voluten ab, die mit Masken besetzt waren. Zur Empore führte eine Wendeltreppe, die der Pförtner sie hinaufgeleitete.

Der Librarius Alexius Furer saß an einem Kirschholzpult, ein dickes Buch aufgeschlagen vor sich, in dem er tief versunken las. Seine Gestalt war untersetzt, sein Gesicht unter der Kapuze ein wenig gerötet und aufgeschwemmt, so als könne er sich gewisser weltlicher Genüsse nicht enthalten. Die Nase war breit, die Lippen waren fleischig, und unter dem Rand der Kapuze quollen eine Menge lockiger schwarzer Haare hervor. Als er ihnen entgegenblickte, langsam aufstand und auf sie zukam, bemerkte Teresa die Schärfe seiner Augen, mit denen er die Ankömmlinge musterte.

»Der Bruder Pförtner hat mir von Eurem Anliegen berichtet«, sagte der Bibliothekar mit einer tiefen, recht einnehmenden Stimme.

»Ich empfehle mich jetzt, muss wieder zum Tor zurück«, verabschiedete sich der Pförtner.

»Nehmt Platz«, sagte der Bibliothekar und schob ihnen zwei Stühle hin, die aus dem gleichen dunklen Holz und ebenso fein bearbeitet waren wie sein Lesepult. »Was führt Euch zu mir, in diesen finsteren Winkel des Schwarzen Waldes?«

Froben räusperte sich. »Wir haben Kunde erhalten, dass Euer Kloster reich ist an kirchlichen Schätzen, Eure Mönche voller Demut und Arbeitsamkeit sind und dass der Ruf Eurer Gelehrsamkeit weit über die Grenzen dieses Schwarzen Waldes hinausgedrungen ist. Wir kommen von der Burg Wildenberg im Donautal. Nachdem wir erfuhren, dass ein Vorfahr von uns nach dem ersten Kreuzzug einen goldenen Kandelaber hierher gebracht hat, machten wir uns auf den Weg, um nach dem Verbleib dieses Leuchters zu forschen. Dies ist übrigens meine Tochter Teresa, die mir beim Erstellen unserer Familienchronik behilflich ist. Ein Sohn blieb mir leider versagt. Eine weitere, blinde Tochter von mir lebt im Kloster Inzigkofen an der Donau.«

Warum plauderte Froben ihre Familiengeschichte aus? Dazu noch so salbungsvoll? Gewiss wollte er sich Vorteile beim Librarius verschaffen, damit er Zutrauen gewann. Es fehlte nur noch, dass er ihm vom Tod ihrer Mutter berichtete.

»Das ist eine sehr interessante Geschichte, die ihr mir vortragt«, erwiderte Alexius. »Und es ist eine wahre Geschichte, ich kenne sie. In den Annalen des Klosters ist sie aufgezeichnet. Es ist nur so, und insofern muss ich Euch enttäuschen, dass dieser Goldkandelaber kurz nach dem Eintreffen des Friedrich von Wildenberg verschwunden ist.«

»Verschwunden?«, fragten Froben und seine Tochter wie aus einem Munde.

»Wie konnte das passieren? Wohin ist er verschwunden?«, wollte ihr Vater wissen.

»Das kann niemand sagen, und die alten Bücher geben keine Auskunft darüber. Friedrich kehrte nach Syrien zurück, danach hat man nie wieder etwas von ihm gehört oder gesehen, geschweige denn, dass ein Lebenszeichen in irgendeiner Schrift aufgetaucht wäre.«

Teresa war enttäuscht. Sollten sie die Reise vergebens gemacht haben? Und die beiden Reiter – was hatten die zu bedeuten? Etwas im Ausdruck des Bibliothekars hinderte sie daran, über ihre Erlebnisse zu berichten.

»Ich werde Euch die Annalen zeigen«, fuhr Alexius fort. Er ging hinüber zu einem der Regalschränke und zog ein großes Buch heraus. Es war in schwärzliches Leder gebunden und mit goldenen

Lettern verziert. Ihm entströmte der Geruch uralter Mauern. Er legte es vor sich auf das Pult und schlug es auf.

Annalen des Klosters Agenbach stand auf der ersten Seite in einer kunstvollen Schrift, mit verblassender indigoblauer Tinte geschrieben. Das Pergament war teilweise eingerissen, als hätten Hunderte von Bibliothekaren, Mönchen und Scholaren im Lauf der Jahrhunderte darin geblättert. Alexius ließ die Seiten vorsichtig durch seine wulstigen Finger gleiten.

»Das Kloster wurde im Jahre 1095 von Mönchen aus St. Blasien gegründet«, sagte er. »Spätere Äbte und Bewohner kamen aus dem niederen Landadel der Umgebung – und sie führten das Kloster zu der Blüte, die ihr heute vor Euch seht. Hier ist es.« Er hielt einen Moment mit dem Blättern inne.

»Am 12. Dezember 1099 erschien ein Kreuzfahrer an der Pforte des Klosters, der sich als Friedrich von Wildenberg ausgab. Er überreichte den Mönchen einen goldenen Kandelaber zur Aufbewahrung, den er später wieder holen und zu seiner Stammburg Wildenberg bringen wollte, nachdem seine Mission in Syrien beendet sein würde. Er diente wohl in Jerusalem seinem Heerführer Gottfried von Bouillon. Mehr ist zu diesen Ereignissen leider nicht zu sagen. Ich habe jahrelang nachgeforscht, aber weiter nichts gefunden.«

»Das ist auf jeden Fall sehr aufschlussreich«, meinte Froben. »Irgendwo muss dieser Kandelaber aber doch geblieben sein.«

»Es wurden viele Mutmaßungen angestellt. Nach einer Theorie hat ein Jakobspilger ihn mit nach Santiago de Compostela genommen, und dort wurde er lange als Heiliger Gral verehrt. Eine andere Theorie besagt, Friedrich habe ihn, aus Misstrauen gegen die Mönche, wieder nach Syrien und Jerusalem zurückgebracht, nachdem er hier nach seinen Besitzungen und seiner Familie geschaut hatte. Wie dem auch sei, wir werden es sicher in diesem unserem Leben nicht herausfinden.«

»Ich danke Euch auf jeden Fall für Eure bereitwilligen Auskünfte, Bruder Librarius«, sagte Froben.

Teresa murmelte ein paar Worte der Zustimmung. Dieser Mann verbarg etwas. Sie konnte es nicht benennen, aber ihr Gefühl trog sie selten.

»Ich lade Euch ein, in unserem Kloster zu Gast zu sein«, fuhr Alexius fort, »so lang es Euch beliebt. Ich habe es mit dem Abt schon besprochen. Ihr könnt Euch in der Bibliothek umsehen, am klösterlichen Leben teilnehmen und auch mit uns beten und arbeiten, sofern Ihr es wollt. Eure Tochter sollte ihre Gestalt durch Mönchskleidung verhüllen und ihre Haare verstecken, auf dass sie meinen Brüdern nicht zu unkeuschen Gedanken Anlass gebe.«

Das war ein sehr großzügiges Angebot. Vielleicht täuschte Teresa sich, vielleicht hatte er wirklich ein gutes Herz und bezweckte nichts Bestimmtes. Wenn die beiden Reiter wirkliche Menschen gewesen waren und keine Geister, mussten sie in der Gegend gesehen worden sein.

»Ich werde Euch meinen Gehilfen zur Seite geben«, sagte der Bibliothekar. »Er heißt Markus Schenk und stammt aus einem Dorf hier in der Nähe. Seine Begabung und sein Fleiß haben uns dazu bewogen, ihm die Stelle als Bibliotheksgehilfe anzubieten, die er seitdem mit Gewissenhaftigkeit versieht. Er war zunächst Novize, gehört jetzt jedoch zu den aktiven Mönchen.«

Alexius nahm eine silberne Schelle von seinem Pult und ließ sie ertönen. Aus dem Hintergrund der Bibliothek näherte sich eine Gestalt. Es war ein junger Mann mit dunklen, lustig funkelnden Augen. Er trug die schwarze Tracht der Benediktiner.

»Markus, ich bitte dich, in den nächsten Tagen für das geistliche und leibliche Wohl unserer Gäste zu sorgen«, sprach Alexius. »Führe sie herum, zeige ihnen alles und sei ihnen vor allem behilflich, Spuren ihres Vorfahren aufzudecken, der einst zu diesem Kloster in einer wichtigen Angelegenheit kam. Sei sittsam und hüte dich vor frechen Bemerkungen. Er ist eben ein Kind seines Dorfes«, wandte sich Alexius wieder an die beiden. »Unsere Scholaren haben ihm nicht eben die besten Umgangsformen beigebracht.«

»Ich werde mich zu benehmen wissen«, sagte Markus, und Teresa sah, wie er sie bei diesen Worten anschaute und ihm dabei der Schalk aus den Augen blitzte.

»Nun geh wieder an deine Arbeit!«, forderte Alexius den Gehilfen auf. »Ich selbst muss mich meinen Studien widmen. Erkundet nur die schöne Umgebung unseres Klosters und findet Euch zur Mittagszeit im Refektorium ein.«

Damit waren Froben und Teresa zunächst entlassen. Sie verließen die Bibliothek und machten sich auf zu einem Rundgang durch das Kloster. Es war gegen halb zehn, im Kreuzgang schickte die Sonne ihre ersten Strahlen zur Krone der Magnolie, die inmitten der Rasenfläche stand. Gemächlich wandelten Mönche zwischen Garten und Küche hin und her; keiner sprach ein Wort. Ora et labora, bete und arbeite – das war das Gesetz des heiligen Benedikt zum Tagesablauf der Mönche.

Nachdem Teresa vom Kammerverwalter Tunika, Skapulier und Kukulla erhalten und sich umgekleidet hatte, betrat sie mit ihrem Vater die Kirche, deren hoher Altarraum von einer Kassettendecke gekrönt war. Die Farben waren in Weiß und dem rötlichen Sandstein gehalten, den die Bewohner des Klosters in der Nähe abbauten. Die Rundbögen und Pfeiler standen in einer strengen Ordnung zueinander. Unterbrochen wurde diese Ordnung nur durch den Altar, eine blaugoldene Schnitzerei mit einer Darstellung von der Kreuzigung Christi. Ein junger Mönch, wahrscheinlich ein Novize, fegte mit einem Strohbesen den Boden.

»Lass uns an die frische Luft gehen«, sagte Froben. »Mir wird hier allmählich ein wenig eng zumute.«

Teresa stimmte ihm zu und folgte ihm zur Tür. Sie traten auf den Platz vor der Kirche. Darauf stand eine Linde, um deren mächtigen Stamm sich eine hölzerne Bank schmiegte, daneben ein Brunnen mit einer Steinfigur. Teresa nahm an, dass sie einen der hier früher lebenden Äbte darstellte. Aus den Fenstern des Schulgebäudes drang das unterdrückte Gelächter der Scholaren, und von der Küche her wehte ein Geruch nach Fleischbrühe. Die beiden schlenderten durch den Garten, der mit antiken Skulpturen geschmückt war. Auf die Wege hatte man Kies gestreut. Ein Bach floss durch das Gelände, dessen Ufer mit Minze und Mädesüß bestanden waren. Die Nebel begannen sich zu heben und ließen Tautropfen im Gras zurück. Im Osten kämpfte sich die Sonne vollends über die Berge, sie überstrahlte Garten, Wälder, Kloster und die kleine, winkelige Ortschaft mit ihrem goldenen Licht. Teresa und Froben wandten sich einem kleinen Tor in der Mauer zu. Dahinter begann ein Pfad, der sich steil den Berg hinaufwand. Sie folgten ihm in die Höhe. Durch dichten Tannenwald gelangten sie immer weiter hinauf.

Teresa musste öfter innehalten, um Atem zu holen. Dabei schaute sie ins Tal zurück, das gegen Süden noch im Dunst versunken war, auf die kleinen Häuser rund um das Kloster. Rote Schnecken krochen über den Weg. Als sie oben waren, schwitzte Teresa beträchtlich. Sie war es nicht gewohnt, so früh am Tag eine solche Anstrengung hinter sich zu bringen. Linker Hand zweigte ein Hohlweg ab, den sie nun beschritten.

»Es ist der Jakobsweg, den die Pilger aus dem heiligen Römischen Reich auf ihrer Wanderung nach Santiago de Compostela benutzten«, sagte Froben.

Santiago de Compostela – schon oft hatte sie diesen Namen gehört, und immer weckte er eine unbestimmte Sehnsucht in ihr. Was hatte der Librarius heute Morgen gesagt?

»Glaubst du, dass der Kandelaber nach Santiago de Compostela gebracht worden ist?«, fragte sie ihren Vater.

»Ich weiß nicht, was ich glauben soll. Wir brauchen sichere Hinweise. Bis jetzt wissen wir nur, dass ein Pergament gestohlen wurde und dass wir offensichtlich von zwei Reitern verfolgt werden.«

»Das beweist doch, dass es da etwas gibt, etwas, das wir nicht erkennen können und das keiner aus dem Kloster erkennen kann, auch der Bibliothekar nicht.«

»Vielleicht kann uns der Gehilfe etwas sagen. Wie war noch sein Name?«

»Markus Schenk«, beeilte sich Teresa zu sagen.

»Markus Schenk wird uns möglicherweise weiterhelfen können. Nach dem Mittagessen werden wir ihn mal zur Seite nehmen.«

Der Gedanke daran war Teresa angenehm. In der Gegenwart des Bibliothekars dagegen hatte sie eine düstere Beklemmung gespürt.

Sie wanderten noch eine Weile auf dem Weg dahin, der sich auf halber Höhe dahinzog. Er war von Brombeergebüsch und verblühten Heideröschen eingerahmt und gab immer wieder den Blick ins Tal frei. So hätte Teresa immer weiter wandern können, bis sie in Santiago angekommen wäre. Und bis sie wusste, wohin sie ihr Weg im Leben führen sollte. Ach, dieses Ziel würde sie niemals erreichen, schon gar nicht allein. Was war ihre Bestimmung?

Eine dunkle Wolke schob sich vor die Sonne, und Teresa fröstelte. Eine Dohle schrie hoch über ihrem Kopf.

»Lass uns umkehren«, bat sie ihren Vater.

»Hast du schon genug vom Wandern? War es nicht dein Traum gewesen, einmal nach Santiago de Compostela zu pilgern?«

»Ja, das war ein Traum von mir und ist es immer noch. Aber die Zeit ist noch nicht gekommen.«

»Ich würde dich auch niemals allein ziehen lassen.«

Da war es wieder. Warum konnte sie nicht allein in die Welt ziehen, wohin es ihr beliebte? Männer konnten das. Männer durften so viel tun, was ihr versagt blieb. Manchmal war sie voller Neid auf sie.

Sie kehrten durch eine andere Pforte in der Klostermauer zurück und überquerten den kleinen Friedhof mit seinen Eisenkreuzen. Eine Eiche stand dort mit einer Steinbank darunter, die aus drei mächtigen Klötzen zusammengebaut war. Teresa bemerkte eine Art Rundbogen in der Mauer, wie ein zugemauertes Tor.

»Was mag das wohl gewesen sein?«, fragte sie ihren Vater.

»Es war gewiss ein weiteres Tor, das nicht mehr gebraucht wurde.«

Die Kirchenglocke schlug zwölfmal. Sie würden gerade recht zum Mittagessen kommen.

5.

Der Saal war mit prächtigen Säulen, Kapitellen und Fresken ausgestattet, die Fenster waren mit bunten Glasmalereien geschmückt. In jeder Ecke stand ein Schutzheiliger, aus rotem Sandstein gehauen. Einige Mönche saßen schon im Refektorium, wo sie zusammen mit den Gästen des Klosters und dem Abt zu speisen pflegten. Der Abt war jedoch für einige Tage außer Haus, wie Teresa erfahren hatte. Die Novizen und die Arbeiter, die von draußen kamen, aßen miteinander in einem anderen Raum. Außer dem leisen Klappern von Löffeln war nichts zu hören.

Allmählich füllte sich der Saal. Teresa sah Alexius und Markus, den Bibliotheksgehilfen. Er nickte kaum merklich in ihre Richtung. Auf einer Steinbank in einer Wandnische saß der Vorbeter und las einen Psalm. Die Tür von der Küche her öffnete sich. Herein kamen vier Mönche, die einen großen Eisentopf trugen, aus dem es kräftig dampfte. Die Mönche nahmen ihre Teller in die Hand, standen einer nach dem anderen auf, was zu einem allgemeinen Stuhlrücken führte, und stellten sich in einer Reihe an, um sich von den Küchengehilfen Maultaschen und Brühe schöpfen zu lassen.

Bald waren auch Froben und Teresa an der Reihe. Sie erinnerte sich an die Worte ihrer Mutter, dass die Maultasche im Kloster Maulbronn erfunden worden war. Während der Fastenzeit bekamen die Mönche ein großes Stück Fleisch geschenkt. Da sie es nicht verderben lassen wollten, hackten sie es in kleine Stücke, mischten Petersilie und Spinat darunter, damit es wie eine Fastenspeise aussah, und wickelten es schließlich in einen Nudelteig, auf dass der Herrgott ihren kleinen Betrug nicht bemerkte.

Einen Moment lang sehnte sich Teresa zurück auf die väterliche Burg, wo sie so oft zusammen mit der Köchin Ursula diese Nudelflecken zubereitet hatte. Während des Essens bemerkte sie, dass ihr Markus verstohlene Blicke zuwarf. Er war ja vom Bibliothekar, nein vom Abt höchst selbst dazu abgeordnet worden, sie beide zu begleiten. Als Teresa sich nach dem Abschlussgebet zusammen mit Froben dem Ausgang zuschob, fühlte sie sich am Ärmel ihrer Kutte gefasst.

»Geht mit Eurem Vater zum Friedhof, dort können wir ungestört sprechen«, raunte Markus ihr zu. Seine schwarzen Augen funkelten. »Nach dem Mittagessen haben wir immer eine Freistunde, die wir mit Beten, aber auch mit Unterhaltungen begehen dürfen.«

Schon war er zwischen den anderen Mönchen verschwunden. Teresa schaute sich nach ihrem Vater um. Als sie ihn schließlich gefunden hatte, berichtete sie ihm von dem Vorschlag des Gehilfen. Eine freudige Anspannung trat in Frobens Gesicht.

»Ich glaube, dass er uns einiges zu berichten hat«, sagte er leise. Gemächlich schlenderten sie zur Tür hinaus, wandelten den Gang zur Pforte entlang und empfahlen sich dem Pförtner mit den Worten, dass sie ein wenig im Garten spazieren wollten. Schon von weitem sah Teresa Markus auf der steinernen Bank sitzen. Sie nahmen neben ihm Platz.

»Ergeht es Euch wohl hier bei uns?«, wollte Markus wissen.

»Es fehlt uns an nichts«, antwortete Froben. »Nur die Lösung auf unsere Fragen haben wir noch nicht gefunden.«

»Bruder Librarius hat mir erzählt, dass Ihr auf den Spuren eines Vorfahren oder mehrerer Vorfahren seid«, entgegnete Markus.«Ich kenne die Geschichte, denn ich habe die Chronik des Herrn Friedrich von Wildenberg mit eigener Hand abgeschrieben.«

»Die Chronik? Was für eine Chronik?«, fiel ihm Teresa ins Wort. Sie hörte, wie ihr Vater zischend die Luft einsog.

»Er hat eine Chronik, die er während des ersten Kreuzzuges geschrieben hat, hier zusammen mit dem Kandelaber abgegeben. Diese Chronik befand sich die ganze Zeit im Besitz unseres Klosters. Nachdem ich heute Morgen von Eurem Ansinnen hörte, bin ich sogleich hingeeilt, um sie zu holen, doch sie war fort. Ich kann mir nicht erklären, wie das passieren konnte.«

»Alexius hat aber nichts von einer solchen Chronik erwähnt«, sagte Froben.

»Vielleicht hatte er ihr Verschwinden ebenfalls bemerkt, und es war ihm unangenehm. Ich denke aber, Ihr habt ein Recht darauf, etwas über den Inhalt dieses Schriftstückes zu erfahren. Ich habe mir lange überlegt, wo und wie ich Euch diesen Inhalt zukommen lassen kann. Ich darf es nicht aus der Hand geben, aber ich will Euch diese Chronik gern vorlesen.«

»Ich bin begierig darauf, etwas über diese Zeit und vor allem über den Kandelaber zu erfahren«, sagte Froben.

»Dann kommt heute Abend, wenn die anderen schlafen gegangen sind, hinüber zur Wohnung des Abtes. Ich besitze einen Schlüssel, um an die Bücher seiner privaten Bibliothek zu gelangen. Wie Ihr wisst, ist er für einige Tage außer Haus. Ich werde die Fenster verhängen, so dass niemand ein verdächtiges Licht hervorschimmern sieht.«

»Bringt Ihr Euch damit nicht in Gefahr?«, fragte Froben.

»Ich glaube, ich werde hier von allen unterschätzt«, erwiderte Markus mit einem Lächeln. »Sie denken, ich sei der dumme Bauernbub aus dem nächsten Dorf, dem sie ein wenig Lesen und Schreiben beigebracht haben, dazu den Inhalt der Bibel, Psalmen und Litaneien. Sie wissen nicht, was sich hinter der Stirn dieses Tölpels abspielt.«

Ein warmes Gefühl stieg in Teresa auf. Auch dieser Junge hatte seinen Packen zu tragen. Außerdem gefiel er ihr mit seiner direkten, unaufdringlichen Art.

»Was schlagt Ihr vor, wie wir uns die Zeit bis zum Abendessen vertreiben könnten?«, fragte Froben.

»Ich habe die Erlaubnis, Euch im Kloster herumzuführen und Euch einige Wirkungsstätten der Mönche zu zeigen, als da sind die Schule, die Landwirtschaft, die Bäckerei und die Speisemeisterei.«

Als Erstes bekamen die beiden die Landwirtschaft zu sehen. Angrenzend an den Garten, in dem es auch Beete mit Wurzelgemüse und Kohl gab, sowie ein Kräutergärtchen, in dem ein Mönch Petersilie und Portulak schnitt, lagen die Ställe mit den Kühen, Pferden, Schweinen und dem Federvieh. Die Tiere begrüßten die Gäste mit einem Quieken, Wiehern, Grunzen und Gackern. Zwei schwarz gekleidete Männer schaufelten den Mist unter den Leibern der Kühe weg, und es stank kräftig nach Jauche.

»Den Mönchen ist es nur gestattet, Fleisch von zweibeinigen Tieren zu essen«, erklärte Markus. »Schweinefleisch und Rindfleisch gibt es nur in Ausnahmefällen – und für die Kranken, damit sie schneller wieder zu Kräften kommen.«

»Oder man versteckt sie unter einem Nudelteig«, neckte ihn Teresa.

»Ja, aber das ist überall so.« Er lachte. »Des Menschen Wille ist schwach, auch wenn er eine Kutte trägt.«

»Woraus werden die Kleider der Mönche gemacht?«, wollte Teresa wissen.

»Auf den Weiden oberhalb von hier hütet der Bruder Schäfer eine Herde«, versetzte Markus. »Die Wolle wird in der Spinnstube des Ortes von den Frauen verarbeitet und gewebt. Dann nähen sie unsere Kutten und anderes daraus.«

»Wie viele Mönche leben hier?«, fragte Froben.

»Annähernd siebzig. Die wollen alle, auch wenn wir bescheiden sind, verpflegt werden. Als Nächstes zeige ich Euch die Bäckerei.«

Sie verließen die Ställe und machten sich auf zum Klosterhof mit der großen Linde. Die Bäckerei war ein kleines, altes Steinhaus, aus dessen Schornstein der Rauch quoll. Es roch nach frisch gebackenem Brot. Sie traten durch die niedrige Tür. In dem geschwärzten Raum gab es nur einen Holztisch, auf dem ein Novize dabei war, aus Mehl, Wasser und Hefe einen Teig zu kneten. Nahe dem riesigen Ofen, aus dessen Öffnung die Glut strömte, waren Brotlaibe zum Gehen aufgereiht. Ein weiterer Novize schob mit einer langen Backschaufel drei Brote in den Ofen.

»Hier ist ein fertiges Brot, Ihr dürft mal kosten«, sagte Markus, schnitt mit seinem Messer zwei Scheiben ab und gab sie ihnen in die Hand. Das Brot war noch warm und schmeckte köstlich.

»Zum Vorgang des Backens brauche ich sicher keine langen Erklärungen abzugeben«, meinte Markus.

»Ich habe schon selber Brot gebacken«, beeilte sich Teresa zu sagen. Er sollte nicht denken, dass sie eine eingebildete Adlige sei, die den ganzen Tag nur stickte oder sich von jungen Männern den Hof machen ließ.

»Das habe ich Euch durchaus zugetraut«, sagte er mit einem Zwinkern. »Und nun kommt mit zur Klosterschule. Dort werden begabte Kinder armer Bewohner dieses Landstriches im Rechnen, Schreiben und Lesen unterrichtet. Sie werden schon im zarten Alter von fünf Jahren aufgenommen.«

Sie folgten ihm zum Hauptgebäude und gingen eine gewundene Holztreppe hinauf. Markus öffnete leise eine Tür, die mit verschnörkelten Eisenbeschlägen verziert war. Teresa trat neben ihn und erblickte eine Schar von vielleicht zehn Jungen, die an niedrigen Holztischen saß. Sie waren alle mit bräunlichen Hemden und Wämsern bekleidet, die ihnen viel zu groß waren. Ihre Beine steckten in grauen Pluderhosen und Strümpfen. Ihr Lehrer, ein hagerer Mönch mit Hakennase und einem Haarkranz um die Tonsur, die ihn ein wenig wie eine zerrupfte Krähe aussehen ließ, befahl gerade einem der Jungen, eine Rechnung mit Kreide auf die Wachstafel zu schreiben. Alle schauten mit großen Augen zu ihnen herüber.

»Jetzt gafft nicht so, Kinder!«, sagte der Lehrer mit strenger Stimme.

»Habt ihr noch nie Besucher von außerhalb gesehen? Also, was ist die Wurzel aus 81, Clemens?«

»Ich … ich weiß es nicht«, stotterte der Kleine.

»Dann wirst du es zu Hause üben und mir morgen über deine Bemühungen berichten. Setz dich! Und wehe, du kommst morgen nicht mit der Lösung, dann wirst du meine Rute spüren!«

Gott sei Dank hatte Teresas Vater sie selbst unterrichtet, und zum Glück war sie ein Mädchen, sonst müsste sie auch so lernen wie diese Jungen. Sie war froh, als Markus die Tür wieder zuzog und sie mit ihm nach draußen gehen konnten.

»Ihr wundert Euch sicher, dass der Lehrer so streng mit den Kindern umgeht. Ich habe schon versucht, ihn zur Mäßigung zu bringen. Die Kleinen sind so wissbegierig, die würden ihm alles von den Lippen ablesen, wenn er sie nur ließe. Es ist halt schwer, in unserer abgeschiedenen Lage geeignete Lehrer zu finden, und so kommt er aus den eigenen Reihen. Einer, der sich selbst kasteit und geißelt.«

Die Speisemeisterei war im Fruchtkasten untergebracht. Hier lagerten Säcke voll Getreide, Rüben und Kohlköpfe für den Winter, große Körbe mit Äpfeln und Dörrpflaumen sowie getrocknetes Fleisch. Von der Decke hingen geräucherte Schinken. Teresa betrachtete diese Dinge mit Vergnügen und wünschte sich, ihre Kochkunst unter Beweis stellen zu können.

Zum Abschluss führte der Bibliotheksgehilfe sie in die Küche. Teresa sah zwei Mönche, denen der Schweiß über die roten Gesichter lief. Einer rührte in einem Daubenbottich mit zwei Ringen zum Tragen, ein anderer wusch Geschirr an einem steinernen Ausguss.

»Das ist Ambrosius, der Küchenmeister«, stellte Markus den einen, beleibteren vor, dessen rote Locken ihm strähnig ins Gesicht hingen. »Und der andere ist ein Novize namens Johannes. Normalerweise hilft einer der Lateinschüler in der Küche aus, wenn nicht gerade Unterricht ist.«

Die beiden nickten ihnen freundlich zu. Teresa bekundete großes Interesse für die Gerätschaften, Töpfe, Pfannen und für das Gemüse, das auf dem Tisch ausgebreitet war. Sie verließen das Gebäude. Die Häuser warfen schon längere Schatten. Die Blätter der Linde waren gelb verfärbt und raschelten in der Brise. Aus dem Schulgebäude erklangen Kinderstimmen. Die kleinen Scholaren, die sie in der Schulstube gesehen hatten, stürmten aus der Tür und spielten Fangen rund um den Brunnen herum.

6.

Das Zimmer des Abtes war in den Schein einer Öllampe getaucht. Wie angekündigt, hatte Markus die Fenster mit Wolldecken verhängt, damit kein Lichtschein nach außen drang. Er saß wie die anderen auch auf einem alten Scherenstuhl mit versilberter Rückenlehne und einer Sitzfläche aus starkem, poliertem Leder. Der Raum war überaus kostbar eingerichtet mit zarten Fresken an den vertäfelten Wänden, einem Erker mit Sternrippengewölbe und wappentragenden Engeln, einem Schreibpult und Bücherschränken. Das Schlafgemach des Abtes lag nebenan. Gewiss stand ein riesiges Bett mit einem roten Baldachin darin. Markus hatte einen Band vor sich auf dem Schoß liegen, der nach einer Sammlung loser Blätter aussah, die notdürftig zwischen zwei Buchdeckel geheftet waren.

»Ich habe die Abschrift in Eile anfertigen müssen«, sagte er entschuldigend. Er stellte das Öllicht so zu sich heran, dass er die Worte entziffern konnte, und begann zu lesen.

»Dies ist ein Traktat, das der Unterzeichnende, Friedrich Wildenberg, heimgekehrt vom ersten Gang der aufrechten Christen in Waffen zum Heiligen Grab, niedergeschrieben hat im Jahre 1099, hierselbst im Kloster zu Agenbach, so wahr mir Gott helfe. Amen.

Schon ist ein Jammern entstanden um die blutigen Gemetzel, die von den ersten Wallfahrern aus dem Rheinland unter den Juden und der übrigen Bevölkerung angerichtet wurden. Dem Himmel sei Dank, dass dieser Zug in Nicäa von den Seldschuken vernichtend geschlagen wurde!«

»Wer waren diese Menschen?«, wollte Teresa wissen.

»Dazu muss ich ein wenig ausholen. Papst Urban II. hatte den Beginn der Wallfahrt für den 15. August im Jahr des Herrn 1096 geplant. Er rechnete jedoch nicht damit, dass schon Monate vorher, im April 1096, eine Armee von Kleinbauern und niederem Adel auf eigene Faust nach Jerusalem aufbrechen werde. Sie wurden seit Jahren von Dürren, Hunger und Seuchen geplagt und sahen in dem Kreuzzug eine Möglichkeit, ihrem Elend zu entkommen. Im Jahr davor hatte es Meteorschauer, Polarlichter, eine Mondfinsternis und einen Kometen gegeben sowie eine Massenvergiftung durch Mutterkorn. Man glaubte, das Ende der Welt sei nahe. Der Papst wurde nun durch ein Heer von hunderttausend unausgebildeten Männern, Frauen und Kindern überrascht. Ihr Anführer war der Einsiedler Peter von Amiens, der bekannt dafür war, dass er auf einem Esel ritt und einfache Kleidung trug. Es mischte sich allerlei Diebsgesindel unter das Heer. Bereits am Anfang kam es in Frankreich sowie in Mainz, Worms und Köln zu einem Gemetzel unter den Juden. Plündernd und raubend zog das Heer weiter durch Ungarn bis Belgrad und kam schließlich in Konstantinopel an. Es wurde, wie Friedrich von Wildenberg berichtet, vernichtend geschlagen. Die Überlebenden warteten in Konstantinopel auf die anderen Teile des Heeres, die in Lothringen, Südfrankreich und Italien aufgestellt wurden.«

Er fuhr fort zu lesen: »*Albrecht hatte sich bereit erklärt, mich auf der gefahrvollen Reise zu begleiten. Unsere väterliche Burg, einen alten Familienbesitz, ließen wir in der Obhut des Vogtes zurück. Ach, wie schwer fiel mir der Abschied von der Heimat, aber der Ruf des Heiligen Vaters war auch zu uns durchgedrungen und keiner, der auch nur ein bisschen auf seine Ehre hielt, konnte sich ihm entziehen. Anders Albrecht, der schon seit Wochen darauf brannte, aufzubrechen! Er verspricht sich bestimmt großen Reichtum von diesem Pilgerzug, während es mir vor allem um die Befreiung des Heiligen Grabes von den Ungläubigen geht. An einem Morgen nun im August im Jahre des Herrn 1096 verließen wir unsere väterliche Burg, gewandet in Kettenhemd, Helm und mit dem Schild an der Seite, und wandten uns aus dem Donautal über die Berge nach Norden. Von einem Pass aus sahen wir das riesige Heer aus Lothringen nahen. In der Stadt Wolphaa warteten wir auf das Heer der Kreuzritter und schlossen uns ihm an.«*

Genauso, wie ich es im Geiste vor mir gesehen habe, dachte Teresa.

»Die Stimmung war gut unter den Rittern, es gab genügend Fleisch und Wein für alle, und selbst ein Haufen Weiber hatte sich unter das Volk gemischt, manche gar in Beinkleidern, die sie als Männer erscheinen lassen sollten. Gottfried von Bouillon, ein prachtvoller lothringischer Herzog in der Mitte seiner dreißiger Jahre, mit einem schmalen, bräunlichen Angesicht und bekleidet mit einem weißen Harnisch, auf dem orangerote Kreuze in verschiedenen Größen angebracht waren, stand an der Spitze dieses wohlorganisierten Heeres. Er wurde begleitet von seinem Bruder Balduin von Boulogne, der seine Frau Godvère von Tosni und seine Kinder mit sich führte. Wir zogen in vierzehn Tagesmärschen den Neckar hinab und immer an der Donau entlang bis nach dem alten Castra Regina der Römer. Ich gewöhnte mich schnell an das Lagerleben mit seinen Entbehrungen, während Albrecht häufig nach den Bequemlichkeiten seiner Burg jammerte, die so bequem gar nicht gewesen war. Der Herzog führte uns durch liebliche Täler und durch Auen, über sonnenglühende Höhen mit spärlichem Bewuchs, dann wieder zu Flüssen und Bächen, in denen die Pferde ihren Durst stillen und das Fußvolk seine heißgelaufenen Zehen kühlen konnte. Es regte sich keinerlei Widerstand im Volk, nein, sie schlossen sich uns zu Hunderten an, begeistert von der Idee, das Heilige Grab zu befreien.

Schon von Anfang an war mir eine kleine weibliche Person aufgefallen, hübsch von Angesicht und grazil von Gestalt, auch wenn sie sich in einen groben Umhang geworfen hatte, den sie nur bei großer Hitze ablegte. Sie schien keinerlei Verwandte oder Freunde zu haben, schritt aber tapfer, ohne jedes Murren mit den anderen im Tross, half beim Kochen, beim Säubern der Zelte, besserte Kleidung aus und erbettelte auch mitunter Nahrung in den umliegenden Dörfern. Den Wallfahrern Gottes wurde immer gern gegeben.

Eines Tages näherte ich mich ihr mit den Worten: ›Wo seid Ihr her, liebreizende Frau?‹

Sie wollte sich zunächst entfernen, über und über rot geworden, doch als ich sie noch einmal bat, mir Auskunft zu geben, begann sie zu sprechen.«

Markus hob den Blick und hörte auf zu lesen.

»Die Glocke hat gerade zehn Schläge getan«, sagte er. »Ich glaube, wir beenden unsere Zusammenkunft für heute, denn es sind nur noch drei Stunden bis Vigil.«

»Auf jeden Fall haben wir einen ersten Eindruck davon erhalten können, wie unsere Vorfahren zum Heer Gottfrieds von Bouillon kamen«, meinte Froben.

Teresa unterdrückte ein Gähnen. Sie war trotz ihrer Müdigkeit gespannt auf die Fortsetzung der Geschichte, die für den kommenden Abend beschlossen wurde.

Am nächsten Morgen waren ihre Augen klein und brannten, weil sie wegen der Nachtgebete kaum geschlafen hatte. Als die Glocke sechs und eine halbe Stunde schlug, versammelten sich alle – auch Teresa – im Kapitelsaal. Die Gebete der Prim wurden fortgesetzt, danach die Tagesaufgaben verteilt. Teresa bat darum, in der Küche arbeiten zu dürfen. Es war schon immer ihr Wunsch gewesen, einmal in einer Klosterküche tätig zu sein. Alexius, der die Gebete in Vertretung des Abtes gesprochen hatte, wies sie an, sich bei Bruder Ambrosius in der Küche zu melden, er sei schon vorausgegangen. Der Ort, an dem die Speisen für die Mönche hergestellt wurden, befand sich direkt neben dem Refektorium. Es war ein großer, dunkler Raum mit geschwärzten Wänden; an der Längsseite war ein kleines vergittertes Fenster eingebaut. An den Wänden zogen sich Regale mit Töpfen und anderen Gerätschaften hin. In der Mitte stand der gemauerte Herd. Über ihm befand sich ein Kupferkessel, an einer eisernen Vorrichtung aufgehängt. Bruder Ambrosius war seine Vorliebe für gutes Essen anzusehen. Sein Bauch spannte sich unter der weißen Schürze, die er über die Tunika gebunden hatte. Er hatte das vierzigste Lebensjahr gewiss schon überschritten, jedoch zeigte sein rundes Gesicht mit den Bäckchen kaum eine Falte. Die roten Haare kringelten sich wie Putzwolle um seinen Kopf.

»Das ist gut, so was hab' ich hier noch nicht erlebt«, sagte er mit dröhnender Stimme. »Eine Frau als Küchenhilfe. Warum nicht? Die Weiber sorgen für die tägliche Nahrung, der Mann ist gut fürs Besondere, für die Festtagsbraten und für die Feinheiten.«

»Ich habe Kochen gelernt«, versetzte Teresa. »Ich kann mit jedem Klosterkoch mithalten, dessen bin ich sicher.«

»Daran wage ich auch nicht zu zweifeln«, gab er gutmütig zurück. »Dann lasst uns *in medias res* gehen und eine Hühnersuppe herstellen, die es in sich hat. Da ist das Gemüse, das mir der Bruder Gärtner gerade gebracht hat. Fangt mit dem Fleisch an!«

Auf dem Holztisch inmitten der Küche lagen Zwiebeln, Petersilienwurzel, Lauch, Sellerie, gelbe Rüben und frisch gerupfte Hühner. Teresa nahm eins der scharfen Messer aus dem Regal und begann ein Huhn zu zerteilen. Sie schnitt den Kopf ab, fing dabei das Blut in einer Schüssel auf. Was mache ich denn da? dachte sie. Vor kurzem erst ist Wilhelm die Kehle durchgeschnitten worden. Das eine hat mit dem anderen nichts zu tun, überlegte sie weiter, ein Messer ist gut für die Nahrungszubereitung und um sich zu verteidigen. Einen Menschen aus niederen Beweggründen zu töten ist schlecht – so steht es schon in der Bibel.

Mit großer Kraftanstrengung trennte sie Flügel und Beine des Tieres ab. Das Blut floss in die Schüssel. Ambrosius würde es vermutlich für Blutwurst verwenden. Hier in der Klosterküche wurde nichts verschwendet, so war sie es auch von zu Hause gewohnt. Schließlich zerteilte sie den Körper mit raschen Schnitten in mundgerechte Stücke. Sie ging zum Ausguss, um sich die Hände in einer Schüssel mit Wasser zu waschen.

»Schön habt Ihr das gemacht«, sagte Ambrosius. »Man sollte meinen, Ihr hättet das Handwerk gelernt.«

»Ich habe es bei Ursula, unserer Köchin, gelernt. Das Kochen gehört zu meinen liebsten Beschäftigungen.«

»Dann nehmt Euch des Gemüses an, werte Jungfer, und wir werden sehen, was Ihr uns für eine wunderbare Suppe serviert.«

Teresa nahm ein anderes, kleineres Messer, schnitt das Gemüse klein und gab es zusammen mit Lorbeerblättern, Salz, Pfefferkörnern, gehackter Petersilie und Sternanis in das brodelnde Wasser des Topfes. Die Glocke rief zur Sext, zum Gebet der sechsten Tagesstunde.

»Ihr könnt zur Kirche gehen«, sagte Ambrosius. »Da kommt gerade Matthias von der Lateinschule, er hilft mir oft in der Küche und wird auf die Suppe aufpassen.«

Matthias war ein etwa neunjähriger Junge mit glatten blonden Haaren, die ihm in die Stirn fielen. Er trug ein Leinenhemd und vorn spitz zulaufende Schuhe aus Rindsleder. Sein Gesicht war klein und hellhäutig; die Augen blickten verschmitzt zu Teresa herüber.

»Matthias, du musst die Suppe ständig umrühren, und spiel nicht mit den Schöpflöffeln herum. Wenn die Glocke zwölf schlägt, gibt es Mittagessen.«

»Ja, Bruder Ambrosius, ich werde tun, was Ihr sagt«, meinte der Kleine. Er warf Teresa einen Blick zu, als wolle er sagen: Der wäscht sich auch nur mit normalem Wasser.

Später, während Teresa mit den Mönchen und ihrem Vater in der Kirche sang und betete, stieg ihr ein merkwürdiger Geruch in die Nase. Er war süßlich und zugleich herb und würzig. Den Geruch von Weihrauch kannte sie zur Genüge, das hier war aber etwas anderes.

»Was riecht denn hier so?«, fragte sie flüsternd Froben, der neben ihr auf der Bank kniete.

»Ich rieche nichts als Weihrauch«, raunte ihr Vater zurück. »Du wirst zuviel von den Gewürzen in der Küche geschnuppert haben.«

Teresa maß dem keine weitere Bedeutung zu, doch dieser Geruch grub sich tief in ihre Sinne ein. Die Hühnersuppe war ihr sehr gut gelungen, fand Teresa während des Mittagessens, das wie immer in tiefem Schweigen abgehalten wurde. Nur am Anfang und am Ende las ein Mönch aus der Offenbarung des Johannes vor.

»*Und ich sah, dass das Lamm das erste der sieben Siegel auftat, und ich hörte eine der vier Gestalten sagen wie mit einer Donnerstimme: Komm! Und ich sah, und siehe, ein weißes Pferd. Und der darauf saß, hatte einen Bogen, und ihm wurde eine Krone gegeben, und er zog aus sieghaft und um zu siegen.*«

Der Singsang begann Teresa zu ermüden. So hörte sie dem Schluss der Litanei kaum noch zu.

»*Und ich hörte eine Stimme mitten unter den vier Gestalten sagen: Ein Maß Weizen für einen Silbergroschen und drei Maß Gerste für einen Silbergroschen; Aber dem Öl und Wein tu keinen Schaden! Und als es das vierte Siegel auftat, hörte ich die Stimme der vierten Gestalt sagen: Komm! Und ich sah, und siehe, ein fahles Pferd. Und der darauf saß, dessen Name war: Der Tod, und die Hölle folgte ihm nach.*«

Warum liest er aus der Johannesoffenbarung? überlegte Teresa. Ist das ein Zeichen für etwas, was uns noch bevorsteht? Sie schaute sich hilfesuchend um. Ihre Augen trafen die von Markus, der einige Bänke hinter ihr saß und mit gutem Appetit sein Essen verzehrte. Es schien ihr, als würde er ähnlich darüber denken. Während der Ruhepause, die bis zur zweiten Stunde des Mittags währte, spazierte Teresa allein im Klostergarten umher. Im Gras lag angeschlagenes Obst, das die Mönche noch auflesen würden, um es zu vermosten. Weiter ging sie, aus dem westlichen Tor des Gartens hinaus zum Fluss. Es war ein trüber Tag Anfang Oktober. Der Hochnebel lag über den Bergen, und die Sonne war den ganzen Tag nicht zu sehen gewesen. Eine feuchte Kälte kroch Teresa unter den Mantel und ließ sie frösteln. Im Bach, der eine stumpfgraue Farbe angenommen hatte, trieben welke Ahornblätter.

»Was treibt Ihr hier so allein, schöne Jungfer?«, hörte sie eine bekannte Stimme hinter sich. Markus trat in ihr Blickfeld.

»Ist es denn erlaubt, zu sprechen?«, fragte sie verwundert, denn sie hatte gehört, dass nur im Parlatorium miteinander gesprochen werden durfte.

»Außerhalb der Klostermauern immer«, erwiderte er. »Es ist der Sinn der Klausur, also des Abgeschlossenseins, dass die Mönche ihren Geist nicht mit weltlichem Geplauder vernebeln.«

»Ich habe eine Frage an Euch, Markus«, setzte Teresa an. »In der Kirche habe ich einen merkwürdigen Geruch bemerkt.«

»Dieser Geruch ist mir auch aufgefallen. Es müsste eine ganz neue Art von Weihrauch sein. Vielleicht sollten wir einmal nachts, wenn die anderen schlafen, in die Kirche schauen, was da getrieben wird.«

»Das könnten wir schon heute Abend machen, nach der Lesung aus der Chronik«, sagte Teresa.

»Es ist etwas ins Kloster gekommen, etwas Neues, Dunkles, Gefährliches.«

»Ihr meint doch nicht etwa ...«

»Nein, um Himmels willen, nicht Ihr und Euer Vater. Ich spüre es mehr, als dass ich etwas sehe. Einige der Mönche erscheinen mir neu, fremd und ... andersartig. Sie haben einen anderen Geruch.«

»Ich werde Euch heute Abend erzählen, was mein Vater und ich erlebten, seit wir von unserer Burg aufgebrochen sind.«

»Abgemacht.« Markus gab ihr seine warme Hand und schaute ihr in die Augen. Sie hätte ewig so stehen bleiben können. Er machte sich los.

»Die Ruhepause ist zu Ende. Nun ja, wir haben sie weiß Gott zum Ruhen genutzt.«

Der Rest des Tages verging mit Arbeit und Gebeten. Froben hatte sich Markus in der Bibliothek zugesellt, worum Teresa die beiden glühend beneidete. Warum konnte ihr Alexius nicht auch dazu verhelfen, mit den geliebten Büchern umzugehen, vielleicht Abschriften zu verfassen oder Ähnliches? Doch die Arbeit in der Küche, die Vorbereitung eines Abendessens mit kaltem Huhn, knusprig gebackenem Brot aus der Klosterbäckerei und einer süßen Nachspeise, bereitete ihr ebenfalls Vergnügen. Nach der Komplet zur siebten Stunde begaben sich Teresa und Froben wiederum in das Haus des Abtes, wohl darauf achtend, dass niemand sie dabei beobachtete. Die Mönche waren nach dem langen Tag schon ins Dorment zur Nachtruhe gegangen. Markus erwartete sie in der Wohnung des Abtes. Er war bleich im Gesicht.

»Seht einmal, was ich gefunden habe«, sagte er und hielt ihnen einen kleinen Dolch entgegen.

»Wo habt ihr den her?«, fragte Froben.

»Er steckte ...« Markus räusperte sich. »Ich kann es nicht sagen.«

»Nun sagt es schon«, drängte Froben.

»Es steckte im Wappen des Abtes. Da, wo seine Abbildung drauf ist. Mitten im Herzen.« Er schaute angewidert auf die Waffe in seiner Hand.

»Hier ist etwas Bedrohliches im Gange«, meinte Froben. »Ihr müsst wissen, was meine Tochter und ich erlebt haben, bevor wir das Kloster erreichten, und vielleicht kommen wir der Sache näher, wenn wir die Dinge ins rechte Licht rücken.«

Teresa versuchte, ihre Angst nicht zu zeigen.

»Sollten wir nicht von hier fortgehen?«, fragte sie.

»Du hast selbst gesagt, dass es an anderen Orten genauso gefährlich ist, Teresa. Deshalb hast du mich begleitet. Jetzt dürfen wir nicht zurückweichen, wir müssen dem, was hier passiert, ins Auge sehen.«

»Du hast ja recht, Vater.« Teresa seufzte. »Einen Augenblick lang wollte mich der Mut verlassen, und ich hatte nach nichts mehr Verlangen, als auf unsere Burg zurückzukehren und unser einfaches, geborgenes Leben weiterzuleben. Aber ich weiß: Mit dem Auffinden dieses Pergamentes hat sich alles verändert.«

»Was für ein Pergament?«, wollte Markus wissen.

»Wir haben Euch doch berichtet, dass wir Kunde erhielten von diesem Kandelaber. Einer unserer Vorfahren, Friedrich von Wildenberg, versteckte ein Pergament in einem Kästchen, das wir durch Zufall in der Wunderkammer fanden. Der Inhalt ist Euch bekannt.«

»Der Bericht darüber, dass Friedrich den Kandelaber ins Kloster Agenbach gebracht hat?«

»So ist es. Was wir noch nicht berichtet haben: In jener Nacht, in der wir dieses Schriftstück fanden, hörte ich Geräusche aus der Bibliothek. Ich kleidete mich schnell an, schlich hinüber und sah zwei Gestalten, die sich an meinem Schreibpult zu schaffen machten. Ich rief sie an und bekam etwas über den Kopf geschlagen, wahrscheinlich einen Kerzenleuchter. An Einzelheiten konnte ich mich nicht mehr erinnern, da ich das Bewusstsein verlor. Später wurde unser Torwächter Wilhelm mit durchgeschnittener Kehle aufgefunden.«

»Das deutet auf Raubmord hin«, rief Markus aufgeregt.

»Ihr wisst noch nicht alles«, fuhr Froben fort. »Bevor wir Kloster Beuron erreichten, stürmten zwei Reiter auf uns zu, als wollten sie uns in Grund und Boden stampfen. Zwei Tage später, auf dem Weg durch den Schwarzen Wald, wurden unsere Hakenschützen von herabfallenden Felsen erschlagen.«

»Kann das nicht Zufall gewesen sein?«, fragte Markus.

»Nein«, rief Teresa halblaut. »Ich habe zwei Reiter gesehen, die von der Spitze des Felsens zu uns herunterschauten. Sie waren gekleidet wie Kreuzfahrer.«

»Verstehe«, meinte Markus. »Da ist jemand hinter dem Geheimnis dieses Kandelabers her, genau wie wir.«

»Lasst uns weiter in der Chronik lesen, vielleicht gibt sie Aufschluss über das, was damals wirklich passiert ist«, schlug Froben vor.

»Und nachher werfen wir noch einen Blick in die Kirche«, entgegnete Markus.

Froben warf ihm einen verwunderten Blick zu, sagte aber nichts. Die drei nahmen unter dem Sternrippengwölbe Platz, so wie am Abend davor.

7.

»Das Mädchen hieß Gisèle, sie war in Straßburg zu dem Kreuzfahrerheer gestoßen. Allmählich gewann ich ihr Vertrauen, indem ich ihr abends immer einen Teil von meinen Essensrationen brachte. Die Frauen und Kinder im Tross bekamen weniger zu essen als die Männer, die schließlich einen Krieg zu bestehen hatten. Gisèle stammte aus einer Schuhmacherfamilie, die sich redlich, aber in großer Armut durchschlug. Weil ihr Vater sie weder verheiraten noch sie ernähren noch ihr eine Stellung verschaffen konnte, schloss sie sich aus eigenem Wunsch dem Kreuzfahrerheer an. Sie war von graziler Gestalt und hatte ein ebenmäßiges Gesicht, mit großen, ausdrucksvollen blauen Augen. Ihr blondes Haar, das ich manchmal anschauen, aber nicht berühren durfte, wenn sie es mit einem grobzinkigen Kamm bürstete, trug sie unter einer Kappe verborgen, wie sie auch ihre liebliche Gestalt in grobe Männergewänder aus Leinen gehüllt hatte. Sie musste, wie das andere gemeine Volk, den ganzen Weg zu Fuß laufen, und manchmal nahm ich sie aus Mitleid zu mir aufs Pferd.

Abends habe ich ihr häufig die Füße mit Salbe eingerieben oder sie verbunden. Albrecht schien das alles nicht zu behagen. Vielleicht grämte er sich, dass er selbst kein Mädchen fand, das sich von ihm hätte auf sein Pferd setzen lassen. Wenigstens wurde er im Laufe der Wochen immer griesgrämiger.

Von Regensburg zogen wir an der Donau entlang gen Ungarn. Ich bin von Hause aus ein gebildeter und aufgeschlossener Mann, darum versuchte ich mir immer wieder die Entbehrungen dieses Marsches, die Härte eines jeden Tages, die kargen Essensrationen zu versüßen, indem ich zusammen mit Gisèle Klöster und Burgen besuchte, mir die eine oder andere Stadt anschaute oder auch Käse,

Äpfel oder ein saftiges Stück Rindfleisch kaufte, wann immer der Tross einen Tag lagerte. Immer teilten wir alles mit Albrecht, und er schien wieder fröhlicheren Mutes zu werden.

Als wir Mitte Oktober die weite Ebene von Ungarn erreichten, waren die Nächte schon sehr kalt, wohingegen es tagsüber noch recht heiß sein konnte. Auf dem weiten Grasland, das immer wieder von sanften Hügeln, Ziehbrunnen und Hütten unterbrochen wurde, sahen wir Schafhirten mit ihren Herden und die berühmten Reiter, die das Fleisch unter ihren Sätteln weich reiten und es dann zu Gulasch verkochen sollten. Nicht nur einmal genossen wir es in einer der Schilderwirtschaften am Straßenrand. Es schmeckte so scharf, dass wir eine Menge Wein benötigten, um das Feuer im Mund zu besänftigen. Leider kam es immer wieder zu Ausschreitungen, sosehr Gottfried von Bouillon, Balduin de Boulogne und die anderen Ritter das auch unter Strafe stellten. Es wurde in der Umgebung geraubt, geplündert, vergewaltigt und gemordet.«

Markus hielt inne.

»Es ist schon spät«, meinte er. »Vom Lesen ist mir der Mund ganz trocken geworden.«

Er goss etwas Wein aus einer Karaffe in einen Becher und nahm einen Schluck. Er bot auch den anderen davon an.

»Gehen wir in die Kirche«, meinte er dann.

»Warum sollten wir um diese Zeit in die Kirche gehen?«, wunderte sich Froben. »Sind wir nicht gehalten, Tag für Tag und Nacht für Nacht da drinnen zu hocken, zu beten, zu singen und uns Predigten anzuhören? Wollt Ihr das freiwillig auf Euch nehmen? Ich habe meinen Herrgott im Herzen, ich muss nicht ständig dorthin laufen.«

»Es ist wegen … des Geruchs«, sagte Teresa. »Markus und ich vermuten, dass nachts dort seltsame Dinge geschehen könnten. Wir wollten einfach nur nachsehen.«

»Also gut, aber nur kurz, ich bin nicht mehr der Jüngste und möchte noch etwas schlafen in dieser Nacht.«

Nachdem Markus die Decken von den Fenstern entfernt und das

Licht an sich genommen hatte, stiegen sie die Treppe zum Hof hinunter, sorgsam darauf achtend, dass sie nicht zu sehr knarrte. Ein frischer Nachtwind wehte Teresa ins Gesicht, das sich während der Lesung erhitzt hatte. Durch die buntverglasten Fenster der Kirche sah sie ein schwaches Licht schimmern. Es war jemand dort! Ob es der Messner war, der die Matutin vorbereitete? Sie standen vor der Kirchentür. Von innen drang kein Laut heraus. Teresa öffnete die Kirchentür einen Spalt breit. Was sie sah, ließ ihr Herz schneller schlagen. Vor dem Altar saßen etwa zehn Männer im Kreis, von Kerzen beleuchtet, die in der Mitte brannten. Sie waren in schwarze Kutten mit Kapuzen gehüllt. Ein kräftiger Mann hatte sich vor dem Altar aufgebaut. Darauf stand eine bauchige Kanne aus Keramik, aus der weißliche Schwaden stiegen und einen süßlichen Geruch verbreiteten. Der Mann hielt einen blutigen Dolch in der Hand.

»Wehe den Ungläubigen!«, sagte er mit heiserer Stimme. »Wir werden sie lehren, wie es denen ergeht, die unser Eigentum stehlen und sich an uns bereichern wollen! Tod und Verderben sollen über sie kommen, und sie sollen elendig verrecken wie diese Fledermaus. Und wenn nicht mit dem Dolch, dann mit dem Giftbecher.«

Mit Entsetzen bemerkte Teresa ein kleines Stück Fell mit langen Ohren zu seinen Füßen. Es war blutverschmiert. Sie fuhr zurück und stieß mit ihrem Kopf an den von Markus, der dicht hinter ihr gestanden hatte.

»Fort von hier, schnell!«, raunte sie ihm zu. Er blickte sie einen Augenblick lang erstaunt an, dann löschte er die Öllampe und lief mit ihr zu Froben hinüber, der an der Gartenmauer stand. Sie zog die beiden fort bis zu dem Brunnen mit der Linde, wo sie sich sicherer fühlte.

»Da drinnen …«, sie rang nach Worten. »Schreckliche Männer waren da – sie sahen so aus wie die beiden Reiter, die uns verfolgt haben.«

»Das muss ich mir ansehen«, meinte Froben und schickte sich an, zur Kirche zurückzugehen.

»Nicht, Vater, es ist zu gefährlich. Sie haben geschworen, die Ungläubigen zu töten, wenn nicht mit dem Dolch, dann durch den Giftbecher. Und ihr Anführer hat eine Fledermaus getötet!«

Froben hörte nicht auf Teresa, sondern schritt weiter voran, auf die Kirchentür zu. Das Licht hinter den Fenstern war inzwischen erloschen. Froben verschwand in der Tür. Eine Weile blieb alles still. Dann kehrte er wieder zurück, ein Lächeln umspielte seine Lippen.

»Da war nichts, gar nichts, auch keine tote Fledermaus. Ich habe immer gesagt, meine Tochter hat ein lebhaftes Gemüt, sie ahnt manchmal Dinge und sieht Sachen, die es gar nicht gibt.«

Seine Worte ärgerten Teresa.

»Ich habe sie gesehen«, sagte sie. »Wahrscheinlich haben sie sich gestört gefühlt und sind durch eine andere Tür verschwunden. Hast du nicht den Geruch bemerkt?«

»Ich habe Weihrauch gerochen, so wie gestern auch«, meinte ihr Vater.

»Ich glaubte auch, eine Stimme gehört zu haben«, schaltete sich Markus ein. »Aber sicher bin ich mir nicht mehr.«

Hielten die beiden sie für verrückt? Sie hatte das doch alles deutlich gesehen und gehört.

»Wenn ihr an der Matutin teilnehmen wollt, dann solltet ihr jetzt schlafen gehen«, sagte Teresa zu den beiden Männern. »Ich für meinen Teil begebe mich jetzt in meine Kammer.«

Am Morgen kroch die Feuchtigkeit durch alle Ritzen ihres Zimmers. Teresa fühlte sich müde und erschöpft, als hätte sie seit Tagen nicht geschlafen. Nachdem sie sich fröstelnd angezogen hatte, schob sie das Ziegenleder am Fenster beiseite und schaute hinaus. Gelbgrüne, gekräuselte Ahornblätter wirbelten an ihr vorüber. Sie ging über den Hof in den Kreuzgang und zum Refektorium. Nach einem schweigsamen Frühstück nahm Markus sie draußen beiseite.

»Heute ist Schlachttag im Kloster«, sagte er hinter vorgehaltener Hand.

»Ambrosius und Matthias haben mir nichts davon gesagt«, erwiderte sie und zuckte die Achseln.

»Du wirst den ganzen Tag mit dem Kochen der Wurstbrühe beschäftigt sein. Denk darüber nach, wo wir künftig unsere Treffen abhalten könnten.«

»Warum – ist es denn in der Wohnung des Abts nicht mehr möglich?«

Einige der Mönche, die aus dem Refektorium kamen, schauten zu ihnen herüber.

»Wir sehen uns heute Abend«, flüsterte Markus ihr noch zu und verschwand in Richtung Kirche. Sie folgte ihm in einigem Abstand.

Während des Gottesdienstes musste sie unablässig auf die Stelle schauen, an der gestern Nacht die Fledermaus gelegen hatte. Sosehr sie ihre Augen auch anstrengte und zusammenkniff, sie konnte nicht einmal einen Fleck entdecken. Nach den Morgengebeten fand sie sich in der Küche ein. Ambrosius, der Koch, stand schwitzend an einem Großkessel, dessen brodelndes Wasser die Küche in Dampf hüllte. Als Erstes reichte er ihr eine Schürze aus grobem Leinen. Er selbst trug eine, die schon recht verfleckt aussah.

»Gott zum Gruß, Ambrosius«, sagte sie. »Ich habe gehört, heute würde geschlachtet im Kloster. Welche Tiere wird man dafür nehmen?«

»Der heilige Benedikt hat zwar verboten, das Fleisch vierfüßiger Tiere zu essen, aber dennoch werden heute zwei Schweine geschlachtet, eine Kuh und sechs bis zehn Enten. Wir sind geheißen, aus dem Schweinefleisch Würste und Schinken zu machen, aus der Kuh Braten und schöne Stücke für den Librarius und die Kranken. Morgen wird der Abt zurückerwartet, er soll mit einer herzhaften Mahlzeit erfreut werden. Die Enten werden für heute Abend zurechtgemacht und dann knusprig am Spieß gebraten.«

Aus der Ferne hörte Teresa das Schreien und Quieken der Tiere, dazwischen Geschnatter von Enten. Es tat ihr jedes Mal leid, wenn ein Tier zu Tode kommen musste, nur weil Menschen es verzehren wollten. Aber sie war selbst eine Genießerin und wollte nicht auf Fleisch verzichten. So nahm sie es hin, hoffte nur, dass die armen Kreaturen nicht lange leiden mussten.

»Zunächst einmal schälen und schneiden wir Zwiebeln für die Suppe«, erklärte Ambrosius. »Dann kommen gestoßene Pfefferkörner, Majoran und Wurzelwerk hinein. Schließlich bereiten wir Leber-, Blut- und Kochwurst aus dem Fleisch der Tiere. Die Wurstbrühe gibt es als Brotsuppe mit Kraut zum Mittagessen.«

Teresa stellte sich an den Holztisch und nahm ein Messer vom Haken an der Wand.

»Grüß Euch Gott«, ertönte eine helle Stimme. Matthias kam von der Lateinschule zur Küchenarbeit.

»Du kannst Teresa helfen, Zwiebeln zu schneiden und Pfeffer zu zerstoßen«, beschied Ambrosius.

Beim Schälen und Schneiden der Zwiebeln kamen Teresa die Tränen. Sie schniefte heftig. Ambrosius warf die Stücke in das kochende Wasser. Derweil hatte Matthias begonnen, in einem hölzernen Mörser Pfefferkörner zu zerstampfen. Die Helfer aus der Landwirtschaft brachten die Schweine- und Rindshälften. Es roch nach Blut und Exkrementen. Ambrosius schnitt zunächst allen Tieren die Herzen und die Lebern heraus und warf sie in den Brühtopf. Einer der Männer hatte einen großen Holzeimer mit Schweineblut gebracht. Matthias rührte mit einem Holzschöpflöffel um, der fast so groß war wie er selbst.

»Komm, lass mich das machen«, meinte Teresa und nahm ihm den Löffel aus der Hand. Matthias half den anderen beim Zerlegen des Fleisches und reinigte die Därme mit warmem Wasser. Ambrosius füllte Blut, Gewürze, frischen Rahm und Speckstücke in die Därme und ließ sie in der Brühe sieden. Desgleichen stellte er Leberwürste her, indem er auf einem Holzbrett Fleisch vom Schweinenacken, Bauchfleisch und Leber in weitere Därme steckte, weißen Pfeffer, Kardamom und Thymian hinzugab. Er band die Enden der Därme mit dünner Schnur zusammen und ließ sie zu den Lebern und Herzen in die Brühe gleiten.

Teresa schöpfte den hochkochenden Schaum mit einem Löffel ab. Die Suppe roch appetitlich würzig. Später würden die Mönche bei Tisch ihr Brot hineinbrocken. Mittlerweile hatten die Männer das übrige Fleisch in Stücke zerlegt und die Schinkenstücke zum Räuchern fertiggemacht. Die Schinken würden in die Räucherkammer gehängt werden, aber zuerst mussten Matthias und Teresa sie pökeln, das heißt, mit Salz einreiben und lageweise aufeinander schichten. Diese Arbeit wollten sie am Nachmittag verrichten. Das Mittagsgebet hatten sie versäumt, aber das war erlaubt an solchen Tagen, sagte Ambrosius. Er füllte einen großen Topf mit der Wurstbrühe und goss Wasser nach. Zwei der Männer schafften den heißen Topf auf ein Gefährt, das von einem Gaul zum Klostereingang gezogen wurde.

Teresa, Matthias und Ambrosius wuschen sich die Hände im Brunnen vor dem Haus und begaben sich zu ihren Zellen, um sich umzuziehen. Am Mittag schienen die Mönche das Essen zu genießen, solche Köstlichkeiten bekamen sie nicht oft im Jahr vorgesetzt. Teresa schmeckte es ebenfalls, es erinnerte sie an die Schlachtfeste auf Burg Wildenberg. Der Librarius saß mit missmutigem Gesicht vor seinem Teller und tunkte Brot in die Metzelsuppe.

Lange Zeit war nur das Klappern von Holzlöffeln sowie ein gelegentliches Schmatzen oder Schlürfen zu vernehmen, wenn einer der Männer die Schüssel mit der Suppe an den Mund gesetzt hatte. Markus befand sich an einem Tisch, der etwas weiter entfernt stand. Immer wenn sie sich zwischen zwei Bissen im Saal umschaute, begegnete sie seinen lustigen Augen. Am Schluss der Mahlzeit wurde ein Gebet gesprochen. Die Mönche erhoben sich, Tische und Bänke wurden gerückt. Jeder begab sich zur mittäglichen Ruhepause. Da es draußen stürmte und regnete, beschloss Teresa, in ihre Zelle zu gehen und sich dort auszuruhen, bis zur Arbeit geläutet wurde. Sie legte sich auf ihr Bett. Ihre Augen brannten und wollten zufallen, jedoch fühlte sie sich so aufgewühlt, dass es ihr nicht gelang einzuschlafen. Alles, was seit dem Tag geschehen war, an dem sie das Pergament gefunden hatten, ging ihr noch einmal durch den Kopf. Die Fledermäuse, die sie im Dunkeln gestreift und sie gekratzt hatten, der Augenblick, in dem der Deckel von dem Kästchen herunterfiel, wie sie den Brief gelesen hatten. Dann das nächtliche Geräusch, die

Verletzung des Vaters, der tote Torwächter Wilhelm. Schließlich die Beerdigung. Teresa glaubte wieder das lichte Gelb der Birkenblätter vor sich zu sehen, das sich zwischen sie und den blassblauen Himmel schob. Der Ritt durch das Donautal, die merkwürdigen Reiter, die später den Felssturz ausgelöst hatten. Waren sie ihnen ins Kloster Agenbach vorausgeritten und befanden sich jetzt hier? Hinter welchen von den Mönchen könnten sie sich verbergen? Und wenn es sich wirklich so verhielt – warum hatten sie dann den armen Wilhelm umgebracht? War er im Begriff gewesen, sie zu verraten?

Teresa wollte Markus heute Abend bitten, etwas schneller zu lesen. Der Abt würde ja nicht ewig fortbleiben, und wo sollten sie sich sonst treffen? Auf der anderen Seite liebte sie diese Abendstunden, wenn Markus ihnen vorlas, sie seine Nähe spürte, die so wohlklingende Stimme hörte. Ein warmes Gefühl durchströmte sie. Sie zuckte zusammen. Jetzt wäre sie beinahe eingeschlafen. Sie schaute zu dem kleinen vergitterten Fenster hin. Der Regen trommelte gegen die Außenwand; auch in die Zelle sprühte er herein.

Ganz in der Ferne sah Teresa den Küchengehilfen Matthias unter einem Baum stehen. Er kam langsam auf sie zu, völlig durchnässt, balancierte vorsichtig auf dem Weg, der sich in Morast verwandelt hatte. Sein blondes Haar hing ihm ins Gesicht, und er schaute sie aus wissenden Augen an. Um seinen Mund hatten sich Grübchen gebildet. Er hob den Arm, drehte den Kopf von ihr weg und wies mit dem Zeigefinger in Richtung der Klosterküche. In diesem Moment begann die Kirchenglocke heftig zu läuten. Teresa sprang mit einem Satz aus dem Bett. Die Glocke, die zur Arbeit rief! Sie brachte ihr Haar in Ordnung und steckte es mit einer Spange fest. Darüber band sie ein Tuch.

Im Kreuzgang war niemand zu sehen. Aus der Küche schallte ihr ein lautes Schnattern und Quaken entgegen. Der Koch Ambrosius war dabei, eine der Enten zu schlachten. Eigentlich hatte Teresa genug von all dem Blut, aber es musste ja sein. Ambrosius nickte ihr zu. Er packte eine der Enten, was ein noch wütenderes Geschnatter der anderen hervorrief, hielt beide Flügel und den nach rückwärts gebogenen Kopf mit einer Hand fest, legte sie auf einen Hackklotz und machte mit einem scharfen Messer einen tiefen Schnitt bis an den Halsknochen.

»Ich schneide Schlund und Gurgel gleichzeitig durch, damit die Ente recht schnell stirbt«, sagte er. Das Tier schnatterte und versuchte mit den Flügeln um sich zu schlagen, doch der Griff des Kochs war unerbittlich. »Dann lasse ich sie ausbluten.« Er schnitt den Knochen vollends durch, und der Kopf fiel schlaff herunter. Blut schoss aus der Gurgel und besudelte die Schürze von Ambrosius. »Ich lege sie nun wenigstens zwanzig Minuten in ein Gefäß mit kaltem Wasser, nehme sie heraus, wende sie einige Mal in kochend heißem Wasser. Danach könnt Ihr und Matthias sie leichter rupfen.« So verfuhr er auch mit den anderen Enten, bis es still im Raum geworden war.

Matthias kam zur Tür herein. Er hatte wieder diesen wissenden Blick. Da er von der Schule kommend den Hof überqueren musste, war sein Haar nass, und einige Strähnen fielen ihm in die Stirn. Ob er irgendetwas wusste? Doch Teresa hatte keine Zeit darüber nachzudenken, denn Ambrosius wies sie beide an, mit einem kleinen Messer die Stoppeln aus der Haut der Tiere herauszuzupfen, sie wieder in kaltes Wasser zu legen und abzuwaschen.

»Danach legt ihr die Enten auf das Tranchierbrett, nehmt den Hals in die linke Hand und schneidet mit einem scharfen, spitzen Messer …«

»Ich habe das schon mal gemacht«, unterbrach Matthias mit seiner hellen Stimme. »Ihr braucht es mich nicht mehr zu lehren!«

Teresa und Matthias machten sich an die Arbeit.

»Das Feuer unter dem Brühtopf ist fast ausgegangen«, rief Ambrosius dem Jungen zu. »Geh hinaus, hole Holz und lege nach.«

Matthias nahm einen Weidenkorb, ging zur Tür hinaus und kehrte mit frischen Buchenholzscheiten zurück. Nachdem er sie auf das Feuer gelegt und einige Mal geblasen hatte, züngelten die Flammen empor. Bald brannte wieder ein kräftiges Feuer unter dem Topf. Die Suppe darin begann zu brodeln. Teresa, die eine Ente in ihrem Schoß hielt und sie rupfte, sah, wie Matthias die Hand zum Topf hin ausstreckte. Nein, er richtete sich aus seiner hockenden Stellung auf, fasste nach dem Deckel, hob ihn auf und schaute in den Topf hinein. Sein Mund öffnete sich zu einem Schrei, der so hoch und spitz war, dass Teresa vor Entsetzen zusammenfuhr.

8.

Ambrosius fiel das Tranchiermesser aus der Hand. Teresa rutschte das Tier, das sie rupfte, von ihrem Schoß auf den Boden. Sie zögerte einen Moment, während sie wie gebannt auf das Gesicht des Küchenjungen starrte. Matthias' Arm sank kraftlos herab, der Deckel schepperte mit Getöse auf den Lehmboden der Küche.

»Kannst du kein Blut sehen?«, rief Ambrosius ihm zu.

»Da drin ist …« Matthias zeigte auf den Topf. »Da drin steckt …«

»Ja, was denn nun?«, brüllte Ambrosius ihn an. »Musst du uns wegen der paar Leberreste und des Blutes toll machen?«

»Kommt her und schaut selber!«, sagte Matthias in einem müden Ton.

Teresa stand auf und ging langsam auf den Kochtopf zu. Ambrosius näherte sich ebenfalls. Vorsichtig spähte Teresa hinein – und fuhr gleich darauf entsetzt zurück. Dieses Bild würde ihr ein Leben lang nicht mehr aus dem Kopf gehen. In der rötlich gefärbten Brühe mit den Wurst- und Leberresten lag zusammengekrümmt ein Mensch. Die Arme hatte er um die Knie geschlungen. Auf dem Kopf zeigte sich ein kreisrunder kahler Fleck – die Tonsur.

Ambrosius schaute ebenfalls in den Topf. Angewidert verzog er sein Gesicht.

»Es ist der Abt«, sagte er. »Ich erkenne ihn an der Form seiner Tonsur. Von dem ist nicht mehr übrig als von den Schweinen.«

Diese Worte waren gotteslästerlich. Wie war der Abt da hineingeraten? Oder hatte ihn jemand gestoßen? Hatte ihn vielleicht vorher schon jemand getötet und dann hineingeworfen? War das wieder ein Zeichen – sollte das eine neue Abschreckung sein?

»Ich muss den Librarius holen«, meinte Ambrosius. Der Tod des

Abtes schien ihn nicht näher zu berühren. Er gehörte offenbar zu den Menschen, für die Begriffe wie Leben und Tod nicht viel Bedeutung hatten.

»Matthias, lauf und hol den Librarius.«

»Am besten auch seinen Gehilfen!«, fügte Teresa hinzu. Es würde besser sein, wenn noch ein zweiter den Toten begutachtete. Sie wollte den Topf nicht mehr sehen, wollte diese Küche nicht mehr sehen, wollte raus aus diesem entsetzlichen Kloster! Es roch nicht nur nach Blut und Gekröse, es roch auch metallisch und süß, wie nach gekochtem ... Fleisch.

Ihr wurde speiübel, und sie lief nach draußen, durch den Kreuzgang, wo ihr der Bibliothekar und Markus entgegenkamen. Teresa hielt sich die Hand vor den Mund und lief weiter. Im Karree zwischen den Säulen des Kreuzgangs sank sie ins Gras und erbrach sich. Es schüttelte sie, ein heftiger Schmerz wühlte in ihrem Unterleib. Schließlich kam nur noch gelbe Galle. Nie wieder würde sie Metzelsuppe essen können. Jemand fasste sie an der Schulter. Sie blickte auf. Markus schaute sie besorgt an.

»Es wird ernst, scheint mir«, sagte er und half ihr auf die Beine.

»Wie kann so etwas nur passieren?«, schluchzte sie.

Er streichelte ihr aufgelöstes Haar.

»Wir werden es herausfinden«, sagte er leise. Er reichte ihr ein Tuch, damit sie sich die Tränen abwischen konnte. Die Reste des Erbrochenen wusch sie im Brunnenhaus ab. Sie gingen Seite an Seite in die Küche zurück. Der Bibliothekar Alexius gab Anordnungen, was mit der Leiche zu geschehen habe.

»Heute Abend werde ich eine Versammlung im Kapitelsaal einberufen«, sagte er mit undurchdringlicher Miene.

Teresa schaute ihn an. »Nur eine Frage beantwortet mir im Voraus: Der Abt Hieronymus war doch auf einer Reise nach Konstanz, zum Bischof, um Fürbitte nach Geld für unser Kloster zu leisten. Wie in aller Welt ist er hierher zurückgekommen? Und hat jemand von Euch ihn in der Küche gesehen? Oder vielleicht jemand anderen, der hier nicht hergehörte?«

Alle verneinten die Fragen. Es müsse während des Mittagessens geschehen sein, warf Ambrosius ein, da war niemand in der Küche gewesen. Alexius sank auf die Knie und forderte sie auf, das Gleiche zu tun. Er faltete die Hände und sprach ein Gebet.

»Du selbst, o Herr, lass die Seelen deiner entschlafenen Diener am Orte des Lichts, der Wonne und der Erquickung ruhen, wo aller Schmerz, alle Trübsal und alle Klagen entfliehen, wo die Anwesenheit deines Angesichts alle Heiligen erfreut. Amen.«

Mit diesen Worten erhob er sich und verließ den Ort des Grauens. Fassungslos blieb Teresa mit den anderen zurück.

»Ihr geht am besten auf Euer Zimmer, Teresa«, meinte Ambrosius. »Und du, Matthias, hilfst mir, die Küche zu reinigen. Doch zunächst werde ich den Infirmarius holen, damit er den Toten versorgt.«

Teresa verließ mit Markus den Raum. Sie hatte das Gefühl, auf einem schwammigen Boden zu gehen, der bei jedem Schritt wankte. Vor ihrer Zelle wartete ihr Vater auf sie.

»Ich habe gehört, was geschehen ist«, sagte er und schloss sie in die Arme. »Markus, Ihr könnt uns jetzt allein lassen.«

Trotz ihrer Benommenheit sah Teresa, dass Markus ihr einen bedauernden Blick zuwarf.

»Wir sehen uns im Kapitelsaal heute Abend«, meinte er. »Alexius hat ausdrücklich angeordnet, dass Ihr dabei sein sollt, als Zeugin des Geschehens.«

Er entfernte sich in Richtung Bibliothek. Froben führte seine Tochter in ihre Zelle und drückte sie sanft aufs Bett.

»Du brauchst mich nicht zu behandeln wie ein rohes Ei«, begehrte sie auf. »Ich bin nicht krank, ich war nur erschüttert über das, was ich gesehen habe.«

»Dinge passieren in der Welt, die sich meine Gelehrsamkeit nie träumen ließ«, antwortete ihr Vater. »Und Gott lässt es zu.«

»Es war nicht Gott, sondern der Teufel, der ein solches Verbrechen geschehen ließ«, stellte Teresa fest. »Ich glaube fest daran, dass es mit dem Pergament zu tun hat.«

»Das herauszufinden wird nicht unsere Sache sein, sondern die des Librarius, er ist schließlich Stellvertreter des Abtes«, wandte ihr Vater ein.

»Aber ein paar Überlegungen könnten wir schon anstellen. Der Abt Hieronymus begab sich schon vor unserer Ankunft auf eine Reise nach Konstanz, wahrscheinlich mit zwei, drei Mönchen im Gefolge und unbewaffnet. Er wollte den Bischof um Geld für das Kloster bitten. Möglicherweise hatte er ihm noch etwas anderes mitzuteilen, was verhindert werden sollte.«

Teresa hatte inzwischen ihre Fassung wiedererlangt. Sie erhob sich von dem Bett.

Ihr Vater sagte: »Wir sollten uns unter den Mönchen umhören – vielleicht hat jemand etwas gehört oder gesehen. Im Parlatorium dürfen sie ja miteinander sprechen.«

»Es hält sich keiner so richtig an diese Regel«, setzte Teresa dagegen. »Markus hat es mir erzählt. Der Mensch ist dazu geboren, um mit anderen zu reden, meint er.«

»Besonders mit dir, Teresa.«

Sie sah ihn erstaunt an. War er etwa eifersüchtig?

»Er behandelt mich so, wie man einen Gast eben behandelt«, sagte sie achselzuckend.

Sie sprachen vorsichtig, leise und unter vorgehaltener Hand mit einigen Mönchen, fragten in der Landwirtschaft, in der Bäckerei und in der Großmeisterei. Niemand hatte weder etwas gehört noch gesehen oder eine Vorstellung davon, wer den Abt ermordet haben konnte. Schließlich kamen sie zum Lehrer der Lateinschule. Er saß allein in der Schulstube am Pult und korrigierte Arbeiten seiner Schüler auf Tontafeln. Neben ihm auf dem Pult stapelten sich Spielzeuge, unter anderem ein winziges Schachspiel, Kreisel und Murmeln.

»Die habe ich den Schülern abgenommen, weil sie damit den Unterricht störten«, sagte er statt einer Begrüßung, obwohl niemand danach gefragt hatte. Seine Haare standen wirr vom Kopf ab, das hagere Gesicht zeigte tiefe Spuren der Entsagung und Selbstkasteiung.

»Wir möchten wissen, ob Ihr im Kloster in der letzten Zeit etwas Ungewöhnliches bemerkt habt«, tastete sich Froben vor.

»Das habe ich allerdings«, war die Antwort des Lehrers. »Seit Ihr mit Eurer Tochter gekommen seid, stimmt in unserem ehrwürdigen Gemäuer überhaupt nichts mehr. Die Schüler sind außer Rand und Band. Mein Lieblingsschüler Matthias, auf den ich große Hoffnungen gesetzt habe, hält sich mehr in der Küche auf als in der Schule. Was hat er da eigentlich zu suchen?«

»Ora et labora – das ist doch das Gebot des Heiligen Benedikt, nicht wahr?« Teresa war selbst erstaunt über ihre Schlagfertigkeit.

»Nun ja«, lenkte der Lehrer ein. »Es gibt schon einen Hinweis, aber ich habe diesem Schüler gesagt, sprich mit niemandem darüber, denn es könnte Böses auslösen.«

»Was hat er erzählt?«, fragte Froben.

»Er hat erzählt, dass an dem Abend, bevor Ihr mit Eurer Tochter hier erschienen seid, zwei vermummte Reiter durch das Tor eingelassen worden sind. Danach waren sie verschwunden, er hat sie nie mehr gesehen.«

»Wer war dieser Schüler?«, fragte Teresa.

»Eben dieser Matthias. Wenn Ihr auf so gutem Fuß mit ihm steht, müsste er es Euch eigentlich erzählt haben.«

»Hat er nicht. Ihr habt es ihm doch verboten.«

»Das ist doch schon ein Anhaltspunkt«, meinte Froben beschwichtigend. »Und ich muss dir Abbitte leisten, liebe Teresa, dass ich zunächst an deinen Worten gezweifelt habe.«

»Ich habe das für Phantastereien gehalten und den Kleinen tüchtig die Rute spüren lassen«, sagte der Lehrer. »Aber wenn Euch meine Ausführungen weiterhelfen, soll es mir recht sein.«

»Die Reiter sind seitdem verschwunden«, sagte Teresa zu Froben, während sie zur Komplet gingen.

Das Abendessen hatten sie ausfallen lassen, kaum einer der Mönche war ins Refektorium gegangen. Nach dem letzten Gebet des Tages versammelten sich alle Klosterbewohner und Gäste im Kapitelsaal. In der Mitte des Raumes war ein Mittelpfeiler mit einem

Gewölbestern verankert, dessen Rippen sich zu immer neuen geometrischen Figuren ordneten. Die Klosterbewohner saßen schweigend auf den umlaufenden steinernen Bänken und schauten auf den toten Abt, der in einem Holzsarg aufgebahrt lag. Sein Antlitz war wächsern. Er trug ein weißes Totenhemd und hielt einen Stechpalmenzweig mit roten Beeren in der Hand.

Nachdem sich Teresa und ihr Vater ebenfalls gesetzt hatten, begann der Librarius ein Kyrieleeison anzustimmen. Alle anderen fielen ein. Verstohlen musterte Teresa die Gesichter der Mönche. Ob der Mörder unter ihnen war? Alexius faltete die Hände und sprach ein Gebet.

»Meine lieben Brüder in Christo«, fuhr er fort, und in Richtung von Teresa und Froben sagte er: »Meine lieben Gäste unseres Klosters. Wir haben uns heute Abend hier zusammengefunden, um den Tod eines Bruders und Abtes zu beweinen, der auf schreckliche Weise aus unserer Mitte gerufen worden ist. Ihm sei Dank für alles, was er an Segensreichem für uns erwirkt hat. Friede sei seiner Seele und Gott ein Wohlgefallen. Amen.«

Die Mönche sangen einen Psalm.

»Wir müssen einen neuen Abt wählen«, sagte Alexius. »Das Kloster darf nicht ohne Führung sein. Solange das dauert, werde ich als Stellvertreter unseres Abtes die Leitung übernehmen.«

»Gelobt seiest du in Jesus Christus, unserm Herrn, in Ewigkeit«, sangen die Mönche.

»Hat von euch Brüdern jemand etwas zu bemerken?«, fragte Alexius.

Ambrosius stand auf.

»Werter Bruder Alexius und Stellvertreter unseres hingeschiedenen Abtes«, sagte er mit seiner kräftigen Stimme. Sein Doppelkinn wackelte dabei bedenklich. »Ich wünsche eine Untersuchung darüber, wie es dazu kam, dass der Abt Hieronymus auf eine Reise nach Konstanz ging, von der er nicht zurückkehrte, sondern in meinem Wurstkochtopf auftauchte. Habt Ihr Euch darüber schon Gedanken gemacht, Bruder Alexius?«

»Ja, das habe ich«, war die Antwort des Bibliothekars. »Und ich habe niemanden gefunden, der geeigneter wäre, die Untersuchungen in die Hand zu nehmen, als unseren gelehrten Gast, Froben von Wildenberg, mit seiner Tochter Teresa.«

Merkwürdig, dass er gerade uns beide vorschlägt, dachte Teresa, wir sind doch gar nicht mit den Gepflogenheiten des Klosters vertraut.

»Euer Ansinnen ist mir ... ist uns eine Ehre«, antwortete Froben. »Aber wir sind mit den Gepflogenheiten des Klosters nicht vertraut.«

»Gerade deshalb habe ich Euch ausgesucht. Jemand, der von außen hereinkommt, sieht und hört mehr als diejenigen, die schon lange hier leben und deren Sinne durch die Gleichförmigkeit ihrer Tage abgestumpft sind.«

»Als eine, deren Auftrag es sein soll, die Umstände dieses mysteriösen Todes aufzuklären, ist mir sicher erlaubt, das Wort zu ergreifen«, sagte Teresa. »Wie denkt Ihr, Hochwürdigster Herr Stellvertreter des Abtes, sollen wir dabei vorgehen?«

»Ihr werdet von allen Gottesdiensten befreit, könnt Euch in den Gebäuden und im Gelände umschauen und die Bewohner der umliegenden Dörfer befragen. Wenn Ihr Auskünfte braucht, stehe ich jederzeit zu Eurer Verfügung. Ihr findet mich in der Wohnung des Abtes, die ab sofort bis zum Ausgang der Wahl mein Dienstsitz sein wird.«

Wo sollten sie sich dann treffen, um die Chronik zu Ende zu lesen? Ihr Vater warf ihr einen Blick zu.

»Wir brauchen einen Raum außerhalb unserer Zellen, in dem wir unsere Nachforschungen anstellen können«, sagte Froben.

»Die Bibliothek steht zu Eurer Verfügung. Für Eure Gespräche und Studien dürft Ihr die Sakristei in der Kirche benutzen. Außerdem stelle ich Euch Ambrosius und dessen Hilfskraft Matthias zur Seite. Ich werde dafür sorgen, dass dort an jedem Tag, an dem es kälter ist als am heutigen, ein Feuer entzündet wird. Und jetzt lasst uns diese Stunde mit dem 23. Psalm beschließen.«

Die gemurmelten, wohlbekannten Worte gingen an Teresas Ohren vorbei. Nur einen Satz nahm sie wirklich wahr: »*Und ob ich schon wanderte im finstern Tal, fürchte ich kein Unglück; denn du bist bei mir, dein Stecken und Stab trösten mich.*«

9.

Es war acht Uhr, Zeit für die Mönche, sich zur Nachtruhe zu begeben. Teresa und Froben machten sich zusammen mit Markus auf den Weg in die Sakristei. Der Holzsarg mit dem toten Abt wurde hereingetragen und vor dem Altar abgestellt. Die Sakristei war ein schmuckloser, dunkel getäfelter Raum mit einer Truhe, in der die Messgewänder aufbewahrt wurden. Auf einem Holzbrett an der Wand standen Kelche, Tabernakel und Monstranzen, Dinge, die für den Gottesdienst benötigt wurden.

»Bevor wir uns weiter mit der Chronik von Friedrich beschäftigen, sollten wir uns den Leichnam einmal genauer ansehen«, schlug Markus vor.

Teresa erschrak. Sie hatte schon Tote gesehen, ihre Mutter und den Torwächter Wilhelm, aber keiner war so verunstaltet gewesen wie der Abt.

»Ich bin dabei«, sagte sie mit fester Stimme, obwohl sie fürchtete, ihr könne dabei übel werden.

Markus öffnete die Tür zur Kirche. Die Sargträger waren inzwischen verschwunden. Neben dem Toten brannten zwei Opferkerzen; der Körper war über und über mit Tannen- und Stechpalmzweigen bedeckt. Markus trat an den Sarg heran und entfernte das Grün von der Brust des Abtes. Teresa und Froben traten auf die andere Seite. Markus löste die Bänder, die das Totenhemd zusammenhielten. Die kaum behaarte Brust kam zum Vorschein. Die Haut war schrumpelig, vom kochenden Wasser verbrüht. In der Höhe des Herzens erkannte Teresa ein klaffendes Loch.

»Seht ihr! Diese Wunde muss von einer Stichwaffe herrühren«, sagte Markus aufgeregt. »Abt Hieronymus wurde an einem anderen Ort getötet und später in die Küche gebracht.«

»Aber warum?«, presste Teresa hervor. »Was hat er getan? Hat er eine solch furchtbare Strafe verdient?«

»Um das herauszubekommen, sind wir angetreten, liebe Freundin«, antwortete Markus.

»Liebe Freundin« hatte er sie genannt. War sie das, oder wollte sie es gerne sein? Sie schob den Gedanken schnell beiseite. Schließlich wollten sie ein Verbrechen aufklären, und möglicherweise war ihrer aller Leben in Gefahr.

Ein Geräusch an der Tür ließ Teresa herumfahren. Alexius betrat das Schiff und kam mit langsamen Schritten auf sie zu. Als er bei ihnen angekommen war, betrachtete er den Einstich in der Brust des Abtes.

»Habt Ihr Euch von der Todesursache überzeugen wollen?«, fragte er in gütigem Ton. »Der Infirmarius hat den Leichnam selbstverständlich untersucht und kommt zum gleichen Ergebnis wie ihr: Hieronymus wurde erstochen und später in die Küche gebracht.« Er wandte sich an Markus. »Was schließt du nun daraus?«

»Bis jetzt können wir noch gar nichts daraus schließen«, sagte der Angeredete. »Wenn Ihr erlaubt, hochwürdiger Stellvertreter des Abtes, werden wir uns jetzt noch zu einer kurzen Beratung zurückziehen.«

»Dazu wünsche ich Euch gute Gedanken. Achtet aber darauf, dass Ihr nicht zu spät ins Bett kommt.«

Alexius schritt durch den Kirchenraum zurück. Die Tür fiel krachend ins Schloss. In der Sakristei nahmen sie Platz auf der Truhe und einem Stuhl. Markus holte Friedrichs Aufzeichnungen aus den Weiten seiner Kutte.

»Uns bleibt nichts anderes übrig, als diese Schrift weiter zu studieren, um etwas über die Hintergründe der Geschehnisse herauszufinden«, meinte er und begann zu lesen.

»Auf dem Weg von der ungarischen Grenze zum Orte Nisch wurde unser Heer von kaiserlichen Abgesandten empfangen. Sie übergaben Gottfried von Bouillon einen Brief, in dem, wie es hieß, darum gebeten wurde, Plünderungen zu unterlassen. Ich hatte täg-

lich alle Hände voll zu tun, um die Söldner davon abzuhalten, auch davon, fremden Frauen und auch meiner Gefährtin Gisèle, die mir von Tag zu Tag mehr ans Herz wuchs, Gewalt anzutun. Mit Sorge beobachtete ich meinen Bruder Albrecht. Manchmal stand er in den Anblick Gisèles versunken da. Wenn ich ihn anrief, murmelte er sinnloses Zeug und eilte davon, um sich mit den anderen Männern am Branntwein zu berauschen. Immerzu konnte ich nicht über ihn wachen, also weiß ich nicht, was er hinter meinem Rücken anstellte. Auf jeden Fall gewann ich den Eindruck, dass er immer gieriger nach Gold und Mädchen wurde.

Von Nisch zogen wir mit Herrn Gottfried über Adrianopel nach Silivri, wo wir ein Lager aufschlugen. Ach, das Leben im Lager war nicht einfach. Wenn ich mit ansehen musste, wie Männer, Frauen und Kinder immer schwächer wurden, weil kaum noch Brot und getrocknetes Fleisch vorhanden waren, dauerte es mich zutiefst. Die Soldaten bekamen in erster Linie die Rationen, da sie für den Kampf gerüstet sein mussten. Es war inzwischen Anfang Dezember, die Nächte entsprechend eisig. Ich verkroch mich mit Albrecht in unserem Zelt, das wir mit fünf anderen Männern teilten, und dachte an meine Gisèle, die ich unweit von mir in derselben sternklaren Nacht schlafend wusste. Oft erbettelte sie Nahrungsmittel in den Dörfern, durch die wir kamen, wo die Einwohner auch kaum mehr zum Essen hatten als wir. Nach sechs Tagen im Lager waren die Söldner nicht mehr zu halten. Sie schwärmten aus und plünderten die ganze Umgebung, dabei ist sicher auch mancher unschuldige Mensch ums Leben gekommen. Wir mussten hilflos zusehen, ich musste zusehen, wie sich Albrecht in ein Tier verwandelte, nein, schlimmer als ein Tier, denn Tiere töten allein aus dem Verlangen zu fressen, er dagegen schien von einem wahren Blutrausch erfasst. Und über allem stand die Wallfahrt zum Heiligen Grab, unser Ziel, das uns alle einte und vorantrieb.

Am Tag nach den Plünderungen erreichten zwei Boten des Kaisers unser Lager, das Gottfried und sein Heer nach Konstantinopel rief.

Am 23. des Dezember im Jahre des Herrn 1096 erreichten wir Konstantinopel, wo wir zwischen den Kirchen St. Kosmidion und St. Phokas unser Lager aufschlugen. Es war direkt am Goldenen Horn gelegen, einer langgezogenen Bucht des Bosporus. Hier harrten wir bis zum April des Jahres 1097 aus. Unser Heer bestand aus Franzosen, französischen und italienischen Normannen, Flamen und Lothringern. Die berühmtesten Anführer waren neben Gottfried von Bouillon Bohemunt von Tarent, Raimund von Toulouse, Fulcher von Chartres und Balduin von Boulogne. Der gesamte Tross muss etwa 50 000 bis 60 000 Menschen umfasst haben, darunter 7000 Ritter und 22 000 Mann Fußvolk, dazu 50 000 Pferde. Wir warteten auf die anderen Kreuzfahrer, die sich hier mit uns vereinigen sollten.

Kaiser Alexios von Konstantinopel brachte den Kreuzrittern großes Misstrauen entgegen, da die Normannen verschiedene Kriegszüge gegen das byzantinische Reich unternommen hatten. Außerdem befürchtete er, dass die Kreuzfahrer byzantinisches Territorium für sich beanspruchen würden. Deshalb befahl er, ihm den Lehnseid zu schwören. Wir sollten die anatolischen Lande von den Seldschuken zurückerobern, und die eroberten Gebiete mussten sie nach dem Kriegszug an ihn abtreten. Gottfried von Bouillon wurde davor gewarnt, den Treueid zu leisten. Er lehnte ihn ab, und wir verbrachten das Weihnachtsfest vor den Mauern der Stadt. Es war bitter kalt, die Sichel des Mondes stand bleich über dem Goldenen Horn. Wir hatten alle Hände voll zu tun, den fahrenden Händlern Lebensmittel abzukaufen, und so gab es am Festabend wenigstens Brot, Wein und gebratenes Hammelfleisch für alle. Gisèle war geschwächt an Leib und Seele, das konnte ich von Tag zu Tag sehen, konnte es bald nicht mehr mit ansehen, aber sie hielt klaglos aus. Manchmal schaute sie mich aus ihren Augen, die groß und glänzend in dem abgemagerten Gesicht standen, so an, als wolle sie fragen, wann denn dieser Alptraum endlich zu Ende sei.

Dann kam der Wintereinbruch, unsere Zelte versanken im Schlamm. Alexios machte uns das Angebot, auf die trockeneren Quartiere in der Vorstadt am Goldenen Horn auszuweichen. Gott-

fried nahm an, blieb aber vorsichtig. So ging es bis zum März, die Truppen vom Heer Bohemunds von Tarent waren schon sehr nahe.

Wir verließen mit Gottfried die Stadt, und am 2. April 1097, dem Gründonnerstag, griffen wir Konstantinopel an. Nach einigen Kämpfen, bei denen es kaum Tote gab, wurde Gottfried vom Kaiser besiegt und leistete den geforderten Treueid. Nachdem die letzten Ritter diesen Eid geleistet hatten, wurden wir in aller Eile mit Schiffen über den Bosporus gesetzt, um den vor Nicäa lagernden Truppe zu Hilfe zu eilen. Mein Bruder Albrecht wurde immer wirrer im Kopf. Mit Bangen dachte ich an die unendlichen Strapazen, die uns noch bevorstanden, bevor wir Jerusalem erreichten. Wenn wir es überhaupt je erreichen sollten.«

Markus hielt inne. Im Schein der Öllampe sah sein Gesicht ernst aus.

»Was haltet ihr von dem Bericht?«, fragte er.

»Es sieht so aus, als wenn das alles auf eine Katastrophe hinsteuern würde«, meinte Froben und zwirbelte sich den Bart. Seine Augengläser funkelten. »Sie haben einen Meineid geschworen, ich kenne die Geschichte dieser ersten Wallfahrt in Waffen. Fulcher von Chartres und andere haben sie aufgeschrieben.« Er wandte sich zu Teresa. »Auf jeden Fall ist das sehr wichtig für unsere Familienchronik.«

»Aber werden wir auch etwas über den Goldkandelaber erfahren?«, fragte Teresa.

»Ich will den Ereignissen nicht vorgreifen«, meinte Markus. »Nur so viel: Wir werden etwas darüber erfahren. Wollt ihr, dass ich weiterlese?«

»Es ist spät geworden – wir sollten zu Bett gehen«, entschied Froben. »Morgen werden wir uns im Kloster und in den benachbarten Dörfern umhören.«

Teresa bedauerte es sehr, den Fortgang der Geschichte nicht hören zu können, aber sie fügte sich, wünschte den beiden eine gute Nacht und begab sich über den Hof zu ihrer Zelle.

Der erste Gang am nächsten Tag führte die drei zur Klosterküche. Ambrosius war dabei, Forellen abzubürsten. Die winzigen schimmernden Schuppen lagen auf dem Lehmboden verstreut. Es roch intensiv nach Fisch. Der Koch wandte sich ihnen zu, sein Gesicht wie immer verschwitzt, die roten Locken klebten ihm an der Stirn.

»Das war vielleicht eine Schweinerei«, polterte er. »Das alles wieder sauber zu kriegen! Die Ratten haben hier schon rumgeschnüffelt und die Hunde der Dorfbewohner. Na, es war ja ein trauriger Anlass. Gott sei der armen Seele unseres Abtes gnädig.«

»Wir wollten uns eben mit Euch darüber unterhalten«, begann Froben. »Was für ein Mensch war er eigentlich, Euer Abt Hyronimus?«

»Er war ein sehr gütiges Oberhaupt, hat immer für Gerechtigkeit unter den Mönchen gesorgt. Deshalb verstehe ich auch nicht, dass …«

»Wir wissen jetzt, dass er erstochen und danach in die Küche und in den Kessel gebracht wurde«, sagte Froben.

»Erstochen? Aber wer kann denn einem solch friedfertigen Menschen ein Haar krümmen?«

»Wir wissen es nicht – noch nicht.«

»Ihr wollt sicher erfahren, ob ich etwas gehört oder gesehen habe. Habe ich aber nicht. Es muss geschehen sein, während ich mit den anderen im Refektorium war. Etwas hat sich jedoch verändert in diesem Kloster, seit dem Tag, an dem ihr beiden eingetroffen seid.«

»Ambrosius, Ihr denkt doch nicht etwa …«, fuhr Teresa auf.

»Ich weiß nicht, was ich denken soll«, meinte der Koch und hob hilflos die Arme. »Es ist, als sei eine Art eisiger Luft hereingekommen, die sich immer mehr ausbreitet.«

»Das empfinde ich ebenso«, antwortete Froben. »Bloß, woher kommt diese Luft? Wie war es denn früher hier?«

»Früher gab es einen starken Zusammenhalt der Mönche, der Laienbrüder und der Dorfbevölkerung. Eine Hand gab der anderen und nahm auch, wenn gegeben wurde. Jetzt ist eine unerklärliche Feindseligkeit eingekehrt, jeder zieht sich zurück und scheint Angst vorm anderen zu haben.«

»Könnte es sein, dass sich von außen fremde Mönche eingeschlichen haben und sich als Benediktiner ausgeben?«

»Möglich wäre es schon, bloß – wer sollte sie hereingelassen haben und was hat das für einen Sinn?«

Froben und seine Tochter tauschten einen Blick.

»Sie könnten hinter dem Goldkandelaber her sein, einem Familienerbstück, das auch wir finden wollen«, sagte Froben.

»Ach, ein Familienerbstück? Das ist ja eigentümlich. An einem Abend im Parlatorium, lange bevor ihr kamt, wurde über einen solchen Kandelaber gesprochen. Eine Reliquie aus dem Heiligen Land, die wundertätig sein soll. Sie wurde von einem Pilger nach Spanien gebracht, soweit ich mich erinnere.«

»Dort werden wir sie demnächst auch suchen«, antwortete Froben. »Ihr müsst wissen, dass wir an einer Chronik arbeiten, die ich noch zu meinen Lebzeiten fertigstellen will.«

»Ihr müsst mir verzeihen, ich kann Euch jetzt nicht länger Rede und Antwort stehen, aber ich werde Augen und Ohren offen halten und alles berichten, was mir auffällt«, sagte der Koch und wandte sich seiner Arbeit zu.

Teresa und Froben besuchten den Bäcker und seine Hilfsgesellen, die Landwirtschaft und die Speisegroßmeisterei, sie kamen aber mit ihren Fragen nicht weiter.

»Wir müssen mit den Dorfbewohnern reden und mit den Bauern der Umgebung«, sagte Froben.

Nach dem Mittagessen gingen sie durch das Dorf und befragten die Anwohner.

»Geht zum Schellenbauer!«, erhielten sie wiederholt zur Antwort. »Seine Frau hat seltsame Gesichte gehabt, heißt es. Die können Euch sicher weiterhelfen.«

Da es ein ruhiger, sonniger Oktobernachmittag war, beschlossen die beiden, zum Schenkenhof zu reiten. In den Gärten hingen reife Zwetschgen an den Bäumen, die Wälder ringsum hatten sich vom Gelb, aus dem dunkle Tannen hervorstachen, ins Rötliche verfärbt. Die Wiesen standen noch in saftigem Grün, und die braunroten Kühe blickten ihnen dumpf kauend entgegen. Der Schenkenhof war ein großer Bauernhof mit einem Schleppdach aus Stroh, das an den Seiten weit heruntergezogen war. Ein Holzbalkon zog sich über die Vorderseite, geschmückt mit Geranien. Zwei Kinder luden eine Kiepe mit Holz ab. Die Bäuerin arbeitete im Garten.

»Grüß Euch Gott«, rief Froben ihr zu.

Die Frau drehte sich um und erwiderte den Gruß. Sie war eine kräftige Frau mit einem kantigen Gesicht, bekleidet mit Rock, Mieder und Schürze. Ihr schon leicht ergrautes Haar trug sie unter einer Lederkappe. Sie schickte die Kinder ins Haus.

»Was ist Euer Begehr?«, fragte sie.

»Wir suchen zwei Reiter, die in den letzten Tagen hier vorbeigekommen sein müssen«, setzte Froben an.

Die Bäuerin nahm die Kappe ab und kratzte sich am Kopf.

»Kann sein, kann aber auch nicht sein, dass welche vorbeigekommen sind«, meinte sie achselzuckend.

»Gute Frau, ich beschwöre Euch«, fiel Teresa ein. »Es sind gefährliche Menschen. Wahrscheinlich haben sie unseren Abt auf dem Gewissen.«

Die Frau versteifte sich. »Was ... ist er tot?«

»Ja, das ist er«, fuhr Froben fort. »Bei allem, was Euch heilig ist, sagt uns, ob Ihr etwas gesehen habt.«

»Vor ein paar Tagen«, begann die Bäuerin zögernd, »kam am frühen Morgen der Abt mit seiner Eskorte vorbei. Prächtig war er anzuschauen mit seinem dunkelvioletten Mantel, der Mütze und dem Krummstab. Wir, mein Mann und ich und die Kinder, huldigten ihm. Wenig später preschten zwei Reiter heran, die den Geistlichen und ihren Bewachern folgten. Wir maßen dem aber keine weitere Bedeutung bei.«

»Habt herzlichen Dank, gute Frau«, sagte Froben. »Gott sei mit Euch auf allen Euren Wegen.«

Er wandte sich zum Gehen, Teresa folgte ihm.

»Ist das alles, was wir in Erfahrung bringen können?«, fragte sie.

»Es ist ein Anhaltspunkt. Wir wissen jetzt zumindest, dass die Reiter noch in der Gegend sind, vielleicht sogar im Kloster selbst, und dort ihr Unwesen treiben.«

10.

Markus erwartete sie nach dem Abendessen in der Sakristei.

»Habt ihr etwas herausgefunden?«, fragte er. Die beiden setzten sich auf die bereitstehenden Stühle.

»Wir wissen zumindest, dass der Abt von zwei Reitern verfolgt wurde«, antwortete Froben. »Fahren wir fort mit unserer Lektüre! Ich brenne darauf, Näheres über die Geschichte im Heiligen Land zu erfahren.«

»Ich auch«, sagte Teresa.

Markus zog die Öllampe näher zu sich heran und begann zu lesen.

»Wir wurden mit schnellen Booten nach Kleinasien verschifft, wo es bald zu schweren Kämpfen mit den Seldschuken kam. Am 6. Mai des Jahres 1097 kamen wir mit unserem Heerführer Gottfried von Bouillon vor der Stadt Nikaia an. Für den Fürsten und die Ritter war die Eroberung dieser Bastion beschlossene Sache: Nicht nur wegen des entscheidenden Schlages gegen die seldschukische Herrschaft in Anatolien, sondern auch wegen der Aussicht auf reiche Beute. Ich selbst habe solche Gedanken nie in Erwägung gezogen, wesentlich war mir die Befreiung des Grabes Christi. Am 14. Mai begann die Belagerung, und wir schafften es, in einer entscheidenden Schlacht, die Vorherrschaft zu erringen. Doch noch war die Stadt nicht erobert. Wir bauten Belagerungsmaschinen.

Am 19. Juni anno 1097 stürmten wir die Stadt Nikaia, und zur Belohnung erhielten wir vom Kaiser reiche Schätze an Gold, Juwelen und Edelsteinen. In der Schlacht von Doryläum, bei der wir in einer unwegsamen Schlucht in einen Hinterhalt geraten waren, schlugen wir die Seldschuken unter Sultan Kilij Arslan I. und bahnten uns unaufhaltsam unseren Weg durch das weite kleinasiatische

Land. Doch es sollte ein Todesmarsch werden. Balduin von Boulogne verließ das Heer und gründete in Edessa den ersten Kreuzfahrerstaat. Das Schlimmste stand uns noch bevor: der Kampf um Anthiochia. Er begann im Oktober im Jahre des Herrn 1097. Sieben Monate sollte die Belagerung dieser Stadt dauern, Nahrungsmittel und Wasser gingen uns aus, und viele Kreuzfahrer verhungerten oder flohen. Im Lager ging das Gerücht um, es seien nicht nur die Pferde, für die es kein Getreide mehr gab und die elendiglich verhungert waren, sondern auch erschlagene Seldschuken verzehrt worden. Nur der feste Glaube an die Befreiung der Christenheit und die unerschütterliche Liebe Gisèles bewahrten mich davor, es anderen Wallfahrern nachzutun, mich mit meiner Braut vom Heer abzusetzen und zu versuchen, mit einem Schiff in die Heimat zurückzugelangen.

Albrecht machte mir von Tag zu Tag einen furchtbareren Eindruck. Abgemagert, zerlumpt und verdreckt irrte er im Lager herum, sprach Frauen an, die nicht weniger ausgehungert waren, und näherte sich Gisèle immer wieder in unsittlicher Weise, was ich ihm schließlich unter Androhung von Prügeln untersagte.

Im Mai des Jahres 1098 kündigte sich das Heer Kerbogas, des Tabeg von Mosul, an. Seine Ankunft verzögerte sich, da es drei Wochen lang vergeblich Edessa belagerte. Den Angriff eines solch gewaltigen Heeres würden wir nur überstehen, wenn wir die Stadt eroberten! Wie aber sollten wir hineinkommen? Bohemunt von Tarent versprach, den Angriff durchzuführen, unter der Bedingung, dass ihm die Stadt als Herrschaft übergeben würde. Die Zeit drängte, und so stimmten die anderen Fürsten zu. Bohemunt hatte Kontakt mit dem Armenier Yogi Siyans, dem drei Türme der südlichen Stadtbefestigung unterstanden. Er wollte die Männer in die Stadt lassen. Bohemunt schlich sich nach Anbruch der Nacht mit sechzig seiner Männer zum ›Turm der zwei Schwestern‹.

Eine Leiter aus Rindsleder war vorbereitet worden, die von einem der Dolmetscher hochgezogen wurde. Fünfundzwanzig Ritter stiegen voll bewaffnet hinauf. Gottfried war einer der Ersten, ich dicht hinter ihm. Heute noch sehe ich ihn über mir hinaufsteigen, vorsichtig, Schritt für Schritt auf der schwankenden Leiter, höre ihn leise und beherrscht atmen. Die Belastung durch die Leiter und die Ritter war für die Mauer zu groß. Wir stürzten herab, einige fielen so unglücklich in bereitgestellte Waffen, dass sie aufgespießt wurden. Dabei kam jedoch kein Laut von ihren Lippen.

Gott, gib uns Kraft, das durchzustehen! dachte ich ein ums andere Mal. Wir wiederholten den Aufstieg. Gottfried betrat die Mauer, ich folgte ihm auf dem Fuß. Ein Mann der Mauerwache eilte herbei und schwang sein Krummschwert. Gottfried schlug ihm kurzerhand den Kopf ab. Blut spritzte nach allen Seiten, und der Mann stürzte mit einem gurgelnden Laut die Mauer hinab. Nun gab es kein Halten mehr. Die Mauerwache war bald überwältigt; mit lautem Hörnerklang drangen wir in die Stadt ein und hatten sie binnen kurzem besetzt. Aber uns blieben nur zwei Tage, uns einzurichten.

Am 5. Juli anno 1098 überschritt Kerboga mit seinem Heer die Eiserne Brücke. Wir wurden nun unsererseits belagert. Die Vorräte schwanden zusehends, selbst die Reichen konnten sich kaum noch über Wasser halten. Für ein kleines Brot zahlte man ein Goldstück, für ein Ei zwei, ein Huhn kostete sogar fünfzehn. Wer das nicht zahlen konnte, ernährte sich von Blättern oder kochte Leder, um es genießbar zu machen. Am 10. Juni meldete sich ein einfacher Mann namens Peter Bartholomeus bei Graf Raimund von Toulouse und berichtete von einer Vision. Der heilige Andreas habe ihm offenbart, wo der Speer zu finden sei, mit dem ein römischer Legionär Christus nach der Kreuzigung in die Seite gestochen hätte. Nach anfänglichem Unglauben wurde die Heilige Lanze unter dem Fußboden der Kathedrale gefunden. Das hob die Moral der Männer so sehr, dass sie in einer Entscheidungsschlacht das Heer Kerbogas besiegten.«

»Das bringt uns der Wahrheit aber kein Stück näher«, sagte Froben, als Markus einen Augenblick im Lesen innehielt. »Diese Angaben hätten wir uns aus jedem Bericht über den Kreuzzug holen können.«

»Wartet ab«, erwiderte der Gehilfe des Bibliothekars. »Entscheidend ist das, was folgt, bis hin zur Schlacht um Jerusalem.

Fünfzehn Monate waren über der Belagerung und Eroberung von Anthiochia vergangen. Gottfried von Bouillon machte sich Ende Februar 1099 auf den Marsch. Nach Belagerungen von Städten, die sich in die Länge zogen, erreichte das Heer endlich, am 7. Juni des Jahres 1099, einen Berg nördlich von Jerusalem. Drei Jahre nach der Rede Papst Urbans hatten wir unser Ziel endlich erreicht. Wir besaßen nichts mehr außer den Kleidern auf unserem Leib, die zu Lumpen zerfielen, und waren nur noch ein Schatten unserer selbst. Doch der einzigartige Anblick, den die Stadt zu unseren Füßen bot, beflügelte uns, machte uns so ergriffen, dass der alte Mut zurückkehrte. Im Sonnenlicht unter uns blinkte der Felsendom, und am Südrand des Tempelplatzes sahen wir die Moschee al-Aksa. Nur die Grabeskirche bot nicht mehr den Anblick, den wir erwartet hatten: Sie war stellenweise zerstört. Ich hielt die Hand Gisèles und flüsterte ihr ins Ohr: ›Bis hierher haben wir es geschafft, du und ich, und wir werden bis zum Ende durchhalten. Dann fahren wir zurück, beziehen die Burg Wildenberg und leben fortan in Frieden und Wohlstand.‹

Sie erwiderte den Händedruck.

›Wenn es doch erst so weit wäre‹, sagte sie mit Tränen in den Augen, die erschreckend groß in ihrem mageren Gesicht standen. In diesem Augenblick drehte sich Albrecht um, der vor uns stand. Nie werde ich den Ausdruck von Hass vergessen, der aus seinem Gesicht flammte! Was habe ich ihm nur getan? dachte ich nicht das erste Mal während dieser langen, entbehrungsvollen Reise.

Unser Heer war zu klein, um eine vollständige Einschließung der Stadt zu erreichen. Wir lagerten uns mit Gottfried von Bouillon zunächst gegenüber dem Davidsturm. Unsere Angriffe mit Steinschleudern waren aussichtslos, da die Mauern mit Säcken behangen waren, mit Baumwolle und Heu gefüllt. Der Statthalter Iftikhar und seine Männer warteten auf Entsatz durch ein ägyptisches Heer, das täglich, ja stündlich eintreffen konnte, soviel hatten unsere Spä-

her erfahren. In unserem Lager mussten 12 000 Männer und Frauen mit Nahrung und Wasser versorgt werden. Bei den wenigen Quellen der Umgebung legten sich die Feinde in den Hinterhalt, oder sie vergifteten die Brunnen. Wir waren durch den Hunger und die Hitze so geschwächt, dass wir die Mauern nie würden stürmen können. Ein Eremit auf einem nahen Berg empfahl, am nächsten Tag den Angriff zu wagen. Der Beginn der Stürmung wurde für den Sonnenaufgang des 13. Juni 1099 festgelegt. Es gelang uns, genug Holz für eine Sturmleiter aufzutreiben, in Windeseile, beflügelt durch die Worte des Eremiten, wurde sie gebaut. Die Herolde stießen in die Trompeten und Signalhörner. Die Soldaten hielten ihre Schilde über die Köpfe und bewegten sich wie eine Schildkröte auf die Vormauer zu. Die Schilde boten jedoch gegen die schweren Schleudersteine der feindlichen Katapulte wenig Schutz. Wir hatten nur eiserne Hämmer und Hacken zur Verfügung, um die Vormauer einzureißen. Der Schweiß lief mir in Strömen den Körper hinab, dazu behinderte die schwere Rüstung mich erheblich. Etliche, die nur Kettenhemden und Helme trugen oder gänzlich ungeschützt waren, fielen Pfeilschüssen zum Opfer. Doch endlich war eine Bresche geschlagen. Es gelang uns, unter dem Pfeilregen der Gegner, die Sturmleiter an der Mauer aufzurichten.

Der Ritter Raimbold von Chartres sollte der Erste sein, der die Mauer erstieg. Oben angekommen, wurde ihm die Hand abgehackt. Die Hitze brüllte in meinen Ohren, kaum sah ich noch etwas, so sehr lief mir die salzige Brühe in die Augen, die von Schlaflosigkeit, Wüstensand und Anstrengung blutunterlaufen waren. Gisèle wusste ich sicher im Lager am Osttor. Der verletzte Raimbold wurde heruntergebracht und versorgt. Zahlreiche Ritter kletterten die Leiter hinauf, drangen mit Schwertern und Lanzen auf die Verteidiger ein, Albrecht und ich mittendrin. Er drosch wie von Sinnen auf seine Gegner ein.

Stundenlang wogte der Kampf hin und her. Schließlich zogen wir uns langsam zurück. Aus einem Wald in der Nähe wurde weiteres Holz zum Bau von Belagerungsmaschinen geholt. Inzwischen wa-

ren sechs Schiffe in Jaffa gelandet, die Proviant brachten, und unter dem Material, das mühsam und gegen Angriffe verteidigt herbeigeschleppt werden musste, befand sich alles, was zum Bau der Maschinen benötigt wurde: Seile, Hämmer, Nägel, Äxte, Hacken und Beile. So schnell es eben ging, wurden nun die Belagerungstürme gebaut. Sie wurden mit Rädern versehen und die oberen Stockwerke mit Schleudermaschinen bestückt. Inzwischen verdursteten weiter Menschen und Vieh in der Hitze. Die Belagerung zog sich jetzt schon so lange hin, dass viele Menschen den Mut verloren und das Heer verließen.

Am Morgen des 8. Juli umrundete eine feierliche Prozession die Stadt, von den Muslimen auf den Mauern verspottet. Die Arbeit an den Türmen ging voran. Frauen und alte Männer nähten Kuhhäute zusammen, die an die Außenseiten der Belagerungstürme genagelt wurden. Sie sollten vor dem ›Griechischen Feuer‹ schützen. Die Grundlagen zu dieser verheerenden Waffe bilden ungebrannter Kalk, Pech, Schwefel, Petroleum und Salpeter. Diese Mischung war mit Wasser nicht zu löschen, sondern nur mit Essig, wie wir von den Arabern wussten.

Noch in derselben Nacht begannen die Vorbereitungen für den Großangriff. Die weniger bewachte östliche Mauer wurde ins Visier genommen, die westliche Belagerungsmaschine zerlegt und dorthin geschafft nebst einem inzwischen gebauten ›Widder‹. Die Wurfmaschinen wurden in Stellung gebracht. Ihr andauernder Beschuss beschädigte die Stadtmauer stark. Die Verteidiger wuchteten Säcke auf die Mauer, die mit Heu und Stroh gefüllt waren. Unser Heer setzte sie mit Pfeilen in Brand. Nun konnten wir ungehindert den Widder zum Einsatz bringen. Mit diesem mächtigen Rammbock war innerhalb kürzester Zeit die Vormauer durchbrochen. Schließlich gab auch die innere Mauer nach und brach zusammen.

Am Morgen des 15. Juli, einem strahlenden Tag, erklang der Ruf des Muezzins. Ob die Bewohner Jerusalems wussten, was sie erwartete? Die Belagerungstürme kamen nur schrittweise vorwärts, unter dem Schwirren der Brandsätze und dem Krachen und Poltern der Steine aus den Katapulten. Gisèle eilte den ganzen Tag wie die anderen Frauen mit Wasserkrügen herum, um den Männern zu trinken zu geben. Die Verteidiger versuchten, mit ihrem Griechischen Feuer die Türme in Brand zu setzen, aber sie hatten nicht mit unseren Kenntnissen gerechnet. Das Feuer wurde mit Essig gelöscht. Als die hölzernen Teile einer der Verteidigertürme der Stadt in Brand gerieten und dicker, schwarzer Rauch ihnen in die Augen trieb, mussten sie die Mauer aufgeben. Vom Belagerungsturm wurden zwei Holzbalken zur Mauerkrone hinübergeschoben, dann lösten wir die Vorderwand des Turmes, die auf die Balken zu liegen kam.

Kaum war der Brückenschlag geglückt, als auch schon die ersten Kreuzfahrer auf den freien Anschnitt stürmten, Albrecht und ich unter ihnen. Herzog Gottfried und einige Männer sprangen vom dritten Stockwerk des Belagerungsturmes auf den Sims. Großer Jubel brach unten bei den Männern aus, sie folgten auf die Mauer. Unbeschreibliche Schreie ertönten: ›Die Stadt ist genommen!‹, und auf allen Seiten wurden Sturmleitern angelegt. Alle eilten, sie zu ersteigen und in die Stadt einzudringen. Die Muslime flohen bis zum Davidsturm und zum Tempelplatz. Herzog Gottfried befahl, das St. Stephanus-Tor zu öffnen, um weitere Kreuzfahrer in die Stadt zu lassen.

An einem der Tore bemerkte ich ein Gerangel, Pferde mit Schaum vor den Nüstern und verdrehten Augen gingen durch und zermalmten viele Menschen, andere wurden von den Nachfolgenden erdrückt. Lass nur Gisèle nichts passieren! dachte ich. Gott schütze sie! Die Einwohner Jerusalems flohen zum Tempelplatz, wir setzten ihnen nach und verwickelten sie in Kämpfe. Tankred raste mit einer tausendköpfigen Menge an uns vorüber in Richtung Felsendom und mit ihnen flohen Tausende von Einwohnern Jerusalems. Es war ein grauenhaftes Massaker, das Blut floss in Strömen. Die Flucht zum Tempelplatz war ein sinnloses Unterfangen. In ihrer Not rannten die Flüchtlinge, Männer, Frauen und Kinder, zur Moschee al-Aksa, verbargen sich darin, kletterten selbst aufs Dach, um sich vor ihren Verfolgern zu retten. Sie wurden mit Pfeilen beschossen, so dass sie kopfüber herunterstürzten, drinnen wurden ihnen zu Hunderten die Köpfe abgeschlagen.

Ich konnte und wollte solche Mordtaten nicht mitmachen noch gutheißen, flehte meine Kameraden an, einzuhalten, doch ich wurde einfach beiseite gestoßen. Albrecht wirkte wie rasend. Das Blut, das bald knöchelhoch den Platz bedeckte, schien ihn noch anzustacheln. Er verfolgte die Muslime zu dem großen Brunnen el-Kes, ich setzte ihm und den vielen anderen nach, um das Schlimmste zu verhüten. Doch es war zu spät. Die Muslime wurden die Stufen zum Brunnen hinuntergeworfen, viele stürzten in die Zisterne und ertranken. In seiner wahnsinnigen Mordlust warf Albrecht einen nach dem anderen in den Brunnen hinab. Zu meinem Entsetzen sah ich, wie ihn eines seiner Opfer bei den Haaren packte und ihn mit hinabriss. Ich erstarrte. Solch einen Tod hatte er nicht verdient, auch wenn er mordgierig und ungestüm war. Ich war mit einem schnellen Satz beim Brunnen und schaute hinab. Unten erblickte ich einen rotschäumenden Strudel und wusste, es war zu spät. Die Tränen schossen mir in die Augen und ich ging in die Knie. Wo ist Gisèle? dachte ich verzweifelt. Zuletzt war sie vor dem St. Stephanus-Tor gewesen, bevor die Menge in die Stadt hineindrängte. Ich bahnte mir meinen Weg zum Tor, glitt aus auf Blut und dreckverschmierten Kleidern, sah zerfetzte und zerstückelte Leichen am Weg liegen. Nahe dem Tor fand ich sie. Sie war zu Tode getrampelt worden. Ich nahm sie in die Arme und wankte aus dem Tor hinaus.

Der Abend senkte sich über die blutige Szenerie. Ich nahm, blind vor Tränen, eine Hacke und trug Gisèle zu einem Wäldchen, das sich dunkel in der Nähe abzeichnete. Dahinter grub ich mit der Hacke ein Loch und legte sie hinein, küsste ihr Gesicht, das schon kalt zu werden begann, warf die ausgehobenen Erde darüber und sprach ein stilles Gebet. Erde zu Erde, Asche zu Asche, Staub zu Staub! Doch ich konnte mich nicht länger aufhalten, eilte zum Tempelplatz zurück. Der Felsendom war verschlossen. Tankred sei mit seinen Männern dort eingedrungen, berichteten mir Umstehende.

Die Nacht verbrachte ich in einem Hauseingang, bekam kein Auge zu. Am nächsten Tag, an dem die Sonne golden aufging wie immer, kamen Tankred und seine Getreuen wieder heraus, schleppten Unmengen von Gold und Silber, Edelsteine, goldene Lampen, Kleidungsstücke und schwere, silberne Gerätschaften mit sich. Derweil rasten die Kreuzfahrer weiter im Mordrausch durch die Stadt. Ich sah mit hellem Entsetzen, wie sie mit gezückten Schwertern Frauen, die in die Häuser oder Paläste geflohen waren, durchbohrten, Kinder von der Mutterbrust und aus den Wiegen zerrten, gegen die Wand warfen oder ihnen das Genick brachen. Einige Muslime wurden stundenlang gefoltert, bevor man sie verbrannte.

Ich stand mit hängenden Armen da und konnte nichts ausrichten, konnte vielleicht froh sein, nicht selbst von einem Schwert durchbohrt zu werden. Die Massaker wurden begleitet von maßlosen Plünderungen, in erster Linie Gold und Silber, aber auch Pferde, Maultiere, Getreide, Wein und Öl wurden geraubt. Jeder, der ein Haus für sich ›eroberte‹, durfte es behalten.

Gegen Abend flauten die Kämpfe ab; die Mauer und die Tore mussten gegen die Muslime von außen gesichert werden. Nachdem der Davidsturm erobert war und der Statthalter Ifthikar-ad-Daula mit seinen Männern freien Abzug erhalten hatte, teilten die Kreuzfahrer die Schätze des Davidsturmes unter sich auf, gingen dann zu ihren Quartieren, wuschen sich und trafen sich an der Grabeskirche, um zu beten. Gottfried von Bouillon kleidete sich in ein einfaches Leinenhemd und begab sich mit uns auf eine Prozession rund um die Stadt, auf den Spuren von Jesus auf dem Weg nach Golgatha. Die Pilger krochen auf Knien und Ellenbogen zum Grabe Christi. Es wurde eine Auferstehungsmesse gesungen. Alles, was sich in der Kirche an Schätzen befand, wurde an die Pilger verteilt. Gottfried übergab mir einen großen, schweren, goldenen Kandelaber, für meine Verdienste auf dieser Wallfahrt. Hätte ich ihn nicht annehmen sollen? Wem wäre, da nun mein Lebensglück in Scherben vor mir lag, damit geholfen gewesen?

Einige Wochen lang diente ich noch Gottfried von Bouillon, der als Verwalter des neuen Reiches eingesetzt worden war. Den Goldkandelaber behielt ich in Ehren, doch bald schien mir, dass er wundertätig war.

Eines Tages, im Oktober des Jahres 1099, bemerkte ich, dass jemand es auf den Kandelaber abgesehen haben musste, es wurde in mein Haus eingebrochen, ein Diener ermordet. Da beschloss ich, mit dem Kleinod zurück in die Heimat zu reisen und es dem Kloster Agenbach zur Aufbewahrung zu überlassen. Von dort werde ich über das Kloster Montserrat, wo ich mir von einem befreundeten Geistlichen die Absolution für meine Sünden erhoffe, zurück nach Palästina gehen, meine Sachen ordnen und die Gebeine meiner geliebten Gisèle zurück in Römische Reich überführen.

11.

Markus legte das letzte eng beschriebene Blatt beiseite. Das Öllämpchen flackerte und drohte zu erlöschen. Nun kam Leben in Froben, der wie versteinert dagesessen hatte. Er stand auf, holte eine Kanne und goss etwas Öl in die Lampe. Der Raum wurde heller, aber ihre Schatten tanzten wie Dämonen an den Wänden. Froben ergriff als Erster das Wort.

»Das ist ja eine schreckliche Geschichte«, meinte er. »Ich habe nicht gewusst, dass unsere Vorfahren so sehr in die Geschehnisse verwickelt waren. Es ist ein wichtiges Dokument für unsere Chronik. Wäre ich nur eher darauf gekommen, hier im Kloster nachzufragen!«

»Das konntest du doch gar nicht, Vater«, warf Teresa ein. »Von der Existenz dieses Kandelabers haben wir bis vor ein paar Tagen nichts gewusst. Und auch von der Teilnahme Friedrichs und Albrechts am Kreuzzug nicht.«

»Da hast du natürlich recht. Ich überlege mir, wie wir weiter verfahren könnten.«

Markus war aufgestanden und ging in der Sakristei auf und ab.

»Wir sollten das, was wir bisher wissen, einmal ordnen und genau betrachten. Ihr fandet ein Pergament in Eurer Wunderkammer mit dem Hinweis, dass ein Goldkandelaber vom ersten Kreuzzug nach Agenbach gebracht worden sei. Danach wurdet Ihr überfallen und der Torwächter ermordet. Auf dem Weg zum Kloster starben zwei Eurer Männer durch herunterstürzende Felsbrocken. Im Kloster selbst erwies sich die Chronik von Friedrich als unauffindbar. Kurz darauf wurde der Abt Hieronymus tot aufgefunden. Was könnte das alles miteinander zu tun haben?«

»Aus dem Bericht von Friedrich wissen wir«, antwortete Teresa,

»dass er den Kandelaber von Gottfried von Bouillon bekommen hat und damit zurück in die Heimat wollte. Sein Bruder und seine Braut starben bei der Eroberung Jerusalems.«

»Vielleicht sollten wir folgendermaßen vorgehen«, meinte Markus. »Wie kamen die einzelnen Spielsteine dieses Rätsels zustande? Wie gelangte das Pergament nach Wildenberg?«

»Friedrich hatte es seinem Diener Abel übergeben, in der Hoffnung, dass ein späterer Verwandter es findet«, meinte Froben.

»Und wer hat die Morde begangen?«

»Das muss jemand sein, der uns daran hindern will, den Kandelaber zu finden.«

»Gut gedacht«, sagte Markus. »Aber weiß dieser jemand, wo er zu suchen ist?«

»Wahrscheinlich weiß er oder wissen sie auch nicht mehr als wir«, entgegnete Froben.

»Ich fasse zusammen«, erklärte Markus. »Froben, der Torwächter und der Abt mussten aus dem Weg geräumt werden, wahrscheinlich weil sie dem Geheimnis zu nahe gekommen waren.«

»Aber der Torwächter wusste überhaupt nichts davon«, meinte Teresa. »Und was ist mit mir? Mir ist bisher noch gar nichts passiert!«

Markus kratzte sich am Kopf.

»Der Torwächter wurde vielleicht ermordet, um einen Raub vorzutäuschen. Froben hätte man genauso gut töten können. So sieht es eher wie eine Warnung aus. Der Abt hat möglicherweise etwas herausgefunden, was er nicht hätte wissen dürfen.«

»Dann brauchen uns diese … Personen … gleichzeitig, um den Weg zum Kandelaber zu finden und wollen uns dann aus dem Weg räumen?« Teresa atmete heftig.

»Möglich wäre es.« Markus rieb seine Nase. »Möglicherweise brauchen sie auch nur Euch, Teresa, und Euer Vater soll aus dem Weg geräumt werden.«

»Aber warum, um Himmels willen?«

»Wegen deiner hellseherischen Fähigkeiten«, sagte Froben

schmunzelnd. Dass er so vergnügt sein konnte angesichts der Gefahr, die ihnen drohte!

»Aber woher wollen die das wissen?«

»Sie hätten nur das Gesinde fragen müssen, die wissen ja alle darüber Bescheid.«

Etwas in Markus' Augen blitzte auf. »Da ist noch eine Ungereimtheit. Wenn Albrecht tot war und Friedrich keine Frau mehr genommen hat – warum ist dann Euer Geschlecht nicht ausgestorben?«

»Ihr habt recht« antwortete Froben. »Es gab keine weiteren Wildenbergs außer ihnen. Wir wären heute nicht da, wenn sie die Letzten gewesen wären. In Friedrichs Bericht stand, dass er über das Kloster Montserrat zurück nach Jerusalem reisen wollte. Ich glaube fast, dass in dem Kloster der Schlüssel des Geheimnisses verborgen liegt.«

»Mir ist noch etwas aufgefallen«, meinte Markus. »Wann ist Friedrich laut Klosterchronik mit dem Kandelaber nach Agenbach gekommen? Im Dezember 1099. So schnell kann er doch gar nicht von Jerusalem hierher gelangt sein. Irgendetwas stimmt da nicht.«

»Lasst uns seinen Spuren folgen«, rief Teresa aus. »Wir werden es herausbekommen!« Die Aussicht, in ferne Länder zu reisen, lockte sie immer noch sehr.

Markus legte ihr die Hand auf den Mund.

»Nicht so laut, Teresa«, sagte er mit leiser Stimme. »Auch hier könnten die Wände Ohren haben. Wir dürfen nichts davon an irgendjemanden weitergeben.«

»Ich schlage vor, dass wir noch heute Nacht zurück nach Wildenberg reiten«, meinte Froben. »Dann werde ich mit ein paar Hakenschützen nach Montserrat gehen und dort Nachforschungen anstellen.«

»Ihr dürft nicht allein gehen«, wandte Markus ein. »Ihr seid in höchster Gefahr.«

»Wen soll ich Eurer Ansicht nach mitnehmen?«

»Eure Tochter und … mich.«

»Euch? Teresa? Aber Ihr seid ans Kloster gebunden, es würde auffallen, wenn Ihr von hier verschwindet. Und Teresa – ich sagte es ja schon einmal.«

»Habe ich dich bis jetzt in irgendeiner Weise behindert?«, begehrte Teresa auf. »Durch mich bist du doch überhaupt erst darauf gekommen, den Kandelaber zu suchen.«

»Reitet heute Nacht noch fort!«, wies Markus die beiden an. »Ich werde Euch Morgen unter einem Vorwand folgen, der keinen Verdacht aufkommen lässt.«

»Was für ein Vorwand könnte das sein?«, wollte Teresa wissen.

»Ach, eine Pilgerfahrt, um meine Sünden abzubüßen ...«

»Nach Santiago de Compostela?« Teresas Augen leuchteten.

»Warum nicht? Wir drei könnten mit einem solchen Ziel auf die Reise gehen.«

»Also gut, ich gebe mich geschlagen«, sagte Froben. »Aber wie kommen wir an unsere Pferde heran? Und wie aus dem Tor hinaus?«

»Der Stallknecht und der Bruder Torwächter sprechen beim Abendessen immer gern dem Wein zu. Es wird mir ein Leichtes sein, Eure Pferde herauszuholen und Euch durchs Tor zu schmuggeln.«

Teresa fühlte sich mit einem Mal sehr müde, doch sie nahm sich zusammen und eilte zu ihrer Zelle, um Sachen zusammenzupacken. Es war totenstill im Kloster, eine mondlose Nacht. Vom Wald her klagte ein Käuzchen. Sie kehrte mit ihrem Bündel zurück. Markus stand mit den beiden Pferden vor dem Stall und streifte ihnen Zaumzeug und Sattel über. Markus streckte beiden die Hand zum Abschied hin.

»Wir sehen uns in zwei, drei Tagen auf Burg Wildenberg«, sagte er und hielt Teresas Hand einen Moment zu lange.

Ein feiner Sprühregen ging nieder, machte Haut und Kleidung feucht. Teresa warf einen letzten Blick zurück auf das Kloster, das dunkel und drohend dastand. Sie schwangen sich in die Sättel und ritten im Schritt zum Tor hinaus, das Markus hinter ihnen verschloss. Dann umgab sie das Dunkel der Nacht, und Teresa hörte nichts als das Klappern der Hufe, das leise Strömen des Regens und ein fernes Rauschen des Flusses. Sie nahmen den gleichen Weg zurück, den sie gekommen waren. Teresa schien es eine Ewigkeit her zu sein. Das schlechte Wetter machte den Ritt über die Berge und durch die Täler zu einer Strapaze. Teresa war bald ganz durchnässt. Sie ließ die Zügel hängen und verließ sich blindlings auf ihren Vater, der vor ihr her ritt.

Gegen Abend des folgenden Tages erreichten sie eine Herberge in der Stadt Rottweil, die von Kohlebecken schwach erleuchtet wurde. Nach einer warmen Mahlzeit fiel Teresa auf ihren Strohsack, deckte sich notdürftig zu, lauschte einen Moment halb angewidert, halb belustigt dem Schnarchen, Grunzen und Furzen um sich herum und schlief traumlos bis zum nächsten Morgen.

Schon von weitem sah sie Burg Wildenberg wie ein Krähennest auf dem Berg. Wie gut es war, heimzukommen! Gewiss würde die kleine Magd Kathrin ihr ein heißes Bad im Zuber bereiten, so durchfroren, wie sie war, und Caspar und Heinrich würden ein Abendessen auftragen wie in alten Zeiten.

Nun ging es den steilen Pfad durch den Wald hinauf, von dessen rotbraunen Blättern das Wasser troff. Die Ebene des Bergsporns lag vor ihnen, bewachsen mit vergilbtem, niedergedrücktem Gras. Die Anlage sah verlassen aus. Die Fahne mit dem Familienwappen hing zerrissen an ihrer Stange. Teresas Herz begann heftig zu klopfen. Was war hier geschehen? Sie waren doch nur ein paar Tage fort gewesen. Froben warf ihr einen Blick zu, der nichts Gutes verhieß.

»Wollen doch mal sehen, wer sich an unserem Eigentum vergriffen hat«, sagte er mit grimmiger Miene.

Sie stiegen von den Pferden. Jeder Knochen tat Teresa weh. Das Tor hing schief in den Angeln. Die beiden nahmen ihre Tiere an den Zügeln und schritten über die hölzerne Brücke. Aus der Vorburg kam ihnen Lärmen und Schreien entgegen. Das darf nicht wahr sein, dachte Teresa, da haben sich sämtliche Adlige der Umgebung bei uns eingenistet. Von der Dienerschaft war nichts zu sehen. Die

Männer und Frauen, teilweise ihre Nachbarn, gingen in prunkvollen, aber schmutzigen Gewändern umher, mit Bier- und Weinkrügen in den Händen. Der Speisesaal war voller Menschen, die aßen und tranken, sangen, musizierten und sich gegenseitig derbe Witze erzählten. Aus der Küche drang der Geruch nach angebranntem Fleisch; die getrockneten Binsen auf dem Boden rochen nach Urin. Ein dicker Kerl mit rotem, aufgedunsenem Gesicht griff Teresa an den Busen. Froben reagierte sofort. Er gab dem Mann eine schallende Ohrfeige. Mit einem Schlag erstarb der Lärm im Saal. Die Lautenspieler hörten auf, an ihren Instrumenten zu zupfen.

»Was ist hier los?«, brüllte Froben. »Wer hat euch erlaubt, hier einzudringen und Besitz von meiner Burg zu nehmen?«

Die Menge starrte ihn entsetzt an.

»Ihr selber wart es, edler Herr Froben«, sagte der Dicke. Speichel floss ihm aus dem Mund auf seinen Kragen. Er grinste breit.

»Ihr habt uns eingeladen, hier bei Euch unterzukriechen, wenn die Zeiten zu gefährlich werden.«

»Ihr habt recht«, lenkte Froben ein. »Aber ich hatte Euch nicht gebeten, solche Sauereien zu veranstalten. Wo sind die Diener?«

»Abgehauen, edler Herr«, antwortete der Dicke. »Denen wurde es wohl ein wenig zu bunt.«

»Mir ist das auch zu bunt«, meinte Froben. »Aber da Ihr nun mal hier seid, und meine Gastfreundschaft gebietet, Euch bei diesem Wetter nicht hinauszujagen, möchte ich Euch bitten«, er wandte sich an einige Damen in der Nähe, »aufzuräumen, den Boden mit frischen Binsen zu belegen und mir und meiner Tochter ein Abendessen zu bereiten. Falls Ihr von den Vorräten noch etwas übrig gelassen habt.«

»Aber gewiss«, meldete sich eine ältere, magere Frau und eilte in die Küche. Kurz darauf kam sie mit einer Schüssel voll gebratenem Spanferkel zurück. Froben und Teresa setzten sich, aßen das Fleisch mit etwas Brot, tranken Wein und berieten leise, was zu tun sei.

»Hört alle einmal her!«, rief Froben mit donnernder Stimme.

»Ihr könnt hier bleiben, bis die Gefahr vorüber ist. Ich bitte Euch nur, Ordnung zu halten und einigermaßen auf Sauberkeit zu achten. Morgen müssen meine Tochter und ich weiterziehen.«

»Wohin geht denn die Reise?«, brüllte es aus einer Ecke.

»Zu den Mönchen und Nonnen, da werden sie die Sauschwänze kennenlernen«, rief ein anderer zurück.

Dröhnendes Gelächter folgte.

»Ruhe!«, schrie Froben. »Ich kann Euch nicht freihalten, Ihr bringt mich sonst an den Bettelstab. Ich verlange von jedem von Euch zehn Golddukaten als Obulus und als Wegzehrung für unsere Reise.«

Ein Murren ging durch die Menge, doch dann kramten alle in ihren Gewändern und Beuteln und brachten dem Burgherrn das Verlangte.

»Vielen Dank, meine ehrenwerten Nachbarn und Freunde.« Froben verbeugte sich. »Wir werden uns nun zurückziehen und Euch bitten, die Nacht nicht länger zum Tag zu machen.«

»Wo soll ich denn schlafen?«, fragte Teresa ihren Vater, nachdem sie den Speisesaal verlassen hatten. »Sie werden überall ihre Lager aufgeschlagen haben.«

»Du kannst dich notdürftig am Brunnen waschen, dann neue Kleider holen und mit mir in den Pferdestall gehen. Dort wird noch ein Plätzchen frei sein.«

Im Stall war es warm und trocken. Von den ungebetenen Besuchern hielt sich niemand hier auf, dazu waren sie sich wieder zu fein. Das Stroh stach Teresa durch die Kleider in die Haut und ließ sie ein paar Mal niesen, aber beim vertrauten Schnauben der Pferde, dem Geruch nach Mist und Fell und den regelmäßigen Atemzügen ihres Vaters war sie bald eingeschlafen. Die Glocke der Burgkapelle schlug sieben Mal. Es war Zeit zum Abendessen in der Bibliothek. Teresa erwachte und schaute um sich. Nein, es war sieben Uhr am Morgen, und es war keine Essenszeit, sondern sie wollten zu einer Pilgerreise aufbrechen. Froben war schon auf, fütterte und tränkte die Pferde. Teresa erhob sich, strich sich das Stroh von den Kleidern und half ihrem Vater, den Tieren Decken und Sättel aufzulegen und das Zaumzeug zu befestigen. Der Burghof war noch vollkommen leer; die Adligen lagen vermutlich noch schnarchend in ihren Zimmern und schliefen ihren Rausch aus. Über den Gemäuern und den bewaldeten Bergen hatte sich Nebel ausgebreitet, über dem ein Hauch von blauem Himmel lag. Das Herbstlaub leuchtete rot und gelb. Sie führten die Pferde schweigend über die Brücke und saßen auf.

»Wo werden wir Markus treffen?«, fragte Teresa.

»Er wollte heute früh hierher, an diesen Platz kommen.«

Teresa sah in der Ferne, dort, wo die Felder in den Wald übergingen, einen Reiter nahen. Sie trabten ihm entgegen. Als sie auf seiner Höhe waren, hielten sie an.

»Einen schönen guten Morgen, Herr Schenk«, sagte Froben.

»Guten Morgen, miteinander«, antwortete Markus. Seine Augen blitzten vor Unternehmungslust.

»Wie habt Ihr den Abgang vom Kloster geschafft?«, wollte Teresa wissen.

Markus lächelte. »Pilgerreisen sind, wenn sie der Buße dienen oder dabei etwas für das Kloster herausspringt, bei den Äbten gern gesehen. Ich habe allerdings nicht verraten, wohin ich wirklich reise, noch, dass ich dabei nicht allein sein werde. Ich habe gesagt, dass ich zum Kloster Wessobrunn pilgere.«

»Dann kann es also losgehen«, meinte Froben.

Teresa gab ihrem Pferd die Sporen. Sie jagten über die Hochfläche dahin. Die Sonne stieg hinter ihnen über die Bergspitzen, und ihre Gestalten warfen fliegende Schatten auf den Weg. Die Welt dampfte. Krähenstetten flog vorüber, wo Teresa sich oft mit den Frauen in den Spinnstuben getroffen hatte. Die ersten Menschen waren auf, begannen ihr Tagewerk, rieben sich die Augen und blickten ihnen verwundert nach. Auf den Äckern lagen Rübenblätter; Bauern brachten mit Ochsenkarren Rinderdung auf die Felder. Der Geruch hing Teresa noch lange in der Nase. Manchmal näherte sich ihr Weg der Abbruchkante, dann konnte Teresa einen

Blick tief hinunter ins Tal werfen, wo die Donau durch die noch grünen Wiesen floss. Dohlen riefen, als sie ein größeres Stück Wald aus Buchen und Eichen durchquerten.

Bald kam das Kloster Inzigkofen in Sicht. Das Chorstift der Augustinerinnen wurde im 14. Jahrhundert gegründet, soviel wusste Teresa. Majestätisch tauchte der neu gebaute Kirchturm vor ihnen auf mit Konventsgebäuden, Dormitorium, landwirtschaftlichen Gebäuden, von einer hohen Mauer umgeben. Die Morgensonne schien warm auf die Idylle. Ein Geruch nach Buchsbaum und Lindenblättern wehte herüber.

»Schwester Barbara hält sich während ihrer Mittagsruhe immer im Garten auf«, teilte ihnen die Äbtissin mit. Der Garten war mit Obstbäumen, Gemüse und Blumen bepflanzt. Barbara, eine kleine, magere Gestalt, saß in ihrer schwarzen Augustinertracht auf einer Steinbank. Ihren Blindenstock hatte sie an die Lehne gestellt. Markus blieb zurück, während Froben und Teresa langsam auf die Nonne zuschritten.

»Barbara, wir sind's, dein Vater und deine Schwester«, rief Froben sie halblaut an.

Barbara zuckte zusammen, doch dann huschte ein Lächeln über ihr schmales Gesicht mit den großen Augen, die auf einen Punkt über ihr gerichtet waren. Sie breitete die Arme aus.

»Wie freue ich mich, dass ihr mich besuchen kommt«, sagte sie mit leiser Stimme und griff nach ihren Händen. Sie betastete Schultern und Gesichter der beiden.

»Wir sind gekommen, um uns für einige Zeit von dir zu verabschieden«, sagte Froben und setzte sich neben sie. Teresa nahm auf der anderen Seite Platz.

»Wohin soll die Reise gehen?«

Froben und Teresa tauschten einen Blick.

»Wir reisen nach Süden, zu einem Kloster in den Pyrenäen. Dort suchen wir nach einem Familienerbstück, das sehr wichtig ist für den Fortbestand unseres Geschlechtes.«

»Was für ein Erbstück?«

»Ein Goldkandelaber, mit Rubinen, Juwelen und anderen Edelsteinen besetzt«, antwortete Froben. »Es darf nicht in die Hände anderer gelangen, sonst geschieht ein Unheil.«

»Unheil gibt es schon genug in der Welt«, meinte Barbara und verzog schmerzlich die schmalen Lippen. »Wird es nicht noch mehr Unheil bringen, wenn ihr diesen Kandelaber sucht, oder noch mehr, wenn ihr ihn findet? Was ist dann?«

Teresa erbleichte. Barbara sprach Befürchtungen aus, die sie selber schon länger hegte.

»Das Unheil wird kleiner sein, wenn wir in den Besitz des Kandelabers gelangen, dessen sei gewiss«, beruhigte sie die Schwester.

»Wir werden ihn auf unsere Burg zurückbringen, wo er rechtmäßig hingehört«, warf Froben ein.

»Ich werde euch ein Sprüchlein mit auf den Weg geben«, sagte Barbara. »Merket: Was immer ihr in der Ferne sucht, in der Nähe wird es euch einholen.«

»Was bedeutet das?«, fragte Teresa. Ihre Schwester hatte es schon immer geliebt, in Andeutungen und Rätseln zu sprechen.

»Ihr werdet es erfahren«, sprach die Nonne. »Und jetzt erteile ich euch meinen Segen.

»Bis wir uns mal wiedersehen,
hoffe ich, daß Gott euch nicht verlässt;
er halte euch in seinen Händen,
doch drücke seine Faust euch nicht zu fest.«

Markus war inzwischen herangetreten und gab Barbara die Hand.

»Er ist ein guter Gefährte«, sagte sie und strich ihm übers Gesicht. »Ich merke es an seinem Händedruck.«

Ich finde auch, dass er ein guter Gefährte ist, dachte Teresa.

»So wollen wir jetzt Abschied nehmen, damit wir unserem Ziel heute noch ein wenig näher kommen«, meinte Froben. »Behalte das, was du von uns erfahren hast, still in deinem Herzen.«

»Du weißt doch, ich konnte schon immer schweigen wie ein Grab. Und hier kann mir nichts passieren.«

Sie wandten sich zum Gehen. Teresa blickte sich noch einmal um und sah die Schwester unter dem Baum sitzen, die Augen zu den Zweigen eines Apfelbaums gewandt. Ob sie Barbara so friedlich wiedersehen würde? Doch sie wischte alle trüben Gedanken beiseite, ging mit den beiden Männern aus dem Garten zu den Pferden, die an der Stallmauer angebunden waren. Sie bekam allmählich Hunger. Am Vorabend hatte sie Fleisch, Brot und Wein von den Vorräten im Keller eingepackt. Bald würden sie ein Plätzchen finden müssen, an dem sie in Ruhe essen und trinken konnten.

12.

»Bis wohin gedenkst du heute zu gelangen?«, fragte Teresa ihren Vater, als sie in leichtem Trab über die Felder ritten.

»Ich muss im Peterszeller Schloss nach dem Rechten sehen. Möglicherweise herrscht dort ein ähnliches Durcheinander wie in Wildenberg.«

»Wie weit ist es bis dorthin?«

»Nicht einmal dreißig Meilen, das schaffen wir leicht bis zum frühen Nachmittag.«

Während des Rittes durch den sonnigen Herbsttag wurde nicht mehr viel gesprochen. Zur Mittagszeit rasteten sie auf einer Bank, nahmen die Reste des Spanferkels, Brot und Wein zu sich. Teresa zog ihren silbernen Dolch vom Gürtel und kratzte damit die angebrannte Kruste vom Fleisch.

»Diese adligen Frauen können einfach nicht kochen«, bemerkte sie.

Je weiter sie nach Süden kamen, desto mehr zeigte sich eine spiegelnde Bläue über ihnen.

»Das ist der Bodensee«, sagte Froben auf die unausgesprochene Frage der beiden. »Seine Fläche ist so groß, dass sich das Wasser im Himmel spiegelt, sozusagen.«

Am Ortsrand von Peterszell, einer kleinen Stadt mit vielenTürmen, standen drei Pestkreuze. Auch hierfür hatte Froben eine Erklärung.

»Die wurden zur Erinnerung an die Pest anno 1519 aufgestellt, und um ferneres Unheil zu verhüten. Mein Bruder Werner von Wildenberg verbrachte diese Jahre mit uns ganz abgeschieden auf Wildenberg. Es durfte niemand hinaus und herein, und unsere Schuhe waren schließlich nur noch Fetzen, die wir aber weitertragen mussten. Glücklicherweise war immer genug zu essen da.«

Teresa erinnerte sich an ihren Onkel, einen gebildeten, wenn auch leicht reizbaren Mann, der ihrem Vater eine humanistische Bildung hatte zuteil werden lassen, weil ihr gemeinsamer Vater zu geizig war. Ohne den Onkel hätte auch sie, Teresa, nicht so viele Vorteile gehabt. Sie hielten vor dem Schloss, einem gedrungenen Bau aus dem 14. Jahrhundert mit dicken verputzten Mauern und einem runden Turm.

»In den nächsten Jahren wird Werner, mein Bruder, dieses Schloss ausbauen lassen, ebenso eine neue Vorstadt anlegen und sich dort ein Haus bauen, wo er für immer eine Bleibe hätte.«

Merkwürdig, wenn er doch das Schloss hat, dachte Teresa. Ein Diener öffnete ihnen das Tor. Das war doch …

»Caspar, was machst du denn hier?«, fragte Froben.

»Mit Verlaub, Herr Froben, als all diese Leute kamen und sich benahmen wie die Schweine, sind wir Diener hierher geflohen. Ich hoffe, es ist dem Herrn so recht.«

»Ja, ja, schon recht«, sagte Froben zerstreut.

Die hagere Gestalt Caspars schritt ihnen durch einen langen Gang voraus. Er öffnete eine Tür und bat Teresa mit einer Handbewegung hineinzugehen. Es war das Zimmer, das sie immer bewohnte, wenn sie mit ihrem Vater in Peterszell war, ausgestattet mit einem Himmelbett, einer zierlichen weißen Kommode und einem ebenso weißen, mit hellgrünen Girlanden verzierten Schrankkasten. Der Boden war mit frischen Binsen ausgelegt, als hätten die Diener gewusst, dass sie kommen würden.

»Ich zeige jetzt Eurem Vater sein Zimmer. Um sieben Uhr erwarten wir Euch zum Abendessen.«

»Haben sich hier auch Nachbarn einquartiert?«, wollte Froben wissen.

»Nein, Euer Bruder, Werner von Wildenberg, hat sie schon am Tor wieder fortgeschickt.«

»Das sieht Onkel Werner ähnlich«, sagte Teresa. Sie ging ins Zimmer, legte ihr Reisebündel auf das Bett mit dem blauen, goldbestickten Baldachin und setzte sich auf den eleganten Stuhl. Sie schaute zum Fenster mit seinen gerafften duftigen Gardinen hinaus. Den Park mit seiner Kastanienallee kannte und liebte sie seit ihrer Kindheit. Elstern flogen keckernd in die Wipfel der Bäume. Die Sonne näherte sich dem Horizont und goss rotgoldene Strahlen über das herbstliche Blattwerk. Teresa fühlte sich wohl in dieser Residenz, hatte sich hier immer wohlgefühlt. Ein heißes Bad wäre jetzt nicht übel. Als hätte sie gerufen, klopfte es in diesem Augenblick an der Tür, und ihre Magd Kathrin steckte ihren Kopf mit den braunen Locken herein, die nur mühsam von einer Haube gebändigt wurden.

»Gegrüßt seid Ihr, meine Herrin«, sagte sie mit ihrer hellen Stimme. »Und willkommen im Schloss Peterszell. Ich habe Euch ein Bad vorbereitet.«

»Ich grüße dich auch, Kathrin, und freue mich sehr, dich zu sehen. Ein Bad ist jetzt das Beste, was mir geschehen kann!«

Sie folgte dem Mädchen zur Badestube. Dort war ein Zuber mit heißem Wasser bereitgestellt, Bimsstein, wohlriechende Seife und Handtücher. Kathrin half Teresa beim Auskleiden.

»Was Ihr wohl alles erlebt habt auf der Reise zu dem Kloster«, plapperte sie, während sie die Schnüre von Teresas Kleid löste. »Das ist so verschmutzt, das muss ich gleich in die Wäscherei geben.«

»Ja, es war schon aufregend«, antwortete Teresa, wollte sich aber nicht näher über ihre Abenteuer auslassen. Sie stieg in den Zuber und genoss die Wärme des Wassers. Kathrin rubbelte ihren Rücken mit dem Bimsstein ab.

»Ah, das tut gut«, sagte Teresa. »Wer weiß, vielleicht habe ich mir unterwegs ein paar Flöhe eingefangen. Es hat immer so gejuckt.«

»Flöhe sind eine große Plage.« Die Magd lachte. »Ich zerquetsche sie immer zwischen meinen Nägeln, dass es nur so spritzt.«

Kathrin seifte ihre Herrin gründlich ein, übergoss sie mit weiterem warmen Wasser, half ihr dann aus dem Bad heraus und reichte ihr die Handtücher. Während Teresa sich abtrocknete, bearbeitete

Kathrin ihre langen Haare mit einem grobzinkigen Kamm. Teresa schlüpfte in die bereitliegenden frischen Kleider, und Kathrin half ihr beim Befestigen der Bänder.

»Jetzt lasse ich Euch allein«, meinte das Mädchen und ging zur Tür.

Teresa verließ ebenfalls die Badestube und schaute sich nach Markus um, konnte ihn aber nirgends entdecken. Er wird schlafen, sagte sie sich, es war für uns alle anstrengend. Auch sie spürte jeden Muskel in ihrem Körper.

Die Zeit bis zum Abendessen nutzte sie für einen Rundgang durch die kleine Stadt. Durch das Gewirr der Gassen, die von Hausfrauen und Handwerkern bevölkert waren, gelangte sie zur Pfarrkirche St. Martin. Das Gotteshaus stand auf einer Anhöhe, von der aus Teresa weit ins Land blicken konnte. St. Martin war von ihrem Onkel Werner als spätgotische Pfeilerbasilika erbaut worden, wie sie von ihrem Vater wusste. Innen war es still, kein Mensch suchte um diese Tageszeit mehr eine Kirche auf. Teresa betrachtete die Bilder des »Meisters von Peterszell«.

Als sie das Kirchenportal hinter sich schloss, sah sie eine vornehm gekleidete Frau mit einem etwa neunjährigen Kind vorübergehen. Es trug einen roten Samtmantel. Ihr Herz tat einen Satz. Diese kleine Gestalt kannte sie doch! Das blonde Haar mit dem Rundschnitt, die anmutigen Bewegungen. Jetzt drehte sich das Kind zu ihr um und setzte ein feines Lächeln auf. Die Augen waren nachtblau und sahen sie unverwandt an.

»Was drehst du dich denn dauernd um?«, schimpfte die Mutter und zog den Jungen weiter. Kurze Zeit später waren die beiden hinter der Kirche verschwunden. Teresa blieb wie von einem Hammer getroffen zurück. Es war eindeutig Matthias gewesen. Doch was hatte er hier in Peterszell zu suchen? War er vielleicht auf Vakanz bei seiner Familie oder seinen Verwandten? Oder hatte sie das eben nur geträumt? Sie musste es wissen und rannte los. Die Treppe hinunter zum Marktplatz war leer, die beiden waren nirgends zu sehen. Offenbar hatte sie sich das doch nur eingebildet.

Verwirrt lief Teresa zurück ins Schloss, stieg die Treppe hinauf und gelangte durch einen langen Gang, der an beiden Seiten mit Ahnenbildern geschmückt war, zum Speisesaal. Er war sehr groß, mit einer Kassettendecke, rot eingefassten Schlusssteinen und Kronleuchtern, deren Kerzen ein mildes Licht verbreiteten. Froben, in eine seidene, gegürtete Tunika und Halbhosen gekleidet, stand im Gespräch mit seinem Bruder, der ebenfalls elegant gekleidet war. Werner von Wildenberg war groß und kräftig; die gebräunte, verwitterte Haut seines Gesichts deuteten auf viel frische Luft und Sonne hin. Er kam mit ausgebreiteten Armen auf Teresa zu.

»Du hast eine richtig hübsche, ausgewachsene Tochter, Froben«, sagte er. »Gibt es denn schon einen Freier für sie?«

»Das wird sich zeigen«, antwortete Teresa schnell, bevor Froben zu einer Antwort ansetzen konnte. Hinter dem Onkel tauchte eine junge Frau auf. Sie trug einen Hut mit Blumengebinde. Das Oberteil ihres Kleides lag eng an, war tief dekolletiert; der Rock fiel in kunstvollen Falten zum Boden, konnte jedoch nicht verbergen, dass sie schwanger war. Ihr Gesicht war breit, nicht unschön, aber stark geschminkt.

»Das ist Margarethe Faulhans, genannt die Faulhänsin«, stellte Werner sie vor. »Sie ist meine Lieblingsfrau. Und sie wird mir einen Sohn gebären.«

»Wo ist denn Apollonia?«, fragte Froben und mühte sich, Haltung zu bewahren.

Werner lachte. »Apollonia hat sich aus dem Staub gemacht, weil sie sich schämt, mir keinen Sohn geschenkt zu haben.«

Ach, so war das! Wenn man den Herren der Schöpfung keine männlichen Nachkommen schenkte, war man nicht mehr erwünscht. Sie wusste doch, dass es nichts war, zu heiraten. Laut sagte Teresa: »Ich vermisse auch jemanden. Wo ist Markus, unser Reisebegleiter?«

»Verzeih, ich vergaß es dir zu sagen«, entgegnete ihr Vater. »Ihm war es hier zu weltlich, er ist in die Pilgerherberge gegangen.«

Diese Worte versetzten Teresa einen Stich, ohne dass sie genau wusste warum. Fühlte sich Markus als besserer Mensch, weil er ein Mann der Kirche war? Sie wandte sich Margarethe Faulhans zu und gab ihr die Hand. Alle vier nahmen Platz an dem Tisch, der mit Leuchtern, Goldrandgeschirr, Tafelsilber und Herbstblumen in Vasen gedeckt war. Es gab Aal mit Salbei gebraten und eingemachtes Kalbfleisch, dazu funkelnden Wein aus Meersburg. Die Unterhaltung schleppte sich dahin, weil weder Froben noch Teresa so recht über das eigentliche Ziel ihrer Reise sprechen wollten. Sie ließen nur durchblicken, dass sie sich auf eine Pilgerreise nach Santiago de Compostela begeben wollten.

»Das lobe ich mir«, meinte Werner. Caspar, der Diener, kam herein und brachte den Nachtisch, in heißem Fett ausgebackene Hefeteigklößchen. »Aber seht zu, dass ihr die Pyrenäen noch vor Einbruch des Winters erreicht.«

»Der beginnt früh in der Region, wenn ich mir die Bemerkung erlauben darf«, erklärte Caspar, und wieder blickte Teresa mit einer Mischung aus Faszination und Abscheu auf seine Hakennase. Sie war froh, als die Tafel endlich aufgehoben wurde und sie sich in ihr Gemach begeben konnte.

Lange lag sie wach, das späte Essen rumorte in ihrem Magen. Die Sterne auf ihrem Betthimmel leuchteten im Schein des Mondes, der zum Fenster hereinschien. Sie dachte an Markus und an das Kind, das sie gesehen hatte. An die anderen Dinge, die passiert waren, wollte sie lieber gar nicht denken. Ob es tatsächlich Matthias gewesen war? Nein, das konnte nicht sein, um diese Zeit gab es keine Vakanzen. Vorher hatte sie die Bilder des Meisters von Peterszell angeschaut. Jetzt fiel es ihr wieder ein. Dieser Meister, dessen wahren Namen niemand kannte, hatte auch die Bilder vom Wildenberger Altar gemalt, und bei einem von ihnen, dem Abschied Christi von seiner Mutter, gab es genau so eine Gestalt, einen jungen Menschen, ob Mann oder Frau, wusste sie nicht mehr, in einem roten Samtmantel mit hochgezogener Kapuze. Soweit sie sich erinnern konnte, hatte dieses Kind aber eher verschlagen als verschmitzt geschaut. Über diesen Gedanken fiel sie endlich in einen unruhigen Schlaf.

Am nächsten Tag waren alle Sorgen wie weggeblasen. Eine milde Oktobersonne glänzte vom Himmel, und nach dem Frühstück verabschiedeten sich Teresa und Froben von Werner. Die Faulhänsin schien noch zu schlafen.

»Gebt auf euch acht«, mahnte sie der Onkel. »In den Bergen und Wäldern lauern überall Räuber, die es auf euer Geld abgesehen haben. Und auf Frauen.« Er zwinkerte Teresa zu. Sie konnte ihm nicht böse sein, schließlich hatte er sie beide immer gut behandelt.

Froben klopfte auf seinen Lederbeutel, dass die Goldstücke darin klimperten.

»Ich werde unsere Ehre und unseren Besitz verteidigen bis zum Letzten«, meinte er und umarmte seinen Bruder zum Abschied. Teresa gab Werner einen Kuss auf die Wange, was er sehr zu genießen schien.

Markus wartete schon vor der Pilgerraststätte.

»War Euch unser Schloss nicht gut genug?«, neckte Teresa ihn.

»O mein Gott, habt Ihr das so aufgefasst? Nein, ich bin ein ungehobelter Bauernbursche und weiß mich in einem solchen Rahmen nicht zu bewegen.«

»Das hättest du schnell gelernt«, sagte Froben. »Ich darf doch ›du‹ sagen?«

»Wenn ich es auch sagen darf.«

»Ich finde ebenfalls, dass wir als Reisegefährten diese Förmlichkeiten ablegen sollten«, befand Teresa. »Man nennt mich Teresa und dich?«

»Markus – Markus Schenk aus dem Schwarzwald.«

»Dann lasst uns jetzt endlich aufbrechen«, rief Froben und bestieg sein Pferd. »Ich brenne darauf, zum Bodensee zu kommen. Habe die Gegend seit meiner Kindheit nicht mehr gesehen.«

»Und ich überhaupt noch nicht«, sagten Teresa und Markus wie aus einem Munde.

Der Glanz über dem Bodesee war stärker als am Tag zuvor. Die oberschwäbische Landschaft erwies sich als hügelig, aber sehr weit, mit Feldern, Äckern, unterbrochen von kleinen Wäldern, Weilern und Flüssen, die dem See zueilten. Die Stadt Pfullendorf ließen sie links liegen. Je mehr sie in die Nähe des Sees kamen, desto mehr veränderte sich die Landschaft. Der Boden sah schwärzer und speckiger aus, die Wiesen grüner, und an den Bäumen hingen noch glänzende Birnen und Äpfel.

Am späten Nachmittag erreichten sie das Städtchen Überlingen am Untersee. Dahinter konnte Teresa die mächtigen, schneebedeckten Berge des Thurgaus sehen. Die Hufe ihrer Pferde klapperten die steilen, engen Gassen hinab. Sie mieteten zwei Zimmer für die Nacht in der »Krone«, einem Herbergsbetrieb nahe dem Münster. Nach dem Abendessen schlenderten sie Richtung Hafen, in dem Fischerboote lagen, die nachts ausfahren würden, sowie bauchige Segelschiffe, »Lädinen« oder »Segmer« genannt, wie Froben den beiden erklärte. Enten, Haubentaucher und Schwäne schwammen in dem brackigen Wasser.

Froben wurde bald mit einem der Seeleute einig, sie am nächsten Tag über den See nach Konstanz zu bringen, einer Station des Pilgerweges nach Santiago. Die Nacht fiel schnell herab, und es wurde kühl. Teresa fröstelte. Der Junge von gestern Abend fiel ihr ein. Wollte er ihr ein Zeichen geben, waren sie in Gefahr? Nein, sagte sie sich, du siehst überall Gespenster. In so einer friedlichen kleinen Stadt kann uns nichts passieren.

Ein paar jugendliche Zecher zogen lärmend vorüber. Wie ein Echo auf ihre Gedanken näherte sich der Klang von Pferdehufen. Teresa drehte sich um – und erstarrte. Ihre Begleiter waren ebenfalls stehen geblieben. Zwei Reiter in wehenden dunklen Kapuzenmänteln galoppierten direkt auf sie zu. Teresa konnte ihre Gesichter nicht erkennen, aber sie sah, dass sie Krummsäbel in den Händen hielten.

Als er auf ihrer Höhe war, schwang der eine Reiter den Säbel und trennte mit einem einzigen Schnitt ihre Haarschnecke vom Kopf.

Sie ging zu Boden, ihr Herz hämmerte in Todesangst. Wie eine Trophäe hielt der Reiter das Haar in der linken Hand. Das Hufgetrappel wurde leiser, und bald waren die beiden Reiter um eine Ecke herum verschwunden.

»Verflucht!«, schimpfte Froben. »Wenn ich mein Ross bei mir hätte, wäre ich denen gefolgt und hätte sie gestellt!«

Markus half Teresa auf die Beine. Noch etwas zittrig stand sie da und blickte in die Richtung, in der die Gestalten verschwunden waren.

»Was hat das zu bedeuten?«, fragte sie.

»Ich denke, da wollte uns jemand einen gehörigen Schrecken einjagen«, antwortete Markus. »Wenn sie dich hätten töten wollen, wäre ihnen das ohne weiteres gelungen.«

»Ich glaube, wir müssen unsere Reisepläne ändern«, sagte Froben mit einem besorgten Blick auf Teresa. »Bist du verletzt?« Er untersuchte ihren Kopf. »Nein, sie haben ihre Sache sehr sauber gemacht. Und ich dachte, wir hätten unsere Verfolger schon in Agenbach abgeschüttelt.«

»Irgendwie müssen sie Wind von unseren Plänen bekommen haben«, meinte Teresa. »Ich würde sie aber deswegen nicht ändern. Diese Reiter scheinen uns überall aufzuspüren, wo wir sind. Vielleicht riechen sie uns.«

»Teresa, das sind keine Geister, sondern Menschen aus Fleisch und Blut. Und als solche können wir sie unschädlich machen, wenn wir klug zu Werke gehen.«

»Wie willst du das bewerkstelligen?«, fragte Markus.

»Wir sollten immer zusammenbleiben und nie unbewaffnet sein, auch nachts nicht.«

Teresa dachte an ihren Dolch, den sie stets am Gürtel trug. Um ihr langes Haar war es ihr zwar schade, aber das würde sie verschmerzen, es wuchs ja wieder. Sie gelangten zu ihrem Gasthof, und Teresa war froh, dass ihr Zimmer neben dem der beiden Männer lag. Die Ereignisse gingen ihr noch lange durch den Kopf, und bei jedem Geräusch, das zu ihr hereindrang, zuckte sie zusammen.

Wie hatten die Reiter davon erfahren, in welche Richtung sie reiten würden? Wem, außer ihr, Froben und Markus, war ihr Reiseweg bekannt? Ein schrecklicher Verdacht überkam sie. Markus war einen Tag länger als sie im Kloster geblieben. Mit wem konnte er über ihre Pläne gesprochen haben? Oder hatte er es selber auf den Kandelaber abgesehen? Dieser Gedanke war so ungeheuerlich, dass sie ihn rasch von sich schob.

2. Buch: Die Reise

13.

Teresa schreckte von ihrem Lager auf. Hatte ein Hahn gekräht? Sie fuhr sich mit der Hand an den Kopf. Wie eine Bürste stand ihr Haar in die Höhe. Die Ereignisse des gestrigen Abends fielen ihr ein. Warum hatte der Reiter ihr das angetan? Sollte das eine Warnung sein, den Kandelaber nicht länger zu suchen? Und wer hatte ihnen verraten, wo sie sich befanden? So, wie sie aussehen musste, konnte sie sich auf keinen Fall sehen lassen. Ihre Blicke irrten im Zimmer umher. An einer Wand stand die in Wirthäusern übliche Truhe, an der anderen ein Tisch und ein Stuhl, in einer Ecke hing ein Kruzifix.

Da war noch eine Konsole mit einer Waschschüssel und einem Krug. Teresa stand auf, zog sich an, goss Wasser in die Schüssel, wusch sich Gesicht und Hände. Sie betrachtete ihr Spiegelbild im Wasser und zog ihren Dolch aus dem Gürtel. Strähne für Strähne schnitt sie das Haar schulterlang ab. Das blonde Büschel, das der Reiter übriggelassen hatte, zupfte sie so zurecht, dass es ihr bis zu den Augenbrauen fiel. Jetzt sah sie aus wie der Junge in Peterszell. Sie hüllte sich in ihren Mantel und stieg die Treppe hinunter. Über den Hof, auf dem Mägde mit dem Ausladen von Brot aus Ochsenkarren beschäftigt waren, ging sie zum Schankraum. Froben und Markus saßen schon an einem Tisch und warteten auf sie. Sobald Teresa Platz genommen hatte, brachte die Wirtin eine Schüssel mit Gerstenbrei, einen Laib Brot und eine Kanne heißes Bier.

»Gut siehst du aus«, bemerkte Markus zu Teresa.

Nein, er konnte sie nicht verraten haben. Seine Augen sahen so ehrlich aus wie immer.

»Ich hätte mir etwas Besseres vorstellen können als so eine Frisur«, gab Teresa zurück. »Ich sehe ja fast aus wie ein Mann!«

»Das könnte dir auf der Reise zugute kommen«, meinte Froben.

»Ich habe übrigens gestern so einen Jungen gesehen, mit genau dieser Frisur«, gab Teresa zurück. »Er sah aus wie Matthias aus Agenbach.«

»Es gibt viele Jungen mit diesem Haarschnitt.« Ihr Vater winkte ab. »Lass dich nicht immer beirren.«

»Ich lasse mich nicht beirren, ich habe ihn wirklich gesehen! Und schon wieder ist etwas Schlimmes passiert.«

»Es kann doch sein, dass Teresa eine Art seherische Gabe hat«, wandte Markus ein. »Ich habe schon solche Menschen kennengelernt.«

»Also gut, wenn ihr meint ...«, brummte Froben. »Wir sollten uns aber darüber klar werden, welchen Reiseweg wir weiterhin nehmen. Ich finde, wir sollten unsere Route ändern.«

»Ich neige dazu, wie Teresa zu denken«, antwortete Markus. »Diese Reiter werden uns überall finden, aus welchem Grund auch immer. Ich schlage vor, den Weg nach Santiago gehen.« Er senkte die Stimme zu einem Flüstern.

»Und zu gegebener Zeit werden wir von diesem Weg abweichen.«

War das jetzt eine Finte, um sie von ihrem Verdacht abzulenken? Aber er konnte ja nicht wissen, dass sie einen Verdacht hatte. Sie würde mit ihrem Vater darüber reden, vielleicht konnte er ihre Bedenken zerstreuen.

»Sei's drum.« Froben gab sich geschlagen. »Dann sollten wir jetzt aber aufbrechen. Der Camino de Santiago ist sehr viele Tagesreisen weit.«

In einer Waffenschmiede, in der die Funken sprühten und es metallisch klirrte, erstanden die drei ein leichtes Breitschwert für Teresa und ein zweihändiges für Markus. Daraufhin bestiegen sie den Segmer, einen Lastensegler von etwa sechzig Fuß Länge, den Froben am Abend zuvor gemietet hatte. Das einzige Rahsegel wurde gehisst. Ein Schiffsjunge führte ihre Pferde über einige Bretter an Deck. Sie scheuten zunächst, doch mit gutem Zureden hatte es der

Junge bald geschafft. Schnaubend standen sie zwischen Salzsäcken, Bausteinen aus gebranntem Lehm, Fischkörben und Marktgütern wie Pferdebohnen, Pastinak, Kohl und Rüben.

Als alle an Bord waren, löste ein Seemann das Seil vom Poller. Vom Land her wehte eine kräftige Brise, so dass sie bald an Fahrt gewannen. Der See glänzte in der Morgensonne. Gegenüber sah Teresa eine hügelige Halbinsel, den Bodanrück. Sie waren die Einzigen, die nach Konstanz übergesetzt wurden. Die Seeleute, alle wettergegerbt und in graue Arbeitskleidung gewandet, unterhielten sich halblaut. Teresa stand zwischen Froben und Markus auf dem flachen Boden und schaute nach vorn. Sie hörte Möwen kreischen, hörte das Ächzen der Planken, atmete den Geruch der Fische und des Wassers ein und spürte die Wärme der Sonne auf ihrer Haut. Eine ganze Weile genoss sie die Überfahrt schweigend. Als sie sich dem Ufer näherten, flaute der Wind ab. Die Seeleute sprangen auf und begannen mit langen Pinnen, den Segler am Ufer entlang zu staken. Dort wuchsen hohe, buschige Weiden, die ihre gelben Blätter ins Wasser hängen ließen.

Die Insel Mainau kam in Sicht. Sie hätte den Ordensrittern gehört, erklärte Froben, sei jetzt aber verlassen. Immer wieder sah Teresa kleine Strände, deren weißer Sand vom See angespült worden war. Blesshühner und Enten schwammen schnell davon, wenn das Boot sich näherte. In der Bucht von Konstanz frischte der Wind wieder auf, so dass sie bald in den kleinen Hafen einfuhren. Rechterhand sah Teresa ein großes Haus, das nur das Konzilsgebäude sein konnte. Sie wusste, dass hier 1415 Johannes Hus zum Tode verurteilt und später verbrannt worden war.

»Zur Zeit findet im Konzil ein Hexenprozess statt«, sagte Froben.

Teresa erschrak.

»Diese Unholde sollen brennen!«, murmelte ein Arbeiter und warf das Seil um den Poller am Kai. »Sie bringen überall Pestilenz und Tod.«

Keiner antwortete dem Mann. Schweigend führte der Schiffsjunge die Pferde an Land. Froben griff in seinen Sack mit den Goldstücken. Teresa sah, dass die Augen der Männer gierig aufleuchteten. Ihr Vater bezahlte dem Kapitän die Überfahrt, und sie wünschten einander einen guten Tag. Da standen sie nun am Hafen dieser Stadt. Von den Bäumen war das Laub abgefallen und säumte die Wege. Sie saßen auf und ritten durch die engen Gassen, über die Plätze bis hin zum Rhein, der an dieser Stelle aus dem Bodensee trat. Eine Holzbrücke war darüber errichtet, auf der anderen Seite begrenzt durch ein massiges Tor. Das war der Scheideweg. Wenn sie hinüberritten, würde nichts mehr sein, wie es einmal war. Vom Kreuzlinger Tor aus folgten sie einem Weg am Bach entlang und dann dem Emmishofer Pilgerweg. Im »Gasthof zum Englischen Gruß« nahmen sie ihr Mittagsmahl ein. Danach ging es recht steil zum Seerücken hinauf. An der Kapelle Bernrain warfen sie einen letzten Blick zurück zum See, der in der Nachmittagssonne glänzte. Im Dunst der Ferne waren alte Vulkane zu erkennen.

Durch lichte Wälder und über sonnige Höhen erreichten sie gegen Abend ein Dorf, wo sie sich in der Pilgerherberge »Zum Löwen« einmieteten. Es war ein spitzgiebeliges Haus mit rotem Fachwerk, umgeben von einem Garten mit letzten Astern. Vor dem Abendessen spazierten sie noch ein wenig durch das Dorf. Teresas Beine waren steif vom langen Ritt. Friedlich saßen die Menschen nach des Tages Arbeit vor ihren Häusern. Teresa merkte, dass Markus sie immer wieder von der Seite her ansah, tat aber so, als bemerke sie es nicht. Als er in ein Gespräch mit einem Bauernpaar vertieft war, nahm Teresa ihren Vater zur Seite.

»Ich bin mir nicht mehr sicher, ob wir Markus trauen können«, sagte sie leise.

»Warum nicht?«, kam es überrascht zurück.

»Wegen der Reiter. Wer außer ihm könnte in Agenbach darüber geredet haben, wohin wir reisen?«

»Ich glaube, du hörst mal wieder das Gras wachsen«, meinte Froben und lachte. »Warum hätte Markus uns die Geschichte unseres Vorfahren erzählen sollen, wenn er nicht auf unserer Seite stünde?«

Daran hatte Teresa nicht gedacht. »Wie sonst sind die Reiter auf unsere Spur gekommen?«

»Teresa, du weißt nicht einmal, ob es dieselben sind, die im Donautal und im Schwarzwald auftauchten. Es ist richtig, dass uns jemand zu verfolgen scheint, aber seit dem Abend in Überlingen habe ich nichts mehr davon bemerkt.«

Teresa bekreuzigte sich.

»Wolle Gott, dass wir auf unserem Weg verschont bleiben vom Übel«, sagte sie.

Markus verabschiedete sich von dem Paar und trat zu ihnen.

»Ein nettes Völkchen sind sie, die Eidgenossen«, sagte er und schaute Teresa an.

Sie sah, wie Froben den Mund verzog. Hatte er Markus doch im Verdacht? Teresa fröstelte in der Abendbrise, strich ihre kurzen Haare glatt und folgte den beiden in die Gaststube. Der Raum war niedrig und mit dunklem Holz getäfelt; in einer Ecke stand ein Kachelofen, der behagliche Wärme verbreitete. Ein Dunst nach abgestandenem Bier und Käsesuppe schlug ihnen entgegen. An den Tischen saßen junge und ältere Männer, alle in der derben Kleidung von Bauern. Ein paar geschminkte Frauen mit tiefem Dekolleté waren ebenfalls anwesend. Froben bahnte sich einen Weg durch die engen Tischreihen. Sie ließen sich an einem Tisch beim Fenster nieder. Froben winkte dem Wirt, einem untersetzten, rotgesichtigen Mann mit Schürze und Filzkappe.

»Brot, Speck und Käse für uns müde Pilger und zwei Krüge Bier. Für mich einen Krug Wasser.«

Hätte er sie nicht fragen können, was sie essen und trinken wollten? Aber so war ihr Vater eben. Und doch war es genau das, was Teresa jetzt brauchen konnte. Ihr Gesäß tat immer noch weh, die Wärme im Raum und der Lärm lullten sie ein. Sie aß mit Behagen den Speck, der nach Räucherholz schmeckte. Ein Mann am Nebentisch schaute immer wieder zu ihr herüber. Sie vermied es, ihn ebenfalls anzusehen.

»He, Alter, ist das deine Tochter und ihr Ehemann?«, ertönte die

Stimme des Nachbarn. Teresa wandte ihren Blick in seine Richtung. Er war ein einfach gekleideter Bursche, mit schief stehenden Augen und grobknochigen Händen. Froben, der sich angesprochen fühlte, sagte: »Wir sind Pilger, mein Guter, aber ich wüsste nicht, was Euch das angeht.«

»Man muss arg aufpassen heutzutage«, mischte sich der Nachbar des Mannes ein. »Jeder sollte auf jeden achten und vor allem auf sich selbst und seine Lieben. Ist es nicht so, Hans?«

Der andere Mann nickte.

Die Frau, die an ihrem Tisch saß und den Nachbarn umschlungen hielt, senkte den Kopf, stierte mit glasigen Augen zu ihnen herüber und rief schrill: »Was machen die Fremden in unserem Dorf? Fremde haben uns schon immer Übles gebracht!« Sie bekam einen Schluckauf.

»Wir wollen keine Fremden hier haben!«, kam es von einem der anderen Tische. Alle schauten zu ihnen herüber. Einige begannen mit ihren Krügen auf die Tische zu klopfen. Der Wirt trat zu Froben, beugte sich zu ihm herunter und sagte leise, aber so, dass Teresa es verstehen konnte: »Die Menschen hier haben Angst, müsst Ihr wissen. Heute Abend sind zwei Reiter ins Dorf gekommen. Sie sind im ›Kreuz‹ abgestiegen, auf der anderen Seite des Fleckens.«

Teresas Herz begann schneller zu klopfen. Sie schaute Markus an, aber der schien genauso überrascht zu sein wie sie selbst.

»Haben sie graue Kapuzenmäntel an? Oder helle Mäntel mit einem orangeroten Kreuz darauf?«, fragte sie hastig.

»Kapuzenmäntel auf jeden Fall, aber ich habe sie nur flüchtig gesehen. Nach ihrer Ankunft seien sie sofort in ihr Zimmer hinaufgegangen. Ihre Pferde, große, starke Rappen, ließen sie in den Stall bringen. Von ihnen ging eine Kälte aus, wie man es hier noch nie erlebt hat, so sagte man mir.«

»Hoffentlich sind es nicht unsere Verfolger aus Überlingen«, meinte Markus.

»Unsere Dorfbewohner sind sehr abergläubisch«, meinte der Wirt. »Sie glauben, dass ein Unheil über sie kommen wird nach dem Besuch dieser Reiter, ein Hagelgewitter, eine Viehseuche oder Ähnliches.«

Das Murren und Klopfen war inzwischen zu einem ohrenbetäubenden Lärm angeschwollen.

»Ruhe jetzt!«, rief der Wirt donnernd. »Oder wollt ihr die Toten auf dem Friedhof erwecken?« Sofort trat Stille ein. Der Wirt begann ein Lied anzustimmen.

»Unser Leben gleicht der Reise
Eines Wandrers in der Nacht;
Jeder hat in seinem Gleise
Etwas, das ihm Kummer macht.

Aber unerwartet schwindet
Vor uns Nacht und Dunkelheit
Und der Schwergedrückte findet
Linderung in seinem Leid.«

Das Lied, mit der tiefen Stimme des Wirtes vorgetragen, zog die Menschen in den Bann. Allmählich lockerte sich ihre Erstarrung, und sie stimmten ein:

»Mutig, mutig, liebe Brüder,
Gebt das bange Sorgen auf:
Morgen steigt die Sonne wieder
Freundlich an dem Himmel auf.

Darum lasst uns weitergehen;
Weichet nicht verzagt zurück!
Hinter jenen fernen Höhen
Wartet unser noch ein Glück.«

Es wurde still im Gastraum. Teresa fühlte sich von diesen Zeilen angesprochen. Hinter jenen fernen Höhen wartet unser noch ein Glück. Sie war mit ihrem Vater und einem Mönch, den sie ein wenig näher kennengelernt hatte, unterwegs zu einem unbekannten Ziel. Was hoffte sie zu entdecken? Warum hatten sie sich in solche

Gefahr begeben, nur um ein Familienerbstück zu finden? Wirkten die todesmutigen Charaktere ihrer Vorfahren über die Jahrhunderte nach? Sie blickte sich um, schaute in die geröteten, ergriffenen Gesichter. Das Licht der Lampe, die in Form einer Ampel von der Wirtshausdecke herabhing, begann zu flackern. Das hatte sie doch schon einmal erlebt. Durch einen dunklen Gang musste sie gehen, an dessen Ende die Bibliothek lag. Unbekannte, weiche Wesen flogen ihr ins Gesicht und verletzten sie.

Die Tür des Gasthauses wurde aufgerissen, kalte Luft wehte herein. Teresa war es, als wäre alles in ein bläuliches Licht getaucht. Zwei Männer kamen herein, bekleidet mit langen, grauen Pilgergewändern. Sie nahmen die Kapuzen nicht ab, grüßten nicht, sondern setzten sich an den Tisch nahe dem Eingang. Teresa sah, dass der Wirt zitterte. Er näherte sich den Fremden.

»Was ist Euer Begehr?«, fragte er und verbeugte sich.

»Brot, Bier und Speck«, war die Antwort des einen. Seine Stimme war schneidend. Sie erinnerte Teresa an jemanden, aber sie wusste nicht, an wen. Sie beobachtete die beiden Männer, die mit dem Rücken zu ihr saßen, weiterhin und merkte, dass Froben und Markus es gleichfalls taten. Die Fremden schlangen wortlos Brot und Speck herunter, kippten das Bier aus den Krügen in sich hinein und standen auf. Einer warf ein paar Geldstücke auf den Tisch, und ohne sich noch einmal umzusehen oder zu grüßen, waren sie zur Tür hinaus. Erneut kam ein Schwall eiskalter Luft herein, und Teresa sah über dem nächsten Haus einen Stern aufblitzen. Dann war der Spuk vorbei. Die Lampe brannte wieder mit voller Flamme, der Ofen bullerte vor sich hin, und die Menschen im Raum wandten sich ihren Nachbarn und den Frauen zu.

»Was wollten diese Männer bei Euch?«, fragte Froben den Wirt und nahm einen Schluck aus seinem Wasserkrug.

»Wahrscheinlich haben sie im anderen Gasthaus nichts zu essen bekommen«, meinte er.

Die Frau am Nachbartisch beugte sich zu ihnen herüber, so dass man ihren aus dem Mieder hervorquellenden Busen sah.

»Ich sagte es doch, das sind Fremde, die Unheil über uns bringen.« Sie ließ ihre Wimpern über den glasigen Augen klimpern. »Hab genau gesehen, dass die Lampe fast ausgegangen wäre. Das sind Teufel in Menschengestalt!«

Der Mann neben ihr stimmte zu. »Letzten Winter, an Mariä Lichtmess, da waren auch Fremde im Dorf. Als sie abgezogen waren, kam eine Krankheit, an der viele Dorfbewohner und Kinder verstarben.«

»Hoffentlich sind sie morgen wieder verschwunden«, warf der Betrunkene ein.

Das hoffe ich auch, dachte Teresa. Aber wie, wenn die beiden ihretwegen hier gewesen waren? Sie würden sie auf ihrem ganzen weiteren Weg verfolgen, ihnen auflauern ... Sie schob den Gedanken beiseite und gähnte herzhaft.

»Wir sollten ins Bett gehen«, meinte Froben und zog einen Golddukaten aus einem kleinen Lederbeutel, den er am Gürtel trug.

Teresa bemerkte, wie die Augen des Betrunkenen aufleuchteten. Gott sei Dank hatte er nicht den großen Beutel dabei, es brauchte nicht jeder zu sehen, wie gut gefüllt ihre Reisekasse war. Aber die Stimmung in der Gaststube war fröhlich, man schien sie nicht mehr für unheilbringende Fremde zu halten. Sie verabschiedeten sich vom Wirt, der jedem einen brennenden Kienspan in die Hand gab, und stiegen die Treppe zu ihren Zimmern hinauf. Teresa fror in dem kalten Raum. Sie leuchtete mit dem Kienspan in Richtung Bett, das aus einem Holzgestell mit Strohmatratze bestand. Nachdem sie das Licht gelöscht hatte, legte sie sich, ohne sich auszukleiden, hinein und zog die Wolldecke bis ans Kinn.

Der Abend hatte ihr ziemlich zugesetzt. Möglicherweise waren es nicht dieselben Männer wie die beiden Reiter vom Donautal, vom Schwarzen Wald und dem Bodensee. Sie konnte sich auch täuschen, doch sie besaß ja offensichtlich wirklich die Gabe, bestimmte Dinge vorauszusehen. Der Anblick der beiden Männer hatte ihr Angst gemacht. Woher nur kam ihr die Stimme des einen bekannt vor? Es war eine trübe, kurze Erinnerung, aber sie kam einfach nicht darauf.

Über diesen Gedanken schlief sie ein.

Plötzlich schreckte Teresa hoch. Hatte ein Geräusch sie geweckt? Alles war ruhig. Im Zimmer breitete sich Dunkelheit aus. Durch das Fenster, vor dem Gitter angebracht waren, sah sie den halben Mond, davor einen schwarzen Schatten. Es sah aus wie eine ... Fledermaus! Sie richtete sich auf. Waren da nicht leise schlurfende Schritte auf dem Gang? Waren die Reiter zurückgekommen, um sie in ihren Betten zu töten? Teresa fühlte sich starr vor Entsetzen. Dann gab sie sich einen Ruck und schlüpfte leise aus dem Bett. Vorsichtig spähte sie den Gang entlang. Nichts zu sehen. Die Tür zum Zimmer von Froben und Markus stand angelehnt. Teresa nahm all ihren Mut zusammen und schaute durch den Türspalt. Im verschwommenen Licht des Mondes erkannte sie zwei Gestalten, die sich über ein Bett beugten. Eine von ihnen hob die Hand. Blitzte ein Dolch auf?

»Halt!«, rief sie, so laut sie konnte. »Zu Hilfe – wir werden überfallen!«

Es ging ganz schnell. Die Gestalten wandten sich um und rannten auf sie zu. Beim Näherkommen roch sie den Bieratem der beiden. Sie wurde grob zur Seite gestoßen und fiel zu Boden. Über den Gang entfernten sich schnell trappelnde Schritte.

»Was ist denn hier los?«, erklang die Stimme ihres Vaters.

»Teresa, bist du unversehrt?«, fragte Markus verschlafen vom anderen Bett her.

Es gefällt mir, dass er im Augenblick höchster Gefahr an mein Wohlergehen denkt, ging es ihr durch den Kopf.

»Ihr wurdet überfallen!«, rief Teresa. »Ich habe Schritte im Gang gehört und bin aufgestanden und ihnen nachgegangen.«

»Hast wohl gedacht, es wären die beiden Fremden aus der Gaststube?«, meinte Froben.

»Was ist denn passiert? Haben sie etwas gestohlen?«

Froben hantierte im Dunkeln mit Zunderschwamm und Feuerstein, die er immer bei sich trug. Eine Flamme leuchtete auf, und er zündete den Kienspan an. Er tat einen schnellen Griff unter sein Kopfkissen.

»Die Geldkatze ist noch da, an die sind sie nicht herangekommen«, meinte er mit einem zufriedenen Lächeln.

»Ich weiß, wer es war«, sagte Teresa. »Es waren die beiden Trunkenbolde, die an unserem Nachbartisch saßen. Ich habe sie an ihre Ausdünstungen und ihren fetten Leibern erkannt.«

»Die werden sich so schnell nicht wieder herwagen«, meinte Markus. »Wir werden sie Morgen beim Dorfbüttel zur Anzeige bringen. Und jetzt lasst uns weiterschlafen! Wir brauchen unsere Kraft für den Ritt nach Einsiedeln.«

Teresa mochte seine Art, so natürlich mit den Dingen umzugehen. Sie wünschte den beiden eine gute Nacht und ging in ihr Zimmer zurück.

14.

Nachdem sie die beiden Einbrecher beim Wirt angezeigt hatten, brachen sie auf zu einem weiteren Tagesritt. Bis zum Kloster Einsiedeln würden sie es an diesem Tag nicht mehr schaffen. Über die nächtlichen Ereignisse verloren sie keine Worte mehr. Es war frostig kühl. Auf dem Gras und den Bäumen hatte sich Reif gebildet. Die sanften Hügel wichen allmählich immer höheren Bergen. Auf ihren Häuptern lag das ewige Eis. Unterwegs trafen sie nur wenige Pilger, zu Fuß oder zu Pferde, die wie sie auf dem Jakobsweg unterwegs waren. Die Zeit der Reformation und der Kriege habe die Pilgerfreudigkeit der Menschen ermüdet, wurde ihnen gesagt. Sie verzehrten die Vorräte, die sie beim Wirt gekauft hatten, schliefen bei einem Bauern im Stroh und gelangten nach einem weiteren Tagesritt nach Rapperswil an den blauen Wassern des Zürichsees, umgeben von schneebedeckten Bergen.

Über einen Pilgersteg ging es hinüber nach Pfäffikon und von dort zum Kloster Einsiedeln. Vorbei an der hölzernen Brücke und dem Geburtshaus des Arztes Paracelsus gelangten sie zum Tor des Klosters. Auf dem Platz vor den Konventsgebäuden drängelten sich die Menschen. Mit Müh und Not erreichte Froben, dass sie in einer der Gemeinschaftsunterkünfte schlafen konnten. Die Nacht verlief ruhig, auch wenn sich Teresa wegen der schnarchenden Frauen Stofffetzen in die Ohren stopfen musste.

Am Morgen bemerkte sie einen kleinen Einstich im Oberarm, dessen Umgebung gerötet war. O Gott, Flöhe, dachte sie entsetzt. Ich werde mich bald einmal gründlich waschen müssen.

Ein Blick zum Himmel zeigte ihr, dass es wieder ein herbstlich warmer Tag werden würde. Bevor sie zum Vierwaldstätter See aufbrachen, besuchten sie die Schwarze Madonna von Einsiedeln in der Gnadenkapelle. In einem Strahlenkranz aus vergoldeten Schnitzereien, die wie Speere oder Blitze anmuteten, schwebte die Madonna gleichsam in einem Kleid aus weißem Taft, das mit Stickereien verziert war. In der rechten Hand hielt sie einen goldenen Stab und einen Rosenkranz, in der Linken das Jesuskind, dessen Gesicht ebenfalls schwarz und das eines erwachsenen Mannes war. Er blickte am Betrachter vorbei in die Ferne, in der Hand hielt er einen Apfel.

Teresa hatte noch nie etwas so Schönes gesehen. »Was hat die schwarze Farbe zu bedeuten?«, fragte sie ihre Begleiter.

»Es ist keine Muttergottes, wie wir sie kennen«, antwortete Froben. »Und die Farbe ist auch nicht aufgemalt oder kommt vom Ruß der Kerzen, wie oft behauptet wird. Dies ist eine Schwarze Madonna, wie sie schon in früheren Kulturen verehrt wurde, mit Namen Isis, Kybele, Astarte oder Artemis.«

»Eine heidnische Göttin?«, fragte Teresa erstaunt.

»Sie waren Göttinnen der Fruchtbarkeit und der Liebe«, warf Markus ein. »Auch der Apfel in der Hand des Jesuskindes ist ein solches Symbol. Die ersten Schwarzen Madonnen wurden nach den Kreuzzügen nach Frankreich gebracht, dabei spielte der Templerorden eine Rolle.«

Teresa senkte die Stimme noch mehr. »Könnte es sein, dass …«

Froben lachte. »Nein, mit unseren Reitern haben die ganz gewiss nichts zu tun. Und auch mit dem Kandelaber nicht. Der Templerorden entstand erst im Jahr 1119, und er war zum Schutz der Pilger vor den Sarazenen eingesetzt worden, die zu den heiligen Stätten wollten. Die Kreuzfahrer waren ja nach Hause zu ihren Familien zurückgekehrt.«

»Wie Friedrich von Wildenberg«, sagte Teresa versonnen. »Nur ist er nicht zur Ruhe gekommen. Er musste ja noch einmal ins Heilige Land zurück.«

»Und es warteten keine Familie und keine Frau auf ihn«, setzte Markus hinzu.

»Wir folgen wahrscheinlich seinen Spuren«, meinte Froben. »Ich bin mir sicher, dass er wie viele der damaligen Pilger den Weg durch das Land der Eidgenossen genommen hat.«

Teresa sagte: »Ich brenne darauf weiterzureiten! Es ist alles so neu für mich; ich freue mich über jeden Baum am Wegrand, über jede Kapelle und Einsiedelei, über jeden Vogel, dessen Gesang aus den Wäldern tönt.«

»Du bist ja richtig poetisch, Teresa«, meinte Markus.

Teresa errötete. »Ich kann auch richtig bodenständig sein«, erwiderte sie. »Haben wir genügend Wegzehrung dabei?«

»Es reicht für heute«, antwortete ihr Vater. »Du wirst nicht hungern müssen.«

Sie holten ihre Pferde aus dem Stall. Teresas Brauner sah gut genährt und frisch gestriegelt aus, aber der Federschopf auf seinem Kopf hing traurig herunter. Teresa nahm ihn ab und gab ihn einem der Stallknechte.

Wieder einmal brachen sie auf nach Süden, in unbekannte Gegenden. Die Sonne schien wärmend auf sie herab, aus der Ferne grüßten der Säntis und andere hohe Berge. Mittags rasteten sie im Schatten einer Eiche. Während Froben das Essen zubereitete, ging Teresa zu einem Bach, um sich zu waschen. Der Wasserlauf lief glucksend durch eine Wiese und war von Kopfweiden umstanden. Hinter einem der Bäume zog sie sich aus, nahm ein Handtuch aus ihrem Beutel und machte es nass. Vorsichtig schaute sie sich um, ob sie nicht beobachtet würde. Wie gut es war, die Sonne auf der Haut zu spüren! Sie wusch sich, so gut es eben ging, und kleidete sich wieder an. Als sie zum Lagerplatz zurückging, sah sie Markus unter einem Baum sitzen und gleichmütig in eine andere Richtung blicken.

»Hast du mich etwa beobachtet«, fragte sie.

Sein Mund verzog sich zu einem Lächeln.

»Nein, so etwas tut ein Mönch nicht, ich habe schließlich außer Armut auch Keuschheit geschworen.«

Schade eigentlich, dachte Teresa.

»Ich wollte dich nur im Auge behalten. Schließlich bist du schon mehrmals fast Opfer von merkwürdigen Reitern geworden. Aber ich habe nur auf die Umgebung geachtet.«

Das wirst du gerade gemacht haben, so unschuldig, wie du tust.

»Wo seid ihr denn so lange geblieben?«, fuhr Froben sie an. Er hatte eine Decke ausgebreitet, auf der Brot, Wurst und Käse lagen, dazu ein Lederbeutel mit Wein.

»Du kannst mir noch Wasser vom Bach holen«, wies er Markus an.

Was war nur mit ihm los? So aufgebracht kannte Teresa ihn gar nicht. Markus war die Röte ins Gesicht gestiegen.

»Das tue ich gern«, meinte er. »Aber kannst du nicht einen etwas höflicheren Ton anschlagen?«

Das Gesicht ihres Vaters wirkte müde und eingefallen. »Ich habe dich beobachtet, Markus Schenk. Du bist Teresa nachgeschlichen, um sie beim Baden zu beobachten«, zischte er zwischen den Zähnen hervor.

»Ich bin ihr überhaupt nicht nachgeschlichen. Sie hat sich zufällig da gewaschen, wo ich unter einem Baum saß und mich ausruhte. Die Augen habe ich abgewendet. Was ist daran verdammungswürdig?«

»Es ist meine Schuld«, mischte sich Teresa ein. »Ich hätte mich weiter entfernen müssen.«

»Hast wohl ein Auge auf den jungen Mann geworfen? Das solltest du lieber bleiben lassen, schließlich hat er ein Gelübde abgelegt.«

War ihr Vater etwa eifersüchtig? Sie trat zu ihm und legte ihm die Hand auf den Arm.

»Vater, beruhige dich, du weißt doch, was ich immer in dieser Angelegenheit zu sagen pflegte ...« Sie zwinkerte ihm zu.

Froben lachte, und gleich sah sein Gesicht viel entspannter aus. »Entschuldigt, ihr beiden, bin eben nicht mehr der Jüngste, und die Strapazen dieser Reise setzen mir mehr zu als euch.«

Sie aßen und sammelten dann die Reste der Mahlzeit zusammen.

Die Sonne schien noch recht warm, aber die Schatten wurden länger. Teresa und die anderen saßen auf, und sie ritten weiter. Der Weg führte nun ständig bergab. Der Vierwaldstätter See lag glitzernd unter ihnen, eingerahmt von Bergen, die steil in den Himmel ragten, und dem dunklen Grün der Tannen.

Gegen Abend erreichten sie den Weiler Brunnen direkt am See. Es war nicht mehr als eine Ansammlung von Häusern, eine Gastwirtschaft gab es nicht.

Daher fragten sie im Dorf herum und schliefen schließlich in der Scheune eines Bauern. Einige Zeit lag Teresa wach und lauschte auf die Atemzüge der beiden Männer, die ein schickliches Stück von ihr entfernt lagerten. Das Stroh piekste durch ihre Decke, und mehrmals war sie versucht zu niesen. In den Duft der Halme gehüllt, schlief sie bald darauf ein.

Das Gackern von Hühnern und ein Bimmeln von Kuhglocken weckten Teresa auf. Es war so kalt, dass sie ihren Atem wie eine kleine Wolke vor sich schweben sah. Die Sonne war noch nicht aufgegangen, es herrschte ein düsteres Zwielicht in der Scheune. Markus und Froben reckten sich und schauten sie aus verschlafenen Augen an.

Froben gähnte. »Einen wunderschönen guten Morgen«, wünschte er. »Heute haben wir einen gewaltigen Abschnitt vor uns – mit dem Schiff, sie nennen es hier ›Naue‹, hinüber nach Treib und dann über den Seelisberg gen Stans.«

Teresa stand auf, schüttelte das Stroh von ihren Kleidern, nahm ihren Reisebeutel und ging nach draußen. Das Seeufer war hier flach und noch grün bewachsen. Hinter den Bergen im Osten zeigte sich ein rötlicher Streifen. Der Bauer, die Knechte und Mägde waren schon bei der Arbeit, schaufelten Mist aus dem Stall, gaben den Hühnern Futter und molken die Kühe. Der See lag vor Teresa wie flüssiges Metall. Dunkel ragten die grauen Riesen über dem Wasser auf, das kleine Wellen ans Ufer warf. Nebelschwaden stiegen auf und waberten über der Oberfläche entlang, bis sie vom ersten Sonnenstrahl erfasst wurden und sich auflösten. Ein Knecht brachte ihnen die Pferde, und der Bauer gab ihnen für ein paar Münzen eine Butterkugel, in Ahornblätter gewickelt, und andere Nahrungsmittel mit auf den Weg. Von ihm erstand Froben auch Fellmäntel und Pelzmützen – wegen des vorzeitigen Wintereinbruchs in den Bergen. Er selbst trug seinen alten, grauen Pelz. Die drei ritten zur Schiffslände hinunter, wo ein großes Segelboot vertäut lag, ähnlich der Lädine auf dem Bodensee. Es war mit Salz, Fischen und Stoffballen beladen. Die Pferde wurden über einen Holzsteg auf das Schiff gebracht. Das Wasser hatte nun eine dunkelgrüne Farbe. Am Himmel zeigten sich langgezogene Wolken.

Teresa hüllte sich in ihren wärmenden Mantel. Glücklicherweise wehte ein Wind von Nordwesten her, so dass sie bald darauf am »Seegaden« landeten, einem gedeckten Wehr zum Anlegen von Nauen und Ruderschiffen. Der kleine Ort bestand aus niedrigen Bauernhäusern, die auf Steinsockeln erbaut und mit dunklem Holz verkleidet waren. Der Himmel hatte sich inzwischen bedeckt, der Wind war stärker geworden. Im Schutz einer Tanne mit lang herabhängenden Ästen verzehrten sie ihr Frühbrot.

»Wir müssen weiter«, meinte Froben mit einem Blick auf die schnell dahinjagenden Wolken. »Auch wenn es nach Schnee riecht.«

»Vielleicht sollten wir hier noch einmal Station machen«, warf Markus ein. »In den Bergen schlägt das Wetter oft ganz schnell um.«

»Was sollen wir den ganzen Tag in diesem Nest anfangen?«, entgegnete Teresa. »Und wer weiß, ob das Wetter morgen besser sein wird.« Versuchte Markus, sie am Weiterreisen zu hindern?

»Fragt die Bauern des Dorfes. Von denen würde sicher niemand freiwillig auf den Pass hinaufgehen«, erklärte er.

»Papperlapapp«, meinte Froben. In seiner Stimme schwang ein drohender Unterton. »Wenn du hier bleiben und Däumchen drehen willst – nur zu. Wir beide gehen weiter, nicht wahr, Teresa?«

»Ja, ich möchte unbedingt weiter«, sagte sie.

Ein Bauer, der einen Handkarren mit Tannenreisig zog, ging vorüber.

»Grüß Gott«, rief Froben ihm zu. »Wie wird das Wetter in der Gegend? Ist der Pass frei?«

»Grüezi miteinand«, antwortete der Bauer. »Da droben hat's geschneit gestern Nacht, da hätt ich nicht draußen sein wollen.«

»Aber man kommt hinüber?«

»Das kann ich nicht sagen, der Herr, es geht tausend Fuß und mehr hinauf. Manche hat's schon verwischt da oben.«

Der Bauer legte die Hand an die Mütze und ging weiter.

»Da siehst du's«, sagte Markus und stand auf. Er ballte die Fäuste, die inzwischen rot vor Kälte waren.

»Es könnte unser aller Tod sein, da hinaufzugehen«, presste er heraus.

War er vielleicht ein Ofenhocker, einer, der nichts wagte und deshalb auch nie etwas gewinnen würde? Teresa sah den Kandelaber vor ihrem inneren Auge, wie sie ihn im Traum gesehen hatte, goldglänzend und mit funkelnden Edelsteinen besetzt. Wie wunderbar musste es sein, ihn zu besitzen! Und nicht nur das: Sie dachte auch an die Länder, die sie sehen, die Menschen, die sie kennenlernen, und die fremden Genüsse, die sie auf der Zunge schmecken würde. Laut sagte sie: »Wir sind jetzt im Monat Oktober, da werden wir in den Bergen immer wieder mit Schnee, mit Stürmen und anderen Gefahren rechnen müssen. Wenn wir zu viele Rücksichten nehmen, können wir gleich wieder nach Hause gehen!«

Markus schien nun überzeugt zu sein. Er blickte sie mit einem freundlicheren Ausdruck an.

»Natürlich werde ich nicht nach Hause gehen, sondern euch weiter begleiten. Das habe ich mir zur Aufgabe gemacht.«

Froben sah erleichtert aus, und so packten sie ihre Sachen auf die Pferde, stiegen auf und ritten los in Richtung Pass. Zunächst führte der Weg über sanft ansteigende Matten, auf denen noch letzte Strohbündel standen. Froben wies auf eine Wiese, die Rütli-Wiese, wie er sagte. Dort sollten drei Männer den Schwur geleistet und die

Urschweiz ausgerufen haben. Vor einem Bauernhaus stand ein blonder Junge und winkte ihnen zu. Teresa fuhr zusammen. Hatte sie diesen Burschen nicht schon einmal gesehen? Wieder fiel ihr Matthias, der Lateinschüler aus Agenbach, ein. Nein, das war einfach nur ein kleiner blonder Junge, sie hörte überall das Gras wachsen.

Im Bergschatten war vom Wind nicht viel zu spüren, und bald fielen die ersten Flocken, dick und weich. Sie wurden dichter, wirbelten durch die Luft, bedeckten Gras und Matten mit einer weißen Schicht. Teresa setzte ihre Pelzmütze auf. Die Hufe der Pferde knirschten, ihr Atem flog ihnen dampfend um die gespitzten Ohren. Je höher sie hinaufkamen, desto kälter wurde es, und desto dichter kamen ihnen die Flockenwirbel entgegen. Der Wind hatte gedreht, er kam jetzt nicht mehr vom See herüber, sondern wehte ihnen direkt vom Pass ins Gesicht. Er war so schneidend, dass er Teresa die Tränen in die Augen und die Röte in die Wangen trieb. Die Pferde schnaubten, ihr Schritt wurde langsamer, weil sie sich dem Wind und dem Schneetreiben entgegenstemmen mussten.

Teresa verspürte ein dringendes Bedürfnis. Wie sollte sie das den Männern beibringen, hier, mitten in den feindlichen Bergen? Sie versuchte es noch eine Zeitlang zu unterdrücken, doch dann nahm sie all ihren Mut zusammen und verkündete: »Ich muss meine Notdurft verrichten. Können wir einen Augenblick anhalten?«

Die beiden Männer blickten sie entgeistert an.

»Brr«, machte Froben. »Ich muss auch mal«, meinte er.

Teresa stieg ab, band ihr Pferd an eine Krüppelkiefer und entfernte sich so weit, dass sie nicht mehr gesehen werden konnte. Der Schnee war hier sehr tief, und sie war froh, als sie einen Busch erreichte und dahinter verschwinden konnte. Sie hob ihren Rock unter dem Mantel, ging in die Hocke und erleichterte sich. Die Schneeflocken waren zu Eisnadeln geworden, die ihr in die Haut stachen.

Als sie fertig war, brach sie auf, um zu den anderen zurückzukehren. Sie ging um den Busch herum und erstarrte. Weit und breit nur Weiß, nur heulender Wind, nur eine einzige, undurchdringliche Wand. Sie wusste nicht mehr, aus welcher Richtung sie gekommen war. Die Kälte drang unter ihre Kleider, sie wurde immer steifer, je länger sie stehen blieb.

Teresa versuchte zu rufen, doch der Wind trug ihre Stimme fort. Sie wandte sich in die Richtung, aus der sie gekommen zu sein glaubte. Anfangs fiel es ihr noch leicht, aber mit der Zeit wurde es immer schwieriger, die Füße aus dem tiefen Schnee herauszuziehen. So weit war sie doch gar nicht von den anderen weggegangen. Hier musste es gewesen sein. Doch sie sah nur das Weiß, soweit ihr Blick reichte, spürte den eisigen Wind, spürte, dass sich in den Winkeln ihrer Augen und unter ihrer Nase Eis gebildet hatte. Sie schlug eine andere Richtung ein, setzte einen Fuß vor den anderen, kämpfte sich durch den eisigen Sturm.

Gott, gib mir die Kraft, das durchzustehen! dachte sie. Wenn ich hier wieder herauskomme, werde ich alles versuchen, den Kandelaber zu finden und ihn zum Wohle anderer einzusetzen. Jeder Eigennutz sei mir fern.

Ein windzerzauster Busch kam in Sichtweite. Das war doch ... Teresas Mut sank. Hier hatte sie erst vor kurzer Zeit gesessen und ... sie war im Kreis herumgelaufen! Immerhin war das ein Anhaltspunkt. Sie musste nur die richtige Richtung finden. Vielleicht war ihr Rufen durch das Tosen des Sturmes überhört worden? Hier stand also der Busch. Aber war es überhaupt derselbe? In ihrem Kopf drehte sich alles. Im Schnee waren keinerlei Spuren mehr zu erkennen. Natürlich, dass sie daran nicht gedacht hatte. Vielleicht würde sie in einen Abgrund fallen und nie mehr gefunden, ein eisiges Grab auf diesem Berg würde ihr zuteil werden. Sie sank zu Boden, fiel in das kalte weiße Bett, das ihr bald schon wärmer erschien. Die Flocken überpuderten ihren Körper, hüllten ihn immer mehr ein. Sie musste aufstehen und weitergehen, sonst war sie dem Tod anheimgegeben. Wenn sie liegen blieb, würde sie immer mehr erstarren, der bleiche Reiter würde kommen, ganz allmählich würde er aus dem Nichts auftauchen und sie holen. Im

Frühling fand sie dann ein Bauer und fragte sich, was dieses Mädchen auf dem Berg wohl gewollt habe. Der Traum war ausgeträumt! Kein Kandelaber, keine fremden Länder und Genüsse. Wie schön war es, daheim in Wildenberg zu sein, das Knistern der Buchenholzscheite zu hören, mit dem Vater über die Chronik gebeugt zu sitzen. Wäre sie doch niemals losgegangen! Aber dann hätte sie nichts erlebt, wäre vielleicht als alte Jungfer in ihrer Kemenate gehockt und hätte für den Rest ihres Lebens an der Chronik geschrieben. Das hier war das Leben, es war aber auch Gefahr und Todesnähe. Und Markus hätte sie niemals kennengelernt. Er hatte recht, sie hätten unten am See warten sollen, bis das Wetter besser wurde. Wie sehr sie seinen lustigen Blick vermisste, sein Lachen, seine warmen Hände!

15.

Teresa gab sich einen Ruck, stand mühsam auf, schüttelte den Schnee von den Kleidern und tat ein paar Schritte nach vorn. War da nicht ein kleiner Punkt, ein schwaches Licht? Sie raffte Mantel und Kleider näher an ihren Körper und ging darauf zu, so schnell es ihre klammen Glieder und der hohe Schnee erlaubten. Das Licht wurde größer, und bald erkannte sie zwei schemenhafte Gestalten. Einer von ihnen hielt eine Fackel in der Hand. Sie war gerettet. Nie würde sie den Ausdruck vergessen, mit dem Markus sie ansah. So schaute man niemanden an, dem man ans Leben wollte. Sein Blick war eher ... besorgt und liebevoll.

»Ich habe große Angst um dich gehabt, Teresa«, sagte er.

»Ich auch«, meinte Froben. »Entferne dich nie wieder von uns bei einem solchen Wetter!« Er bewegte drohend den Zeigefinger, nahm ihre Hände in seine, rieb sie und half ihr aufs Pferd.

Sturm und Schneefall hatten ein wenig nachgelassen, so dass sie etwas bequemer weiterreiten konnten. Rechts und links türmten sich steile Felsen. Im Dorf Emmeten wärmten sie sich in einer Gaststube auf, bevor es wieder hinunterging Richtung See, zum Städtchen Buochs. Teresa war froh, als sie Stans erreichten und sie sich in einem warmen Bett ausstrecken konnte.

Die Weiterreise verlief zunächst ohne Zwischenfälle. Es war wieder wärmer geworden; nur auf dem Brünigpass erlebten sie erneut ein Schneetreiben. Dann ging es weiter über Bergrücken und vorbei an glasklaren Seen, in denen sich Kiefernwälder spiegelten, über Hochflure, die riesigen Gipfel des Berner Oberlandes vor Augen. Schluchten und Wasserfälle, alte Städtchen, von dicken Mauern umschlossen, und immer wieder eine Rast in Gasthöfen oder bei Bauern.

Am Abend des zehnten Tages erreichten sie den *Lac Lemon,* eingeschlossen von Hängen mit Weinreben, die letzte bunte Blätter trugen. Das Wasser leuchtete mild in der tiefstehenden Sonne. Schließlich kamen sie nach Genf. Schon von Weitem sah Teresa den Altstadthügel an der Rhone. Sie ritten über eine Brücke, durch den *Tour de l'Ile,* ein schlankes, hohes Tor mit Glockenaufsatz und schmalem Durchlass. Die Straßen wurden gesäumt von Patrizierhäusern mit gotischen Fassaden. Auf dem Platz vor der Kirche wurde ein Markt abgehalten; wie überall auf der Welt waren Hausfrauen mit Körben unterwegs, feingekleidete Damen und Herren in Kutschen, und in den Gassen spielten lumpige Kinder, streckten ihnen Bettler ihre mageren Hände entgegen, schauten alte schwarzbehaubte Frauen aus den Fenstern. Aber etwas war anders an diesen Menschen. Sie wirkten gedrückt, schauten zu Boden, huschten vorüber, sprachen nicht miteinander. Es lag so etwas wie ein Schatten über allem.

Die Stadt wurde von der Cathédrale de St.-Pierre überragt, einem romanischen Bau mit zwei quadratischen Türmen. Sie betraten den Kirchenraum. Teresa fühlte sich befremdet. Kein Weihrauchgeruch, kein Duft nach Heiligenbildern und Marienfiguren? Etwa dreihundert Säulen mit feinen Kapitellen gliederten das dreischiffige Gotteshaus.

»Warum ist die Kirche so leer?«, fragte Teresa leise.

»Im Jahr 1536 kam Johannes Calvin nach Genf, in die Stadt, in der er geboren wurde«, gab Froben zurück. »Er hatte sich mit Luthers Schriften befasst und war ein glühender Anhänger der Reformation geworden. Alles, was sich in dieser Kirche an Schätzen befand, fiel dem Bildersturm zum Opfer.«

»Im Kloster Agenbach hat sich der Katholizismus bewahrt«, sagte Markus.

»Ich finde, man hätte die Reliquien, Hostien und Bilder in den Kirchen lassen können. Wenn ich auch selbst den reformerischen Ansätzen zuneige«, antwortete Froben.

Luther hatte mit seiner Reformation das Zölibat aufgehoben. Ob

Markus auch deshalb der reformierten Kirche nahestand? Aber wahrscheinlich war er ein Freigeist, so wie ihr Vater und sie sich auch stets als Freigeister bezeichnet hatten. Nur die Mutter war bis zu ihrem Tod eine strenge Katholikin geblieben, und auch die Schwester Barbara, aber das hatte den Familienbeziehungen keinen Abbruch getan.

»Die Bevölkerung der Stadt ist seither gespalten«, fuhr Froben fort, während sie den Gang im Mittelschiff hinunterschritten. »Die einen hielten es mit der Reformation, die anderen waren dagegen. Der Reformator Guillaume Farel, ein Mann des Wortes, setzte mit seinen glühenden Reden die Reformation in Genf durch. Als Calvin auf der Durchreise in diese Stadt kam, richtete Farel im Befehlston die Worte an ihn: ›Ich kündige dir im Namen des allmächtigen Gottes, dass du mit mir das Werk treibest, zu dem ich berufen bin!‹ Calvin nahm das als einen Ruf Gottes an und gewann sehr bald einen beherrschenden Einfluss in der Stadt. Sie wollten das Abendmahl und andere Zeremonien abschaffen. Durch ihre unbeugsame Haltung riefen sie den Widerstand der Bürgerschaft hervor, so dass sie an Ostern 1538 aus Genf verschwinden mussten. Farel ging nach Neuenburg, Neuchâtel, Calvin kam nach Straßburg.«

»Und wie sieht es zur Zeit hier aus?«, wollte Teresa wissen.

»Anno 1540, also vor sechs Jahren, herrschte hier ein solches Durcheinander, dass Calvin zurückgerufen wurde. Der Reformator errichtete ein Regime grausam strenger Kirchenzucht. Er zwang das Volk zu einer Frömmigkeit, die an alttestamentarische, weltflüchtige Lebensweise erinnert.«

Teresa überlief ein Frösteln. Das war also die neue Religion, die in die Länder gekommen war? Sie hatten den Altar erreicht, einen schmucklosen Steintisch mit einer bestickten Decke und einer Opferkerze darauf.

»Calvins christlicher Staat sollte nun unter Anwendung von Gewalt verwirklicht werden«, fuhr Froben fort, »wobei sogar die Folter in schärfster Form angewandt wurde und wird. In den Jahren von 1542 bis heute sollen 58 Personen allein in Genf hingerichtet, 76 verbannt und 34 Frauen als Zauberinnen gevierteilt und verbrannt worden sein. Wer an einem Abendmahlssonntag nicht zur Kommunion ging, musste öffentlich Kirchenbuße tun. Fürwahr eine sonderbare Form der Heilsverkündigung! Die ›Nichtauserwählten‹ müssen seiner Ansicht nach mit Feuer und Schwert ausgerottet werden.«

Markus' sonst so fröhliches Gesicht wirkte nachdenklich, fast traurig.

»Lasst uns dieses strenge Gotteshaus verlassen«, sagte er halblaut. »Wer weiß, ob wir nicht beobachtet werden. Ich bin nicht mit euch aufgebrochen, um in dieser Calvinistenstadt geröstet zu werden.«

»Es ist nicht allein Calvin anzulasten«, entgegnete Froben. »Wir haben schon bei Luther gesehen, dass eine Lehre falsch ausgelegt oder zu anderen Zwecken missbraucht werden kann.«

Die Bauernkriege kannte Teresa nur vom Hörensagen. Sie wusste, dass ihr Vater sich in dieser Zeit unparteiisch verhalten und seinen eigenen Leuten genügend Lohn gegeben hatte. Es war auf beiden Seiten Unrecht geschehen: Die ausgehungerten Bauern hatten sich zu Recht erhoben, jedoch beim Spießrutenlaufen der Adligen in Weinsberg ihre Grenzen weit überschritten.

»Wir sollten uns endlich Pilgerkleidung besorgen«, fuhr Froben fort. »Bis jetzt war es noch einfach, bei den Leuten als reisende Kaufleute durchzugehen, die auf den Weg nach Santiago sind. Hier jedoch werden wir ganz anderen Fragen ausgesetzt sein.«

»Wir müssen die Stadt so schnell wie möglich verlassen!«, sagte Teresa, als sie durch das Portal schritten.

Sie holten ihre Pferde und führten sie hinter sich über den Marktplatz. Froben kaufte einen Sack Hafer für ihre Tiere und ließ sie am Brunnen trinken. Sie bogen in eine der Gassen ein. Kurze Zeit später wurden sie fündig. Über einem Laden war ein Schild befestigt: *Mercerie David Berr.* Die Tür stand offen, ein Vorhang aus kleinen Glocken klingelte leise, als sie eintraten. Im Laden, der eine niedrige Decke hatte und düster war, stand ein älterer Mann in dunkler Kleidung. Es roch nach frischem Tuch, nach Seife und Wachs. In Regalen an den Wänden waren Stoffe aufgeschichtet, Atlas, Leinen und Damast. Hier gab es alles, was den Menschen das Leben angenehmer machte: Messer, Nadeln, Garnrollen, Hanfseile, Eisen zum Glätten von Kleidungsstücken, Wollknäuel, Knöpfe, Kragenbesätze und vieles mehr.

Monsieur Berr wandte sich ihnen zu. Er hatte ein schmales, faltiges Gesicht mit hohen Brauen, klugen Augen und einem grauen Spitzbart.

»Womit kann ich Euch dienen?«, fragte er mit einer volltönenden Stimme.

»Wir brauchen Pilgerkleidung für den Weg nach Santiago«, entgegnete Froben. »Kukullen, Skapuliere, Mäntel, Wanderstäbe ...«

»Alles mit der Pilgermuschel verziert? Wartet einen Augenblick.«

Der Ladenbesitzer wandte sich um und ging in einen Nebenraum. Er sprach mit einer Frau, offenbar auf Hebräisch. Bald kam er mit dem Gewünschten zurück.

»Früher kamen viele Pilger vorbei, die nach Santiago wollten«, erklärte er. »Nach den Unruhen der Reformation hat das nachgelassen. Deshalb habe ich noch einiges im Lager gehabt.«

»Wie ist denn die Lage in der Stadt?«, fragte Markus. »Die Menschen sehen nicht gerade glücklich aus.«

Monsieur Berr schaute sich vorsichtig um, als könne er belauscht werden.

»Wer seid Ihr? Kann ich Euch vertrauen?«

»Wir sind reisende Kaufleute aus dem Reich und sind auf dem Weg nach Santiago, um die Wahrheit und Gott zu finden«, antwortete Froben, auch wenn es nicht ganz der Wahrheit entsprach.

»Die Wahrheit und Gott! Danach sollte ein jeder suchen und nicht diejenigen, die anders denken, die auf anderem Weg dorthin kommen wollen, vernichten! Es ist eine Schande! Das Leben war beschaulich, Christen und Juden lebten in Gemeinschaft zusammen. Zwar ist es uns von alters her verboten, mit Christen Umgang zu pflegen, ihre Brunnen zu benutzen, untereinander zu heiraten oder Geld zu verleihen, aber die Wirklichkeit war immer anders. Die meisten Juden meiner Gemeinde sind vertrieben worden, und auch wir müssen bald gehen.«

»Werdet Ihr bedroht?«, fragte Froben.

»Die Gendarmen können jederzeit kommen und uns holen. Dabei brauchen die hohen Herren uns, sie haben uns immer das Geld abgenommen, das wir verliehen hatten.«

»Wo könnt Ihr denn hingehen?«, fragte Teresa.

»Nach Frankreich, da sind die Katholiken noch an der Macht. Zwar wurden wir schon im 14. Jahrhundert auch dort vertrieben, aber im Süden, in der Provence, im Elsass und an einigen anderen Stellen konnte sich eine Gemeinschaft erhalten. Französische Dichter bezeichneten uns als sanftmütig, viel mehr als die Christen, die anderen ans Leben gingen und ihren Besitz raubten, aber dennoch wurden wir vertrieben. Und das, obwohl die Könige immer unser Geld genommen haben. Wie oft mussten wir uns die Freiheit, den Abzug an die Grenzen eines Landes, die Erlaubnis, einen Raum als Synagoge zu nutzen und uns unsere Friedhöfe zu belassen, teuer erkaufen!«

Monsieur Berr schlug die Augen nieder und legte die Hände übereinander.

»Glauben wir denn nicht alle an denselben, den einen Gott?«, fragte er mit leiser Stimme.

»Bisher habe ich mich mit der jüdischen Religion wenig beschäftigt«, meinte Froben »Aber ich habe schon immer gedacht, dass es die Menschen sind, die einen Keil zwischen sich und ihre Brüder getrieben haben.«

Die Reise nach Santiago de Compostela, die Suche nach der Wahrheit, nach sich selbst, nach dem innersten Kern, der allen gemeinsam ist, war das Gott?

»Wir suchen nach geistiger Erleuchtung, nach Einsicht und Lebensfreude«, sagte Monsieur Berr. »Wir versuchen, ein Licht im

Dunkeln anzuzünden, wollen uns entfalten, entwickeln und wachsen – zu Jahwe hin, zu Gott.«

»Das wollen wir auch«, sagte Teresa. Sie war aufgewühlt.

»Es gibt keine absolute Wahrheit«, fuhr Berr fort. »Der eine Pfad führt nur deswegen zum Ziel, weil es auch andere Pfade gibt.«

Im Nebenraum polterte es, als wäre ein Gegenstand zu Boden gefallen. Eine rundliche, grauhaarige Frau erschien, offensichtlich die Ehefrau des Händlers.

»David, was machst du da?«, rief sie. »Wie kannst du die Fremden in ein Gespräch über unsere Religion verwickeln, wo das doch verboten ist? Sie wollten Pilgerkleidung von uns kaufen, also gib sie ihnen und wünsche ihnen eine gute Reise!«

Monsieur Berr war bei den Worten seiner Frau zusammengezuckt. »Du hast ja recht, Sara«, meinte er. »Aber müssen wir nicht irgendwann einmal beginnen, miteinander zu reden?«

»Von uns droht Euch keinerlei Gefahr, Madam Berr«, sagte Froben. »Es war uns eine Ehre, uns mit Monsieur über Gott und die Welt auszutauschen. Nicht wahr, ihr beiden?«

Markus und Teresa stimmten ihm zu. Monsieur Berr händigte ihnen die Kleidungsstücke und die anderen Utensilien aus, Pilgerhandtaschen, *Kalebassen,* ausgehöhlte Kürbisse, Pilgerhüte und einen Schleier für Teresa sowie feste Stiefel und ein Töpfchen mit Salbe für die vom Reiten wundgeriebenen Stellen. Die Grundlage dafür sei Fett, Kollodium und Weidenrinde, sagte Berr. Froben zog sein Säckchen mit den Golddukaten heraus und zahlte.

Monsieur Barr hatte ihnen einen anständigen Preis gemacht, und dabei wurde immer gemunkelt, die Juden würden Wucherpreise nehmen.

»Auf Wiedersehen, meine Brüder und meine Schwester«, sagte Monsieur Berr zum Abschied und gab ihnen die Hand.

»Auf Wiedersehen, und Gottes Segen auf Euren Wegen«, erwiderte Froben.

Teresa lächelte Berr und seine Frau an. »Ich werde an Euch denken und für Euch beten«, meinte sie.

Beim Hinaustreten aus dem Laden blendete sie die Mittagssonne, die noch ziemlich hoch am Himmel stand.

Der eine Pfad führte nur deswegen zum Ziel, weil es auch andere Pfade gab.

Es war, wie in eine andere Welt zu gehen.

Sie holten die Pferde, verpackten die Pilgerkleidung und gingen zurück durch die Gasse, über den Marktplatz. Der Platz war wie leergefegt, nur einzelne Obst- und Gemüseabfälle zeugten davon, dass hier kurz zuvor noch Leben gewesen war. Teresa blickte zur Kirche hinüber. Aus dem Portal trat eine hochgewachsene Frau, mit einem schwarzen Mantel und einer Haube bekleidet. An der Hand hielt sie einen blonden Jungen. Er trug die graue Tracht der Lateinschüler. Die Frau blickte sich suchend um, dann wandte sie sich zur Breitseite der Kirche. Bevor die beiden um die Ecke verschwanden, drehte sich der Junge noch einmal um und lächelte Teresa zu. Sie rieb sich die Augen. Matthias – war er es oder nicht? Aber das konnte nicht sein. Matthias war im Schwarzen Wald, er half Ambrosius in der Küche aus und ging im Kloster zur Schule. Seine Mutter war eine Bäuerin aus einem Dorf der Umgebung.

Die beiden Gestalten waren verschwunden. Ob Froben und Markus etwas bemerkt hatten? Nein, sie gingen unbekümmert weiter, als wäre nichts geschehen. Ob sie es ihnen sagen sollte? Doch dann wurde sie wieder ausgelacht, weil sie Dinge sah, die nicht da waren. Der Tag in Peterszell fiel ihr ein, als sie den Jungen schon einmal gesehen hatte. Da waren am Abend die Reiter gekommen und hatten ihr im Vorbeigaloppieren das Haar abgeschnitten.

Es wird schon nichts passieren, sagte sie sich, und wenn, dann wird mich der Geist dieses Jungen – oder was immer es auch sein mag – beschützen.

»Wir müssen aus der Stadt verschwinden«, sagte Froben mit besorgtem Gesicht. Hatte er etwa doch … »Bis Annecy sind es nur einige Stunden zu Pferd.« Er schaute zum Himmel. »Wenn wir gleich aufbrechen, sind wir bei Sonnenuntergang dort.«

»Warum gerade Annecy?«, wollte Teresa wissen. »Herrschen dort nicht auch die Reformatoren?«

»Nein. Die Stadt hat seit zehn Jahren allen verfolgten Katholiken Zuflucht geboten. Es wird das ›Rom von Savoyen‹ genannt. Es ist ein Ort der Gegenreformation.«

Gegenreformation? Warum konnten die Menschen sich nicht mit dem zufriedengeben, was sie hatten? Glaubten sie nicht an denselben Gott? War es so wichtig, ob das Abendmahl zelebriert wurde oder nicht, ob man Maria verehrte oder Christus, ihren Sohn? Ob er Gott selbst war oder sein Stellvertreter auf Erden?

Sie saßen auf und ritten zügig aus der Stadt hinaus. Die Gegend war hügelig und bewaldet. Der Weg schlängelte sich zunächst durch Weinberge, bewegte sich dann auf die hohen, schneebedeckten Berge Savoyens zu. In einem Wäldchen machten sie Rast, wechselten ihre Kleider. Teresa war jetzt mit schwarzer Kukulle, Skapulier und Kapuzenmantel bekleidet, auf welche jeweils die Jakobsmuschel genäht war. Froben hatte sich verschätzt. Die Sonne neigte sich schon zum Horizont, und sie hatten die Stadt Annecy noch lange nicht erreicht. Der Weg zog sich um einige Bergrücken herum, verlief über einen sehr steilen Pass. Die Pferde waren müde, mussten ausruhen, gefüttert und getränkt werden.

Teresa hatte seit dem Abritt aus Genf ständig das Gefühl, als wären sie nicht die Einzigen, die unterwegs waren. Aber außer Bauern auf den Feldern und Eselskarren mit Tagelöhnern begegnete ihnen niemand. Über den Bergspitzen, die langsam im Licht der untergehenden Sonne erglühten, kreisten Steinadler und Bartgeier. Es blieb ihnen nichts anderes übrig, als Quartier in einem Bergdorf zu nehmen, in einer kleinen Gastwirtschaft, in der außer ihnen niemand übernachtete. Ein paar Steinhütten standen verstreut um eine Holzkirche. Sie hatten schon lange keine Andachten mehr besucht, abgesehen von den Gebeten, unterwegs in Kapellen oder Kathedralen. Hoffentlich hatte das keinen Verdacht auf sie geworfen. Aber war es überhaupt wichtig, Gott in einem Haus anzubeten?

Die Wirtsstube bestand aus einem niedrigen, dunklen Raum mit angrenzender Küche. Darüber, im einzigen Obergeschoss, befanden sich drei Gastzimmer, zu denen eine Holztreppe hinaufführte. Kaum in ihrem Zimmer angekommen, entledigte sich Teresa ihrer Kleider, goss Wasser in eine Schüssel und wusch sich allen Staub und allen Dreck dieser Reise vom Körper. Sie wusch und kämmte ihre Haare, trocknete sie lange mit einem Handtuch und zog frische Kleider an. Dann öffnete sie das Fenster und lehnte sich hinaus. Über den Gipfeln war der Mond aufgegangen, still und klar stand er in der blauen Nacht. Irgendwo in den Wäldern schrie eine Eule. Der Duft nach welkem Laub drang zu ihr herüber.

Ein banges Gefühl ergriff sie. Wohin wird diese Reise uns führen, eine Reise, die mit Tod und Verderben begann? War das nicht ein schlechtes Omen gewesen? Daraus kann nichts Gutes erwachsen. Dieser blonde Junge – warum verfolgte er sie? Wollte er sie warnen oder ins Verderben stürzen?

Sie lief die Treppen hinunter, es roch nach gebratenem Fleisch. Teresas Magen zog sich schmerzhaft zusammen, denn sie hatte den ganzen Tag noch nichts Richtiges zu sich genommen. Andere Pilger gaben sich mit viel weniger zufrieden als sie, aber sie waren ja auch keine richtigen Pilger. Markus und Froben saßen an einem der blankgescheuerten Tische, der Jüngere eine Karaffe mit schimmerndem Wein, der Ältere den üblichen Krug Wasser vor sich. Teresa setzte sich. Endlich wieder eine anständige Mahlzeit nach all den Tagen, an denen sie sich mit Brot und Käse begnügen mussten, weil es kaum Wirtschaften am Wege gab.

Die Gattin des Wirtes, der man die Liebe zum Kochen ansah, stellte eine Terrine mit Saiblingen auf den Tisch, gewürzt mit Zitrone, Thymian und Rosmarin. Teresa schnitt Scheiben von dem dunklen Brot herunter, angelte mit dem Messer Fischstückchen aus der Schüssel und verzehrte sie zusammen mit dem Brot. Auch die anderen langten herzhaft zu, selbst Froben. Unaufgefordert brachte die Wirtin auch für Teresa eine Karaffe mit Wein. Es sei der Chasselas aus Genf, ein sehr milder Fendant, meinte sie, während sie zufrieden auf ihre Gäste schaute, denen es hervorragend zu schmecken schien. Als der erste Gang beendet war, räumte die Wirtin das Geschirr ab, brachte eine Schüssel zum Händewaschen und trug den nächsten Gang herein: Fricassée de porc à la genévoise – Ragout aus Schweineschulter und -füßchen.

Während des Essens begann der Wirt ein Gespräch mit seinen Gästen.

»Wo seid ihr hergekommen?«, wollte er wissen. »Und wohin soll die Reise gehen?«

Teresa warf Markus einen Blick zu. Sie überließen zunächst Froben die Gesprächsführung.

»Wir kommen aus dem Heiligen Römischen Reich Deutscher Nation«, sagte ihr Vater. »Genauer aus dem Tal der Donau. Wir pilgern nach Santiago de Compostela, damit uns unsere Sünden vergeben werden.«

Welche Sünden? War es vielleicht eine Sünde gewesen, diese Reise anzutreten, dem Geheimnis ihrer Vorfahren auf die Spur kommen zu wollen? Ach was, das sagte er sicher nur, um keinen Verdacht zu erregen.

Das Ehepaar hatte am Tisch gegenüber Platz genommen. Die Öllampe beschien ihre einfachen Kleider, die in Braun und Schwarz gehalten waren.

»Sind schon lange keine Pilger mehr hier vorbeigekommen«, mischte sich die Wirtin ein. »Und auch sonst gibt es hier kaum Reisende. Wir ernähren uns von unserer Hände Arbeit. Die da unten in Genf, ja, die machen sich einen schönen Tag, lassen die Geldverleiher einnehmen und verprassen alles in den Wirtschaften und mit den Mädchen.«

»Sag mal, lebst du eigentlich hinter dem Mond?«, fuhr ihr Mann sie an. »Weißt nicht, was in Genf los ist?«

»Mir erzählt ja niemand nichts Genaues.«

»Der Bertl-Bauer ist letzte Woche heraufgekommen und hat berichtet, dass sie ein neues Regime haben, einen Kirchenstaat nennen sie das, und da wird jeder, der anders denkt oder nicht zu den

Andachten erscheint, eingekerkert, gefoltert, verbrannt und gevierteilt!«

»Ja, das ist uns bekannt«, sagte Froben.

»Ich habe jeden Tag Angst, dass einer von denen heraufkommt und uns holt«, sagte die Frau weinerlich und wischte mit einem Zipfel ihrer Schürze über die Augen.

»So ein Unsinn«, brüllte ihr Mann. »Hier sind wir so sicher wie das Amen in der Kirche, von denen verirrt sich keiner in die Berge!«

»Seid ihr …«, begann Teresa.

»Ja, wir sind gute Katholiken geblieben«, versetzte der Wirt, »und erst, wenn ich hier mal etwas Verdächtiges herumschleichen sehe, ziehen wir in die nächste Stadt, nach Annecy. Aber es wird uns nicht leichtfallen, das alles aufzugeben. Wir beide sind hier groß geworden.«

»Doch schleicht hier Verdächtiges herum«, hielt seine Frau dagegen. »Da waren doch gestern zwei so merkwürdige Reiter da und haben nach drei Reisenden gefragt.«

Der Wirt starrte Froben, Teresa und Markus an.

»Und das sagst du erst jetzt?«, donnerte er. »Waren es Gendarmen?«

»Nein«, entgegnete die Frau mit ängstlichem Blick. »Es waren zwei Reiter mit grauen Kapuzenmänteln. Sie ritten weiter mit den Worten, dass sie noch einmal zurückkehren würden.«

Es wurde still im Raum. Teresa hörte das Knistern der Scheite im Kamin und ein Klirren wie von einer Kette des Viehs im Stall.

Heftige Schläge an die Tür rissen sie aus ihren Gedanken.

16.

Die Tür wurde aufgerissen, und drei bewaffnete Männer stürmten herein. Sie trugen die Uniformen der Gendarmen. Teresa saß wie erstarrt am Tisch. Die Männer pflanzten ihre Hellebarden vor den dreien auf.

Einer herrschte sie an: »Wie kommt ihr dazu, Alkohol zu trinken? Ihr seid sicher verkappte Katholiken und sauft euren Wein zum heiligen Abendmahl!«

»Sie sind meine Gäste«, warf der Wirt beherzt ein. »Wein, Bier und auch Branntwein auszuschenken ist hierzulande nicht verboten.«

»Die drei da sind angezeigt worden.«

»Von wem?«, wollte Froben wissen.

»Das tut nichts zur Sache. Ihr müsst mit uns auf die Wache.«

»Ach, gibt es in diesem Dorf eine Wache?«, bemerkte Markus.

Teresa bewunderte ihn wegen seiner Frechheit und Kühnheit. Ach, wenn sie doch nicht so ängstlich wäre!

»Die Wache in der nächsten Stadt. Morgen früh werdet ihr dann dem Scharfrichter vorgeführt.«

Der Wirt warf einen Blick zur Hintertür. Wie auf ein Zeichen sprangen Froben, Markus und Teresa auf und rannten auf die Tür zu. Hinter ihnen hörten sie Trappeln, Schreie und ein Gerangel, aus dem sie entnahmen, dass sich die Bauersleute den Gendarmen in den Weg gestellt hatten. In Windeseile rannten sie zum Stall, sattelten und beluden die Pferde. Die Gendarmen waren inzwischen herangekommen. Markus und Froben zogen ihre Schwerter und hielten sie in Schach, während Teresa die Pferde hinausführte. Es kam ihr wie eine Ewigkeit vor. Die Männer kreuzten noch immer die Klingen, ihr metallisches Klirren hallte Teresa in den Ohren.

Einer der Gendarmen lag schon auf der Erde. Froben schlug einem anderen das Schwert aus der Hand und streckte ihn mit einem Faustschlag zu Boden. Den dritten erledigte Markus, indem er ihm das Barett vom Kopf schlug und ihn am Bein verletzte, so dass der Mann schreiend sein Schwert fallen ließ. Aus dem Augenwinkel sah Teresa, wie das Wirtsehepaar ihnen zuwinkte. Hoffentlich bekamen sie keine Schwierigkeiten! Sie sprangen auf ihre Pferde und galoppierten in die Nacht hinein. Erst nach einigen Meilen hieß Froben sie anhalten. Teresas Herz klopfte immer noch heftig.

»Ich glaube, wir haben sie abgehängt«, sagte ihr Vater. »Das heißt aber nicht, dass wir außer Gefahr sind.«

»Wer könnte uns angezeigt haben?«, fragte Markus.

»Ich glaube, es waren die Reiter«, platzte Teresa heraus.

»Warum sollten die uns jetzt anzeigen, nachdem wir seit dem Bodensee nichts mehr von ihnen gehört oder gesehen haben?« Froben stieg ab, und die anderen taten es ihm nach.

»Wer sonst sollte es gewesen sein?«, fragte Teresa.

»Es mag missgünstige Nachbarn geben, die vielleicht zum Fenster hereingeschaut haben und den Wirten ihren Verdienst neideten. Oder religiöse Eiferer, die nichts Besseres zu tun haben, als ihre Mitmenschen zu bespitzeln.«

»Wie dem auch sei«, entschied Markus. »Wir sind in Gefahr und sollten heute Nacht noch nach Annecy reiten.«

Teresa und Froben stimmten ihm zu.

Es war ein gefahrvoller Ritt durch die Nacht, da sie sich nur am Mond und den Sternen orientieren konnten. Manchmal schrie ein Tier im Gebüsch, und jedes Mal schreckte Teresa zusammen. Sie war so müde, dass ihr immer wieder die Augen zuzufallen drohten.

Endlich sahen sie ein Licht in der Ferne, das auf die Stadt hinwies. Als sie das Stadttor erreichten, war es verschlossen. Natürlich war es verschlossen, nicht nur, um seine Bürger des Nachts zu schützen, sondern weil auch die Feinde der Katholiken in der Nähe waren. Die Stunde bis zum Öffnen des Tores saßen sie frierend, nur in ihre Mäntel gehüllt, an der Mauer.

Teresa wurde durch ein Rasseln geweckt. Wo war sie? Hatten die Gendarmen sie in ein Verlies gesteckt und angekettet? Aber nein, sie waren vor dem Tor von Annecy. Die Sonne war gerade aufgegangen.

Nachdem sie dem Torwächter ihre Pilgerausweise gezeigt hatten, ließ er sie hinein und verschloss das Tor hinter ihnen. Die Stadt bestand aus eng aneinandergedrängten, pastellfarben angemalten Häusern, die sich teilweise um Plätze, teilweise an Kanälen entlang gruppierten. Die Menschen wirkten fröhlich und entspannt. Die Frauen trugen bunte, gezaddelte Kleider, die Männer rote und blaue Jacken, dazu Röcke und Beinlinge in allen Farben. Es waren auch einige Mönche mit schwarzen Kutten zu sehen. Überragt wurde das Städtchen von einem Schloss auf einem Hügel, dahinter stiegen felsige Bergkuppen in die Höhe. Durch eine der Schießscharten in der Mauer konnte Teresa den grünen, von Wäldern umgebenen See erkennen. Er erinnerte sie an Bilder von Venedig, die sie in Büchern gesehen hatte. Der Geruch, der aus den Wasserläufen kam, war allerdings klar und frisch, wie nach Zypressen und nicht nach Kloake, wie es in der Lagunenstadt der Fall sein sollte.

Vorbei am Hotel de Ville und an der Kathedrale St. Pierre gelangten sie zu einer bescheidenen Pilgerherberge in einer Seitengasse. Da außer ihnen niemand auf dem Pilgerweg unterwegs zu sein schien, hatte Teresa wieder das Glück, ein Zimmer für sich alleine zu bekommen. Nach der wochenlangen Reise hatte sie ein dringendes Bedürfnis nach Sauberkeit und äußerte den Wunsch, ins Badehaus zu gehen.

»Ich weiß nicht, ob ich dich da allein hinlassen kann«, gab Froben zu bedenken.

»Schlimmer als es bisher war, kann es ja gar nicht kommen«, erwiderte sie.

»Also gut«, meinte er. »Hier sind ein paar Golddukaten, kauf dir auch was Neues zum Anziehen. Ich werde mich um eine Audienz beim Bischof bemühen, um mit ihm über die Verhältnisse zu plaudern.«

»Aber der Bischofssitz war doch immer in Genf«, warf Markus ein.

»Der Bischofssitz wurde vor einigen Jahren hierher verlegt«, antwortete Froben. »Annecy ist sozusagen das neue, das katholische Rom.«

»Das Zentrum der Gegenreformation, könnte man auch sagen.«

Teresa schaute Markus an. »Und was willst du machen?«

»Ich werde in die Kirche gehen, für unsere weitere Reise beten und später das Badehaus aufsuchen.«

Täuschte sie sich, oder zwinkerte er ihr zu? Auf dem Weg kaufte Teresa bei einem Händler ein Kleid, aus hellem Atlas, mit Puffärmeln, tiefem Ausschnitt und geschlitztem Rock. Beim Betreten des Badehauses, einem weißlichen gotischen Bau, empfing sie der Geruch nach Feuchtigkeit und Seife. Ein leicht bekleidetes Bademädchen nahm ihr den Mantel ab. Teresa entkleidete sich und stieg ins Wasser. Bald breitete sich ein wohliges Gefühl in ihrem Körper aus. Über ihr spannte sich eine Gewölbedecke. Durch das Fenster fiel goldenes Licht, und das Wasser eines Kanals gluckerte an dem Badehaus vorbei. Ein anderes Bademädchen, blondlockig und rotwangig, brachte ein Brett und stellte es vor ihr auf die Wanne; darauf legte sie Pflaumenkuchen und Konfekt. Wie schön, einmal wieder etwas Süßes zu essen! Ein Lautenspieler schlug sein Instrument an und sang ein Liebeslied. Der Badegeselle heizte den Ofen an und schüttete einen Aufguss aus Thymian und Salbei darüber, so dass sich duftende Schwaden im Raum verbreiteten. Teresa schaute sich um. Es waren andere Badende anwesend, auch Männer. Glücklicherweise verhüllte ein Vorhang aus weißem Nesselstoff sie vor den Blicken der anderen. An den Rufen, den Bemerkungen und dem Klopfen merkte sie jedoch, dass einige zechten oder Karten spielten. Sicher verschwanden die Männer ab und zu mit einem der Mädchen in einem Hinterzimmer.

Teresa strich mit der Hand über die zart gerötete Haut ihres Bauches. Sie setzte sich auf, als das Bademädchen kam. Die junge Frau rieb ihren Rücken mit einem Schwamm ab und wusch ihr Haar mit

Seife. Sie reichte ihr ein Handtuch. Teresa trocknete sich ab und schlüpfte in die frischen Kleider. Die Pilgergewänder waren gereinigt worden und noch etwas feucht. Teresa ließ sich die Fingernägel maniküren, zahlte und trat hinaus ins Freie. Sie fühlte sich wie neugeboren.

Die Sonne schien ihr ins Gesicht, und das neue Kleid fühlte sich gut an. Allzu lange hatte sie ihre Formen unter den Pilgerkleidern versteckt. Auf einer Mauer saß Markus und schaute ihr entgegen. Sie fuhr zusammen. Hatte er gespürt, dass sie während des Bades an ihn gedacht hatte? Sie ging zögernd auf ihn zu. Er stand auf und kam ihr entgegen.

»Ich bin hier, um auf dich aufzupassen«, sagte er. »Aber niemals hätte ich gewagt, zusammen mit dir ins Badehaus zu gehen. Ich weiß, was mir dann blüht.«

»Ach ja? Was blüht dir denn?«

»Zumindest eine schwere Rüge deines Vaters. Von dir wahrscheinlich eine Abfuhr.«

»Darfst du überhaupt ins Badehaus, mit deinem Gelübde?«

Er lachte. »Der Arm meines Abtes ist weit«, meinte er. »Komm, lass uns ein wenig spazierengehen.«

Sie überquerten eine Holzbrücke, die sich zierlich über einen der Kanäle schwang.

»Ich bin froh, endlich einmal allein mit dir sprechen zu können«, sagte er im Weitergehen. »Sonst ist ja immer dein Vater dabei. Ich wollte dich etwas fragen. Misstraust du mir?«

»Wie kommst du denn darauf?«

»Dein Benehmen gegen mich ist so … abweisend. Manchmal liege ich nachts wach und grüble darüber nach, was ich getan haben könnte.«

Sie legte ihre Hand auf seine. Wie kräftig und warm sie war!

»Markus, es ist … ich bin einfach unsicher. Ich weiß nicht, was hinter alldem steckt. Und mir ist auch nicht klar, warum du diese Reise mit uns angetreten hast. Du hast doch keinerlei Vorteil davon!«

»Muss man bei dem, was man tut, immer einen Vorteil haben?«

»Es muss zumindest einen Sinn ergeben. Mein Vater und ich machen diese Pilgerreise, weil wir der Wahrheit näherkommen wollen.«

»Vor allem der Wahrheit über den Kandelaber, nicht wahr?«, fragte er.

»Ja, vor allem auch dieser Wahrheit. Und was sind deine Beweggründe?«

»Erst einmal finde ich es aufregend, in die Welt hinauszuziehen, anstatt hinter verstaubten Büchern zu sitzen. Und dann ... es hat auch mit dir zu tun.«

Also doch, da war von Anfang an etwas zwischen ihnen gewesen.

Teresa errötete.

»Wenn du noch ins Badehaus willst, sollten wir umkehren.«

»Du versuchst abzulenken«, meinte er lächelnd.

Er blieb stehen und fasste sie an beiden Armen. Der Ausschnitt ist viel zu tief, dachte Teresa. Welcher Teufel hatte sie geritten, als sie dieses Kleid kaufte? Ihre Knie wurden schwach. Sein Gesicht näherte sich ihrem. Jemand räusperte sich. Teresa fuhr herum. Ein Priester in einer schwarzen Soutane ging kopfschüttelnd vorbei.

»Glaub an mich, Teresa«, sagte Markus leise und ließ ihre Arme los. »Ich bin hier, um dich zu beschützen.«

Sie begleitete ihn zum Badehaus und schlenderte durch die nachmittägliche Stadt zurück zur Herberge. Die Menschen gingen ihren Geschäften nach. Durch die Gassen, die schon im Schatten lagen, fuhr eine leichte Brise. Teresa fröstelte. Vor der Herberge saß ihr Vater und las in einem Buch.

»Du wirst dich erkälten!«, rief er ihr entgegen. »Hol deinen Mantel.« Ob ihm vielleicht der tiefe Ausschnitt des Kleides missfiel?

»Ich hole ihn gleich, Vater. Was hat denn der Bischof gesagt?«

»Er meint, die Weiterreise durch das Frankenland sei nicht so gefährlich wie die durch das der Eidgenossen. Ich denke, wir können morgen aufbrechen.«

Schade, dann standen sie wieder unter Aufsicht. Vielleicht ergab sich später noch eine Gelegenheit, mit Markus unter vier Augen zu sprechen. So ganz traute sie ihm noch nicht. Aber mit ihrem Vater wollte sie auch nicht darüber sprechen.

»Willst du nicht ins Badehaus, Vater? Es tut gut, den ganzen Schmutz herunterzuwaschen.«

»Ich habe mich gewaschen und meine Kleider in eine Wäscherei gegeben, sie sind morgen fertig. Aber jetzt geh und hol deinen Mantel!«

Markus kehrte frisch gebadet und gekleidet zurück. Nach dem Abendessen saßen sie noch in der Pilgerstube zusammen. Als gutbetuchte Gäste hatten sie weißes Brot und besseren Wein bekommen als die anderen Pilger.

»Durch welche Städte und Landschaften wird uns der Weg noch bringen?«, fragte Teresa, an die beiden Männer gewandt.

Der Herbergswirt hatte die Worte aufgeschnappt und meinte: »Der Hauptpilgerweg führt durch das Rhonetal und hinüber nach Toulouse, dann über Ronces Valles durch die Pyrenäen nach Santiago. Ihr könnt aber auch den Weg über Grenoble und den Mont Ventoux nehmen.«

»Ah, der Mont Ventoux!« Frobens Augen blitzten auf. »Francesco Petrarca war der erste Mensch, der auf den Mont Ventoux, der überhaupt auf einen Berggipfel gestiegen ist. Außerdem hat er lange als Eremit bei der *Fontaine de la Vaucluse* gelebt und seine *Canzionere* über Laura geschrieben. Diesen Weg würde ich vorziehen. ›*Auf den Gipfel ist das Ziel und das Ende unseres Lebens, auf ihn ist unsere Wallfahrt gerichtet.*‹ Das war ein Wahlspruch des Dichters.«

Auf den Gipfel ist das Ziel und das Ende unseres Lebens, auf ihn ist unsere Wallfahrt gerichtet. Unsere Wallfahrt ist auf den Kandelaber gerichtet. Was bedeutete es für sie, ihn zu finden?

»Ist es nicht zu spät im Jahr, um den Weg durch die Berge zu nehmen?«, fragte Markus.

»Wir haben erst Ende Oktober, und hier im Süden wird es schon nicht so schlimm mit dem Schnee. Wir sollten auch daran denken, dass wir unheimliche Verfolger haben. Sie könnten wir durch so einen Umweg abschütteln.«

»Das Wetter ist um diese Jahreszeit noch recht gut«, meinte der Herbergswirt. »Von welchen Verfolgern sprecht ihr denn?« Er reckte neugierig das Kinn vor.

»Es sind Räuber und Diebe, die uns seit einiger Zeit verfolgen«, gab Froben zur Antwort.

»Die müsst ihr anzeigen. Obwohl ... »Der Wirt legte den Finger an den Mund.« ... die entwischen fast immer. Legt Euch lieber in einen Hinterhalt und prügelt sie ordentlich durch.«

Was für seltsame Worte aus dem Mund eines Pilgervaters.

»Das ist aber ein seltsamer Rat, den Ihr uns gebt«, sagte Teresa laut. »Solltet Ihr nicht Friedfertigkeit und Duldsamkeit predigen?«

»Damit kommt man nicht weit auf so einer gefährlichen Reise«, sagte der Mann. »Nun wollte ich Euch noch erzählen, durch welche Landstriche Ihr reisen werdet. Erst einmal durchquert ihr das wunderschöne Bergland von Savoyen. Beim Mont Ventoux kommt ihr in die *Haute Provence*. Über Montpellier geht es durch die *Languedoc* zum Baskenland und über die Pyrenäen nach Kantabrien.«

Froben machte eine unwirsche Handbewegung. »Danke für Eure Hilfe, aber wir wissen schon, wo es langgeht«, meinte er. »Trinkt aus, wir haben morgen einen langen Weg vor uns.«

Es schliefen nur sehr wenige Pilger in dem Raum. Trotzdem konnte Teresa lange nicht einschlafen. Die Nähe von Markus war ihr bewusst, auch wenn er, zusammen mit Froben und einem weiteren Pilger, hinter einem hölzernen Verschlag ruhte. Zwei Frauen lagen zusammengerollt unter ihren Decken und schnarchten mit den Männern um die Wette. Teresa dachte über den Weg nach, dem sie folgten, an das Ziel. Woher komme ich, wohin gehen wir? Was ist das für eine Reliquie, der wir so bedingungslos nachlaufen? Aber ich kann, wir können nicht mehr zurück, haben uns schon viel zu weit vorgewagt und viel zu weit entfernt von dem, was einmal war. Ich habe einen Freund gewonnen, von dem ich noch nicht weiß, was er mir wirklich bedeutet. Ich habe die Gelegenheit erhalten, in die Welt hinauszuziehen und fremde Länder kennenzulernen.

Am anderen Morgen erwachte Teresa von einem gleichmäßigen Plätschern. Ach du mein Gott, es wird doch nicht regnen, dachte sie. Doch es war so. Von ihrem Tisch im Pilgerraum blickte sie in eine trübe, herabfließende Masse, hinter der die Berge wie hinter einer Wand verschwammen. Sie schaute verdutzt auf das dunkle Brot, das der Herbergswirt ihnen hinstellte.

»Das weiße Brot ist schon verdorben«, sagte der Wirt mit verlegener Miene. »Und das dunkle ist auch viel nahrhafter.«

17.

Sie verließen die Stadt durch das südliche Tor und ritten am See entlang. Das Fortkommen war unendlich schwierig auf dem morastigen Boden. Trotz ihres Mantels und des Schleiers war Teresa bald völlig durchnässt. Bis zum Mittag ging es immer bergauf und bergab durch strömenden Regen, auf Wegen, in deren Morast die Hufe der Pferde tief einsanken.

Bald waren nicht nur die Tiere, sondern auch sie selbst über und über mit Dreck bespritzt. Warum nur habe ich mich auf diese furchtbare Reise eingelassen? dachte Teresa.

Nachdem sie einen kleineren Pass überquert hatten, zerriss endlich ein Sonnenstrahl die Wolken. Teresa konnte erkennen, durch was für ein Gelände sie sich bewegten. Der Weg ging nun ziemlich steil bergab; es waren noch Stufen des alten Pilgerpfades zu erkennen. Sie stiegen ab und führten die Tiere hinter sich her. Am Wegesrand wuchsen Krüppelkiefern und Besenheide. Die Pferde dampften und schnaubten. Mühsam kletterten sie von der Passhöhe hinunter und kamen in ein Flusstal. Wegen der Niederschläge war das Wasser stark angestiegen und schoss weißschäumend dahin. Froben schlug vor, eine Rast einzulegen. An dieser Stelle war der Fluss nicht über sein Ufer getreten und ließ eine Bank von angeschwemmtem weißen Sand frei. Bald danach eilte er in seinem schäumenden Bett nach Süden, eingefasst von Uferweiden und Erlen. Dahinter ragten die Berge der Haute Provence in den Himmel.

Teresa steckte ihre Hand in den Fluss und zuckte zurück. Es sei Gletscherwasser, erklärte Froben, aber so sauber, dass sie damit ihre Kalebassen füllen konnten. Sie packten ihr Mittagsbrot aus, und Teresa setzte sich auf einen Stein, den sie mit einem Tuch gegen die Nässe bedeckte. Nach dem Essen wusch sie ihre Hände im

Fluss und folgte einer Quelle, die sich durch eine Wiese mit dichtem, hohem Gras schlängelte. Die Sonne beschien eine Libelle, deren Flügel durchsichtig blau schimmerten. Vom Fluss her drang ein heiserer Schrei. Erschrocken drehte sie sich um. Drei wilde Gestalten stürmten auf das Ufer, geradewegs auf Froben und Markus zu. Die erhoben sich sofort, eilten zu den Pferden und griffen zu ihren Schwertern.

Einen Augenblick lang überlegte Teresa, ob sie sich im hohen Gras verstecken oder den beiden zu Hilfe eilen sollte. Wie konnte eine Frau schon in einer solchen Situation helfen? Sie hatte zwar das Schwert bei sich und auch einen Dolch im Gewand, aber sie wusste nicht damit umzugehen. Sie eilte zum Fluss. Froben und Markus waren in Schwertkämpfe mit den Räubern verwickelt, die sich mit Knüppeln, Messern und einem Morgenstern bewaffnet hatten. Teresa schauderte, so tödlich war diese Waffe – eine Kugel mit Eisenspitzen, die an einer Kette geschleudert wurde. Der Kampf währte nicht lange. Markus und Froben sorgten dafür, dass der Morgenstern gar nicht erst zum Einsatz kam, schlugen den Männern Knüppel und Messer aus der Hand und verletzten sie so, dass zwei am Boden liegen blieben. Der Dritte entkam laut heulend über die Wiese.

»Die werden sich nicht noch einmal an uns heranwagen«, sagte Froben und ging zum Fluss, um sein Schwert abzuwaschen.

Markus, dieser Mönch, war nicht nur ein Mann des Wortes, sondern auch der Tat.

»Wo hast du denn kämpfen gelernt?«, fragte Teresa ihn.

»Gelernt habe ich es eigentlich nicht. Ich habe mit den anderen Bauernkindern Ritter gespielt.«

»Dafür kannst du es aber richtig gut«, meinte Froben anerkennend.

Sie packten ihre Sachen zusammen und ließen die Verletzten liegen.

»Wir sagen im nächsten Dorf Bescheid, dann können die Leute selbst entscheiden, ob sie solchen Wegelagerern helfen wollen«, kam es von Markus.

Im kalten Nieselregen setzten sie ihren Weg fort, der wegen des Wetters und der Unterbrechungen nur bis Chambery führte. Dort kamen sie in einer der verlassenen Pilgerherbergen unter. Teresa hatte Mühe, sich selbst, ihre Kleider und die der Männer vom Schmutz des Tages zu befreien und sie am Kamin in der Pilgerstube zu trocknen.

Das anhaltend schöne Spätherbstwetter ermöglichte es ihnen, innerhalb von vier Tagen die Strecke über Grenoble und Serre bis Sisteron hinter sich zu bringen. Die höheren Regionen der Berge waren kahl, aber unten am Weg, auf den noch grünen Matten sah Teresa Herbstenzian und Kratzdisteln stehen. Immer wieder säumten Burgen und Klöster den Weg. In den Kurven lagerte das Gestein in gelbbräunlichen Farben über den Bächen und Flüssen, manchmal von einem windschiefen Tannenbäumchen gekrönt. Dohlen flatterten klagend auf, wenn sie sich näherten, und ganz oben im klaren Himmel kreisten die Steinadler und Gänsegeier.

Im Tal der Durance begegneten sie einigen Schafherden. Die halb ausgewachsenen Lämmer tollten herum, vom Hütehund in Schach gehalten. Von Sisteron aus mit seinem Häuser- und Dächergewirr konnten sie die Landschaft der *Haute Provence* überblicken. Schon von weitem sah Teresa den kahlen Gipfel des Mont Ventoux, des »windigen Berges«, aus den Weinbergen ragen. Entlang des Weges und an den Hängen wuchs wilder Lavendel, der in Destillerien zu Öl gepresst wurde. Die Luft war sehr klar, wie spiegelnd. Die Sonne schien, jedoch wehte ein eiskalter Wind. Über Sault und Montbrun-les-Bains erreichten sie am späten Nachmittag den Flecken Malaucène. Durch die *Porte du Roux,* die rote Pforte, gelangten sie in den Ort hinein. Sie kehrten in einem Gasthaus namens L*e Prieuré* ein, das wie die anderen Häuser aus dem gelblichen Sandstein der Umgebung erbaut war. Teresa warf einen Blick aus dem Fenster. Weinreben, so weit das Auge reichte, dahinter die Berge, die im abendlichen Dunst verschwammen, und kleine Ortschaften, die auf ihren Hügeln thronten.

Als Teresa in die Gaststube trat, wehten ihr Lärm und der Duft nach südlichen Kräutern entgegen. Der halbe Ort schien sich heute Abend hier versammelt zu haben. Sie konnte die Sprache nicht verstehen, fand die nasalen Laute aber schön. Die Wirtin, eine schlanke, schwarzhaarige Frau mit gerüschtem Leinenkleid und geblümter Schürze, trug verschiedene dampfende Gerichte zu den Tischen, an denen die aufgeregten und lustigen Stimmen dann bald einem gedämpften Schmatzen wichen. Es roch nach Wein, Knoblauch und Zwiebeln. Teresa setzte sich zu Froben und Markus an einen Tisch.

»Que voulez-voux manger?«, sprach die Wirtin sie an.

»Was wir essen wollen?« Froben blickte die anderen fragend an.

»Ein Gericht mit Lamm«, sagte Teresa. Das hatte sie schon seit Ewigkeiten nicht mehr gegessen. Und wenn sie hier einen Tag oder mehrere Tage bleiben sollten, wusste sie schon, was sie machen wollte: sich Rezepte von der Wirtin besorgen, den Bericht von Petrarca über seine Bergbesteigung lesen, vielleicht sogar selber hinaufsteigen, sofern das Wetter es zuließ.

»Quelles menues avez-voux á offrir?«, fragte Markus.

So viel Französisch verstand Teresa: Was habt Ihr anzubieten?

»Soupe de Courge, Kürbissuppe mit Lauch, Terrine d'Anguille, Aalterrine, Gigot d'Agneau, Lammkeule mit Kräutern«, ratterte die Wirtin herunter, »Filets de lièvre au vin blanc, Hasenfilets in Weißweinsauce. Canard sauvage aux olives, Wildente mit Oliven.«

»Et pour dessert?«, wollte Teresa wissen.

»Calissons d'Aix, Mandelplätzchen aus Aix-en-Provence.«

»Pour moi, le gigot », sagte sie und leckte sich die Lippen. Markus bestellte die Ente und Froben eine Kürbissuppe mit Brot. Während des Essens sprachen sie kaum.

»Ich habe schon seit Beginn dieser Reise verlernt, was es heißt, maßvoll zu leben«, sagte Markus lächelnd. »Aus alter Gewohnheit habe ich mir ein Gericht von einem zweifüßigen Tier ausgewählt, das steckt noch drin.«

»Die Lammkeule ist äußerst delikat«, antwortete Teresa. »Riecht ihr es?«

»Sie ist mit Knoblauch, Wein und Gewürzen geschmort«, sagte die Wirtin, die gerade mit ein paar Töpfen zur Küche eilte. Sie blieb stehen. »Ich kann Euch das Rezept gern verraten«, sagte sie und blinzelte Teresa zu.

»Ich komme nachher zu Euch«, entgegnete Teresa.

Die Wirtin nickte und eilte davon. Der Mistral blies mit aller Wucht gegen die Fensterläden, ließ sie klappern und quietschen.

»Von den Niederungen oder Gipfeln der Kochkunst sollten wir zum Historischen kommen«, sagte Froben und nahm einen Schluck Wasser aus seinem Becher. »Wisst ihr, wie Francesco Petrarca dazu kam, diesen Berg zu besteigen?« Teresa und Markus verneinten. Teresa wollte ihrem Vater gern die Gelegenheit geben, sein Wissen anzubringen. »Petrarca wurde anno 1304 in Arezzo geboren und starb 1374 in Arqua bei Padua. Er kam mit sechs Jahren nach Avignon, studierte in Montpellier und Bologna Jura, später antike Literatur; gehörte von 1353 bis 1361 zum Mailänder Hof der Visconti und lebte ab 1362 in Venedig. Er hatte großen Einfluss auf die Entwicklung des Humanismus.«

Teresa wurde ungeduldig. Die Lebensdaten des Dichters interessierten sie weniger.

»Und wie kam er dazu, auf den Mont Ventoux zu steigen?«

Froben hatte sein Mahl beendet und schob die Suppenschüssel zurück. »Petrarca verabscheute das Leben der Päpste in Avignon und prangerte es als ›Babylon‹ an. 1336 schildert er die Besteigung des Mont Ventoux in einem Brief. Kein vernünftiger Mensch stieg damals auf solch einen Berg, lediglich aus dem Verlangen, die Aussicht zu genießen und sich in der Natur zu ergehen. Der Berg war einsam und wild, ein Ort der Anfechtung und der Gefahr. Petrarca beschreibt, wie ihn der außergewöhnliche Blick vom Gipfel fasziniert, die Sicht auf die schneebedeckten Alpen, die Rhone, die Bucht von Marseille. Er hatte ein Büchlein dabei, das in einer Faust Platz hat – Augustinus' ›Bekenntnisse‹, in denen dieser beschreibt, wie er sich für das christlich tugendhafte Leben entscheidet. In den ›Confessiones‹ fällt Petrarca, während ihm der Wind um die Nase weht, die Beschreibung des Menschen ins Auge, wie er ›die Gipfel der Berge‹ bestaunt, ›die breit dahinfließenden Ströme, die Weite des Ozeans‹, und doch nicht ›acht hat seiner selbst‹. Petrarca hatte seine Fehler als Teil seiner Natur verstanden, vor allem die Wankelmütigkeit, den Stolz, die Ruhmsucht. Aber auf dem Gipfel dieser Einsicht tritt ihm doch wieder die Wertlosigkeit solcher Erkenntnis vor Augen, wenn wir nicht wissen, wozu wir geboren sind, woher wir kommen und wohin wir gehen.«

Teresa fühlte sich tief berührt. Solche Gedanken waren ihr auch schon häufig durch den Kopf gegangen. Ist diese Reise nicht nur für mich, sondern für uns drei der Weg zu uns selbst? Was hat der Kandelaber damit zu tun? Bin ich ruhmsüchtig, wankelmütig, stolz und raffgierig? Was treibt meinen Vater an, was meinen Freund Markus?

»Wisst ihr eigentlich noch, warum wir so angestrengt, ja besessen nach diesem ... äh ... Stück suchen?«, fragte sie leise.

»Mein Interesse ist ein rein wissenschaftliches«, entgegnete Froben ebenso leise. An den Nebentischen wurde gelacht, gegessen und getrunken. Niemand schaute herüber.

»Ich bin es meinen Vorfahren schuldig, das, was sie mir hinterlassen haben, auf die Burg der Ahnen zurückzubringen, wo es hingehört.«

»Hast du nicht darüber hinaus so ein kleines Gelüste nach dem, was das Stück verspricht?«, wollte Markus wissen.

»Wer hätte das nicht angesichts solcher Offenbarungen«, meinte Froben seufzend.

»Und du, Teresa?«, wandte sich Markus an sie.

»Ich wollte immer schon über den Tellerrand hinausschauen«, antwortete sie.

»Na, über diesen Tellerrand hinauszuschauen habe ich dich doch die ganze Zeit gelehrt«, warf ihr Vater ein.

»Ich meine«, sagte sie und verspeiste das letzte Stück der Lammkeule, »dass ich die Welt nicht nur aus Büchern, sondern aus eigener Anschauung kennenlernen will. Ich will wissen, wie die

Menschen leben, was sie tun und warum sie es tun. Was ich tue und warum ich es mache.«

Die beiden Männer sahen sie mit großen Augen an. Die Wirtin trat aus der Küche und winkte Teresa zu sich. Eigentlich passte es Teresa gerade jetzt nicht, aber sie stand auf und ging hinüber.

»Ich will Euch das Rezept der *Gigot d'Agneau* verraten«, sagte die Wirtin mit Verschwörerblick. »Ihr nehmt eine Lammkeule und befreit sie von Haut und Fett. Dann löst Ihr den Knochen mit einem scharfen Messer aus dem Fleisch. In einem großen gusseisernen Topf erhitzt Ihr etwas Olivenöl; Haut, Fett und Knochen darin kräftig anrösten.«

Die Worte der Frau drangen nicht in ihr Bewusstsein. Teresa war in Gedanken woanders, aber sie nickte ergeben und hörte sich den Rest an. »Suppengemüse putzen und grob zerteilen, Schalotten und Knoblauchzehen pellen und halbieren. Gemüse in einen Bräter geben ...«

Was hatte die Wirtin gesagt? Teresa wischte sich mit dem Handrücken über die Augen. Sie bemühte sich, die Worte zu erfassen.

»... und Rosmarin würzen. Knoblauchscheiben über die Lammkeule verteilen. Das Fleisch zusammenrollen und in Form binden ... und noch einmal fast eine Stunde braten.«

Die Wirtin schaute Teresa glücklich aus ihrem roten, glänzenden Gesicht an.

»Ich danke Euch sehr, Madame«, beeilte sich Teresa zu sagen. »Sobald wir wieder zu Hause sind, werde ich das nachkochen.«

»Aber Ihr müsst Lammfleisch von Sisteron nehmen und das gute Olivenöl der Provence!«, rief die Wirtin ihr nach, als Teresa sich anschickte, zu ihrem Platz zurückzukehren. »So bleibt doch hier! Ich habe Euch noch etwas mitzuteilen!«

Teresa drehte sich um und kehrte zur Küche zurück.

Die Wirtin senkte die Stimme. »Ich wollte Euch warnen. Es treibt sich so allerlei Gesindel hier herum. Erst gestern waren zwei Reiter da, die nach drei Jakobspilgern gefragt haben. Merkwürdige, grobe Menschen.«

Ein eisiger Schreck durchfuhr Teresa. Sie hatte gedacht, sie hätten die Reiter abgeschüttelt.

»Auch dafür meinen herzlichsten Dank, Madame. Wir werden aufpassen.«

Mit weichen Knien ging sie an ihren Platz zurück. Der Sturm heulte weiter, brachte das Feuer im Kamin zum Flackern, blies es fast aus, aber immer wieder schossen die Flammen hervor.

»Lasst uns ins Bett gehen«, sagte Teresa. »Ich erzähle euch oben, was mir die Wirtin mitgeteilt hat.«

Die drei verabschiedeten sich von der Wirtin und den Umsitzenden und stiegen die knarrende Treppe zu den Schlafkammern hinauf. Nachdem Teresa den beiden Männern mitgeteilt hatte, was ihr die Wirtin eröffnet hatte, verfielen sie in Schweigen.

»Es führt kein Weg zurück«, meinte Froben dann. »Wir können nicht mehr umkehren, wir müssen diesen Kandelaber finden, bevor ein anderer ihn findet und großes Unheil damit anrichtet.«

»Und was, wenn wir dabei zugrunde gehen?«, gab Markus zu bedenken. Sein Gesicht war kreideweiß, oder vielleicht sah das auch nur im Schein der Öllampe so aus.

»Den Tod können wir auch auf dem Rückweg finden«, sagte Teresa. »Ihr habt ja gesehen, was alles passieren kann. Der Tod kann dich auch nachts im Schlaf ereilen. Jetzt erst recht, denke ich. Wir lassen uns doch von zwei Reitern nicht ins Bockshorn jagen!«

»Also gut«, meinte Markus. »Dein Wunsch ist mir Befehl. Ich werde dich beschützen.«

»Ich auch« sagte Froben in leicht gereiztem Ton.

Früh am nächsten Tag waren sie wieder auf den Beinen. Der Mistral hatte etwas nachgelassen. Wenn man Glück habe, wehe er drei Tage lang, wenn nicht, bis zu neun Tagen, erzählte die Wirtin. Es habe schon Leute gegeben, die durch diesen Wind verrückt geworden seien.

Mit zwei Tagesrationen machten sie sich auf den Weg. Das Land sah aus wie frisch geputzt. Zu ihrer Rechten ragte der schneebedeckte Gipfel des Mont Ventoux in den Himmel. Die Sonne war soeben aufgegangen, und es war höllisch kalt, besonders in den blauen Schatten der Mauern. Nachdem sie das freie Feld erreicht hatten, begann die Sonne allmählich zu wärmen, obwohl der November schon fortgeschritten war. Sie ritten in Richtung Südwesten, auf das alte Städtchen Carpentras zu. Teresa schaute sich immer wieder um, aber niemand verfolgte sie. Froben und Markus machten grimmig entschlossene Gesichter. Sie kamen durch Olivenhaine und Zitronenplantagen. Es ging einen Hügel hinauf, dann wieder hinunter; die Hufe der Pferde klapperten auf dem felsigen Grund. Gegen Mittag frischte der Wind stärker auf, und im Handumdrehen wurde es eiskalt. Teresa wickelte sich fester in ihren Mantel. Ihre Zähne klapperten leise. Gegen Mittag erreichten sie eine Eremitage, eine kleine Hütte, die aus denselben erdfarbenen Steinen erbaut war wie alle Häuser hier. Ein schmächtiger Mann mit Tonsur und Mönchsgewand kniete vor einem Heiligenbild und erhob sich, als sie sich näherten.

»Es ist mir eine Freude, Fremde in meiner Einsiedelei begrüßen zu dürfen«, sagte er. Sein Gesicht war verbrannt von der Sonne. Tiefe Furchen hatten sich eingegraben, aber seine Augen blickten gütig.

»Seid ihr vom Weg abgekommen? Heutzutage verirren sich nur selten Menschen hierher.«

»Ist das nicht der Weg nach Carpentras?«, fragte Froben.

»Nein, ihr habt den Weg verfehlt. Ihr müsst weiter westlich gehen.«

»Und Ihr seid vor dem Getriebe der Welt hierher geflohen, nehme ich an?«, fragte Markus, an den Eremiten gewandt.

»Fragt ruhig, junger Mann, das ist die Neugier und die Kraft der Jugend, die aus Euch spricht«, versetzte der Einsiedler. »Ich kam vom Kloster San Juan de la Peña in den Pyrenäen. Dort wurde ein Kelch als ›Heiliger Gral‹ verehrt. Ich konnte diesen Tanz um das Goldene Kalb nicht mehr ertragen und bin deshalb hierher, in die

Provence gekommen, um ein einsames, gottgefälliges Leben zu führen, ohne die Anfechtungen von Gold und Diamanten.«

Der Heilige Gral? Davon hatte Teresa schon gehört. Ihre Reise nahm immer seltsamere Ausmaße an.

»Der Heilige Gral?«, fragte Froben erregt. »War es vielleicht ein ... Leuchter? Ein Goldkandelaber, mit Edelsteinen versetzt?«

»Nein, es war eine goldene Schale, die das Blut Christi aufgefangen hat. Wollt ihr seine Geschichte hören? Aber kommt herein in meine Klause, hier draußen ist es doch gar zu kalt.«

Sie folgten dem alten Mann in die Steinhütte. Drinnen war es dämmrig, und es roch nach Schafen, aber es war wesentlich wärmer als im kalten Wind vor der Tür. Auf Geheiß des Mannes setzten sie sich auf Schaffelle, die auf dem Boden ausgebreitet waren.

»Ich vertraue Euch, ich sehe es Euren Gesichtern an, dass Ihr ehrliche und gottesfürchtige Menschen seid«, begann der Eremit. »Ich brauche Euch auch nicht zu fragen, woher Ihr kommt und wohin Ihr geht. Ihr kommt aus dem Heiligen Römischen Reich und seid unterwegs nach Santiago de Compostela oder wenigstens zu einem der Klöster, die den Heiligen Gral verwahrt haben sollen. So hört nun die Geschichte. In einer Urkunde, die am 14. Dezember 1134 in San Juan ausgestellt wurde, heißt es, daß das Kloster im Besitz jener Schale sei, die Christus Jesus und den Jüngern beim Abendmahl diente. Diese Schale war aus Achat gefertigt, eingefasst in eine goldene, mit Perlen, Smaragden und Rubinen verzierte Halterung. Die Schale ruhte auf einem Fuß aus Onyx und hatte auf dem Berg Golgatha das Blut Christi aufgenommen, das vom Kreuz herabfloss. Danach sei die Schale von Jerusalem nach Rom gelangt. Papst Sixtus II. habe sie im Jahr 257 oder 258 seinem Diakon, dem Heiligen Laurentius, anvertraut. Bevor Laurentius den Märyrertod durch das Feuer starb, gelang es ihm, die Schale nach Huesca in seiner iberischen Heimat zu bringen. Von dort gelangte sie später durch den Bischof in das Höhlenkloster San Juan de la Peña. Die Zahl der Pilger, die nach San Juan kamen, um den Abendmahlskelch zu sehen, ihn zu berühren und seine Wundertätigkeit zu erproben, mehrte sich von Jahr zu Jahr. Ich gewann immer mehr den Eindruck, als sei der Kelch zu einer hohlen Reliquie verkommen, die das Geld in der Kasse des Klosters klingeln ließ.«

»Deshalb also der Hinweis auf das Kloster San Juan de la Peña«, murmelte Froben geistesabwesend. »Und was ist mit dem Kloster Montserrat? Mit dem Grab des heiligen Apostels Jakobus in Santiago?«

»An beiden, nein, an allen drei Wallfahrtsstätten soll sich der Heilige Gral befunden haben«, sagte der Alte bedächtig.

Teresa hatte einen Atemzug lang das Gefühl, neben sich selbst zu treten. Sie sah Matthias vor sich, wie er ihr winkte und zulächelte. Etwas fasste wie eine eiskalte Hand nach ihrem Herzen. Der Sturm, der draußen gewütet hatte, kam zum Stillstand. Etwas Bedrohliches stand im Raum. Teresa hatte Mühe zu atmen. Vom einzigen Fenster der Hütte her kam ein klackendes Geräusch. Der Eremit stöhnte auf und griff sich an die Brust. Dort steckte ein Pfeil. Erstaunt sah sich der Alte um, faltete die Hände, sah an die Decke und sackte langsam in sich zusammen. Aus der Wunde in der Brust tropfte Blut.

18.

Der Sturm begann erneut zu wüten, rüttelte an den Fensterläden, heulte und pfiff. Regen prasselte auf das Dach der Eremitage. Teresa stand wie erstarrt. Sie hörte ein metallisches Geräusch. Froben hatte sein Schwert aus der Scheide gezogen.

»Bleib bei ihm!«, rief er Teresa zu, packte Markus am Arm und eilte hinaus in den Regen. Teresa hockte sich neben den alten Mann. Er blickte sie mit geröteten Augen an.

»Sie sind gekommen«, murmelte er.

Teresa schnitt es ins Herz. Sie beugte sich näher zu ihm hinunter.

»Wer ist gekommen? Wer sind sie?«

»Die Jäger der …« Mehr konnte Teresa nicht verstehen.

»Die Jäger der …«, versuchte sie ihm zu helfen.

»Mo …«

»Jäger der Mo …?«

»Montaña.«

Der Kopf des Mannes sackte zurück. Seine Züge entspannten sich, der Körper wurde schlaff. Teresa traten die Tränen in die Augen. Was hatte dieser alte, fromme Mann getan, dass er so grausam sterben musste? Von draußen drangen Schwertklirren und Flüche herein, vermischt mit dem Prasseln des Regens. Teresa drückte dem Mann die Augen zu, faltete die Hände, sprach ein Gebet und ging zur Tür. Froben und Markus waren in einen Kampf mit zwei Reitern verwickelt. Es waren dieselben, die sie schon öfter gesehen hatte, mit langen schwarzen Kapuzenmänteln. Darunter blitzten rote Tatzenkreuze auf. Teresa stand in dem nassen Inferno, presste die Hände ineinander, dann vor den Mund, weil sie die Spannung kaum mehr aushielt. Nach einiger Zeit wurden die Reiter so in die Enge gedrängt, dass sie ihre Pferde umdrehten, ihnen die Sporen gaben und davongaloppierten. Markus wollte ihnen nachsetzen, doch Froben hielt ihn zurück.

»Lass sie ziehen!«, sagte er. »Wo zwei sind, kommen sicher mehr. Wir sollten zusehen, dass wir Land gewinnen!«

Die Gestalten der beiden Reiter wurden immer kleiner und verschwanden hinter der Regenwand. Teresa sah Froben und Markus fragend an. Sie waren durch und durch nass und verdreckt.

»Wir müssen den Eremiten begraben«, meinte Markus. »Wir können ihn nicht einfach so liegen lassen.«

»Dafür haben wir keine Zeit«, entschied Froben. »Wir müssen den Kandelaber finden, ehe es die anderen tun – und womöglich Unheil damit anrichten!«

»Vater, das ist unchristlich!«, protestierte Teresa. »Wenn ich daran denke, dass die Ratten ihn fressen könnten.«

»Er wird bestimmt gefunden, es kommen doch öfter Leute vorbei«, entgegnete Froben. »Oder wir sagen im nächsten Dorf Bescheid, damit man sich um ihn kümmert.«

»Dem muss ich entschieden widersprechen«, sagte Markus mit lauter Stimme. »Es ist unsere verdammte – der Herr sei mir gnädig – Christenpflicht, ihn anständig zu begraben. Nichts auf der Welt ist so wichtig, dass man deshalb seine menschlichen Pflichten vernachlässigen dürfte.«

»Also gut«, meinte Froben besänftigt. »Wir werden ihn ins nächste Dorf mitnehmen.«

»Wie haben die Reiter ihn eigentlich getötet?«, fragte Teresa zaghaft. »Mit Pfeil und Bogen?«

»Einer von ihnen hatte eine schwere Armbrust bei sich. Die konnte er im Nahkampf glücklicherweise nicht anwenden.«

»Hat der Eremit noch etwas gesagt, bevor er starb?«, wollte Froben wissen.

»Ja«, sagte Teresa. »Er sagte: ›Sie sind gekommen … die Jäger der …‹ Das letzte Wort habe ich nicht verstanden. Es klang so wie ›Montaña‹.«

»Montaña, der Berg?« Frobens Augen funkelten. »Damit kann

nur das Kloster Montserrat gemeint sein. San Juan de la Peña liegt viel weiter westlich, in einer Höhle der Pyrenäen.« Markus' Gesicht verfinsterte sich. »Wir sollten jetzt wirklich aufbrechen und unseren Disput auf später verschieben! Nachher kommen die Reiter zurück und überraschen uns, nur weil wir uns nicht einig sind. Ich für meinen Teil würde die Reise am liebsten abbrechen.«

Was sagte Markus da? Abbrechen? Waren sie so weit vorangekommen, um dann einfach umzukehren und den anderen das Feld zu überlassen? War er doch auf der Seite der anderen und spielte ihnen den Kandelaber in die Hände?

»Das kommt nicht in Frage«, sagte Froben in scharfem Ton. »Wir sind schon viel zu weit gegangen, wir können den Feinden das Feld nicht überlassen!«

»Es hat schon zu viele Tote gegeben«, gab Markus zu bedenken. »Ich kann das mit meinem Gewissen nicht länger vereinbaren.«

»Wieso konntest du es mit deinem Gewissen vereinbaren, überhaupt diese Reise mit uns anzutreten?«, fauchte Teresa ihn an. »Bis dahin hatte es schon zwei Tote gegeben.«

»Irgendwann muss man die Zwecklosigkeit seines Tuns einsehen und danach handeln«, meinte Markus, ohne sie anschauen.

»Ich für meinen Teil möchte weiter«, entschied Teresa. »Und wenn du nicht willst, dann reite eben wieder nach Hause.« Sollte er sich doch unter die Fittiche des neuen Abtes verkriechen. Oder unter denen einer anderen Frau. Aber er war ja sowieso an sein Gelübde gebunden. Markus seufzte. »Ich werde euch weiter begleiten, auch das habe ich mir geschworen. Ihr werdet sehen, wohin euch eure Habgier bringen wird.«

Das schlug dem Fass den Boden aus! Habgier? Ihre Beweggründe waren alles andere als niederträchtig. Teresa sah, wie Frobens Gesicht rot anlief, sein Schnauzbart zitterte.

»Wir wollen den Kandelaber finden und die Welt damit vor großem Schaden bewahren!«, brüllte ihr Vater. »Und da sprichst du von Habgier?«

»Ich möchte euch beide vor Schaden bewahren, Schaden in euren Seelen. Passt auf, dass eure Mission nicht in Besessenheit ausartet!«

»Keine Angst, wir wissen genau, was wir tun«, besänftigte Teresa ihn. »Wir bringen den Kandelaber auf seinen angestammten Platz zurück, sonst nichts. Und dann soll Gras darüber wachsen.«

»Was geschehen ist, ist geschehen, Teresa, du kannst die Uhr nicht zurückdrehen. Aber sei's drum. Lasst uns gehen.« Markus packte den toten Eremiten, legte ihn über den Nacken seines Pferdes und schwang sich auf.

Bedrückt stieg Teresa auf ihr Pferd und folgte ihm. Als sie sich umdrehte, sah sie ihren Vater in einiger Entfernung nachkommen. Der Weg war fast unpassierbar geworden, und so brauchten sie lange, bis sie das nächste Dorf erreichten. Sie übergaben den Leichnam des Eremiten an den *Maire,* den Bürgermeister, der ihnen umständlich dankte, nachdem Froben ihm die Geschichte seines Todes erzählt hatte.

Für die Strecke bis Avignon benötigten sie nochmals einige Stunden. Wind und Regen hatten inzwischen nachgelassen. Vor der Stadtmauer war ein Friedhof angelegt, dessen Stelen und Totenhäuser mit Chrysanthemen und Buchs verziert waren. Die Glocke der Kathedrale läutete lang und anhaltend. Scharen von Menschen mit kleinen, rot leuchtenden Lampen waren unterwegs zum Friedhof, beteten und sangen. Heute ist Allerseelen, ging es Teresa durch den Kopf.

»Morgen ist Allerseelen«, sagte Markus, als habe er ihre Gedanken erraten. »Wir sollten wieder einmal in die Kirche gehen und der Verstorbenen gedenken.«

In der kleinen Friedhofskirche nahmen sie am Gottesdienst teil. Teresa gedachte ihrer Mutter, des alten Wilhelm, der beiden Hakenschützen, des Abtes und schließlich des Eremiten, der versucht hatte, sie auf eine Spur zu bringen. Warum war er getötet worden? Warum war sie bisher allen Anschlägen entgangen? Was hatte Markus gesagt? Sie schaute verstohlen zu ihm hinüber. Sein Gesicht war unbeweglich auf den Priester gerichtet. Sie und Froben seien im Begriff, besessen zu werden? Aber mussten sie nicht einen unbändigen Willen entwickeln, den Kandelaber in ihren Besitz zu bringen? Waren nicht auch die Märtyrer eines gewaltsamen Todes gestorben, einer höheren Sache wegen? Es war, als drücke eine unsichtbare Klammer ihren Schädel zusammen. Wir müssen es tun, entschied sie bei sich, es gibt keine andere Möglichkeit.

Am nächsten Tag machten sie sich auf den Weg zur Kathedrale von Avignon. Viele Menschen hatten Büßergewänder angetan, trugen Öllampen und Kreuze vor sich her und beteten und sangen laut auf der Straße. Die Kathedrale *Notre Dame des Doms* stand hinter dem Papstpalast. Durch das hohe Eingangsportal betraten sie die Vorhalle der Kirche, die mit Säulen und Kapitellen geschmückt war. In dem großen, einschiffigen Raum hatten sich viele Gläubige versammelt, die leise miteinander redeten. Es roch nach Schweiß und anderen Ausdünstungen. Die Stimmen der Menschen erfüllten das Schiff wie mit Bienengesumm. Teresa, Froben und Markus nahmen auf einer der hintersten Bänke Platz. Teresa kannte die Gottesdienstordnungen, so konnte sie mühelos die Lieder mitsingen, dem Vaterunser und den Rosenkranzgebeten lauschen. Ein Geruch nach Weihrauch umfing sie. Die Predigt des schwarzgekleideten Priesters übersetzte Markus ihr flüsternd. Seine Nähe verwirrte sie. Es war ein warmes, heimatliches Gefühl, irgendwie erregend, und doch … sie dachte an das, was er tags zuvor gesagt hatte. Er wollte sie davon abhalten, den Kandelaber zu finden! Halb widerwillig, halb ergeben hörte sie den Singsang des Priesters und die geflüsterten Übersetzungen von Markus an.

»Wir sind nur Gast auf Erden und wandern ohne Ruh, mit mancherlei Beschwerden, der ew'gen Heimat zu.«

Teresa dachte nach. Dass wir in die Fremde verschlagen werden, kann die unterschiedlichsten Gründe haben. Die Menschen allerdings, die nicht freiwillig ihre Heimat verlassen haben, sehnen sich nach ihrem Zuhause. Heimat ist dort, wo jemand ist, an dem unser

Herz hängt. Wo war ihre Heimat? Im fernen Tal der Donau? Dort, wo sie hinpilgerte? Ja, sie war auf der Wanderschaft, und sie wollte und musste ihr Ziel erreichen.

»So gibt es viele Reisende in dieser Welt, aber nur wenige, die wissen, wohin sie gehen wollen. Möglicherweise haben sie ihr Ziel aus den Augen verloren; sie haben sich an das Unterwegssein gewöhnt und halten es für das Wahre und Eigentliche«, übersetzte Markus den Predigtext.

Ich weiß, wohin ich gehe, dachte Teresa, alle Zeichen haben mir den Weg gewiesen.

»Wir sollen im Haus des Vaters zur Ruhe kommen. Deshalb müssen auch wir zielgerichtet unseren Weg gehen. Viele können uns darin Vorbild und Wegweiser sein. Einer aber hat gesagt: Ich bin der Weg, die Wahrheit und das Leben. Niemand kommt zum Vater, außer durch mich.«

Jesus Christus? Er leitete sie, er war immer bei ihr, er beschützte sie. Führte der Weg ins Himmelreich? Würde sie alle dort wiedersehen, auch ihre Mutter? Ach, wie sehr hatte sie ihr gefehlt in den letzten Jahren! Wie grausam das Leben mit den Menschen spielen konnte. Für ihre Mutter wollte sie den Kandelaber finden. Eine Träne rann Teresa die Wange herab. Markus sah sie besorgt von der Seite an. »Was ist mit dir?«, flüsterte er.

»Ach, nichts. Ich musste an etwas denken.«

Der Priester erteilte die Heilige Kommunion und sprach zum Abschluss das Vaterunser. Begleitet vom dröhnenden Klang der Orgel und dem Läuten der Glocken, verließen sie zusammen mit den anderen Gottesdienstbesuchern die Kirche. Auf dem *Monté Jean XXIII.* hatten Händler ihre Stände aufgebaut, verkauften Rosenkränze, kleine Kreuze, Heiligenfiguren, Votivtafeln und Nachbildungen des Papstpalastes in Miniatur. Aber auch Selen und Kleingebäck wurden angeboten, Lavendel- und Olivenöl in Flaschen und Krügen.

»Du hast die Predigt gehört, Teresa«, begann Markus.

Teresa wandte sich ihm zu. Er hatte einen Ausdruck in den Augen, den sie nicht zu deuten wusste. Sie blieb stehen, und auch die beiden Männer hielten im Gehen inne.

»Ihr beide habt sie gehört«, fuhr Markus fort. »Und für mich ist der Zeitpunkt gekommen, die Reise abzubrechen und nach Hause zurückzukehren. Sie führt uns alle ins Verderben!«

Etwas schrillte in Teresa auf. Markus wollte sie auf eine falsche Fährte locken. Wahrscheinlich steckte er doch mit den Feinden unter einer Decke und wollte, dass sie den Kandelaber fanden. Er wollte den Ruhm, das Glück und den Reichtum für sich selber haben.

»Geh nur«, zischte sie, »geh brav nach Hause und verkrieche dich hinter dem Ofen! Du bist mir ein schöner Begleiter. Mich beschützen wolltest du? Du hast es ja noch nicht einmal geschafft, uns die Gefahren vom Leibe zu halten!«

Das Gesicht des jungen Mannes wurde bleich. Die ganze Gestalt, die immer so aufrecht gewesen war, fiel in sich zusammen.

»Wenn du so denkst, Teresa, werde ich auf der Stelle gehen, meine Sachen holen und nach Hause reiten.«

»Jetzt bleib doch noch einen Augenblick«, warf Froben begütigend ein. »Was spricht denn dagegen, dass wir unsere Reise fortsetzen?«

»Ich kann es mit meinem Gelübde nicht länger vereinbaren, einem Ding nachzujagen, von dem ich nicht einmal weiß, ob es das gibt, das aber schon während der Suche danach so viel Unheil anrichtet.«

Froben schnaubte. »Natürlich gibt es dieses ›Ding‹, wie du es nennst«, sagte er. »Hätten unsere Vorfahren sonst darüber berichtet? Friedrich von Wildenberg hat den Kandelaber ins Heilige Römische Reich gebracht, wahrscheinlich unter Einsatz seines Lebens. Und dieser Kandelaber war verschwunden, das bezeugen die Eintragungen in den Annalen des Klosters. Warum sollen wir nicht danach suchen?«

»Lasst es doch einfach gut sein«, meinte Markus. Dabei sah er Teresa direkt in die Augen. Sie schauderte, doch dann kam die Wut in einer heißen Welle zurück.

»Gerade die Morde und die Verfolgung durch die Reiter zeigen doch, dass wir es mit außerordentlich gefährlichen Gegnern zu tun haben! Es wäre eine Sünde und eine Schande, ihnen das Kleinod zu überlassen.«

»Merkst du nicht, dass du dabei bist, sie dorthin zu führen, wo es sich befindet?«

»Wir müssen ihnen eben zuvorkommen«, mischte sich Froben ein. »Nie und nimmer lasse ich mich von meinem einmal eingeschlagenen Weg abbringen. Schon gar nicht von einem Novizen und Bibliotheksgehilfen!«

Markus errötete heftig, stellte sich aufrecht hin und erklärte: »Ich werde besser nicht nach Hause gehen, sondern nach Santiago de Compostela, wie wir es die ganze Zeit vorgegeben haben. Dort kann ich vielleicht Vergebung meiner Sünden erlangen, die ich euretwegen auf mich geladen habe.«

Die Umstehenden waren aufmerksam auf sie geworden und schauten dem Streit wie einem Schauspiel zu. Markus drehte sich auf dem Absatz um und verschwand in Richtung Rue de Monnaie, in der die Herberge stand.

»Das mit dem Bibliotheksgehilfen hättest du nicht zu sagen brauchen«, fuhr Teresa ihren Vater an. »Schließlich bin ich auch eine Art Gehilfin für dich.«

»Er war dabei, mir einen Traum zu zerstören«, murrte Froben. »Einen Traum, der auch deiner ist, nehme ich an.«

»Ja, es ist auch mein Traum. Und deshalb werde ich dir folgen, wohin immer du auch gehst.«

Teresa schaute zur steinernen Fassade des Papstpalastes hin. Sie hatte sich entschieden. Dieser Palais des Papes stand vor ihr wie eine zinnenbewehrte Trutzburg. Teresa nahm eine Bewegung am Portal des Palastes wahr und schaute genauer hin. Ein etwa neunjähriger, blonder Junge verließ mit seiner Mutter das Gebäude. Der Anblick fuhr Teresa bis ins Mark.

19.

Der Junge schüttelte fast unmerklich den Kopf. Was hatte das zu bedeuten? Er wollte ihr sicher ein Zeichen geben, dass es nicht schlimm sei, wenn Markus seiner eigenen Wege gegangen war.

»Ich möchte mir den Palast ansehen«, sagte Teresa zu ihrem Vater.

»Aber nicht allein«, meinte Froben, »das lasse ich nicht zu, nicht unter den Umständen.«

»Also gut, dann komm halt mit.«

Was bedeutete dieser blonde Junge, der immer nur einige Momente lang auftauchte und wieder verschwand? War er eine Art Schutzgeist, der immer dann in Erscheinung trat, wenn eine Gefahr drohte? Was für eine Gefahr sollte von dem Palast ausgehen? Teresa kniff sich in die Wange. Das träumte sie doch nur, das konnte keine Wirklichkeit sein! Sie näherte sich zusammen mit Froben dem Portal. Der Junge und seine Mutter waren verschwunden. Gewiss waren sie gar nicht da gewesen. Sie durchschritten die Porte des Champaux, die von zwei kleinen Türmen flankiert wurde, und gelangten in den Innenhof des Neuen Palastes. Der Hof war im Stil eines Kreuzganges angelegt. Hinter dem Konsistorium, einem langgestreckten Saal, stand die Kapelle St. Jean, deren Fresken ellenhoch über dem Boden abgetragen waren.

»Die haben die Soldaten stückweise weggeschlagen«, sagte Froben, »um sie an Durchreisende zu verkaufen.«

»Woher weißt du das?«, fragte Teresa.

»Ich habe mich ausführlich mit der Geschichte des Papsttums beschäftigt. Vertraue dich ruhig meiner Führung an.«

Über eine breite Treppe kamen sie zum Speisesaal, dem größten Raum des Palastes. Teresa fand es bemerkenswert, dass damals dem

Essen eine solche Bedeutung zugemessen wurde. Und hatte nicht Petrarca geschrieben, der Palast sei das größte Freudenhaus der Stadt gewesen? Wie hatte er gegen das Treiben der Päpste gewettert! Neben dem Speisesaal befand sich die Küche, deren Wände sich wie bei einer Pyramide nach oben verjüngten – der Rauchfang eines Herdes, der umfangreiche Ausmaße gehabt haben musste. Jetzt waren die Räume großenteils leer und wurden kaum noch genutzt, wie Froben zu berichten wusste. Vor dem inneren Auge von Teresa erstand ein Saal, in dem Kerzenkandelaber von der Decke hingen, und die langen Tische, vollbesetzt mit Männern und Frauen in Schwarz und Bunt, bogen sich unter der Last der Speisen. Es roch nach gebratenen Drosseln und Rebhühnern. Auf dem Beistelltisch neben der Tafel des Papstes stand eine Burg aus Zucker, mit Zinnen und Türmen. Kalbsköpfe, Zicklein, Würste, ein Pfau, der ein Rad schlug, gekochte, vollständig vergoldete, mit Ei überzogene Ferkel, verschiedene Arten von Braten, Wildgänse, Kapaune und Kitze. Anschließend Torten mit Mandeln, Quark und Kekse, Süßes aus Milch und Gelee, Birnen, Teigwaren, Bonbons, Marzipan und mit kostbaren Weinen gewürztes Konfekt.

Sie gingen ein paar Stufen hinunter in die Paramentenkammer, wo der Papst früher zur Privataudienz empfangen hatte. Im Engelsturm stießen sie auf die Privatgemächer des Heiligen Vaters. Froben erzählte über die Zeit, als die Päpste in Avignon im Exil gelebt hatten.

»Die Päpste in Avignon hingen dem Nepotismus an, zu deutsch der ›Vetterleswirtschaft‹. Dieser Palast wurde unter Clemens VI. prachtvoll ausgebaut, die Hofhaltung war sehr aufwendig. Mit dem Kaiser kam es immer wieder zu Streitigkeiten, Ludwig der Bayer zum Beispiel erklärte Papst Johannes XXII. sogar für abgesetzt. Kaiser Karl V. schließlich bot Urban V. an, unter seinem Schutz nach Rom zurückzukehren. Wie du weißt, rief der Verfall der Sitten, wozu auch eine umfangreiche Pfründenvergabe gehörte, Kritiker wie Francesco Petrarca auf den Plan. Benedikt XIII. war der letzte Papst in Avignon.«

Diese Geschichten wollte Teresa gar nicht hören. Sie wollte wissen, warum der Junge ihr den Weg hierher gewiesen hatte. Oder hatte er das gar nicht getan? War seine Kopfbewegung nicht verneinend gewesen?

Teresa wurde unruhig. Die beiden erreichten das päpstliche Schlafzimmer, das mit buntglasierten Fliesen ausgelegt war. Die Wände waren bemalt mit Eichenlaub und Weinranken, Vögeln, Mardern, Eichhörnchen, Eisvögeln und Elstern. Auch zwei Käfige waren an der Wand dargebracht, die offen standen. Die Seele, die den Körper verlassen hat – das war ein kirchliches Symbol für Tod und Auferstehung. Besser gefallen hätte ihr: Die Vögel sind frei!

Mit zunehmender Beklemmung folgte Teresa ihrem Vater ins Hirschzimmer im Neuen Palast Clemens VI. Hier zeigten die Wandmalereien das Aufstellen von Fallen, einen Knaben, der ein Nest ausnimmt, eine Hasenjagd, ein etwas schief ausgerichtetes Fischbassin und zwei Männer; einer warf ein Netz aus, der andere hielt eine Angelrute ins Wasser. Es war eine Falle! Der Junge wollte sie warnen. Die Bilder gaben ihr die Antwort: Sie waren in eine Falle geraten, und gleich würde die Jagd beginnen. Das Netz war ausgeworfen, die Angel gelegt, und sie waren ihnen ins Netz gegangen!

»Wir müssen hier raus!«, rief Teresa ihrem Vater zu und begann zu laufen.

»Was ist denn mit dir?«, hörte sie Froben antworten. »Siehst du wieder Gespenster?«

Teresa drehte sich kurz um. »Lauf, wenn dir dein Leben lieb ist!«

In rasender Eile durchquerte Teresa zwei Säle, in der Gewissheit, dass ihr Vater ihr folgen würde. Dann hörte sie Frobens Schritte nicht mehr. Sie stand am Eingang des Speisesaals und sah sich nach einem Versteck um. Die Küche! Da musste es doch irgendeinen Winkel geben. Sie erreichte den kleinen Raum. In einer Ecke stand eine eisenbeschlagene Truhe. Gott sei Dank ließ sich der Deckel heben, und Teresa schlüpfte hinein. Eine Zeitlang hörte sie nur ihren Atem, spürte das Klopfen ihres Herzens, roch das Holz ihrer unfreiwilligen Behausung. Noch nie hatte sie so gespannt auf Geräusche von draußen gelauscht wie jetzt. Warum war sie nur hier hereingegangen? Und was, wenn sie sich täuschte, wenn alles nur Einbildung war? Es gab keinerlei Anzeichen dafür, dass sich noch weitere Menschen in diesem Gebäude befanden. Da war doch noch etwas. Markus – was hatte er gesagt? Er gehe nach Santiago de Compostela, allein? Sie würden ins Verderben rennen? O heilige Jungfrau, was habe ich getan! Ich habe ihn von meiner Seite gestoßen.

Teresa glaubte, Schritte zu hören, und machte sich ganz klein. Vielleicht war es ihr Vater, der nach ihr suchte. Aber warum rief er nicht nach ihr? Die Schritte kamen näher, hielten direkt vor der Truhe an. Langsam hob sich der Deckel. Teresa blickte angstvoll auf, blinzelte ins Licht. Über ihr war ein Kopf mit Kapuze, das Gesicht lag im Schatten. Zwei kräftige Hände packten sie und zogen sie heraus. Vor ihr stand ein Mann in einer grauen Mönchskutte. Vor Mund und Nase hatte er ein Tuch gebunden. Er stellte sie unsanft auf die Füße und fragte mit belegter Stimme: »Was hat der alte Eremit gesagt, bevor er hinüberging?«

Teresa schluckte. Dann war es also doch …

»Wo ist mein Vater?«, fragte sie.

»Ich bin es, der hier die Fragen stellt! Antworte!«

»Er sagte ein spanisches Wort, etwas von einem Berg.«

»Was noch?«

»Nichts.«

»Eigentlich sollte ich dich in die Truhe stecken und sie zunageln. Hier im Palast würde dich kein Schwein hören. Aber du bist jung und unerfahren, daher lasse ich dich laufen.«

Mit diesen Worten drehte der Mann in der Mönchskutte sich um und verschwand zusammen mit einem zweiten Mann im grauen Gewand, der zwischenzeitlich an der Tür aufgetaucht war. Teresa atmete auf. Man ließ sie laufen? Mit zittrigen Knien ging sie durch die Räume, die sie kurz zuvor mit ihrem Vater durchwandert hatte. An jeder Ecke zuckte sie zusammen, in Erwartung einer Schreckensgestalt. Im Portal kam ihr Froben entgegen. Schluchzend sank Teresa ihm in die Arme.

»Was war denn, meine Kleine?«, fragte er und strich ihr übers Haar.

»Ich habe mich ... in einer Kiste versteckt«, presste sie unter Tränen hervor. »Dann kam ein Mann und hat den Deckel aufgemacht. Es war einer der Reiter. Er hat mich gefragt ...«

»Was gefragt?«

»Welche Worte der Eremit gesagt hat, bevor er starb.«

»Hast du es ihm mitgeteilt?«

»Ich habe ausweichend geantwortet.«

Einen Atemzug lang glaubte Teresa, ihr Vater könnte mit den Reitern unter einer Decke stecken.

»Wo warst du die ganze Zeit?«, fragte sie.

»Wenn ich gewusst hätte, in welcher Gefahr du schwebst, wäre ich nicht durch eine Seitentür hinausgegangen. Ich dachte, du hättest mal wieder eine deiner Visionen.« Er schlug sich an die Stirn. »Ich hirnverbrannter Esel! Die Mörder des Eremiten waren wirklich da. Von jetzt an darfst du nicht mehr von meiner Seite weichen.«

Der, von dessen Seite ich nicht mehr weichen wollte, ist gegangen, dachte Teresa. Jetzt weiß ich, dass ich ihn liebe.

Froben gab ihr ein Tuch, in das sie sich schnäuzen konnte. Teresa nahm die vielen Menschen nur verschwommen wahr, hörte ihre Stimmen wie das Summen von Fliegen. Es drängte sie, aus dieser Stadt zu verschwinden. Sie nahm Frobens Hand und zog ihn in Richtung Herberge. Die Rue de la Monnaie. War das auch ein Zeichen? Wollten die Unbekannten den Kandelaber an sich bringen, um zu Reichtum zu gelangen? Hör auf damit, sagte sie sich, du wirst noch ganz durcheinander im Kopf. Vielleicht ist Markus noch da, und ich kann ihn dazu bewegen, mit uns zu kommen.

Sie betraten die Herberge, ein niedriges, schmuckloses Haus in einer Seitengasse. Der Herbergsvater schüttelte den Kopf, als Teresa nach dem jungen Mönch fragte.

»Il a abondonné la cité«, meinte er achselzuckend.

Die beiden packten ihre Sachen zusammen, luden sie auf ihre Pferde und ritten los nach Südwesten, immer dem Weg nach Santiago folgend.

Wenn wir Glück haben, holen wir Markus ein, dachte sich Teresa.

Der Weg durch das Rhônetal erschien Teresa ungeheuer weit. Zunächst ritten sie auf dem alten Pilgerweg nach Arles. Er wurde rechts und links begrenzt durch die gezackten Spitzen der *Montagnettes* und der *Chains des Alpilles.* Teresa nahm ihre Umgebung kaum wahr, so sehr war sie in Gedanken versunken. Auch Froben sprach wenig während der Reise, wirkte mürrisch und in sich gekehrt. Am Himmel zeigten sich blendend weiße, linsenförmige Wolken. Das Licht blendete Teresa. Sicher war da wieder ein Mistral im Anzug, der von den Bergen aus dem Nordwesten heranwehte.

Die Stadt Arles umrundeten sie weitläufig, weil trotz der fortgeschrittenen Jahreszeit eine schwüle Hitze herrschte. Einzelne Blitze zuckten über den Mauern und Türmen der Stadt auf, aber es kam zu keiner Entladung. Der Wind in ihrem Rücken wurde stärker. Wolken schoben sich vor die Sonne und verdüsterten den breiten Strom, der eben noch blau und glitzernd dem Mittelmeer zugeflossen war, verdunkelten Weinberge, die steilen Hänge und die Terrassen, die mit runden Steinen bedeckt waren.

Teresas Gedanken umkreisten ständig dasselbe: War es richtig, weiter nach dem Kandelaber zu suchen? Hatte Markus recht, der meinte, der Weg führe ins Verderben, lasse am Ende nur Tod und Verzweiflung zurück?

Nach Arles durchquerten sie das Rhônetal in seiner ganzen Breite und hielten auf Nimes zu, von dort auf Montpellier. Teresa fühlte sich zu Tode erschöpft, nicht nur von dem weiten Ritt und dem Wind, der ständig an ihrem Mantel zerrte, sondern auch von der Reise überhaupt. Schweigend verzehrten sie das Abendbrot und begaben sich früh zu Bett. Teresa hatte eine Grenze überschritten. Sie beschloss, am nächsten Tag mit Froben darüber zu sprechen.

Die Stadt Montpellier erstreckte sich zwischen der antiken Via Domitia, dem Pilgerweg nach Santiago, und dem Fluss Lez, etwa zwei Meilen vom Meer entfernt. Hoch über den alten Dächern thronte eine Burg. Der Sturm hatte sich gelegt, also hatten sie Glück gehabt mit dem Mistral. Vor der Kathedrale St. Pierre mit ihrem mächtigen Portal sammelten Pilger Almosen. Auf ihrem Weg durch die Stadt kamen sie auch an hebräischen Badehäusern vorüber, ganz aus gelblichem Sandstein erbaut, schön verziert mit Kapitellen und Rundbögen.

Teresa beschloss, das Schweigen, das zwischen ihrem Vater und ihr stand, zu brechen. »Wie kommt es, dass hier Menschen verschiedener Religionen friedlich miteinander in einer Stadt leben können?«, fragte sie. »Und anderswo bekämpfen sie sich bis auf den Tod.«

Froben schaute sie an. Sein Gesicht erhellte sich. Offensichtlich hatte sie ein Thema getroffen, über das er gerne sprach.

»Ich kann es dir am Beispiel Spaniens erläutern, wie so etwas geht«, sagte er. »Auf der iberischen Halbinsel herrschten mehrere Jahrhunderte lang die Mauren. Im Jahr 750, nach einem Bürgerkrieg, zerbrach das maurische Reich in verschiedene islamische Lehen. Von Norden her breiteten die christlichen Reiche allmählich ihre Herrschaft aus, und im Lauf der folgenden Jahrhunderte wurden diese nördlichen Provinzen wieder christlich. Während dieser Periode lebten Christen, Juden und Muslime friedlich miteinander, weil sie sich gegenseitig Toleranz und Achtung entgegenbrachten. 1212 wurden die Mauren von den Truppen König Alfons VIII. aus Zentralspanien vertrieben. Das Königreich Granada, das noch maurisch war, gedieh trotzdem weitere dreihundert Jahre, und es brachte architektonische Meisterleistungen hervor wie die Alhambra. Am 2. Januar 1492 war das zu Ende: Boabdil, der letzte Führer der islamischen Hochburg, wurde von dem Heer des christlichen Spanien besiegt. Die Muslime und auch die spanischen

Juden mussten im Zuge der *Reconquista* Spanien verlassen oder zum Christentum konvertieren.«

»Wie konnte das jahrhundertlang gutgehen und dann plötzlich nicht mehr?«

Froben rollte mit den Augen und hob die Hände. »Frag mich etwas Leichteres! Die Wege Gottes, Allahs und Jahwes sind unergründlich.«

»Aber Jahwe, Gott und Allah haben das doch gar nicht gemacht, es waren die Menschen!«

Sie bogen in die Rue des Orfèvres ein und gelangten durch die Rue des Drouineurs zum Fluss. An seinem Ufer, das mit Oleander bestanden war, führte ein befestigter Weg aus der Stadt hinaus. Vor ihnen lag das Panorama der Cevennen.

»Die Religionen haben viel mehr Gemeinsamkeiten, als ihre Vertreter es sich zugestehen wollen«, meinte Froben, »insbesondere zwischen den drei abrahamitischen, monotheistischen Religionen Judentum, Christentum, Islam, die sich alle auf ihre Weise aus den biblischen Traditionen herleiten. Gleichwohl müssen wir sehen, dass die Gegensätze dieser Religionen viel grundlegender sind als die Gemeinsamkeiten. Es wird darum gestritten, ob beim heiligen Abendmahl Blut und Leib des Herrn Jesus Christus anwesend sind oder es nur symbolisiert ist. Ob Maria, Jesus' Mutter, angebetet werden soll. Mohammed ist für die Muslims der letzte der Propheten, und er predigte nichts grundsätzlich anderes als Christus.«

Froben hielt inne, blieb stehen und drehte sich um. Teresa wandte sich ebenfalls um und sah die weite Ebene des Rhônedeltas vor sich, dahinter, bis zum Horizont, das Meer.

»Ich möchte dich aber nun nicht länger mit diesen Ausführungen belasten, Teresa. Reden wir von uns, von unseren Plänen. Mir ist es schon aufgefallen, dass du unter dem Weggang von Markus leidest.«

Ihr Vater kannte sie besser, als sie gedacht hätte. Ob er froh oder traurig darüber war?

»Wir sind zu dritt gereist und wollten zusammen den Kandelaber suchen und finden«, sagte sie. »Ja, ich vermisse Markus. Ständig denke ich, er sei nur ein kleines Stück Weges vor oder hinter uns, drehe mich um oder schaue voraus – und er ist nicht da.«

»Liebst du ihn?«

»Ich weiß nicht, was Liebe ist. Wenn er nicht an meiner Seite ist, fühle ich mich ... unvollständig. Oder einsam. Du weißt ja, dass ich nicht heiraten will.«

»Diese Frage wird sich zwischen dir und Markus auch sicher nicht stellen. Er hat ein Gelübde abgelegt.«

»Darum geht es auch gar nicht. Ich bin traurig, dass er fort ist.«

»Du hast selbst dazu beigetragen.«

»Weil er uns daran hindern wollte, unsere Reise fortzusetzen.«

»So ganz unrecht hat Markus nicht gehabt«, meinte Froben. »Es ist gefährlich, diese Wallfahrt – oder wie auch immer wir es nennen mögen – fortzusetzen. Aber wir haben keine Wahl. Ich habe es mir versprochen, habe es dir versprochen und mache es im Gedenken an Friedrich und Albrecht, unsere Vorfahren. Und an das deiner Mutter, meiner tiefst und innigst geliebten Frau.«

»Wenn ich sie doch bloß einmal noch sehen könnte ...«, sagte Teresa versonnen.

»Wer weiß, möglicherweise hat der Kandelaber auch die Macht, mit den Verstorbenen in Verbindung zu kommen«, antwortete ihr Vater.

Das Bild ihrer Mutter trat vor Teresas inneres Auge. Sie hatte sich über sie gebeugt, wenn Teresa vor dem Einschlafen Angst hatte oder wenn sie krank war. Sie ordnete alles mit liebevoller Hand.

»Wie wird unser Weg weiter verlaufen?«, fragte Teresa.

»Der Jakobsweg führt von hier über Bédarieux, Ste. Pont, Mazamet, Toulouse und Puente la Reina ins Spanische hinüber, bis nach Santiago de Compostela.«

»Das sind so viele Meilen, dass wir vor dem nächsten Frühjahr gar nicht ankommen werden. Und das im Winter, bei diesen Temperaturen!«

»Du musst dich entscheiden. Willst du weitergehen, willst du dem Mann, der dir so viel bedeutet, nachgehen oder umkehren?«

»Keins von beiden. Am liebsten würde ich alles haben!«

»Das ist unmöglich.«

»Wir müssen überlegen«, meinte Teresa, »wie es wirklich weitergehen soll. Die Worte des Eremiten gehen mir nicht aus dem Sinn. Auch für die Fremden schien diese Frage sehr wichtig zu sein.«

»Was waren genau seine Worte?«

»Montaña. Der Berg.«

Froben verzog seine Stirn in Falten. Sein Schnauzbart reckte sich nach vorn.

»Das muss nicht ›Berg‹ heißen. Es könnte auch ein Eigenname sein. Es gab oder gibt einen Gelehrten namens Gabriel de Montaña. Ich habe schon Schriften von ihm gelesen. Er hat sich lange in Jerusalem aufgehalten und dort Forschungen über die Kreuzzüge angestellt. Wenn mich mein Gedächtnis nicht täuscht, ist er zuletzt Archivar im Kloster Montserrat gewesen.«

»Heißt das …«

»Es heißt, wir sollten den Pilgerweg verlassen und von hier aus direkt nach Montserrat gehen. Am Meer entlang, über Perpignan, und dann, kurz vor Barcelona, in die Berge.«

Teresa hörte ein Geräusch hinter sich. Sie drehte sich um und erstarrte. In gemächlichem Trab näherten sich zwei Reiter. Sie trugen graue Kapuzenmäntel und Schwerter an der Seite. Warum hatte ihr Schutzgeist sie nicht gewarnt? Vielleicht, weil sie das letzte Mal nicht auf ihn gehört hatte? Froben hatte die Veränderung in Teresas Haltung bemerkt und sich ebenfalls umgedreht.

»Mein Gott …«, sagte er halblaut.

In diesem Augenblick verfielen die Reiter in einen Galopp und hielten direkt auf sie zu. Was konnten sie noch von ihnen wollen? Würden sie ihre Widersacher hier, wo kein menschliches Wesen in der Nähe war, eher töten als in dem Palast, der ja doch vielleicht Ohren hatte? Oder wollten sie nur Froben ermorden, damit sie,

Teresa, sie zum Kandelaber führen könnte? Die Böschung rechts von ihnen fiel steil zum Fluss ab, auf der anderen Seite war ein tiefer Graben. Sie steckten schon wieder in einer Falle!

Teresa und ihr Vater begannen zu laufen. Am Hufgetrappel merkte Teresa, dass ihre Verfolger schnell näher kamen. In kurzer Entfernung von ihnen lagen ein paar Boote am Ufer angetäut. Froben nahm Teresas Arm und zog sie die Böschung hinunter. Sie rutschte aus und fiel, war aber gleich wieder auf den Beinen. Die Reiter hielten oben auf der Böschung an. Beide zogen ihre Armbrüste heraus und begannen sie zu spannen. In fieberhafter Eile machte Froben ein Boot los und stieß Teresa hinein, stieß es mit dem Ruder vom Ufer ab.

»Runter mit dir!«, rief er, und sie kauerte sich auf dem Boden des Bootes zusammen. Froben kam neben ihr zu liegen. Zwei Pfeile surrten knapp über sie hinweg. Das Boot wurde von der Strömung erfasst, die wegen des nächtlichen Regens ziemlich stark war, und gewann rasch an Fahrt. Vorsichtig spähte Teresa über den Bootsrand. Die Reiter waren nur noch als kleine Punkte zu erkennen. Sie wendeten und verfolgten sie am Ufer entlang, holten sie jedoch nicht ein. Froben manövrierte das Boot mit dem einen Ruder, Teresa bediente das andere. So gelangten sie bald in die Stadt zurück, landeten an einem gemauerten Kai und machten das Boot fest. Mit zitternden Knien gelangte Teresa an der Seite ihres Vaters zur Herberge. Sie packten, zahlten, holten die Pferde und ritten so schnell es ging aus einem der Stadttore hinaus zu den fernen Bergen hin, hinter denen die Sonne schon untergegangen war.

Nach ein, zwei Stunden erreichten sie ein kleines Bergdorf, wo sie sich für die Nacht einquartierten.

20.

Markus hatte das Städtchen Montpellier seit einigen Stunden hinter sich gelassen. Er war auf dem Weg nach Bédarieux, der nächsten Station des Pilgerweges nach Santiago. Von den Hügeln des Languedoc blies ihm der Tramontana entgegen. Seine Gedanken gingen ständig zurück zu dem, was in Avignon geschehen war. Was war eigentlich passiert? Was hatte er falsch gemacht? Er wollte Teresa und ihren Vater vor Schaden bewahren, davor, sich immer tiefer in eine Idee zu verrennen, die ihnen am Ende nur schaden und niemandem nützen würde. War Santiago de Compostela wirklich sein Ziel? Wie mochte es den beiden ergehen? Waren sie ebenfalls auf dem Pilgerweg unterwegs? Dann brauchte er ja nur zu warten, um wieder zu ihnen zu stoßen. Er wollte die Reise mit ihnen gemeinsam machen. Aber nein, Teresa hatte sich von ihm losgesagt, sie wollte diesen Kandelaber unbedingt finden. Hatte er sich in ihr getäuscht? Oder besaß diese Reliquie eine Kraft, die schon dann zu wirken begann, wenn jemand auch nur von seiner wundertätigen Kraft gehört hatte?

Markus beschloss, seine Reise zunächst einmal fortzusetzen. Dass er und Teresa das gleiche Ziel hatten, dessen war er sich sicher. Froben war als Gelehrter gewiss von dem Wunsch beseelt, das Familienerbstück zurück nach Hause zu bringen. Markus schaute sich um: Das Vorgebirge verschwamm im Dunst des Abends, dahinter ragte steil das Massiv der Cevennen auf. Das Dorf Bédarieux war auf der langgestreckten Kuppe eines Hügels erbaut. Die ersten Lichter blitzten ihm von dort entgegen. Müde von den Anstrengungen des Tages, vom Wind und von seinen Gedanken, die den ganzen Tag in die gleiche Richtung gegangen waren, stieg er vor einer kleinen Herberge ab, einer Schilderwirtschaft, und erhielt ein Bett für die Nacht.

Er schlief unruhig und träumte, er sei unterwegs nach Santiago. Die ganze Zeit war er sicher gewesen, dass die Frau an seiner Seite ihn begleite, doch mit einem Mal war sie fort. Wo auch immer er sie suchte, in den Tälern und auf den Höhen, in Höhlen, Klöstern, Burgen, Dörfern und Städten – sie war wie vom Erdboden verschwunden. Schließlich fand er sie in einem Verlies, gefesselt und von der Folter entstellt.

Mit einem Schrei fuhr er hoch und fand sich im ersten Augenblick nicht zurecht. Wo war er? Dann fiel es ihm wieder ein. Er war allein, auf dem Weg zu einem Ziel, von dem er vor einigen Wochen noch nicht einmal geträumt hatte. Er nahm ein Frühstück zu sich, ließ sich sein Pferd bringen und ritt gedankenverloren durch die bewaldeten Berge, die mit schroffen Kalksteinfelsen durchsetzt waren.

Als Markus abends Mazamet erreichte mit seinen grauen Steinhäusern und der gedrungenen Kirche, hatte er einen Entschluss gefasst. Er würde umkehren und den beiden Vermissten entgegenreiten. Doch wenn sie einen ganz anderen Weg genommen hatten? Markus beschloss, am nächsten Tag den Priester des Dorfes aufzusuchen und ihn um Rat zu fragen. Wieder wurde er in der Nacht von Träumen heimgesucht: Er hatte Teresa gefunden. Sie stand vor seinem Bett, und er zog sie zu sich herunter, auf seine harte Männlichkeit. Ein ungeheures Glück erfüllte ihn, während sie sich vereinigten.

Nachdem er erwacht war, gestand er sich ein, dass er Teresa schon oft in Gedanken ausgezogen und sie berührt hatte. Die alte Kirche von Mazamet stand etwas erhöht auf einem Hügel. Sie war umgeben von einer dicken Mauer und einem Friedhof, dessen Stein- und Eisenkreuze stellenweise im Boden versunken waren. Buchsbäume verstreuten einen würzigen Duft, Mauern und Kirchwände waren von Efeu überwuchert. Den düsteren Innenraum hatte man spartanisch ausgestattet, was Markus daran erinnerte, dass es ein protestantischer Ort war. Auch der Geruch nach Weihrauch fehlte. Père Frontier, nach dem er sich durchgefragt hatte, hielt sich in der

Sakristei seiner Kirche auf. Er war ein kleiner, drahtiger Mann mit wieselflinken Augen und einem schwarzen Schnauzbart.

»Was führt dich zu mir, mein Sohn?«, fragte er.

»Ich möchte Euch etwas fragen, *mon père*. Viel lieber noch möchte ich beichten, doch das gibt es bei Euch sicher nicht mehr.«

»Wenn jemanden aus meiner Gemeinde oder auch einen Fremden etwas bedrückt, so kann er damit gern zu mir kommen. Setzt Euch auf einen der Kirchenstühle.«

Markus tat, wie ihm geheißen, und Père Frontier nahm auf einem Stuhl der nächsten Reihe Platz.

»Ihr braucht mich nicht anzuschauen, wenn Ihr mir über das erzählt, was Euch Sorgen macht«, sagte er.

Die Traditionen lebten also doch fort. Leise begann Markus zu erzählen.

»Ich liebe ein Mädchen, Père, und ich habe in Träumen und Gedanken unkeusche Sachen mit ihr getan. Wenn Ihr mir schon keine Absolution erteilen könnt, was ratet Ihr mir zu tun?«

»Hast du sie in Wirklichkeit angefasst oder etwas Unkeusches mit ihr getan?«

»Nein, das habe ich nicht. Ich bin an mein Gelübde gebunden, und das heißt für mich, enthaltsam zu sein in Taten und Gedanken.«

»Du bist frei von Sünde, mein Sohn. Bete morgens und abends zweimal das Vaterunser, falls du es nicht schon ohnehin tust. Wo ist dieses Mädchen jetzt?« Der Pfarrer drehte sich um und schaute Markus ins Gesicht.

»Das ist ja das Schwierige: Ich weiß es nicht. Wir haben uns in Avignon nach einem Streit getrennt. Vorher sind wir überfallen worden, wobei ein unschuldiger Eremit getötet wurde.«

»Warum wurde er getötet? Warum wurdet ihr verfolgt?«

»Wir suchen einen Wertgegenstand, einen uralten Kandelaber, der im Familienbesitz des Mädchens und ihres Vaters war. Der Eremit sprach das Wort ›Montaña‹, bevor er starb.«

Die Augen des Pfarrers leuchteten auf. »Ich interessiere mich ebenfalls für alte Geschichte«, sagte er. »Das Dorf Mazamet, in dem diese Kirche steht, war ein Zufluchtsort für die Katharer. Sie flohen vor dem Zugriff der Inquisition in die *Montagnes noires,* die Schwarzen Berge unweit von hier. Wisst Ihr, wer die Katharer waren?«

»Ich habe von ihnen gehört, weiß aber nichts Genaueres.«

»Der Name ›Katharer‹ lässt sich zurückführen auf das griechische ›Katharos‹, ›die Reinen‹. Andere deuten den Namen als den der deutschen ›Katte‹ – Katze, ein Hinweis auf die angebliche Praxis, Katzen rituell auf das Hinterteil zu küssen. Diese Verleumdung wurde von der katholischen Kirche auch gegen die Templer und weitere Gruppen verwendet, die es zu denunzieren galt. Später wurde dann daraus das deutsche Wort ›Ketzer‹. Die Katharer selbst bezeichneten sich als ›Gute Christen‹. Sie stammen von den Bogomilen ab, einer Völkergruppe auf dem Balkan. Die Bogomilen haben sich nicht von der römischen Kirche abgespalten, sondern praktizierten eine Form des Christentums, die sich wahrscheinlich direkt von den Aposteln aus der Zeit Christi gebildet hat. Wie sie hingen die Katharer einem dualistischen Weltbild an. Sie glaubten, dass es einen guten Gott gibt, der für eine geistige Welt steht, die nichts mit unserer sichtbaren und vergänglichen Welt zu tun hat, und einen bösen Gott, der das Materielle verkörpert. Im Menschen ist für die Katharer noch etwas übrig von dieser Welt des guten Gottes: die Seele, die etwas Wesentliches, Bleibendes und prinzipiell Gutes ist. Die im irdischen Dasein gefangene Seele wieder zu Gott zu führen ist der Sinn der katharischen Existenz, vollendet durch das ›Consolamentum‹. Ein Ritual, das nur durch einen *parfait* durchgeführt werden konnte. Es scheint Katharer gegeben zu haben, die an Seelenwanderung glaubten und davon überzeugt waren, dass sich die menschliche Seele wandernd auch in Tieren wiederfinden konnte. Deshalb war das Töten und Essen von Tieren für sie verboten.«

»Sie waren der katholischen Kirche ein Dorn im Auge«, warf Markus ein, »und wurden im Verlauf des ›Albigenserkreuzzuges‹

ausgerottet. Der Legende nach haben sie in der Nacht, als sie auf ihrer Festung Montsegur überfallen wurden, den Schatz der Templer, den *Heiligen Gral,* in Sicherheit gebracht.«

Père Frontier zwinkerte ihm zu.

»Zum Heiligen Gral gibt es zwei historische Texte, von dem bekannten Chrétien de Troyes und dem weniger berühmten Robert de Boron, die sich beide auf eine Quelle beriefen. Robert de Boron zeichnete ein sehr klares Bild vom Gral. Er ist das Gefäß, das Jesus beim letzten Abendmahl benutzte. Ein jüdischer Trupp sei während des Essens in den Raum gedrungen, habe Jesus vor Pilatus gebracht, dem dann die Abendmahlschüssel ausgehändigt wurde. Der fromme Joseph von Arimathaia ging wenig später nach der Kreuzigung zu Pilatus, bat um den Leichnam des Herrn und erhielt außerdem das Abendmahlsgefäß. Hierin fing Joseph dann das Blut auf, das noch aus den Wunden des Herrn floss. Von den Juden in ein fensterloses Verlies eingekerkert, durfte Joseph das heilige Gefäß behalten. Es spendete ihm vierzig Jahre lang Licht und hielt ihn am Leben. Schließlich wurde Joseph befreit und ging in ein orientalisches Land, wo er dem Gral einen Altar errichtete. Nur Auserwählte waren zum Dienst an dieser kostbaren Reliquie berufen. Gralshüter sollten laut einer Weissagung nur drei Personen oder Generationen sein: Joseph selber, sein Schwager Hebron und dann dessen Enkel Alain. Am Ende der unvollständig überlieferten Dichtung übergibt der sterbende Joseph dem Schwager Hebron den Kelch. Robert de Boron deutet noch an, dass Hebron nach Britannien auswandern wollte. Auf seiner Reise muss er durch die Pyrenäen und vielleicht auch nach Santiago gekommen sein. Seitdem gelten das Kloster San Juan de la Peña und der Berg Montserrat als Gralsburgen. Und wirklich wurden dort lange Jahre Kelche verehrt, die jener legendäre Blutkelch Christi gewesen sein sollten. Wie sagte der Eremit, als er starb?«

»Montaña.«

»Es gibt einen Gelehrten dieses Namens im Kloster Montserrat, der sich mit diesen Fragen beschäftigt.«

»Dann könnte ich also weiterkommen, wenn ich ihn aufsuche?«

»Das könntest du mit Gewissheit, mein Sohn.« Er legte seine Hand segnend auf Markus' Kopf. »Jetzt gehe hin in Frieden, das Wohlgefallen Gottes sei mit dir. Amen.

In hac mensa novi Regis
Novum Pascha novae legis
Phase vetus terminat.«

»Neuen Königs Tafelrunde
Neues Lamm im Neuen Bunde
Hat des Alten End gebracht«, übersetzte Markus. »Das ist von Thomas von Aquin und bedeutet: Das neue Lamm, also Christus, ist in Verbindung mit der Tafelrunde des Artus.«

»Was wieder auf Britannien als Gralsort hinweist«, meinte der Pfarrer. »Und so endete die Geschichte hier«, setzte er hinzu. »Am 11. April 1212 griff der Graf Montfort die Festung Hautpoul-Mazamet an und konnte sie erobern, nachdem die meisten Belagerten durch unterirdische Gänge geflohen waren. Hautpoul wurde 1240 zum Sitz des Katharerbischofs von Albi, Jean de Collet.«

»Haben sie überlebt?«

»Niemand hat den Albigenserkreuzzug überlebt, und falls doch, dann musste er sich zeitlebens verstecken.«

»Welchen Weg empfiehlt Ihr mir, Père Frontier?«

»Reitet über die Festungsstadt Carcassonne in Richtung Foix. Dort solltet Ihr die Katharerburg Montségur aufsuchen. Ihr seid doch ein Pilger, wie ich gesehen habe. Der Berg wird Euch wichtige Erkenntnisse auf dem Weg zu Euch selbst, zu Gott vermitteln.«

21.

Am anderen Morgen sahen Teresa und Froben sich den Ort, in dem sie übernachtet hatten, etwas näher an. Er bestand aus etwa zehn bis zwölf Häusern, alle aus dem grauen Gestein der Umgebung erbaut und mit Schiefer gedeckt. Nebel machte sich in den beiden einzigen Gassen breit und verbarg die umliegenden Berge hinter einer weißen Wand. Ziegen meckerten und stiegen die Abhänge hinauf und herunter. Ihre Glocken bimmelten in der Stille. Das Dorf schien ausgestorben zu sein. Beim Gedanken an die beiden Reiter, denen sie gestern in Montpellier begegnet waren, fröstelte Teresa. Sie wandte sich an ihren Vater.

»Bist du zu einer Entscheidung gekommen?«, fragte sie.

»Ich denke nach wie vor, dass wir unseren einmal eingeschlagenen Weg weiter verfolgen und uns von niemandem daran hindern lassen sollten.«

»Das denke ich auch. Markus fehlt mir allerdings sehr.«

»Du wirst es vielleicht nicht glauben, aber mir fehlt er auch.«

»Aber wir hätten doch nicht auf ihn hören dürfen?«

»Gewiss nicht, Teresa. Damit hätten wir alles, was uns lieb und teuer ist, für immer verraten!«

»Wie sollen wir das Kloster Montserrat erreichen, wenn wir von diesen Reitern verfolgt werden? Vielleicht werden sie uns töten, bevor wir an unserem Ziel angekommen sind.«

»Ich glaube nicht, dass sie uns wirklich töten wollen«, sagte Froben, »oder wenigstens solange nicht, bis wir den Kandelaber gefunden haben. Sie wissen ja selbst nicht, wo sie ihn suchen sollen. Der Tod des Eremiten beweist das. Er sollte uns auf die Spur des Kandelabers führen, durfte aber als jemand, der um das Geheimnis wusste, nicht am Leben bleiben. Dadurch, dass diese Leute uns verfolgen, kommen sie selbst dem Geheimnis näher.«

»Wir sollen ihn also finden, um dann umgebracht zu werden? Was für ein furchtbarer Gedanke! Gibt es denn kein Entrinnen?«

»Nur wenn wir aufgeben.«

»Ich gebe nicht auf! Niemals würde ich mir das verzeihen, und auch du würdest es mir nicht verzeihen. Soll ich mein Leben künftig wieder lesend und studierend auf Burg Wildenberg verbringen?«

»Du hast recht«, sagte ihr Vater. »Und ich hoffe, deine liebe Mutter möge es mir verzeihen, wenn ich dich solchen Gefahren aussetze.«

»Wenn die Gefahr im Augenblick nicht so groß ist, können wir ja in Ruhe weiterreisen. Wie verläuft der Weg?«

»Über Narbonne und Perpignan nach Süden, Barcelona zu. Dort liegt das Kloster Montserrat auf einer stattlichen Höhe von etwa viertausend Fuß.«

»Erzähl mir etwas über dieses Kloster.«

»Wir holen unsere Sachen und reiten los. Dann kann ich es dir unterwegs erzählen, auch etwas über die Geschichte dieses Landes der Katharer, das mit Blut getränkt ist.«

Es hatte etwas Gespenstisches, durch den dichten Nebel zu reiten. Sie durchquerten eine Schlucht. Der Weg war nur schwer zu erkennen. Er war nass und glitschig, die Pferde glitten manchmal aus und strauchelten. Endlich waren sie oben, wo der Weg ebener weiterging.

»Der Berg Montserrat, der ›zersägte Berg‹, hatte schon sehr früh eine religiöse Bedeutung«, begann Froben mit seinem historischen Vortrag. »In vorchristlicher Zeit stand dort ein Venustempel, der, so sagt die Legende, durch den Erzengel Michael zerstört wurde. Ein paar Einsiedlermönche sollen schon um das 8. oder 9. Jahrhundert auf dem Montserrat gelebt haben. Oliba, Abt von Ripoll und Bischof von Vic, erweiterte 1025 die bestehenden Bauten und gründete das Kloster Montserrat. Im 12. oder 13. Jahrhundert wurde in einer Höhle der Schlucht, an welcher das Kloster erbaut war, eine Schwarze Madonna aufgefunden. Ihr wurden zahllose Wundertaten zugeschrieben. Die Bedeutung des Klosters als Wallfahrtsstätte wuchs immer mehr an. Die aus dem Holz eines Olivenbaums geschnitzte Maria mit einem Jesuskind auf dem Arm war die Wohltäterin Tausender Pilger und ist es immer noch.«

»So ähnlich wie die Schwarze Madonna von Einsiedeln?«

»So ist es. Nach der christlichen Exegese verkörpern die Schwarzen Madonnen die Seele als Braut Gottes und damit Maria. Es gibt eine Reihe von illustren Namen, deren Träger den Montserrat besucht und wohl diese ›Seele‹ für sich gesucht haben. Nicht nur Fernando und Isabella von Spanien, Päpste wie Benedikt XIII., Christoph Kolumbus und Cervantes haben den heiligen Berg bestiegen, sondern auch Ignatius von Loyola, der Begründer der Jesuitengemeinschaft, verweilte dort im Jahr 1522, um in strenger Askese Klarheit über sich und sein weiteres Leben zu erhalten. Schließlich legte er vor dem Gnadenbild seine Waffen ab, verschenkte seine Kleider, hüllte sich in Lumpen, nahm einen Wanderstock und zog weiter.«

Teresa überlegte. »Ist dieser Berg so etwas wie eine Heimat für die Menschen? Ist es das, was auch die Pilger, die nach Santiago ziehen, gesucht haben?«

»So könnte man es sehen«, antwortete Froben.

»Was hat es nun mit den Katharern auf sich?«

»Die Katharer tauchten Mitte des 12. Jahrhunderts auf. Sie forderten eine Rückbesinnung auf die ursprüngliche Kirche der frühchristlichen Zeit. Der römischen Kirche warfen sie vor, sie achte das Lebensideal und die Armut Christi nicht. In den Augen der Kirche von Rom waren die Katharer eine weit größere Gefahr als die Ungläubigen wie Juden und Moslems, da sie als Christen die Schriften anders auslegten als die herrschende Kirche und die Doktrin der sieben Sakramente ablehnten. Ihr Glaube stützte sich auf die Existenz zweier Welten, einer guten und einer bösen. Die erste, die unsichtbare Welt, ist die Schöpfung Gottes; die zweite, die sichtbare und korrupte Welt, ist ein Werk des Teufels. Für die Katharer ist Christus nicht wie bei den Katholiken der Erlöser von allen Sünden.

Somit haben die Katharer nur ein Sakrament beibehalten: Das *Consolamentum,* die Tröstung oder die Taufe durch Handauflegen, wie Christus es gemacht hat. Der Papst verurteilte diese ›Ketzerei der Guten Menschen‹ und beschloss im Jahre 1209, in Südfrankreich den ersten Kreuzzug gegen die Katharer ins Leben zu rufen. Es war der erste Kreuzzug in einem christlichen Land und wurde auch der gegen die Albigenser genannt. In Lyon versammelten sich 300 000 Barone und Ritter des Nordens, die von ihren Dienern und gedungenen Verbrechern begleitet wurden. Nach der Belagerung von Carcassonne wurde Simon de Montfort zum Anführer des Kreuzzuges ernannt. Ab 1226 ließ sich Louis VIII., der Philippe-Auguste auf dem Thron Frankreichs folgte, auf den Kreuzzug ein. Anno 1233 richtete die Kirche eine neue Institution ein, die den Dominikanern anvertraut wurde: die Inquisition. Die Inquisitoren vernichteten im Laufe des 13. und Anfang des 14. Jahrhunderts sehr viele der Katharer. Der Feldzug gegen Montségur, den Sitz der Katharer im Gebiet von Toulouse, war ein Wendepunkt. Die Burg wurde am 15. März 1244 von den Katharern aufgegeben.«

»Sind nicht einige von ihnen mit dem ›Schatz der Templer‹, dem Heiligen Gral, geflohen?«

»Das ist eine Legende. Scharen von Rittern haben seitdem danach gesucht, und es hat einige Dichter dazu angeregt, darüber zu schreiben.«

»Chrétien de Troyes und Wolfram von Eschenbach.«

»Die Gralslegende, der Montsalvatsch oder Munsalvaesche Wolframs als ›Wilder Berg‹. Es gibt auch eine Burg ›Wildenberg‹ im Odenwald, eine Stätte, an die Wolfram häufig eingeladen wurde. Zumindest erwähnt er die alte Stauferburg in seinem ›Parzival‹. Er trug dort möglicherweise am abendlichen Kamin seine Verse und Lieder vor. Für mich sind das symbolische Dinge, nicht so aber unser Kandelaber, den halte ich für historisch belegt – durch Friedrich von Wildenberg.«

»Könnte mit dem Ort des Grals nicht auch unsere heimatliche Burg gemeint sein?«

Froben lachte. »Auf einen solche Einfall kannst auch nur du kommen, Teresa. Aber es ist gar nicht so schlecht gedacht. Warum sollte der Gral nicht an einem Platz sein, der uns im Traum nicht in den Sinn kommen würde?«

»Mir surrt es im Kopf«, sagte Teresa, »soviel Neues habe ich jetzt gelernt. Barbara sagte uns doch zum Abschied, dass das, was wir suchen, oft ganz in unserer Nähe sei.«

»Ich glaube aber nicht daran«, beschied Froben. »Es gibt keinen Ort auf Burg Wildenberg, an dem ein solcher Schatz verborgen sein könnte.«

Die Sonne hatte sich inzwischen durch den Nebel gekämpft, ihr Licht fiel auf die Felsen, Hügel und Wälder. Ohne weitere Zwischenfälle erreichten sie gegen Abend Béziers. Über die *Pont Vieux,* die alte Brücke mit ihren steinernen Bögen, gelangten sie in die Stadt, die von der Kathedrale St. Nazaire überragt wurde. Hier spielte sich während des Kreuzzuges das größte Schlachten des Mittelalters ab, erzählte Froben seiner Tochter. Im Jahre 1209 konnte der Vicomte der Stadt, Raimond-Roger Trencavel, Simon de Montfort und seinen Rittern nicht mehr standhalten. *»Tötet sie alle, Gott wird die Seinen erkennen«,* waren die Worte des Legaten von Papst Innozenz III. beim Ansturm auf die Katharerstadt.

Während der nächsten Tage, an denen sie Narbonne und Perpignan passierten, verschlechterte sich das Wetter zusehends. Der Wind wehte nun vom Meer herüber, das Teresa manchmal in der Ferne als graue, endlose Masse hervortreten sah. Die Pferde waren es müde, ständig gegen Graupelschauer anzukämpfen, und sie mussten öfter als sonst eine Pause einlegen.

Schließlich erreichten sie völlig erschöpft ein Dorf in der Provinz Girona, schon auf spanischem Hoheitsgebiet. Sie sahen es von einem Hügel aus unter sich liegen, im Hintergrund die weite empordanesische Ebene. Der Ort war umgeben von Weinbergen und Olivenhainen. Felder und Wege waren ockerfarben, dahinter glänzte das Meer. Die Glocken der Kirche läuteten zur Abendandacht. Teresa klangen sie vertraut in den Ohren, und sie wünschte sich, an diesem stillen Ort bleiben zu können. Noch mehr aber wünschte sie sich, nicht allein zu bleiben. In ihrer Kammer, deren Fenster auf einen Korkeichenwald hinausging, lag sie am Nachmittag müde auf dem Bettkasten. Das Zirpen der Grillen drang herein, ein Duft nach Thymian verbreitete sich im Raum.

Teresa fühlte sich warm und geborgen. Als sie zwischen Schlafen und Wachen dahinglitt, immer wieder aufschreckte und erneut in einen kurzen, flachen Schlaf sank, war es ihr, als berührte sie jemand am Arm. Sie schaute auf und sah das Gesicht von Markus, der sich über sie beugte. Ein Glanz lag in seinen Augen, den sie sich nicht erklären konnte, sich auch nicht erklären wollte. Sie streckte die Arme aus und zog ihn zu sich herab. In sanften Küssen und Bewegungen wurden sie mehr und mehr eins, und schließlich durchflutete eine nie gekannte Süße ihren Körper. Jäh wurden sie auseinandergerissen, zurück blieb ein heftiger Schmerz. Es war wie eine Erkenntnis, die dicht unter der Oberfläche lag. Teresa kam nicht darauf, so sehr sie sich auch anstrengte. Sie brachen auf vom Kloster Agenbach, durchzogen fremde Länder. Immer waren sie unterwegs. Die Verfolger waren ihnen jedoch stets auf den Fersen. Matthias begleitete sie. Er wies auf einen Berg, der wie eine Säge aussah. Sein Gesicht war bekümmert. Liefen nicht sogar Tränen über sein Antlitz? Sie breitete die Arme aus und begann zu fliegen, flog über abgeerntete Felder, ockergelbe Wege, über Wälder aus Buchen und Steineichen, immer höher, hinauf zu den bizarr geformten Felsen, die in den wasserblauen Himmel ragten. Dort stand das Kloster, das sich in den Berg krallte, als drohe es in den Abgrund zu stürzen. In einer Kammer kam sie zum Halten, landete auf dem festgestampften Boden. Vor ihr stand der Kandelaber, strahlte im Licht der Diamanten, Smaragde und Rubine, die ihn zierten. Eine nie gekannte Freude ergriff Teresa, sie fühlte sich freier und mächtiger als je zuvor in ihrem Leben. Der blonde Junge hatte sich neben dem Kandelaber auf den Boden gekauert, er sah bekümmert aus. Sie streckte die Hand aus, umschloss den Leuchter mit ihren Fingern. Vom Metall ging eine ungeheure Wärme und Kraft aus, die sich in ihrem ganzen Körper ausbreitete.

Als Teresa erwachte, war es heller Tag. Die Stelle, an der Markus gelegen hatte, war leer, der Kandelaber verschwunden, und die Gestalt des blonden Jungen stand in der Ferne, im Korkeichenwald. Er drehte sich um und ging, ohne sich noch einmal umzuschauen.

22.

Drei Tage war Markus nun schon unterwegs, seit er Père Frontier in Mazamet verlassen hatte. In der alten Festungsstadt Carcassonne erinnerte jeder Stein an das Blutbad vor mehr als zweihundert Jahren. Markus fühlte sich erschöpft. Der Nebel, die Graupelschauer und der Regen setzten ihm zu. Der Montségur war nicht leicht zu erreichen. Markus musste an den Dichter Petrarca denken, der als erster Mensch einen Berg bestiegen hatte und zu keinem anderen Zweck, als seinen persönlichen Gipfel zu erreichen. Was war sein eigener persönlicher Gipfel? Zu welchem Zweck war er zu dieser Reise aufgebrochen? Markus dachte an die Worte, die ihm Abt Hieronymus über das Pilgern mit auf den Weg gegeben hatte, lange, bevor er eines so grässlichen Todes sterben musste. Das Pilgern bestehe aus dem Aufbrechen, dem Gehen oder Reiten, dem Rasten und Ausruhen, der Wegsuche, der Ankunft, der Wandlung und schließlich der Heimkehr. War er nicht in die Irre gegangen, waren sie nicht alle in die Irre gegangen? Gott verzeiht es jedem Menschen, wenn er in die Irre geht, nicht aber, wenn er es erkennt und nicht zur Umkehr bereit ist. Was trieb ihn, Markus, dazu, sich auf gefährlichen Pfaden diesem Berg zu nähern mit dem Ziel, noch einen ganz anderen Gipfel zu erreichen und ihm sein Geheimnis zu entlocken? Es war eine Frau, die ihn dazu trieb, und damit trieb ihn der Teufel, so hatten es ihn die Kirchenväter gelehrt.

Je mehr sich Markus dem Berg mit der Ruine auf der Spitze näherte, desto größere Unruhe ergriff ihn. Er hatte ein wenig über den Albigenserkreuzzug gelesen und wusste, dass dieser das Ende der Katharerbewegung bedeutet hatte. Nach fast einjähriger Belagerung mussten die Männer, Frauen und Kinder die Burg übergeben und verloren damit einen ihrer wichtigsten Stützpunkte. Er schaute hinauf, blinzelte in die Sonnenstrahlen hinein, die sich durch die Wolkendecke stahlen. Die Burg wirkte eher wie ein in Stein gehauenes Adlernest als eine menschliche Behausung. Jetzt fiel ihm wieder ein, was er über diese Religionsgemeinschaft gelesen hatte: Hier hatten sich die Katharer sicher gefühlt, unerreichbar für den Arm der Inquisition. Und hier hatten sie auch ihre Rituale abgehalten, deren Geheimnis sie mit in die Flammen der Scheiterhaufen nahmen. Lachend und singend waren sie in den Tod gegangen. Sie sollten, gleich den Tempelrittern, Katzen auf den nackten Hintern geküsst haben. Sie lebten in Gängen unterhalb der Burg, die oberen Gemächer waren den Rittern und ihren Familien vorbehalten. Es sollte ein »Sonnenzimmer« gegeben haben. Ob dort alchimistische Rituale abgehalten wurden, etwa, aus unedlen Metallen Gold zu machen? Aber sicher nur im übertragenen Sinne, denn sie verachteten jedes Gold und jeden Besitz. Dagegen reinigten sie ihre Seelen, das, was auch jeder gute katholische Pilger mit einer Wallfahrt zu erreichen suchte, oder was die Kreuzritter mit ihren Kreuzzügen zu erreichen trachteten, was eigentlich jeder, der angetreten war, die Wahrheit über Gott, die Menschen und die Welt zu finden, erreichen wollte.

Die Burg blickte auf ihn herab, sie war ein stummer Zeuge einer Zeit, als sich Menschen dagegen auflehnten, von einem Papst gesagt zu bekommen, was die wahre Lehre sei. Markus begann einen schmalen, von Ginster überwucherten Weg hinaufzureiten. Trotz der Kälte trieb es ihm Schweißperlen auf die Stirn. Gab es überhaupt eine Wahrheit, die für alle gültig sein konnte? Musste nicht jeder für sich persönlich seine Wahrheit finden? Luther hatte den alten Glauben auf den Kopf gestellt, sich sogar eine entlaufene Nonne zur Frau genommen und mit ihr eine Familie gegründet. Welchen Zweck erfüllte der Zölibat? Er sollte die Männer Gottes davor bewahren, sich den Verlockungen des Fleisches hinzugeben und sich damit von Gott zu entfernen. Aber waren die Protestanten, die Katharer, die Märtyrer, die für ihren Glauben gestorben waren, schlechtere Christen? Konnten sie ihrem Gott nicht genauso dienen? In Markus' Kopf drehte sich alles, ihm wurde schwindelig, und er musste absteigen. Er warf sich auf die feuchte Erde nieder, die von verdorrten Grasbüscheln durchsetzt und mit Laub bedeckt war.

›Mein Gott, gib mir die Kraft zu entscheiden, was richtig ist! Ich bin allein, niemand kann mir einen Rat geben. Ist die althergebrachte Lehre die richtige, dürfen Neuerungen und Reformen der Kirche zugelassen werden?‹

Seine Finger krallten sich in die Erde. Markus stand auf und warf den Erdklumpen von sich. Er wusste jetzt, was er tun musste. Über dem Berg brachen abermals die Wolken auf und schickten einen kegelförmigen Strahl zu ihm herunter.

Teresa fuhr sich mit der Hand in die Haare und wurde sich wieder einmal bewusst, dass sie lange brauchen würden, um ihre einstige Länge zurückzuerhalten. Ein wenig waren sie in den Wochen, die sie unterwegs waren, schon gewachsen. Aber das war ohne Bedeutung. Was war mit dem blonden Jungen? Hatte er sie verlassen? Dass er weggegangen war, konnte ein Zeichen für sie sein. Sollte sie nach Hause zurückkehren? Oder war es besser, Markus auf seinem Weg nach Santiago de Compostela zu folgen? Sie konnte sich nicht entscheiden, sich nicht mehr bewegen. Alle Ziele, die für sie möglich waren, schwirrten ihr im Kopf herum: Santiago, San Juan de la Peña, der Montségur, Montserrat, die Heiligen Städte Rom und Jerusalem. Die beiden Vorfahren Albrecht und Friedrich traten vor ihr inneres Auge und der Kandelaber, der alles überstrahlte. Sie fühlte noch die Wärme und die Kraft, die er in ihrer Hand entwickelt hatte. Nein, sie konnte den Gedanken, dieses Kleinod zu finden und heimzubringen, nicht verraten, konnte ihren Vater nicht verraten, für den es eine Lebensaufgabe war. Konnten sie die Chronik überhaupt weiterschreiben und zu Ende führen, wenn dieses Geheimnis nicht gelöst wurde? Alle Opfer, die bisher gebracht werden mussten, wären umsonst gewesen! Und der sterbende Eremit hatte auf das Kloster Montserrat hingewiesen.

Teresa streckte ihre tauben Glieder, erhob sich, zog ihre Pilgerkleidung an und begab sich nach unten in den Schankraum der Herberge. Ihr Vater saß bereits an einem blankpolierten Tisch und sah etwas übernächtigt aus. Wahrscheinlich hatte auch er nicht gut geschlafen. Über seinen Onyxaugen, die ohne Gläser viel größer und verletzlicher wirkten, lag ein Schleier. Teresa setzte sich zu ihm. Die Wirtin brachte eine große Schüssel mit Haferbrei und eine Kanne Würzwein.

»Ich sehe dir an, dass du fest entschlossen bist, unsere Reise fortzusetzen«, sagte Froben und tauchte seinen Löffel in den Brei.

»Wir müssen es schaffen, Vater. Ich würde meines Lebens nicht mehr froh werden, wenn wir mit leeren Händen heimkämen.«

»Alle hätten es so gewollt und so ausgeführt, wie wir es getan haben«, beschied Froben.

»Bis auf eine ...«, meinte Teresa. »Barbara, wie ich dir gestern sagte. Sie äußerte so etwas wie: Was ihr in der Ferne sucht, ist vielleicht in der Heimat zu finden.«

»Damit spielte sie auf das Ziel des Pilgerns an: Alles Pilgern ist auf die Wahrheit gerichtet, die Wahrheit, die du in dir selber findest, und das bist du selbst, das ist Gott. Unser Familienerbstück«, er senkte die Stimme«, ist eine Versinnbildlichung dieses Vorgangs. Es verschafft demjenigen, der es im Besitz hat, diese Erleuchtung.«

»Ja, wir wagen es, den Weg zur Wahrheit zu gehen«, stimmte Teresa ihm zu. »Aber was du über die Katharer erzähltest, hat mir zu denken gegeben. Ist es nun Gott oder der Teufel, dem wir folgen?«

»Wir folgen der Wahrheit, und das ist Gott«, antwortete Froben mit Bestimmtheit.

Nach Beendigung des Frühbrotes verließen sie gesattelt und bepackt den schönen kleinen Ort. Es war inzwischen Mitte November. Die Sonne kam zwar immer wieder zwischen dahinjagenden Wolken hervor, doch machte ihnen der eisige Wind zu schaffen, der ihnen Tränen in die Augen trieb. Vor ihnen türmte sich das Massiv der Pyrenäen auf, dessen höchste Bergspitzen mit Schnee bedeckt waren. In La Jonquera, der Grenzstation zum iberischen Reich, hielten sie eine weitere Rast. In endlosen Wellen breitete sich die karstige Landschaft vor ihnen aus, durchsetzt mit Krüppelkiefern und Olivenbäumen.

Durch die fruchtbare Ebene des Flüsschens Fluvia, im Westen flankiert von den erloschenen Vulkanen der *Garrotxa,* erreichten sie am Abend müde und erschöpft die Stadt Girona. Teresa staunte über Steinhäuser des jüdischen Viertels *Call,* in dem allein drei Synagogen standen. Die Gebäude wirkten gut erhalten, aber verlassen. Die spanischen Könige hätten die Juden Ende des 15. Jahrhunderts vertrieben, erklärte ihr Vater. Durch die engen Gassen pfiff der Wind. Eine Ratte huschte um eine Ecke. Teresa befiel eine Niedergeschlagenheit, die sie sich nicht erklären konnte. Obwohl Froben ihr zur Seite stand und sie sicher immer beschützen und für sie sorgen würde, fühlte sie sich sehr allein. Was führte sie eigentlich in diese fremde, kalte Stadt? Aber sie wollte Froben nicht zeigen, dass sie wieder zu zweifeln begonnen hatte, und war froh, als sie in einer Pilgerherberge absteigen konnten, in deren Gastraum ein warmes Feuer brannte und ein Kichererbseneintopf mit Speck und Kochwürsten serviert wurde.

Bei ihrer Weiterreise am folgenden Tag zog immer dichterer Nebel auf. Der Wind riss immer wieder die graue Decke, die sich wie ein Gespinst auf Bäume, Sträucher, und Häuser legte, ein wenig auf. Dann konnte Teresa den langen Rücken des Berges Montserrat erblicken, der steil und wie die Zacken einer Säge aus der Ebene aufragte. Sie konnte das Gefühl nicht beschreiben, das sie bei diesem Anblick befiel. War es Angst, Ergriffenheit oder Freude darüber, dass sie ihrem Ziel so nahe waren? Sie blickte ihrem Vater ins Gesicht, doch der schaute geradeaus, als könnte ihn nichts rühren.

Am frühen Nachmittag hatten sie den Fuß des Bergstocks erreicht. Ein junger Schäfer hütete seine Herde auf einer mageren Wiese, die mit Golddisteln durchsetzt war. Verschiedene Wege führten hinauf, erzählte er ihnen, aber sie sollten sich hüten bei dem Nebel, es gebe eine tiefe Schlucht, an deren Rand das Kloster erbaut war, und da hätten sich die Berggeister schon so manchen Wanderer oder Pilger geholt. Er wies ihnen einen Weg, der sich steil zwischen Felsbrocken nach oben wand. Lange Zeit noch hörte Teresa das Blöken der Schafe und das Bimmeln ihrer Glocken. Gewiss hatte auch manches dieser Tiere sein Leben in der schluchtenreichen Gegend verloren. Die Pferde dampften und schnaubten, so anstrengend war das Klettern auf dem steinigen Pfad. Immer wieder rutschten ihre Hufe aus. Teresa und Froben stiegen ab und führten die Tiere weiter hinauf. Bis auf seine Höhen hinauf war der Montserrat mit Steineichen und Ahorn bewachsen, dazwischen hatten sich die *Macchies* und *Garrigues* ausgebreitet, hohe, dichte Gebüsche aus Erdbeerbäumen, wuchernden Lianen und Skorpionsginster. Vertrocknete Rosmarinbüsche verströmten einen aromatischen Duft. Immer wieder tauchten urplötzlich aus dem Nebel bizarre Felsformationen auf, die Teresa erschreckten, weil sie an Geister, Menschengruppen oder sogar an Elefanten erinnerten. Manche sahen Felsnadeln gleich oder Sarazenen mit Turbanen.

Teresas Füße in den Lederstiefeln schmerzten. Langsam senkte sich die Dämmerung herab. Vor ihnen lag eine Schlucht, die etliche hundert Fuß in die Tiefe ging. Froben hielt Teresa am Arm zurück, als sie in den Abgrund schauen wollte.

»Das Gestein hier ist tückisch«, meinte er. »Sein Geröll scheint fest eingebacken zu sein, doch hat es immer wieder Risse, die aufbrechen. Lass uns dem Pfad um die Schlucht herum folgen.«

Ein letzter Widerschein der Sonne fiel durch einen Bergeinschnitt, dann senkte sich die Dämmerung schnell herab. Teresa hatte immer mehr Mühe, den Pfad zu ihren Füßen zu erkennen. Vor sich sah sie das Hinterteil des Pferdes ihres Vaters, das rhythmisch mit dem Schweif wedelte. Das Schnauben und leise Prusten der Tiere waren die einzigen Laute in dieser gottverlassenen Einöde. Teresa fühlte sich wie eine Puppe, die an unsichtbaren Fäden hing und immer weiter gezogen wurde, zu einem Gipfel hin, von dem sie nicht wusste, was er verbarg.

Eine Ewigkeit verging, in der sie endlos dem Pfad folgten, der langsam, aber stetig bergauf führte. Manchmal schrie ein Tier wie in höchster Not. Es roch nach Pferde- und Eselsmist, also waren andere schon vor ihnen diesen Weg gegangen. Einen Moment lang fühlte sich Teresa dieser Welt entrückt. Wie, wenn sie schon gestorben wären? Vielleicht waren sie in die Schlucht gestürzt und nun auf dem Weg ins Totenreich? Ob der Weg in den Himmel, zu Gott oder in die Hölle und die ewige Verdammnis führte? Schattengleiche Flügelwesen kamen ihr entgegen, streiften ihre Wange. Es schmerzte, und ihr war, als hätten die Wesen einen hellen, spitzen Ton ausgestoßen, den nur sie, Teresa, hören konnte. Sie fasste mit einer klammen Hand in ihr Gesicht. Zu ihrem Entsetzen war Blut daran. Das hatte sie doch schon einmal erlebt! Burg Wildenberg kam ihr in den Sinn. An jenem Abend hatte der Sturm um das alte Gemäuer geheult, die Glocke hatte sieben Mal geschlagen, und sie war durch den dunklen Gang hinüber zur Bibliothek gegangen. Dort waren ihr die Fledermäuse entgegengekommen. Ein starkes Gefühl, dass etwas Furchtbares passieren würde, bemächtigte sich ihrer.

»Vater!«, rief sie mit erstickter Stimme. »Wir dürfen dort nicht hinaufgehen!«

Froben blieb stehen und drehte sich um. »Was ist denn in dich gefahren, Tochter? Wir können nicht mehr zurück! Unser Weg ist schon viel zu weit fortgeschritten. Haben dich die Fledermäuse erschreckt?«

»Ja«, keuchte sie. »Es ist genau wie damals …«

Froben holte Zunderschwamm und Feuerstein aus seinem Mantel und versuchte wiederholt, eine Fackel anzuzünden, aber die Gerätschaften waren zu feucht.

»Hör einmal, Teresa«, sagte er. »Die Fledermaus wird zwar seit der Antike mit dem Bösen in Verbindung gebracht, trägt angeblich das Blut des Teufels in sich, jedoch deutet ihr Erscheinen auch auf die Seele hin und auf gegenseitige Unterstützung.«

»Ich habe mich mit der Mythologie ebenfalls beschäftigt«, gab sie unwirsch zurück. »Sie deutet zwar auf die Seele hin, aber auch auf den Tod. Dass sie nur in der Dunkelheit fliegt und nur dort gut sieht, heißt, dass sie zu den Unwissenden gehört und niemals das Licht der Wahrheit erblicken wird.«

»Glaubst du denn, dass du es jemals erblicken wirst?«

»Darum sind wir doch aufgebrochen!«

Die Pferde wurden unruhig, traten von einem Bein auf das andere und schnaubten.

»Wir können nicht umkehren«, beschied Froben. »Wenn wir in der Dunkelheit zurückgehen, stürzen wir womöglich in eine der Schluchten und brechen uns die Beine, wenn nicht Schlimmeres. Dann wäre die Prophezeiung wahrlich erfüllt. Der einzige Weg führt hinauf.«

Teresa gab sich geschlagen. Müde, mit immer den gleichen zweifelnden Gedanken im Kopf, folgte sie ihrem Vater durch die Finsternis. Aus dem Nebel begannen sich winzige Tröpfchen zu lösen, die allmählich in Regen übergingen. Ihre Kleider wurden feucht, schließlich waren sie schwer vor Nässe. Der Regen vermischte sich mit Schnee, das Treiben wurde immer heftiger. Ein Wind kam auf, der bald in ein heulendes Inferno überging.

Teresa rutschte mehr voran, als dass sie auf zwei Beinen ging, hielt sich schließlich am Schweif von Frobens Pferd fest. Unten in der Schlucht konnte sie Wasser tosen hören, das vorher nicht da gewesen war. Sie erinnerte sich, wie sie sich in den Bergen der Helvetier verirrt hatte. Nur nicht aufgeben, hatte sie gedacht. Weit entfernt, etwas erhöht, sah sie ein Licht brennen. Sie musste träumen. Doch je weiter sie gingen, rutschten, stolperten, desto näher kam dieses Licht. Es war wie eine Stimme, die sie zu sich rief, die Geborgenheit, Wärme und Heimat versprach.

3. Buch: Das Geheimnis

23.

Sie näherten sich dem Kloster Montserrat auf einem Weg, der direkt am Abgrund der Schlucht entlangführte. Ein Fehltritt, und es wäre um sie geschehen gewesen. Wie konnten die Mönche sich bloß an so einem verlassenen, schwindelerregenden Ort niederlassen! Der Sturm tobte unvermindert weiter, der Regen peitschte Teresa ins Gesicht. Das Kloster war von einer Mauer umgeben, und bald erreichten sie eine Pforte, die Einlass gewährte. Eine im Wind flackernde Fackel steckte in einer Mauernische, wie zum Trost für einsame, erschöpfte Wanderer der Nacht.

Teresa klammerte sich an das Halfter ihres Pferdes, während Froben an einer Schnur zog, die eine kleine Glocke betätigte. Das Läuten fuhr Teresa in die Glieder wie das Gedröhn einer Kirchturmuhr. Eine Zeitlang rührte sich überhaupt nichts, dann wurde das Trappeln von Schritten hörbar. Das Tor öffnete sich einen Spaltbreit, und eine spitze Nase tauchte auf.

»*Quien esta*?«, fragte eine barsche Stimme.

»Somos Pelegrinos que quieren una Habitacion por la Noche«, entgegnete Froben.

Die Tür wurde aufgezogen. Ein verschlafener Mönch in dunkler Kutte blickte ihnen entgegen.

»Kommt herein«, sagte er. »Bei uns gibt es immer ein Nachtlager für Fremde, sofern sie in guter Absicht kommen. Wer ist das an Eurer Seite?«

»Mein Sohn Tereso«, antwortete Froben.

Teresa musste an sich halten, um nicht in sich hineinzukichern. Inzwischen war ein zweiter Mönch aufgetaucht, dem der erste die erschöpften Pferde übergab. Froben und Teresa wurden in eine Zelle geführt, in der breite, mit Stroh gefüllte Matratzen lagen. Teresa sank, ohne ein weiteres Wort zu sagen und ohne sich darum zu bekümmern, was sonst noch geschehen würde, auf eines dieser Lager nieder, wickelte sich in eine Decke und schlief – mit dem Getöse des Windes in den Ohren – auf der Stelle ein.

Am anderen Morgen erwachte Teresa von einem Geräusch. Sie fuhr auf und wusste gleich, wo sie sich befand. Der Laut war von ihrem Vater gekommen, der friedlich auf dem Rücken lag und schnarchte. Sie stand leise auf, zog ihre zerknitterte, leicht muffig riechende Kleidung aus und nahm sich aus ihrem Reisebeutel eine frische Bruche, eine Kukulle und ein Skapulier. Sie trat an das kleine Fenster der Zelle, das nach Südosten hinausging. Eiskalte Luft drang durch das gegerbte Ziegenleder herein. Draußen war es rabenschwarz, die Sichel des Mondes beleuchtete eine märchenhafte Landschaft. Über die Schlucht und die tiefer liegenden Berge hatte sich eine weiße Nebeldecke gelegt, aus der die Kuppen wie Katzenbuckel herausstanden. Im Osten machte sich der erste Schimmer des Tages breit. Teresa stand und konnte sich nicht satt sehen an dem Schauspiel. Der Streifen am Horizont wurde breiter, ein erster Sonnenstrahl brach daraus hervor. Jetzt erhob sich das Gestirn gleißend über den Wolken. Zwei Vögel mit Riesenschwingen kamen von Süden herangeflogen und stießen krächzende Laute aus. Das mussten Mönchsgeier sein.

Teresa fror, sie zog sich ihren Mantel an und verließ die Zelle, darauf achtend, dass sich die Tür leise hinter ihr schloss. Sie trat aus dem Gebäude, das den Mönchen als Dormitorium diente. Das Kloster mit seiner Kirche aus gelblichem Gestein, dem gotischen Kreuzgang und den Nebengebäuden klebte tatsächlich am Rand der Schlucht, die sie gestern, bei Sturm, Regen und Schnee, weiträumig umgangen hatten. Nahe der Pforte stand eine Statue des heiligen Benedikt. Aus der Kirche drang der Gesang der Mönche, die ihre Laudes abhielten. Die Luft war sehr kalt, aber von einer Klarheit, die Teresa noch nie erlebt hatte. Die Sonne stand im Osten über dem Nebelfeld, die weißen Schwaden begannen allmählich zu zerfließen. Teresas Blick wurde frei für die Gipfel, die bizarren Felsgebilde, die Risse und Vertiefungen im Gebirge, auf die Ebene, und ganz in der Ferne sah sie das Meer bläulich schimmern. Eine tiefe Ruhe überkam sie. Hier stand sie, ein einfaches Menschenkind, mit sich und der Welt im Einklang. Nichts Böses konnte mehr geschehen, alles war von Gott gewollt. Etwas berührte ihren Arm, sie fuhr erschrocken herum. Da stand Froben und lächelte sie an.

»Ach, du bist es, Vater! Ich habe schon gedacht ...«

»... es wäre der Arm des Bösen? Der reicht allerdings weit, liebe Tochter. Schau nicht in den Abgrund, er wird das ›Schlechte Tal‹ genannt. Genieße lieber die himmlische Ruhe dieses Ortes.«

»Es wundert mich nicht, dass die Benediktiner diesen Platz gewählt haben. Hier sind sie fern von allem menschlichen Getöse.«

»Komm zur Kirche, als Gäste müssen wir zumindest an den Laudes und an der Vesper teilnehmen.«

»Da oben habe ich einen Kreuzweg gesehen. Sollen wir den nachher begehen?«

»Gern, mein Kind.« Wieso nannte er sie eigentlich Kind?

»Ich bin bald erwachsen«, begehrte sie auf. »Nächstes Jahr werde ich achtzehn.«

»Du wirst für mich immer mein Kind bleiben.«

»Und du mein Vater!«, sagte sie und nahm ihn in die Arme.

Nach dem Gottesdienst und dem Frühstück gingen sie ein Stück hinauf zu der Stelle, wo der Kreuzweg begann. Es waren sieben Stationen, die den Leidensweg Christi darstellten, Bildstöcke, an denen die Mönche, in Ermangelung einer Reise nach Jerusalem, den Weg Christi nachvollziehen konnten: Die Bilder zeigten Jesus, der von Pontius Pilatus verurteilt wird, das Kreuz auf seine Schultern nimmt, wie er zum ersten, zum zweiten und zum dritten Mal fällt, wie er an das Kreuz genagelt wird. Schließlich wird er vom Kreuz abgenommen und in den Schoß seiner Mutter gelegt. Seine letzten Worte waren in einen Stein gemeißelt: *Vater, vergib ihnen, denn sie wissen nicht, was sie tun. (Lukas 23, 34)*

Wieder fühlte Teresa sich eins mit der Welt und mit Gott. Petrarca, ihr Lieblingsdichter fiel ihr ein:

Auf den Gipfel ist das Ziel
Und das Ende unseres Lebens
Auf ihn ist unsere Wallfahrt gerichtet.

»Dort oben befindet sich die Höhle, in der die Moreneta gefunden wurde, die ›Kleine Braune‹«, sagte Froben.

»Die Schwarze Madonna?«

»Eben die. Wie ich schon erwähnt habe, fanden Hirten sie in der Grotte dort oben. Sie waren einem überirdisch scheinenden Licht nachgegangen und fanden die Madonna am Boden der Höhle. Sie soll vom Apostel Lukas geschnitzt worden sein.«

»Wo befindet sie sich jetzt?«

»Hier in der Kirche, hinter dem Altar. Wir werden noch Gelegenheit bekommen, sie anzuschauen.«

Während sie miteinander sprachen, waren sie den Weg zurück zum Kloster gegangen und standen nun wieder am Abgrund der Schlucht, die auf der Höhe der Abtei begann. Teresa trat einen Schritt vor und spähte hinunter. Senkrecht stürzten die weißlichgelben Wände hinab, in ihre Spalten und Vorsprünge klammerten sich Ginster und Schwarzdorn.

»Komm da weg, bevor es dir schwindelig wird und du hinabfällst!«, warnte Froben.

Teresa trat einen Schritt zurück. »Wie tief ist diese Schlucht?«

»Das *Val Male*, das schlechte Tal, misst etwa zweitausendneunhundert Fuß Tiefe«, ertönte eine Stimme hinter ihnen.

Beide drehten sich überrascht um. Hinter ihnen stand ein alter Mann in der Benediktinertracht. Seine Augen in dem hageren, sonnenverbrannten Gesicht wirkten freundlich.

»Ich bin der Abt dieses Klosters, Appollonius genannt«, erklärte er. »Die Moreneta wurde übrigens nicht von Schäfern gefunden. Im Jahr des Herrn 880 folgten einige Pfarrer der Umgebung einem andauernden, glänzenden Licht, das an jedem Samstag an einem bestimmten Punkt des Berges erschien. In Begleitung des Bischofs von Manresa fanden sie dann in der *Santa Cova* die Madonna. Daraufhin wurden verschiedene Kapellen gebaut. Eine davon, Santa Maria, wurde im Jahr 1025 Ursprung des heutigen Klosters.«

Die Nebeldecke über der Schlucht und der Ebene hatte sich inzwischen aufgelöst. In der Ferne war es weiterhin dunstig, so dass Teresa das Meer nur erahnen konnte. Auf halber Höhe des Gebirges lagen Weiler, Gehöfte und Eremitagen verstreut.

»Kommt, ich will Euch unseren Garten zeigen«, meinte der Abt.

Sie durchschritten den Kreuzgang mit seinen Spitzbögen und schlanken Säulen. In der Mitte des Klostergartens befand sich ein kreisrundes Becken, zu dem Stufen hinabführten. Der Garten war von einer Arkade umgeben.

»Nun muss ich doch einmal fragen, was Euch zu uns herführt«, begann der Abt erneut zu sprechen. »Ihr seht nicht wie gewöhnliche Pilger aus, die normalerweise an Feiertagen scharenweise zu uns kommen.«

»Wir sind tatsächlich auf einer Pilgerfahrt«, antwortete Froben. »Allerdings auf keiner gewöhnlichen. Wir suchen einen goldenen Kandelaber, der in der Zeit der Kreuzzüge abhanden kam. Ein Eremit in der Provence teilte uns mit, dass es einen Gelehrten namens Montaña hier im Kloster gebe, der mehr darüber wisse.«

»Ah, ja, Gabriel de Montaña, unser Bibliothekar und Archivar. Freilich, da gab es eine Geschichte, vor langen Jahren ... Ich werde Euch später mit ihm bekanntmachen.«

Eine helle Glocke klang herüber, Zeit für das Mittagessen im Refektorium. Der Abt ließ es sich nicht nehmen, sie dorthin zu begleiten. In einer Nische des Kreuzgangs sah Teresa eine geschnitzte Heiligenfigur, deren Körper völlig von verfilztem Haar bedeckt war. Neugierig fragte sie den Abt, was das für ein Heiliger war.

»Das ist Fra Gari, ein Mönch, der im 15. Jahrhundert in diesem Kloster lebte. Nun, ob er wirklich gelebt hat, ist eine andere Frage. Um die Heiligen bilden sich ja immer gern Legenden. Der Ruhm dieses Eremiten war auch an die Ohren von Wilfred dem Haarigen gedrungen. Der suchte verzweifelt ein Mittel, um seine Tochter

Riquilda von der Teufelsbesessenheit zu befreien. Er hoffte, dass Bruder Gari ihm helfen könnte. Bruder Gari zog einen anderen Eremiten zu Rate, der sich erst vor kurzem im Gebirge niedergelassen hatte. Der riet ihm, Riquilda in seiner Zelle zu empfangen. Das Unausweichliche geschah: Die junge Frau verführte den Mönch Gari, der verzweifelte vor Scham und Angst vor Riquildas Vater. Der andere Eremit riet ihm, das Mädchen zu töten. Kaum hatte Gari das vollbracht, verwandelte sein falscher Ratgeber sich in den Teufel höchstselbst und verschwand mit Donner und Schwefelgestank. Seit diesem Tag war auch Gari verschwunden.«

»Ist er jemals wieder aufgetaucht?«, fragte Teresa.

»Ja, eines Tages brachten Jäger eine kleine Bestie an den Hof, die sie in den Bergen gefangen hatten. Als dieses tierähnliche Wesen Wilfred vorgeführt wurde, ertönte eine Stimme wie aus dem Jenseits: ›Steh auf, Bruder Gari, dir sei verziehen!‹ Dieses Tier war niemand anders als Bruder Gari, der auf allen vieren lebte, um seine Sünde abzubüßen. Fortan lebte er zurückgezogen und führte ein vorbildliches Leben. Wahrscheinlich ist es nicht nur eine Legende, denn im vorigen Jahrhundert nahmen unsere Mönche tatsächlich eine halbwilde Kreatur auf, der sie Unterkunft und Erziehung angedeihen ließen. Sie hatte wie ein Tier auf allen vieren gelebt, um ihre Sünde abzubüßen. Die Moral von der Geschichte: Bewahrt eure Keuschheit, liebe Mönche.« Ein feines Lächeln umspielte die Züge des Abtes. »Im Übrigen«, er wandte sich an Teresa, »dürft Ihr Euch ruhig als Frau zu erkennen geben. Wir sind Besuche von Pilgerinnen gewohnt. Ich werde Anweisung geben, Euch eine eigene Zelle zur Verfügung zu stellen.«

Nach dem Mittagessen zogen sich alle auf ihre Zellen zurück. Teresa dachte über die Geschichte des Bruder Gari nach. Ob es Markus mit ihr ähnlich ergangen war? Hatte er befürchtet, den Einflüsterungen des Teufels zu erliegen, wenn er sich ihr, Teresa, näherte? Was hatte ihn bewogen, von ihr wegzugehen? War es wirklich nur der Streit um die Suche nach dem Kandelaber gewesen, oder lag er auch mit sich selbst im Widerstreit?

Nach der Mittagsruhe begaben sich Teresa, Froben und der Abt durch den Kreuzgang zur Kirche. Der Himmel hatte sich inzwischen bezogen, es begann zu schneien. Von Westen her kam ein Wind auf und blies die Flocken vor sich her. Der Boden war mit einer dünnen Schneeschicht bedeckt. Im düsteren Schiff der kleinen Kirche kniete ein Mann allein vor einem geschnitzten Altar und betete. Der Abt wartete, bis er aufstand, und trat auf ihn zu.

»Bruder Gabriel, ich habe dir zwei Gäste mitgebracht. Sie suchen nach den Spuren eines Ritters, der vor langen Jahren bei uns geweilt haben soll.«

Gabriel de Montaña war ein kräftiger, etwa vierzigjähriger Mann mit einem gestutzten Bart. Um seine Knopfaugen breitete sich ein Kranz lustiger Fältchen aus.

»Bruder Gabriel kann Euch dabei behilflich sein, denn er ist hier bekannt als Archivar, der die Geschichte unseres Klosters besser kennt als jeder andere«, sagte der Abt.

»Nun, alles weiß ich natürlich nicht«, wandte Gabriel ein, »aber ich weiß, wo ich nachschlagen muss. Kommt mit mir zur Bibliothek, dort werden wir sicher etwas über diesen Ritter erfahren. Ist es ein Vorfahre von Euch?«

»Wie habt Ihr das erraten?«, wunderte sich Froben.

»Irgendein unbekannter Ritter wird Euch sicher nicht dazu verleiten, die weite und gefahrvolle Reise aus dem Römischen Reich auf sich zu nehmen. Noch dazu mit einer Frau, Eurer Tochter, wie ich vermute.«

»Ganz richtig«, bestätigte Froben. »Teresa hat mir wertvolle Dienste beim Abfassen unserer Familienchronik geleistet. Diese Chronik ist auch der vornehmste Grund unserer Reise.«

»Folgt mir, meine Lieben! Mir schwant, ihr werdet das Kloster kenntnisreicher verlassen, als ihr es betreten habt.«

Die Bibliothek mit ihren unzähligen Büchern und ihrem Geruch nach Staub, Leder und Pergament ließ Teresas Herz schneller schlagen. Sie sah vertraute Namen wie Thomas von Aquin und Hippokrates. Auch die Werke der Reformatoren wie Luther, Philipp

Melanchthon und Johannes Calvin fehlten nicht. Gabriel de Montaña hieß sie auf zwei Stühlen Platz nehmen, die mit anderen um einen runden Tisch herumstanden. Er ging zielstrebig auf die längsseitige Wand zu, an der drei Fenster angebracht waren. Mit einem verschwörerischen Lächeln kam er zurück und blies den Staub vom Rücken eines Buches, das in brüchiges Kalbsleder gebunden war. Er legte es auf den Tisch und schlug es auf.

»Ich kann nicht täglich den Staub von den Büchern entfernen«, sagte er entschuldigend. »Zu vielfältig sind die Aufgaben, die wir Mönche neben dem Beten und dem Psalmensingen haben. Ich bin gerade dabei, einen uralten griechischen Text ins Spanische zu übersetzen.«

»Wieviele Sprachen beherrscht Ihr, Bruder Gabriel?«, wollte Froben wissen.

»Griechisch, Latein, Deutsch, Spanisch, Französisch, Englisch, auch ein wenig Hebräisch und Ägyptisch.«

Teresa fürchtete, die beiden könnten einen Gelehrtenaustausch allgemeiner Art anfangen. Sie fragte daher: »Was ist das für ein Buch, Bruder Gabriel? Und in welcher Sprache ist es geschrieben?«

»Es sind die Annalen unseres Klosters; es ist in der alten katalanischen Sprache geschrieben. Wartet, ich lese Euch die Stelle vor, die für Euch von Wichtigkeit sein könnte.«

Der Mönch befeuchtete Zeigefinger und Daumen und blätterte weiter. Die Seiten raschelten wie trockenes Laub.

»Hier ist es. Im Jahre 1102 unseres Herrn erschien am 11. des Monats August ein Ritter namens Friedrich von Wildenberg. Er hatte ein Kind von etwa drei Monaten bei sich und bat darum, es bei uns aufzunehmen. Auf Nachfragen erzählte er, es sei das Kind von seiner verstorbenen Frau, die er in Jerusalem habe zurücklassen müssen. Nach dem großen Kreuzzug habe er Gottfried von Bouillon gedient und das Kind, einen Jungen, nach ihm benannt. Außerdem führe er eine kostbare Fracht mit sich, die er in das Kloster Agenbach im Schwarzwald überbringen wolle. Er habe das Gefühl, verfolgt zu werden, und wolle das Kind nicht in Gefahr bringen. Nach zwei Nächten in unseren Mauern reiste er weiter. Den wertvollen Gegenstand hatte er am Fuß des Berges zurückgelassen, in der Obhut eines Schäfers, dem er vertraute. Wir nahmen das Kind namens Gottfried auf und erzogen es in unserer klösterlichen Tradition, bis es groß genug war, seinem Vater ins Römische Reich zu folgen.«

»Friedrich hatte einen Sohn!«, entfuhr es Teresa. Sie warf ihrem Vater einen Blick zu..

»Das erklärt, warum unsere Familie nach dem Tod der beiden Brüder nicht ausgestorben ist«, meinte Froben, der genauso überrascht war wie sie.

»Und was ist mit deinem Bruder Werner?«, fragte Teresa.

»Habt ihr die Chronik des Friedrich von Wildenberg gelesen?«, fragte Bruder Gabriel.

»Ja«, entgegnete Froben, »darin stand, dass er einen Goldkandelaber als Geschenk von Gottfried von Bouillon erhalten hätte, den er ins Kloster Agenbach bringen wollte. Er hatte die Absicht, nach Jerusalem zurückzukehren, um die Gebeine seiner Geliebten zu überführen. Dabei wollte er den Weg über Montserrat und Barcelona nehmen, aber sicher waren wir uns nicht, ob er hierher kommen wollte.« Er schlug sich mit der Hand an den Kopf. »Jetzt wird mir klar, warum er dieses Kloster noch einmal aufsuchen wollte: wegen seines Sohnes!«

Bruder Gabriel sah die beiden mit einem Ausdruck an, den Teresa nicht recht zu deuten wusste.

»Ich muss Euch leider enttäuschen, was die Chronik des Friedrich von Wildenberg betrifft«, begann er zögernd. »Sie ist eine Fälschung. Das heißt, die Berichte über den Kreuzzug entsprechen der Wahrheit – bis auf die Ereignisse und Kämpfe in Jerusalem.«

»Woher kennt Ihr diese Chronik?«, fragte Froben.

»Ein Mönch namens Markus Schenk hat mir erst vor kurzem eine Abschrift geschickt. Ich bin noch nicht dazu gekommen, ihm zu antworten.«

Teresa schoss das Blut ins Gesicht. Warum hatte Markus ihnen nichts davon erzählt? Was war so geheim an dieser Sache, dass er ihnen gegenüber nicht offen sein konnte?

»Dieser Mönch weiß nichts davon, dass die Chronik gefälscht ist«, fuhr Gabriel de Montaña fort. »Ich selbst beschäftige mich schon länger mit der Angelegenheit, insbesondere auch mit den Kreuzzügen. Im vorigen Jahr reiste ich nach Jerusalem, mit Billigung meines Abtes, um dort den Rabbi David Saloman aufzusuchen, mit dem ich schon Briefe gewechselt hatte. Er befasste sich ebenfalls mit der Erforschung der Kreuzzüge und übergab mir die Aufzeichnungen eines Zeugen des Massakers, die sich über die Jahrhunderte erhalten haben. Sie wurden in einem geheimen Archiv aufbewahrt.«

»Habt Ihr diese Aufzeichnungen hier?« Teresas Kopf fühlte sich an, als hätte sie Fieber.

Bruder Gabriel nickte bedächtig und bedeutete ihnen zu warten. Er verschwand hinter einer Bücherwand. Als er zurückkehrte, hatte er eine Pergamentrolle in der Hand.

»Dies ist eine Abschrift der Zeugenaussage«, meinte er. »Und seid versichert, dass es keine Fälschung ist.« Er nahm einen Lesestein vom Tisch und begann, den Inhalt des Pergamentes vorzutragen.

»Geschrieben anno 1099 zu Jerusalem von einem Unbekannten, der nicht genannt werden will, weil das schlimme Folgen für ihn haben könnte. Soviel sei gesagt: Ich bin ein Ritter aus dem Heer des Gottfried von Bouillon, der zusammen mit anderen Adligen und Grafen aus Lothringen, Südfrankreich, Italien und dem Heiligen Römischen Reich ausgezogen war, um das Heilige Grab von den Ungläubigen zu befreien. Nachdem wir die Stadt Jerusalem eingenommen hatten – Gott sei den Seelen gnädig, die dabei zu Tausenden den Tod fanden, Gott sei unseren Seelen gnädig, die im Namen des Kreuzes so viel Unheil anrichteten –, schleppten die Ritter alle möglichen Kostbarkeiten aus dem Felsendom heraus. Sie waren blutverschmiert, in ihren Gesichtern lag ein Ausdruck, den zu beschreiben sich mir die Feder sträubt.

Als sich die Nacht herabsenkte, wurde es still an diesem Ort des Grauens. Gott strafe mich für den Entschluss, den ich dann fasste. Ich stieg über die erschlagenen, erstochenen und geschundenen Körper hinweg und ging hinein in das Heiligtum auf dem Tempelberg. Was ich sah, ließ mir das Blut in den Adern gefrieren. Der Boden des achteckigen Raumes war knöchelhoch mit Blut bedeckt. Gräulich zugerichtete Leichen lagen herum, auch Frauen und Kinder. In kurzer Entfernung sah ich zwei Männer und eine Frau, die sich zu streiten schienen. Sie bemerkten mich nicht, da eine Säule mich vor ihren Blicken verbarg. Der Bauch der Frau war gewölbt. Es ging etwas so Entsetzliches von dieser Szene aus, dass ich Mühe hatte, an meinem Platz zu verweilen. Einer der Männer drohte dem anderen mit der Faust.

›Du hast immer alles bekommen in deinem Leben, Friedrich‹, schrie er. ›Unser Vater hat dich immer lieber gehabt. Du hast Gisèle bekommen, und sie trägt dein Kind unter ihrem Herzen, obwohl ich sie mehr liebe, als du es auch nur im Traum erahnen könntest!‹

›Du bist betrunken, Albrecht‹, gab der mit Friedrich Angeredete zurück. ›Unser Vater war bekannt für seine große Gerechtigkeit, die er allen Menschen angedeihen ließ. Aber du hast deine Möglichkeiten nicht genutzt, hast dich mit Kameraden herumgetrieben, dich vollgesoffen, wann immer du konntest, hast andere beleidigt, sinnlos verletzt und getötet. So ist es nur natürlich, dass Gisèle sich für mich entschieden hat. Das Fundstück, das du mir streitig machen willst, ist das Einzige, was ich aus diesem gottverdammten Krieg mit nach Hause nehmen will.‹

Ich kniff die Augen zusammen, um sehen zu können, was er meinte. An eine der Säulen gelehnt stand ein fast mannshoher Kandelaber mit sieben Armen. Er war über und über mit Blut besudelt, und das wird der Grund gewesen sein, warum ihn keiner der anderen Ritter entdeckt und mitgenommen hatte. Oder sie hatten ihn in ihrem Rausch einfach übersehen. Trotz der Verunreinigung konnte ich erkennen, dass der Kandelaber aus massivem Gold gemacht war, mit Blumen und Ranken verziert, die wie an einem Baum emporstrebten. Der Leuchter musste so schwer sein, dass man einen Mann damit erschlagen konnte.

›Der Kandelaber ist mein!‹, brüllte Albrecht. Er packte ihn mit großer Anstrengung, konnte ihn jedoch nicht von der Stelle bewegen. Stattdessen griff er nach einer Eisenstange und hielt sie drohend über Friedrichs Kopf. Die Frau schrie angstvoll auf, warf sich zwischen die beiden Männer. Friedrich drängte sie zur Seite. Ihre Schreie gingen in ein Wimmern über.

Ich habe mich oft gefragt, warum ich nicht eingegriffen habe. Das Geschehen schien mir wie ein Gottesgericht, und ich war wie gelähmt vor Angst, vor Entsetzen und vor Ehrfurcht, ich weiß es nicht mehr. Friedrich packte die Eisenstange und entriss sie seinem Bruder.

›Nein, Friedrich, versündige dich nicht!‹, schrie die Frau. Die Stange schwebte über Albrechts Haupt. Albrecht verzog keine Miene, sondern höhnte.

›Schlag zu, Bruderherz, auf dass wir beide in die Hölle fahren! Schlag zu, ich freue mich darauf, dich wiederzusehen!‹

Gebannt starrte ich auf die Stange, die in den Händen Friedrichs zitterte. Mit entsetzlicher Langsamkeit, so schien es mir, senkte sie sich auf Albrechts Kopf. Ich hörte das Geräusch geborstener Knochen. Albrecht sank zu Boden. Jetzt hielt es mich nicht länger in meinem Versteck.

›Habt keine Angst, ich will nur euer Bestes‹, stieß ich hervor. ›Ich habe alles mitangesehen und weiß, dass Euer Bruder im Unrecht war, dass er Euch töten wollte.‹

Die beiden schauten mich aus erloschenen Augen an. Die Frau stieß erneut einen wimmernden Laut aus und fasste sich an den Bauch. Sie schrie und stöhnte, fiel zu Boden. Wir sahen hilflos zu, wie sie sich in den Wehen wand und quälte. Ich musste mich immer wieder abwenden. Dann erschien ein kleiner Kopf zwischen ihren Schenkeln, ein kläglicher Kinderschrei ertönte. Ich packte den Kopf und zog. Friedrich saß in sich zusammengesunken da. Wie von selbst glitt der kleine Mensch aus seiner Mutter heraus. Ich legte das Kind, einen Jungen, dem Vater in den Arm. Die Mutter gab kein Lebenszeichen mehr von sich, wahrscheinlich war sie verblutet. Jetzt kam Bewegung in Friedrich. Er gab mir den Säugling zurück mit den Worten, ich solle ihn in Sicherheit bringen. Dann küsste er die Frau auf die bleiche Stirn, nahm sie in die Arme und trug sie hinaus. Ich wartete eine Zeitlang, bis er wieder erschien. Derweil wiegte ich das Kind in meinen Armen. Friedrich griff nach dem Kandelaber.

›Ich habe einen Wagen aufgetrieben‹, sagte er, ›damit schaffe ich meine Frau und den Kandelaber weg. Bringt das Kind zu Gottfried von Bouillon, er wird dafür sorgen, dass es ihm an nichts fehlt.‹ Er versuchte, den Kandelaber auf seine Schultern zu wuchten, doch er war zu schwer. Ich lief zu ihm, um ihm zu helfen. Gemeinsam schafften wir es, ihn hinauszubringen und auf den Wagen zu legen.

›Ich danke Euch im Namen Gottes und meiner toten Gisèle‹, waren seine letzten Worte. ›Sagt niemandem ein Sterbenswörtchen über das, was hier heute Nacht geschehen ist. Ich werde Euch dafür reichlich entlohnen.‹

Damit setzte er sich auf den Kutschbock, trieb die beiden Pferde an und verschwand hinter einer Ecke. Ich habe ihn nie wieder gesehen. Einen Augenblick lang glaubte ich, eine Bewegung der Hand des Toten zu sehen, aber das war sicher meinen überreizten Sinnen zuzuschreiben. Ich blinzelte: Albrecht lag regungslos in seinem Blut und in dem so vieler anderer. Ich ging mit dem Kind hinaus, suchte nach Gottfried von Bouillon, und als ich ihn gefunden hatte, umgeben von einer schlaftrunkenen Schar seiner Männer, übergab ich ihm das Kind und bat darum, einen Heilkundigen in den Felsendom zu schicken.

Die erschütternden Ereignisse habe ich aufgeschrieben, da sie mein Gewissen zu sehr belasteten und ich seitdem keine Nacht mehr schlafen konnte. Gott sei mit mir und mit allen anderen, immerdar, jetzt und in Ewigkeit. Amen.«

»So hat es sich also wirklich zugetragen«, sagte Froben mit einem

Seufzen, nachdem Bruder Gabriel geendigt hatte. Seine Stimme klang belegt. »Was, Bruder Gabriel, sollen wir von einem Vorfahren halten, der die Nachwelt belügt und alles im Unklaren lässt?«

»Was ist Euch wirklich wichtig?«, fragte der Mönch zurück. »Die Wahrheit zu erfahren, zur Wahrheit zu gelangen, Eure Chronik zu schreiben oder den Kandelaber zu besitzen, der offensichtlich nicht nur für Euch so wichtig geworden ist?«

»Ich spreche von mir und auch im Namen meiner Tochter. Wir werden das Geheimnis, das unsere Familie betrifft, ergründen und für künftige Generationen aufschreiben.« Er hielt inne. »Für wen wollen wir es aufschreiben, wenn unsere Familie doch keine männlichen Nachkommen besitzt?«

»Es gibt doch den Spross in Peterszell«, warf Teresa ein. »Der ist sicher aus den Nachkommen dieses Kindes Gottfried entstanden.«

»Ich möchte Euch noch eine andere Version meines gelehrten Freundes aus Jerusalem eröffnen«, sagte Gabriel. »David Saloman ist zu der Überzeugung gelangt, dass es sich bei diesem Kandelaber nur um die Menora handeln kann, die vom Volk Israel vierzig Jahre lang durch die Wüste getragen wurde. Sie ist ein Symbol für das Leben und für Gott. Die Menora wurde im Jahr 70 nach Christi von den Römern aus dem ersten Tempel von Jerusalem geraubt und ist seitdem verschollen. Dieser siebenarmige Leuchter ist zum Symbol des Judentums geworden, und sowohl die Christen als auch die Muslimen als auch die sogenannten Heiden strebten aufs Heftigste nach ihrem Besitz.«

»Die Menora?«, rief Froben. »Das kann und darf nicht sein. Sie ist verschollen, niemand weiß, wo sie sich befindet.«

»Was nicht heißt, dass sic nicht wieder aufgetaucht sein könnte«, entgegnete Bruder Gabriel. »Heidnische Stämme aus dem Norden wie die Vandalen, die Goten und die Sarazenen aus Arabien haben seit dem Verschwinden der Menora Rom geplündert. So könnte sie möglicherweise in die arabischen Länder gelangt sein. Während des ersten Kreuzzuges wurde sie von Euren Vorfahren im Felsendom entdeckt, wie immer sie auch dorthin gelangt sein mag. Wie mir mein Freund aus Jerusalem mitteilte, ist es sogar möglich, dass die Assassinen sie besessen haben.«

»Die Anhänger des späteren ›Alten vom Berg‹?«, meinte Froben. »Die haben den Kreuzfahrern das Leben schwergemacht, wann immer sie konnten. Sie töteten mit Dolch und Gift im Namen ihres Anführers.«

»Der Bund der Assassinen wurde Ende des 11. Jahrhunderts, also zur Zeit des ersten Kreuzzuges, von Hassan, einem Schiiten, gegründet«, sagte der Mönch und strich sich über den grauen Bart. »Sie stellten sich den Kreuzfahrern nicht nur in den Weg, sie mordeten auch in ihrem Auftrag, für Gold. Sie wollten die ›Wahre Lehre‹ verbreiten und einen Gottesstaat errichten. Sie gaben ihr Leben hin, denn es war ihnen nichts wert. Zweihundert Jahre später, im Jahr 1256, wurden sie von den Mongolen vernichtet. Nach der Eroberung der Burg Alamut, bei der die ganze Bibliothek verbrannte, ließ der mongolische Statthalter Müägüd Khan, ein Enkel Tschingis Khans, zwölftausend Assassinen unter dem Vorwand der Registrierung zusammenkommen und ermorden, so wird gesagt. Gnade uns Gott, wenn einige überlebt und sich von neuem zusammengeschlossen hätten! Sie könnten versuchen, die Menora in ihren Besitz zu bringen. Nicht erst, seit Euer Luther sich von der katholischen Kirche abgewandt hat, ist ein Krieg der Religionen entbrannt. Damit haben sie sich von Gott, von der Einheit und der Liebe entfernt. Es gibt viele Gemeinsamkeiten der Religionen. Glaubt mir, dass es mich schaudert, wenn ich sehe, dass sie sich nur noch gegenseitig die Köpfe einschlagen!«

»Die Gemeinsamkeiten der jüdischen, der christlichen und der islamischen Religionen bestehen vor allem darin, dass sie nur einen Gott kennen«, entgegnete Froben. »Sie gehören zu den monotheistischen Religionen. Die umfassen auch den Gegenpart, den Teufel. Alle Naturreligionen, auch die der Römer, waren von Vielgötterei bestimmt.«

»Und die Menora könnte ein Bindeglied zwischen den Religionen sein?«, fragte Teresa.

»Ein Bindeglied und ein Objekt der Zwietracht«, gab Montaña zur Antwort. »Ebenso wie der Heilige Gral, der Kelch mit dem Blut Christi, zu Zwietracht geführt hat. Er soll hier in Montserrat verehrt worden sein, aber ebenso in San Juan de la Peña, in Santiago de Compostela und in Britannien. Außerdem soll er sich beim Schatz der Templer befunden haben, der 1244, nach der Zerstörung der Katharerburg Montségur, spurlos verschwand.«

»Die Tempelritter waren um das Jahr 1147 herum, vor dem zweiten Kreuzzug, auf der iberischen Halbinsel«, setzte Froben das Gespräch fort. »Sie wurden 1250 vom Papst dazu aufgefordert, gegen die Mauren zu kämpfen beziehungsweise den König von Aragon im Krieg gegen Navarra zu unterstützen. Sie weigerten sich, zogen aber mit in den Kreuzzug. Am 16. März 1244 wurden die Katharer auf dem Montségur verbrannt, und von hier sollen einige mit dem Schatz der Templer geflohen sein. Jakob von Molays, der letzte Großmeister der Templer, wurde aber erst am 18. März 1314 durch das Feuer hingerichtet. Ihre Besitztümer wurden den Johannitern sowie den neuen Christen in Spanien übergeben. Wie sollen die Katharer da an einen Schatz gelangt sein?«

»Nur die geographische Nähe der Katharerburgen und der angeblichen Aufbewahrungsorte des Heiligen Grals sprechen dafür«, sagte Montaña. »Wenn denn der Schatz aus dem Heiligen Gral bestand. Mit der Menora jedoch hat das nichts zu tun.«

24.

»Ich glaube nicht, dass es die Menora ist, die wir suchen«, stellte Teresa fest. Sie blickte aus dem Fenster der Bibliothek. Regen und Schnee wurden über die bizarren Felsformationen hinweggetrieben. »Friedrich von Wildenberg beschrieb den Kandelaber als golden, aber besetzt mit Rubinen und Edelsteinen. Er kann auch nicht so groß gewesen sein, sonst hätte er ihn nicht aus dem Felsendom herausschaffen können.«

Bruder Gabriel setzte ein feines Lächeln auf. »Es gibt da noch etwas, das mir in den vielen Stunden des Nachdenkens eingefallen ist. Das Haus, das den Templern nach dem ersten Kreuzzug zugewiesen wurde, war über den Ruinen der Al Aksa, des moslemischen Tempels, erbaut, gegenüber dem Felsendom. Wie, wenn einer der sarazenischen Sklaven aus dem Tempel die Menora in den Felsendom gebracht hätte, um sie vor den Christen zu retten? Das sind natürlich alles nur Mutmaßungen«, beeilte er sich zu versichern. »Aber nehmen wir einmal an, es sei so gewesen, dann wären die Templer die rechtmäßigen Erben der Menora, Eures Kandelabers, da ihr Gotteshaus symbolisch der zweite Tempel von Jerusalem war.«

»Manchmal sah ich die beiden Reiter in grauen Gewändern, manchmal in weißen, mit einem roten, achtwinkligen Kreuz darauf«, sinnierte Teresa. »Ich dachte, meine Wahrnehmung spielte mir einen Streich. Aber vielleicht gibt es wirklich noch Templer, die hinter ihrem rechtmäßigen Erbe her sind.«

»Die Christen haben in jener Nacht in Jerusalem ihr Anrecht auf alle Schätze der Welt verwirkt«, brummte Montaña grimmig. »So wäre es in meinen Augen nur recht und billig, wenn die Menora Friedrich zugestanden hätte und damit Euch als seinen Nachkommen.«

»Ich will vor allem weiteres Blutvergießen vermeiden«, sagte Froben. »Deshalb will ich sie unbedingt in die Hände bekommen.«

»Aber auch wegen der Chronik«, neckte Teresa ihn.

»Seid Ihr beiden Euch sicher, dass solch hehre Motive die einzigen sind, warum Ihr in den Besitz des Kleinods gelangen wollt?« Montaña blinzelte ihnen zu.

»Nun ja«, meinte Froben, »ihre wundertätigen Eigenschaften sind natürlich verlockend. Dazu noch die Aussicht, zur Wahrheit zu gelangen ...«

»Ich habe noch einen weiteren Grund, den Kandelaber nach Hause bringen zu wollen«, gestand Teresa. »Ich hoffe unter anderem, dadurch wieder in Verbindung mit meiner geliebten Mutter zu kommen.«

Montaña räusperte sich. »Nachdem ich Euch kennengelernt und mit Euch gesprochen habe, denke ich auch, dass dieses Erbstück in den Händen eines Gelehrten und seiner nicht minder klugen Tochter am besten aufgehoben wäre. Ich gebe Euch meinen Segen für die Suche.«

»Doch wo sollen wir die Menora – ich nenne sie jetzt einfach mal so – denn suchen?« Froben hatte die Stirn gerunzelt. »Hier scheint sie auf jeden Fall nicht zu sein.«

»Ich schätze«, meinte Montaña, »dass sie gar nicht ins Heilige Römische Reich gebracht worden ist. Es gibt keine Zeugen. Auch die Mönche des Jahres 1099 haben sie nicht gesehen; sie sollte sich auf einem Karren am Fuß des Berges befinden.«

»Aber was bezweckte Friedrich dann mit seinen Behauptungen?«, wollte Teresa wissen.

»Ich kann mir nur vorstellen, dass er seine Gegner irreführen wollte und dass sich die Menora noch im Heiligen Land befindet.«

Am folgenden Morgen waren das Kloster und die Berge wieder in dichten Nebel gehüllt. Über den Bergspitzen, die nur als schemenhafte Umrisse zu sehen waren, lag ein bläulicher Schimmer. Teresa beschloss, das relativ trockene Wetter zu nutzen und einen dieser

Gipfel zu besteigen. Sie zog feste Schuhe an, nahm ihren Mantel und folgte, ohne jemandem Bescheid zu sagen, dem Pfad, den sie am Vortag mit ihrem Vater hinaufgestiegen war. Von dem Punkt aus, an dem sie umgekehrt waren, beschritt sie einen Weg, der sich zwischen Felsen und Steineichen hindurchschlängelte. Gespenstisch standen die Bäume und Büsche am Wegesrand. Teresa hörte keinen Laut eines Vogels, keine Menschenstimme. Sie fühlte sich sehr allein. Aber das hatte sie sich selber zuzuschreiben. Sie wollte auf diesen Gipfel gelangen, ohne jede Begleitung. Dass Einsamkeit wie Glas sein konnte, so klar und kalt, aber auch befreiend, hatte sie bisher noch nicht erfahren. Sie wollte diese Erfahrung machen und sehen, ob sie zu irgendeiner Erkenntnis gelangte.

Schließlich erreichte sie eine Kapelle und zwei kleinere sakrale Bauten in Felsenhöhlen. Weiter oben kam sie an einen Punkt, von dem aus sie im Nebel die Silhouetten der *Agulles* sehen konnte, eines Gesteinsblockes, der geformt war wie eine riesige Orgel. Weiter ging es, zwischen Wald und Abgrund, auf den nächsten Gipfel, Sant Jeroni. Viele weitere Eremitagen, zum Teil aus sehr altem Gestein, tauchten auf. Ein leichter Wind war aufgekommen, der in die Spalten der Steine pfiff und den Nebel zu zerteilen begann. Dann stand sie auf dem höchsten Gipfel des Massivs. Trotz der kühlen Luft lief ihr der Schweiß in Strömen herab. Über ihr war der Himmel blau und klar.

Teresa drehte sich langsam um sich selbst. Das Kloster weit unten war von einer weißen Nebelmasse bedeckt, ebenso das ganze Land und die Berge der Pyrenäen. Einzelne Bergspitzen ragten dunkel hervor. Wie schon am Vortag überkam sie ein Gefühl tiefen Friedens. Dort im Westen verlief der Weg nach Santiago. Wie weit Markus wohl schon gekommen war? Wanderte er jetzt, genauso einsam wie sie, über irgendeinen Pass, vielleicht über den von Roncevalles? Oder hatte er sich einer Pilgergruppe angeschlossen, vielleicht sogar einer Pilgerin? Ein unbestimmtes Gefühl ergriff sie, das ihr im Innersten wehtat, und der Wunsch, mit ihm gemeinsam unterwegs zu sein, wurde fast übermächtig. Nein, dies war nicht der

Gipfel, von dem Petrarca gesprochen hatte. Sie würde noch weit gehen müssen, um dorthin zu gelangen.

Markus hatte das Gebiet um den Montségur verlassen und befand sich auf dem Weg zum *Col de Puymorens,* einem sehr hohen Pass. Endlos ging es in Serpentinen bergan. Je höher er hinaufkam, desto mehr wich der Wald aus Steineichen und Kiefern zurück und machte der Macchia Platz, die schließlich von Moosen und Flechten abgelöst wurde. Es begann zu schneien. Auf dem Pass, der schon tief verschneit war, hielt er an. Er hatte erwartet, einen Überblick über die Gegend, die Berge und den weiteren Weg zu bekommen, doch er sah gar nichts. Alles war von Schnee und Nebel verschluckt. Mühsam kämpfte sich sein Pferd voran, derweil er selbst das Gesicht immer wieder in die Mähne des Tieres drücken musste, weil ihm Graupeln wie Eisnadeln ins Gesicht flogen. Der Nebel stand wie eine dicke Suppe vor seinen Augen.

Er war allein, niemand wagte anscheinend in dieser Zeit die Überquerung des Passes. Der Tag, an dem Teresa sich im Schnee verirrt hatte, fiel ihm ein. Er hatte sehr große Angst um sie gehabt. Wie leicht hätte sie bei ihrem Irrweg abstürzen können! Jetzt war er in einer ähnlichen Lage. Er sah keinen Weg mehr vor sich, musste sich der Führung durch das Pferd überlassen. Warum hatte er diesen Weg eingeschlagen? Wäre es nicht besser gewesen, nach Hause zurückzukehren? Oder diese Reise erst gar nicht anzutreten? Er fühlte sich dumpf und ausgehöhlt. Aber es gab einen Grund weiterzumachen, und der hatte ihn von Anfang an bestärkt und vorangetrieben. Er war auf dem Weg zu der Frau, die er liebte und die er beschützen musste, auch vor sich selbst, vor ihrer starken inneren Kraft, die sich allmählich zur Besessenheit entwickelt hatte.

Mit dem Kopf auf dem Hals des Tieres ließ er sich willenlos dahintragen. Nur das Schnauben und das Knirschen der Hufe drangen an seine Ohren. Das Kloster Agenbach fiel ihm ein, seine Zeit des Noviziats, in der er durch den Benediktinerorden geprüft wurde, ob er die Gelübde der Armut, des Zölibats und des Gehorsams ablegen könne und ob er die Fähigkeiten habe, in diesem Orden zu leben. Darüber hinaus musste er seine vor Gott, dem eigenen Gewissen und den Oberen verantwortete Entscheidung für den Profess, der Ernennung zum Mönch, prüfen. Er hatte sich lange und sorgsam geprüft und war zu der Entscheidung gelangt, dass er zum Mönch berufen war. Aber war es auch wirklich seine eigene Entscheidung gewesen? Hatten nicht seine Eltern, die als Bauern in der Umgebung von Agenbach ein eher kümmerliches Leben fristeten, ihn beschworen, ins Kloster einzutreten?

Die Tage seiner Kindheit fielen ihm ein. Jeden Morgen nach einer Nacht, die er zusammen mit seinen beiden Brüdern in einem Strohbett verbrachte, bei dem im Winter die Decke am Bettpfosten festfror, war er aufgestanden, hatte sich kurz im Hof im Brunnen das Gesicht gewaschen, und dann musste er in den Stall, zusammen mit der Mutter die Kühe melken, Stroh aufschütten, den Schweinestall misten, im Sommer das Vieh auf die Weide treiben oder Holz im Wald sammeln. Wie froh war er gewesen, als der Pfarrer des Ortes eines Sonntags zu ihnen in die Stube kam, in der ein Feuer im Kamin prasselte und die Familie um den Tisch herum saß, mit einem Topf Gemüsesuppe in der Mitte, in die alle ihre Löffel tunkten. Markus sei ein kluger Kopf, das habe er im Gespräch mit ihm bemerkt, sagte der Pfarrer. Er bot seinen Eltern an, ihn in die Lateinschule des Klosters zu schicken mit der Aussicht, Novize und später einmal Mönch zu werden. Er brauche ihn aber auf dem Hof, hatte der Vater geschimpft, er brauche jede Hand, damit die Familie überleben könne. Er werde etwas aus den Pfründen des Klosters bereitstellen, beruhigte ihn der Pfarrer. Und so war Markus Lateinschüler geworden, und er musste sich fortan dem Gebet und der Arbeit hingeben.

Oft vermisste er sein früheres Leben, zwar nicht die Plackerei auf dem Hof und auf dem Feld, aber die wenigen Mußestunden an den Sonntagen, nach dem Kirchgang, die er mit den Kindern des Dorfes zugebracht hatte. Manchmal waren sie im Winter mit Holzschlitten einen Berg hinuntergerodelt und dabei absichtlich mit den

Schlitten der Mädchen zusammengestoßen, so dass alle lustig durcheinanderpurzelten. Besonders ein blondes Mädchen mit Zöpfen hatte es ihm angetan, die Tochter des Apothekers. Im Sommer, an heißen Tagen, badeten sie im klaren, kalten Wasser der Kinzig und kamen abends müde und glücklich nach Hause. Mit diesem Kind, das er einmal war, hätte er jetzt tauschen mögen.

Später, als er schon Novize war, trat ein kleiner, blonder Junge in die Lateinschule ein, Matthias, den er mit der Zeit sehr lieb gewann, weil er hilfsbereit und freundlich war und ihn immer so verschmitzt anschaute, wenn er am Fenster der Lateinschule vorüberging. Seine Herkunft war unbekannt, es hieß, er sei von einem Kräuterweib an der Pforte abgegeben worden. In jenen Tagen hatten sie auch viel mit Moshe Seraim, dem Rabbi der jüdischen Gemeinde, zu tun gehabt. Oft hatten die Kinder im Kreis um ihn herumgesessen, wenn er ihnen Geschichten aus dem Talmud vorlas. Sie waren denen der Bibel gar nicht so unähnlich gewesen.

Markus schreckte hoch. Fast hätte er vergessen, in welcher Lage er sich befand. Das Pferd ging jetzt im Schritt abwärts, vorsichtig Huf vor Huf setzend. Der Wind heulte in den Felsen und trieb den Schnee vor sich her. Nach einer endlosen Zeit erreichten sie ein kleines Gehöft, aus den gelblichen Steinen des Landes erbaut und mit einem Schieferdach versehen. Es stand an einem Hang, umgeben von Wiesen und Wäldern. Die Dämmerung war bereits herabgesunken. Mit letzter Kraft stieg Markus aus dem Sattel und klopfte an eine Tür. In einem geräumigen Käfig saß ein Pyrenäenschäferhund mit zottigem Fell und bellte. Ein dürrer Bauer mit gegerbtem Gesicht und einer schwarzen Kappe öffnete ihm.

»*Que tiempo horrido*!«, sagte er, öffnete die Tür weiter, damit Markus eintreten konnte, und ging hinaus, um das Pferd zu versorgen. Markus hörte, wie er dem Hund beruhigend zusprach. In der Stube brannte ein prasselndes Feuer im Ofen. Um einen Tisch herum saßen die Bäuerin und sieben Kinder bei ihrem kargen Abendbrot. Der Bauer kam aus dem Stall zurück und bedeutete Markus mit einer Handbewegung, sich zu setzen. Die Wärme des Raumes und das Essen tauten seine erstarrten Glieder auf. Glücklicherweise war er des Spanischen mächtig, so dass er sich mit seinen Gastgebern verständigen konnte. Die Kinder schauten ihn aus großen Augen an. Woher er komme und wohin er wolle, fragte der Bauer.

»Ich komme aus deutschen Landen«, antwortete Markus, »und ich will zum Kloster Montserrat, um dort einen Freund zu treffen.«

Hätte er »Freundin« sagen sollen? Aber das hätte auf die Leute sicher seltsam gewirkt.

Die Augen der Bäuerin begannen zu leuchten. »Montserrat? Zur *Moreneta,* der Schwarzen Madonna?«, rief sie. »Ach, wie gern täte ich einmal in meinem Leben dorthin pilgern, zur Madonna beten und den Heiligen Gral sehen!«

»Da wird unsereiner wohl kaum hinkommen«, brummte ihr Mann und schaufelte sich Milchsuppe in den Mund. »Außerdem soll der Heilige Gral sich nicht mehr dort befinden.«

»Aber die *Moreneta* ... die würde uns von allem Übel erlösen. Wenn wir sparen ...«

»Ach was!« Der Bauer wischte ihre Worte mit einer Handbewegung weg. »Wer soll für die Kinder sorgen und fürs Vieh, wenn du dir solche Flausen in den Kopf setzt?«

Die Frau schlug die Augen nieder. »Ich bin ja schon ruhig.«

Im nächsten Moment schlug sie dem Kleinsten, der etwas von der Milchsuppe verschüttet hatte, auf die Finger. Er begann zu plärren.

»Das Leben in den Bergen ist sicher sehr hart«, warf Markus ein, um etwas zu sagen.

»Wir haben es uns nicht ausgesucht«, meinte der Bauer. »Ich habe den Hof von meinem Vater geerbt. Und etwas anderes könnte ich mir auch nicht vorstellen. Ich bin hier geboren und aufgewachsen und liebe das Land, das ich bearbeite.«

»Hier wird viel Getreide angebaut, nicht wahr?«, fragte Markus.

»Hafer, Roggen, Emmer, Dinkel, Grünkern, Rüben und Kohl«, antwortete der Bauer. »Das sind die Sorten, die in diesem rauen Klima wachsen. Daneben haben wir noch Kühe, Schafe und Ziegen.«

»Einen Ochsen und ein Pferd für die Feldarbeit«, krähte eines der Kinder.

»Eine Frage habt Ihr uns noch nicht gestellt, Herr«, fuhr der Bauer ungerührt fort. »Wie wir es mit der Religion halten.«

»Wie haltet Ihr es mit der Religion?«

»Früher war hier alles voll mit den Katharern. Man hätte sie ja nicht gleich totschlagen und verbrennen müssen, aber ich muss sagen, was die gepredigt haben, gefällt mir ganz und gar nicht. Wir haben also immer noch unseren guten katholischen Glauben. Und gehen am Sonntag zu unserer Kirche im nächsten Dorf, auch wenn sie nur aus Holz ist.«

»Ich habe letztens in der Spinnstube des Dorfes etwas gehört.« Die Bäuerin bekreuzigte sich.

»Was denn, Frau?« Der Bauer, der neben ihr saß, stieß ihr ermunternd in die Rippen.

»Es gibt, wird gemunkelt, in der Gegend verlassene Burgen, Klöster oder Eremitagen, in denen nachts Lichter umgehen. Man sagt, das seien die Geister der Katharer, die sich an ihren Peinigern rächen wollen.«

»Das ist Geschwätz aus Spinnstuben«, hielt der Bauer dagegen. Er gähnte herzhaft. »Jetzt sind wir alle müde und gehen ins Bett«, ordnete er an.

Markus war es recht, denn er hätte auf der Stelle einschlafen können. Die Frau richtete ihm ein Strohlager neben dem Ofen, holte eine Decke, dann wünschten sich alle eine gute Nacht. Die Kinder tobten lärmend nach oben, begleitet vom Schimpfen ihrer Mutter. Markus schlief sofort ein.

Einmal in der Nacht wachte er auf und hörte in der Ferne einen Wolf heulen, ein anderer antwortete. Wie bei uns daheim, dachte er. Aber ich bin nicht daheim, ich bin auf dem Weg zu Teresa.

Als er am Morgen etwas zerschlagen aufstand und das Schaffell vor dem Fenster beiseiteschob, kam er aus dem Staunen nicht mehr heraus. Der Wind hatte sich gelegt, und es hatte aufgehört zu schneien. Ein tiefblauer Himmel spannte sich über die Berge, die in weiches Weiß gebettet waren und bläuliche Schatten warfen. Dazwischen standen dunkle Waldinseln. Der Schäferhund bellte, Hühner gackerten. Nach dem Frühmahl gab Markus dem Bauern ein paar Münzen in die Hand, woraufhin der über beide Backen grinste.

»So viel wäre aber nicht nötig gewesen«, meinte der Bauer. Er brachte Markus sein Pferd. »Behüt Euch Gott«, waren seine Abschiedsworte, und er, seine Frau und die Kinder winkten ihm hinterher, so oft er sich umsah.

Zu dem Brot und der Butter, die ihm die Bäuerin mitgegeben hatte, kaufte Markus in La Molina Speck und Bier, das er in seine Kalebasse füllen ließ. Von hier aus musste er noch einmal einen sehr hohen, tief verschneiten Pass überwinden, bevor es langsam abwärts ins Tal des Llobregat ging. Auf einer grob gezeichneten Karte der Umgebung, die er ebenfalls in La Molina erstanden hatte, sah er, dass es noch etwa zwei Tagesreisen bis zum Kloster Montserrat sein würden. Der Fluss zog an seinem Unterlauf unterhalb des Montserrat-Gebirges vorbei.

Das Tal war dünn besiedelt, nur selten sah Markus ein paar Bauernhäuser oder Hütten, in denen sich Leben regte. Manchmal begegnete ihm ein Bauer, der mit einem Ochsenkarren voller Holz oder Rüben unterwegs war und ihn freundlich grüßte. Kurz vor dem Ort Manresa suchte er Unterschlupf in einer verlassenen Kirche, weil erneut Sturm und Schneetreiben begonnen hatten. Sein Pferd band er hinter der Kirche an einen Baum. Als seine Augen sich an das dämmerige Innere gewöhnt hatten, sah er, dass er nicht allein war. Drei Gestalten in dunklen Mänteln machten sich am Altar zu schaffen. Etwas in ihrer Haltung bewog ihn dazu, sich hinter einer der Säulen zu verstecken. Sie wandten ihm den Rücken zu. Sollte er wieder hinausgehen, in der Hoffnung, dass sie ihn nicht bemerken würden? Doch die Aussicht, bei dem Wetter weiterzureiten, schien ihm wenig verlockend. Eine brennende Neugier hatte sich seiner bemächtigt.

Verstohlen bewegte er sich auf die Treppe zu, die auf die Empore führte. Er setzte einen Fuß nach dem anderen auf das blanke, von den Schuhen vieler Gläubigen eingedellte Holz, um zu verhindern, dass ihn ein Knarren verriet. Oben ging er auf die Knie und schaute hinter einer geschnitzten Figur in das Schiff hinunter. Einer der Männer entzündete mit Zunder und Feuerstein eine Fackel, stellte sie in einen Krug, der auf dem Altar stand, und entfachte weitere Fackeln damit. Das Kirchenschiff wurde in ein rötliches Licht getaucht. Von einem anderen Eingang der Kirche her waren Schritte zu vernehmen. An die dreißig vermummte Gestalten kamen herein, versammelten sich um den Altar und hockten sich am Boden in einem Kreis zusammen. War es das, was Teresa im Kloster Agenbach gesehen hatte? Einer der Männer begann in einer Sprache zu sprechen, die Markus nicht kannte. Möglicherweise war es Arabisch. Während seiner Rede ballte der Mann die Fäuste und reckte sie gegen das Dach des Schiffes, als wenn sich dort ihre Feinde versteckt hielten. Auf seine laut gerufenen, drohenden Fragen antworteten die Anwesenden mit einem monotonen Singsang. Der Mann in ihrer Mitte beugte sich jetzt zu ihnen herab und verteilte kleine, runde Gegenstände, die das Aussehen und die Form von Gebäck hatten. Alle rutschten herum, so dass ihre Gesichter sich nach Osten wandten. Sie sanken mit hoch erhobenen Armen zu Boden, richteten sich wieder auf und sanken erneut nieder. Was mochte das für ein Gebäck sein?

»Wir werden siegen im Zeichen unserer Reliquie!«, rief der Anführer nun auf Latein, einer Sprache, die Markus beherrschte.

»Wir werden siegen, erhabenster aller Führer!«, antworteten die anderen. Sie saßen unbeweglich da.

»Die Schöpfung ist eine Kette mit sieben Gliedern«, redete der Anführer weiter. »Sieben Stufen müssen auf dem Weg zu Gott durchlaufen werden. Je höher ihr mit eurem Wissen über die Wirklichkeit von Erde, Hölle und Himmel steigt, desto höher steigt ihr in unserer Hierarchie. In unseren Zeremonien wird euer erlerntes Wissen ausgelöscht und durch neues ersetzt. Auf der höchsten

Stufe schließlich wird das Geheimnis aller Geheimnisse offenbart: Zwischen Himmel und Hölle gibt es keinen Unterschied, Himmel und Hölle sind eins. Das Tun und Lassen des Menschen ist sinnlos, war schon immer sinnlos. Einzig und allein der absolute Gehorsam gegenüber eurem Führer ist von Bedeutung!«

Die Anwesenden murmelten Gebete und verneigten sich weiterhin wie in Trance gegen Osten.

»Ihr seid die Hashishin, die liebsten Kinder Allahs, des einzigen und wahren Gottes, und ihr werdet sein Reich hier auf der Erde errichten. Vorher aber werdet ihr alle Ungläubigen aus der Welt schaffen. Ihr werdet mir zu unserer Moschee in den Bergen folgen, wo wir mit den beiden Hashishin aus dem deutschen Reich zusammentreffen.«

Markus spürte einen Hustenreiz in der Kehle. Er schluckte, räusperte sich ganz leise, dann hustete er prustend los. Alle Köpfe drehten sich zu ihm herum, suchten die Empore nach dem Eindringling ab. Er war entdeckt! Nur die Flucht würde noch helfen. Markus erinnerte sich, sein Pferd hinter der Kirche angebunden zu haben. Er sprang auf, lief die Treppe hinunter, immer zwei Stufen auf einmal nehmend, und sah aus dem Augenwinkel, dass die Araber ihm entgegenkamen. Er riss die Tür auf, rannte hinaus zu dem Baum, versuchte sich auf sein Pferd zu schwingen, doch er wurde am Bein festgehalten und heruntergezerrt. Markus hörte zischelnde Laute, schweres Atmen. Er fuhr mit der Hand an seinen Schwertgriff, ließ sie aber wieder sinken. Gegen eine solche Übermacht konnte er nichts ausrichten.

Herr im Himmel, hilf mir, aus dieser Situation wieder herauszukommen, dachte er verzweifelt.

Die Männer packten ihn, fesselten seine Hände und verbanden ihm die Augen. Jemand nahm die Handfessel und zerrte ihn hinter sich her. Stolpernd und rutschend folgte er der Gruppe, die bald wieder anhielt.

Am Geruch merkte Markus, dass sie zu einem Pferdestall gekommen sein mussten. Richtig, in einem barschen Ton befahl einer der Männer ihm, aufzusteigen. Da er den Steigbügel nicht gleich fand, schoben ihn kräftige Hände auf den Rücken des Tieres. Markus tastete nach den Zügeln und setzte sich aufrecht hin.

Stundenlang ging es über Stock und Stein, bergauf und bergab. Es war so kalt, dass seine Finger, die krampfhaft den Zügel hielten, bald steifgefroren waren. Sein ganzer Körper schmerzte ihn. Die Männer unterhielten sich kaum miteinander, und wenn, dann warfen sie sich gegenseitig kurze Bemerkungen zu. Manchmal schreckte Markus hoch, er musste eingenickt sein. Der Weg führte nur noch bergauf. Markus legte seinen Oberkörper auf den warmen Hals des Pferdes. Er wusste nicht, wo sie sich befanden, noch ahnte er, wer seine Begleiter waren. Manchmal schrie eine Eule. Er dachte an Teresa. Wo mochte sie sich aufhalten? Hatten sie und Froben den Kandelaber vielleicht schon gefunden? Er wünschte es mit aller Kraft, denn er wusste, wenn die beiden das Geheimnis gelöst hatten, würden sie umkehren und nach Hause zurückreiten. Dann hatte er nichts anderes zu tun, als ihnen hinterherzueilen und zu versuchen, sie einzuholen. Aber erst einmal musste er aus dieser misslichen Lage herauskommen.

Der Wind wurde immer eisiger. Vielleicht war er tot, wenn sie ihr Ziel je erreichen sollten. Endlich wurde ein Befehl gegeben, auf den hin die Pferde anhielten. Die Tiere schnaubten, sie freuten sich sicher auf einen warmen Stall. Markus hätte auch viel auf eine warme Stube mit einem Bett gegeben. Doch solche Gedanken waren müßig angesichts seiner Lage. Er wurde vom Pferd heruntergezogen, kam etwas wackelig auf die Beine, wurde am Arm gefasst und vorwärtsgestoßen. Zunächst war es ein Schotterweg, dann überquerten sie anscheinend eine Zugbrücke, wie Markus dem Schwanken des Untergrundes und dem hohlen Klang von Brettern entnahm. Ein Lufthauch wehte ihnen entgegen, der nicht so eisig war wie die Luft draußen. Markus stellte sich vor, es sei der Burghof. Die Schritte der Männer und seine eigenen hallten in einem Gang wider. Eine Tür ging knarrend auf. Er wurde in einen Raum hineingeschoben, und die Binde wurde ihm abgenommen. Quietschend drehte sich ein Schlüssel im Schloss. Um ihn herum herrschte undurchdringliche Dunkelheit. Er legte sich auf den Boden, wickelte sich, so gut er konnte, in seinen Mantel und schlief, obwohl sein Körper noch immer eiskalt und wie abgestorben war, auf der Stelle ein. Er träumte, dass Teresa am Boden lag. Ein Mann im schwarzen Mantel riss ihr das Oberkleid auf, so dass ihr Busen entblößt wurde. Sie schlug die Hände davor. Der Mann beugte sich über sie. Mit einem Schrei fuhr Markus empor.

Die Morgendämmerung kroch durch das schießschartenartige Fenster herein.

25.

Von Nordwesten her waren tiefschwarze Wolken herangezogen. Teresa beeilte sich, vom Gipfel des Sant Jeroni hinunterzusteigen. Es begann zu schneien. Beim Abstieg über rutschige Steine merkte sie, dass der Wind stärker wurde. Eine halbe Stunde später heulte der Sturm um die großen Felsgebilde, die überall am Weg standen. Wenn sie sich bloß nicht noch einmal verirrte! Wie gefährlich das in den Bergen war, hatte sie ja erlebt. Aber sie sah, durch Schnee und Wind hindurch, die Ebene des Llobregat unter sich liegen, und irgendwo auf der Höhe musste sich das Kloster befinden.

Vorbei an Bäumen und Büschen, die vom Wind gebeutelt wurden, erreichte sie die Eremitagen. Nun konnte nichts mehr passieren. Eine weitere halbe Stunde später traf sie völlig durchnässt und durchfroren im Kloster ein. Froben, der soeben aus der Bibliothek kam und zu seiner Zelle hinübergehen wollte, blickte ihr erstaunt entgegen.

»Wo kommst du denn her?«, fragte er kopfschüttelnd. »Ich habe dich schon überall gesucht. Ich dachte, du wärst spazierengegangen. Die Berge sind nicht für einen Spaziergang gemacht!«

»Das habe ich gemerkt«, entgegnete Teresa kleinlaut. »Es war mir einfach wichtig, auf den Gipfel des Sant Jeroni zu klettern und die Aussicht zu genießen.«

»Na, so arg wird es nicht gewesen sein mit dem Genuss«, meinte ihr Vater. »Jetzt aber schnell ins Trockene!«

Teresa folgte ihrem Vater in dessen Zelle. Er gab ihr ein großes Handtuch, und sie verschwand in Richtung ihrer momentanen Behausung. Bald waren ihre Haare trocken. Sie zog sich frische Kleidung an.

Am Abend saß sie zusammen mit Froben und Bruder Gabriel in der Bibliothek. Er wolle noch etwas mit ihnen besprechen, bevor die Glocke zum Komplet und damit zur Nachtruhe rief. Bruder Gabriel wandte sich an Froben.

»Ich habe mir Gedanken über Eure Familiengeschichte gemacht«, sagte er. »Wenn Friedrich von Wildenbergs Sohn die Stammesgeschichte fortgesetzt hat, erklärt sich die Tatsache, dass Eure Familie nicht ausgestorben ist. Wie sieht es denn bei Euch selber aus? Habt Ihr einen Sohn?«

Froben seufzte und warf Teresa einen entschuldigenden Blick zu. »Ein Sohn ist mir leider versagt geblieben. Meine Frau starb ziemlich jung an der Cholera, bis dahin hatte sie mir zwei Mädchen geboren, die ich über alles liebe. Aber um die Familie vor dem Aussterben zu bewahren, hätte ich mir eine Frau im gebärfähigen Alter suchen müssen.«

»Warum habt Ihr es nicht getan?«

»Die Trauer um meine Gattin sowie die Arbeit mit der Chronik haben mir keine Zeit gelassen«, antwortete Froben.

Die Glocke läutete zum Komplet, und jeder von ihnen begab sich auf seine Zelle. Die ganze Nacht heulte der Sturm um das Kloster. Teresa träumte von einem Säugling mit blondem Flaum auf dem Kopf. Das Kind schaute sie an und lächelte. Ihre Mutter beugte sich über das Kleine und nahm es in die Arme. Gleich darauf war das Kind verschwunden.

Anderntags bat Teresa ihren Vater, mit ihr ins Parlatorium zu gehen. Sie durchstreifte den Raum mit schnellen Schritten, während Froben ruhig dastand, die Hände auf den Rücken gelegt.

»Ich habe von Mutter geträumt«, stieß sie hervor. »Sie hatte ein kleines, blondes Kind bei sich.«

»Das war sicher deine Schwester Barbara«, meinte Froben, »sie wurde zwei Jahre nach dir geboren.«

»Aber sie ist nicht blond, sie hat dunkle Haare.«

»Du könntest auch von dir selbst geträumt haben. Außerdem

wird die wahre Haarfarbe bei Kindern erst später sichtbar – ebenso wie die Farbe der Augen.«

»Das war nicht der einzige Grund, warum ich dich hergebeten habe«, fuhr Teresa fort. »Ich möchte mit dir besprechen, wie es weitergehen soll.«

»Nun ja, wir haben leider noch immer keinen einzigen Anhaltspunkt. Der Kandelaber wurde möglicherweise gar nicht in den Schwarzwald gebracht.«

»Sondern ist in Jerusalem geblieben? Dann müssen wir dorthin.«

»Was denkst du dir, Teresa! Der Winter steht vor der Tür. Wie willst du denn nach Jerusalem gelangen?«

»Mit einem Schiff, von Barcelona aus, so wie es auch Friedrich getan hat.«

Froben wiegte bedenklich den Kopf. »Die Winterstürme auf dem Mittelmeer sind gefährlich! Wir müssten erst einmal ein Schiff finden, das in dieser Zeit hinüberfährt. Meine Golddukaten würden zwar dafür ausreichen, aber ich finde, so etwas macht nur jemand, der von einer Idee vollkommen besessen ist.«

»Dann bin ich halt besessen! Viele Dinge der Weltgeschichte wären nicht geschehen, vieles wäre nicht erfunden worden, manche Bücher wären nicht geschrieben worden, wenn derjenige nicht von sich und seiner Idee besessen gewesen wäre.«

Froben atmete hörbar aus. »Natürlich hast du auch wieder recht. Ich möchte den Kandelaber ja selber unbedingt finden – und besitzen.«

Ein Glitzern war in seine Augen getreten.

»Wir reisen heute noch ab«, entschied er.

Sie begaben sich zur Bibliothek, um sich von Bruder Gabriel zu verabschieden. Er saß über einen Folianten gebeugt, das Leseglas in der Hand.

»Ihr seid sicher gekommen, um Euch von mir zu verabschieden«, rief er ihnen entgegen.« Wie konnte er das wissen?

»Woher ich das weiß? Ich habe es Euch beiden an der Nasenspitze angesehen, dass ihr es nicht erwarten könnt. Ich muss Euch jedoch über etwas berichten, was geschehen ist.«

Wollte er sie womöglich von der Weiterreise abhalten?

»Heute Morgen kam ein Bote und überbrachte mir eine Sendung meines Freundes aus Jerusalem. Es war ein Holzkästchen voller Ingwergebäck, mit einem Begleitbrief, es sei der Dank für eine alte Bibel, die ich ihm geschickt hatte. Das war für mich so ungewöhnlich, dass ich unseren Infirmarius, Bruder Antonio, hinzuzog. Er fütterte einen der umherstreifenden halbwilden Hunde mit einem Plätzchen. Das Tier starb qualvoll innerhalb einer Stunde.«

Teresa erbleichte. Sollte das denn nie aufhören?

»Das ist in der Tat ein ernsthafter Grund zur Besorgnis«, sagte Froben. »Habt Ihr eine Vermutung, wer der Absender des Päckchens sein könnte?«

»Das, was Ihr mir berichtet habt, hat mich hellhörig gemacht. Ich gewann den Eindruck, als wenn jeder, der mit dem Geheimnis dieses Kandelabers beziehungsweise der Menora in Verbindung kommt, des Todes ist. Ich habe Euch ja nun eine ganze Menge erzählt. Und damit hatte ich wohl nach den Begriffen dieser Leute, die ebenfalls danach zu suchen scheinen, den Tod verdient.«

»Aber wie konnten die von dem wissen, was Ihr uns erzählt habt?«

»Ich glaube, dass es eine Gruppe von Menschen gibt, die sich in die Klöster und auch in andere Örtlichkeiten eingeschlichen haben«, antwortete Bruder Gabriel. »Ihre Augen und Ohren sind überall. Wenn Euch tatsächlich diese beiden Reiter verfolgt, aber nicht getötet haben, dann sollt Ihr das Geheimnis herausfinden, also den Ort, an dem sich die Menora befindet, und sie dorthin führen.«

»Den Gedanken hatten wir ebenfalls schon«, bemerkte Froben. »Und wir haben nach vielem Nachdenken beschlossen, uns nicht von unserem Plan abbringen zu lassen – koste es, was es wolle.«

»Das braucht ihr auch nicht«, meinte Gabriel und strich sich über den Bart. »Ihr müsst nur äußerste Vorsicht walten lassen. Sucht Euch jemanden, der Euch beschützt, eine Eskorte vielleicht.«

»Aber genau so eine Eskorte wurde gleich am Anfang aus dem Weg geräumt!«, rief Teresa.

»Pscht«, machte Bruder Gabriel und legte den Finger auf den Mund.

»Bleibt auf jeden Fall heute noch hier, bis sich das Wetter bessert. Dann werde ich dafür sorgen, dass Ihr unerkannt fortkommt. Wie, muss ich mir noch überlegen.«

Die Zeit des Wartens wurde Teresa zu lang. Sie streifte im Kloster herum, besuchte die Gottesdienste, bot ihre Hilfe in der Küche an, schaute immer wieder aus der Tür hinaus zum Himmel, ob die Wolken sich nicht endlich verzogen, der Wind und der Schneefall abnahmen, und kehrte schließlich in die Bibliothek zurück. Sie ging langsam an den Reihen der Bücher entlang, zog eins heraus, blätterte darin und stellte es wieder zurück. Froben hatte sich in seine Zelle zurückgezogen, um auszuruhen. Ein Buch mit rotbraunem Ledereinband fiel ihr in die Augen. *Leben und Lehren der Assassinen* stand auf dem Rücken in Goldlettern geschrieben. Teresa zog es heraus, blies den Staub hinweg, wie sie es bei Bruder Gabriel gesehen hatte, setzte sich an den Tisch, schlug das Buch auf und begann zu lesen. Es war in Latein geschrieben, so dass sie den Text leidlich verstand.

Dies ist die Niederschrift eines Berichtes über eine Gruppe von Ismailiten, die während der Zeit der ersten Wallfahrt zum Heiligen Grab einmal den Rittern Christi in den Rücken fielen, dann wieder in deren Auftrag meist hochstehende Menschen töteten, Verräter oder solche, die sich vom wahren Glauben abgewandt hatten. Im Jahre des Herrn 1118, neunzehn Jahre nach der Eroberung Jerusalems, ordnete Balduin II., König von Jerusalem, seines Zeichens Großmeister des Templerordens, an, einen Geheimvertrag mit dem Großmeister der Assassinen zu schließen. Die Assassinen waren eine Gruppe persischer Ismailiten. Ihr Name geht auf das arabische Hashishin, Haschischesser, zurück. Begründet wurde die Bewegung von Hasan-i-Sabbah aus der persischen Provinz Khorassan. Hasan-i-

Sabbah eroberte 1090 die Festung Alamut in den Bergen des nördlichen Iran. Fortan nannte er sich Scheich al Dschebel, der »Alte vom Berge«. Da er über großes militärisches Geschick verfügte, war er auch als Feldherr erfolgreich. Er eroberte Städte und Festungen und drang bis nach Syrien vor. In Persien selbst legte er zahlreiche Stützpunkte an. Auf seine Untergebenen konnte er sich blind verlassen. Sie waren ihm absolut ergeben und bereit dazu, alle ihnen gegebene Befehle auszuführen, ohne Rücksicht auf ihr eigenes Leben. Der Alte vom Berge versprach seinen Anhängern den Eintritt ins Paradies. Er ließ nahe der Burg Alamut einen herrlichen Garten anlegen. Dorthin wurden die Männer, die in den Geheimbund der Assassinen aufgenommen werden sollten, geführt. Vor Betreten des »Paradieses« wurden die jungen Männer in einen Haschischrausch versetzt.

Als Marco Polo gegen Ende des 13. Jahrhunderts aus China zurückkehrte, berichtete er über Begegnungen mit Assassinen in Persien. Zwischen »zwei Bergen« habe er einen »wunderschönen Garten« gesehen. Er sei nur den Mitgliedern des Geheimbundes bekannt gewesen. Eine mächtige Burg am Eingang habe verhindert, dass Reisende zufällig in die herrlichen Anlagen hätten eindringen können. Sie seien dem Paradies, so wie es Mohammed beschrieben habe, nachempfunden gewesen. Marco Polo schrieb: »Darin befanden sich alle Früchte und die schönsten Paläste der Welt. Es gab auch Kanäle. Aus einem strömte Wasser, aus einem anderen Honig, aus einem anderen Wein. Dort waren die reizvollsten Frauen der Welt. Der Alte vom Berg versammelte bis zu 40 000 Anhänger um sich. Absoluter Gehorsam war Bedingung. Der Scheich erteilte immer wieder Mordaufträge, die von seinen Anhängern, mit Dolch oder Gift, ausgeführt wurden.

Anno 1124 starb der Scheich im Alter von 90 Jahren. Streitigkeiten um die wahre Lehre entbrannten, es entstanden Splittergruppen. Die neuen Herrscher, die Mongolen, zerschlugen die Glaubensgemeinschaften der Assassinen. Dennoch überlebten sie in abgelegenen Gebieten. Sie sahen die Schöpfung als eine »Kette mit sieben

Gliedern« an. Jeder Mensch könne sich spirituell weiterentwickeln. Sieben Stufen müssen auf dem Weg zu Gott durchlaufen werden. Auf der höchsten Stufe wird das Geheimnis aller Geheimnisse offenbart: Zwischen Himmel und Hölle gibt es keinen Unterschied. Das Tun und Lassen des Menschen wird als sinnlos erachtet. Einzig und allein der Gehorsam gegenüber dem religiösen Führer zählt, um ins Paradies zu kommen.

Merkwürdig, dachte Teresa, das habe ich doch schon einmal gehört. Gott und Teufel sind eins, das war die Lehre der Katharer. Sie überblätterte die folgenden Seiten, aber es wurde nicht mehr weiter über die Assassinen berichtet, sondern über andere religiöse Gruppen wie die *Sufi* und die »tanzenden Derwische«. Die Tür zur Bibliothek klappte, und Teresa fuhr herum. Bruder Gabriel näherte sich ihr mit seinem leicht belustigtem Lächeln.

»Ah, Ihr habt das Buch über die Assassinen gefunden«, sagte er. »Darin braucht Ihr nicht weiterzulesen, es ist nur ein Kapitel, das die Gruppe beschreibt.«

»Könnt Ihr mir sagen, was sie mit den Tempelrittern zu tun hatten?«

Draußen prasselten immer noch Graupel und Regen gegen die Mauern. Bruder Gabriel setzte sich ihr gegenüber.

»Ihr kennt ja die Geschichte des ersten Kreuzzuges«, sagte er. »Euer Vorfahre hat die Reise nach Jerusalem hinlänglich beschrieben. An diesem denkwürdigen 13. Juli 1099 fiel Jerusalem, nach Jahrhunderten moslemischer Herrschaft, wieder an die Christen. Die meisten Kreuzritter wollten so schnell wie möglich nach Hause, nur wenige waren dorthin gekommen, um sich auf Dauer niederzulassen. Jedes Jahr trafen nun Abenteurer ein, die bewaffnete Pilgerfahrten unternahmen. Die Häfen waren wieder in christlicher Hand, und so konnten sich die Kreuzfahrer bequem ins Heilige Land einschiffen, anstatt den schwierigen und gefährlichen Weg über Land zu nehmen. Aber es lauerten weiterhin große Gefahren. Insbesondere die Berge zwischen der Hafenstadt Jaffa und Jerusalem boten Räubern Unterschlupf, so dass sich die Pilger nur noch mit schwerbewaffneten Eskorten auf den Weg machen konnten. Hugo von Payens, ein Edelmann aus der Champagne, beschloss, Abhilfe zu schaffen und einen militärischen Bund zu gründen, der die Pilgerwege schützen sollte.«

»Ich habe fast den Eindruck, als sei das auch heute noch nötig«, warf Teresa ein.

»Ihr habt recht«, antwortete Bruder Gabriel. »Aber es gibt keine Tempelritter mehr, nicht einmal echte Ritter, so wie sich die wehrhaften Mannen damals sahen.«

»Wann wurde der Orden gegründet? Das ist mir deshalb wichtig, weil ich wissen möchte, ob es etwas mit unseren Vorfahren und dem Kandelaber zu tun hat.«

»Über die Gründung ist wenig bekannt. Im Jahr 1118 legten einige Ritter vor dem Patriarchen von Jerusalem ein Gelübde ab, womit sie sich verpflichteten, nach den Regeln des heiligen Benedikt zu leben – in Armut, Keuschheit und Gehorsam. Außerdem schworen sie, die Straßen und Wege zu schützen. Das Armutsgelübde bezog sich auf die einzelnen Ritter, nicht auf den Orden als Gesamtheit. Die Templer wurden innerhalb weniger Jahre sehr reich, da jedes neue Mitglied dem Orden sein Vermögen überschrieb. König Balduin II. von Jerusalem baute einen neuen Palast beim Davidsturm und schenkte dem Orden seinen alten. Dort zogen die Templer ein, und weil der Palast möglicherweise auf dem früheren Tempel Salomons erbaut worden war, wurden die Ritter ›Brüder‹ bzw. ›Ritter des Tempels‹ oder ›Templer‹ genannt. In der Öffentlichkeit hießen sie ›Die Armen Soldaten Christi‹. Hugo von Payens, Gründer und erster Großmeister der Templer, hatte am ersten Kreuzzug 1096–99 teilgenommen, war im Jahr 1100 heimgekehrt, unternahm 1104 und 1114 eine Pilgerfahrt nach Jerusalem und ließ sich schließlich im Heiligen Land nieder. Hugos Idee vom Mönchrittertum war neu, erstmals sprach man davon, Kriegshandwerk und Mönchtum unter einem Begriff zu vereinen.«

»Ist das nicht ein Widerspruch, gleichzeitig Mönch und Ritter zu sein?«, fragte Teresa.

»Arm und keusch waren sie, diese Ritter, gebetet und gearbeitet haben sie auch. Wenn einer von ihnen eine Geliebte hatte, dann nur heimlich, heiraten durfte er nicht. Doch hört weiter: Die Templer trugen weiße Kleidung und darüber einen weißen Mantel. Die Farbe Weiß stand für die Reinheit der Seele. Die Haare trugen sie kurz geschoren, Bärte waren erlaubt. Das rote Tatzenkreuz kam erst 1147 unter Eugen III. auf. Sie waren keiner weltlichen Macht unterstellt, niemand durfte den Lehnseid von ihnen fordern, sie waren nur dem Papst verantwortlich. Was sie im Kampf erbeuteten, durften sie behalten. Im Oktober 1228 zeigte der Orden schon Auflösungserscheinungen, richtig hoffnungslos war die Lage nach dem Verlust des Heiligen Landes 1291. Die Länder wollten nicht mehr um Jerusalem kämpfen, der Geldfluss versiegte. Der Orden zog nach Zypern. Jakob von Molay wurde zum neuen und letzten Großmeister gewählt. Er machte sich von Zypern aus auf nach Europa, um zum Kreuzzug aufzurufen, aber er hatte keinen Erfolg. Ab 1305 kamen Gerüchte über die Templer in Umlauf, sie wurden der Ketzerei, der Sodomie und des Götzenkultes bezichtigt. Einige Berater König Philipps mit dem Beinamen ›der Schöne‹ wurden ausgeschickt, Spione in den Orden eingeschleust, und am 13. Oktober 1307 verhaftete die königliche Polizei alle Templer in Frankreich wegen Ketzerei. Nur eine Handvoll konnte entkommen. Philipp drängte auf einen Prozess. Schließlich brachte er den Papst dazu, seinem Vorhaben zuzustimmen. Neun Monate dauerte es, bis die päpstliche Bulle in Kraft trat. Viele Templer konnten in dieser Zeit noch entkommen, viele saßen in Gefängnissen. Alle Güter des Ordens wurden konfisziert. Die Untersuchungen zogen sich hin. Unter der Folter brachen die Templer zusammen und gestanden, was immer ihre Ankläger wollten. Am 22. März 1312 erklärte Papst Clemens den Orden für aufgelöst. Diejenigen, die unschuldig waren oder gestanden, bekamen eine Pension und durften in ein Kloster ihrer Wahl eintreten. Wer leugnete oder sein Geständnis widerrief, wurde als Ketzer bestraft. Die vier höchsten Würdenträger des Ordens wurden am 18. März 1314 zu lebenslanger Haft verurteilt. Bei der Urteilsverkündung erhoben sich Jakob von Molay und Gottfried von Charney und erklärten, dass der Orden heilig sei und sie nur unter der Folter geständig gewesen wären. Noch am selben Tag wurden sie auf dem Scheiterhaufen verbrannt.«

»Eine schreckliche Geschichte«, stellte Teresa fest. »Aber es ist doch möglich, dass der Templerorden weiterbestanden und sich hundert Jahre später mit den Katharern zusammengetan hat?«

»Darüber wissen wir nichts Genaues«, antwortete Bruder Gabriel. »Auf jeden Fall meinen immer alle, auf dem rechten Weg zu sein und sich für den Frieden einzusetzen. Durch ihre starre Haltung erreichen sie jedoch das Gegenteil. Auch die Templer wichen von ihren eigenen Statuten ab, waren hochnäsig und eitel.«

»Eure Erzählung hat meine Neugier noch mehr angestachelt«, sagte Teresa. Ihre Wangen glühten. »Wir werden unseren Plan ausführen und heute noch weiterreisen nach Barcelona, dann nach Jerusalem.«

»Das würde ich an Eurer Stelle nicht machen«, meinte Bruder Gabriel. »Das Wetter ist zu schlecht, außerdem ist die Seereise nach Jerusalem im Winter zu gefährlich.«

Teresa trat zu einem der Fenster und schlug die Tierhaut zur Seite.

»Da, seht einmal, es hat aufgehört zu schneien! Die Sonne kommt durch. Das ist ein Zeichen. Niemand wird mich davon abhalten, meinen Weg fortzusetzen!«, rief sie aus. »Unseren Weg«, verbesserte sie sich. »Wir reisen heute noch ab, ohne Eskorte.«

26.

Vorsichtig tasteten Teresa und Froben sich den Berg hinab. Über den Steinen lag eine Eisschicht wie eine durchsichtige Glasur. Die Pferde führten sie am Zügel hinter sich her. Manchmal glitten die Tiere aus und hatten Mühe, sich wieder zu fangen. Sie waren ihr kostbarster Besitz, ihnen durfte um keinen Preis etwas geschehen. Als sie den Pfad bei der Schlucht erreichten, warf Teresa einen kurzen Blick in den Abgrund. Eiskristalle hatten sich an den Felswänden gebildet, die aussahen wie hohe, schlanke Säulen. Sie schimmerten in einem bläulichen Licht. Tief unten rauschte der Fluss, unter einer Schneeschicht verborgen. Die Berge und Felsen türmten sich auf wie eine Armee von Giganten. Der Blick auf das Tal des Llobregat war durch tiefhängende Wolken versperrt.

Immer wieder schaute Teresa sich um, weil sie das Gefühl nicht los wurde, sie seien nicht allein. Aber sie sah nur die mächtigen Mauern des Klosters weiter oben, die zerklüfteten Kuppen darüber, und sie hörte nichts als den Wind in den Spalten sowie ab und zu den Schrei eines Falken.

Schließlich, nach langer, mühseliger Kletterei abwärts, erreichten sie den Hang, an dem ihnen der Schäfer begegnet war. Teresa kam es vor, als sei das vor zehn Jahren gewesen. Die Pferde schüttelten ihre Köpfe und wieherten, als seien sie froh, dem düsteren Gebirge entronnen zu sein. Auch Teresa fühlte sich wie von einem Alpdruck befreit. Hier unten war es etwas wärmer; der Schnee auf dem Hang war teilweise getaut und gab an einigen Stellen gelbgrünes Gras frei. Sie saßen auf und ritten weiter bergabwärts, dem Meer und Barcelona zu. Inzwischen war die Nacht herabgesunken. Sie hatten beschlossen, kein Lager aufzusuchen. Wie schon im Schwarzwald ritt Teresa blind hinter ihrem Vater her, ohne selbst besonders auf den

Weg zu achten. Das Pferd würde sie sicher zu ihrem Ziel tragen. Ihrem Vater konnte sie vertrauen. Morgen in der Frühe würden sie in Barcelona am Hafen stehen und nach einem Schiff Ausschau halten, nicht ohne einen Würzwein und ein Brot mit Schinken verzehrt zu haben.

Jäh wurde sie aus ihren Träumen gerissen. Vor ihnen baute sich eine Mauer schemenhafter Gestalten auf. Sie gaben keinen Laut von sich. Bevor Teresa ihrem Pferd die Sporen geben konnte, hatte sich einer dieser Schatten auf sie zu bewegt. Eine kräftige Hand zerrte sie herunter und drückte ihr einen Lappen vor das Gesicht. Sie versuchte zu schreien, schlug um sich, jedoch umklammerte sie die Hand weiter wie ein Schraubstock. Aus dem Augenwinkel bemerkte sie, dass jemand ein Tuch über ihren Vater geworfen hatte. Allmählich schwanden ihr die Sinne. Aus der Ferne drangen leise Stimmen und Hufgetrappel zu ihr herüber. Es wurde schwarz um sie.

Als Teresa erwachte, war es totenstill. Ihr Kopf schmerzte heftig. Es roch feucht, sie lag auf kaltem Gestein, ihre Hände waren gefesselt, die Füße ebenfalls gebunden. An der Wand hing eine Fackel in einem Eisenring und beleuchtete den Umkreis, der aus einem felsigen Boden und einer halbhohen Decke bestand. Zwischen Boden und Decke standen glänzende Säulen in grotesken Formen. Einige ragten rötlich schimmernd in die Höhe, andere wuchsen ihnen von oben entgegen. Irgendwo tropfte Wasser herab. Sie hörte ein unterdrücktes Stöhnen und wandte den Kopf. Neben ihr lag ihr Vater, an Händen und Füßen gefesselt wie sie selbst.

»Wo sind wir?«, flüsterte sie ihm zu. »Und wie sind wir um Himmels willen hierher gekommen?«

»Ich weiß genauso viel und so wenig wie du«, gab Froben zurück. »Wie ich sehe, sind wir in einer Tropfsteinhöhle gelandet.«

Teresa hatte von solchen Höhlen gehört. Die Tropfsteine wurden durch Kalkablagerungen gebildet, die in der Zeit von Millionen Jahren durch das ständig tropfende Wasser von der Decke herunter- und auf dem Boden emporwuchsen. Aber es war keine Zeit, darüber nachzudenken. Vor ihnen baute sich eine Gestalt mit dunklem Mantel und Kapuze auf und zischte: »Haltet den Mund. Ihr werdet später durch unseren Anführer verhört, da könnt ihr dann reden.«

Wo waren sie nur wieder hineingeraten? Warum hatte der blonde Junge sie nicht gewarnt? Sie hatte ihn durch ihre Gier und ihre Unbelehrbarkeit vertrieben. Dies war nun die gerechte Strafe dafür. Es war ihre Schuld, dass auch Froben in diese missliche Lage geraten war.

»Verzeih mir, Vater«, formte sie fast unhörbar mit den Lippen.

»Da gibt es nichts zu verzeihen«, flüsterte er. »Ich habe eingewilligt weiterzureisen. Es ist meine Schuld. Aber, Teresa, hör gut zu! Sollte mir etwas zustoßen, findest du die Golddukaten eingenäht in meine Satteltasche, die werden sie nicht finden.«

»Dir wird nichts zustoßen! Und wenn, dann auch mir.«

Als hätte er ihre Worte nicht gehört, murmelte ihr Vater: »Du musst den Kandelaber finden und ihn in Sicherheit bringen. In die Hände dieser Männer darf er auf keinen Fall gelangen!« Er verstummte, da der Mann im dunklen Mantel sich wieder näherte. Er lockerte ihnen die Handfesseln, so dass sie sich halbwegs aufsetzen konnten. Teresa versuchte einen Blick auf sein Gesicht zu erhaschen. Mund und Nase waren verhüllt, nur die Augen stachen schwarz hervor. Teresa musste unwillkürlich an eine Schlange denken. Der Mann stellte ihnen Brot und Wasser hin und entfernte sich wieder. In einiger Entfernung war ein Tuscheln und Raunen zu hören, in einer Sprache, die Teresa nicht verstand.

»Das ist Arabisch«, wisperte Froben ihr zu.

Mit ungeschickten Bewegungen verzehrten sie das Brot und tranken aus dem Krug. Wenn sie uns verhören wollen, werden sie uns nicht gerade vorher vergiften, dachte Teresa. Das Gespräch der Männer wurde lauter, sie schienen sich zu streiten. Wahrscheinlich wogen sie das Für und Wider ab, ob sie ihre Gefangenen gleich oder später töten sollten. Aber nein, sie sollten sie ja zum Kandelaber führen, zu der Menora.

Einige Zeit später kam der Mann zurück, fesselte ihre Hände erneut auf ihren Rücken und nahm den Wasserkrug mit. Teresa wusste nicht, ob es schon Morgen war oder noch Nacht. Das Geräusch des tropfenden Wassers lullte sie ein. Wieder sah sie das blonde Kind im Arm ihrer Mutter.

Sie schreckte auf, als sie grob am Arm gepackt wurde. Der Mann im Kapuzenmantel löste ihrer beider Hand- und Fußfesseln und führte sie in den hinteren Teil der Höhle. In einer Nebenhöhle, die wie eine kleine Moschee geformt war, lagen dicke, gemusterte Teppiche zu Lagen aufgeschichtet. An den Wänden hingen brennende Fackeln. Vier Männer saßen im Kreis um einen weiteren Mann in einem nachtblauen Gewand. Sein Mantel war reich mit Gold und Silber bestickt. Ein süßer, würziger Duft stieg Teresa in die Nase. Das hatte sie doch schon irgendwo gerochen ... richtig, in der Kirche in Agenbach. Beim Gedanken, dass es sich um dieselben Männer oder zumindest um Angehörige derselben Gruppe handeln könnte, lief ihr ein Schauer über den Rücken. Derjenige, den sie für den Anführer hielt, befahl ihnen, sich auf zwei Lederhocker zu setzen, die vor den Teppichen standen.

»Wisst ihr, warum ihr hier seid?«, fragte der Mann. Er hatte eine Stimme, die Teresa an ein Schwert denken ließ, das sich mit einem anderen kreuzte.

»Nein«, entgegnete Froben.

»Nein, Ergebenster und Durchlauchtester Dai heißt das« versetzte der Mann barsch. »Ich bin der Missionar der Schiiten, die den Gottesstaat einrichten werden. Ihr seid hier, um uns zu verraten, wo sich der wunderbare Kandelaber befindet, den ihr sucht.«

»Wir wissen nicht, wo er ist, noch wo wir ihn suchen sollen«, antwortete Froben.

»Ihr lügt!«, belferte der Dai. »Der Eremit in der Provence hat euch den Namen des Bibliothekars verraten, und dieser Bibliothekar hat euch den Rest der Geschichte erzählt.«

»Er hat uns zwar einiges erzählt, aber nicht den Standort des Kandelabers verraten. Den kannte er ebenfalls nicht.«

»Noch einmal: Ihr lügt! Aber wartet, wir haben noch andere Möglichkeiten, um euch zum Reden zu bringen. Wir können euch die Haut mit unseren Dolchen ritzen, sie auch aufschneiden, dass sie sich abschält wie die Haut einer Orange, wir können euch blenden, euch alle Knochen brechen ...«

»Das wäre verschwendete Zeit«, sagte Froben müde.

Teresa hatte zu zittern begonnen.

»Ich frage euch zum letzten Mal: Wo befindet sich der Kandelaber?«

»Wir wissen es nicht«, gab Teresa zurück.

»Ihr habt selbst gewählt. Doch heute Nacht wollen wir uns nicht weiter damit befassen, wir haben noch anderes zu tun. Bringt mir die Ungläubigen aus den Augen!«

Der Mann, der sie hergebracht hatte, packte sie und führte sie zu dem Lagerplatz zurück, wo er sie erneut fesselte. Bevor er ging, holte er eine Decke aus seinem Tornister und breitete sie über die beiden.

Die folgenden Stunden verbrachte Teresa schlaflos. Ihr Körper war steif, ihre Glieder schmerzten. Ab und zu wechselten sie und ihr Vater flüsternd ein paar Worte. Irgendwann musste sie hinübergedämmert sein. Sie erwachte von dem Geräusch schlurfender Schritte. Zwei Beine, die in hohen Stiefeln aus Ziegenleder steckten, ragten vor ihr auf. Ihr Mund und ihre Kehle waren trocken, und sie begann zu zittern. Ein Blick auf ihren Vater zeigte ihr sein bleiches, übernächtigtes Gesicht, die Onyxaugen flackerten. Der Mann löste ihnen wie am Abend davor die Fesseln, dann riss er sie nacheinander auf die Beine und richtete einen reich verzierten Dolch auf Teresas Brust. Sie schwitzte und konnte nicht mehr richtig atmen. Gedanken an Schmerz und Tod rasten durch ihren Kopf.

Als sie schließlich wieder auf den Lederhockern vor dem *Dai* saßen, fürchtete sie, sich übergeben zu müssen. Wo war eigentlich das

Schwert, das Froben ihr einmal gekauft hatte? Ach ja, man hatte es ihr weggenommen. Sie bedauerte zutiefst, dass sie sich im Schwertkampf niemals geübt hatte. Aber der Dolch musste noch irgendwo sein, den hatte sie in einer Tasche ihrer Pilgerkleidung verborgen. Verstohlen tastete sie danach. Richtig, er war noch da.

Der *Dai* war mit einem langen Kaftan und einem Überwurf aus Fellen bekleidet. In dem verhüllten Gesicht mit dem dünnen Schal vor dem Mund waren nur die Augen zu sehen, welche die beiden vor ihm Sitzenden anstarrten. Die anderen Männer trugen sandfarbene Pluderhosen, Hemden und Jacken, die mit Taschen und Ösen für ihre Waffen versehen waren. An den Jacken waren eiserne Plättchen befestigt, um Angriffe abzuwehren, sowie Kapuzen, die sie sich schnell übers Gesicht ziehen konnten. Teresa nahm das alles wahr, als hätte die Zeit sich verlangsamt. Es würgte sie noch ein wenig, aber ihre Angst hatte den Höhepunkt überschritten, so dass sie nur noch Leere spürte. Sie tun dir nichts, sagte sie sich immer wieder, sie brauchen dich noch, um zu ihrem Ziel zu gelangen. Aber was war mit Froben? Ihm hatte der erste Anschlag auf Burg Wildenberg gegolten, und er war fehlgeschlagen.

»Wollt ihr uns heute erzählen, wo sich der Kandelaber befindet?«, fragte der *Dai* mit drohendem Unterton.

»Wir können es heute ebenso wenig sagen wie gestern«, antwortete Froben.

Der *Dai* gab einem seiner Leute einen Wink. Der Mann trat hinter Froben und legte die Schneide seines Dolches an dessen Kehle. Teresas Knie wurden so weich, dass sie fürchtete, umzufallen. Sie griff nach dem Messer in ihrer Kutte. Sofort war ein anderer Mann bei ihr, drehte ihr die Hand um, bis der Dolch zu Boden fiel. Wenn sie ihn doch nur früher angewandt hätte! Jetzt war alles verloren! Der Mann zerrte ihr Skapulier über der Brust auf und griff an ihr Kleid, das mit einem hässlichen Ratschen riss. Schamesröte stieg in Teresas Gesicht. Die Augen der Männer glitzerten gierig.

»Ich werde meine Männer jetzt die Erlaubnis geben, sich an deiner Tochter zu vergreifen«, sagte der *Dai* schneidend.

Bitte, lieber Gott, lass es nicht wahr sein, lass mich aus diesem Alptraum erwachen, dachte Teresa.

»Es ist euch nicht erlaubt, eine Christin zu berühren«, hörte sie ihren Vater mit fester Stimme sagen.

»Um zu unserem Ziel zu gelangen, ist uns alles erlaubt!«, schrie der *Dai*.

»Glaubst du etwa, die Moslems hätten keine Christinnen vergewaltigt, als sie eure Heiligen Stätten eroberten? Ein Platz im Paradies war ihnen damit sicher!«

Teresa sah, wie sich der Adamsapfel ihres Vaters bewegte.

»Und wenn ich Euch sage, wo ich den Kandelaber vermute – lasst Ihr sie dann gehen?«, fragte er.

»Sag es, aber versuche nicht, uns zu täuschen!«

»Ich glaube, dass der Kandelaber nie aus Jerusalem weggebracht wurde«, sagte Froben. »Irgendjemand muss ihn dort versteckt und das Geheimnis mit ins Grab genommen haben.«

»Wenn ihr den Ort entdeckt, würdet ihr uns dorthin führen?«

»Nie im Leben, bei meiner Seele nicht!«

»Dann hast du dein Leben verwirkt.«

Vater, dachte Teresa verzweifelt, sag doch, dass du ihnen den Kandelaber überlässt, sofern wir ihn finden. Kannst du nicht einmal über deinen Schatten springen?

»Ihr könnt ihn haben!«, rief sie.

»Nein!«, donnerte Froben. »Das ist mein letztes Wort.«

Mit unvorstellbarem Grauen sah Teresa, wie einer der Männer in eine Ecke der Höhle ging und mit einer Phiole zurückkam, die eine durchsichtige Flüssigkeit enthielt. »Du wirst jetzt das hier trinken«, sagte der *Dai* zu Froben. Er nahm dem Mann das Fläschchen aus der Hand und ging zu ihrem Vater hinüber. Der Assassine, der hinter ihm stand, hielt weiterhin das Messer an seine Kehle. Teresa glaubte, ohnmächtig zu werden, doch sie hielt ihre Augen weiterhin auf ihren Vater, den *Dai* und die Männer gerichtet.

»Geschieht meiner Tochter nichts, wenn ich dieses Fläschchen leere?«, fragte Froben.

»So ist es«, war die Antwort des *Dai.*

Froben ergriff die Phiole, setzte sie an die Lippen.

»Vater, nein!«, schrie Teresa wie von Sinnen. »Bei der Seele unserer Mutter, lass es bleiben, lass geschehen, was diese Leute wollen!«

»Deine Mutter hätte sicher nicht anders gehandelt, und sie hätte von mir erwartet, dass ich das für dich tue«, erwiderte ihr Vater.

Liebte er sie so sehr, dass er sich für sie opfern wollte? Fetzen von Erinnerungen gingen ihr durch den Kopf, der Augenblick fiel ihr ein, als er so wütend war, dass Markus sie beim Baden beobachtet haben könnte. Aber es durfte nicht sein, nein, lieber wollte sie selber sterben. Sie war schuld daran, dass sie in diese Situation geraten waren.

Froben hob das Fläschchen abermals an die Lippen, setzte es noch einmal ab.

»Eines musst du mir versprechen, Teresa«, sagte er, und sie sah, dass seine Augen feucht waren.

»Ich verspreche dir alles, wenn du nur nicht aus dieser Flasche trinkst!«

»Du musst mir versprechen, den Kandelaber zu finden und unsere Chronik zu Ende zu schreiben. Du hattest schon immer einen Schutzengel, er wird dir auch diesmal helfen.«

Mit diesen Worten setzte er die Flasche ein letztes Mal an und trank sie in einem Zug leer. Teresa fühlte nichts mehr. Keiner der Anwesenden regte sich. Dann fasste sich Froben an den Magen und stöhnte. Er brach in die Knie, würgte, hustete und übergab sich. Seine Haut war totenbleich, die Augen waren weit aufgerissen, der Schweiß strömte ihm übers Gesicht. Ein Schwall von Blut kam aus seinem Mund, und Froben brach zusammen.

Auf Befehl des *Dai* wurde er aus der kleineren Höhle hinausgetragen in die größere. Niemand hinderte Teresa daran, ihm zu folgen. Der Mann, der Froben weggetragen hatte, ließ die beiden allein. Sie fühlte seinen Puls, der kaum spürbar war. Ohnmächtig musste sie mit ansehen, wie ihr Vater durch alle Stadien der Vergiftung ging, während zugleich sein Gesicht immer eingefallener wirkte. Er versuchte zu sprechen. Teresa rannen die Tränen über das Gesicht. Sie näherte ihr Ohr seinem Mund.

»Du ... weißt, was du mir versprochen hast?« Seine Worte waren kaum zu verstehen, dann hustete er wieder Blut. Ein Zittern ging durch seine Glieder, der Körper krampfte sich zusammen und bäumte sich ein letztes Mal auf. Dann war es vorüber. Teresa brach schluchzend über ihm zusammen.

27.

Jemand zog sie von ihrem Vater weg, band ihr die Hände zusammen und verknotete ein Tuch vor ihren Augen. Ihr war alles gleichgültig geworden. Die Reise, die mit so großen Hoffnungen begonnen hatte, war zu Ende. Sie hatte nichts gewonnen, sondern alles verloren. Wie im Fieber nahm sie die Geräusche um sich herum wahr. Die Männer unterhielten sich leise in ihrer Sprache. Teresa wurde aus der Höhle hinausgeführt. Der Boden war uneben und glitschig, so dass sie mehrfach stolperte und gefallen wäre, wenn die Hand, die sie führte, sie nicht gehalten hätte. Mehrere Arme hoben sie auf ein Pferd, und als es sich in Bewegung setzte, bemühte sie sich krampfhaft, sich durch den Druck ihrer Schenkel im Sattel zu halten.

Nach einem endlos erscheinendem Ritt – es ging meist bergauf – hielt das Pferd an, und sie wurde heruntergehoben. Sie kamen in ein Gebäude, das kalt war und nach alten Decken roch, vielleicht eine verlassene Burg. Teresa wurde in einen Raum hineingestoßen, die Handfesseln wurden ihr abgenommen, dann drehte sich quietschend ein Schlüssel im Schloss.

Teresa rieb die taub gewordenen Finger aneinander und riss sich die Binde vom Kopf. Sie befand sich in einem kleinen Raum mit niedriger Decke. Durch ein schießschartenartiges Fenster fiel Tageslicht herein. Die eine Hälfte des Raumes war mit Teppichen ausgelegt, die andere wurde von einem Tisch, einem Stuhl und einer reichgeschnitzten Truhe eingenommen. Sogar eine Waschschüssel sowie ein Wasserkrug standen auf der Truhe. Auf dem Tisch befand sich eine Schale mit kandierten Feigen und Trauben. Die Wände wiesen daraufhin, dass sie sich wirklich auf einer Burg befand. Vielleicht war es eine der Katharerburgen. Sie ging zu dem schmalen

Fenster und schaute hinaus. Die Burg war wie die meisten auf einem Berg erbaut, von dem aus man weit ins Land blicken konnte. Die kahlen Zweige der Buchen und Eichen waren mit Schneemützen bedeckt, sie ragten aus dem weißen Untergrund, unterbrochen von Flächen braunen Laubes. Von hier würde sie nicht entkommen können. Und wollte sie es überhaupt? War es nicht die gerechte Strafe für sie, hier bis ans Ende ihrer Tage bleiben zu müssen?

Die Erinnerung an das Geschehen überwältigte Teresa erneut. Sie warf sich auf den Teppichberg und begann abermals haltlos zu schluchzen. Eine lange Zeit verging, wie es ihr schien. Die Dämmerung war hereingebrochen. Wieder drehte sich der Schlüssel im Schloss. Zwei in lange schwarze Kapuzenmäntel gehüllte Männer traten ein. Der eine trug ein kupfernes Becken mit glühenden Kohlen darin. Er stellte es auf den Boden des Raumes und entzündete zwei Fackeln, die er an der Wand befestigte. Das Zimmer war in ein orangerotes Licht getaucht, es wurde rasch warm. Der andere Mann stellte eine dampfende Schüssel auf den Tisch. Der Geruch nach Lammeintopf mit Rosinen stieg Teresa in die Nase, ihr Magen zog sich schmerzhaft zusammen. Nein, sie würde nichts essen, nicht aus der Hand dieser Männer! Womöglich hatten sie den Eintopf vergiftet. Teresa drehte den Kopf weg und drückte ihn in ein Seidenkissen. Lieber verhungern, als diesen menschenverachtenden Mördern etwas zuliebe zu tun.

»Du willst das Essen verweigern«, sagte der zweite Mann in ihrem Rücken. Konnte er Gedanken erraten? Sie rührte sich nicht.

»Das ist nicht nötig«, fuhr der Mann fort. »Wir wollen dich nicht vergiften. Tatsächlich wollen wir etwas ganz anderes. Du sollst uns helfen, den großen Kandelaber zu finden, du und der Mann, den wir gestern aufgegriffen haben. Morgen werden wir ihn zu dir bringen, denn wir glauben, dass ihr in Verbindung miteinander steht.«

Ein Mann, der mit ihr in Verbindung stehen sollte? Sofort fiel ihr Markus ein. Aber er musste doch schon viel weiter fortgekommen sein! Sie hörte, wie sich die Schritte der Männer entfernten, die Tür fiel krachend ins Schloss, der Schlüssel wurde herumgedreht. Ein eigenartiger Geruch breitete sich im Raum aus. Es war derselbe, den Teresa im Kloster Agenbach wahrgenommen hatte. Sie stand auf und blickte sich um. Auf dem Kohlebecken verbrannte etwas, das aussah wie ein Päckchen getrockneter Blätter. Ihr Kopf begann sich zu vernebeln. Was für ein Teufelskraut hatten die Männer da hinterlassen? Sie griff mit der bloßen Hand in das Becken, warf das brennende Päckchen zu Boden und trampelte so lange darauf herum, bis es in Aschestäubchen zerfallen war. Sie blies auf die Brandflecke an ihrer Hand.

Was würde ihr Vater wohl dazu sagen? Das hast du gut gemacht, würde er sagen, lass dich nur nicht einlullen, bewahre immer einen klaren Kopf. Dass sie sich zu Tode hungerte, würde er auch nicht wollen, schließlich hatte er ihr einen Auftrag gegeben, den sie nur bei guter Gesundheit würde erfüllen können. Teresa setzte sich auf den zierlich geschnitzten Stuhl, nahm den bereitliegenden Löffel und begann das Lammragout zu essen. Dazu goss sie sich Wein in den Keramikbecher. Es schmeckte köstlich.

Nach dem Essen legte sie sich auf die Teppiche, zog eine Decke aus rotem Damast über sich und starrte lange in das Licht der Fackeln. Die unverfugten, groben Steine der Mauern begannen vor ihren Augen zu verschwimmen.

Am Morgen krochen Nebelfetzen zum Fenster herein. Die Kohlen in dem Becken waren niedergebrannt, ebenso die Fackeln. Das schon vertraute quietschende Geräusch kam von der Tür. Eine kleine verschleierte Frau huschte herein und stellte eine Schüssel mit warmem Wasser auf den Tisch. Auf den Stuhl legte sie ein Handtuch und frische Kleider, sandfarbene Pluderhosen, eine ebenso farbige Jacke und einen schwarzen Mantel. Das Geschirr nahm sie mit, dafür hatte sie einen halben Laib Brot und ein Töpfchen mit Konfitüre gebracht. Die Frau verbeugte sich und entschwand. Teresa hatte beschlossen, sich erst einmal in ihr Schicksal zu fügen. Sie wusch sich, zog sich um und begann zu frühstücken. Kaum war sie damit fertig, als die Tür schon wieder aufging. Ihr blieb das Wort, das sie im Ärger über die neuerliche Störung äußern wollte, im Halse stecken.

Die Person, die wortlos in den Raum geschoben wurde, war Markus. Die Tür schloss sich rasselnd. Markus stand bewegungslos und schaute sie an. Teresa starrte hilfesuchend zum Fenster hinüber, als müsse ihr jemand zuraunen, was passiert war und was sie dazu sagen könnte.

Markus machte den ersten Schritt. Er trat auf sie zu und nahm sie in die Arme. Es war, als würde das Leben, das sie schon verwirkt glaubte, in sie zurückfließen. Er schob sie ein Stück von sich.

»Teresa, ich bin froh, dass ich bei dir bin«, sagte er mit leiser Stimme.

»Wie hast du … wo kommst du her?«, fragte sie.

»Warum ich nicht auf dem Weg nach Santiago bin? Ehrlich gesagt, bin ich schon am nächsten Tag wieder umgekehrt. Der Gedanke an die Gefahren, in die du und dein Vater euch begeben habt, ließ mir keine Ruhe. Und so landete ich nach einigen Tagen in einer Kirche, wo mich diese Männer aufgriffen und hierher brachten. An die richtige Adresse, wie es scheint.«

»Ach, Markus, du weißt ja nicht, was inzwischen passiert ist.«

»Doch, die Männer haben es mir gesagt. Dein Vater ist tot, was mir unendlich leid tut.«

»Er hat seinen Tod selbst herbeigeführt. Er hätte das Gift nicht trinken müssen.«

»Es ging um deine Ehre, nicht wahr?« Markus schaute ihr direkt in die Augen.

»Sie war ein solches Opfer nicht wert.« Teresa schluckte bei der Erinnerung an den Tod ihres Vaters.

»Ich verstehe deine Trauer um Froben. Ich selbst habe mit ihm mehr als einen Freund verloren. Er war der beste Gefährte, den ich je hatte.«

»De mortuis nihil nisi bene«, antwortete Teresa. »Von den Toten soll man nur Gutes reden. Aber ich bin auch böse, dass er gegangen ist. Ich konnte es leider nicht verhindern.«

»Er wollte es so. Vielleicht war es die Sehnsucht nach seiner verstorbenen Frau, deiner Mutter. Möglicherweise dachte er, er würde sich mit ihr vereinigen.«

»Den Zeitpunkt bestimmt aber Gott allein, der Mensch darf nicht in die Schöpfung eingreifen.«

»Was glaubst du, warum die uns beide zusammengebracht haben?«, wechselte Markus das Thema.

Teresa senkte ihre Stimme zu einem Flüstern und zog ihn auf den Teppichhaufen. »Gabriel de Montaña hat uns eine Menge über den Kandelaber verraten«, sagte sie. »Wir glauben, dass er in Jerusalem geblieben sein muss. Friedrich von Wildenberg hatte einen Sohn, den er nach Montserrat brachte, unseren Urahn. Bei dem Kandelaber könnte es sich um die Menora handeln, die im Jahre 70 nach Geburt des Herrn verschollen ist. Auch auf Bruder Gabriel wurde ein Anschlag verübt.«

»Was? Wie denn?«

»Mit vergiftetem Gebäck.«

»Die Männer, die mich heute morgen holten, sagten, im Kloster Montserrat sei jetzt ein Schwätzer weniger. Hoffentlich meinten sie nicht den Gelehrten!«

Der Schreck fuhr Teresa in die Glieder.

»Das könnten sie auch einfach so behaupten, um uns zu zeigen, dass wir keinerlei Unterstützung von außen mehr haben. Bruder Gabriel ist so schlau, dem kommen sie nicht bei.«

»Dein Wort in Gottes Ohr. Ich glaube, dass diese Männer uns zusammengebracht haben, um uns auszuhorchen.«

»Oder Schlimmeres«, entgegnete Teresa.

»Was meinst du?«

»Gestern verbrannten sie ein merkwürdiges Kraut in der Kohlenpfanne da. Ich habe den Verdacht, dass sie uns betäuben und auf ihre Seite ziehen wollen. So, dass wir den Kandelaber freiwillig für sie suchen und finden.«

»Da sei Gott vor, das werden wir ganz bestimmt nicht tun.«

»Aber zur Zeit der Kreuzzüge haben die Assassinen, hat der Alte vom Berg es so getan mit den Menschen, die in ihre Reihen aufgenommen werden sollten. Sie haben sie mit einem Kraut gefügig gemacht, ihnen das Paradies versprochen, so dass sie ihnen bedingungslos folgten und für sie töteten.«

»Traust du uns so etwas wirklich zu?«

Teresa lachte. Merkwürdig, das Lachen hatte sie noch nicht verlernt. Vater, du wärest stolz auf mich, dachte sie. Ich werde nicht mehr weinen um dich, sondern deinen Auftrag erfüllen und dich rächen!

»Nein, natürlich nicht. Wir müssen uns nur gegen diese Beeinflussung wehren.«

»Und von hier fliehen, sobald sich eine Möglichkeit ergibt.«

»Falls jemand lauscht, wird er nicht viel mitbekommen haben«, sagte Teresa.

Sie unterhielten sich weiter im Flüsterton. Teresa war froh, dass Markus ihr keinerlei Vorwürfe machte. Es musste gegen Mittag sein, als ihnen wieder ein Essen gebracht wurde. Auch wenn die Gefahr bestand, dass etwas von dem Kraut beigemischt war, aßen sie es mit gutem Appetit.

Gegen Abend, als das Licht hinter dem schmalen Fenster dunkler wurde, kamen vier Wächter, fesselten ihnen die Hände und brachten sie hinaus. Zunächst folgten sie ihren Bewachern durch einen Gang, der nach oben offen war. Bruchstücke der Mauern lagen auf dem Boden. Anscheinend war nur ein Teil der Burg, die schon vor mehr als zweihundert Jahren geschleift worden sein musste, restauriert worden. Über den Zinnen des Wehrgangs sah Teresa den Bergfried, der klobig in den grauen Himmel ragte. Verstohlen sah sie sich um und prägte sich alles genau ein. Es würde verdammt schwer werden, von hier zu entkommen. Nahe dem Bergfried mussten sich die Ställe befinden, Teresa hatte Pferdeäpfel auf dem Hof gesehen. Sie stiegen eine Treppe hinunter und gelangten in einen verhältnismäßig großen Raum, dessen Fenster mit Tierfellen verhängt waren. Überall an den Wänden hingen brennende Fackeln, Kohlenbecken spendeten Wärme.

Etwa zwanzig Personen saßen im Kreis um einen Mann herum,

den Teresa schon kennengelernt hatte. Ihre Gesichter waren von Kapuzen mit Augenschlitzen verhüllt. Der *Dai* trug er einen bodenlangen Kaftan mit Fellen. Er saß auf einem hochlehnigen Stuhl, der mit Gold und Edelsteinen verziert war. Die anderen hockten auf rotblau gemusterten Teppichen. Die Anwesenden hoben nicht die Köpfe, als Teresa und Markus den Kreis erreichten. Ihre Bewacher bedeuteten ihnen mit Knüffen, dass sie sich in der Mitte des Kreises niederlassen sollten.

Der Anführer starrte Teresa und Markus abwechselnd an. »Seid willkommen in unserer Mitte, liebe Gäste«, sagte er und bemühte sich offenbar, seiner Stimme einen angenehmen Ton zu verleihen. Machte er sich über sie lustig?

»Wie ihr sicher schon gemerkt habt, wollen wir euch kein Haar krümmen«, fuhr der Anführer, den sie *Dai* nannten, fort. »Wir bieten euch an, bei uns aufgenommen zu werden mit der Aussicht, das Paradies zu erlangen. Ihr müsst einzig versprechen, uns zu dienen, in dem ihr den Kandelaber, die große Menora, die im Besitz unserer Vorväter war, für uns findet und sie uns überlasst, damit wir sie an ihren rechtmäßigen Ort zurückbringen können.«

»Warum gerade wir – warum ich?«, platzte es aus Teresa heraus.

»Du bist die einzige Frau, die den Weg zur Menora kennt, weil du hellsichtig bist.«

»Und wenn ich mich weigere?«

»Dann seid ihr beide des Todes.«

»Dann werdet ihr aber die Menora niemals finden!«

»Wir wissen schon, wo sie ist. Das hat euer Freund im Kloster Montserrat noch gestanden, bevor einer meiner Männer ihm die Kehle aufschlitzte.«

Teresa zuckte zusammen. Also doch ... Die Tränen stiegen ihr in die Augen.

»Warum müsst ihr andere töten? Ist nicht schon genug Blut in der Welt geflossen, seit den Kreuzzügen und auch jetzt?«

»Der Tod bedeutet nur den Übergang in eine andere Welt«, sagte der *Dai.* »Die himmlischen Freuden werden wir erst im Paradies genießen. Zu leben ist eine Nebensache, alles bewegt sich auf den Tod zu, den großen Unbekannten, der das Dasein eines jeden tapferen Mannes krönt, der es zur Vollendung bringt.«

Sie würden vor nichts zurückschrecken, vor Folter nicht und nicht vor Mord. Teresa schaute Markus einen Herzschlag lang an. Er nickte unmerklich.

»Wir sind bereit dazu, Euch zu dienen«, sagte sie mit fester Stimme. »Sagt mir, was wir tun sollen.«

Der *Dai* gab einem seiner Männer einen Wink. Der nahm eine Fackel und verteilte die wohlbekannten braungrünen Päckchen über den Kohlebecken. Eins davon stand in der Mitte der Gruppe. Der wohlbekannte würzige Geruch breitete sich aus. Teresa fühlte sich bald benebelt. Ihre Arme und Beine wurden schwer. Sie sah Markus an und merkte, dass er lächelte. Seine Pupillen waren tiefschwarz. Die Männer begannen in einen eintönigen Singsang zu verfallen, zwischendurch lachten sie und schüttelten ihre Fäuste gegen die Decke. Teresa hörte alles sehr laut, als säßen die Sänger und Lacher direkt neben ihrem Ohr. Die Farben begannen immer mehr zu leuchten, alles verschwamm zu einem wunderschönen Relief aus Tüchern, Edelsteinen, brauner Haut und Schwaden von Rauch. Teresa war es, als hörte sie Harfenmusik und Kinderstimmen, die einen Choral sangen.

Aus einer Ecke trat der blonde Junge hervor. Er sah besorgt aus und rief ihr etwas zu, aber sein Mund öffnete und schloss sich, ohne dass Teresa einen Laut hören konnte. Es lief ihr eiskalt den Rücken herab. Hier fand sie ihren Schutzgeist also wieder, ausgerechnet in der Höhle des Löwen. Flieht! schien er ihr zuzurufen. Rennt, was ihr könnt, bevor es zu spät ist!

Der Junge verschwand im Rauch, der inzwischen den ganzen Raum erfüllte. Gleich darauf tauchte er wieder auf. Er steckte seinen Kopf aus einer Höhlung in der Wand heraus, winkte ihr zu. Teresa fasste sich an die Schläfen und drückte beide Daumen fest auf ihre Haut. Für einen Moment lang wurden ihre Gedanken klarer.

»Dort ist ein Ausgang«, raunte sie Markus zu.

Er wandte kurz den Kopf, fasste sie mit beiden gefesselten Händen und schob sie vor sich her. Sie begriff sofort, schlüpfte in das Loch hinein, und er folgte ihr, so schnell er konnte. Das alles war binnen weniger Augenblicke geschehen, so schnell, dass die Männer in dem Raum erst etwas merkten, als die beiden schon in der Wand verschwunden waren. Ein Aufschrei aus vielen Kehlen ertönte. Teresa hörte es hinter sich rumpeln und sah beim Umschauen, dass Markus einen Tisch umgestürzt hatte, um den Eingang des Ganges zu versperren. Sie stolperte im Dunkeln vorwärts, behindert durch die Fesseln an den Händen. Hinter ihnen scharrte und polterte es, die Verfolger waren ihnen dicht auf den Fersen. Sie eilten weiter durch den dunklen Gang.

Endlich sah Teresa weiter vorne einen Schimmer. Sie gelangten in den Hof der Burg, der mit Schnee bedeckt und schwach von Kohlebecken erleuchtet war. Fieberhaft schaute Teresa sich um. An der Mauer befand sich ein efeubewachsener Verschlag, zu dem sie mit letzter Anstrengung rannte. Markus folgte ihr. Kaum hatten sie sich hinter dem Vorhang aus Blättern verborgen, als drei Männer in den Hof stürmten und sich suchend umsahen. Einer lief zum Pferdestall, die beiden anderen wandten sich in Richtung Torhaus und wechselten mit dem Wächter ein paar Worte. Offensichtlich sagte er ihnen, dass er niemanden gesehen habe.

Teresa hörte ihr Herz bis zum Hals klopfen. Ein dumpfer Laut folgte, dann ein erstickter Schrei. Offensichtlich glaubten die Männer dem Wächter nicht und hatten ihn niedergeschlagen. Der dritte Mann führte drei Pferde aus dem Stall, sie schwangen sich hinauf und ritten am Torhaus vorbei in die Nacht hinaus. Allmählich beruhigte sich Teresas Herzschlag wieder. Sie wurde sich bewusst, wie eng sie sich an Markus gedrängt hatte und wie seine Wärme auf sie übergegangen war.

»Wir müssen zuerst die Fesseln loswerden«, raunte er. »In meinem Stiefel ist ein kleiner Dolch, den sie nicht gefunden haben. Ich selbst konnte ihn nicht herausziehen. Versuch es.«

Teresa mühte sich ab, in dem schwachen Licht etwas zu sehen. Sie steckte ihre Hände vorsichtig in seinen Stiefel. Da war der Schaft, kühl und glatt in ihren Fingern. Sie zog den Dolch heraus und durchtrennte die Handfesseln ihres Gefährten. Markus nahm ihr das Messer ab und befreite sie ebenfalls.

»Zum Stall«, flüsterte er, »bevor noch mehr von ihnen kommen!«

Im Schatten der Mauer schlichen sie sich zum Stall hinüber. Auch hier stand ein Kohlebecken. Eine leichte Unruhe ergriff die Tiere. Markus redete ihnen beschwörend zu. Aufgeregt machte Teresa sich daran, nach dem Pferd ihres Vaters zu suchen. Sie fand es weiter hinten, und tatsächlich waren die Satteltaschen noch da, achtlos zu Boden geworfen. Sie griff hinein, suchte das Leder nach dem versteckten Beutel ab und fand ihn. Sie sattelten das Pferd und ein weiteres, so schnell sie konnten. Dann führten sie die Tiere durch den Schnee zum Tor, stiegen auf und ritten hinaus. Inzwischen war ein kalter Wind aufgekommen, der in jede Ritze ihrer Kleidung kroch und sie vor Kälte zittern ließ.

Bald mussten sie wieder absteigen, weil der Weg den Berg hinabging. Wenn die Wolken den Mond freigaben, sahen sie den Weg, der sich in Kehren eine Lichtung hinabwand und im Wald verschwand. Wo waren die drei Reiter geblieben? Von weiter unten hörte Teresa das Schnauben von Pferden.

»Sie kommen zurück«, rief Markus leise. »Wir müssen weg vom Weg, in das Dickicht hinein!«

Vorsichtig führten sie die Tiere in den Wald. Dornen rissen an Teresas Mantel, zerkratzten ihr die Hände. Schließlich gelangten sie zu einer Gruppe von Bäumen, hinter der sie sich verbargen. Auf dem bleichen Pfad tauchten drei Gestalten auf, die ihre Pferde hinter sich her führten. Auf ihrer Höhe blieben sie stehen und schauten zu ihnen herüber. Teresa glaubte, das Herz müsse ihr stehen bleiben. Sie streichelte vorsichtig die Nüstern ihres Tieres, damit es sie nicht durch ein Schnauben verriet.

Ein paar Augenblicke später zogen die Männer weiter. Als sie außer Sichtweite waren, arbeiteten Teresa und Markus sich langsam bis zum Weg vor. Endlos lang ging es hinab. Teresa musste daran denken, wie sie mit ihrem Vater den Weg zum Kloster Montserrat hinaufgeklettert war. Sie waren von vielen Hoffnungen beflügelt gewesen und hatten nicht geahnt, dass es derart enden würde. Wie damals rutschten sie auch jetzt mehrmals aus und mussten ständig aufpassen, nicht in eine Schlucht oder in einen Graben zu stürzen.

Endlich waren sie am Fuß des Berges angelangt. Teresa war so müde, dass sie sich am liebsten auf der Stelle hingelegt und geschlafen hätte. Ihr brummte immer noch der Kopf von den merkwürdigen Ingredienzien. Markus aber duldete keinen Aufschub. Er fürchtete, dass mehr Verfolger kommen würden, sobald sie bemerkten, dass sie nicht mehr auf der Burg waren.

So ritten sie weiter, bis der Morgen dämmerte. Je weiter sie hinunter in die Ebene kamen, desto mehr wichen Schnee und Eis zurück. Es wurde wärmer. Tau glänzte an den welken Gräsern und Büschen, das Tal des Llobregat dampfte wie ein Badehaus nach dem Aufguss. Teresa spürte ihren Körper nicht mehr, er war wie abgestorben. Ihre Augen brannten vor Müdigkeit und Anstrengung. Endlich erreichten sie die ersten Häuser von Barcelona. Die Gesichter der Menschen, die Gefährte mit den Ochsen und Eseln, das Treiben auf den Märkten flogen an Teresas Augen vorüber wie tanzende Derwische. Der Boden, über den sie ritten, war aufgeweicht; es stank in allen Gassen. Teresa war froh, als sie am Hafen waren. Große Schiffe aus aller Welt lagen dort vor Anker, Galeonen, Galeassen und kleinere, wendige Fischerboote. Auf dem Kai lagen tote Muscheln und Fischschuppen. Sie quartierten sich in zwei Kammern ein, die ihnen von einer nach Tran riechenden, schnurrbärtigen Señora angeboten worden waren. Teresa sank auf die Matratze wie eine Tote.

28.

Es klopfte an die Tür. Schlaftrunken fuhr Teresa auf, sprang aus dem Bett, warf sich ihren Mantel über und öffnete. Markus stand draußen und grinste sie an.

»Ich will dich zum Frühstück abholen«, sagte er.

»Warte einen Moment, ich ziehe mich schnell an«, antwortete sie.

Draußen empfing sie ein spiegelblanker Himmel und recht warmer Sonnenschein. Die Masten der Schiffe ragten wie die Spieße einer Armee in die Höhe. Blau gekleidete Seeleute eilten hin und her, Flaschenzüge rasselten, Zimmerer hämmerten, Hausfrauen mit bunten Hauben kauften Fische bei den Händlern, ein paar Betrunkene schliefen den Rausch der letzten Nacht aus, und vom Meer her fuhren Fischerboote in den Hafen ein. Ein Mann schlug einen rosigen Kraken ein ums andere Mal auf eine Mauer, wohl um ihn genießbarer zu machen. Markus führte Teresa zu einer der Garküchen, wo sie Fladenbrote mit gehacktem Fleisch und Zwiebeln sowie zwei Becher heißen Würzweins erstanden. Sie setzten sich an den Holztisch, der vor dem Laden stand.

»Eigentlich dürften wir uns nicht in der Öffentlichkeit zeigen«, meinte Markus und biss herzhaft in sein Brot.

»Wir sollten uns tarnen, wie schon einmal. Bloß – wie tarnt man sich am besten in einer solchen Stadt, und welche Tarnung wäre nicht so leicht durchschaubar?«

»Ich hab's!« Markus' Augen weiteten sich. »Wir kaufen uns Fischerkleidung, damit fallen wir am wenigsten auf. Du kriegst eine Haube, ich einen Hut.«

Teresa trank einen Schluck Wein und biss ebenfalls in ihr Brot. Merkwürdig, so schlimm die Dinge waren, die passierten, den Appetit hatte es ihr noch nie verschlagen.

»Einverstanden.« Teresa sah sich vorsichtig um, ob niemand zu sehr in der Nähe stand. »Von meinem Vater«, ihre Augen wurden feucht, »sind noch so viele Golddukaten übrig, dass es für eine Schiffsreise und einige Monate zum Leben reichen würde.«

»Dann brauchen wir uns darüber zumindest keine Sorgen zu machen. Was hast du vor?«

»Ich möchte in die Kathedrale gehen und die Jungfrau Maria um Rat bitten. Ich weiß nicht, was ich tun soll.«

»Wir sollten zurück nach Hause gehen.«

»Im Winter kommen wir nicht über die Alpen«, versetzte sie. »Die Pässe sind unpassierbar. Unmöglich. Wir könnten natürlich auch hier überwintern, solange, bis unsere Verfolger das Interesse an uns verlieren und sich selbst auf die Suche machen.«

»Sie werden sie aber nur mit deiner Hilfe finden.«

»Ich habe es meinem Vater versprochen, als er starb. Ich habe versprochen, die Menora zu finden.«

»Du hast recht, Versprechen muss man einhalten. Fragt sich nur, wo wir die Suche fortsetzen sollen.«

»Im Heiligen Land natürlich! Dort nahm alles seinen Anfang.«

Sie hatten ihr Frühstück beendet, standen auf und schlenderten betont gleichgültig auf dem Kai herum. Dann kauften sie einer Ladenbesitzerin ein blaugemustertes Kleid mit dazu passender Haube für Teresa ab, dazu Hemd und Hose für Markus sowie einen Hut, der wie ein umgestülpter Kochtopf aussah.

»Damit werde ich aber keinen großen Staat machen«, witzelte er.

»Gerade das sollst du ja auch nicht«, erwiderte sie.

Sie begaben sich auf ihre Zimmer, um sich umzuziehen. Teresa bezahlte für die Nacht.

»Ihr habt Euch aber merkwürdig ausstaffiert«, wunderte sich die bärtige Wirtin. »Und ich dachte, ich würde feinere Herrschaften beherbergen.«

»Das haben feinere Herrschaften so an sich, die verkleiden sich gern.« Markus lachte sie an.

Die beiden gingen stadteinwärts, auf die Kathedrale zu, die auf einem Platz von riesigen Ausmaßen stand. Auf der *Plaza* wurden Stände aufgebaut, es wimmelte von Menschen, Tieren und Waren. Die Kathedrale war so monumental, dass Teresa von einem Schauder ergriffen wurde. Mit drei Türmen schien sie sich geradewegs in den Himmel zu recken. Rechts und links des hohen Eingangsportals, das von Sandsteinreliefs umgeben war, erhoben sich acht Fenster mit spitzen Bögen. Über dem Eingang war eine große Rosette angebracht, und die filigranen Spitzen der Türme verliehen der Kirche einen fast schwerelosen Eindruck.

Beim Eintritt wehte Teresa Weihrauchgeruch entgegen. Wie sehr unterschied er sich doch von den Stoffen, die sie in den Pyrenäen kennengelernt hatte! Viele fromme Christen saßen auf den Bänken oder knieten vor den Statuen der Heiligen in den Seitenkapellen. In der Mitte des Hauptschiffes stand das Chorgestühl, aus dunklem Holz geschnitzt und mit Gesichtern und Spitztürmchen versehen. Im Altarraum mit seinen bunt verglasten Fenstern stand ein Kreuz mit dem Erlöser. Teresa ging zu den Seitenkapellen und suchte so lange, bis sie eine Statue der heiligen Gertrud, der Beschützerin der Reisenden, fand. Sie kniete nieder. Ihre Lippen formten die Worte, ohne dass sie vorher darüber nachdachte, was sie hatte sagen wollen.

»Heilige Gertrud, gebenedeit seist du, lege deine schützende Hand über meinen Begleiter und mich und bitte für meinen Vater, der heute vielleicht schon vor dem Antlitz Gottes steht. Gib mir einen Rat, was ich weiterhin machen und wohin ich mich wenden soll. Soll ich nach Hause zurückkehren und mein Leben in Ruhe verbringen, oder soll ich das Abenteuer wagen, über das große Meer fahren und dort suchen, was unser Eigentum ist? Es beschützen vor den Ungläubigen und dorthin bringen, wohin es gehört?«

Sie schaute empor. Die Jungfrau lächelte lieblich auf sie herab, wenngleich ihre Züge verhärmt und schmerzerfüllt wirkten. Teresa war es einen Herzschlag lang, als habe Gertrud fast unmerklich genickt und ihr zugeblinzelt. Teresa musste das tun, was ihr Herz ihr gebot. Ihr Herz aber gebot ihr Rache.

»Bist du einverstanden, dass ich Rache nehme an denjenigen, die meinem Vater das Leben nahmen und unseres so sehr erschwerten, dass wir nur noch Mühe und Not hatten? Wenn ›Rache‹ für dich nicht in Frage kommt, darf ich diejenigen dann wenigstens dafür bestrafen? Tote säumen unseren Weg. Ich verspreche dir, heilige Gertrud, dass ich den mir vorgegebenen Weg gehen werde.«

In diesem Augenblick setzte brausend die Orgel ein. Das war ein himmlisches Zeichen! Die Gläubigen strömten in die Kirche. Teresa setzte sich zu Markus in eine der Bänke und folgte dem Gottesdienst, in dessen Verlauf ein großes Weihrauchfass an Ketten hin- und hergeschwungen wurde und das Schiff mit einem betäubenden Duft erfüllte. Sie nahmen am heiligen Abendmahl teil. Und über dieses Ritual hatte sich die gesamte Christenheit entzweit. Ist es das Blut Christi, ist es sein Leib oder ist es nur ein Symbol?

Nach dem Gottesdienst traten sie und Markus in den Garten der Kathedrale, der mit Palmen, Oleander und Rosen bepflanzt war. Eine Schar Gänse schnatterte an ihnen vorüber. Die seien dazu da, die Kathedrale vor Einbrechern zu schützen, erzählte Markus. Teresa wusste nicht, ob das stimmte, aber sie lachte wie über einen guten Witz. Die Sonne blendete Teresa, als sie auf die *Plaza* hinausgingen.

»Lass uns nach einem Schiff schauen«, sagte Teresa.

»Willst du das wirklich?«

»Es wird mir nichts anderes übrig bleiben.«

»Wir könnten doch auch hier in Barcelona oder in einer Stadt wie Marseille überwintern.«

»Den ganzen Winter hindurch herumsitzen und Däumchen drehen? Das halte ich nicht aus!«

»Also gut, wenn du unbedingt willst ... Ich komme aber mit.«

»Ich kann auf mich selbst aufpassen.« Warum hatte sie das gesagt? Sie wünschte doch nichts mehr, als dass er in ihrer Nähe bliebe. Wahrscheinlich hatte sie wieder gedacht, er wolle sie von dem zurückhalten, was ihr wichtig war.

»Inmitten einer Horde gieriger Seeleute kannst du das nicht«, sagte er entschieden. »Ganz zu schweigen von den Männern des Orients. Unverschleierte Frauen gelten dort als Freibeute.«

Sie traten an den Pier, an dem eine stattliche Galeone vertäut war, etwa 90 Fuß lang und 30 breit. Am Bug war neben einem Rammsporn eine Galionsfigur angebracht, eine Art Trollmännchen mit Fischerhut. Das Schiff hatte einen schlanken Rumpf aus Holz, zwei Aufbauten mit dem Ruderhaus und den Offiziersunterkünften sowie eine Plattform zum Bedienen der vorderen Segel. Der Rumpf war mit geometrischen, schwarz-rot-blauen Mustern bemalt.

»Ist der Kapitän zu sprechen?«, fragte Markus einen der Männer, die das Deck schrubbten.

»Er ist in seiner Kajüte«, antwortete der Mann und erbot sich, ihn zu holen. Kurz darauf tauchte der Kapitän auf, mit blanken Silberknöpfen an seiner Seemannsuniform und einer Schirmmütze, unter der die grauen Haare hervorquollen.

»Ihr wollt eine Schiffspassage?«, knurrte er.

»Nach Jerusalem«, antwortete Markus.

»Könnt ihr das überhaupt bezahlen?«, fragte der Kapitän mit einem Blick auf ihre Kleidung.

»Selbstverständlich. Wir sind Pilger und haben uns ein wenig unter das Volk gemischt.«

»Vierzig Golddukaten kostet die Überfahrt. Wir laufen morgen aus. Müssen in Sardinien, Palermo, Kreta und Zypern anlegen, Heu für die Pferde, Wasser und Lebensmittel laden. Die erste Hälfte zahlt ihr gleich, die zweite bei Ankunft.«

»Einverstanden«, sagte Markus, nachdem er einen Blick mit Teresa gewechselt hatte. So sollte ihr Traum also wahr werden! Sie würde weitere fremde Länder und Menschen kennenlernen, etwas erleben, mit allen Sinnen das Neue genießen können. Beim Gedanken, dass Froben nicht mehr dabei war, schossen ihr die Tränen in die Augen. Ich mache es für dich, flüsterte sie in sich hinein, du bist immer bei mir und schaust mir von oben zu. Der Kapitän schickte noch einen Matrosen in die Stadt, um Fellkleidung für die beiden

Passagiere zu kaufen. Die Tage und insbesondere die Nächte würden sehr kalt werden.

Am nächsten Morgen in aller Frühe sollte das Schiff auslaufen. Markus und Teresa beschlossen, nicht mehr an Land zu gehen, da es zu gefährlich sein würde. Nach dem Abendessen in dem kleinen Essraum unter Deck kletterten sie noch einmal hinauf. Das Schiff dümpelte in dem schwachen Wellengang, die Bohlen ächzten. Es roch nach Salz, Möwendreck und Pech. Über ihnen breitete sich der kalte Sternenhimmel aus. Teresa wickelte sich enger in ihren Fellmantel.

»Jetzt wird es also wahr«, sagte sie. »Ich bin noch nie in meinem Leben mit solch einem Schiff gefahren, und ich freue mich auf die Häfen, die wir anlaufen werden.«

»Wir dürfen nicht vergessen, in welcher Lage wir uns befinden«, entgegnete er. »Wir sind mit großer Wahrscheinlichkeit verfolgt worden.«

»Sie werden uns nicht gerade an Bord des Schiffes gefolgt sein, aber du weißt, wie wichtig ihnen der Besitz der Menora ist. Sie werden alles tun, um sie in die Hände zu bekommen.«

»Ich hoffe, dass wir sie abgeschüttelt haben.« Markus schaute sie aus dunklen Augen an. Er trat näher zu ihr heran, nahm ihr Gesicht in beide Hände und küsste sie. Sie erwiderte den Kuss, doch gleich darauf zog Markus sich wieder zurück.

»Verzeih mir, Teresa«, sagte er.

Schade, dachte sie. Wenn er doch nicht diesen verd … Keuschheitseid geleistet hätte! Ihr Blick fiel auf den Kai. Standen da nicht zwei Gestalten in langen Mänteln? Richtig, und sie steckten die Köpfe zusammen und starrten dann zu ihnen herüber.

»Schau mal«, flüsterte sie. »Das müssen zwei der Männer sein.«

»Verdammt!« Markus unterdrückte einen weiteren Fluch. »Sicher hat die alte Barthexe uns verraten. Wahrscheinlich haben sie alle Wirtsleute am Hafen befragt. Ich hoffe nur, dass sie sich nicht heimlich an Bord schleichen.«

»Wir könnten den Kapitän bitten, das Schiff morgen zu durchsuchen«, meinte Teresa. Die Gestalten hatten sich inzwischen entfernt.

»Das macht uns nur verdächtig. Wir werden es selbst durchsuchen.«

In der Nacht konnte Teresa schlecht schlafen. Immer wieder wachte sie auf und horchte auf das Ächzen der Schiffsplanken. Sonst blieb alles still. Am Morgen, nachdem sie das Schiff unauffällig durchsucht und keinen Hinweis auf die Männer gefunden hatten, mussten sie feststellen, dass weitere Passagiere an Deck gekommen waren: ein lebhafter, dicker Spanier mit Frau und zwei Kindern, einem Jungen und einem Mädchen, ein Priester in Benediktinertracht und ein älterer, spindeldürrer Mann, der einen Käfig mit einem grünen Papagei bei sich hatte.

Teresa stand mit Markus auf der Bugplattform und sah zu, wie die Seeleute das Schiff vom Pier losmachten. Unter vielen Zurufen wurden die Segel gehisst. Vom Land her wehte ein frischer Wind. Bald erreichten sie das offene Meer. Die Häuser der Stadt wurden immer kleiner, still grüßte die Kathedrale herüber. Möwen umkreisten schreiend das Schiff, das Wasser schäumte vor dem Bug, und die Luft schmeckte nach Seetang und Gischt. Im Osten stieg langsam die Sonne über den Horizont, und weiter südlich hoben sich die Berge der Inseln Menorca und Mallorca aus dem Dunst.

Je weiter sie auf das offene Meer kamen und je stärker der Mistral wehte, desto heftiger begann das Schiff zu schaukeln. Teresa wurde es speiübel. Sie stand an der Reling, fror im Wind und schaute starr geradeaus auf den Horizont, um sich nicht übergeben zu müssen. Am Abend hatte sie sich an das Schaukeln gewöhnt.

Zwei Tage dauerte die Überfahrt bis Cagliari auf Sardinien. Hier wurden einige Güter ausgeladen, Salz, Kork, Olivenöl, Wein, maurische Schneckenhäuser und Muscheln. Dafür kam frische Ware an Bord: gelbe Tomaten, Fleisch, lebende Hühner und Gänse, Wasser, Wein und Bier. Das Schiff nahm Kurs auf Malta. Die langen Tage auf See vertrieb Teresa sich mit Lesen und Notizen für die Chronik, nachdem der Kapitän ihr Papier, eine Feder und ein Tintenfass gegeben hatte. Mittags half sie dem Koch beim Zubereiten der Mahlzeiten. Einmal sah sie fliegende Fische, ein andermal Delfine, die dem Schiff eine Zeitlang folgten und drollige Sprünge durch das Wasser machten. Sie und Markus unterhielten sich mit dem Kapitän, dem Kaufmann José de Peres, der eine Ladung Kork nach Jerusalem bringen wollte, seiner dicken Frau Rosina und den nicht weniger molligen und frechen Kindern Juan und Carmen. Der Priester Balthasar Roque kam aus Santiago de Compostela, wie er erzählte, und machte eine Wallfahrt ins Heilige Land. Frederico Kolumban schließlich, der dürre Gelehrte mit den vorstehenden Augen und dem Papageienkäfig, betrieb Forschungen über die Kreuzzüge.

In der Nacht kam ein Sturm auf, der alles durcheinanderwarf. Am nächsten Morgen war das Deck mit einer dünnen Eisschicht bedeckt. In Malta lag das Schiff zwei Tage zum Beladen und Entladen. Teresa und Markus gingen an Land, um die Bauten des Malteser Ritterordens anzuschauen. Kolumban begleitete sie. Die Insel bestand aus gelblichen Felsen; in demselben Ton waren auch die Häuser gehalten, von denen einige arabisch anmuteten. In der milden Wintersonne stiegen sie auf die Festung St. Elmo, die wie ein achteckiger Stern angelegt war. Von hier aus konnte Teresa die tiefblaue Fläche des Meeres sehen, die Steinbrocken am Ufer mit der schäumenden Brandung und weiter im Norden die kleineren Inseln Gozo und Comino.

»Das ist eine Festung der Johanniter, einer Abart des Templerordens«, sagte Kolumban.

»Wie hängt das miteinander zusammen?«, fragte Teresa interessiert.

»Die Moslems hatten nach der Eroberung Jerusalems einen unbändigen Hass auf die Christen«, erzählte der Gelehrte. »Diesen Hass hatten die Kreuzritter sich jedoch durch das Massaker selbst zuzuschreiben. Da nun ständig Übergriffe auf christliche Pilger stattfanden, wurde der Orden der Johanniter militärisch ausgerichtet. Kurze Zeit später verfügte der Orden der Tempelritter über eine imposante Streitmacht von mehreren Tausend Rittern und entsprechendem Fußvolk. Mit der Eroberung Akkons am 18. Mai 1291 durch die Muslime endete das christliche Zwischenspiel im Heiligen Land. Nur wenige Ritter und Einwohner der Stadt, unter Ihnen der Großmeister Johann von Villiers, konnten entkommen.«

»Und was wurde aus den Johannitern?«, fragte Teresa.

»Im Jahr 1530 erhielten sie Malta von König Karl V. als Geschenk. Sie sind noch hier und widmen sich der Krankenpflege. Der achteckige Grundriss dieser Festung erinnert an ihre Herkunft.«

Eine Möwe flog über Teresas Kopf hinweg und schien zu lachen. Gleich darauf tauchte die rundliche Gestalt des Priesters Balthasar Roque auf.

»Ihr seid auf den Spuren der Ritterorden unterwegs, nicht wahr?«, fragte er und zwinkerte. »Da habe ich auch einen Beitrag beizusteuern. Es geht um das Schicksal der Templer. Nachdem 1187 Jerusalem an Sultan Saladin aus Ägypten gefallen war, verloren die Templer ihren Stammsitz. Sie blieben bis zum Jahr 1303 im Heiligen Land. Ihre Gemeinschaft war jedoch eine andere geworden. Sie hatten unermesslichen Großgrundbesitz und beherrschten das europäische Bankwesen. Da sie keinem Herrn und keinem König mehr unterstellt waren, bildeten sie eine Geheimgesellschaft mit eigenen Regeln. Bald kamen Gerüchte über sie in Umlauf.«

»Sie sollen bei der Initiation Neumitglieder gezwungen haben, andere Männer auf Lippen, Gesäß und Hinterbacken zu küssen, das Kreuz zu bespucken, den Teufel anzubeten und die Asche verstorbener Templer zu essen«, warf Markus ein.

»Wie ich sehe, seid Ihr ein Kenner der Historie«, bemerkte Roque anerkennend. »Sie sollten Jungfrauen geschwängert haben und deren neugeborene Kinder überm Feuer geröstet haben, um Fett für die Salbung ihrer Teufelsbilder zu gewinnen.«

»Das ist reiner Aberglaube«, sagte Teresa.

»Nanu?«, fragte Markus. »Ich dachte immer, du seiest selber abergläubisch?«

»Aber an solche Ammenmärchen glaube ich nicht.«

»Der schlimmste Vorwurf aber, der ihnen gemacht wurde«, fuhr Roque fort, »war der, dass sie das Heilige Land absichtlich den Moslems überlassen hätten. Es sei ein Pakt mit dem Teufel gewesen, um sich ihre Reichtümer zu sichern. Der Baphomet, eine Verballhornung des Propheten Mohammeds, wurde als edelsteinbesetzter Schädel, als hölzerner Phallus oder als eine Satansgestalt, halb Frau und halb Ziege, dargestellt.«

»Den Rest der Geschichte kennen wir«, sagte Markus. »Die beiden letzten Großmeister wurden verbrannt, nachdem sie ihr Geständnis widerrufen hatten.«

»Etwa zwanzig Templer waren dem Massaker Philipps des Schönen entkommen«, mischte sich Kolumban ein. »Es ist anzunehmen, dass der Orden weiterbestand oder noch besteht. Die Templer haben sich in alle Welt zerstreut, und ich glaube, dass sie sich mit anderen Orden zusammengeschlossen haben.«

»Mit den Johannitern, den Maltesern oder sogar den Assassinen?«

»Das ist alles im Bereich des Möglichen«, gab Kolumban zur Antwort. »Möglich ist auch, dass der Schatz der Templer noch irgendwo verborgen ist.«

»Und dass ihnen ein Stück davon fehlt«, platzte Teresa heraus. Im nächsten Augenblick hätte sie sich am liebsten auf den Mund geschlagen.

»Was meint Ihr damit?«, fragte der Priester.

»Na, irgendein Stück könnte doch gestohlen worden sein«, antwortete Teresa.

»Seid lieber vorsichtig mit solchen Äußerungen«, sagte Kolumban. »Mir ist aufgefallen, dass sich dieser Peres, der aussieht wie ein treusorgender Familienvater, auffallend für diese Dinge interessiert.«

»Mich hat er auch schon versucht auszufragen«, meinte Teresa.

Vom Schiff her kam ein Hornsignal, Zeit, an Bord zurückzukehren und wieder in See zu stechen, mit Kurs auf Kreta und auf Zypern, die Insel der Aphrodite.

29.

Die Gebirge der Insel Kreta tauchten auf. Das Schiff fuhr entlang der Nordküste. Teresa konnte Wildziegen sehen, die auf den Höhen weideten. Geier umkreisten einsam die Felsen. Die Küste war sehr steil, so dass die Brandung sich donnernd an ihr brach. Erst in Heraklion, das einen geschützten Hafen besaß, konnten sie haltmachen. Teresa, Markus und der Gelehrte Kolumban streiften durch die engen Gassen. Die Luft war mild. Schafskäse, Oliven und Trauben wurden angeboten, aber auch Hirse und venezianische Masken. Seit dem 15. Jahrhundert sei die Insel im Besitz der Republik Venedig, erzählte ihnen Kolumban. Vorher hatten die Sarazenen sie in Besitz genommen. Viel zu bald mussten sie diese Insel des Lichts wieder verlassen.

Teresa hatte sich mittlerweile so sehr an den Alltag an Bord gewöhnt, dass sie ihn nicht mehr missen wollte. In der Frühe stand sie auf und nahm das erste Mahl des Tages zusammen mit dem Kapitän und den anderen Passagieren ein. Der Papagei mit Namen Molly war immer dabei. Manchmal schnappte er Worte auf und wiederholte sie plappernd. Sein neuestes war: *Kalinichta* – »gute Nacht« auf Griechisch oder *Menora,* wie Teresa mit einem heißen Stich im Magen bemerkte. Wer hatte dieses Wort verwendet? Sie musste es herausfinden. Gegen Mittag, nachdem sie gelesen und geschrieben hatte, half sie bei der Zubereitung des Essens und stieg dann hinauf. Der Spanier Peres stand allein an der Reling und schaute übers Meer.

»Olà, Señorita«, sagte er, als sie herankam. »Olà, olà«, krächzte es aus dem Käfig, der nicht weit von ihnen stand.

»Wir werden bald Zypern erreichen, die Insel der Aphrodite«, meinte Peres und musterte sie.

In seine Augen trat ein lüsterner Ausdruck, wie immer, wenn er ihrer ansichtig wurde.

»Ach ja? Was war denn mit Aphrodite und der Insel?«

»Sie wurde im Meer geboren, war eine Schaumgeborene«, gab Peres zur Antwort.

»Schaum, Schaum, Schaum«, krächzte der Papagei.

Peres schien erfreut, mit seinem Wissen glänzen zu können.

»Aphrodite ist die griechische Göttin der Liebe und der Schönheit«, sagte er und sah ihr tief in die Augen. »Sie war die Tochter von Zeus und Dione, wurde in einer Muschel geboren und entstieg im Süden von Zypern dem Meer. Aphrodite hatte viele Liebhaber und ebenso viele Kinder, fast jedes von einem anderen Mann.«

Was sollte dieses Geschwätz? War es eine versteckte Liebeswerbung, oder wollte er sie – wie schon so oft zuvor – nur nach dem Ziel ihrer Reise aushorchen? Teresa beschloss, das Spiel ein wenig mitzuspielen. Vielleicht erfuhr sie dann etwas mehr über seine Absichten.

»Es soll auf Zypern ein Bad der Aphrodite geben«, sagte sie.

»Ein wunderschöner, verwunschener Platz für Liebende«, ergänzte der Spanier. Während er das sagte, rückte er näher an Teresa heran. Sie wich unmerklich zur Seite.

»Dort traf sie sich mit ihren Gespielen«, sagte Peres. »Sie badeten, spielten Fangen und bereiteten sich gegenseitig die höchste Lust.« Er legte seine pummelige Hand auf Teresas Arm. Sie ließ ihn gewähren.

»Was geht hier vor?«, ertönte eine scharfe Stimme. Teresa fuhr herum. Markus stand hinter ihr, mit zorngerötetem Gesicht.

»Die Señorita von Wildenberg und ich unterhalten uns ein wenig über die Schönheiten Zyperns«, versetzte Peres. Vom Deckaufbau her kam ein Kreischen, das sich schnell näherte. Ach du mein Güte, das waren die dicke Rosina Peres und ihre vorlauten Kinder!

»Ich wittere eine Fährte«, raunte Peres Teresa noch zu, bevor er ihren Arm losließ und seiner Familie entgegeneilte, so schnell ihn seine kurzen Beine trugen.

»Was hast du mit diesem Fettkloß zu schaffen?« Markus schaute sie düster an.

»Er ist eigentlich ganz nett«, verteidigte Teresa sich. »Nur ... ich glaube immer noch, dass er mich aushorchen will.«

»Dann gib dich nicht mehr mit ihm ab!«

»Das werde ich wohl noch selber entscheiden dürfen, mit wem ich spreche und mit wem nicht«, gab sie bissig zurück.

Er fasste sie am Arm, so fest, dass es weh tat.

»Las mich los, du tust mir weh«, sagte sie.

»Es soll dir wehtun. Teresa, vergiss nicht, in welcher Mission wir unterwegs sind und in welcher Gefahr wir nach wie vor schweben.«

»Du hättest ja nicht mitzukommen brauchen.«

»Teresa ...« Markus schüttelte den Kopf, als wundere er sich über so viel Starrsinn. »Teresa, sei vernünftig. Es darf niemand erfahren, warum wir diese Reise angetreten haben.« Er wechselte das Thema. »Wenn wir auf Zypern angekommen sind, möchte ich mit dir einen Ritt über die Insel machen. Wir liegen zwei Tage dort, hat der Kapitän gesagt.«

»... der Kapitän gesagt«, echote der Papagei.

Teresa hatte ihn völlig vergessen. »Ja«, sagte sie, weicher geworden, »das möchte ich auch.«

Einige Stunden später kam die Insel Zypern in Sicht, mit dem mächtigen Toodros-Gebirge, weißen Stränden und kleinen Buchten. Bald fuhr das Schiff in den Hafen von *Nea Paphos* ein. Ein teilweise zerstörtes Kastell stand auf einem Landvorsprung. Von der Stadt her wehten Gerüche nach Kloake herüber, aber auch nach Ingwer und Orangen. Am nächsten Tag liehen sich Markus und Teresa zwei Pferde und ritten zur Akamas-Halbinsel hinüber. Sie kamen an einsamen Klöstern vorbei, querten karge Hochflächen, von denen aus sie tief unten das Meer schimmern sahen, und schauten sich verlassene Kirchen und alte Ölmühlen an.

Manchmal sah Teresa winzige Alpenveilchen in Felsspalten; viel zu früh hatten sie in der warmen Luft ihre Blüten geöffnet. Das Bad der Aphrodite fanden sie nur mit Hilfe eines Hirtenjungen, der ihnen vorauskletterte. Mit einem vielsagenden Grinsen ließ er sie dort allein, nicht ohne vorher die Hand aufgehalten zu haben. Der Platz war sehr verwunschen und selbst jetzt im Winter grün, mit Efeu, Feigenbäumen und Moosen bewachsen.

Hoffentlich dachte Markus nicht daran, sie jetzt zu küssen. Und doch wünschte Teresa es sich. Nichts geschah, eine merkwürdige Stille war zwischen sie getreten, die sich erst auflöste, als sie die Pferde bestiegen und weiterritten. Zum Meer hin veränderte sich die Landschaft. Orangenbäume säumten den Weg, die gleichzeitig blühten und saftige Früchte trugen. Viele der Früchte waren herabgefallen, zerplatzt und verströmten einen süßherben Duft.

Schließlich gelangten sie an einen Strand, der sich bis zum Horizont auszudehnen schien. Teresa hatte den Geruch nach Ziegenmist und Olivenholzfeuer in der Nase. Der Himmel war ohne Wolken, die fernen Berge schoben sich wie Riesenfische in den Dunst des Meeres, am Strand sammelte sich Gischt. Die Farbe des Wassers spielte vom durchsichtig Blauen ins Türkise, je weiter Teresa schaute. Der Sand war warm und mit Muscheln durchsetzt. Kein Mensch war weit und breit zu sehen. Als hätten sie sich verabredet, setzten beide sich gleichzeitig nieder. Sie nahmen sich in die Arme, ihre Gesichter näherten sich einander. Ein langer Kuss, der Teresa die Umgebung vergessen ließ. Markus' Mund wurde fordernder. Er berührte den Ausschnitt ihres Kleides und nestelte daran herum. Mit einem Mal kam Teresa zur Besinnung.

»Wir sollten das nicht tun«, sagte sie leise.

Auf dem Rückweg sprachen sie wenig miteinander. Es war eine Spannung aufgekommen, die Teresa schon immer gespürt hatte, die nun aber vollends aufgebrochen war. Sie beschloss, sich nicht mehr in solche Situationen zu begeben, das machte sie nur unglücklich.

Schließlich erreichten sie Jaffa, den geschäftigen Hafen des Heiligen Landes, das Ende ihrer langen Fahrt auf dem Meer. Es sei der

Hafen, der im Jahr 1100 von Gottfried von Bouillon befestigt wurde, erklärte Kolumban, und in den die Zedern des Libanon geflößt wurden, ehe man sie nach Jerusalem zum Bau des Tempels transportierte.

Ob er einen Gelehrten oder Rabbi namens Saloman kenne, fragte Teresa, der in der Nähe des Felsendoms wohnen solle. Ja, meinte Kolumban und nannte ihnen eine Adresse, mit dem habe er schon Schriftverkehr und auch sonst zu tun gehabt. Aber sie sollten sich vor dem Spanier in Acht nehmen. Teresa fiel es nicht leicht, von dem Schiff, der Besatzung, den Passagieren, dem Papagei und den liebgewordenen Gewohnheiten Abschied zu nehmen. Das Heilige Land empfing sie mit einem seidenblauen Himmel. Die Moscheen, Minarette, Synagogen, Mauern und Türme der Stadt ragten in einem gelblichen Ton vor ihr auf. Sie wirkten, als würden sie mit der Wüste und den Bergen verschmelzen, die sich zwischen die Hafenstadt und Jerusalem schoben.

Als sie festen Boden unter den Füßen und sich von allen verabschiedet hatte, machte Teresa sich zusammen mit Markus auf, um eine Reit- oder Fahrgelegenheit in die Hauptstadt zu suchen. Bald wurden sie mit einem Araber handelseinig und ritten auf zwei Eseln aus dem Tor hinaus nach Osten. Zunächst durchquerten sie eine grüne Ebene mit Dattelpalmen und Orangebäumen. Danach ging es hinauf in die Judäischen Berge, die bis auf einige Täler mit klaren Bächen und immergrünen Büschen kahl waren. Die Sonne brannte auf sie herab. Die beiden hatten ihre Fischerkleidung mit den Pilgersachen vertauscht, weil sie sich als Wallfahrer ausgeben wollten.

Am Abend sahen sie Jerusalem auf einer Anhöhe liegen. Unzählige, aus bräunlichem Gestein erbaute Häuser drängten sich um den Felsendom, der etwas erhöht auf einem flachen Hügel stand. Die untergehende Sonne ließ das Gold seines Kuppeldaches leuchten. Minarette streckten ihre schlanken Türme in den verblassenden Himmel, daneben drängten sich Synagogen und christliche Kirchen. In den Straßen und Gassen wimmelte es von Menschen aus aller Herren Länder. Die Stadt hallte wider von Geräuschen, vom

Hämmern der Silberschmiede, dem Sägen der Tischler, dem Klopfen der Schuhmacher, Kesselflicker, Kupferschläger, Waffenschmiede. Die beiden ritten kreuz und quer durch die Stadt, um etwaige Verfolger abzuschütteln. Als sie sich sicher waren, kehrten sie zum Platz des Felsendoms zurück. Es dauerte nicht lange, bis sie das Haus des Gelehrten Saloman gefunden hatten. Es stand aber nicht in der Nähe des Felsendoms, sondern in der Judengasse, anscheinend dem einzigen Ort, an dem Juden wohnten. Auf ihr Klopfen öffnete ihnen ein wohlgerundeter Mann mit schwarzem Vollbart und rosiger Gesichtshaut. Seine braunen Augen blickten warm und verschmitzt. Er trug einen grauen Kaftan und einen Fellhut.

»Shalom«, sagte er und lächelte. »Mit wem habe ich die Ehre?«

»Shalom«, antwortete Markus und verbeugte sich leicht. »Wir sind Wallfahrer auf dem Weg zum Heiligen Grab. Zuletzt waren wir in Spanien, im Kloster Montserrat.«

»Ah, habt ihr dort meinen Freund, den Gelehrten Gabriel de Montaña getroffen?«

Markus räusperte sich. »Eben der hat uns Eure Adresse gegeben. Wir wissen aber nicht …«

»… ob er noch am Leben ist? Hat jemand behauptet, er sei es nicht? Nun, ich kann Euch beruhigen. Erst gestern ist ein Brief von ihm eingetroffen, mit Datum vom 9. Dezember des Jahres.«

»Wie kann der so schnell hierher gelangen?«, fragte Teresa.

»Ein Schiff hat ihn mitgenommen, das noch mehr Post aus Europa brachte.«

»Dann ist es aber schneller gesegelt als unseres«, meinte Markus.

»Die Postschiffe sind immer schneller, weil sie nicht in so vielen Häfen anlegen. Doch sei's drum. Ich heiße Euch willkommen in meinem bescheidenen Haus. Ich lebe hier ganz allein und kann Euch nicht die Behaglichkeit bieten, die ihr gewohnt seid.«

»Das ist sehr freundlich von Euch«, sagte Teresa. »Wir wollen es auch nicht umsonst. Mein Vater hat uns einiges hinterlassen, womit wir diese Reise bezahlen können.«

»Das kommt nicht in Frage.« David Saloman wischte die Einwände mit einer Handbewegung weg. »Teresa von Wildenberg und Markus Schenk, Ihr sollt meine Gäste sein in den nächsten Tagen. Woher ich Eure Namen weiß? Nun, Gabriel de Montaña erforscht dieselben Dinge wie ich, und ich erhoffe mir von Euch einige Hinweise für meine Studien.«

Er führte sie in die Wohnstube, die durch einen silbernen Kandelaber erhellt wurde. Ein Feuer im Kamin verbreitete behagliche Wärme. An den Wänden standen Regale mit unzähligen Büchern, und in der Mitte des Raumes befand sich ein Stehpult mit einem aufgeschlagenen Folianten. Teresa musste an die Bibliothek in ihrem Elternhaus denken, und ihre Augen wurden feucht. Gott sei Dank war Gabriel de Montaña noch am Leben. Sie hätte seinen Tod nicht auch noch verwinden können. Der Gelehrte bat sie, auf zwei runden, bunt verzierten Lederkissen Platz zu nehmen, und ließ sich auf einem eben solchen nieder. Er kratzte sich am Kopf.

»Was geschah auf Montserrat, nachdem Ihr mit Gabriel de Montaña gesprochen hattet?«, fragte er. »Gabriel schrieb mir, dass Ihr nach Barcelona und wahrscheinlich nach Jerusalem weiterreisen wolltet. Man hätte versucht, ihn mit Keksen zu vergiften.«

»Die Männer, die uns seit unserer Abreise verfolgten – oder die zumindest in einem Zusammenhang mit ihnen standen«, antwortete Markus, »verschleppten Teresa und ihren Vater, erst in eine Höhle, wo Froben von Wildenberg an einem Gifttrank starb, dann in eine verlassene Burg. Ich selber wurde in einer Kirche auf der anderen Seite des Berges erwischt, als ich zufällig eine ihrer Versammlungen belauschte. Sie brachten mich mit Teresa zusammen und verlangten von uns, sie zu der Menora zu führen.«

»Wie hättet Ihr das tun können?«, wollte Saloman wissen.

»Sie sprachen von Teresas Hellsichtigkeit. Um uns gefügig zu machen und unsere Köpfe zu vernebeln, zündeten sie ein stark duftendes Kraut über Kohlebecken an.«

Saloman nickte bedächtig. »Die Hashishin – das Kraut öffnet den Weg zum Paradies.«

Er erhob sich, ging hinaus in die Küche und kehrte mit einem großen Krug, einem halben Laib Brot und einem Stück Käse zurück. »Meine Magd ist schon gegangen«, entschuldigte er sich, lief noch einmal hinaus und brachte drei Becher.

»Was ist das für ein Getränk?«, fragte Teresa.

»Seschar, bei Euch nennt man es Bier. Das Bierbrauen haben wir von den Ägyptern übernommen.«

Sie aßen und tranken eine Weile, dann fuhr Saloman fort: »Wie ging es weiter?«

»Es gelang uns zu fliehen«, setzte Markus seinen Bericht fort. »In Barcelona fanden wir ein Schiff, das uns zu einem annehmbaren Preis mitnahm ins Heilige Land.«

»Wurdet Ihr verfolgt?«

»Ich bin mir nicht sicher«, sagte Teresa. »Am Abend, bevor wir ausliefen, fielen uns zwei vermummte Gestalten am Kai auf. Sie waren aber bald wieder verschwunden, und auch eine Durchsuchung des Schiffes ergab nichts.«

»Fuhren noch weitere Passagiere mit?«

»Ja, ein spanischer Kaufmann mit seiner Familie, ein Priester und ein Gelehrter, ein Forscher mit einem Papagei.«

»Ich denke, der harmloseste von den dreien, der Kaufmann, war der Kundschafter der Assassinen. Sie instruieren häufig völlig unerfahrene Bürger und ziehen sie auf ihre Seite. Ich hoffe, dieser spanische Kaufmann ist Euch nicht gefolgt.«

»Wir sind kreuz und quer durch die Stadt geritten, um eventuelle Verfolger abzuschütteln«, sagte Teresa.

»Die Welt ist klein, und fremde Pilger sind in Jerusalem leicht auszumachen«, überlegte der Gelehrte. »Sei's drum, das ist jetzt nicht mehr zu ändern.«

»Was würdet Ihr uns raten?«, fragte Markus und sah David Saloman ins Gesicht.

»Ich würde Euch raten, nicht klein beizugeben. Der Tod von Teresas Vater wurde durch diese Männer verschuldet. Im Alten Testament steht: ›*Mein ist die Rache*‹, *spricht der Herr*, und an einer anderen Stelle: *Auge um Auge, Zahn um Zahn. Wenn aber ein schlim-*

mes Unglück entstanden ist, so sollst du geben: Lebendige Seele an Stelle von lebendiger Seele, Auge an Stelle von Auge, Hand an Stelle von Hand, Fuß an Stelle von Fuß, Brandmal an Stelle von Brandmal, Wunde an Stelle von Wunde, Strieme an Stelle von Strieme. Das ist aus der hebräischen Bibel, Exodus 21, und 22 bis 24.«

»Es geht noch um mehr«, warf Teresa ein. »Ich habe meinem Vater bei seinem Tod versprochen, die Menora zu finden und zurückzubringen. Und das alles in unserer Chronik zu beschreiben.«

»Das ist ein hochstehendes Anliegen«, sagte Saloman. »Doch Ihr müsst sehr vorsichtig zu Werke gehen.«

»Was meint Ihr denn, wo sich die Menora befinden könnte?«, fragte Markus. Beide sahen den Gelehrten gespannt an.

»Soviel ich weiß und soweit ich forschen konnte, gilt nur als gesichert, dass sie im Jahre 70 aus Rom verschwunden und seitdem verschollen ist. Die wildesten Gerüchte haben sich um ihren Verbleib gesponnen. Möglich ist, dass die Sarazenen sie raubten und sie später über Ägypten wieder nach Jerusalem kam. Ob es nun wirklich die Menora war, die Eurem Vorfahren geschenkt wurde oder bei den Kämpfen in die Hände fiel, sei dahingestellt. Ich halte es für genauso wahrscheinlich, dass Gottfried von Bouillon oder später König Balduin II. sie den Kreuzrittern schenkten und sie zum legendären Templerschatz gehörte. Das würde erklären, warum die Assassinen, die ja ein Bündnis mit den Templern hatten, so sehr darauf aus sind, sie wieder in ihre Hände zu bekommen.«

»Und wo sollen wir suchen?« Teresas Herz hatte stärker zu klopfen begonnen. Wieder einmal fühlte sie sich ihrem Ziel sehr nah.

»Ich selbst habe einmal an der Stelle gesucht«, fuhr Saloman fort, »an der Gisèle, Friedrichs Braut, begraben sein sollte. Es gab Hinweise auf ein Grab, doch es war leer.«

»Wahrscheinlich hat Friedrich die Gebeine später doch noch überführt«, meinte Teresa.

»Das ist auch nicht so wichtig. Außerdem habe ich mir die Genehmigung geholt, Grabungen unter dem Felsendom vorzunehmen, dem Platz, an dem der zweite Tempel Salomons stand. Das hatten auch die ersten Templer schon getan. Da sie aber nichts fanden, auch die Bundeslade nicht, die sie dort vermuteten, gibt es wiederum nur zwei Möglichkeiten: Euer Vorfahr Friedrich hat die Menora wirklich im Felsendom gefunden und sie irgendwo hingebracht, oder er hat sich das alles nur ausgedacht, und sie ist von den Templern auf eine ihrer Burgen in Syrien gebracht worden. Die Assassinen hatten einen Pakt mit ihnen und waren den Tempelrittern tributpflichtig. Ihr größter gemeinsamer Schatz, die Menora, muss von irgendjemandem gestohlen worden sein, nach Meinung Eurer Verfolger von Eurem Vorfahren.«

»Könnte es sein, dass Friedrich selber ein Templer und Assassine war?«, gab Markus zu bedenken. »Und er hat den Schatz für sich selbst beansprucht?«

»Das wissen wir nicht und werden wir vielleicht auch nie erfahren. Gabriel de Montaña hat in seinem Brief eine Andeutung fallen lassen. Er schrieb, ich solle doch einmal die Templerburg *Kerak* in Syrien aufsuchen oder die Festung *Crac des Chevaliers* und schauen, ob sich dort Hinweise ergeben. Den Stammsitz des *Alten vom Berge,* Masyaf in Syrien, habe ich schon eingehend untersucht. Möglich wäre auch die Burg Alamut am Kaspischen Meer, ebenfalls eine wichtige Bastion des *Alten vom Berge.* Zumindest vermutet Gabriel de Montaña, einer Eintragung in einer alten Schrift nach zu schließen, dass an einem dieser Orte eine Papyrusrolle mit Angaben zum Verbleib des Schatzes versteckt ist.«

Kerak, Masyaf, Alamut – Namen, die Teresa das Blut in den Adern rauschen ließen.

»Warum hat er uns nichts davon erzählt?«, fragte sie.

»Er hätte es sicher getan, wenn Ihr es nicht so eilig gehabt hättet«, war Salomans Antwort. »Übermorgen will ich aufbrechen«, fuhr er fort. »Ich reise mit einer Karawane, die Waren durch die syrische Wüste nach Persien und von anderen Händlern über die Seidenstraße nach China bringen will, und würde mich glücklich schätzen, wenn Ihr mich begleitet.«

30.

Hoch über ihnen flirrte der weißblaue Himmel, die Sonne brannte unbarmherzig herab. Weit und breit nur Wüste, gelbgraue Sandflächen, die der Wind zu Dünen aufgetürmt hatte. In der Ferne schwammen bizarre Bergketten, wogten auf und ab in der spiegelnden Luft. Die mehr als hundert Tiere der Karawane waren mit Säcken voller Datteln, Orangen und kleineren Edelsteinbeuteln beladen, mit Wasserschläuchen und getrocknetem Fleisch als Wegzehrung für die Menschen. Es roch nach Schweiß und Kamelmist. Teresas Augen waren von Sand verklebt, das Atmen fiel ihr schwer. Der vorderste Reiter sang eintönige Melodien.

Vier Tage und Nächte währte die Reise. Nachts schliefen sie in Zelten, und Teresa musste Unmengen von Decken und Fellen über sich häufen, um nicht zu frieren. Dann gelangten sie zum Scheideweg. Die Karawane zog weiter Richtung Tripolis, Teresa, Saloman und Markus wandten sich nach Westen, der Burg Kerak zu. Vier Beduinen begleiteten sie zu ihrem Schutz. Sie verbrachten einen Tag mit Nachforschungen und Grabungen auf der Burg, die nur noch eine Ruine war, fanden aber nichts.

Weiter ging es in endlosen, kräftezehrenden Tagesmärschen. Die Festung *Crac des Chevaliers* lag auf etwa 3000 Fuß Höhe oberhalb einer kleinen Stadt. Als sie sich mühselig hinaufgearbeitet hatten, fanden sie eine grandiose Ruine. Hier würde gewiss keine Schriftrolle verborgen sein. Trotzdem untersuchten sie jedes Fleckchen Erde und jeden Fels und drehten so gut wie alle Steine um. Teresa begann zu verzweifeln. War alles umsonst gewesen, sollten sie umkehren? Dazu waren aber weder Saloman noch Markus zu bewegen. Und sie selbst hatte sich viel zu sehr da hinein verrannt, um jetzt einfach aufzugeben. Ihre Route führte sie nach Persien. Bis sie alle Wüsten durchquert, alle Gebirgszüge überwunden hatten, vergingen vierzig Tage. Es war jetzt Mitte Januar.

Teresa fühlte sich zu Tode erschöpft. Sie war abgemagert, fühlte sich krank und völlig leer. Nur der Gedanke an die Menora hielt sie noch aufrecht. Sie bemerkte die besorgten Blicke der beiden Männer, doch sie versperrte sich nur immer mehr dagegen, umzukehren oder auch nur auf ihren Rat zu hören, eine längere Rast einzulegen. Von Überfällen waren sie Gott sei Dank verschont geblieben. An einem der nächsten Tage ritt Teresa vor den beiden Männern her. Vor ihr bewegten sich die Beduinen. Was für ein sinnloses Unterfangen das doch war! Sie durchquerten endlose Wüsten, bewegten sich um die halbe bekannte Welt herum und wussten nicht einmal, was genau sie suchten, noch wo sie es finden könnten. Teresa war am Ende ihrer Kräfte. Wäre sie doch zu Hause geblieben und hätte mit ihrem Vater friedlich an der Chronik weitergeschrieben! Weder die Menora noch Markus, weder die Assassinen noch die Tempelritter noch Gabriel de Montaña wären in ihr Leben getreten. Diese Reise war verflucht, sie selbst war verflucht, alles, was sie tat, konnte nur weiteres Böses hervorbringen. Wenn es einen Gott gab, warum half er ihr nicht aus dieser Hölle heraus? Ihr war übel, alle Knochen taten ihr von dem wochenlangen Ritt weh. Gott würde ihr niemals verzeihen, was sie angerichtet hatte in ihrer Besessenheit.

Im nächsten Augenblick wurde es still um sie herum, ihre Begleiter verschwanden. Über dem Wüstensand, über den kargen Felsen schimmerte es, als wenn sich dort ein herrlich klarer See ausbreitete. Seit mehr als einem Tag war ihnen das Wasser ausgegangen. Sie trieb ihr Tier darauf zu, um abzusteigen, sich das kühle Nass in die hohle Hand zu schöpfen und zu trinken, sich hineinzustürzen und den Staub, den Sand, den Schweiß und die Hoffnungslosigkeit abzuwaschen. Doch je mehr sie sich dem See näherte, desto weiter wich er zurück. Sie stieg ab, stand einen Augenblick, sank in den heißen Sand und begann zu weinen. Da war doch etwas. Eine Stimme, die sie rief. Kam es von vorne oder aus ihrem Rücken? Teresa kniff die

Augen zusammen. Auf einem Felsen, der aus dem gelben Untergrund hervorragte, saß ein Junge und spielte auf einem Kamm. Er blickte hoch und lachte sie an. Die blonden Haare fielen ihm in die Stirn. Die Melodie ergriff Teresa zutiefst.

»Matthias!«, rief sie, breitete ihre Arme aus und eilte auf ihn zu. Sein Lächeln wurde immer breiter, sein Gesicht kam immer näher. Er verschwand. Sie sah das Dunkel kommen wie eine Gewitterwand am Horizont. Bald umgab es sie von allen Seiten. Sie fiel und fiel, und das Letzte, was sie spürte, war ein dumpfer Aufprall, ein Schmerz und der heiße Sand, in den sie mit der Stirn einsank.

Lange Zeit spürte sie gar nichts. Dann drang ein Lichtstrahl in ihre Augen.

»Sie ist wach geworden«, sagte eine Stimme über ihr.

Teresa blickte auf. Eine junge Beduinenfrau stand, bis auf die Augen verschleiert, über sie gebeugt, mit einer Kanne in der Hand. Sie setzte das Gefäß an Teresas Lippen, die gierig trank. Was für ein merkwürdiger Geschmack!

»Das ist Kamelmilch«, sagte eine andere Stimme, die sie als die von Markus erkannte.

»Was ist mit mir? Wo bin ich?«, fragte Teresa.

»Du bist schwer krank geworden und dann vom Kamel gestürzt«, antwortete Markus. »Wir haben dich zu einem Beduinendorf gebracht, und die Frauen haben dich gepflegt, bis du über den Berg warst.«

»Wie lange ist das her?«

»Mehr als zwei Wochen. Du bist immer wieder aufgewacht, hast etwas zu dir genommen und bist dann wieder in deine Ohnmacht zurückgesunken.«

Teresa setzte sich kerzengerade im Bett auf. »So lange? So lang habe ich euch aufgehalten? Dann müsste es jetzt schon Anfang Februar sein.«

»Es hat uns allen gutgetan«, sagte Markus. »Wir sind hier in einer Oase, das Leben ist paradiesisch.«

Der Garten des *Alten vom Berge* fiel ihr ein.

»Was habt ihr beschlossen? Wollt ihr umkehren?«

»Wohin denn umkehren? Wir sind nicht mehr weit vom Berg Alamut entfernt. Du wolltest doch immer einmal den Garten des *Alten vom Berge* sehen. Wir sind nicht mehr weit entfernt. Und Saloman ist nicht bereit, so kurz vorm Ziel aufzugeben.«

Meine Schuld, einzig und allein meine Schuld, dachte sie.

»Sollen wir nicht über Tripolis zurückfahren in die Heimat? Ich bin es leid, hinter diesem Ding herzujagen.«

»Jetzt beruhig dich erst einmal.« Er reichte ihr die Hand zum Aufstehen. »Du wirst dich noch ein paar Tage erholen und vor allem ordentlich essen. Dann reden wir weiter.«

»Was habe ich für eine Krankheit gehabt?«

»Wir wissen es nicht genau. War es die Auszehrung, eine Lungenentzündung oder einfach der Wüstenwahn?«

»Ich habe den blonden Jungen wieder gesehen. Kurz bevor ich ...«

»Das ist ein gutes Zeichen!«, meinte Markus. »Das heißt, er wird dich von jetzt an wieder beschützen.«

»Mich beschützen? Das hätte tödlich enden können.«

»Er hat dich vor dir selbst beschützt, Teresa, indem du umgefallen bist. Sonst wärest du vielleicht wirklich gestorben.«

Teresas Herz begann heftig zu klopfen bei dieser Vorstellung.

»Ich werde in Zukunft besser auf mich aufpassen. Und alles mehr in Ruhe angehen.«

»Ich passe ebenfalls auf dich auf«, sagte er und drückte ihre Hand.

Die nächsten Tage verbrachte Teresa damit, Datteln, Kokosnüsse, Ziegenragout und Hühnersuppen zu essen. Zwischendurch wandelte sie mit Markus oder auch mit Saloman durch ein liebliches Bachtal, das mit Palmen, Zypressen und Aprikosenbäumen bewachsen war. Die Quelle wurde zum Bach und floss in einen runden See, in dem es sich herrlich baden ließ. Die beiden Männer vermieden das Thema Menora, bis Teresa es von sich aus anschnitt.

»Was werden wir nun weiter tun?«, fragte sie Markus und Saloman, als sie miteinander am Ufer des Sees saßen und ihre Beine ins Wasser baumeln ließen.

»Entscheide du darüber«, meinte Markus. »Saloman wird auf jeden Fall nach Alamut gehen.«

»Glaubst du, dass wir die Menora finden werden?«

»Das weiß nur Gott.«

»Oder Jahwe«, fügte Saloman lächelnd hinzu.

»Oder Allah«, ergänzte Teresa. Sie fühlte sich wieder kräftig und ausgeglichen. »Nachdem wir nun so weit gegangen sind, wäre es eine Sünde, einfach umzukehren«, sagte sie und blinzelte Markus zu, der den Blick in einer Art erwiderte, dass ihr ein Schauer den Rücken herunterlief.

»Wann brechen wir auf?«, fragte sie.

»Morgen«, war Salomans Antwort.

Sie mussten das Tal von Mesopotamien, das Land zwischen Euphrat und Tigris, durchqueren. Immer hatte sich Teresa gewünscht, es einmal zu sehen, *das Land, wo Milch und Honig fließt.* Es war in der Tat ein sehr fruchtbares, auch im asiatischen Winter grünes Land mit milden Temperaturen. Weiter im Norden, zum Taurusgebirge hin, wurde es kälter, und öfter fiel Schnee auf ihrer Reise durch die Berge.

Nach einer weiteren Woche hatten sie die Randgebiete des Elbursgebirges erreicht; dahinter verbargen sich im Nebel das Kaspische Meer, der größte See der bekannten Welt, und die Burg Alamut. Die Rotbuchen an den Hängen streckten ihre kahlen Zweige aus, als wollten sie ihnen den Weg weisen. In den Bergen lebten anspruchlose Menschen mit geschlitzten Augen und brauner Haut. Sie waren freundlich, boten ihnen immer ein Nachtlager und zu essen, ohne etwas dafür zu verlangen. Teresa ließ ihnen aber stets etwas zukommen. Die tiefen Schluchten, die rauschenden Bäche und die kahlen Hänge erinnerten Teresa an die Pyrenäen.

An einem Mittag Ende Februar sahen sie die Burg Alamut hoch auf einem Felsen vor sich stehen. Der Adlerhorst, das Reich des *Alten vom Berge*. Teresa atmete tief durch und legte den Kopf in den

Nacken, um das Gelände genau ins Auge zu fassen. Die Reste der Festung verschwammen fast mit ihrer Umgebung, denn die Burg war aus dem gleichen gelblichen Gestein erbaut worden. Im Süden erstreckte sich die Wüste, dahinter ragten die Berge des Elburs in die Höhe. Rundum war nichts als Einöde, kein Baum, kein Strauch, kein Zirpen einer Grille. Und hier sollte ein Garten angelegt worden sein? Hoch über dem Plateau kreiste eine Schar von Geiern.

»Dort müssen wir hinauf«, sagte Saloman. »Seht Ihr die Stufen, die in den Fels gehauen sind?«

»Ich sehe sie«, sagte Teresa, »und ich bin mir sicher, dass wir hier etwas finden werden.«

Sie wusste nicht, was ihr diese Sicherheit gab. Vielleicht war es ein Traum von Matthias, den sie in der letzten Nacht gehabt hatte.

Saloman band ihre Kamele an einen Felsblock, versah sich mit Wasserbeutel und Proviant, holte ein Seil aus seiner Satteltasche und befestigte es an ihren Körpern. Sie begannen, die Stufen hinaufzuklettern. Das Gestein war bröckelig, einige Male rutschten Teresas Füße ab, kleine Felsbrocken fielen polternd in die Tiefe. Die Sonne brannte von einem klaren Himmel auf sie herab. Die Geier stießen immer wieder pfeifende Laute aus, dann wieder erinnerten sie Teresa an Laute von Katzen. Auf einer Höhe von etwa zweihundert Fuß hielten sie inne. Teresas Magen zog sich zusammen, als sie in die Tiefe sah. Um Gottes willen, wie sollten sie da bloß wieder hinunterkommen? Saloman verteilte Wasser aus seinem Schlauch, kühl rann die Flüssigkeit Teresas Kehle hinunter. Sie hatte nicht gewusst, wie gut das schmecken könnte.

Mit großer Mühe überwanden sie einen Felsvorsprung. Teresas Hände waren verschrammt und bluteten. Aber um keinen Preis hätte sie jetzt, dem Ziel so nah, aufgegeben. Das Seil gab ihr Sicherheit. Die drei ruhten eine Zeitlang aus, um zu Atem zu kommen. Endlich erreichten sie das Plateau mit den Ruinen der Burg Alamut. Obwohl die einst mächtige Festung offenkundig zerstört und geschleift worden war, standen noch ansehnliche Reste wie der Torturm, die Außenmauern und die Wohngebäude. Hier oben war es kühler als in der Ebene. Teresa setzte sich auf eine Mauer vor dem Tor und blickte auf das Land, das sich einsam bis zum Horizont erstreckte. Nach Süden hin die endlose Wüste mit den Bergen im Hintergrund, auf der anderen Seite ebenfalls Berge, die sich nach Norden hin verflachten und in der Ferne die Klippen des Kaspischen Meeres sehen ließen. Unendlich weit, schattenblau wie eine Fata Morgana erstreckte sich das Gewässer. Teresa erkannte einen Brunnen in der Mitte der Anlage. Sie stand auf, ging hinüber und schaute hinein. Er war vollkommen ausgetrocknet und mit Spinnweben und Sand bedeckt wie alles andere. Ein Grunzen ließ sie zusammenzucken und aufblicken. Der Schatten eines der Geier legte sich über sie und verschwand. Vom Brunnen führte ein treppenartiges Gebilde hinab.

»Hier floss einst eine Quelle, die den Garten Eden bewässerte«, sagte Saloman. »Ich freue mich, mit Euch den Gipfel des Berges und damit den Ort des Adlers erreicht zu haben. Ein Adler nämlich baute hier seinen Horst und zeigte den Männern, wo sie ihre Festung bauen sollten.«

»Wie alt ist diese Burg?«, fragte Teresa.

»Sie wurde im 9. Jahrhundert von den Seldschuken erbaut und später von den Ismailiten, den Assassinen, eingenommen. Hundertsechzig Jahre lang herrschten hier die *Alten vom Berge* und versetzten die Welt in Angst und Schrecken. Keiner wagte, den Namen dieser Burg auszusprechen. Die Assassinen töteten ihre politischen Feinde und glaubten, nur auf diesem Weg ins Paradies zu kommen. Wenn sie entdeckt wurden, nahmen sie sich das Leben, durch Gift oder Dolch, wie sie auch ihre Gegner massakrierten.«

»Wo könnte hier eine Schriftrolle versteckt sein?«, fragte Markus.

»Ich vermute, in der Grabkammer, die sich hier irgendwo befinden muss. Lasst uns gehen, ich brenne darauf, sie zu entdecken!«

Teresa brannte ebenfalls darauf. Sie schloss sich den beiden Männern an, die nun den Hof durchquerten. Sie gelangten zum einstigen Wohnhaus, in dem auch die Unterkünfte der Soldaten gewesen sein mussten. Das erkenne man an der Gleichförmigkeit, mit der die Räume gebaut worden waren, erklärte Saloman. In einem großen Raum stand eine Art steinerner Thron, der einst mit Rubinen und Edelsteinen geschmückt sein musste, das sah Teresa an den Dellen. Auch hier war alles mit Sand, Spinnweben und Vogelkot bedeckt. Ein Skorpion kroch rasch davon, als sie sich näherten.

»Im Jahr 1256 wurde die Burg von Hülägü Khan, dem Enkel des Dschingis Khan, eingenommen«, sagte Saloman. »Die Burg wurde geschleift und dann wurde – nach Entnahme der Biografie des ersten *Alten vom Berge,* Hassan bin Sabbah – die umfangreiche und wertvolle Bibliothek verbrannt. Angeblich wurden, wie ihr sicher wisst, 12 000 Männer unter einem Vorwand zusammengetrieben und ermordet. Aber es konnten sich wohl einige in Sicherheit bringen; vielleicht haben sie den Leichnam des letzten *Alten vom Berge,* Ruknud-Din-Kurshah, mit sich genommen und später hier bestattet.«

»Und wo soll sich der Garten befunden haben?«, fragte Teresa.

»Ich vermute ihn weiter unten, an der Nordseite des Berges. Sicher wird nicht mehr viel davon übrig sein. Jetzt wollen wir sehen, ob wir den Weg zur Grabkammer finden.«

Aus dem Thronsaal führte ein Gang hinaus, der schnell abschüssig wurde. Die Wände des Ganges waren feucht, ein kalter Hauch kam ihnen entgegen. Saloman nahm eine Fackel, die in ihrer Halterung blakte, und leuchte ihnen voraus. Teresa kam es vor, als träumte sie. War das wirklich sie, die hier, im Reich der Perser, mit zwei Männern den Gang einer Burg hinunterlief? Sie kamen zum Halten. Ein Tor versperrte den weiteren Weg.

»Im Namen Hassan bin Sabbah, öffne dich«, murmelte Saloman. Woher wusste er das Losungswort?

»Das Losungswort hat mir Gabriel de Montaña mitgeteilt«, sagte er und zwinkerte. Er rüttelte an der Eisenklinke. Es rührte sich nichts. Auch als der Gelehrte sich mit der Schulter, dann mit seinem ganzen Gewicht dagegenwarf, blieb die Tür verschlossen. Er zog einen gebogenen Draht aus einer Tasche seines Wamses. Und siehe da, die Tür öffnete sich quietschend und gab den Weg frei. Ein Geruch nach Staub und Verwesung wehte ihnen entgegen. Sie befanden sich in einem Raum von größerem Ausmaß. An den Wänden standen steinerne Sarkophage, mit Ornamenten verziert. Sie waren verwittert und mit weißlichem Kot und Staub bedeckt, aber auf einigen konnte Teresa die Köpfe ihrer Insassen erkennen, mit abgebrochenen Nasen und fehlenden Lippen. Sicher hatten hier wie auch in den Wohnräumen Grabräuber gehaust. Von einer Eingebung getrieben – sie hatte gerade an Matthias gedacht – blickte sie auf und fuhr so sehr zusammen, dass sie fast gestürzt wäre. An der Decke hingen, wie zusammengefaltete Servietten, Hunderte von Fledermäusen. Saloman und Markus folgten ihrem Blick.

»Daher kommt also der Kot«, sagte Saloman.

Teresa versuchte sich zu sammeln. Sie war wieder dort, wo alles angefangen hatte, auf der Burg ihres Vaters. Die Glocke schlug sieben Mal. Sieben Stufen mussten die Assassinen durchlaufen, bevor sie die letzte, die siebente Stufe ereichten und ins Paradies kamen. Die Fledermäuse hatten sie berührt und in ihr die Gewissheit erweckt, das etwas Schlimmes passieren würde. Und jetzt waren sie in der gleichen Situation. Worauf hatte sie sich nur eingelassen, warum war sie weggegangen und hatte den Tod gewählt statt das Leben?

»Erschreckt nicht, liebe Teresa«, sagte Saloman. »Die Fledermäuse sind nicht nur ein Symbol für den Tod und den Satan. Sie stehen auch für Aufbruch und Weiterentwicklung. Ich verspreche Euch, dass wir hier heil wieder herauskommen.«

Wie konnte er da so sicher sein? Saloman untersuchte jetzt jeden einzelnen der Sarkophage. Mit einem leisen Aufschrei winkte er die anderen zu sich her.

»Hier ist der Sarg des letzten *Alten vom Berge*«, rief er aufgeregt.

»Helft mir, den Deckel zu entfernen!«

Mit aller Kraft hoben und schoben sie den Deckel, doch er rührte sich nicht von der Stelle.

»Öffne dich, im Namen von Hassan bin Sabbah«, flüsterte Saloman.

Ob dieser Spruch auch hier etwas nutzte? Der gebogene Draht würde den Deckel auf jeden Fall nicht öffnen können.

»Er soll unseren Armen die Kräfte von Löwen geben«, erklärte Saloman.

»Oder von Adlern«, ergänzte Markus.

Der Deckel ließ sich beiseiteschieben. Mit einem Krachen fiel er zu Boden und zerbarst in hundert Stücke. Um Gottes willen, hoffentlich war niemand in der Nähe und hörte den Lärm! Aber es blieb alles ruhig. Saloman leuchtete mit der Fackel in das Innere des Sarges. Dunkelgraue Knochen lagen darin, in einem Haufen von Staub. Der Schädel schien sie anzugrinsen. Schaudernd wandte Teresa sich ab – und sah wieder hin, wie gebannt von dem Anblick des Grauens. Saloman fasste in den Sarkophag hinein, wühlte ein wenig herum und zog vorsichtig ein Schriftbündel heraus. Es war angefressen vom Zahn der Zeit, ließ sich jedoch mühelos entrollen.

»Das ist eine Botschaft, wahrscheinlich von Ruknud-Din-Kurshah«, meinte er. »Auf Ismailitisch geschrieben.«

»Könnt Ihr das übersetzen?«, fragte Markus.

»Ja, das kann ich. Die Inschrift lautet:

Ich, Ruknud-Din-Kurshah, schreibe im Angesicht des Todes, der uns alle erwartet, dieses zum Ruhm und zur Ehre der Ismailiten für die Nachwelt. Sollte je einer dieses Pergament finden, so sei er gewiss, in die ewigen Freuden des Paradieses einzugehen. Sollte aber ein Fremder es finden und berühren, so sei er des Todes.«

Salomans Hand zitterte, doch er las weiter.

»Die große Menora, die in unserem Besitz war seit den Tagen des Hassan bin Sabbah, ist gestohlen worden. Einige von uns werden überleben, und es wird ihre heiligste Aufgabe sein, dieses Kleinod wieder in unseren Besitz zu bringen. Nur sie kann unsere Macht, kann unser Überleben sichern. Laut Angaben von Zeugen aus dem Jahr 1099 ist sie aus dem Felsendom, unserem Heiligtum in Jerusalem, gestohlen und ins Heilige Römische Reich gebracht worden. Dort suchet sie und findet sie, auf dass wir leben können in Ewigkeit. Allah sei mit uns allen!«

Merkwürdig! Eine ähnliche Mitteilung hatten Teresa und ihr Vater in der Raritätenkammer von Burg Wildenberg gefunden, von einem christlichen Kreuzritter geschrieben. Es passte wie ein Mosaiksteinchen zum anderen! Dann hatte Friedrich also doch recht gehabt, die Menora tatsächlich ins Kloster Agenbach gebracht. Ihre weite Reise war umsonst gewesen. Nein, nicht umsonst, denn sie waren ja gerade dabei, den Garten Eden zu entdecken.

Saloman stieß einen Schrei der Überraschung aus. Das Papier bröselte und zerfiel zwischen seinen Händen.

»Das ist kein Wunder bei so einem alten Pergament«, bemerkte er.

Teresa dachte an das Pergament ihres Vorfahren. Sie hatte es irgendwann auf ihrer Fahrt in den Saum ihres Pilgergewandes eingenäht. Mit ihrem Dolch, den sie in Jerusalem erworben hatte, schlitzte sie den Stoff auf.

»Wir sind Zeugen dessen, was der letzte *Alte vom Berge* geschrieben hat«, sagte sie. »Seht die Nachricht von Friedrich Wildenberg zum Vergleich.«

Saloman nahm das Pergament und las es vor.

»Wenn wir davon ausgehen, dass es tatsächlich die Menora war, die Ruknud-Din-Kurshah erwähnt und die Friedrich mit einem Gespann über die Alpen nach Agenbach gebracht hat, dann müssen wir endlich herausfinden, was dort mit ihr geschah!«, sagte er.

»Vielleicht hat sie jemand weggebracht«, überlegte Markus. »Es gibt in Agenbach eine jüdische Gemeinde, die sehr wohl großes Interesse an der Menora haben musste. Falls sie in ihren Besitz gelang, hätten sie den Kandelaber sicher nach Jerusalem gebracht, wo sie nach Erbauung des dritten Tempels in ihm verwahrt werden würde.«

»Also wäre sie doch in Jerusalem versteckt?«, fragte Teresa zweifelnd. »Warum hat sie dann niemand gefunden, von der Zeit der Tempelritter bis heute?«

»Aus eben diesem Grunde sind wir auf dem Weg«, gab Saloman zurück.

Teresa sann über diese Worte nach. Um die Wahrheit und unser eigentliches Leben zu finden, darum waren sie unterwegs. War nicht die Liebe wichtiger als der unausrottbare Wunsch, etwas zu finden, um es zu besitzen? Sie sah verstohlen zu Markus hinüber, der sie in diesem Moment ebenfalls anschaute.

»Ich glaube, ich bin am Ziel meines Weges angekommen«, sagte Markus. »Es ist sinnlos, nach der Menora zu suchen. Wir werden sterben, wenn wir nicht endlich damit aufhören. Das schreibt dieser *Alte vom Berge* doch ganz deutlich.«

»Ich möchte auch umkehren«, pflichtete Teresa ihm bei. »Die Reise ist zu Ende. Ich möchte nach Hause.«

»Euer Wunsch sei mir Befehl«, sagte Saloman trocken. »Wir kehren um, denn wir haben hier nichts mehr verloren.«

Sie liefen, wie vom Teufel gehetzt, aus der Grabkammer hinaus. Als sie bei der Tür ankamen, war sie fest verschlossen und ließ sich weder durch Beschwörungen noch durch den Eisendraht des Gelehrten öffnen.

»Wir sind gefangen«, sagte Saloman in düsterem Ton.

Teresa kannte ihn inzwischen gut genug, um zu wissen, dass er in Todesfurcht erstarrt war.

31.

Teresa begann zu husten und hatte einen Augenblick lang die Befürchtung, sie müsse ersticken. Entsetzt blickte sie die anderen an. »Heißt das ... dass wir hier nicht mehr herauskommen?«

»Das heißt zunächst einmal noch gar nichts«, beruhigte sie Saloman.

»Wir müssen in die Grabkammer zurück und sehen, ob es von dort einen Ausgang gibt.«

Markus sagte nichts, wahrscheinlich deshalb, weil es nichts zu sagen gab in dieser Lage. Sie legten den Weg bis zu dem Raum mit den Sarkophagen zurück. Aus dem Sarg des *Alten vom Berge* strömte ein süßlich-staubiger Geruch, der Teresa vorher, im Eifer des Entdeckens, gar nicht aufgefallen war. Sie hielt sich die Nase zu. Saloman wies in eine bestimmte Richtung, dort tat sich ein weiterer Gang in der Wand auf. Saloman ging mit der Fackel voraus. Manchmal drohte sie auszugehen, flackerte jedoch immer wieder von neuem auf.

Schließlich sah Teresa ein schwaches Licht in der Ferne schimmern. Sie erreichten den Ausgang des Tunnels und blieben wie geblendet stehen. Vor ihnen breitete sich ein Plateau aus, das von hohen Mauern umgeben war. Sicher war es von unten, vom Fuß des Berges, nicht auszumachen. In der Mitte stand ein kreisrunder Brunnen, aus dem eine kleine Fontäne hervorschoss. Der Brunnen war von Buchsbaumkugeln umgeben, in strenger geometrischer Reihenfolge angeordnet. Die Wege dazwischen waren mit weißem Sand bestreut, und aus der überquellenden Schale des Brunnens floss das Wasser, in kleinen, mit Steinen gefassten Bächen in alle Winkel eines Gartens. Teresa hatte noch nie eine solche Pracht gesehen, und sie vergaß darüber für einen Augenblick die Lage, in der sie sich befanden. Da wuchsen Dattelpalmen, blühende Kirsch- und Aprikosenbäume, rote Fuchsien, die in der Brise mit den Blütenköpfen nickten, Oleander säumten die Bachläufe, in dunkelgrünen Büschen hingen Orangen und Zitronen. Die Beete waren mit frühen Tulpen, Primeln, weißen Narzissen und Hyazinthen bepflanzt, die einen betörenden Duft verströmten. Unter den Bäumen machten sich Moose und Farne breit, Papageien krächzten, Vögel zwitscherten, und Kolibris schwirrten zwischen den Blumenkelchen hin und her. Die Luft war erfüllt von einem Summen wie von Bienen.

Das war das Paradies – so hatte Teresa es sich immer vorgestellt. Ihre Begleiter standen ebenfalls wie angewurzelt und betrachteten staunend den Garten Eden. Etwas ließ Teresa innehalten. In den Bäumen hingen merkwürdige weiße Pakete, waren in die Astgabeln geklemmt oder mit Stricken an den Stamm gebunden. Das waren … Ein unglaubliches Grauen erfasste sie. Es waren menschliche Gestalten, Tote, die in weiße Bandagen gehüllt, hier aufgebahrt wurden. Sie wollte die anderen gerade darauf aufmerksam machen, als sich aus dem Hintergrund des Gartens eine Gestalt löste, genauso weiß gewandet wie die Toten auf den Bäumen. Es war ein sehr großer, magerer Greis mit langen weißen Haaren und einem ebensolchen Bart. Sein Mantel reichte ihm bis zu den Füßen, die in Sandalen steckten. Er kam näher heran und trat auf die Gruppe zu, die reglos verharrte.

»Willkommen im Paradies, meine Freunde«, sagte er. »Ihr habt den Tunnel des Todes überwunden und seid nun bei mir eingetreten, dem Ort, von dem es keine Wiederkehr gibt.«

»Wer hat diesen Garten angelegt, und wie kann er in dieser Wüste gedeihen?«, fragte Saloman.

»Angelegt wurde er von meinen Vorfahren, allein zur Ehre Allahs und Mohammeds, seines Propheten. Sie schafften Erde herauf und leiteten eine Quelle aus dem Inneren des Berges hierher. Ich bin der Wächter des Gartens und sehe alles, was geschieht. Ihr habt die Botschaft gesehen: Das, was Ihr sucht, ist nicht zu finden, und wann immer ein Ungläubiger die Grabkammer betritt oder diesen Garten erblickt, so ist er des Todes.« Er wies auf die weißen Pakete in den Bäumen.

»Wessen werden wir bezichtigt, um so grausam bestraft zu werden?«, fragte Saloman.

»O nein, Ihr irrt«, sagte der Greis. »Die Strafe ist nicht grausam. Der Tod hat Euch schon ereilt, und Ihr seid im Paradies, wo Ihr für ewig bleiben werdet. Meine Aufgabe ist erfüllt. Es wird keine *Alten vom Berge* mehr geben; unsere Gemeinschaft hat sich in alle Winde zerstreut. Später werden meine Lakaien kommen und Euch in frische weiße Linnen hüllen und Euch Euer ewiges Grab auf diesen Bäumen geben.« Er wandte sich zum Gehen.

»Sagt mir noch eins«, bat Saloman, »bevor Ihr uns verlasst. Wie habt Ihr davon Kunde erhalten, dass wir auf dem Weg hierher sind?«

»Allahs Ohren sind groß, und sie hören alles. Es gab ein Schiff, auf dem dieser Mann und diese Frau gekommen sind. Nicht alle Passagiere waren das, wofür sie sich ausgaben.«

»Also doch Peres«, platzte Teresa heraus. »Er ist uns nachgegangen, hat die Männer der Karawane bestochen und ausgefragt ...«

»Das ist nicht mehr von Belang«, sagte der Alte und war im nächsten Augenblick wie vom Erdboden verschluckt.

»Himmel, wo ist er geblieben?«, rief Saloman. »Wir hätten ihn festhalten und ihn zwingen können, uns aus dem Gang herauszulassen.«

Markus lief in die Grabkammer zurück.

»Nichts zu sehen«, meinte er kurze Zeit später. »Die Tür ist verschlossen wie eh und je.«

Teresa setzte sich auf den Rand des Brunnens und brach in Tränen aus. Alles war verloren. Sie hatten zwar Wasser und Blüten in Hülle und Fülle, doch wie lange konnte man damit überleben? Ich will nicht sterben, dachte sie, und ich will auch nicht, dass die anderen sterben. Wie durch einen Schleier sah sie Markus näher kommen. Er nahm ihre Hand, fest und warm lag sie in seiner.

»Wir haben das alles nicht geträumt, Teresa«, sagte er. »Vor allem haben wir uns nicht geträumt. Wir werden hier wieder herauskommen, das verspreche ich dir. Dann kehren wir nach Hause zurück und beginnen ein anderes Leben.«

»Was für ein Leben meinst du?«

»Ein Leben in Liebe und Wahrhaftigkeit. Die Menora beziehungsweise das, von dem wir glaubten, dass es die Menora sei, gibt es in Wirklichkeit nicht, ebenso wenig wie den Heiligen Gral und all die anderen Reliquien. Ich wollte es dir schon seit längerem sagen.«

»Die Menora hat es wirklich gegeben, und sie war von höchster Bedeutung für mein Volk«, meinte Saloman, der herangekommen war. »Doch es war vermessen von uns, sie besitzen zu wollen. Unser jetziger Aufenthaltsort ist die Strafe für diese Vermessenheit.«

»Wenn wir hier wirklich herauskommen«, antwortete Teresa und wischte sich die Tränen aus den Augen, »und unsere Heimat erreichen, werde ich die Bitte meines Vaters erfüllen und die Chronik zu Ende schreiben. Es wird mein Lebenswerk sein. Er hat mich nicht gebeten, ihn zu rächen. Er würde sagen, Teresa, davon werde ich auch nicht wieder lebendig, so wenig wie deine Mutter wieder lebendig geworden ist.«

»Lasst uns überlegen, in aller Ruhe und ohne Angst«, sagte Saloman. »Die Sonne neigt sich langsam dem Horizont zu. Der Garten muss also nach Westen hinausgehen. Der Alte hat wohl gewusst, dass wir hier keine dreißig Tage überleben können. Wasser ist zwar im Überfluss da, nicht aber Nahrung. Es gibt nur Blüten und Blätter, außer den Zitronen und Orangen keine Früchte. Die Tiere kann man kaum essen und wenn, wäre nicht viel dran. Zwar könnten wir ein Feuer entfachen und damit Vögel und Schlangen rösten, aber wie lange? Mit dem Feuer könnten wir auf uns aufmerksam machen, doch wir wissen nicht, wer sich in den Bergen herumtreibt. Wahrscheinlich sind es persische oder islaimitische Horden, die mit den Assassinen verbündet sind.«

»Wie kam das Wasser den Berg herauf?«, fragte Teresa träumerisch.

»Was hast du gesagt?«, wollte Markus wissen.

»Wie kommt das Wasser den Berg herauf?«

»Das ist eine außerordentlich kluge Bemerkung«, meinte Saloman, »die uns möglicherweise das Leben retten kann.«

»Wieso?«, fragte Markus.

»Ich setze noch eine Bemerkung dazu«, antwortete Saloman. »Wissen ist Macht!«

»Sprecht schon!«, drängte Teresa.

»Die persischen Gärten sind meist so angelegt, dass sie von Quellen gespeist werden, die tiefer sprudeln als der Garten selbst. Das Wasser wird durch unterirdische Gänge geleitet und mit kleinen Mühlen hochgepumpt. Wir müssen den Punkt finden, an dem der Größte der Bäche den Garten verlässt.«

Teresa und Markus begriffen sofort. Sie folgten zusammen mit Saloman dem Bach, der klar durch Moose und Farne floss. Das Wasser verschwand dreißig Fuß weiter in einem Loch im Felsen. Gurgelnd und schäumend schoss es in den steinernen Abgrund. Da sollten sie hinab?

»Es gibt keine andere Möglichkeit!«, rief Saloman, »wir müssen da rein.«

Wie im Traum sah Teresa sich, wie sie ein paar Orangen und Zitronen zusammenpflückte und in den Taschen ihres Pilgergewandes verstaute. Das Pergament von Friedrich schob sie in eine Schatulle ihres Lederbeutels, steckte auch dort noch ein paar Früchte hinein und stellte sich mit den anderen vor das Loch in der Wand.

»Ich gehe als Erster!«, rief Saloman, steckte seine Beine in die Öffnung, legte sich auf den Rücken und wurde sofort mitgerissen.

»Ich gehe nach dir«, hörte Teresa Markus rufen. Sie presste den Beutel an sich, stieg in den Eingang und wurde von kaltem Wasser umspült. Sie versuchte sich mit ihrer freien Hand am Eingang der Höhlung festzuklammern.

»Ich kann nicht!«, schrie sie. »Ich kann nicht loslassen!«

Sie spürte den Druck seiner Hände, das Loch verschluckte sie; Teresa hörte ein Dröhnen und Brausen, und schon ging es abwärts in rasender, nasser Fahrt. Die Unebenheiten des Felsens schürften ihr Rücken und Gesäß auf. Sie klammerte sich an den Beutel und ließ es geschehen, ergab sich in die Strömung. Sie rutschte, von Wasser umtost und umspült, eine um die andere Stufe hinab. Hinter sich hörte sie das Stöhnen von Markus, von Saloman war nichts mehr zu vernehmen. Weiter vorn ertönte ein Rauschen, das immer lauter wurde. Wenn dieser Bach in einem Wasserfall endete, waren sie verloren! Das Rauschen kam immer näher, wurde ständig stärker. Mit einem Mal war es hell um sie. Sie rutschte über eine Abbruchkante und flog in die Tiefe. Teresa hatte das Gefühl, geradezu in den Himmel hineinzufliegen – oder in die Hölle. Sie schlug im Wasser auf und ging unter. Noch ein Plumpsen, ein Schatten neben ihr: Markus. Teresa sandte ein Stoßgebet hinauf als Dank dafür, dass ihr Vater ihr erlaubt hatte, in der Donau schwimmen zu lernen. Sie sah den Kopf von Saloman, der neben ihr schwamm.

Als Markus prustend wieder auftauchte, bemerkte Teresa, dass sie sich in einer Art Gumpe befanden, einem kleinen, tiefen Teich, der durch den Wasserfall gespeist wurde. Sie schwammen ans Ufer und ließen sich erschöpft auf den Kiesstrand fallen. Die Gumpe war von Bäumen und Büschen umgeben, einer winzigen Oase, die sich in der Nähe des Wassers entwickelt hatte. Wie aus dem Nichts standen plötzlich zwei Kinder vor ihnen, mit geschlitzten Augen und bunten Mützen. Sie schauten sie einen Augenblick lang schweigend an, dann ergriffen sie die Flucht.

»Wir müssen weg«, rief Saloman, »nach Süden, zu unseren Kamelen!« Er füllte rasch seinen Wasserschlauch.

Sie rannten, durchnässt, wie sie waren, in der Abendsonne um den Fuß des Berges herum. Bald merkten sie, dass sie verfolgt wurden. Kriegerisch gewandete Reiter auf kleinen, kräftigen Pferden jagten ihnen nach. Sie versteckten sich und ließen sie an sich vorüberziehen. Erst als es dunkel war, wagten sie den Weiterweg. Teresa fröstelte in der nächtlichen Kälte. Markus legte den Arm um sie und versuchte sie zu wärmen. Ihren Durst stillten sie mit den Orangen und Zitronen, die sie aussaugten. Endlich hatten sie ihre Kamele erreicht, stiegen auf und ritten los. Von ihren Verfolgern war weder etwas zu sehen noch zu hören.

Beim Morgengrauen wagten sie es, eine kurze Rast einzulegen. Teresa war müde bis zum Umfallen, gleichzeitig jedoch hellwach, als hätte etwas eine Saite in ihr zum Klingen gebracht. Sie stellte fest, dass sie sich nicht nach Westen bewegten, sondern nach Norden, in Richtung des Kaspischen Meeres.

4. Buch: Die Rückkehr

32.

Am Abend desselben Tages erreichten sie einen kleinen Hafen am Kaspischen Meer. Die Sonne war schon hinter den Höhen des Elbursgebirges verschwunden. Auf dem Meer, das sich tintenblau zu verfärben begann, dümpelten zahlreiche Dhaus, kleine wendige Fischerboote mit ausgeprägten Vordersteven und viereckigen Settie-Segeln. Auf dem winzigen Bazar des Städtchens, wo Händler lebhaft disputierten und ihre Waren feilboten, entdeckte Teresa einen Stand mit gekochten und gebratenen Fischen. Besonders fremdartig erschien ihr eine schwarze glänzende Masse, die intensiv nach Meer roch.

»Hättet Ihr Lust, das zu essen?«, fragte Saloman, und als Markus und Teresa nickten, ließen sie sich an einem roh gezimmerten Tisch und einer ebensolchen Bank nieder. Saloman sagte etwas zu dem Händler mit den dunklen Augen und dem Turban, der um seinen Kopf geschlungen war. Gleich darauf wurden ihnen Fladenbrote mit der schwarzen Masse serviert, dazu geräucherter Fisch.

»Das ist Kaviar«, sagte Saloman und biss herzhaft in das Brot. »Wollt Ihr wissen, was es ist? Es sind die Eier des Störs, der hier zahlreich vorkommt und schon seit alters her gefischt wird. Die Khediven, ein persischer Volksstamm, aßen viel davon und waren für ihre Körperkraft berühmt. Die Störeier heißen bei ihnen Cahv-Jar, das bedeutet ›Kuchen der Freude‹ oder ›schwarzes kleines Fischei‹.«

Teresa genoss das Gefühl, frei zu sein, wieder einmal fremde Gegenden, Menschen und Genüsse kennenzulernen, gleichzeitig freute sie sich aber darüber, in Richtung Heimat unterwegs zu sein.

»Warum haben wir nicht den Landweg genommen?«, fragte Markus, an Saloman gewandt.

»Das wäre zu langwierig gewesen und zu gefährlich. Von Teheran bis Tripolis am Mittelmeer sind es mehr als 2500 Meilen. Wir hätten endlose Wüsten und hohe Gebirge überqueren müssen. Wahrscheinlich wären wir verdurstet, denn es gibt nicht viele Oasen und Wasserstellen. Schließlich wissen wir auch nicht, ob die Menschen dort uns nicht feindlich gesinnt gewesen wären.«

»Welche Reiseroute schlagt Ihr vor?«

»Wir werden morgen mit einer Dhau an der Küste entlangsegeln und in etwa sieben Tagen in Baku ankommen. Danach überqueren wir mit kleinen, belastbaren Pferden die Senke zwischen Großem und Kleinem Kaukasus, das wird etwa drei Tage dauern. Wir haben jetzt Anfang März, und die Schneeschmelze hat begonnen. Dann fahren wir mit dem Schiff weiter nach Konstantinopel. Dort werden sich unsere Wege trennen. Ich gehe mit einer Handelsgaleone zurück nach Jerusalem. Ihr könnt Euch entscheiden, ob Ihr mit dem Schiff weiterwollt, über das Mittelmeer oder – besser noch – die Donau aufwärts bis Regensburg. Von dort ist es nur ein Katzensprung bis zur Burg Wildenberg und zum Kloster Agenbach.«

Regensburg, was für ein schöner und vertrauter Name. Teresa atmete den Duft nach Ingwer und Kurkuma ein, der durch den Bazar zog, und dachte an die herzhaften Fleischgerichte und süßen Mehlspeisen, die ihre Köchin auf Burg Wildenberg zubereitet hatte. In dieser Nacht schlief sie das erste Mal seit langem tief und fest auf ihrer Strohmatratze, nach all den Tagen und Wochen im Zelt. Die Luft war lau und das Wasser des Meeres nicht allzu kalt. Es schmeckte salzig, wie sie festgestellt hatte, als sie ihren Finger hineinsteckte und an die Lippen führte.

Die Fahrt mit der Dhau verlief anfangs stürmisch, dann lag die See ruhig und intensiv blau vor ihnen. Delfine sprangen um die Wette, und immer wieder begegneten ihnen andere Fischerboote, deren Insassen herübergrüßten. Nach Westen hin türmten sich die Gebirgszüge des Kleinen Kaukasus. Wieder an Land, fiel es ihnen nicht schwer, drei kleine starke Pferde aufzutreiben, mit denen sie in die Berge ritten. Saloman hatte recht gehabt: Es lag kein Schnee mehr, überall schoss das Schmelzwasser in die Tiefe. Auf den Matten breiteten sich Teppiche aus Krokussen und Narzissen aus.

Nach weiteren acht Tagen, nach einer schönen, wenn auch ereignislosen Fahrt über das Schwarze Meer sah Teresa die Kuppeln und Minarette Konstantinopels vor sich auftauchen. Sie fuhren in das Goldene Horn, den Hafen der osmanischen Stadt, in die Meerenge ein. Etwas schwankend betrat Teresa den festen Boden am Kai. Es wimmelte wie in allen Hafenstädten von Booten, Menschen, Schiffen. Von den Minaretten riefen die Muezzins. Hunderte von Geräuschen und Gerüchen kamen ihr entgegen. Die Stadt, die bis zu ihrer Eroberung 1453 christlich gewesen war, prunkte mit Votiv- und Gedenksäulen, Foren, Palästen, Moscheen und Kirchen. Das war also der Ort, von dem aus Gottfried von Bouillon, Friedrich, Albrecht und Gisèle über den Bosporus gesetzt hatten, um Antiochia, *Crac des Chevaliers* und andere Burgen einzunehmen, bis sie nach Jerusalem kamen.

Teresa schaute über die Meerenge, konnte am anderen Ufer einzelne weißgetünchte Häuser erkennen.

»Das älteste Baudenkmal Konstantinopels ist die Konstantinsäule«, erzählte Saloman, während sie vom Kai weg in die Stadt gingen. »Sie war ursprünglich etwa hundertfünfzig Fuß hoch. Der Kopf des Sonnengottes Helios darauf wurde von sieben Strahlen umkränzt, das Innere barg einen Splitter vom Kreuz Christi. Im Jahr 1105 wurde die Säule bei einem Unwetter zerstört und durch ein Kreuz ersetzt. Am Tag der Eroberung durch Sultan Mehmed II. versammelten sich die Bewohner frühmorgens um dieses Kreuz, um auf die Rettung durch den Engel des Herrn zu warten.«

»Es geht ums Überleben, darin gleichen sich die Religionen«, sagte Markus.

»Es gibt noch weitere Ähnlichkeiten«, fuhr Saloman fort. »Im Jahr 330 ließ Konstantin I. eine bronzene Schlangensäule aus Ägypten im Hippodrom aufstellen. Die goldene Schale, die sie trug, wurde während des 4. Kreuzzuges geraubt.«

»Jede Religion hatte doch ihre eigenen Reliquien«, warf Teresa ein. »Warum haben die Menschen sie nicht einfach behalten, warum mussten sie immer diejenigen der anderen für sich haben wollen?«

»Das ist eine Frage, die sich nicht leicht beantworten lässt«, sagte Saloman. »Es ist, so glaube ich, eine Sache der Angst und der Macht.«

»Weil die Menschen seit jeher das Gold angebetet haben«, meinte Markus, »und nicht den wahren Gott, nicht die Wahrheit.«

»Damit habt ihr meine volle Zustimmung«, antwortete Saloman. »Die drei monotheistischen Religionen haben nur einen Gott und damit auch nur einen Teufel. Sie könnten sich darauf einigen, dass sie dasselbe anbeten. Worüber sie sich streiten und die Köpfe einschlagen, ist die Auslegung. Auch die Menora ist das Zentrum der Wahrheit, wie der Abendmahlskelch, wie der heilige Gral oder das Schweißtuch der Veronika. Die äußere Reise – auch die Wallfahrten nach Rom, nach Jerusalem und Santiago de Compostela – symbolisieren diesen Weg zu Gott, zum wahren Selbst, das in uns unsterblich ist und uns mit allen andern, mit der Welt verbindet. Erinnert Euch an den Garten Eden auf der Burg Alamut! Ist es nicht ein Paradies, wie es auch die Christen oder die Juden hätten beschreiben können? Es fehlten nur die *Huri,* die schönen Jungfrauen, welche die Helden des *Alten vom Berge* verwöhnten, damit sie gern in den Tod gingen. Auch bei den Christen finde ich immer wieder diese Todessehnsucht, die Freude darüber, bald aus dem Jammertal ins Paradies eintreten zu können.«

Markus blieb stehen, als hätte er einen plötzlichen Einfall gehabt. Die Menschen drängten sich an ihnen vorbei, verkauften ihre Waren, redeten und schrien miteinander. Die Kinder spielten mit Murmeln und Reifen, Schuhputzer priesen lärmend ihre Dienste an, und wie in Jerusalem und überall drang das Klopfen und Hämmern der Zimmerer aus den Läden, erklangen die Rufe der Wasserträger, zischten und brutzelten die Speisen.

»Die Zahl sieben ist bei allen magisch«, sagte Markus. »Gott erschuf die Welt in sieben Tagen, sieben Stufen müssen die Menschen durchlaufen, bevor sie bei den Muslims ins Paradies eingehen, und die Menora hat sieben Arme.«

Teresa fühlte sich ihm in diesem Augenblick sehr nah, wie sie sich seit der Flucht aus dem Garten ihm näher denn je gefühlt hatte. Sie wusste nur nicht, wie es zwischen ihnen beiden weitergehen sollte, wagte nie, ihn zu berühren oder zu lange mit ihm allein zu sein.

»Die Zahl sieben steht bei uns für die Weisheit Gottes oder für etwas, das aus dem Ratschluss Gottes entstanden ist«, ergänzte Saloman. »Ich habe die Bibelstelle über die Erschaffung der Menora im Kopf. Zweites Buch Mose, Exodus 25, 31–40. *Du sollst auch einen Leuchter aus feinem Golde machen, Fuß und Schaft in getriebener Arbeit, mit Kelchen, Knäufen und Blumen. Sechs Arme sollen von dem Leuchter nach beiden Seiten ausgehen, nach jeder Seite drei Arme. Jeder Arm soll drei Kelche wie Mandelblüten haben mit Knäufen und Blumen. So soll es sein bei den sechs Armen an dem Leuchter. Aber der Schaft am Leuchter soll vier Kelche wie Mandelblüten haben mit Knäufen und Blumen und je einen Knauf unter zwei von den sechs Armen, die von dem Leuchter ausgehen. Beide, Knäufe und Arme, sollen aus einem Stück mit ihm sein, lauteres Gold in getriebener Arbeit. Und du sollst sieben Lampen machen und sie oben anbringen, so dass sie nach vorn leuchten, und Lichtscheren und Löschnäpfe aus feinem Golde.*«

»Und weil wir dieses wunderbare Gebilde für uns haben wollten, sind so viele Menschen gestorben«, sagte Teresa leise. Es schauderte sie.

»Grämt Euch nicht, junge Frau, auch ich war und bin nicht frei von solchen Gedanken«, tröstete sie der Gelehrte. »Man muss nur wissen, auf was man sich einlässt und warum. Ich für meinen Teil bin Gelehrter und Wissenschaftler und will deshalb den Dingen immer auf den Grund gehen. Forschen ist mein Lebenssinn.«

»Und meiner ist der, weiterzukommen, immer wieder Neues, Anderes zu entdecken«, sagte Teresa. Ihr war schon wieder wohler zumute.

»Wollt ihr wissen, was mein Sinn des Lebens ist?«, fragte Markus. »Ich bin ein Mann des Glaubens und der Liebe zu Gott. Ich hätte diese Reise nicht machen müssen, um zur Wahrheit zu gelangen, denn ich trug und trage sie in mir selbst.«

»Warum hast du uns dann begleitet?«, wollte Teresa wissen, aber sie wusste im Grunde schon, was er antworten würde.

»Deinetwegen«, sagte er.

Sie lagen sich in den Armen, und Saloman nahm ihrer beider Hände in die Seinen.

»Ich möchte mich von Euch verabschieden«, sagte er. »Ihr habt alles erreicht, was zwei Menschen nur erreichen können: sich zu lieben. Ich wünsche Euch eine gute Heimfahrt und ein weiteres glückliches Leben.«

»Das wünsche ich Euch auch, Herr Saloman«, sagte Teresa. Markus nickte dazu.

»Meine Liebe ist die Wissenschaft, wie ich schon sagte«, fuhr Saloman fort. »Ich besuche einen Freund in Konstantinopel, mit dem ich mich austauschen will, und schiffe mich in ein paar Tagen ein nach Jerusalem. Ich werde Euch schreiben!«

Mit diesen Worten wandte er sich ab und verschwand in der Menge.

Teresa empfand seinen Abschied so, als würde ein Stück von ihr gehen. Sie lösten sich voneinander.

»Sei nicht traurig«, sagte Markus und nahm erneut ihren Arm. »Wir sind mit ihm ein Stück des Weges gegangen, so wie wir beide ein ganzes Stück miteinander gegangen sind und noch gehen werden. Jetzt ist aber genug philosophiert! Ich habe einen Bärenhunger, und dann müssen wir nach einem Lager für die Nacht suchen.«

Teresa lachte und hängte sich bei ihm ein. Sie wagte jedoch nicht vorzuschlagen, ein gemeinsames Zimmer zu nehmen.

Am nächsten Tag brachte sie eine Dhau nach Constanta nördlich von Konstantinopel. Von dort aus würden sie die Donau erreichen und sich mit Schiffen, mit einem Wagen oder zu Pferde bis Regensburg durchschlagen. Teresa wurde nachdenklich. Sie legten damit die gleiche Route zurück, die Friedrich und Albrecht während des ersten Kreuzzuges gezogen waren, nur in umgekehrter Richtung.

Die Donau war hier, an ihrem Unterlauf, fast so breit wie ein Meer. Schilfinseln schwammen im Strom, Wasservögel flogen in der sumpfigen Landschaft umher. Es war Frühling, und die Natur brach auf, um sich aus sich selbst heraus zu erneuern. Ihr Schiff war eine *Plätte,* ein so genannter *Kelheimer* von etwa neunzig Fuß Länge mit einem Aufbau am Heck für die kostbare Ladung aus Salz und Wein. Nur wenn sich die Rückfahrt vom Verdienst her lohnen würde, zog man die Boote durch Treideln stromaufwärts, erzählte ihnen der Bootseigner. Dabei würden die Boote entlang der *Leinpfade* von Zugtieren gezogen.

Sie kamen sehr langsam voran, manchmal nur wenige Meilen am Tag. Abends stachen die Mücken, doch der Besitzer hatte eine wohlriechende Salbe dabei, die das Ungeziefer vertrieb. Vorbei an Bukarest kamen sie, tagelang ging es durch eine eintönige Sumpflandschaft. Noch immer hatten die beiden eine Scheu, einander auch als Mann und Frau näher zu kommen. Sein Gelübde stand zwischen ihnen wie eine Mauer, die unüberwindlich schien. Dessen ungeachtet erlebte Teresa die Fahrt wie im Traum. Sie saß auf einem Holzstuhl an Deck, zog ihre Sammlung von Notizen heraus, die sie für die Chronik angefertigt hatte, und ging sie noch einmal durch.

Markus holte sich ebenfalls einen Stuhl, setzte sich ihr gegenüber. Er zog einen fest verschnürten Lederbeutel aus seinem Mantel und meinte: »Du arbeitest an der Chronik, wie ich sehe. Wie weit bist du gekommen?«

»Ich habe mir zu allem, was wir bisher erlebt haben, Notizen gemacht. Zuhause auf Burg Wildenberg möchte ich es dann niederschreiben, auf schönes weißes Papier, mit der besten Tinte, die mir zur Verfügung steht.«

»Ich habe noch einmal über alles nachgedacht«, sagte er. »Auch über deine Vorfahren. Gleich am Anfang seiner Chronik spricht

Friedrich von seiner und seines Bruders Absichten, mit denen sie diese Wallfahrt antraten. Albrecht hatte schon seit Wochen darauf gebrannt, nach Jerusalem aufzubrechen. Nach Einschätzung seines Bruders versprach er sich großen Reichtum von diesem Pilgerzug, während es Friedrich um die Befreiung des Heiligen Grabes von den Ungläubigen ging. Manchmal stand Albrecht in den Anblick Gisèles versunken da, und wenn Friedrich ihn anrief, murmelte er sinnloses Zeug und eilte davon, um sich mit den anderen Männern am Branntwein zu berauschen. Friedrich gewann den Eindruck, dass sein Bruder immer gieriger nach Gold und Mädchen wurde. – Keine Sorge, ich habe keinerlei Gelüste, die Menora noch zu finden«, versicherte Markus. »Die liegt sicher etliche Klafter unter der Erde, irgendwo in Jerusalem oder Palästina. Ich glaube jedoch, dass in dem Verhältnis der beiden Brüder zueinander der Schlüssel zum ganzen Geheimnis liegt.«

»Aber diese Chronik enthält nicht die Wahrheit, wie uns Gabriel de Montaña glaubhaft bewies!«

»Nur der Teil, der die Nacht im Felsendom beschreibt, ist gefälscht oder – sagen wir mal – geschönt. Laut Bericht des Augenzeugen kam es zu einem entscheidenden Kampf zwischen den beiden, im Verlauf dessen Albrecht niedergeschlagen wurde und Friedrich mit dem Kandelaber und seiner toten Geliebten, die ihm ein Kind geboren hatte, entschwand. Was passierte danach?«

»Sag es mir noch einmal, bitte.«

»Albrecht schien von einem wahren Blutrausch erfasst zu sein. Über den Einzug in Jerusalem schreibt Friedrich, dass Albrecht einen Muslim nach dem anderen in den Brunnen hinabwarf. Eines seiner Opfer packte ihn bei den Haaren und riss ihn mit sich hinab. Das ist die erste Unwahrheit. Albrecht kam nicht auf diese Weise ums Leben, er kam auch nicht im Felsendom ums Leben, aber Friedrich glaubte, dass er ihn erschlagen hatte. Der Augenzeuge hat berichtet, dass Gisèle ein Kind zur Welt brachte und Friedrich nach dem vermeintlichen Tod seines Bruders ihren Körper und die Menora aus dem Dom schaffte. Nehmen wir einmal an, Albrecht sei nach dem Kreuzzug in die Heimat zurückgekehrt. Dort, auf der Stammburg der Wildenbergs, könnten sich die Brüder wieder getroffen haben. Und dann ...«

»Was war dann? Das ist doch die ganze Zeit die Frage gewesen.«

»Über das Ende schreibt Friedrich: Tankred und seine Getreuen kamen aus dem Felsendom heraus, schleppten Unmengen von Gold und Silber, Edelsteine, goldene Lampen, Kleidungsstücke und schwere silberne Gerätschaften, die von sechs Kamelen oder Maultieren nicht fortgeschafft hätten werden können. Alles, was sich in der Kirche an Schätzen befand, wurde an die Pilger verteilt. Gottfried übergab Friedrich für seine Dienste einen goldenen Kandelaber, mit Edelsteinen und Rubinen reich geschmückt. Eine Zeitlang diente er noch Gottfried von Bouillon, der als Verwalter des kleinen Reiches eingesetzt worden war. Den Goldkandelaber behielt er in Ehren, doch bald bemerkte er, dass er wundertätig zu sein schien. Da beschloss er, mit dem Kleinod zurück in die Heimat zu reisen und es dem Kloster Agenbach zur Aufbewahrung zu überlassen. Von dort wollte er über das Kloster Montserrat zurück nach Palästina gehen, seine Sachen ordnen und die Gebeine seiner geliebten Gisèle zurück in Römische Reich überführen. Das waren also seine Absichtserklärungen. Wahr ist wahrscheinlich, dass ihm der Dienst bei Gottfried von Bouillon angeboten wurde, er es aber vorzog, mit dem Kandelaber heimzureisen, nachdem er beinahe gestohlen worden war. Erinnerst du dich an die letzten Worte, die Albrecht seinem Bruder, laut Zeitzeuge, zurief?«

»Ja, ich habe mir den Bericht des Zeitzeugen eingeprägt. Albrecht schrie, dass Friedrich immer alles bekommen habe in seinem Leben, der Vater habe ihn lieber gehabt, und dass er, Albrecht, Gisèle liebe. Friedrich machte seinem Bruder Vorwürfe wegen seines Verhaltens und verkündete, dass er den Kandelaber mit nach Hause nehmen wolle. Es kam zum Kampf, in dessen Verlauf Albrecht erschlagen wurde.«

»Was schließen wir nun daraus?«, fragte Markus.

»Die beiden hätten ungleicher nicht sein können«, meinte Teresa.

»Sie müssen sich gegenseitig gehasst haben wie die Pest. Zudem hatte Friedrich einen Sohn, im Gegensatz zu Albrecht. Er allein würde also den Fortbestand der Familie sichern.«

»Wenn wir nach Hause kommen, müssen wir danach suchen.«

»Wonach? Nach der Menora?«

Teresa schüttelte heftig den Kopf. »Nach weiteren Hinweisen und Pergamenten. Vielleicht müssen wir uns die Raritätenkammer noch einmal vornehmen oder den Keller …«

In diesem Augenblick ging ein heftiger Ruck durch das Boot, so dass Teresa fast von ihrem Stuhl gefallen wäre. Offenbar war die *Plätte* auf Grund gelaufen.

»Ich bin es leid, in diesem Schneckentempo voranzukommen«, sagte sie gereizt.

»Sei vorsichtig, versuche nicht, alles zu schnell hinter dich bringen zu wollen. Wir werden das Geheimnis lösen, ob wir nun im April ankommen oder im Juni.«

»Ich möchte über Land weiterreisen.«

»Du hast ja recht.« Markus winkte dem Bootseigentümer. »Hier ist der Rest für die Fahrt, wir werden uns auf andere Weise durchschlagen.«

Der Mann sah etwas verärgert drein, aber er musste sie wohl oder übel ziehen lassen.

33.

In einer kleinen Donaustadt kauften sie zwei Pferde. Das Entgelt für die beiden Kamele und die anderen Reittiere, die sie am Kaspischen Meer veräußert hatten, brachte so viel ein, dass ihr Beutel nach wie vor gut gefüllt war. Sie folgten dem Lauf des Flusses. Die Straße zog sich teilweise an seinen Ufern hin; manchmal mussten sie die Donau auf Holz- oder Steinbrücken überqueren. Das Land wurde bergiger. Am *Eisernen Tor,* einem engen, für Schiffe äußerst gefährlichem Durchbruchstal, verlief der Weg hoch über den Kalkfelsen. Teresa konnte einen Blick in die atemberaubende Schlucht mit dem schäumenden Wasser tief unten werfen.

Innerhalb von zwei Wochen passierten sie Budapest, Bratislava und kamen nach Wien. Dort gab es eine saubere, freundliche Herberge nahe der Stadtmauer, den *Salzburger Hof.* Vor der Mauer war ein Burggraben angelegt, mit Fischteichen und Futtergras dazwischen. Es war etwa zehn Uhr am Morgen. Teresa sehnte sich nach einem Bad und einem guten Essen. Sie fragte die Frau des Herbergswirtes nach einer Badestube. Die gebe es seit Anfang des Jahrhunderts nicht mehr, bekam sie zu hören, wegen des Aufkommens der Franzosenkrankheit. Teresa hatte von dieser Krankheit schon gehört, und daher war sie froh, als die Frau ihr eine Schüssel mit heißem Wasser, Seife, Lappen und Handtuch brachte. Während sie sich wusch, stellte sie sich vor, mit Markus in einem Badehaus zu sein. Hinter einem Schirm aus Binsengeflecht verborgen, ließ sie sich einseifen, waschen und später maniküren. Sie hörte das Plätschern in seiner Wanne und träumte davon, in seinen Armen zu liegen. Sie beschloss, auf der Weiterreise endlich mit ihm über ihre Zukunft zu sprechen. Ihre schmutzige Wäsche gab sie der Wirtin und zog ihr letztes sauberes Kleid an, ein blaugrünes

Leibchen mit viereckigem Ausschnitt und gefälteltem Rock. Darüber zog sie einen wollenen Mantel, denn obwohl es schon Anfang April war, hatte die Sonne noch nicht genügend Kraft entwickelt.

Markus zeigte sich frisch rasiert, mit gestutztem Bart, und er trug ein langes, geschlitztes Wams, wollene Beinlinge und eine Schaube aus Leinenstoff. Sie würden ihm ein Barett kaufen müssen, bevor sie endgültig nach Hause zurückkehrten. Aber wollte er das überhaupt? Wäre er bereit, das Kloster zu verlassen und seinem Gelübde untreu zu werden?

Mittags liefen sie durch die Gassen der Stadt. Es waren viele Fuhrwerke und Menschen unterwegs. Die Türme der Stadtmauer waren mehrere Etagen hoch und erreichten Höhen bis zu 60 Fuß, die Fassaden waren mit Fresken und Wappen geschmückt. Am Stubentor stand ein großer steinerner Christophorus, der Schutzpatron der Reisenden.

»Möge er uns beschützen für den Rest unserer Wallfahrt!«, scherzte Teresa.

»Du hast doch deinen Schutzengel«, gab Markus zurück.

Teresa überlegte. Hatte sie ihren Schutzgeist wirklich noch? Er hatte sie immer dann gewarnt und beschützt, wenn sie etwas zu tun beabsichtigte, was für sie gefährlich werden konnte. Aber nur, solange sie nicht ... ja, was eigentlich?

»Er beschützt mich nur, wenn ich ... äh ... meinem eigenen Wesen treu bleibe«, antwortete sie.

»Das unterscheidet ihn von mir.« Er lachte. Teresa drückte ihm einen Kuss auf die glatte Haut seiner Wange. Wie gut sie sich anfühlte! Die Haare seines Schnurrbartes kitzelten sie an der Nase. Hand in Hand gingen sie weiter. Der Boden der Gassen bestand aus festgestampftem Lehm. Die Häuser trugen rötliches und dunkelbraunes Fachwerk und standen so eng, dass die Fuhrwerke fast steckenzubleiben drohten. In den Erdgeschossen waren Läden und Werkstätten untergebracht.

Markus machte Teresa auf die Fenster aufmerksam. »Schau mal!

Die Fenster sind nicht nur mit gegerbten Fellen, sondern auch mit Leinwand und Fischblasenhaut bespannt.«

»Und dieses milchige Glas – was ist das?«

»Das sind Scheiben, die aus gespaltenem Tierhorn hergestellt werden. Man kann aber nicht so gut hindurchschauen wie durch Glas.«

Vor ihnen tauchte eine Schankstube auf, wie die anderen Häuser an der Giebelseite mit Fachwerk verziert. Eine Schiefertafel verkündete, dass heute Frittatensuppe, Krenfleisch, Lungenbraten und Marillenknödel angeboten wurden. Verlockende Düfte kamen aus dem Inneren des Gasthauses. Die beiden traten ein. Die holzgeschnitzte Stube mit der Bankreihe rundherum, den Tischen und Stühlen war berstend voll. Vor lauter Lärm und Stimmengewirr konnte keiner sein eigenes Wort verstehen. Teresa und Markus erwischten einen freien Platz am Fenster und bestellten Frittatensuppe und Krenfleisch beim Schankmädchen, das bald darauf mit dem Gewünschten an ihren Tisch kam. Teresa genoss die Stimmung im Raum. Nach den Wochen der Einsamkeit in der Wüste und in den Bergen kam es ihr vor, als sei sie in den heimeligen, warmen Sumpf der Menschen zurückgekehrt.

»Ob wir wohl einmal zusammenleben werden?«, fragte sie unvermittelt.

»Was sagst du?«

»Ach nichts«, meinte sie und aß weiter.

Den Nachmittag verbrachten sie in der Stadt, die sie mit immer neuen Eindrücken überraschte. Im Stephansdom, einer Kathedrale von riesigen Ausmaßen, betete Teresa ein Vaterunser.

»Lass uns glücklich heimkommen, lieber Gott, Maria und alle Heiligen«, fügte sie leise hinzu. »Lass mich diese Reise, diese Wallfahrt als das nehmen, was sie war: eine Strecke auf dem Weg zur Wahrheit, zu dir, Gott, und zur Liebe.«

Am frühen Morgen brachen sie nach Krems auf. Die Pferde waren ausgeruht und versorgt, die Wäsche war getrocknet und geplättet.

Ein klarer, warmer Aprilmorgen spannte sich über der Stadt. Schweine rannten quiekend durch die Gassen, ein Haufen fröhlicher Kinder hinterher. In den kleinen Gärten blühten Primeln und Traubenhyazinthen. Als sie aus dem Stadttor hinausritten, zeigte sich in den Bäumen das erste helle Grün. Die weite Flussebene lag vor ihnen. Im Wienerwald brach aus einem Gebüsch ein Wildschwein. Teresas heftig klopfendes Herz beruhigte sich bald wieder, nachdem alles ruhig geblieben war. Sie sah Myriaden von weißen Anemonen auf dem Waldboden und dachte an ihre Streifzüge im Donautal, viele Meilen entfernt von hier. Welche Ruhe und welchen inneren Frieden sie empfand, wenn sie auf den Bandfelsen stieg, unter den alten Buchen die filigranen blauen Kelche der Leberblümchen, über sich eine krächzende Dohle, die zu ihrem Brutplatz flog. Nein, sie hätte nicht fortgehen müssen, um diese Ruhe zu finden, aber sie musste fortgehen, weil etwas in ihr sie dazu gezwungen hatte. Sie begann ein Gespräch mit Markus.

»In einer oder zwei Wochen, etwa Anfang Mai, werden wir zurück sein. Was glaubst du, erwartet uns dort?«

»Ich weiß es nicht, Teresa. Das Gesinde auf Burg Wildenberg wird dich sehnlich zurückerwarten. Jemand muss dort die Geschäfte in die Hand nehmen. Und die Chronik wartet auf dich.«

»Wie ist es bei dir?«

»Der Abt wird sich wundern, wie lange ich ausgeblieben bin. Ursprünglich wollte ich ja eine viel kürzere Wallfahrt machen – angeblich. Ich werde ihm erzählen, dass ich mir eine Pilgerreise nach Santiago de Compostela auferlegt hätte, als Buße für meine sündigen Gedanken und Taten. Mittendrin hätte ich umkehren müssen, wegen eines Ereignisses, über das ich dann schweigen wollte.«

»Das ist nicht einmal gelogen«, meinte Teresa und lachte. »Werden wir uns wiedersehen, wenn du wieder im Kloster bist?« Sie hoffte, er würde sagen, dass er aus dem Orden austrete. Er hielt sein Pferd an und blickte ihr geradewegs in die Augen.

»Teresa, ich muss es dir sagen.« Ihr Herz machte einen Sprung.

»Ich liebe dich mehr, als ich je ein menschliches Wesen geliebt habe.« Seine Augen waren feucht. »Aber diese Reise hat mir gezeigt, dass das weltliche Leben nichts für mich ist. Es war eine Sünde, die Menora finden zu wollen. Und ich werde beten und arbeiten und Buße tun bis zum Rest meines Lebens.«

»Ich finde nicht, dass es falsch war«, erwiderte sie. »Wir haben sehr viel erfahren und gelernt. Ich habe gelernt, dass es wichtigere Dinge gibt als Besitz und Macht, ja selbst als den Drang nach Erkenntnis. Jeder bleibt das, was er einmal war, kann zwar über sich hinauswachsen, aber nicht seine Grenzen sprengen. Ich hatte immer ein Aber gegen das Heiraten, wollte fremde Länder sehen, etwas erleben, schreiben. Doch seit du in mein Leben getreten bist, möchte ich noch etwas anderes.«

»Das Kloster Agenbach ist nicht aus der Welt. Wir könnten uns gegenseitig besuchen, soweit es der Anstand erlaubt.«

Teresa merkte, dass sie wütend wurde. Anstand, wie sich das anhörte! Aber sie wollte nicht mit ihm streiten, wollte das letzte Stück ihrer gemeinsamen Reise genießen.

Nach einigen Tagen mit wechselnder Landschaft, Sonnenschein, Regengüssen, dichten Wäldern, Weinbergen, Klöstern und Burgen erreichten sie die alte Reichsstadt Regensburg mit ihren Mauern, Zinnen und Türmen, die Stadt, in der vor sieben Jahren die Religionsgespräche zwischen Philipp Melanchthon und Johannes Eck stattgefunden hatten. Über Ingolstadt, Donauwörth und Ulm ging es weiter nach Sigmaringen. Teresa konnte es kaum erwarten anzukommen. Schon von ferne sah sie die wuchtige Burg Sigmaringen, Sitz des Hohenzoller Grafen Karls I. Am Nachmittag erreichten sie das Kloster Inzigkofen. Teresas Herzschlag beschleunigte sich. Wie würden sie ihre Schwester Barbara vorfinden? Hatte sie den Schmalkaldischen Krieg gut überlebt? Wie damals verwies die Äbtissin die beiden in den Garten, in dem sich die blinde Nonne aufhielt. Sie saß auf derselben Stelle, auf derselben Bank wie vor einigen Monaten, bevor Froben, Teresa und Markus aufgebrochen waren, eine kleine, magere Gestalt in ihrer schwarzen Augustinertracht. Ihren Blindenstock hatte sie wie immer an die Lehne der Bank gestellt. Ihr schmales Gesicht mit den großen Augen schien auf einen Punkt über ihr gerichtet. Entschlossen trat Teresa vor sie hin. Doch sie zögerte einen Augenblick lang. Wie sollte sie ihr den Tod des Vaters beibringen?

»Meine liebe Schwester Barbara«, begann sie.

»Teresa!«, rief Barbara und griff nach ihrer Hand. Sie stand auf, breitete die Arme aus, zog Teresa zu sich heran, umarmte sie lange und herzlich. »Wo ist unser Vater?«, fragte sie dann. Teresa schwieg.

»Ich wusste es schon, wusste es die ganze Zeit«, sagte Barbara. »Einen von Euch musste es treffen. Doch Gottes Ratschluss ist unermesslich, er allein weiß, warum er ihn zu sich genommen hat. Ich werde Messen für unseren Vater lesen lassen.« Eine Zeitlang weinte sie still in sich hinein. Dann wischte sie sich die Tränen ab, gab Markus die Hand und führte sie im Garten herum.

»Der Duft der Blumen und der Gesang der Vögel sind meine größte Freude«, sagte Barbara. »Nach den langen Wintermonaten ist es eine Wonne, hier draußen zu sein.«

»Hast du den Krieg gut überstanden?«, fragte Teresa.

»Hier bei uns gingen sich die Kontrahenten weitgehend aus dem Weg, es gab nur kleinere Scharmützel. Die Protestanten litten schon im September vergangenen Jahres an Geldmangel, und als das Herbstwetter kam, verschwanden sie schleunigst. Somit hatte Kaiser Karl V. die Vorherrschaft in Oberdeutschland.«

»Hast du etwas von Wildenberg gehört? Sind die Adligen abgezogen?«

»Was dort weiter geschah, entzieht sich meiner Kenntnis. Vorüberkommende Pilger erzählten, dass die Burg da stehe wie eh und je, uneinnehmbar und gewaltig.«

Ja, so war es, Teresa hatte nichts anderes erwartet. Sie schaute sich um. Es war ein Bild des Friedens und der Idylle. Im Park standen statt der Astern und Dahlien Narzissen, Tulpen und Blaustern. Die Apfel- und Birnbäume zeigten erste Knospen.

»Weißt du noch, was ich euch damals gesagt habe?«, fragte Barbara.

»Wird es nicht noch mehr Unheil bringen, wenn ihr diesen Kandelaber sucht, oder noch mehr, wenn ihr ihn findet? Was ist dann?«

Teresa erbleichte, wie schon im letzten Herbst, vor der Abreise.

»Ich hatte euch ein Sprüchlein mit auf die Reise gegeben«, fuhr Barbara fort. »Was immer ihr in der Ferne sucht, in der Nähe wird es euch einholen. Erinnerst du dich an den Vers:

Bis wir uns einmal wiedersehen,
hoffe ich, dass Gott euch nicht verlässt;
er halte euch in seinen Händen,
doch drücke seine Faust euch nicht zu fest.

»Seine Faust hat uns schon ganz gehörig gedrückt«, meinte Teresa schmunzelnd. »Aber der Teufel hat uns nicht einholen können.«

»Habt ihr die Schwarze Madonna von Einsiedeln gesehen?«, fragte Barbara.

»Ja und auch die von Montserrat«, antwortete Teresa. »Sie haben mir Kraft gegeben.«

»Ich bin schwarz, aber schön«, sagte Barbara versonnen. »Die Madonnen sind die Urkraft, der Sockel sozusagen, auf den die Religionen aufbauen.«

»Du bist blind, aber weise«, meinte Teresa. Sie küsste ihre Schwester auf die Wange und hielt ihre Hand einen Augenblick.

Dann wandten sie sich zum Gehen. Teresa blickte sich noch einmal um und sah die Schwester unter dem Baum sitzen, die Augen auf die Zweige einer Linde gerichtet. Sie ging mit Markus aus dem Garten zu den Pferden. Die beiden ritten den Berg hinunter, ins vertraute Donautal. Alles war, wie sie es verlassen hatten. Der Fluss mäanderte durch Wiesen und Felder, rechts und links erhoben sich die Berge, die allmählich immer enger zusammenrückten. Da und dort war schon ein weißer Fels im lichten Grün zu erkennen. Auf dem Weg, der nach Beuron führte, da, wo sie das erste Mal den beiden Reitern begegnet waren, wand sich der Weg nach oben. Mit dem letzten Licht des Tages erreichten sie das Dorf Krähenstetten, in dem Teresa oft etwas von den Bauern eingekauft und sich in den Spinnstuben aufgehalten hatte. Einige alte Frauen standen am Brunnen und wuschen Wäsche. Als sie Teresa erblickten, weiteten sich ihre Augen. Sie bekreuzigten sich und rannten schreiend davon.

34.

»Was haben die denn nur?« Teresa schaute Markus verstört ins Gesicht.

Er zuckte die Achseln. »Wahrscheinlich irgendein Aberglauben – du weißt doch selber, was die sich in den Spinnstuben alles erzählen.«

»Aber sie müssen mich doch kennen! Und sie können mich nicht innerhalb eines halben Jahres vergessen haben.«

»Wen könnten wir in diesem Dorf fragen?«

»Den Pfarrer – er wohnt am Waldrand.«

Mit hängenden Schultern machte sich Teresa auf den Weg. Die Pferde führten sie am Zügel hinter sich her, um nicht noch mehr Aufsehen zu erregen. Das Haus des Pfarrers war erleuchtet. Teresa klopfte an die Holztür. Ein älterer, beleibter, gutmütig aussehender Mann mit Halbglatze öffnete und prallte zurück. Im ersten Augenblick wollte er die Tür wieder zuschlagen, doch Teresa stellte mit dem Mut der Verzweiflung ihren Fuß dazwischen.

»Herr Pfarrer, erkennt Ihr mich nicht? Ich bin Teresa von Wildenberg.«

Das Gesicht des Mannes wurde eine Spur freundlicher. »Verzeiht mir, aber im ersten Augenblick dachte ich, ich sehe einen Geist.«

»Warum?«, fragte Teresa entsetzt. »Ich bin ein Mensch aus Fleisch und Blut, und ich kehre von einer weiten Reise nach Hause zurück. Dass ich als ›Geist‹ empfangen werde, hatte ich nicht zu träumen gewagt.«

Der Pfarrer bat sie in die warme, aufgeräumte Stube. Nachdem sie Platz genommen hatten, schüttelte er den Kopf, als wolle er sich über irgendetwas klarwerden.

»Es ist so«, begann er, und Teresa sah ihm an, dass es ihm nicht leichtfiel zu sprechen. »Vor etwa drei Monaten, mitten im Winter, als hier alles verschneit war und die Eiszapfen von den Dächern hingen, kam Euer Onkel Werner aus Peterszell ins Dorf und wünschte mich zu sprechen. Er habe Kunde erhalten, sagte er mir, dass Froben von Wildenberg und seine Tochter Teresa tot seien. Ich sollte das ins Kirchenbuch eintragen. Als Beweis zeigte er mir einen Brief, in dem diese Tatsache bestätigt wurde.«

»Der Brief war gefälscht!«, rief Teresa. »Es stimmt zwar, dass mein Vater gestorben ist, und er hat noch nicht einmal ein ordentliches Begräbnis bekommen. Aber mit mir hat das nichts zu tun.«

»Wahrscheinlich haben ihn die Mönche von Montserrat begraben«, warf Markus ein.

»Wie kam mein Onkel dazu, sich so etwas anzumaßen?«

»Nun, wir hatten keinerlei Anlass, die Echtheit des Dokumentes zu bezweifeln. Er wurde als Alleinerbe eingesetzt, da keine weiteren Erben vorhanden waren. Nach seinem Tod wird sein Sohn alles bekommen.«

»Dieser Halsabschneider!«, rief Teresa erbost. »Er ist wirklich aus der Art geschlagen. Heißt das etwa …«

»Ja, leider. Er hat die Burg Wildenberg für sich in Anspruch genommen und wohnt nun mit seiner Frau, seinem Kind und der Dienerschaft seit drei Monaten dort. Das Schloss in Peterszell hat er einem Verwalter übergeben.«

Eine Welt stürzte für Teresa zusammen. Sie und Markus sahen sich entsetzt an.

»Das heißt, ich bin ohne Obdach? Wird mein Onkel mich aufnehmen?«

»Klopft doch an seine Türe, dann werdet Ihr es wissen«, sagte der Pfarrer. »Mehr kann ich leider nicht für Euch tun.«

»Vielleicht freut er sich, dass du von den Toten auferstanden bist«, sagte Markus.

»Ich habe so ein merkwürdiges Gefühl«, sagte Teresa. »Aber mitten in der Nacht möchte ich nicht ankommen. Wir sollten uns im Dorfgasthaus einquartieren.«

Nachdem Teresa den Wirtsleuten erklärt hatte, dass sie kein Geist sei und zwei Zimmer wünsche, wurden zwei Betten gerichtet und ihnen zur Verfügung gestellt. Auch die Dorfbewohner in der Schänke legten ihre Scheu ab, nachdem Teresa und Markus ihnen erklärt hatten, dass ein Missverständnis vorgelegen habe. Die Wirtin setzte ihnen ein Essen vor. Sie saßen noch eine Zeitlang beim Schein der Öllampe und redeten miteinander. Teresa senkte die Stimme.

»Ich glaube, mein Onkel hat das mit Absicht getan«, sagte sie.

»Er hatte ewig lang nichts mehr von uns gehört. Vielleicht hat er dich wirklich für tot gehalten.«

»Aber woher kommt dann dieses Dokument? Ich hatte schon damals in Peterszell so ein merkwürdiges Gefühl, wegen der jungen Frauen, die er sich immer nahm und die ihm unbedingt einen Sohn gebären sollten.«

»Du meinst, er ist ein Erbschleicher?«

»Ja, das meine ich. Er hatte doch große Pläne für den Umbau seines Schlosses und der Stadt.«

»Das müssten wir ihm erst einmal beweisen. Und überhaupt, warte doch bis morgen! Bei Tageslicht sieht alles wieder ganz anders aus.«

Die beiden verabschiedeten sich von den Wirtsleuten. Eine Magd leuchtete ihnen die Treppe hinauf. In der Nacht träumte Teresa von einer Schlange, die sich zischelnd auf sie zu bewegte. Bevor ihre Zunge Teresas Gesicht erreichte, wachte sie auf.

Der Weg hinüber zur Burg war gesäumt von dunklen Tannen und Buchen in hellem Grün. Lerchensporn und weiße Anemonen standen unter den Bäumen. So hatte Teresa sich ihre Heimkehr vorgestellt, allerdings nicht von einem solch ungewissen Ausgang bedroht. Am Ende der Hochwiese kam ihr Elternhaus in Sicht. Beim Anblick der Türme und Mauern beschleunigte sich Teresas Herzschlag. Was würde sie erwarten? War Onkel Werner froh, wenn er sah, dass sie unter den Lebenden weilte? Sie trieb ihr Pferd so schnell auf das Torhaus zu, dass Markus ihr kaum folgen konnte.

Etwas blitzte auf, und Teresa sah einen unbekannten Hakenschützen mit Sturmhaube und Brustharnisch.

»Wer da?«, schrie der Torwächter. Er trat einen Schritt vor und hob seine Arkebuse.

Teresa erschrak. »Ich bin Teresa von Wildenberg, die Tochter des Froben von Wildenberg, Freiherr und Besitzer dieser Burg«, sagte sie mit fester Stimme. »Und das hier ist mein Begleiter Markus Schenk aus Agenbach.« Sie wies auf den neben ihr stehenden Freund.

»Der Besitzer der Burg ist Werner von Wildenberg. Herr Froben und seine Tochter sind weggezogen und inzwischen verstorben.«

»Was fällt Euch ein?«, fuhr Teresa auf. »Ihr seht mich hier ganz und gar lebendig stehen. Mein Vater, Froben von Wildenberg, ist freilich in der Fremde gestorben ...« Sie wandte den Kopf ab, damit der Wächter ihre Tränen nicht sah.

»Niemand wird in die Burg eingelassen, so lautet der Befehl meines Herrn«, sagte der Mann unwirsch und machte eine scheuchende Bewegung mit der Hand.

Teresa wollte sich nicht aufs Bitten verlegen, doch machte sie einen letzten Vorstoß: »Sagt ihm, dass ich gekommen bin, um ihm Nachricht über ein Familienerbstück zu bringen.«

»Ich werde ihm gar nichts sagen, und jetzt endlich fort von hier!«, brüllte der Mann und richtete seine Hakenbüchse auf sie.

Mit erhobenem Kopf kehrte Teresa zu Markus zurück. Das Singen der Vögel erschien ihr wie ein misstöniges Krächzen, die Blumen am Waldboden wie Hohn. Am liebsten wäre sie vom Pferd gestiegen, hätte sich auf den Waldboden geworfen, Hände und Zähne in den schwarzen Humus gekrallt und geschrien wie ein Tier. Aber dieses Schauspiel gönnte sie dem Soldaten nicht und schon gar nicht ihrem Onkel und seinem Gefolge, die vielleicht gerade hämisch grinsend zu einem Fenster hinaussahen. Zu allem Überfluss hatten sich dunkle Wolken vor die Sonne geschoben. Es begann aus dem Blätterdach zu tropfen. Sie stiegen auf ihre Pferde und ritten langsam den Weg zurück, den sie gekommen waren. Der Regen rauschte heftiger nieder. Markus und Teresa waren bald völlig durchnässt.

»Das haben wir nun also erreicht mit unserer Mission«, sagte sie bitter. Bei jedem Schritt der Tiere quatschte der aufgeweichte Boden unter ihren Hufen.

»Ich halte es nicht mehr aus«, sagte Teresa. In ihr tobte und brodelte es. »Es kann doch nicht sein, dass mein Onkel alles an sich gerissen hat, während wir unterwegs waren. Wir müssen ihn anzeigen!«

»Das würde zu nichts führen«, antwortete Markus. »Dein Onkel ist nach dem Tod deines Vaters dein Vormund und verwaltet den Besitz für dich, bis du heiratest.«

»Aber er hat das alles eingefädelt!«

»Da ist was dran, Teresa. Hattest du nicht erzählt, dass er in Peterszell das Schloss und einiges andere umbauen lassen wollte?«

»Es ist auf jeden Fall wie verhext! Was machen wir denn jetzt, mitten im Wald, im Regen und ohne ein Dach über dem Kopf?«

»Ich selbst könnte nach Agenbach zurückkehren. Aber nach allem, was passiert ist, vor allem nach dem, was hier zuletzt passiert ist, habe ich eigentlich keine Lust mehr dazu. Es wird uns nichts anderes übrig bleiben, als zu meinen Eltern in Agenbach zu reiten.«

»Da werden wir uns aber sputen müssen. Wahrscheinlich kommen wir bei diesem Wetter nicht weit über Beuron hinaus.« Teresa dachte an den Abend, als ihnen die beiden Reiter auf dem Weg zum Kloster Beuron begegnet waren.

Der Weg ging steil bergab, und sie mussten absteigen, um nicht mitsamt den Tieren hinunterzurutschen. Vor ihnen hörte Teresa das Schnauben von Pferden und das gedämpfte Murmeln von Männerstimmen. Der Schreck fuhr ihr in die Glieder. Waren das etwa … Hörte das Grauen denn niemals auf? Durch den grauen Regenvorhang tauchten zwei Männer in Harnisch auf, die *Zischäggen,* die Sturmhauben auf den Köpfen. Gott sei Dank, es waren Hakenschützen. Aber würden die sich ihnen gegenüber friedlich verhalten? Jetzt standen die Männer direkt vor ihnen. Das Wasser lief ihnen vom Brustpanzer in die Stiefel. Sie klappten die Visiere auf. Teresa kamen beide Gesichter bekannt vor.

»Meiner Treu, das ist ja die Jungfer Teresa von Wildenberg«, rief der eine überrascht aus. »Und ich dachte, Ihr seid tot?«

»Manchmal denke ich auch, ich sei nur noch ein Geist«, versuchte Teresa zu scherzen, aber niemand lachte.

»Hat man Euch oben nicht eingelassen?«, wollte der andere wissen.

»Ich bin für meinen Onkel gestorben«, sagte Teresa resigniert.

»Das würde ich mir aber nicht gefallen lassen!«, begann der Erste wieder, ein schlanker Bursche mit braunen Locken. »Notfalls täte ich mir mein Recht mit dem Schwert oder der Hakenbüchse erzwingen.«

»Wir haben aber nur ein Schwert und zwei Dolche«, warf Markus ein. »Wie, bitte schön, sollen wir damit gegen einen Haufen von Arkebusieren ankommen?«

»Ich erinnere mich genau«, ließ sich nun der Zweite vernehmen, der etwas älter und beleibter war als der andere. »In der Nacht, in der Wilhelm ermordet wurde, gab es auch einen Anschlag auf Euren Vater, Froben von Wildenberg. Irgendetwas geht hier nicht mit rechten Dingen zu.«

»Genau!«, rief der Erste. »Später brachten uns fahrende Schüler die Nachricht, dass in den Wäldern um Agenbach, wohin Ihr damals mit Eurem Vater reistet, die Leichen von zwei Hakenschützen gefunden wurden.«

»Es war unsere Eskorte«, sagte Teresa leise. »Sie wurden von herunterstürzenden Felsbrocken erschlagen. Ob der Anschlag mir galt oder meinem Vater oder wirklich ihnen, weiß ich nicht.«

»Dir ganz sicher nicht«, meinte Markus im Brustton der Überzeugung.

»Was ist mit der Dienerschaft geschehen?«, fragte Teresa. »Hat mein Onkel die übernommen?«

»Soweit ich weiß, sind alle noch da und dienen jetzt ihm statt Eurem Vater.«

»Ich rieche einen grässlichen Verrat«, sagte der Ältere. »Wir haben Froben von Wildenberg als Dienstherrn Treue geschworen und wollen das einlösen. Ich schlage vor, wir halten hier kein Stelldichein im Regen mehr ab, sondern bringen Euch zu meiner Base Gertrud im Tal. Sie betreibt eine Schilderwirtschaft.«

»Ach, den ›Schwarzen Adler‹, drunten an der Donau?«, fragte Teresa.

»Ja, und dann werden wir schauen, wer von den anderen Hakenschützen auf unserer Seite ist. Ein solches Unrecht dürfen wir nicht weiter geschehen lassen!«

Die beiden folgten den Soldaten den Berg hinab, bis sie in die Ebene kamen. In den Auen hatten sich große Pfützen gebildet. Der Fluss donnerte rauschend dahin und drohte über seine Ufer zu steigen. Hier pfiff ein Wind, der ihnen den Regen hart ins Gesicht peitschte. Sie führten die Pferde nun am Zügel, bis sie die Wirtschaft erreichten, ein kleines Haus mit herabgezogenem Dach und Geranientöpfen vor den Fenstern. Aus dem Inneren kam gedämpftes Gemurmel. Auf das Klopfen des älteren Hakenschützen steckte eine dralle kleine Frau mit roten Backen und Schürze den Kopf zur Tür heraus.

»Ach, du bist's, Siegbert«, rief sie und drückte ihm einen schmatzenden Kuss auf die Wange. »Und wen bringst du da bei diesem Wetter, bei dem man keinen Hund vor die Tür jagen würde?«

»Meinen Kameraden Hugo kennst du ja«, meinte der Angeredete.

»Und das sind Teresa von Wildenberg und ihr Begleiter, Markus Schenk aus Agenbach.«

Offen und freundlich schaute die Frau sie an.

»Ihr seid Pilger? Und sucht ein Obdach?«

»Ja«, beeilte sich Teresa zu versichern. »Der Regen hat uns dort oben überrascht.«

»Nun kommt erst mal herein.« Sie ließ alle vier eintreten. In der Schankstube saßen drei Männer um einen Tisch, tranken Bier und würfelten. Nachdem sie kurz aufgeschaut hatten, widmeten sie sich wieder ihrem Spiel. Die Base Gertrud zeigte ihnen ihre Kammern und gab ihnen Handtücher. Der Knecht würde sich um die Pferde kümmern, erklärte sie, und später sollten sie herunterkommen und etwas essen. Teresa ließ sich aufatmend auf das Bett mit der Strohmatratze fallen. Bei allem Unglück, das ihnen widerfuhr, hatten sie doch immer wieder Glück, trafen auf Menschen, die es ehrlich meinten und ihnen halfen. Sie schickte ein Stoßgebet zum Himmel.

Nachdem sie sich notdürftig gewaschen und getrocknet hatte und in ihr etwas zerknittertes, aber trockenes Reisekleid geschlüpft war, lief sie die Stufen zur Gaststube hinunter. Markus hatte sich schon mit Siegbert und Hugo an einem der blankgescheuerten Tische niedergelassen. Deren Sturmhauben und Harnische waren unter dem Fenster abgestellt. Gertrud erschien mit einer Schüssel dampfender Suppe. Verstohlen spähte Teresa hinein, als der Deckel abgehoben wurde. Alles war drin, was reingehörte: Rindfleisch, gelbe Rüben, Lauch und Griesklöße. Ihr lief das Wasser im Munde zusammen. Jeder hatte einen Holzlöffel, mit dem er sich aus der Schüssel bediente. Gertrud setzte sich zu ihnen an den Tisch und langte selbst mit zu.

»Warum hat man Euch auf der Burg nicht aufgenommen?«, fragte sie zwischen zwei Bissen. »Es ist die Pflicht eines jeden Burgherrn, wandernde Reisende aufzunehmen, und dazu noch Pilger.«

Teresa warf Markus einen Blick zu. Konnten sie hier darüber sprechen? Gertrud brachte ihren Mund ganz nah an Teresas Ohr heran und flüsterte: »Ihr seid die Tochter Frobens von Wildenberg, nicht wahr? Ich habe mir gleich gedacht, dass da etwas nicht stimmt.«

Der Regen hatte inzwischen nachgelassen. Die drei Männer beendeten ihr Würfelspiel, tranken aus und warfen ein paar Kreuzer auf den Tisch. Die Tür klappte, und sie waren verschwunden.

»Jetzt können wir offen reden«, sagte Gertrud. »Es ist also wohl ein Verbrechen da oben geschehen. Euer Onkel hat sich die Burg widerrechtlich angeeignet, nicht wahr?«

Teresa nickte.

»Es ist noch ein Teil von der alten Besatzung da«, meinte Hugo. »Die werden wir uns mal vorknöpfen, was, Siegbert?«

Siegberts leuchtende Augen verrieten, dass es ihm sehr viel Vergnügen bereiten würde.

»Den Werner von Wildenberg sähe ich gern in einem Verlies schmoren und für seine Taten büßen«, rief er. »Uns hat er immer nur schikaniert, im Gegensatz zu Herrn Froben, der Gerechtigkeit walten ließ und uns menschlich behandelt hat.«

Gertrud räumte den Tisch ab und gab der Magd in der Küche Anweisungen.

»Wir werden eine Eskorte zusammenstellen aus zehn bis zwanzig Mann und Euch zu Diensten sein«, sagte Hugo.

»Wollt Ihr die Burg mit Gewalt nehmen?«, fragte Teresa entsetzt.

»Da geht dein altes Rittertum wieder mit dir durch«, beschwichtigte Siegbert seinen Kameraden. »Kaum ist eine Dame in Not, werden Schwert und Hakenbüchse geschultert, und los geht's.«

»Wir haben keinerlei Recht zu so einem Angriff«, sagte Markus.

»Was gedenkt ihr dann zu tun?«, fragte Hugo.

»Ich möchte Euch bitten, uns das Geleit nach Agenbach zu geben«, antwortete Teresa.

Am anderen Morgen, an dem die Sonne rot dampfend über die Berge stieg, kamen Siegbert und Hugo mit etwa fünfzehn Hakenschützen zurück, alle beritten und gepanzert.

»Sie haben nicht lange überlegen müssen, als wir sie fragten«, meinte Siegbert.

Gertrud wollte kein Geld für ihre Dienste haben. Nach einer herzlichen Umarmung und nicht ohne Teresa einen Beutel mit Brot, Speck und etwas verrunzelten Äpfeln zugesteckt zu haben, entließ die freundliche Frau die berittene Schar, die sich auf den feuchten Wegen Richtung Westen, nach Beuron und zum Schwarzen Wald aufmachte.

35.

Trotz ihrer Angst und ihrer gespannten Erwartung nahm Teresa mit allen Sinnen auf, was sich ihren Augen und ihren Sinnen darbot. Das enge Tal lag sonnenüberflutet vor ihnen. Am Ufer der Donau, das mit Weiden und Erlen bewachsen war, standen Reiher wie Statuen und warteten auf Fische oder junge Frösche. Wiesenschaumkraut und Bachnelken machten sich breit. Bald erreichten sie das Kloster Beuron, ein Mahnmal in dem grandiosen Kessel mit den weißen Felsen. Die Benediktiner gingen ihrer Arbeit nach, im Garten, in der Wäscherei, der Küche und dem Backhaus. Als die beiden den Hof durch das Tor verließen, drangen fromme Choralgesänge aus der Kirche. Teresa dachte an das Kloster Agenbach. Auch dort lebten Benediktiner, auch dort war eine Stätte des Friedens und der Gottesnähe. Ob sich dort etwas verändert hatte? Die Erinnerungen, die ihr vor das innere Auge traten, ließen sie das Schlimmste befürchten.

Vom Ortsrand führte der Weg nun in einem Bogen durch das Tal, das der Urstrom in Jahrmillionen geschaffen hatte. Etwa eine halbe Stunde später machte der Weg eine Biegung, und Teresas Auge bot sich eine überwältigende Szenerie: das Durchbruchstal mit Laibfelsen und dem gigantischen Massiv des Stiegelesfelsen. Warum hatte sie das noch nie so wahrgenommen? Hatte sich etwas bei ihr verändert? Sie bewegten sich auf eine fast alpine Masse zu, immer begleitet von dem Fluss, der langsam an den Uferweiden vorbeiströmte. In der Wand kreisten Dohlen und Wanderfalken.

Mein Leben ist wie der Abgrund, es genügt ein Weniges, um abzustürzen, dachte sie. Jeder Herzschlag ist eine Entscheidung, zum Leben oder zum Tod, zum Gold oder zur Wahrheit, ich muss nur wählen.

Wenig später überraschten sie eine riesige Äskulapnatter beim Verspeisen eines Frosches. Jeder ist jedes Feind, um zu überleben. Fridingen kam in Sicht, die fachwerkgeschmückte Ackerbürgerstadt mit dem Schloss und den engen Gassen. An der alten Holzbrücke über den Fluss machten sie Rast. Die Hakenschützen tranken Bier aus ihren Schläuchen und pfiffen nach den Mädchen, die vorübergingen. Überall, wo sie hinkamen, erregten sie einiges Aufsehen. Eine junge Frau, ein Mönch und siebzehn Hakenschützen – das musste etwas ganz Besonderes sein! Das Tal weitete sich, die Berge rechts und links des Flusses wichen zurück. In Tuttlingen nahmen sie Quartier für die Nacht. Die weitere Strecke war Teresa ebenfalls noch wohlbekannt, nur war es damals Herbst gewesen, die Blätter der Bäume rot und gelb verfärbt, wie ein Höllenfeuer in der Landschaft. Die Reise durch das Neckartal erwies sich als sehr geruhsam. Bauern arbeiteten auf dem schwarzen Boden der Felder, Tagelöhner zogen ihres Weges, fahrende Schüler, Pilger und Mönche. Hugo, der ältere der Hakenschützen, ritt eine Zeit lang neben Teresa.

»Was gedenkt Ihr in Agenbach zu tun, liebe Jungfer?«, fragte er.

»Ich weiß es noch nicht so genau. Zunächst einmal wollen wir zu den Eltern von Markus gehen. Und dann müssen wir versuchen, in das Kloster hineinzukommen – unerkannt.«

»Warum unerkannt? Habt Ihr etwas ausgefressen?«

»Im Gegenteil! Je nachdem, von welchem Standpunkt aus man es betrachtet, vielleicht doch.« Sollte sie ihm die Wahrheit offenbaren?

»Da bin ich aber gespannt. Ich sagte Euch ja schon, dass es auf der Burg nicht mehr mit rechten Dingen zugeht, seit Euer Onkel sie übernommen hat.«

Teresa beschloss, zunächst auf das einzugehen, was er zu berichten hatte. Hugo hatte sein Visier hochgeklappt, so dass Teresa seine hellen, wachen Augen, die buschigen Brauen und die etwas knollige Nase sehen konnte.

»Was meint Ihr damit – dass es nicht mit rechten Dingen zugeht?«, fragte sie.

»Manchmal kommen des Nachts merkwürdige Besucher, die in lange Kapuzenmäntel gekleidet sind, schwarz wie die Nacht selbst. Ihre Gesichter konnte ich nie erkennen. Sie schlüpften aus der Vorburg, wo wir uns gewöhnlich aufhalten, in den Hof hinab und verschwanden im Palas. Aus der Burgkapelle habe ich manchmal klagende Gesänge vernommen, und im Rittersaal brannten die halbe Nacht hindurch Kerzen. Wo die doch so teuer sind! Euer Vater ist nicht so verschwenderisch mit den Dingen umgegangen.«

»Und wie verhält sich mein Onkel dazu?«

»Euer Onkel ist oft wochenlang weg. Weiß nicht, wo er sich immer aufhält. Wahrscheinlich auf seinem Schloss in Peterszell oder aber im Kloster Agenbach, denn der Abt Alexius Furer war auch schon des Öfteren hier zu Gast.«

»Was Ihr nicht sagt! Es gibt eine Verbindung zwischen meinem Onkel und dem Abt?«

»Ja, aber ich weiß nicht, welcher Natur die ist«, antwortete Hugo.

Bei Teresa klingelten warnende Glocken.

»Und was ist mit den beiden Dienern, Caspar und Heinrich? Sie waren in der Nacht, als Wilhelm ermordet wurde, anwesend. Später habe ich sie im Peterszeller Schloss wiedergesehen.«

»Mir ist nur bekannt, dass Euer Onkel einen Boten schickte, die beiden Diener zu sich her befahl, mit ihm das ganze Gesinde.«

»Da waren mein Vater und ich schon fort.«

»So ist es. Der alte Werner von Wildenberg hat schon damals etwas ausgeheckt, ich bin ihm bloß nie auf die Schliche gekommen. Auf jeden Fall könnten die Diener Euch nach Agenbach verfolgt haben.«

Markus war inzwischen zu ihnen herangeritten und hatte den letzten Satz aufgeschnappt.

»Was ist mit deinem Onkel Werner?«

»Er spielt ein merkwürdiges Spiel, hat es wahrscheinlich schon von Anfang an gespielt«, antwortete Teresa. »Und die Diener Heinrich und Caspar sind ebenfalls verdächtig.«

»Sie gingen auf eine längere Reise, nachdem sie nach Peterszell berufen worden waren«, warf Hugo ein.

Markus starrte Teresa an. »Glaubst du, dass ...«

»Sie könnten die beiden Reiter gewesen sein! Dann müssten sie aber im Auftrag von Onkel Werner gehandelt haben.«

»Versuche dich zu erinnern«, forderte Markus sie auf. »Was geschah an jenem Abend auf der Burg?«

»Ich weiß noch, dass es einen entsetzlichen Sturm gab. Die Glocke läutete zum Abendessen. Ich ging den dunklen Gang entlang und hatte eine Begegnung mit den Fledermäusen. Heinrich und Caspar bedienten uns beim Abendessen. Ich hatte ein merkwürdiges Gefühl. Später fanden mein Vater und ich das Pergament von Friedrich in der Raritätenkammer.«

»Und wo habt ihr dieses Pergament hingelegt?«, wollte Markus wissen.

»Auf das Pult meines Vaters, glaube ich.«

»Könnten Heinrich und Caspar es gesehen haben?«

Teresa überlegte einen Moment. »Ja, das wäre möglich.«

»Sie müssen ihrem wahren Dienstherrn, Werner von Wildenberg, sehr ergeben gewesen sein«, sagte Hugo. »Froben gegenüber hatten sie immer nur Widerstand gezeigt.«

Teresa ließ ihren Blick über das Tal schweifen, durch das sie gerade ritten. Auf den Feldern zeigte sich das erste Grün des Getreides, und weiter oben an den Hängen blühten die Kirsch- und Apfelbäume in allen Farben von schneeweiß bis rosa überhaucht. Wie kleine Schneebälle standen sie in der Landschaft.

»Nehmen wir einmal an«, nahm sie den Faden wieder auf, »die Diener waren die beiden Reiter, die uns verfolgt haben. Sie töteten die Hakenschützen, die uns eskortierten. Dabei hatten sie es wohl auch auf meinen Vater abgesehen. Und sie wollten uns einschüchtern und uns allmählich für die Pläne meines Onkels gefügig machen.«

»Dann hat Werner von dem Pergament gewusst!«, sagte Hugo.

»Und er arbeitete mit dem Abt von Agenbach zusammen!«, rief

Markus. »Das würde manches von dem erklären, was geschehen ist.«

»Ich würde nur zu gern wissen, was hinter all dem steckt«, meinte Teresa. Sie war so aufgeregt, dass sie am liebsten ihr Pferd angetrieben hätte und losgaloppiert wäre.

»In diesem Auftrag sind wir unterwegs, liebe Teresa«, sagte Markus und lachte.

Sie gaben ihren Pferden die Sporen, die Hakenschützen folgten unter anfeuernden Rufen, und der Trupp bewegte sich auf die alte Bischofsstadt Rottweil zu, wo sie ihr Nachtlager aufschlagen wollten. Früh am nächsten Tag überquerten sie die Neckarbrücke und ritten dem Schwarzwald zu. Das Wetter war anhaltend schön, und die Wege waren trocken. Nachdem sie anfangs sich selbst und ihre Tiere nicht geschont hatten, befahl Hugo seinen Leuten, im Schritt weiterzureiten.

Teresa sah dieselben Hochflächen, die sie mit ihrem Vater durchquert hatte, von den Bauern gerodet und durch Äcker und Wiesen ersetzt. Bunt gescheckte Kühe standen glotzend an den Weidezäunen, eine Schafherde zog, von Hund und Schäfer begleitet, an einem Hang hinauf. Markus schloss zu Teresa auf. »Wie fühlst du dich auf unserer Reise in die Vergangenheit?«, fragte er teilnahmsvoll.

»Ganz gut, schließlich kommen wir den letzten Geheimnissen näher. Wenn du es wissen willst ... ja, es schmerzt immer noch. Nicht nur mein Vater, auch Wilhelm und die beiden Hakenschützen, der Eremit ... und wir wissen auch nicht, was aus Gabriel de Montaña und aus David Saloman geworden ist.«

»Denen wird schon nichts geschehen sein – sie wissen sich zu wehren.«

»Was mich wütend macht, ist der Verrat meines Onkels. Ich habe mir schon vorgestellt, was ich alles mit ihm anstellen werde, wenn wir ihn erst haben!«

»Er ist aber nicht der Einzige, der Schuld auf sich geladen hat.«

»Aber der Schlimmste! Er hat mich auf seinen Knien reiten lassen, als ich klein war. Oft hat er mir etwas geschenkt, mir etwas aus seinem Schloss mitgebracht, wenn er zu Besuch kam. Als er von dem Kandelaber erfuhr, muss ein furchtbarer Sinneswandel in ihm vorgegangen sein.«

»Er ist – wie viele – der Verlockung erlegen. Vielleicht solltest du nicht zu hart urteilen. Auch du selbst warst ganz versessen darauf, die Menora zu finden.«

»Aber ich habe es irgendwann aufgegeben! Und erkannt, dass die ... dass du mir wichtiger bist als alles andere.«

»Du bist mir genauso wichtig, das weißt du. Aber wir wollen nicht mehr davon sprechen.«

»Ich könnte doch in ein Kloster eintreten, irgendwo weit fort von hier, und du in eines, das in der Nähe davon liegt. Dann könnten wir uns lieben, ohne Rücksicht auf unser Gelübde nehmen zu müssen.«

»Wie stellst du dir das vor? Lieber stürze ich mich in eine der tiefsten Schluchten des Schwarzen Waldes, als in solcher Sünde zu leben!«, setzte Markus dagegen.

Er liebte sie nicht, das hatte er jetzt endgültig klargemacht. Gott, das Kloster, die Mitbrüder, alles war ihm wichtiger. Teresa schwieg.

»Du wirst auf deiner Burg leben und die Chronik schreiben, und ich werde in ein anderes Kloster eintreten. Vergessen werde ich dich nie!«

Sie beugte sich zu ihm hinüber und nahm seine Hand. »Ich werde dich auch niemals vergessen – auch das nicht, was wir zusammen erlebt haben. Wie hieß noch das Gedicht von Petrarca?«

»Auf den Gipfel ist das Ziel
Und das Ende unseres Lebens
Auf ihn ist unsere Wallfahrt gerichtet«,
zitierte Markus.

»Was mein Leben betrifft, so hat er nicht recht«, sagte Teresa. »Ich bin fast auf den Mont Ventoux gestiegen, wahrhaftig auf den Monte Jordi und schließlich noch auf den Alamut, von den Templerburgen ganz zu schweigen. Aber das Ziel meiner Wallfahrt waren diese Gipfel nicht.«

»Was dann?«

»Das, was ich jetzt spüre, ist eine ungeheure Klarheit. Ich nehme alles ganz anders wahr als früher und weiß, was ich will und wohin ich gehen möchte.«

Markus zog sie näher zu sich heran und gab ihr einen Kuss auf den Mund. Es löste ein Kribbeln in Teresa aus.

»Das ist es, was ich will und wonach ich gestrebt habe. Doch Gott hat es mir nicht gestattet, meinen fleischlichen Gelüsten nachzugeben.«

Der Hauptmann hatte inzwischen Befehl zum Trab gegeben. Schon preschten die Hakenschützen an ihnen vorbei, dass sie ihre liebe Not hatten, zu ihnen aufzuschließen. Bald kamen sie durch die Schlucht, in der die beiden jungen Hakenschützen gestorben waren. Teresa ritt in dumpfer Trauer an den Felsbrocken vorbei, die man, um die Toten zu bergen, beiseitegeschafft hatte. Murmelnd floss der Bach über die bemoosten Steine, und in der Höhe flog krächzend eine Schar Krähen.

Am Abend des dritten Tages standen sie auf der Anhöhe über dem Ort Agenbach, und Teresa sah das Kloster im Grün der Bäume auf dem Talgrund liegen. Aus seinem Schornstein und dem der umliegenden Häuser kräuselte sich Rauch. Alles wirkte friedlich, als sei diese fromme Stätte von nichts anderem als von Gottesfürchtigkeit beseelt. Das Dorf summte vor Betriebsamkeit. Hammerschläge hallten aus den Werkstätten, Pferde wieherten, Hühner gackerten und scharrten im Mist, ein Hahn krähte. Auf ein Zeichen von Hugo saßen alle ab. Er wollte eine Lagebesprechung machen.

»Unser Trupp sollte sich lieber noch im Wald versteckt halten«, sagte er. »Wir werden einen Unterstand aus Zweigen errichten. Ihr, Markus und Jungfer Teresa, werdet zu Euren Eltern gehen, zu Markus' Eltern«, verbesserte er sich. »Sobald Ihr die Lage ausgekundschaftet habt, gebt uns Bescheid. Wir sind trefflich ausgerüstet, auch mit Nahrung und Bier.«

Teresa und Markus verabschiedeten sich von den Hakenschützen und lenkten ihre Pferde im Schritt den Weg zum Dorf hinab. Markus ritt vor Teresa her. Was mochte in seinem Kopf vorgehen? In diesem Ort war er aufgewachsen, es war die Heimat seiner Kinderjahre. Und wie kehrte er jetzt zurück, als ein Wandermönch, der ihr helfen wollte, die Geschehnisse hier und anderswo aufzuklären! Das Kloster barg ein letztes großes Geheimnis. Würde es ihnen gelingen, es aufzudecken und danach ihren Frieden mit sich, miteinander und mit der Welt zu finden? Oder war es zu spät? Hatten sie schon zu viel gesehen von dem Unheimlichen, das in ihr Leben gekommen war wie die Furie Tisiphone mit ihren Fledermausschwingen?

Sie hatten jetzt das Tal erreicht. Markus wandte sich nach Süden, und sie ritten aus dem bewohnten Teil hinaus in die beginnende Dämmerung. Auf den Feldern wuchs das junge Korn; das tiefblaue Band des Flusses zog neben ihnen dahin. Bald kamen sie zu einem Bauernhaus mit tief herabgezogenem Dach, das mit gelblichen Schindeln gedeckt war. Markus pochte zweimal kräftig gegen die Tür. Im Inneren wurde es unruhig, es klang, als wäre ein Stuhl umgefallen. Die Tür öffnete sich knarrend. Im Lichtschein einer Öllampe stand die Gestalt einer älteren Frau, hochgewachsen, mit schwarzer Haube und dunkelblauem Kleid. Einen Herzschlag lang stand die Bäuerin wie erstarrt da, dann kam Bewegung in sie.

»Markus!«, rief sie aus. »Dass du mir noch heimkommst! Dein Vater hatte dich schon verlorengegeben, aber ich habe immer gesagt, Mann, habe ich gesagt, unser Markus, der kommt durch, der ist aus demselben Holz geschnitzt wie du.« Sie umarmte ihn herzlich, und Teresa sah, dass ihr die Tränen die Wangen herunterliefen.

»Wen hast du denn da mitgebracht?«, wollte sie wissen, als sie ihn einen Moment lang losließ.

»Das ist Teresa von Wildenberg, meine Begleiterin auf dem Weg nach Montserrat«, sagte er. Seine Mutter schloss auch Teresa in die Arme.

»Seid willkommen, beide«, meinte sie. »Aber jetzt kommt erst mal herein.«

Die Stube war niedrig, etwas verrußt und von der Wärme eines Kachelofens erfüllt, der in einer Ecke stand. Im »Herrgottswinkel« befanden sich eine Bank und ein Tisch, darüber ein Brett an der Wand mit Bechern und Gebetbüchern.

»Setzt euch erst mal, ich muss in die Küche, sonst brennt die Suppe an. Der Vater wird gleich kommen, er war auf dem Markt in Schiltach.«

Nach der langen Zeit des Unterwegsseins spürte Teresa endlich wieder festen Boden unter den Füßen. Die Mutter werkelte in der Küche. Gleich darauf wurde die Tür aufgestoßen, und der Vater Schenk kam herein. Er war wie seine Frau in blaue Bauerntracht gekleidet.

»Ja, wen haben wir denn da?«, sagte er und hängte seine Mütze an einen Haken neben der Tür. »Ich hoffe, du bringst gute Kunde von deiner Reise mit.«

Er schlug Markus kräftig auf die Schulter und gab Teresa eine schwielige Hand, dann setzte er sich zu ihnen an den Tisch. Seine Frau brachte eine Schüssel mit Brotsuppe und eine mit Sauerrahm, dazu hölzerne Löffel.

»Die Löffel habe ich selber geschnitzt«, sagte der Bauer stolz, »aber das weißt du ja, mein Junge.«

»Ach, hätten wir ihn doch nicht ins Kloster gegeben«, jammerte Frau Schenk. »Aus ihm hätte etwas werden können, ein Gelehrter oder Silberschmied …«

»Ruhig, Frau, es war das Beste, was uns damals passieren konnte. – Und die Trude, seine Schwester«, sagte er, an Teresa gewandt, »ist im Nachbardorf gut verheiratet.«

Sie beteten, aßen gemeinsam die Suppe. Selten hatte Teresa etwas so köstlich geschmeckt.

»Wie war denn nun eure Pilgerreise nach Santiago?«, wollte die Mutter wissen.

»Wir sind vom Ziel abgekommen«, antwortete Markus zwischen

zwei Bissen. »Unsere Wallfahrt ging nach Montserrat und dann nach Jerusalem.«

»Montserrat?« Die Mutter riss die Augen auf. »Habt ihr die Schwarze Jungfrau gesehen? Seid ihr von euren Sünden erlöst worden?«

»Ja, Mutter. Jetzt müssen wir noch andere Sünder finden und ihrer gerechten Strafe zuführen.«

»Hier, in unserem gottverlassenen Nest?«, fragte der Vater.

»Robert, hast du es denn vergessen?«, fiel die Mutter ein. »Im letzten November, so um Martini herum …«

»Ja, da war was. Da kam ein Mönch zu uns, im schwarzen Mantel und mit einer Kapuze, die er tief ins Gesicht gezogen hatte. Er bedrohte uns mit einem Messer und wollte wissen, wohin du, Markus, gegangen seiest. Wir konnten ihm nichts anderes sagen als das, was wir wussten: nach Santiago de Compostela!«

»Und es kamen noch mehr«, setzte Frau Schenk hinzu. »Zwei Reiter in ebensolchen Mänteln. Von ihnen ging, wie soll ich sagen, ein Geruch des Todes aus. Auch sie erkundigten sich nach deinem Reiseziel.«

»Ihr könnt beruhigt sein«, sagte Markus. »Wir haben sie unterwegs abgeschüttelt und manches an Erkenntnis und Erfahrung gewonnen. Lasst uns schlafen gehen. Morgen wird ein schwerer Tag. Ich muss nur noch darüber nachdenken, wie wir unerkannt ins Kloster kommen.«

»Was wollt ihr denn da?«, fragte Frau Schenk. »Warum kannst du nicht einfach dort hingehen und dich zu erkennen geben? Schließlich bist du Mitglied des Ordens der Benediktiner.«

»Ich bin mir nicht mehr sicher, ob das noch ein Orden der Benediktiner ist. Es gibt dunkle Kräfte, auch hier bei uns im Schwarzen Wald, die alles unterwandert haben.«

Die Eltern bekreuzigten sich erschrocken. Die Mutter fasste sich aber schnell ein Herz.

»Ich habe einen Einfall«, sagte sie. »Teresa könnte sich als Bäuerin verkleiden und Kräuter ins Kloster bringen. Dabei könnte sie etwas in Erfahrung bringen. Die Kräuter wachsen in unserem Garten, Bärlauch, Brennnessel, Löwenzahn, Gänseblümchen, Schnittlauch, Gundelrebe …«

»Schon gut«, schnitt ihr Mann ihr das Wort ab, »wir wissen, wie reich bestückt dein Gärtchen ist.«

»Und eine Alraune hätte ich auch noch mitzugeben.«

»Und wenn ich gefragt werde, wer ich bin?«, fragte Teresa.

»Dann sagst du, du seiest die neue Magd vom Bauern Schenk.«

Alle lachten, und Teresa hatte wieder das Gefühl, angekommen zu sein.

36.

Während sie am anderen Morgen beim Frühstück saßen, bemerkte Teresa im Schein der Sonne, dass Markus seiner Mutter sehr ähnlich sah – dasselbe schwarze Haar, dieselbe frische Gesichtsfarbe. Der Vater dagegen war groß und knochig. Die Muskeln an seinen Armen hatten sich durch die Landarbeit stark ausgebildet.

»Was sind das eigentlich für Männer, die sich, wie ihr meint, ins Kloster eingeschlichen haben?«, fragte Markus' Mutter. »Ich bin ja manchmal ebenfalls dort mit meinen Kräutern und meinem Gemüse. Früher ist es dort lustig und menschlich zugegangen, jetzt denk ich manchmal, die hätten alle Angst vor irgendwas.«

»Wir wissen es auch nicht«, entgegnete Markus. »Aber es spricht viel dafür, dass es Nachkommen christlicher und arabischer Gruppen aus der Zeit der Kreuzzüge sind.«

»Und was wollen die erreichen?«, fragte Herr Schenk nach.

»Vor allem wollen sie Macht«, gab Teresa zur Antwort. »Und sie suchen nach einem Kandelaber, der 1099 ins Kloster Agenbach gebracht worden sein soll.«

»Ein Kandelaber?«, rief Frau Schenk. »Was soll das denn? Haben sie denn selbst kein Licht?«

»So darfst du es nicht sehen, Mutter«, sagte Markus. »Natürlich haben sie ihr eigenes Licht. Es geht um die Menora.«

»Die Menora, die vom jüdischen Volk vierzig Jahre lang durch die Wüste getragen wurde?«

»Ja, genau. Es geht darum, wer von den Religionen, insbesondere der islamischen und der christlichen, die Vorherrschaft hat.«

Frau Schenk schaute betreten drein. »Es gibt doch nur einen Gott, egal, wie man ihn nennt. Warum sollte man sich darum streiten?«

»Jeder meint eben, sein Gott sei der wahre«, folgerte Herr Schenk. »In den Bauernkriegen haben sie sich ja auch deswegen die Köpfe eingeschlagen.«

»Na, dann wollen wir euch helfen, diese Leute aus dem Kloster zu vertreiben«, sagte Frau Schenk.

Nachdem sie fertig gegessen hatten, nahm sie Teresa mit in ihre eheliche Kammer. Sie öffnete den alten, mit Blumenranken bemalten Kasten und holte ein blaugepunktetes, hochgeschlossenes Mieder heraus, dazu einen blauen Rock und eine weiße Schürze. Für die Haare gab sie ihr ein buntes Tuch. Als Teresa sich umgezogen hatte, klatschte Frau Schenk in die Hände.

»Du siehst wie ein richtiges Kräuterweiblein aus. Nun schlüpfst du noch in diese Holzschuhe, und fertig ist die Verkleidung. Komm mit nach draußen, damit ich dir meine Kiepe und die Kräuter gebe.«

»Haben die Mönche nicht selbst Kräuter in ihrem Garten?«

»Nicht genug, um so viele Mönche zu versorgen.«

Mit ihrem Messer schnitt sie das Grünzeug und legte es in die hölzerne Kiepe, die sie Teresa auf den Rücken lud.

»So, nun kannst du losgehen. Den Weg kennst du ja.«

Teresa war es fast feierlich zumute. Als Kräuterfrau sollte sie heute in das Kloster zurückkehren. Markus und seine Eltern ermahnten sie, vorsichtig zu sein. Teresa verließ das Haus und wanderte durch die morgendlichen Wiesen, am Waldrand entlang, dann wieder am Fluss, der munter seinen Weg durch das Tal nahm. Wieder nahm sie alles wahr, als sähe sie es zum ersten Mal. Es roch nach taufeuchtem Gras. In den Büschen am Ufer hatten sich Spinnen ihre Netze gebaut, die von Tröpfchen übersät waren. Sie erreichte die ersten Häuser des Städtchens, wurde von allen gegrüßt. Schüler in grauer Leinenkleidung, spitz zulaufenden Lederschuhen und Ranzen auf dem Rücken waren auf dem Weg zur Lateinschule. Der Mönch am Klostertor ließ sie ohne weiteres ein und wies ihr den Weg zur Küche, den sie natürlich kannte. Alles war so, wie sie es vor einigen Monaten verlassen hatte. Der Baum und die Bank standen noch dort. Aus dem Schulgebäude drangen die Stimmen des Lehrers und seiner Schüler. Sie betrat die Küche. Ambrosius, der dicke, freundliche Koch, stand vor seiner Anrichte und schuppte mit einem großen Messer Forellen, dass die silbernen Plättchen nur so herumflogen. Das hatte Teresa doch schon einmal erlebt. Sie blieb stehen und verharrte, in den Anblick vertieft. Als hätte der Koch ihr Kommen bemerkt, drehte er sich langsam um. Sein breites Gesicht begann zu leuchten.

»Teresa!«, rief er halblaut. »Ihr seid zurückgekommen! Damit hatte ich nicht zu rechnen gewagt. Wir glaubten, dass Ihr in der Fremde Wurzeln geschlagen hättet. Nur Matthias hat immer gesagt: Pass auf, Ambrosius, die kommen eines Tages wieder und bringen etwas mit.«

»Das Einzige, was ich bringe, sind diese Kräuter für die Klosterküche«, sagte Teresa.

Ein Mönch erschien und warf einen misstrauischen Blick auf die junge Frau. »Was stehst du hier und schwatzt mit dem Weib?«, fuhr er den Koch an. »Du sollst dich um unser Essen kümmern. Der Abt wünscht die Fische in Bierteig gebacken, mit einer Kräuterweinsoße, eingemachten Birnen und Semmelknödeln.«

»Wird gemacht, Bruder Cellerar«, sagte Ambrosius mit einer scheinbar devoten Verbeugung. »Dann zeigt uns mal Eure Kräuter und Gemüse, werte Jungfer Magd.«

Der Mönch schien zufrieden zu sein und entfernte sich. Teresa spielte das Spiel, das ihr aufgezwungen wurde, freudig mit.

»Hier habe ich Pasternaken, werter Bruder Koch, sowie Petersilie, Schnittlauch, Gänseblümchen, Löwenzahn ... »

Ambrosius brachte seinen Mund nahe an Teresas Ohr. »Etwa in einer Stunde kommt Matthias von der Lateinschule. Er hat mir Dinge berichtet, die auch für Euch von höchster Wichtigkeit sein könnten!« Er fuhr fort: »Wir nehmen alles, was sich in der Kiepe befindet. Ich bin nämlich ganz allein in der Küche und kann mich wenig um den Klostergarten kümmern. Das ist eigentlich die Aufgabe des Cellerars, aber der hat wichtigere Dinge zu tun.«

»Was denn?«

»Er rennt ständig in die Kirche, öfter noch, als es die Regeln des Heiligen Benedikt vorschreiben. Hier habt Ihr einen Gulden für Eure Schätze, mein Kind. Bleibt doch noch ein wenig und leistet mir Gesellschaft beim Kochen.«

Nichts war Teresa lieber. Sie setzte sich auf einen Schemel und schaute zu, wie Ambrosius die Fische fertig schuppte, Mehl, Öl, Bier und Milch in einer Schüssel verrührte, Eier und Salz dazugab. Während sie selbst auf einem Brett die gewaschenen Kräuter und die Pasternaken schnitt, bereitete der Koch die Weinsoße und die Semmelknödel zu. Die Kirchturmuhr schlug zwölf. Ein Kinderjohlen erschallte von draußen, und im nächsten Augenblick fegte Matthias herein. Er war ein wenig gewachsen, aber das blonde Harr fiel ihm immer noch verwegen in die Stirn. Er steckte seinen Finger in die Weinsoße und schleckte ihn ab. Ambrosius drohte ihm spaßhaft mit dem Finger. Wer konnte diesem Jungen schon böse sein!

Dann hatte Matthias sie entdeckt. Mit einem freudigen Lächeln lief er auf Teresa zu und umarmte sie. Es war ihr nicht nur angenehm, es erfüllte sie mit einer tiefen Verbundenheit zu diesem Kind. Aber woher nahm er den Mut, eine fremde Frau so herzlich zu behandeln? Er trat einen Schritt zurück.

»Ich wusste es«, sagte er, »ich wusste, dass Ihr wiederkommen würdet.«

»Woher wusstest du das? Wie konntest du dir so sicher sein?«, fragte sie. Fast hätte sie hinzugefügt: Ich war mir auch sicher, dich wiederzusehen, schließlich hast du mich die meiste Zeit begleitet und mich beschützt.

»Ich wusste es einfach«, sagte Matthias und lächelte sie an. »Und ich habe in der Zwischenzeit etwas erfahren, das ich Euch unbedingt mitteilen muss. Aber nicht hier.« Er senkte die Stimme. »Ein Stück flussaufwärts von hier steht im Wald eine alte, verlassene Mühle. Kommt heute Abend gegen sechs dorthin, aber so, dass Euch niemand sieht.«

»Kann ich noch jemanden mitbringen?«

»Euren Vater, Herrn Froben von Wildenberg?«

»Nein, der ist leider …«

»Ist er in der Fremde geblieben?«

»Nein, oder doch, ich weiß nicht, wie …«

»Ist er tot?« Die Augen des Jungen waren weit aufgerissen, es schimmerte verräterisch darin. Warum traf ihn Frobens Tod so sehr?

»Ja, er starb, um mich zu retten«, sagte Teresa tonlos. »Aber ich möchte nicht mehr darüber sprechen. Ich bringe Markus mit, den Mönch aus diesem Kloster, der mich auf meiner Reise begleitet hat.«

Teresa verabschiedete sich. Im Klosterhof traf sie eine Gruppe von Mönchen, die grußlos, den Blick starr vor sich auf den Boden gerichtet, vorübergingen. Eine unbestimmte Angst ergriff sie, machte ihre Knie weich und ihre Hände feucht. Sie kehrte auf demselben Weg zum Bauernhof der Schenks zurück, auf dem sie in der Frühe gekommen war. Obwohl die Sonne weiterhin von einem blauen Himmel lachte, schien sich die Gegend verdüstert zu haben.

Am Abend, als das Licht des Tages allmählich verschwand, verließen Teresa und Markus das Haus seiner Eltern. Sie hatte das Bauernkleid mit einem ihrer eigenen Kleider vertauscht. Auf einem hölzernen Steg überquerten sie die Kinzig. Damit sie von niemandem gesehen wurden, hatte Markus vorgeschlagen, einen Pfad durch den Wald zu nehmen, den er aus seiner Jugend kannte. Es ging steil bergauf, so dass Teresa heftig atmen musste. Hier im Wald war es schon dämmerig. Teresa konnte die Umrisse der Bäume nur schattenhaft erkennen. Nach etwa dem Viertel einer Stunde schlängelte sich der Weg wieder bergab. Unten in dem engen Tal tauchte die Mühle auf, von der Matthias gesprochen hatte. Die letzten Sonnenstrahlen fielen auf das bemooste, schon etwas schiefe Gebäude, an dessen Seite sich ein Wasserrad drehte. Platschend ergoss sich das Aufschlagwasser in die Rinne, das Rad polterte wie der Schlag eines Herzens. Ansonsten herrschte absolute Stille, kein Blatt raschelte im Wind. Teresa sah etwas aufleuchten. Matthias war um die Ecke der Mühle gekommen, sein blondes Haar hing ihm seidig in Stirn und Nacken. Er zog sie hinter das Haus, wo ein Ablaufgraben das Wasser weiterleitete. Sie setzten sich ins Gras, das noch warm vom vergangenen Tag war.

»Ich will keine großen Umstände machen«, sagte Matthias. »Die Dinge, die ich Euch jetzt erzählen werde, sind von außerordentlicher Wichtigkeit.«

Teresa hatte keine Vorstellung davon, um was es sich handeln könnte. Sie blickte – ebenso wie Markus – dem Jungen gespannt ins Gesicht. Er wandte seinen Kopf in Richtung des Klosters, atmete tief ein und aus und begann mit seinem Bericht.

»Ich habe mir oft Gedanken über meine Herkunft gemacht«, sagte er und strich sich eine Haarsträhne aus dem Gesicht. Seine dunkelblauen Augen schimmerten in der aufkommenden Dunkelheit. »Wann immer ich fragte und wen ich auch fragte – ich bekam stets zur Antwort, ich sei ein Findelkind gewesen, das von einem Kräuterweib vor nunmehr zehn Jahren an der Klosterpforte abgegeben worden sei. Nachdem ihr im letzten Herbst abgereist ward, kam eines Tages ein alter Hakenschütze ins Kloster und wünschte mich zu sprechen. Unter dem Siegel der Verschwiegenheit vertraute er mir etwas an.«

Matthias schluckte. Vor lauter Aufregung krallte Teresa die Hände in ihr Kleid.

»Dieser Schütze sagte mir«, fuhr Matthias fort, »dass er alt und sehr krank sei, er leide an der Schwindsucht. Er habe in seinem Leben eine Tat begangen, die er nie bereut habe, aber die er mir nun offenbaren müsse, um in Frieden sterben zu können. Was sollte ich mit ihm zu tun haben, drängte ich ihn, begierig, sein Geheimnis zu erfahren. Vor etwa zehn Jahren, sagte er, habe der Besitzer der Burg Wildenberg eine Reise gemacht, die ihn ein halbes Jahr von seiner Heimat wegführte. Er war öfter unterwegs, vor allem, um seiner Raritätensammlung neue Schätze hinzuzufügen.«

»Mein Vater!«, entfuhr es Teresa. Ihr Körper war so angespannt, dass es fast wehtat.

»Die Gattin des Froben von Wildenberg wurde bald darauf schwanger, ohne dass die Eheleute es bei seiner Abreise gewusst hätten. Sie brachte ein Kind zur Welt, einen Jungen. Einige Jahre davor hatte sie zwei Mädchen das Leben geschenkt. Kurz nach der Geburt starb sie an Cholera, wie es hieß. Das war jedoch eine Lüge. Der Schwager von Frobens Frau hatte diese Lüge in die Welt gesetzt, um sein schändliches Verbrechen zu verbergen. Weil die Krämpfe und Hautverfärbungen bei einer Arsenikvergiftung ganz ähnlich sind wie bei der Cholera, hatte er ihr dieses Gift verabreicht, um sich in den Besitz der Burg und der Ländereien seines Bruders zu bringen. Mir, so sagte dieser Alte, gab er den Auftrag, das Kind in den Wald zu bringen und zu töten. Dafür wollte er mich reichlich entlohnen. Ich wehrte mich dagegen, doch er drohte, mich zu entlassen und dafür zu sorgen, dass ich nie wieder eine Anstellung bekommen würde. So ging ich schweren Herzens mit dem Säugling in den Wald. Er blickte mich aus seinen Augen so treuherzig an, dass ich es nicht über mich brachte. Statt ihn umzubringen, gab ich ihn einem Kräuterweib in die Hände, mit der Bitte, ihn ins Kloster Agenbach zu bringen und zu berichten, sie habe ihn im Wald gefunden. Zur Belohnung steckte ich ihr ein paar Kreuzer zu.«

Matthias hielt inne und schaute Teresa an. Sie war wie vom Donner gerührt.

»Dann bist du also …«

»Du bist also …«, stammelte Markus.

»Ja, ich bin dein Bruder, Teresa.« Er stand auf, zog sie an der Hand hoch und nahm sie in den Arm. Teresa konnte ihre Tränen nicht zurückhalten. Sie war so weit gereist, war um die halbe bekannte Welt geritten, hatte ihren Vater verloren, und jetzt war sie heimgekehrt und hatte einen Bruder gefunden. Gleichzeitig ergriff sie ein heftiger Zorn gegen ihren Onkel. Sie machte sich frei aus Matthias' Armen und sagte mit vor Wut dunkler Stimme: »Aber Onkel Werner hatte doch selbst keinen Sohn. Was wollte er mit all dem Reichtum anfangen?«

»Der Hakenschütze berichtete mir, dass Werner von Wildenberg jungen Frauen nachstellte, mehrmals heiratete, bis er endlich einen Sohn bekam. Der würde alles von ihm erben und seinen Namen unsterblich machen. Daneben wusste er genau, was er mit dem Geld und dem Besitz machen würde.«

»Also war die Faulhänsin tatsächlich schwanger von ihm …«, warf Teresa ein.

»Hat Werner von Wildenberg etwas mit dem Kloster zu tun?«, fragte Markus scharf.

»Ich glaube schon«, sagte Matthias. »Zumindest habe ich öfter gesehen, wie er zum Haus des Abtes ging. Und in bestimmten Nächten, in denen der Vollmond scheint, gibt es merkwürdige Umtriebe in der Kirche. Ich bin dem noch nicht auf die Spur gekommen, aber es scheint mir, als würden Fremde dort ihre Messen feiern. Jedes Mal hängt am nächsten Tag ein eigenartiger Geruch in der Luft.«

»Den habe ich auch schon einmal bemerkt«, sagte Teresa. »Wann wird wieder Vollmond sein? Ich möchte der Sache unbedingt auf den Grund gehen.«

»Vollmond wird es morgen geben. Aber nein, liebe Schwester, das wäre zu gefährlich«, sagte Matthias. »Ich habe gehört, dass oben im Wald eine Gruppe von Hakenschützen steht, das sind doch eure? Lass sie das erledigen.«

»Mir ist ein Gedanke gekommen.« Teresa stand auf und schaute – wie zuvor ihr Bruder – nachdenklich in Richtung Kloster.

»Könntest du uns diesen Gedanken bitte verraten?« Markus hatte sein spöttisches Gesicht aufgesetzt.

»Ich schlage vor, morgen früh zu unseren Hakenschützen zu gehen und uns mit ihnen zu beraten. Wenn sie einverstanden sind, würde ich sie für die Nacht vor der Klostermauer postieren, dort, wo die kleine Pforte ist. Markus, du und ich, wir schleichen uns in die Kirche und beobachten, was geschieht. Sollte Gefahr drohen, rufen wir die Hakenschützen herbei.«

»Und wenn sie jemand entdeckt?«, gab Markus zu bedenken.

»Denen wird schon eine Ausrede einfallen. Sie könnten vorgeben, eine wichtige Persönlichkeit zu eskortieren.«

Markus fasste sie am Arm und schaute ihr ins Gesicht. »Und wenn uns jemand entdeckt?«

»Das werden wir zu verhindern wissen.«

»Teresa, was treibt dich dazu, diesem Geheimnis nun auch noch auf den Grund gehen zu wollen? Ist nicht schon genug Schlimmes geschehen?«

Sie spürte, wie ihr die Wut vom Magen her in die Kehle stieg und sie zuzuschnüren drohte.

»Wir müssen auf jeden Fall verhindern, dass sich diese ... Sekte – oder was auch immer es sein mag – weiterverbreitet und ungehindert ihr Unwesen treibt! Mein Onkel hat ein schweres Verbrechen begangen. Dafür will ich ihn bestraft sehen. Er hat meine Mutter ermordet!«

»Lass es die Hakenschützen machen«, sagte Markus sanft. »Sie alle werden der irdischen Gerechtigkeit zugeführt werden.«

»War es denn gerecht, dass Onkel Werner unsere Burg in Besitz nahm? Wo war da der Arm des Richters?«

»Er hatte dich für tot erklären lassen. Es bestand kein Grund einzugreifen.«

Teresa stampfte mit dem Fuß auf wie ein kleines Kind. »Ich will es so machen, und davon wird mich keiner abbringen!«

An Markus' Miene merkte sie, dass er nicht weiter widersprechen würde. Wenn sie sich einmal etwas in den Kopf gesetzt hatte, musste es so geschehen, wie es ihren Vorstellungen entsprach.

»Lasst uns nach Hause gehen«, sagte er. »Morgen werden wir weitersehen.«

»Ich gehe als Erster«, meinte Matthias. »Ich habe es schon zur Komplet läuten gehört. Da muss ich mir etwas einfallen lassen, wo ich gewesen bin.«

Er lächelte ihnen zu und nahm den Weg am Fluss entlang. Kurze Zeit später folgten ihm die beiden anderen. Sie sprachen nicht auf dem Nachhauseweg. Im Dorf war niemand mehr auf der Straße, und so konnten sie unerkannt das Bauernhaus der Schenks erreichen.

In der Nacht fand Teresa keinen Schlaf. Immer wieder stand sie auf und schaute aus dem Fenster. Der Mond hatte fast seinen vollen Umfang erreicht. Die Bäume im Garten standen als schwarze Silhouetten vor seiner Scheibe. Katzen kreischten und balgten sich, schossen am Spalier des Hauses hinauf und herunter.

Aus dem nahen Wald kam der klagende Ruf eines Käuzchens. Sollte sie es tatsächlich so machen, wie sie es sich vorgestellt hatte? Brachte sie damit nicht Markus, die anderen Mönche, die Hakenschützen und nicht zuletzt sich selbst in Gefahr? Sie wusste, wie die Assassinen vorgingen, kannte ihre tödliche Genauigkeit. Aber wer konnte ahnen, was sich in der nächtlichen Kirche tatsächlich verbarg, wer dort seine frevelhaften Messen feierte? Und was, wenn Onkel Werner nicht unter den Anwesenden war? Dann musste sie ihn beim Dorfbüttel anzeigen und ihm seine Schuld beweisen. Damit wiederum würde sie Matthias in tödliche Gefahr bringen, denn ihr Onkel hatte ja schon einmal versucht, ihn aus dem Weg zu räumen. Doch, es war richtig, was sie machte, nicht zuletzt war sie es sich selber schuldig. Sie würde keinen ruhigen Atemzug mehr tun, wenn sie nicht alles restlos aufgeklärt hatte. Der Gedanke beruhigte sie, und als sie sich ins Bett legte, floh der Schlaf sie nicht mehr, sondern hüllte sie ein und entführte sie ins Reich der Träume.

Am nächsten Tag bestiegen sie die Pferde und ritten den schon bekannten Weg hinauf. Den Unterstand der Hakenschützen fanden sie bald; die Männer hatten sich aus dicken Ästen und Zweigen, an denen das erste Grün hing, Hütten gebaut und sie mit Decken und Baumstümpfen eingerichtet, die sie als Stühle benutzten. Die beiden stiegen ab und gingen zu Hugo hinüber, der gerade damit beschäftigt war, seinen Leuten zu zeigen, wie man die Arkebusen schneller lud.

»Ein wenig feines und etwas grobes Schießpulver müsst ihr reingeben, am besten vorher befeuchtet, getrocknet und dann fein gemahlen, sonst könnte es euch um die Ohren fliegen. In ein paar Augenblicken müsst ihr fertig sein, sonst habt ihr die Kugeln oder Pfeile der Feinde im Ranzen. Passt auf, dass euch die Arme nicht steif werden vom Rückstoß, hängt die Büchsen, wenn ihr könnt, am Haken irgendwo auf. Und jetzt: Antreten und Gewehre reinigen!«

Hugo wandte sich um, entdeckte die beiden und schritt lächelnd auf sie zu. Harnisch und Helm glänzten, als wären sie aus geschlagenem Silber.

»Was bringt Ihr für Neuigkeiten?«, fragte er.

»Wir verstecken uns heute Abend in der Klosterkirche«, antwortete Markus, »und wollen versuchen, die Fremden, die das Kloster unsicher machen, zu überführen. Wir wünschen uns, dass Ihr Euch mit Euren Männern an der westlichen Klosterpforte postiert, um uns gegebenenfalls zu Hilfe kommen zu können.«

»Wird gemacht, der Herr, das ist ein Spaziergang für uns. Zur Not haben wir auch noch unsere Schwerter und ein paar Armbrüste. Wann sollen wir kommen?«

»Nach Einbruch der Dunkelheit, dann, wenn nach der Komplet alle ins Bett gegangen sind.«

37.

Der Abend kam mit langen Schatten. Teresa und Markus hatten den Tag genutzt, um den Schenks bei der Feldarbeit zu helfen, beim Pflügen, Eggen, Säen und Steinesammeln. Im Bauerngarten häufelte Teresa mit Frau Schenk die frühen Gemüse an. Der Geruch der Erde, die Arbeit im Freien brachten sie dazu, sich von ihren Gedanken und Ängsten zu lösen.

Nach dem Abendbrot verließ Teresa zusammen mit Markus das Haus. Sie würden in die Spinnstube gehen, um zu hören, was es an Neuigkeiten gebe, sagte Markus. Mit Matthias hatten sie ausgemacht, dass er sie nach Einbruch der Dunkelheit durch die Seitenpforte hereinließ. Die Hakenschützen lagerten ein Stück entfernt unter einer Gruppe von Eichen. Teresa gab ihnen kein Zeichen des Erkennens. Markus klopfte mit dem Knöchel seines Mittelfingers an die Pforte, und sogleich wurde ihnen geöffnet.

Teresa erkannte den ummauerten Garten, den Fruchtkasten, die Lateinschule und den schlanken Turm der Kirche. Der Mond war als rötliche, unnatürlich große Scheibe über den östlichen Bergen zu sehen. Er tauchte die Klostergebäude in ein unwirkliches Licht. Matthias begleitete sie zur Kirche, zu der sie durch eine Vorhalle gelangten. Er öffnete das Portal. Der hohe, streng gegliederte Innenraum mit seinem Geruch nach Kerzen und Weihrauch gemahnte Teresa an die Gottesdienste, die sie in der letzten Zeit versäumt hatte. Sie meinte, ferne Männerstimmen Choräle singen zu hören.

Matthias sagte leise, nachdem er sich nach allen Seiten umgesehen hatte: »Versteckt euch in einem der Beichtstühle, aber erst dann, wenn die Glocke zwölf schlägt. Vorher könnt ihr noch nach draußen gehen, wenn euch die Zeit zu lang wird. Aber … pscht …«

Er legte den Finger auf die Lippen. »Ich bleibe in der Nähe. Sagt mir Bescheid, wenn ich die Hakenschützen zur Hilfe holen soll.«

Mit diesen Worten wandte er sich um und ging hinaus. Teresa versuchte sich in dem dunklen Raum zurechtzufinden. Vor dem vergoldeten Hochaltar brannten Kerzen, die tanzende Schatten an die Wände warfen. Wie sollten sie die Zeit bis Mitternacht verbringen? Sie konnten sich doch nicht stundenlang eng nebeneinander in diesem Beichtstuhl aufhalten. Das heißt, sie konnten es schon, der Gedanke erregte sie sogar sehr. Aber würde Markus sie nicht wieder zurückweisen? Um der Verlockung aus dem Weg zu gehen, schritt sie gemessen zum Altar hinüber, kniete sich auf den Teppich davor und wollte anfangen zu beten. Doch in ihrem Kopf war es leer wie in einer Schüssel nach dem Mittagsmahl. Hilfesuchend wandte sie sich an Markus, der versunken vor einem Seitenaltar kniete.

»Kennst du den Psalm 94?«, fragte er.

Diesen hatte Teresa oft in ihrer heimatlichen Burgkapelle gehört, insbesondere dann, wenn ihr Vater, von der Erinnerung an seine Frau überwältigt, den Pfarrer um die Verlesung dieses Psalms gebeten hatte. Bruchstücke davon fielen ihr ein, sie faltete die Hände.

Wer wird für mich aufstehen gegen die Übeltäter? Wer wird für mich auftreten gegen die, die Böses tun?

Wäre der Herr mir nicht eine Hilfe gewesen,
so hätte wenig gefehlt, und meine Seele hätte im Schweigen gelegen.

Während sie die Worte sprach, kam eine große Müdigkeit über sie. Ihre Lider wurden schwer, ihr Kopf sank nieder. Der Choral der Mönche tönte in ihren Ohren. Das Kerzenlicht wurde heller, bewegte sich auf sie zu. Sie betrat einen Keller, aus dem es geheimnisvoll leuchtete. Die Menora stand auf einem Podest, das mit rotem Samt bedeckt war. Sie war aus massivem Gold, mit Blumen, Ranken, Ringen und Riffeln verziert. Wie eine Perlenschnur legte sich eine Kette um ihren Schaft. Der Sockel war bedeckt mit Tiermenschen, heidnischen oder ägyptischen Gottheiten. Auf dem knaufartigen Ende der sieben Arme brannten hohe Kerzen aus Bienenwachs, die einen herbsüßen Duft verströmten.

Endlich hatte Teresa den Leuchter gefunden, endlich hatte sie ihren Frieden gefunden. Sie ging mit ausgebreiteten Händen auf die Menora zu. Doch je näher sie ihr kam, desto mehr entschwand das schöne Bild. Der Leuchter begann zu brennen, verwandelte sich in eine feurige Schlange, in viele Schlangen, aus deren schmalen Köpfen Feuer sprühte. Das Gold schmolz, zerrann, tropfte auf den Boden, wurde zu schwarzrotem Blut. Die Kerzen neigten sich und fielen herab. Aus den Armen formten sich menschliche Gliedmaßen, Arme, Hände einer Frau und eines Mannes, der Kopf bildete sich heraus, wie ein Ziegenbock sah er aus. Vor sich, zwischen seinen Schenkeln, trug er einen Stab, der senkrecht in die Höhe stand. Das Wesen begann zu ächzen und zu stöhnen. Die Augen traten aus den Höhlen. Die Arme begannen nach Teresa zu greifen, sie an sich zu ziehen. Immer grässlicher wurde das Schnauben und Ächzen des Tiermenschen. Er kam näher und näher – schon konnte sie seinen heißen, stinkenden Atem riechen.

Mit einem Schrei wachte Teresa auf. Sie lag auf dem Teppich vor dem Altar, Markus kniete neben ihr und schaute ihr besorgt ins Gesicht. Eine Kirchturmuhr schlug dreimal, dumpf und dröhnend.

»Du hast geträumt«, sagte Markus. »Und jetzt ist es eine Viertelstunde vor Mitternacht. Die Messe wird gleich beginnen. Komm schnell in den Beichtstuhl!«

Kaum waren sie in dem engen Verschlag angekommen und hatten sich dort so eingerichtet, dass sie durch einen Vorhang das Geschehen in der Kirche beobachten konnten, schwang die Tür auf. Nacheinander betraten etwa zwanzig Männer den Raum, von denen einige in schwarze, andere in weiße Gewänder gehüllt waren, auf denen Teresa deutlich das rote Tatzenkreuz abgebildet sah. Sie setzten sich in einen Kreis um den Altar, nur einer blieb stehen. Er war von untersetzter Gestalt, das Gesicht, das er nach dem Zurückschlagen der Kapuze zeigte, ein wenig gerötet und aufgeschwemmt, die Nase breit und die Lippen fleischig. Eine Menge lockiger, schwarzer Haare fiel ihm ins Gesicht mit den scharfen Augen. Er holte feierlich eine schwarze Kerze aus seinem Mantel, entzündete sie an einer anderen und stellte sie in die Mitte des Kreises. Dort blieb er stehen und begann: »Wir haben uns heute versammelt, um unsere Mitternachtsmesse zu feiern.«

Das war die Stimme von Alexius Furer, dem früheren Bibliothekar und jetzigen Abt des Klosters!

»Wir werden sie – wie üblich – in der deutschen Sprache abhalten, damit auch diejenigen, die neu zu uns gekommen sind, ihr folgen können. Lasst uns beten!«

Die Anwesenden falteten die Hände und wiederholten jeden Satz, den der Abt sprach.

Amen.
Dein ist das Reich und die Kraft und die Herrlichkeit in Ewigkeit.
Erlöse uns von dem Bösen und führe uns nicht in Versuchung.
Vergib uns unsere Schuld.
Unser täglich Brot gib uns heute.
Dein Wille geschehe im Himmel und auf Erden.
Dein Reich komme.
Geheiligt werde dein Name.
Vaterunser im Himmel.

Da stimmte doch etwas nicht, das Vaterunser klang so befremdlich. Sie sagten es rückwärts auf!

»In Anbetracht der Tatsache, dass unser Großmeister Jacques de Molay sein Geständnis widerrufen und unsere Sache damit zu einer unsterblichen gemacht hat, rufe ich euch dazu auf, nicht zu ruhen, bis unser Heiliger Besitz, die Menora, gefunden und in die Al-Aksa-Moschee in Jerusalem zurückgebracht worden ist. Von dort werden sie unsere Brüder zum Heiligen Berg Alamut führen, wo sie im Garten Eden aufgestellt und bis ans Ende aller Tage bleiben soll. Schwört ihr, dass ihr diesen Plan, den der große Allah, und Mohammed ist sein Prophet, auferlegt hat, verfolgen und zu Ende führen werdet?«

Die Männer hoben ihre rechte Hand.

»Wir schwören«, murmelten sie wie mit einer Stimme.

»Seid ihr bereit, auch euer Leben dafür hinzugeben?«

»Wir sind bereit«, sagten die Männer.

Ein Luftzug ging durch die Kirche, die Kerzen flackerten. Ein weiterer Mann war durch die Tür hereingekommen. Er trug ein Kohlebecken in der Hand, aus dem Rauch hervordampfte. Ob das Werner von Wildenberg war, ihr Onkel aus Peterszell, der sich widerrechtlich ihren Besitz angeeignet hatte? Im nächsten Moment erfuhr sie es.

Der Eingetretene erhob seine Stimme: »Gegrüßt seist du mir, Alexius Furer, Abt und Großmeister unserer Gemeinschaft!«, sagte ihr Onkel. »Gegrüßt seid ihr mir alle. Ich bringe euch das, wonach ein jeder von euch hungert und dürstet, die ewige Wahrheit und die Erleuchtung.«

Ihr Onkel durchschritt mit hallenden Schritten das Schiff und stellte das Kohlebecken in die Mitte des Kreises. Das hatte Teresa schon einmal gesehen, hier, an derselben Stelle. Sie hielt den Atem an. Wenn sie jetzt bloß nicht husten oder niesen musste, es kribbelte verdächtig in ihrer Nase. Die Nähe von Markus gab ihr Kraft. Was wollten diese Männer zelebrieren? Teresa hatte schon von Teufelsmessen und Schwarzer Magie gehört, von der Verkehrung christlicher Messen in ihr Gegenteil, mit Blutopfern, Verhöhnung und Bespucken des Kreuzes und anderen Scheußlichkeiten, bei denen jedem Christenmenschen das Blut in die Wangen getrieben wurde. Aber das, was sie damals gesehen hatte, entsprach nicht diesen Vorstellungen. Verstand sich diese Gruppe als Nachfolger der Templer und der Assassinen? Würden sie die Praktiken, die Jacques de Molay und seinen Anhängern vorgeworfen wurden, anwenden? Bei dem Gedanken wurde ihr heiß. Wie damals begannen die Männer nun arabische Lieder zu singen und sich auf den Boden zu werfen. Alexius Furer gab getrocknete Blätter in das Kohlebecken. Wieder stieg der süßliche Geruch auf, den Teresa so gut kannte. Der Gesang verstummte, und die Männer nahmen erneut eine hockende Stellung ein.

»Merkt nun auf«, sagte Alexius Furer in salbungsvollem Ton. »Heute führen wir ein weiteres Mitglied in unsere Gemeinschaft ein. Hier ist Martin Rümelin, ein hervorragender Schüler unserer Lateinschule. Er möchte aus eigenem Wunsch unserem Orden beitreten.«

Aus dem Kreis erhob sich ein schmächtiger, etwa zwölfjähriger Junge, dem die Locken wild ins Gesicht fielen und der ängstlich um sich schaute. Teresa meinte, ihn schon in der Lateinschule gesehen zu haben. Furer reichte ihm einen Becher, der dampfend in der Kohlepfanne stand.

»Bist du bereit, uns zu dienen und zu gehorchen bis zum Tod? Bist du bereit, unsere Ziele zu vertreten, die in unseren Statuten festgelegt sind? Dann trinke aus diesem Becher und schwöre.«

Teresa merkte, dass der Junge zitterte. Trotzdem umfasste er den Becher mit beiden Händen und leerte ihn in einem Zug. Kurze Zeit später sank er zu Boden. Furer beugte sich zu ihm hinab, zog seine Lider hoch und prüfte anscheinend die Pupillen.

»Es wirkt«, sagte er. »Wo bist du, mein Junge?«, fragte er den starr Daliegenden.

Die Antwort kam wie aus weiter Ferne, so dass sich Teresa anstrengen musste, um etwas zu verstehen.

»Hashishin«, flüsterte sie fast unhörbar Markus zu.

»Ich bin in einem wunderschönen Garten«, sagte der Junge. »Er ist voller Palmen und Blumen, und in der Mitte steht ein Brunnen, der plätschernd sein Wasser als ein Bächlein ergießt. Wunderbare Mädchen umgeben mich, streicheln mich mit ihren Händen und Haaren.«

»Was tun sie noch?«, fragte der Abt.

»Sie greifen mir in den Schritt und führen ihre Hände in einer Weise herum … Ah, ich habe noch nie eine solche Glückseligkeit verspürt.«

»Du wirst dieses Paradies noch oft erleben, und wenn du lange genug in unseren Diensten stehst, wirst du dieses Paradies auf immer und ewig haben«, sagte Furer. »Schwörst du, uns zu dienen und unsere Sache zu vertreten bis in den Tod?«

»Ich schwöre«, sagte der Junge laut und deutlich.

»Dann gehörst du jetzt zu uns.«

Zwei der Männer sprangen auf und halfen Martin auf die Beine. Leicht schwankend stand er da. Furer holte hinter dem Altar eine Kanne hervor. Ob das Messwein war? Er stellte sie in das Kohlebecken, so dass sich die Flüssigkeit darin erhitzte. Jeder der Anwesenden bekam einen Becher, und bald lagen alle außer dem Abt und ihr Onkel Werner auf dem Boden, sich verzückt bewegend und vor sich hin murmelnd.

»Es gibt nur noch eine Kleinigkeit zu regeln«, sagte Werner zu Alexius, so laut, dass Teresa und Markus es hörten. »Mir ist zu Ohren gekommen, dass meine Nichte Teresa und ihr nichtsnutziger Freund, Markus Schenk, an mein Tor geklopft und Anspruch auf ihren Besitz erhoben haben. Sie sind vor vier Tagen zu diesem Kloster geritten, in Begleitung einer Eskorte von Hakenschützen, die sie mir abspenstig gemacht haben. Ich vermute, dass sie sich in diesem Moment hier in der Kirche befinden und uns belauschen.«

Ein Abgrund tat sich unter Teresas Füßen auf, ihr Herz hämmerte wild gegen ihre Brust. Sie hörte Markus leise aufstöhnen. Werner und der Abt näherten sich ihrem Versteck, ihre Schritte klackten auf dem Steinfußboden. Teresa war wie gelähmt, sie konnte sich nicht mehr bewegen. Dann wurde die Tür des Beichtstuhls aufgerissen, ihr Onkel starrte zu ihnen herein, in der Dunkelheit nur wie ein Schatten zu erkennen.

»Ah, hier haben wir ja unsere Vögelchen«, sagte er und lachte krachend. Schon war der Abt bei ihm, und beide zogen Teresa und Markus heraus.

»Ich habe es doch gewusst«, meinte ihr Onkel. »Schade, dass ich meine Diener nicht angewiesen habe, auch dich zu töten, dich und deinen Helfershelfer, nicht nur deinen Vater.«

Teresa spürte den unwiderstehlichen Wunsch, ihn zu erwürgen.

»Meine Mutter hast du auch auf dem Gewissen, du Teufel in Menschengestalt, du Ungeheuer ... », stieß sie hervor.

Werner lachte, dass es von den Wänden widerhallte.

»Das nützt dir gar nichts, wenn du dich gegen mich stellst«, sagte er, nachdem er sich wieder beruhigt hatte. »Du bist sowieso des Todes. Warum musstet ihr eure Nasen auch in meine Angelegenheiten stecken?«

»Halt ein, Burgherr!«, rief der Abt. »Wir brauchen sie noch für eine ganz bestimmte Aufgabe.«

»Ach, du meinst die Menora? Die werden wir sicher in unserem Leben nicht mehr finden.«

»Bedenke doch, Teresa hat das Zweite Gesicht!«

Aus dem Augenwinkel sah Teresa, dass Markus seinen Dolch zog. Im Handumdrehen waren drei Männer, die anscheinend schlafend am Boden gelegen hatten, zur Stelle und verdrehten ihm die Arme auf den Rücken. Sie führten ihn zum Chorgestühl und schlugen ihm mit einem Silberleuchter auf den Kopf, so dass er wie leblos zusammensank. Werner zog ebenfalls einen Dolch, umklammerte Teresa von hinten, setzte ihr das Messer an den Hals und drängte sie zum immer noch glimmenden Kohlebecken. Der Abt folgte ihnen, nahm die Kanne, füllte den Becher und hielt ihn Teresa an die Lippen.

»Trink, wenn dir dein Leben lieb ist!«, sagte er drohend.

Teresa zögerte, doch sie hatte keine Wahl. Wo blieb Matthias, wo die Hakenschützen? Wahrscheinlich warteten sie auf ein Zeichen von ihnen. Sie trank den Becher aus, dessen Flüssigkeit herb und gleichzeitig süß schmeckte. Eine Zeitlang stand sie da und blickte vor sich hin auf den Boden. Die Umrisse des Kirchenschiffes begannen zu verschwimmen, die Wände rissen auf, und sie flog, eine lange Zeit, so schien es, über Berge und Flüsse, Städte und Dörfer, über Meere und Minarette, bis sie im Garten Eden landete, der ihr sehr vertraut war. Der Brunnen plätscherte, die Bäume und Blumen waren da, die Vögel sangen. An die Umfassung des Brunnens gelehnt sah sie Markus. Er öffnete die Arme, und sie flog auf ihn zu.

Er bedeckte ihren Mund mit Küssen, sie sanken nieder, seine Hände glitten über ihren Körper, streiften ihr Kleid ab, suchten ihren Schoß. Er legte sich über sie, drang in sie ein. Ein nie gekanntes, heißes, unsagbar süßes Gefühl durchströmte sie von den Zehenspitzen bis zur letzten Haarwurzel.

»Na, hast du die Freuden des Paradieses gesehen?«, drang eine hässliche Stimme an ihr Ohr.

Teresa fuchtelte mit den Händen, versuchte ihren Peiniger abzuwehren. Der Garten verwandelte sich. Das Wasser des Brunnens färbte sich rot, die Bäume begannen zu brennen, Schlangen, Ratten, Würmer und anderes Getier flüchteten vor der Feuersbrunst, die sich rasend schnell ausbreitete. Es wurde immer heißer, das glutheiße Inferno kam näher und näher. Im letzten Augenblick wurde Teresa von einer unsichtbaren Hand in die Höhe getragen. Wieder flog Teresa, landete vor einer Mauer. Sie war aus rötlichem Gestein erbaut. Sie suchte mit der Hand, ihre Finger glitten über die kalten Steine. Da war ein Widerstand.

»Was siehst du?«, knarrte die Stimme in ihr Ohr.

»Eine Mauer aus rotem Gestein«, antwortete sie und konnte nicht glauben, dass diese Stimme ihr gehörte. Jetzt erkannte sie die Stelle. Es war die Mauernische neben der Klosterpforte, an der sie damals mit Froben stand und wo er ihr erklärte, dass es ein zugemauerter weiterer Eingang sei. Am Mittag des gleichen Tages hatte sie Matthias kennengelernt. Sie sah den blonden Jungen so deutlich vor sich, dass sie ihn hätte greifen können. Er zwinkerte ihr zu. Sie drückte auf einen Knopf, der an den Steinen befestigt war.

»Was siehst du?«, fragte die höllische Stimme.

»Ich sehe einen Knopf an der Wand, ich drücke ihn.«

»Was passiert jetzt?«

»Die Mauer gleitet zur Seite, sie muss einen geheimen Mechanismus haben.«

»Was ist hinter der Wand?«

»Eine Treppe.«

»Geh sie hinunter. Was siehst du?«

»Eine Grabkammer. Es ist dunkel und kalt. Doch etwas leuchtet in ihr. Ich trete näher. Es ist die Menora, sie ist aus purem Gold und glänzt so stark, dass es mich blendet.«

»Wo ist diese Wand, wo ist dieser Knopf?«

Es lag jetzt alles bei ihr. Sie war auf das letzte Geheimnis gestoßen und musste es bewahren.

»Es ist ... es ist im Keller des Fruchtkastens«, sagte sie mit schwacher Stimme. Ihr war schwindelig, die Kerzen vor dem Altar, die glühende Pfanne, die Männer, die Grabkammer, die Menora, alles verschwamm vor ihren Augen. Es wurde dunkel. Sie fiel – ihr Hinterkopf schlug auf den harten Lehmboden der Kirche.

38.

Allmählich kam Teresa zu sich. Es war schmerzhaft, die Augen zu öffnen. Ihr Kopf dröhnte, als hätte jemand sie als Trommel benutzt. Teresa richtete sich halb auf. Der Abt und ihr Onkel waren verschwunden. Gewiss hatten sie sich auf den Weg zum Fruchtkasten gemacht. Ihr blieb nicht viel Zeit, vielleicht die Hälfte einer Stunde.

Teresa schaute sich um. Die anwesenden Männer waren damit beschäftigt, auf den Knien vor dem Kreuz zu liegen und zu beten, andere hoben und senkten den Oberkörper in Richtung Osten. Sie kniff die Augen zusammen. Einen Augenblick lang sah es so aus, als beteten die Templer einen Baphomet an statt des Kreuzes, dann wieder verwandelte es sich in die Form der Menora.

Es ist alles eins! ging es ihr durch den Kopf, es gibt keine Unterschiede. Doch jetzt war keine Zeit, darüber nachzudenken. Sie entdeckte Markus wie schlafend im Chorgestühl hängen, stand mühsam auf und schritt vorsichtig, einen Fuß nach dem anderen setzend, zu ihm hinüber. Keiner der Männer beachtete sie. Teresa rüttelte Markus an der Schulter. Er stöhnte, schlug aber die Augen nicht auf. Sie näherte sich seinem Gesicht und drückte einen Kuss auf seinen Mund. Wohlig streckte er sich und blickte sie glücklich an.

»Wir müssen sofort von hier weg«, zischelte sie ihm zu. »Ich habe die beiden Anführer in den Fruchtkasten geschickt.« Sie senkte die Stimme noch mehr. »Ich weiß jetzt, wo die Menora ist.«

»Ich dachte, wir wollten sie vergessen?«

»Wir müssen sie vor dem Zugriff dieses Ordens retten«, gab sie schnell zur Antwort und zog ihn aus dem Gestühl. Etwas verdattert folgte er ihr. Teresa nahm eine brennende Kerze von einem der Seitenaltäre an sich, die würden sie brauchen. Sie verließen die Kirche, ohne dass jemand sie aufhielt. Von fern war leiser Gesang von

Mönchen zu hören. Bald würde die Matutin beginnen, bis dahin würden die Ordensmitglieder aus der Kirche verschwunden sein. So schnell sie konnten, rannten sie in den Klostergarten. Teresas Kopf schmerzte bei jedem Tritt. Der Mond beschien die Steinbank, die Beete und die Mauer, die in einem rötlichen Glanz erstrahlte.

»Hier ist es«, sagte Teresa. Sie waren an dem zugemauerten Torbogen angekommen. Teresa tastete über die kalten Steine.

»Was um Himmels willen machst du da?«, fragte Markus.

»Ich habe während des Rausches, in den man mich versetzte, eine Eingebung gehabt«, antwortete sie. »Der Abt und Onkel Werner fragten mich aus, und so habe ich sie auf eine falsche Spur gebracht.«

»Ich habe von ganz anderen Dingen geträumt«, sagte Markus. »Von dir.«

»Ich auch, aber darüber können wir später reden.« Teresa fuhr mit den Fingern über die Mauer. »In meinem Traum, nein, in meinem Rausch habe ich einen Mechanismus gesehen, einen Knopf, auf den ich gedrückt habe. Daraufhin glitt die steinerne Tür zur Seite.«

»So etwas gab es noch nicht, als diese Mauer erbaut wurde«, raunte Markus ihr zu. »Wir müssen sie aufbrechen.«

»Sie können jeden Augenblick kommen ...«

»Nein, sie sind damit beschäftigt, diesen Mechanismus zu finden.« Markus kicherte. »Dein Traumkind hat dir schon die richtigen Anweisungen gegeben.«

Teresa begann zu zittern. »Was, in aller Welt, sollen wir jetzt machen?«

»Wir brauchen etwas, um ein Loch in die Mauer zu schlagen, groß genug zum Durchschlüpfen«, sagte Markus. Er schwieg für einen Moment. »Da hinten ist ein Schuppen«, sagte er dann. »Ich werde schauen, ob ich geeignetes Werkzeug finde.«

Sie folgte ihm zum Schuppen. Glücklicherweise war die Tür nicht verschlossen. Im Licht der Kerze fanden sie bald, was sie suchten, und kehrten in fieberhafter Eile zur Mauer zurück. Markus setzte die Spitzhacke an und begann damit zu arbeiten. Hoffentlich verriet das Klopfen sie nicht. Alles blieb still. Sobald ein Loch in die Mauer gehauen war, nahm Markus die Brechstange und löste einen Ziegel heraus, der polternd zu Boden fiel. Teresa zuckte zusammen.

»Schneller!«, drängte sie. Nach einer Zeit, die ihr endlos schien, war das Loch groß genug, dass sie hindurchkriechen konnten.

»Es könnte ein alter Fluchtgang gewesen sein«, flüsterte Markus ihr zu. Eine Treppe gähnte unter ihnen. Teresa ging mit der Kerze voran. Nach etwa zwanzig Stufen ereichte sie eine kleine Kammer, Markus folgte ihr lautlos. Zunächst konnte Teresa nichts erkennen. Sie kniete nieder und grub mit der Hand in der feuchten Erde. Nichts. Hatte sie ihre Einbildung genarrt? Markus war ebenfalls in die Hocke gegangen und grub mit den Händen. Er schrie leise auf. Teresa hielt die Kerze näher zu ihm hin. Er hielt einen grauweißen menschlichen Knochen in der Hand, wahrscheinlich einen Unterarm.

»Sieh mal, da ist ein Schädel!«, sagte er aufgeregt und deutete auf eine andere, weiter entfernte Stelle des Bodens. »Und da drüben noch einer.«

»Und dazwischen«, Teresa konnte es kaum fassen, »glänzt etwas wie Gold!«

Fieberhaft begannen sie die Erde mit den Händen umzugraben. Es waren tatsächlich zwei menschliche Gerippe, die zutage kamen. Ihre Köpfe und Arme waren zu dem goldenen Gegenstand in der Mitte gewandt, so, als würden sie noch im Tod versuchen, ihn einander zu entreißen.

»Das sind die Überreste von Friedrich und Albrecht!«, rief Teresa.

»Albrecht ist ihm vom Heiligen Land aus gefolgt, und hier haben sie sich gegenseitig getötet, weil jeder die Menora haben wollte!«, erklärte Markus.

»Aber wie sind sie hereingekommen?«, fragte Teresa.

»Die beiden Brüder könnten von außen in den bereits vermauerten Gang gelangt sein, und nach ihrem Eindringen stürzte er ein. Wir müssen die Menora wegschaffen, so schnell wie möglich«, sagte Markus. »Ich hole die Hakenschützen zu Hilfe, allein schaffen wir das nicht.«

Matthias fiel Teresa ein. An welcher Stelle wollte er noch auf sie warten?

»Ich hole jetzt Hugo, Matthias und ein paar von den Hakenschützen«, sagte Markus. Er stieg die Treppe hinauf. Die Zeit in der düsteren Kammer wurde Teresa lang. Sie stand an die Wand gelehnt und umklammerte die Kerze. Wachs tropfte auf ihre Hand, und sie zuckte zusammen. Was hatte dieser Kandelaber den Brüdern nun gebracht außer Hass und einen Kampf bis auf den Tod? Wäre es nicht besser gewesen, Friedrich hätte sich eine Frau genommen und mit ihr eine Familie gegründet? Wäre es nicht besser für Albrecht gewesen, wenn er im Heiligen Land geblieben und dem König gedient hätte? So war alles sinnlos gewesen. Es roch nach Erde und Verwesung. Sie, Teresa, würde sich von allem lossagen und das tun und leben, wozu sie bestimmt war.

Markus kehrte mit Hugo, dem Anführer, und vier der Hakenschützen sowie Matthias zurück.

»Was habe ich gesagt?«, stellte er fest. »Sie waren ganz in der Nähe und haben nur auf ein Zeichen von uns gewartet.«

Die vier Männer gruben den schweren Kandelaber aus und wuchteten ihn die Treppe hinauf. Er war über und über mit Erde bedeckt, aber die Blumen und Ornamente ließen sich unter der Kruste von Schmutz erahnen. Auf ihren Schultern trugen die Männer die Menora aus der Maueröffnung hinaus. Teresa, Markus und Matthias folgten ihnen.

»Womit sollen wir sie wegschaffen und wohin?«, fragte Teresa den Anführer.

»Einer meiner Männer hat im Dorf einen Pferdewagen besorgt«, sagte er. »Für alle Fälle, man weiß ja nie, was kommt.«

»Da hat er recht getan«, antwortete Teresa, stockte jedoch, denn von der Kirche her kam jetzt lautes Rufen und Fluchen. Wer fluchte denn in einem Kloster? Plötzlich fiel Teresa ein, dass der Abt und der Onkel inzwischen die Irreführung bemerkt haben mussten. Die verdächtigen Geräusche an der Mauer konnten ihnen nicht verborgen geblieben sein. In aller Eile wurde der Kandelaber auf dem Pferdekarren verstaut. Die Rufe kamen näher, und schon sah Teresa, als sie zurückblickte, den Abt und ihren Onkel heranstürmen, gefolgt von mindestens zwanzig ihrer Männer, die inzwischen wieder hellwach zu sein schienen. Sie waren mit schwarzer Kampfkleidung, Armbrüsten und Krummschwertern bewaffnet. Eilig wurde der Karren durch das Tor in der Mauer gezogen.

Als alle auf der anderen Seite waren, schlug Hugo das Tor zu. Die Hakenschützen hatten ihre Gewehre im Anschlag, doch noch zeigte sich niemand auf der Mauer. Teresa wusste, dass sie die Menora retten musste. Sie wollte zu dem Wagen mit dem Kandelaber laufen, konnte ihn aber im allgemeinen Getümmel nicht mehr entdecken. Schreie ertönten, und sie riss ihren Kopf im Laufen herum. Die Ordensbrüder waren auf die Mauer geklettert. Als Silhouetten gegen die Scheibe des Mondes standen sie dort oben. Sie begannen die Soldaten mit den Armbrüsten zu beschießen. Ein Knall ertönte, dann noch einer und noch einer. Die Schützen hatten ihre Arkebusen abgeschossen und drei der Männer auf der Mauer getroffen. Mit grässlichen Schreien fielen sie herunter und schlugen dumpf auf der Erde auf. Zwei der Hakenschützen waren von Pfeilen getroffen worden. Die Ordensbrüder sprangen von der Mauer herab, mischten sich unter die Schützen, die jetzt nicht mehr feuern konnten. Es stand Mann gegen Mann, Schwerter klangen metallisch gegen Schwerter. Manch ein Hakenschütze holte seine Reiterpistole hervor und schoss aus nächster Nähe.

Teresa bahnte sich einen Weg zu Markus, der sich das Krummschwert eines gefallenen Assassinen genommen hatte und damit kämpfte. Sie deutete in die Richtung, in der sie den Wagen gesehen hatte.

»Markus«, rief sie, »der Wagen mit der Menora fährt weg!«

Er fuhr herum. Auf dem Kutschbock des Karrens saßen zwei

verhüllte Gestalten, der eine hielt die Zügel in der Hand und gab dem Pferd die Peitsche.

»Der Abt und dein Onkel«, schrie er. »Wir müssen ihnen nach!«

Hugo, der Anführer, kämpfte ganz in ihrer Nähe mit einem Ordensbruder. Sein Widersacher war einen Augenblick lang abgelenkt durch die Flucht des Abtes und seines Kumpanen. Hugo nutze die Gelegenheit und durchbohrte ihn mit seinem Schwert.

»Zu den Pferden«, rief er Teresa zu. »Ich komme mit Euch. Den Rest sollen meine Männer erledigen.«

Sie liefen zu den Pferden, schwangen sich hinauf und gaben ihnen die Sporen. In schnellem Galopp ritten sie dem Wagen hinterher, doch er war nicht mehr zu sehen. Welchen Weg konnten die Flüchtenden genommen haben? Hugo setzte sich an die Spitze der drei und ritt in halsbrecherischer Geschwindigkeit in das Dorf hinein. Die Hufe klapperten laut auf dem festgestampften Lehm der Gassen. Teresa sah den Wagen, der bedenklich hin und her schwankte, um eine Ecke verschwinden.

»Sie nehmen den Weg nach Lehen«, rief Markus.

Die drei setzten dem Gefährt nach. Als sie um die Ecke kamen, sah Teresa den mondbeschienenen Weg, der von den letzten Häusern des Ortes fortführte und im Dunkel des Waldes verschwand. Weit und breit war nichts mehr zu sehen. Sie ritten noch ein Stück weiter, kehrten dann um. Eine Eule gab einen langgezogenen Schrei von sich.

»Sie müssen sich irgendwo versteckt haben«, sagte Hugo und schaute sich suchend um. Teresa entdeckte gleich hinter dem Ausgang des Dorfes einen Nebenweg, der vom Hauptweg abzweigte. Er führte leicht bergan zum ummauerten Friedhof von Agenbach.

»Dort könnten sie hinaufgefahren sein«, sagte Teresa und wies nach oben. Mit klopfendem Herzen folgte sie den beiden Männern. Hinter ihnen wurde Hufgetrappel laut. Es waren etwa zehn der Hakenschützen, die meldeten, dass sie die einzigen Überlebenden seien, alle anderen seien tot. Was war das für ein grässliches Spektakel! Warum musste alles so enden?

»Los jetzt, sonst entkommen sie uns noch«, knurrte Hugo.

Sie galoppierten die Steigung hinauf. Am Friedhof hielten sie kurz an, damit sie sich einen Überblick verschaffen konnten. Es war totenstill. Einer der Männer ritt in den Friedhof hinein. Jetzt würde auch noch die Totenruhe gestört werden. Doch er kehrte unverrichteter Dinge wieder zurück. Es blieb ihnen nichts anderes übrig, als dem Weg weiter zu folgen. Der Wald umfing sie mit einer Finsternis, die undurchdringlich war. Glücklicherweise hatten zwei der Männer Fackeln dabei, die sie jetzt entzündeten. Dadurch gewannen die beiden Verbrecher wieder an Vorsprung.

»Der Wagen kann nicht so schnell fahren«, sagte Hugo. »Nicht auf einem so schlechten Weg. Sie müssen sich hier irgendwo versteckt haben.«

Markus, dessen Pferd wie die der anderen in einen leichten Trab gefallen war, schien zu überlegen. Er zügelte das Tier und blieb stehen.

»Haltet einmal an«, sagte er. »Ich kenne hier in der Nähe eine Höhle, in der wir schon als Kinder gespielt haben. Sie liegt direkt am Weg, weiter vorn. Warum sollte der Abt die nicht auch kennen?«

»Da könnte was dran sein«, meinte Hugo. »Also, alles zurück!«

Sie wendeten und ritten den Weg zurück.

»Hier ist es«, sagte Markus. Im diffusen Licht des Mondes und der Fackeln sah Teresa eine Gruppe von moosüberwachsenen Felstrümmern, die sich aus den Tannen erhob. Unten gähnte ein schwarzes Loch, das breit und hoch genug war, um einen Wagen mitsamt Pferd aufzunehmen. Alle stiegen ab, darum bemüht, möglichst kein Geräusch zu verursachen. Hugo nahm zwei seiner Männer und sie näherten sich vorsichtig dem Eingang der Höhle.

»Wenn ihr da drin seid, Abt Alexius Furer und Werner von Wildenberg, dann ergebt euch und kommt mit erhobenen Händen heraus!«, rief Hugo.

Nichts geschah. Das schwarze Loch gähnte ihnen weiterhin entgegen. Ein eisiger Luftzug wehte von dort herüber und ließ Teresa frösteln. Hugo nahm eine Fackel und verschwand mit seinen Leuten im Inneren des Loches. Weiterhin blieb alles still. Eine Ewigkeit verging. Dann kamen sie wieder heraus. Hugo trug die Fackel, hinter ihm gingen die beiden Schützen, einen leblosen Körper auf den Armen. Sie legten ihn in der Mitte der Anwesenden nieder. Hugo leuchtete ihm mit der Fackel ins Gesicht.

»Es ist der Abt«, sagte er mit Grabesstimme. »Er hat es vorgezogen, sich einen Dolch in die Brust zu stoßen, bevor er uns in die Hände fiel, wie es ihm von den Assassinen befohlen wurde.«

»Und der andere?«, rief Teresa entsetzt. »Wo ist Werner von Wildenberg?«

»Euer Onkel muss sich durch einen Nebengang der Höhle ins Freie geflohen sein und im Wald versteckt haben«, gab Hugo zur Antwort. »Der Abt wollte seine Trophäe, um deren Besitz er so lange gekämpft hatte, nicht im Stich lassen. Werner dagegen, der feine Herr, hatte nichts anderes zu tun, als seine nackte Haut zu retten.«

»Er wird weiterhin versuchen, den Kandelaber in seine Gewalt zu bekommen«, gab Markus zu bedenken.

Der totgeglaubte Abt begann sich zu regen und stammelte unverständliche Worte. Teresa und Markus beugten sich zu ihm herab. Sie vernahm Bruchstücke eines Satzes:

»Verflucht ... sich ... unseren Heiligtümern ...«, der Abt stöhnte, »... vergreifen!«

»Warum musste der Abt Hieronymus sterben?«, fragte Teresa mit eindringlicher Stimme.

Die Röte schoss dem ehemaligen Bibliothekars ins Gesicht. »Weil er uns in den Weg getreten ist, der uns vorgezeichnet war!«

»Und was war mit der Chronik?«

»Ihr Verschwinden diente lediglich dazu, Euch zu verwirren. Ich wusste, dass Markus Schenk eine Abschrift davon gemacht hatte.«

»Doch Ihr wusstet sicher nicht, dass Markus eine Abschrift an Gabriel Montaña geschickt hat?«

»Dieser gottverdammte ...« Das Zurücksinken seines Kopfes

zeigte Teresa, dass er verschieden war. Welch ein Hass war in diesem Mann, dass er sich auch im Tode nicht mit seinen vermeintlichen Feinden versöhnte!

»Wir brechen ab«, rief Hugo. »Heute Nacht können wir nichts mehr ausrichten. Morgen werden meine Männer den Wald durchkämmen. Schafft den Wagen heraus und bringt ihn in das Kloster. Bis zum Morgengrauen werden wir ihn streng bewachen.«

Völlig übermüdet und mit schrecklichen Kopfschmerzen folgte Teresa dem Zug, der sich am Friedhof vorbei den Weg hinunter begab, durch das schlafende Dorf und hinein in das Portal des Klosters. Ein verwunderter, schweigender Mönch hatte es ihnen geöffnet. Markus war die ganze Zeit stumm neben Teresa hergeritten. Es war gut, dass er da war, er war das Einzige, was sie an Gutem von der langen Reise mitgebracht hatte. Doch nun war ihr übel, und sie hatte keinen dringenderen Wunsch, als eine der Zellen aufzusuchen, sich auf die Strohmatratze sinken zu lassen und zu schlafen.

Am Morgen war der hämmernde Schmerz einem leichten Ziehen gewichen, das sofort verschwand, nachdem Teresa einen Blick aus dem Zellenfenster geworfen hatte. Die Zelle hatte ihr der Infirmarius angewiesen, als sie völlig erschöpft von den nächtlichen Ereignissen mit den anderen im Kloster angekommen war. Die Mönche hatten gerade ihre Matutin beendet und sich angeschickt, noch einmal in ihre Zellen zu gehen und bis zu den Laudes zu schlafen. Draußen war ein Frühlingstag erwacht, wie ihn Teresa so noch niemals erlebt hatte. Ein Kirschbaum war über und über mit weißen Blüten übersät, die Linde am Brunnen trug zartgrüne Blätter, und in der Nähe schmetterte eine Singdrossel ihr Morgenlied. Die Luft war von einem lieblichen, leicht würzigen Duft erfüllt.

Teresa zog ihre Pilgerkleidung an, damit sie sich von den Mönchen des Klosters nicht zu sehr abhob, und ging nach draußen. Das Frühstück nahm sie im Refektorium zusammen mit Markus, Hugo und Matthias ein. Auch der Infirmarius hatte sich zu ihnen gesellt. An einem anderen Tisch saßen die Lateinschüler und platzten fast vor unterdrücktem Lachen. Wahrscheinlich hatte ihnen niemand etwas über die nächtliche Verfolgungsjagd gesagt.

»Es gab eine Schießerei heute Nacht«, hörte Teresa den einen sagen.

»Wen hat's denn erwischt?«, fragte ein anderer.

»Es sollen Räuber gewesen sein, die den Klosterschatz stehlen wollten, heißt es«, meinte der Erste.

Seit wann durfte denn während des Essens geredet werden? Gleich darauf erschien der Prior in der Tür, nach dem Ableben des Abtes sein vorläufiger Stellvertreter.

»Werdet ihr wohl ruhig sein!«, schimpfte er.

Der blonde Matthias, der gegenüber von Teresa saß, lächelte dazu.

»Ich hab's mitbekommen, Schwesterchen«, sagte er. »Ich war ja die ganze Zeit da draußen. Und Gott sei Dank ist jetzt der Spuk vorbei.«

»Noch nicht ganz«, meinte sie. »Werner von Wildenberg ist noch auf freiem Fuß.«

»Ich habe in aller Frühe meine Männer ausgesandt, um ihn zu suchen, aber ohne Erfolg«, mischte sich Hugo, der Anführer der Hakenschützen, ein. »Jetzt mussten sie auch eine Mütze voll Schlaf holen, sonst wären sie mir zusammengebrochen. Die Bewacher der Menora wechseln sich ab, da braucht Ihr keine Sorge zu haben.«

»Wir sind Euch zu tiefstem Dank verpflichtet«, sagte Teresa. »Ohne Euch wären die beiden über alle Berge gewesen.«

»Da sei Gott vor«, meinte Hugo und lachte.

»Was soll denn nun weiter geschehen?«, wollte Teresa wissen.

Der Prior schaute streng in ihre Richtung, so dass sie das restliche Mahl schweigend einnahmen und das Gespräch später draußen fortführten. Auch der Prior nahm daran teil. Er hatte die Wichtigkeit dieser Besprechung eingesehen und die nächsten Gebete für den Morgen erlassen.

»Was sich in unseren Mauern gefunden hat, ist von überragender Bedeutung nicht nur für die Christenheit, sondern für alle Religionen«, sagte der Prior. »Ich würde vorschlagen, die Menora zu reinigen und als Mahnmal in unserer Kirche aufzustellen.«

»Aber sie gehörte ursprünglich den Juden«, gab Teresa zu bedenken. »Bis die Römer sie raubten und sie durch die Vandalen und Sarazenen zurück nach Jerusalem kam.«

»Habt Ihr einen besseren Vorschlag?«, fragte der Prior.

»Eigentlich müsste sie Jungfer von Wildenberg gehören«, meinte Hugo. »Schließlich hat ihr Vorfahre sie aus Jerusalem hierher gebracht.«

»Aber es war kein Recht, was damals geschah«, protestierte Teresa. »Ich wüsste gar nicht, wo ich sie aufstellen sollte. Ihren Zauber hat sie schon lange auf mich ausgeübt. Ich bin jemand anderes als diejenige, die sich vor Monaten aufmachte, um sie zu suchen.«

»Ich habe einen Einfall«, sagte Markus. »Wie wäre es, wenn wir den Rabbi aufsuchen würden, den Vorstand unserer kleinen jüdischen Gemeinde, und ihn um Rat fragen?«

»Meint Ihr, ein Gegenstand – noch dazu von so hohem Wert – gehöre immer dem, der ihn ursprünglich einmal besessen hat?«, warf Hugo ein. »Wenn es so schwierig ist, dieses Frage zu klären, warum vergraben wir sie nicht wieder dort, wo sie war? Zusammen mit dem Abt, dann ist er mit ihr in aller Ewigkeit verbunden.«

Der Prior bekreuzigte sich bei dieser Vorstellung. »Nein, das wäre auch nicht der richtige Weg. Den Abt können wir allerdings schon dort begraben, in geweihter Erde soll er nicht ruhen.«

»In der Kammer liegen die Gebeine meiner Vorfahren, von Friedrich und Albrecht von Wildenberg«, gab Teresa zu bedenken.

»Das kann ich bestätigen«, sagte der Infirmarius. »Heute Morgen in aller Frühe bin ich hin, habe die Werkzeuge gefunden, die Mauernische gänzlich abgetragen und die Gebeine untersucht. Sie weisen sowohl Schlag- als auch Würgespuren auf.«

»Kann man das nach so langer Zeit feststellen?«, wunderte sich Markus.

»Ja, das ist durchaus möglich. Beim Würgen bricht das Zungenbein. Offensichtlich hat der eine – wer es war, konnte ich nicht mehr unterscheiden – dem anderen einen so schweren Schlag mit einem scharfen Gegenstand, einer Axt vielleicht, auf den Kopf versetzt, dass er später an einem Schädelbruch starb. Das hinderte ihn aber nicht daran, seinen Bruder, während er starb, zu erwürgen.«

Teresa schauderte es trotz des warmen Tages. Das war also das Ende ihrer Vorfahren gewesen, war das Ende dieser Geschichte. Aber noch war nicht alles zu Ende.

»Wir gehen gleich zu dem Rabbi und fragen ihn«, entschied der Prior.

39.

Zu den Aufgaben eines Rabbiners zähle die religiöse Lehre, meinte Markus an Teresa gewandt, während sie durch das Dorf zu dem Haus des Rabbis hinübergingen. Und als Talmudkenner komme ihm die Entscheidung in religiösen Fragen zu. Der Rabbi Moshe Seraim allerdings sei schon sehr alt und ziemlich krank, so dass er sein Amt wohl nicht mehr ausübe. Er werde sicher erfreut sein über das Wiederauffinden der Menora, meinte Teresa.

Eine Haushälterin empfing die Abordnung aus dem Kloster. Der Rabbi saß in einem bequemen Stuhl inmitten seiner Wohnstube. Er war sehr mager, in einen weiten Umhang gehüllt, auf dem Kopf trug er ein schwarzes Käppchen. Seine Züge, die von einem silbergrauen Bart umrahmt waren, wirkten eingefallen, aber seine Augen blitzten den Besuchern wachsam und klug entgegen.

»Welch Glanz in meinem bescheidenen Haus«, sagte er mit fester, warmer Stimme. »Ihr kommt vom Kloster herüber, oder irre ich mich? Ich habe die Schüsse gehört gestern Nacht, auch das Schreien, das Rumpeln des Wagens und das Geklapper der Pferdehufe. Es wurde ein bedeutender Fund gemacht, nicht wahr?«

»Woher wisst Ihr ...?«, begann Teresa.

»Ich weiß im Grunde gar nichts. Aber wenn so viel Aufhebens gemacht wird einer Sache wegen, dann kann es sich nur um die Menora handeln, die wieder aufgetaucht ist.«

Teresa sperrte vor Staunen den Mund auf, die anderen sahen genauso überrascht aus.

»Wie konntet Ihr das wissen?«, fragte sie.

»Wie gesagt, ich wusste es nicht, mir war nur bekannt, dass es einen solchen Kandelaber hier einmal gegeben haben soll, und schon damals vermutete ich, dass es die Menora gewesen sein musste.«

»Sie war im Grab meiner Vorfahren, in einer Kammer unter der Klostermauer«, sagte Teresa.

»Die Schreiber der Zeit nach den Kreuzzügen«, fuhr Seraim fort, »haben damit ein Stück Geschichte gefälscht, indem sie behaupteten, die Menora sei verschwunden, beziehungsweise sie erwähnten ihren Namen gar nicht. Was einmal endgültig verschwunden war, sollte auch nicht mehr auftauchen und vor allem auch niemandem gehören. So hat dieses Grab sein Geheimnis bis auf den gestrigen Tag bewahrt.«

»Was wisst Ihr über das Schicksal der Menora?«, fragte Markus.

Moshe Seraim zupfte an seinem Bart. »Da muss ich weit ausholen. Nachdem die Römer im Jahre 70 die Menora und andere Schätze aus dem salomonischen Tempel geraubt hatten, wurden sie im Triumph durch Rom getragen und in dem neugeschaffenen Friedenstempel verwahrt. Jahrhunderte später kamen die Westgoten nach Rom, nahmen es ein und plünderten die Stadt. Dabei fiel ihnen der Schaubrottisch der Juden in die Hände. Die Menora wurde nicht mehr erwähnt. Aber möglicherweise befand sie sich noch in der Stadt, als diese 45 Jahre später noch einmal geplündert wurde, diesmal von den Vandalen. Der byzantinische Chronist Prokop schildert diese Plünderung und erwähnt, dass die Vandalen die verbliebenen Schätze der Israeliten mit sich nahmen. Damit kam möglicherweise auch die Menora nach Karthago, wo sich die germanischen Vandalen inzwischen niedergelassen hatten. Auf welchen Wegen sie dann zurück nach Jerusalem kam, ist mir unbekannt.«

»Ab dem Jahr 647 stießen die Araber nach Nordafrika vor«, sagte Markus. »698 fiel es endgültig an die Muslime und wurde völlig zerstört. Auf diesem Weg könnte die Menora auch ins Heilige Land gekommen sein, spätestens in der Zeit vor dem ersten Kreuzzug 1096.«

»Nun wollt ihr mich fragen, was wir mit diesem Schatz machen sollen, nicht wahr?«, fragte der Rabbi. »Er gehört eigentlich in den Tempel des Salomon in Jerusalem. Da der aber zerstört ist und ein dritter Tempel nicht erbaut werden kann, werden wir uns eine andere Lösung ausdenken müssen.«

»Habt Ihr eine, verehrter Herr Rabbi?«, fragte der Prior.

»Ich möchte zunächst einmal zusammenfassen, was ich über Reliquien und ihre Bedeutung für die Gläubigen – welcher Religion auch immer – weiß und was ich davon halte. Jedes Volk, also auch jede Religionsgemeinschaft braucht Bilder und Schriften, mit denen sie sich gleichsetzen können. Die Reliquie, das Kreuz, die Menora oder das heilige Band des Islam, mit dem Mohammed in die Schlacht geritten ist, symbolisieren diese Einheit. In der Bibel wird berichtet, dass der Turmbau zu Babel die Sprachen der Menschen verwirrte und sie zu Völkern auf der ganzen Welt auseinanderfielen. Von da an verstanden sie sich nicht mehr, und so kam es zu Befeindungen und Kriegen.«

Die Haushälterin kam herein, brachte auf einem Tablett Gebäck und Bier. Nachdem sich alle bedient hatten, fuhr Moshe Seraim fort: »Im Judentum, insbesondere in den Schriften des Alten Testaments, hat die Sieben eine überragende Bedeutung. Es beginnt mit der siebentägigen Schöpfungsgeschichte. Bei uns ist der Sabbat der siebte Tag der Woche, bei Euch der Sonntag. Der Heilige Leuchter hat sieben Arme, sie sind ein Symbol für die Erleuchtung. Das Licht in der Mitte des Leuchters ist das Zentrum des Glaubens und der Wahrheit, die Arme weisen in die vier Himmelsrichtungen sowie nach oben und nach unten. In unserem Denken steht die Zahl Sieben für die Weisheit Gottes, für etwas, das sich in vollkommener Übereinstimmung mit Gottes Ratschluss befindet.«

»Bei uns Christen ist das ganz ähnlich«, meldete sich der Prior mit vor Aufregung geröteten Wangen zu Wort. »Die Zahl Sieben vereinigt die göttliche Trinität, die Dreifaltigkeit, mit den irdischen vier Windrichtungen. Und Jesus hat sieben Wunder vollbracht! Selbst das Vaterunser besteht aus sieben Bitten.«

»Nicht zu vergessen das Buch mit den sieben Siegeln der Johannesoffenbarung, der Apokalypse«, fiel Markus ein. »Die sieben Posaunen, sieben Erzengel, sieben Plagen und ein siebenköpfiges Tier.«

»Sieben Tugenden, sieben Todsünden«, fügte Teresa hinzu. »Sieben Sakramente und sieben Gaben des Heiligen Geistes. Der siebte Himmel der Muslime, die sieben Stufen, die sie hinaufgehen, um ins Paradies zu kommen. Auch für eine Pilgerschaft kann ich sieben Stufen erkennen: Aufbruch, Unterwegssein, Rasten, Wegsuche, Ankunft, Wandlung und Heimkehr. Das alles habe ich so erlebt und kann es bestätigen.«

»Dann sind wir uns ja einig«, sagte der Rabbi. »Ich habe, während ihr gesprochen habt, nachgedacht. Es ist nicht gut, dass die Menora wieder aufgetaucht ist. Sie hat Euch und anderen Zwietracht, Verderben und Tod gebracht, weil sie heimatlos geworden ist und vielleicht auch immer bleiben wird. Meine Tage sind gezählt, meine Lieben. Bringt mir morgen den Leuchter auf dem Wagen, und ich werde sie zu einem unbekannten Zeitpunkt an einen unbekannten Ort bringen, dort sterben und das Geheimnis ihres Aufenthaltsortes für immer mit in mein Grab nehmen. Niemand wird sie je finden, denn ich weiß selbst noch nicht, wohin ich reisen werde. Ich bin zu schwach, um mir mit eigenen Händen ein Grab zu schaufeln. Möglicherweise wird ein Fluss uns aufnehmen, wie der Rhein die Nibelungen aufgenommen hat. Gehet hin in Frieden, wir sind alle Kinder des einen Gottes. Gepriesen seist du, Ewiger unser Gott, König der Welt, der uns nicht geschaffen hat als ihm Fremde.«

Der Rabbi hatte die Augen geschlossen, so dass Teresa glaubte, er sei eingeschlafen. Doch seine Lider zuckten, er schlug die wachsamen Augen wieder auf und verabschiedete sie mit einem »Schalom!«

Teresa fühlte sich sehr bewegt von dem, was sie gehört hatte. Zusammen mit den anderen ging sie gedankenverloren ins Kloster zurück. Hier hatten die Mönche inzwischen die Menora gesäubert und so blank poliert, dass sie in einem fast übernatürlichen Goldglanz strahlte. Teresa betrachtete sie noch einmal genau: die sieben Arme, die Blumen und Ranken, die Perlenschnur und den Fuß mit den Drachen und Tiermenschen. Jetzt wusste sie, was es zu bedeuten hatte. Sie alle waren fähig zum Denken und zur Barmherzigkeit, zur Liebe und zur Freundschaft, aber sie konnten auch wild und grausam sein. Alles war eins, es gab keine Unterschiede. Die Katharer hatten recht gehabt. Auch in ihr war beides vereint, der Wolf, die Gier, die Liebe und die Sanftmut. Alle hatten recht und keiner. Allein Gott wusste, was mit ihnen allen geschehen würde, wenn sie ihr Erdenleben beendet hatten. In Gedanken sah sie den Rabbi, der mit dem Wagen und der Menora fortfuhr, immer tiefer in die Wälder hinein, wo ihn niemand mehr finden würde. Das Geheimnis war für immer gelöst und blieb für immer ungelöst. Eine Hand berührte ihre.

»Komm!«, sagte Markus. Er zog sie zu der Steinbank, auf der sie schon früher gesessen hatten.

»Ich muss dir etwas erzählen«, sagte er. »Der Prior hat mich soeben gefragt, ob ich Abt werden, ob ich mich zur Wahl stellen will.«

Teresas Herz machte einen Satz. »Und ... was hast du ihm geantwortet?«

»Dass ich es nicht machen möchte, sondern ...«

»Sondern was?«

»Dich heiraten!«

Teresa verschlug es für einen Moment die Sprache. »Hast du mich denn schon gefragt?«

»Ich tue es doch gerade.«

»Aber du hast doch ein Gelübde abgelegt, zumindest hast du mir das die ganze Zeit erzählt!«

»Der Prior will das Kloster auflösen, nachdem ich meine Zustimmung verweigert hatte. Er sieht keinen würdigen Nachfolger mehr. Das Kloster wird dann ein evangelisches Seminar, die Lateinschule bleibt.«

»Ach, Markus, ich freue mich ja so!«

»Ich werde konvertieren, sonst können wir nicht heiraten.«

»Das würdest du für mich tun?« Teresa umarmte ihn und küsste ihn zärtlich. Dann löste sie sich von ihm. »Wir werden die Burg wieder in unseren Besitz nehmen, ich werde die Chronik schreiben und du wirst forschen, so wie es mein Vater getan hat.«

»Matthias werden wir zu uns nehmen, er ist bald mit der Schule fertig. Ich werde ihm eine ordentliche Ausbildung zukommen lassen.«

»Als Gelehrter? Vielleicht fragen wir meinen Bruder erst einmal selbst, was er werden will.«

Auf dem Friedhof wurden Vorbereitungen für eine Beerdigung getroffen. Die Hakenschützen, die bei dem Gefecht ums Leben gekommen waren, wurden einige Zeit später feierlich beigesetzt. Den Abt brachte man in die Kammer, in der die Menora und die beiden Toten Friedrich und Albrecht gefunden worden waren, und mauerte die Steintür zu, so dass sie für immer dort begraben sein würden. Teresa und Markus kehrten zunächst zu seinen Eltern zurück, denen sie alles erzählten und von denen sie herzlich willkommen geheißen wurden.

An einem Tag Mitte Mai des Jahres 1547 ritten Teresa und Markus, mit frischen Pferden ausgestattet, auf die Burg Wildenberg zu. Es war warm, die Sonnenstrahlen beglänzten die Blätter der Bäume, die fetten Ackerschollen und das junge Korn auf den Feldern, die Lerchen sangen hoch in der Luft.

»Was wir dort wohl finden werden?«, sinnierte Teresa. »Ob die Getreuen meines Onkels verschwunden sind? Hat man sie festgenommen? Und wo mögen sich Caspar und Heinrich aufhalten? Was meinst du, wo sich mein gottloser Onkel Werner versteckt hält?«

»Er wird versuchen, wieder Land zu gewinnen. Vermutlich hockt er in Peterszell und sinnt auf Rache. Der Verlust der Menora und der Burg Wildenberg wird ihm sauer aufgestoßen sein. Deshalb haben wir ihn ja angezeigt. Es kann nicht lange dauern bis zu seiner Verhaftung.«

»Ich möchte gar nichts mehr davon wissen. Warum genießen wir nicht einfach unser Leben, diesen Frühling? Ich habe ihn noch nie so schön erlebt!«

»Zeig mir doch, bevor wir in die Höhle des Löwen gehen, die Plätze, an denen du glücklich warst.«

»Nur zu gern«, erwiderte sie.

Die Burg lag wie von der Hand eines Riesen gerammt am Abgrund, steile Felsen ragten vom gegenüberliegenden Talgrund empor. Es war der größte Triumph, den Teresa empfand, seitdem sie ihr Elternhaus verlassen hatte. Vor der Burg zweigte ein Weg in den Wald ab. Steil ging es hinunter, Brombeerranken säumten den Pfad, die Pferde hatten Mühe, nicht zu stolpern. Vom Talgrund ging es ebenso steil wieder hinauf. Von einem Felsvorsprung war die Burg aus der Ferne zu sehen, wie ein Geierjunges krallte sie sich mit ihren Türmen und Mauern fest. Sie erreichten den Felskopf mit den windschiefen Buchen. Tief unten floss die Donau. Eine Dohle schrie. Teresa setzte sich in das sonnenwarme Gras. Es duftete nach Thymian, und der Wind trieb die Blüten einer Wildkirsche vor sich her. Markus lagerte sich neben sie.

»Hier war ich glücklich«, sagte Teresa. »Und bin es jetzt wieder«, fügte sie hinzu.

Ein Kuckuck rief, einmal, zweimal, dreimal.

»Ob der siebenmal seinen Namen rufen wird?«, fragte Teresa.

Der Vogel verstummte.

»Es kommt nicht darauf an, wie oft er seinen Namen ruft«, sagte Markus und blickte ihr in die Augen. »Er möchte ein Weibchen haben.«

Die Zeit stand still. Markus zog Teresa zu sich heran, seine Lippen berührten die ihren. Er streichelte die Haut ihres Nackens, löste die Schnüre ihres Kleides. Immer heftiger wurden seine Küsse, immer näher kam er ihr. Sie lag nackt neben ihm, ließ es einfach geschehen. Es geschah so, wie sie es in ihren Träumen gesehen hatte. Ein nie gekanntes Gefühl durchströmte Teresa von den Zehenspitzen bis zur letzten Haarwurzel. Nur langsam fand Teresa in die Wirklichkeit zurück. Sie stand auf, zog sich bedächtig an, reichte Markus die Hand und lief mit ihm den Weg zurück, den sie gekommen waren. Es gab noch etwas zu erledigen. Der Wiederaufstieg zur Burg erschien Teresa viel kürzer als der Abstieg ins Tal. Überhaupt war es so, als würde die Zeit schneller vergehen als in den Tagen, als sie noch mit ihrem Vater beim Schreiben der Chronik gesessen hatte. Sie würde ihn niemals vergessen. Das Torhaus wirkte verlassen, kein Leben regte sich in der gesamten Anlage. Nicht einmal die Pferde und Kühe, die sonst immer auf den Weiden vor der Ringmauer standen, waren zu sehen. Wahrscheinlich hatte Werner von Wildenberg alles mitgenommen, was er in der kurzen Zeit seiner Flucht zusammenraffen konnte.

Teresa bat Markus, einen Augenblick zu warten. Sie ging zu der Stelle, an dem sie den alten Wilhelm begraben hatten, auf einem Teil des Friedhofs, auf dem auch einige der Wildenberger bestattet waren. Sie hielt eine kurze innere Zwiesprache mit Wilhelm. Eine lange Reise haben wir hinter uns, Wilhelm. Wir haben viel erreicht und alles verloren, aber am Ende gewonnen. Ich habe es auch für dich getan. Ihr Vater fiel ihr ein, der fernab der Heimat gestorben war und nun vielleicht im Kloster Montserrat begraben lag. Sie würde ihn überführen lassen, damit er in der Erde seiner Väter zur Ruhe kam. Die Tränen traten ihr in die Augen. Sie wischte sie nicht weg. Markus wartete am Torhaus. Zusammen, die Pferde am Zügel führend, betraten sie die Zugbrücke. Alles wirkte so, als wäre es gerade erst verlassen worden, doch es war niemand da. Am nächsten Tag wollte Hugo mit dem Rest seiner Hakenschützen kommen, dann waren sie wenigstens nicht ohne Schutz. Bedienstete würden sie gewiss im benachbarten Krähenstetten bekommen. Sie führten die Pferde in den Stall, betraten den Palas. Im Speisesaal lagen Becher, Gläser und schmutziges Geschirr auf dem Boden, hier musste gründlich aufgeräumt und saubergemacht werden. Teresa stieg die Treppe zu ihrer Kemenate hinauf. Es war alles noch so, wie sie es in Erinnerung hatte. Ob Kathrin, ihre Magd, bis zuletzt hier gewesen und ihre Kammer gepflegt hatte? Wo war sie hingegangen? Wahrscheinlich hatte sie sich bei einem andern Dienstherrn verdingt, nachdem Werner von Wildenberg die Herrschaft übernommen hatte.

Der Abend war inzwischen hereingebrochen. Die Glocke der Burgkapelle schlug siebenmal. Die Erinnerung brach über Teresa herein. Wie im Traum ging sie aus ihrer Kemenate in den Gang hinaus, dorthin, wo ihr damals die Fledermäuse begegneten. Ihre Eingebung hatte sie nicht getrogen. Als würde sie eine schnelle Fahrt in einem Wagen machen, rasten die Ereignisse an ihrem inneren Auge vorbei. Das Auffinden des Pergamentes, der Mord an Wilhelm, der Überfall auf ihren Vater. Wo waren eigentlich die beiden Diener? Auch Caspar und Heinrich hatten sie beim Büttel von Krähenstetten angezeigt. Später der Ritt nach Agenbach, der Tod des Abtes, die Reise nach Peterszell, Aufbruch nach Montserrat, das Unterwegssein, Ankunft in Montserrat, der Tod des Vaters, die Fahrt nach Jerusalem, die Wandlung auf dem Berg Alamut, schließlich die Heimkehr und das Auffinden der Menora und die Verabschiedung von ihr. So war das Leben, ein ewiger Abschied und ein ewiger Neuanfang.

40.

Im Gang war es ruhig. Die Fledermäuse hatten wohl eine der Höhlen an den Hängen des Tales aufgesucht. Teresa öffnete die Tür zur Bibliothek und fuhr zusammen. In dem Stuhl mit der geschnitzten hohen Lehne saß eine Gestalt, und einen Augenblick lang dachte sie, ihren Vater zu sehen. Es war Markus, der sich erhob und ihr entgegenkam. Er schloss sie in die Arme und küsste sie. Teresa legte ihren Kopf auf seine Schulter und spürte sein Herz gleichmäßig und kräftig schlagen.

Eine kleine Ewigkeit standen sie so. Teresa löste sich von ihm, nahm ihn an der Hand und führte ihn zum Fenster des Raumes, das Onkel Werner inzwischen mit gelblichem Glas und einer Bleifassung versehen hatte. Es stand halb offen. Teresa öffnete es ganz. Die Abendsonne fiel in den Raum mit den vielen Büchern und ließ die Staubflocken tanzen. Teresa sah den Bandfelsen vor sich liegen, dahinter die ansteigenden Berge des jenseitigen Donauufers. Tief unten zog der junge Fluss seine glänzenden, tiefblauen Schleifen. Die Landschaft war mit frischem Grün überzogen, das sich immer mehr in ein Grau verwandelte, je weiter die Sonne hinter den Bergen versank. Ein letztes Mal leuchteten die weißen Felsen auf.

»Das ist jetzt unsere rechtmäßige Wohnstatt«, sagte Teresa. »Und niemand kann sie uns je wieder streitig machen.«

»Es ist auch die rechtmäßige Werkstatt unserer Liebe«, setzte er hinzu. »Du wirst die Chronik schreiben und damit in die Weltgeschichte der Bücher eingehen.«

»Und du wirst deine Forschungen betreiben.«

»Wovon werden wir leben?«

»Bis deine und meine Bücher gedruckt und verkauft sind, können wir einige von den Ländereien verkaufen, wir brauchen sie sowieso nicht mehr. Ich hoffe, dass mein Onkel schon verhaftet worden ist, dann gilt es, die Besitzverhältnisse in Peterszell zu klären. Als überführter Mörder hat er keinen Anspruch darauf. Ich möchte auch meinen Bruder kommen lassen und ihm eine anständige Ausbildung gewähren, sobald er mit der Lateinschule fertig ist.«

»Das hatte ich schon erwähnt. Wo befindet sich die Chronik deines Vaters eigentlich?«, fragte Markus.

Teresa ging zu einem der Regale und zog ein ledergebundenes Buch heraus. Sie blies den Staub von seinem Rücken, legte es auf das Stehpult ihres Vaters und schlug es auf.

Chronik der Familie von Wildenberg stand in zierlichen Lettern auf der ersten Seite. *Aufgezeichnet von Froben von Wildenberg und seiner Tochter Teresa in den Jahren 1543–1546 zur Kunde für die Nachfahren und die Menschen der Welt.*

»Vollendet von Teresa von Wildenberg in den Jahren 1547 und 1548«, ergänzte Markus.

»Woher willst du denn wissen, wie lange ich brauche?«, fragte sie mit gespielter Empörung. »Außerdem kommt noch der Zusatz hinein: ›Und ihrem Gatten Markus Schenk aus Agenbach‹.«

»Wann wird die Hochzeit sein?«, fragte er.

»Sobald alles geordnet ist, Anfang des Sommers.«

»So, wollen die Herrschaften ein großes Fest ausrichten, ja?«, schnarrte eine Stimme vom Eingang her. Die beiden fuhren herum.

Da stand der Diener Caspar, wie früher gekleidet in sein schwarzes Wams und die graugestreiften Halbhosen.

»Einen schönen guten Tag, meine Lieben«, sagte er. »Was darf ich den Herrschaften anbieten?«

Teresa gingen blitzschnell die alten Bilder durch den Kopf, wie Caspar mit einer silbernen Kasserolle hereinkam, sie mit einer angedeuteten Verbeugung auf den Tisch stellte und den Deckel hob.

Der zweite Diener mit Namen Heinrich, klein, dicklich, mit der näselnden Stimme und dem verschlagenen Blick.

»Wo ist Heinrich?«, entfuhr es Teresa. »Und wo ist mein Onkel?« Als hätten sie darauf gewartet, traten der Diener Heinrich und Werner von Wildenberg ein. Werner sah aus, als hätte er tagelang im Wald übernachtet.

»Was starrst du so?«, herrschte er Teresa an. »Ich bin gekommen, um mir meinen rechtmäßigen Anteil zu holen.«

»Das ist nicht dein rechtmäßiger Anteil«, fauchte Teresa, der die Wut das Blut in den Kopf getrieben hatte. »Du wirst für das, was du getan hast, lebenslang in den Kerker wandern – falls nichts Schlimmeres mit dir passiert.«

»Das werde ich keinesfalls, denn es gibt keine Zeugen. Deine Mutter schweigt seit langem in ihrem Grab, und meine treuen Diener sind mir viel zu ergeben, als dass sie auch nur ein Sterbenswörtchen verraten würden.«

»Wir beide sind Zeugen«, sagte Teresa mit fester Stimme. »Wir können beweisen, was sich damals zugetragen hat. Und auch alles andere: dass deine Diener das Auffinden des Pergaments hier in der Bibliothek beobachteten, meinen Vater niederschlugen, der sie beim Diebstahl des Pergamentes überraschte, und dann auch noch Wilhelm, den Torwächter, töteten, weil er sich ihnen in den Weg stellte. Sie waren Angehörige dieser Gruppe von Assassinen und Templern wie auch du und der Abt von Agenbach. Nur eine Frage: Wo befandest du dich damals?«

»Wir hatten ein Treffen anberaumt in einem Keller in Krähenstetten«, antwortete Werner. »Dorthin kamen auch Caspar und Heinrich mit dem Dokument. Dadurch wussten wir, was ihr versuchen würdet zu tun.«

»Und sie haben uns bis Montserrat als die beiden Reiter verfolgt?«

»Na ja, nicht ganz«, meinte er. »Es war ja bequem für sie, sie brauchten euch nur zu folgen und dabei zusehen, wie ihr das Geheimnis Stück für Stück gelöst habt.«

»Und du hast ihnen den Befehl gegeben, meinen Vater zu töten. Warum nicht auch Markus?«

»Den brauchtest du als Schutz in den fremden Ländern. Wenn du überfallen, ausgeraubt, vergewaltigt oder sogar ermordet worden wärest, hättest du uns nicht mehr dienen können.«

»Diese Gruppe war und ist also überall«, stellte Teresa fest. »Ihr habt sogar den Kaufmann auf dem Schiff nach Jerusalem bestochen. Oder er war einer von euch.«

»Warum hast du geglaubt, dich dem Schicksal entgegenstellen zu können? Ich bin der letzte männliche Nachkomme der Wildenbergs. Mein Sohn wird einmal über alles herrschen!«

Es gibt noch jemanden, der alles weiß, dachte Teresa, doch sie sprach es nicht aus, um Matthias nicht in Gefahr zu bringen.

»Die letzten Zeugen der Geschehnisse werden heute noch ausgelöscht«, sagte Werner von Wildenberg. »Doch bevor ich euch den Trank überreiche, der deiner Mutter schon einen gnädigen Tod beschert hat, möchte ich noch eines wissen: Wohin hat man die Menora gebracht, nachdem sie im Kloster Agenbach gefunden wurde?«

»Das wissen wir selbst nicht«, meldete sich Markus, der bisher geschwiegen hatte, zu Wort.

»Ach nein, das ist aber merkwürdig.« In Werners Gesicht trat ein düsterer Ausdruck. »Erst jagt ihr durch die ganze Welt, um sie zu bekommen, und dann verschwindet sie plötzlich genauso schnell, wie sie zum Vorschein gekommen ist, und ihr gebt vor, nichts davon zu wissen? Ich glaube«, er warf seinen Dienern einen hinterhältigen Blick zu, »es gibt Mittel und Wege, um euch beide zum Reden zu bringen.«

»Das würde Euch nichts nützen«, gab Markus zurück. Er wirkte vollkommen ruhig, als sei er sich sicher, dass sie aus dieser verflixten Lage entkommen könnten. Hätten sie doch die Hakenschützen gleich mit sich genommen!

»Einerseits wissen wir wirklich nicht, wo sie hingebracht wurde. Kein Mensch auf der ganzen Welt wird es je wissen. Zweitens erwarten wir jederzeit unsere Hakenschützen. Ihr müsstet Euch also beeilen mit Eurem Vorhaben.«

Teresa war es fast schlecht vor Angst, doch sie zwang sich, ruhig zu bleiben.

»Es würde dir nichts nützen, auch, wenn du uns gleich tötest«, sagte sie. »Man würde uns finden, spätestens die Hakenschützen würden uns entdecken, und sie wüssten sofort, wer das getan hat.«

»Hast du vergessen, wie deine Mutter gestorben ist?«, fragte Werner mit einem kalten Ausdruck in den Augen.

»Die Cholera ist in dieser Gegend schon lange nicht mehr aufgetreten«, sagte Teresa.

»Außerdem würden wir den Becher nicht trinken«, setzte Markus dazu. »Ihr müsstet uns in Stücke hauen und verschwinden lassen. Als rechtmäßige Besitzer der Burg und der Ländereien könnt Ihr nie mehr auftreten.«

»Die Menschen vergessen vieles, und zwar recht schnell.« Der Wildenberger grinste hämisch. Er gab den Dienern einen Wink. Caspar zog sich zurück, derweil die beiden anderen Teresa und Markus mit ihren Dolchen in Schach hielten. Caspar tauchte wieder auf, eine Kanne aus geschliffenem Glas und zwei Becher auf einem Tablett balancierend. Er stellte es auf den Tisch und goss eine Flüssigkeit in die Becher, die wie roter Wein aussah. Das verhängnisvolle Getränk funkelte im Licht der Kerzen. Werner trat an den Tisch, nahm die Becher in die Hand und reichte einen davon Teresa.

»Trink!«, sagte er.

»Ich weigere mich.«

»Ich ebenfalls«, sagte Markus. »Ihr könnt uns nicht zwingen, dass Gift zu schlucken.«

»Caspar und Heinrich, waltet eures Amtes.«

Die beiden Diener zückten ihre Schwerter und traten vor.

»Was willst du mit unseren Leichen machen?« Teresa schlotterten die Knie, aber sie versuchte, sich nichts anmerken zu lassen.

»Die lasse ich in den Brunnen werfen. Dort wird keiner nachschauen.«

»Aber die Leute werden Fragen stellen. Was willst du ihnen sagen – den Bewohnern von Krähenstetten, den Mönchen des Klosters, den Hakenschützen?«

»Denen werde ich sagen, dass du mit deinem Liebchen auf dem Weg nach Santiago bist, das ihr ja auf eurer letzten Reise nicht erreicht hattet.«

Auf Markus' Gesicht zeigte sich der Anflug eines Lächelns.

»Der Brunnen wäre damit vergiftet. Ihr könntet ihn nie mehr benutzen.«

»Dann wird eben ein neuer gebohrt. Ihr werdet mich nicht von meinem Plan abhalten. Und die Menora finde ich auch, darauf könnt ihr euch verlassen!«

»Es gibt noch andere Zeugen«, kam es Teresa von den Lippen. Gleich darauf hätte sie am liebsten die Hand vor den Mund geschlagen.

»Das lügst du, um deine Haut zu retten«, sagte ihr Onkel. Sein Gesicht war dunkelrot angelaufen. »Ihr beide seid die einzigen Zeugen. Und jetzt trinkt, beide, aber schnell!«

»Ein Brief an den Gelehrten in Montserrat ist unterwegs«, sagte Teresa, und sie wunderte sich, mit welcher Gelassenheit sie diese Unwahrheit aussprechen konnte. »Darin ist alles enthüllt. Ich habe ihn gestern aufgesetzt und einem Boten gegeben.«

»Ich lasse mich jetzt nicht länger zum Narren halten! Trink!«

»Einen Dreck werde ich tun«, rief Teresa.

In diesem Augenblick schlug sie ihm beide Becher aus der Hand, nahm den Leuchter mit den brennenden Kerzen und schleuderte ihn gegen ihren Onkel. Seine Kleidung fing sofort Feuer. Einige Momente lang starrten Caspar und Heinrich auf das Geschehen, ohne sich zu rühren. Dann drangen sie mit ihren Schwertern zu ihnen vor. Werner schlug um sich, um die Flammen zu ersticken, wälzte sich schließlich auf dem Boden. Markus kippte mit einer blitzschnellen Bewegung den Tisch um, so dass die beiden Diener stürzten und sich mit Werner auf dem Boden wiederfanden. Bevor sie sich aufrappeln konnten, rannten Teresa und Markus zur Tür, rissen sie auf und stürmten den Gang entlang.

»Nicht hier, in meiner Kemenate wären wir gefangen«, raunte sie Markus zu. »Geradeaus in den Rittersaal!«

Hinter ihnen wurden polternde Schritte laut. Sie rannten um ihr Leben. Die Tür des Rittersaales schlug krachend hinter ihnen zu. Markus schob keuchend den schweren eisernen Riegel vor. Die Fäuste der Diener hämmerten dagegen.

»Weiter!«, rief Markus. Sie durchquerten in höchster Eile den Rittersaal. Zerbrochene Wein- und Bierkrüge knirschten unter ihren Füßen. Endlich gelangten sie ins Freie. Ein Geräusch berstenden Holzes ertönte aus dem Inneren des Hauses. Teresa hielt einen Moment inne und schaute zurück. Aus den Fenstern der Bibliothek drang beißender Rauch. Die Bücher, dachte sie verzweifelt, sie werden alle verbrennen, auch die Chronik meines Vaters! Aber sie konnten nicht mehr zurück. Die beiden liefen über den Hof, holten ihre Pferde aus dem Stall und führten sie, so schnell es ging, die Treppen zur Vorburg hinauf. Die Schritte der Verfolger waren jetzt im Hof zu hören. Durch das letzte Tor, über die Zugbrücke, dann waren sie draußen. Sie saßen auf und ritten im schnellsten Galopp davon, über den Berg auf die Wälder zu.

Caspar und Heinrich verfolgten sie, ebenfalls auf Pferden. Ein Blick zurück zeigte Teresa einen roten Widerschein über der Burg. Mein Gott – wenn nun alles verbrannte? Das war die Strafe für das, was sie getan hatte. Sie erreichten den Wald und folgten in der Dämmerung einem Weg, der sich durch das Dickicht wand. Beim Erreichen einer Baumgruppe hielt Markus sein Pferd an und gab Teresa einen Wink, zu den Bäumen zu reiten. Hinter ihnen waren Hufgetrappel und das Schnauben von Pferden zu vernehmen. Mit klopfendem Herzen stand sie hinter einer der Eichen, eng an ihr Pferd gepresst. Die Wärme des Tieres drang in sie ein. Dicht neben ihr standen Markus und sein Pferd. Die Rinde des Baumes war von Rissen durchfurcht, und Teresa spürte, wie ein Insekt, ein Käfer vielleicht, an ihrem Bein entlangkrabbelte. Sie unterdrückte den Wunsch, ihn abzustreifen, weil jede Bewegung sie hätte verraten können.

Das Hufgetrappel kam näher. In wildem Galopp preschten zwei Gestalten an ihnen vorüber. Ihre Mäntel wehten hinter ihnen her. Als das Getrappel verklungen war, schwang sich Teresa auf den ungesattelten Rücken ihres Tieres.

»Ich muss zurück zur Bibliothek«, sagte sie entschlossen. »Um zu retten, was noch zu retten ist. Mein Vater würde es mir niemals verzeihen, wenn ich zulasse, dass alles verbrennt!«

»Es wäre besser, du würdest es zulassen«, meinte Markus. »Aber du setzt sowieso deinen Kopf durch, ich kenne dich.«

Die Nacht war schon fortgeschritten. Ein Feuerschein erhellte die Wiesen am Berg, an dessen Rand Burg Wildenberg stand. Teresa trieb ihr Pferd zu höchster Schnelligkeit an. Eine Rauchsäule stieg aus dem Palas in die Höhe. Sie sprengte über die Zugbrücke zur Vorburg, stieg ab und sah Leute aus dem Dorf am Brunnen, die mit Eimern Wasser schöpften. In einer Kette brachten sie es in den Palas hinein. Teresa war wie von Sinnen. Warum war sie geflohen, warum hatte sie den Leuchter auf ihren Onkel geworfen und damit den Brand verursacht? Aber es stimmte ja nicht. Als sie um ihr Leben rannten, hatten nur die Kleider Werner von Wildenbergs in Flammen gestanden. Es musste ein Leichtes für ihn gewesen sein, sie zu löschen. Sicherlich hatte er absichtlich Feuer gelegt, um die Bibliothek zu zerstören.

»Wo ist Werner von Wildenberg?«, fragte sie eine Frau, die dicht bei ihr stand und den Eimer weiterreichte.

»Ich weiß nicht, ob er es war«, antwortete die Frau. »Aber als wir ankamen, lief eine Gestalt über die Zugbrücke. Das Wams und die Jacke sahen arg verbrannt aus.«

Teresa ergriff sie am Arm: »Wohin ist er gegangen? Sagt es, schnell.«

»Er ist da oben hinüber.« Sie wies nach Norden, dort, wo der Weg steil hinabging ins Tal und auf der anderen Seite zum Felsen wieder hinauf. Was sollte sie tun? Den Onkel verfolgen? Nein, sie musste sehen, ob hier noch etwas zu retten war.

Gefolgt von Markus, der inzwischen ebenfalls eingetroffen war, lief sie zur Tür des Palas, aus der stark beißender Rauch drang. Im Innern war es unerträglich heiß. Der Qualm füllte Teresas Lungen, so dass sie husten musste. Markus war an ihrer Seite. Der Rittersaal war voller Rauch, aber die Flammen hatten noch nicht auf ihn übergegriffen. Durch den Gang kamen ihnen so heiße Schwaden entgegen, dass ein Durchkommen unmöglich war. Markus verschwand in der Küche und kehrte mit zwei Tüchern zurück, die er in Wasser getränkt hatte. Teresa presste das Tuch vor den Mund und rannte, so schnell sie konnte, durch den Gang hindurch, immer gefolgt von Markus. In der Bibliothek lagen verkohlte Binsen auf dem Boden, die Bücherwände standen in hellen Flammen. Teresa hustete so sehr, dass sie fürchtete, die Besinnung zu verlieren. Es schien ihr, als würden alle Härchen an ihrem Körper verbrennen. So musste es den Frauen und Männern auf den Scheiterhaufen ergangen sein. Die Chronik, wo hatte sie nur die Chronik hingelegt? Jetzt fiel es ihr wieder ein. Sie musste auf dem Schreibpult ihres Vaters liegen. Mühsam kämpfte sie sich durch Hitze und Rauch hindurch. Auf dem Schreibpult, das noch unversehrt dastand, war nichts zu sehen. Hatte Werner ... nachdem er ihr alles zerstört hatte, musste er ihr auch noch das Letzte nehmen! Sie schwankte und wäre beinahe zu Boden gefallen. Markus hielt sie fest.

»Er hat sie mitgenommen«, stieß sie unter Tränen hervor.

»Ist doch besser, als wenn sie verbrannt wäre. Komm!« Er zog sie ein Stück mit sich. Nahe am Fenster stand ein Regal, dessen Bücher noch unversehrt waren. Teresa konnte sich keine Zeit nehmen, die Titel zu lesen. Sie ergriff einige von ihnen und stolperte durch den Raum zur Tür. Krachend fiel ein anderes Regal in sich zusammen.

»Es wird höchste Zeit – wir müssen raus!«, rief Markus.

Teresa kam erst wieder zu sich, als sie schwer Atem holend neben dem Brunnen saß. Eine der Frauen reichte ihr einen Becher mit Wasser. Neben ihr waren etwa zwei Dutzend Bücher aufgehäuft. Teresa war zu erschöpft, um zu schauen, welche Werke sie gerettet hatten.

»Es sind Bücher von Dante, Erasmus, Luther und Melanchthon«, raunte Markus ihr zu.

»Und die *Canzionere* von Petrarca?« Sie erkannte ihre eigene Stimme nicht wieder, es war nur ein Röcheln.

»Ja, auch die.«

Die Leute aus dem Dorf stellten ihre Tätigkeit ein, da sie sahen, dass sie nichts mehr ausrichten konnten. Die Frau, die ihr den Becher gereicht hatte, erzählte: »Als die Herrschaften im Palas verschwunden waren, kamen zwei Reiter. Da oben auf der Vorburg haben sie gestanden. Richtig unheimlich ist mir geworden. Sie waren in schwarze Mäntel gehüllt, schauten zu uns herunter und verschwanden dann wieder.«

»Wir müssen sie einholen«, sagte Teresa und stand auf. Sie lief mit Markus, der mit keinem Wort widersprochen hatte, die Treppe hinauf. Den Weg würden sie zu Fuß gehen, er war für die Pferde zu steil. Mehr rutschend als gehend kamen sie den Weg hinunter, der durch das Feuer einigermaßen beleuchtet war. Sie mussten Werner von Wildenberg erwischen, nicht nur wegen der Verbrechen, die er verübt hatte, sondern vor allem auch wegen der Chronik. Teresa kannte den Weg seit ihrer Kindheit und ging wie im Traum. Sie waren am Boden des Tales, der Weg führte aufwärts. Schwer atmend kamen sie oben an. Er musste nach vorn zum Felsen gegangen sein, dort, wo sich die Bäume am Abgrund festkrallten. Es führte kein Weg weiter, also hätten sie ihn sehen müssen, wenn er umgekehrt wäre. Im Gebüsch raschelte es. Teresa fuhr zusammen.

»Es ist nur ein Tier«, beruhigte sie Markus.

Sie erreichten das freie Plateau. Am Rand des Steilabfalls saß ein Schatten. Ein durchdringender Geruch nach verbrannten Kleidern und Haaren ging von ihm aus. Teresas Knie wurden weich. Wollte ihr Onkel sich hinunterstürzen? Warum hatte er es nicht schon längst getan? Sie kamen näher. Der Schatten erhob sich, und Werner von Wildenbergs Stimme sagte: »Habt ihr mich also gefunden. Und jetzt kommt ihr, um die Chronik zu holen und mich zur Hölle zu schicken. Dorthin kann ich aber auch alleine gehen.« Er machte einen Schritt auf den Abgrund zu, strauchelte. Markus sprang vor und hielt ihn am Arm fest. Die beiden begannen miteinander zu ringen. Teresa stand verzweifelt daneben und presste ihre Hände gegeneinander. Es dauerte ewig, ging hin und her, Teresa wusste nicht, wer von beiden in den Abgrund stürzte oder ob beide den Tod finden würden. Sie machte einen Schritt auf die Männer zu, die sich ineinander verhakt hatten Teresa hörte ein dumpfes Geräusch. Markus ging zu Boden.

»In der Hölle sehen wir uns wieder«, schrie Werner von Wildenberg mit sich überschlagender Stimme und sprang ins Nichts.

Einen Augenblick lang konnte Teresa sich nicht bewegen, alles war aus ihrem Kopf fortgewischt. Dann aber kehrte das Leben mit einem heißen Strom in sie zurück. Sie lief zu Markus, der sich stöhnend den Kopf hielt, und half ihm auf die Beine.

»Die Chronik ist für immer dahin«, sagte sie.

»Um deinen Onkel tut es dir nicht leid?«

»Nein, dir etwa?«

»Bestimmt nicht. Er hat sich sein eigenes Grab geschaufelt. Jetzt lass uns zurückgehen, es ist noch nicht alles vorbei.«

»Ich werde nicht versuchen, die Chronik zu finden«, sagte sie. »In der Schlucht liegt sie nun begraben in alle Ewigkeit.«

»Du schreibst ja deine eigene Chronik«, erwiderte er, »und nicht die deines Vaters.«

Teresa nahm diese Worte in sich auf. Sie eilten den Weg zurück, den sie gekommen waren. Von oben, vom Vorplatz der Burg her, ertönte ein Kanonenschuss. Was hatte das wieder zu bedeuten?

»Das sind unsere Hakenschützen«, rief Markus und zog sie weiter den Berg hinauf. Über den Wäldern zeigte sich ein rötlicher Schein. Es war nicht das Feuer, sondern das Morgenlicht. Auf der taufeuchten Wiese standen Hugo und seine Männer. Die Kanone gab noch ein Rauchkräuseln von sich. Alles Schlimme und Bedrückende fiel von Teresa ab, so zerschunden sie sich auch fühlte. Mitten in der Gruppe der Männer stand ihr Bruder Matthias und lächelte ihr zu. Sie schloss ihn in die Arme.

»Ich hatte böse Vorahnungen«, sagte er. »Deshalb habe ich eure Hakenschützen ermuntert, früher loszureiten. Aber wie ich sehe, ist hier schon alles vorbei.«

Hugo, der Anführer, kam auf sie zu.

»Die Leute haben uns gesagt, dass ihr die Verfolgung des Werner von Wildenberg aufgenommen hättet. Was ist mit ihm?«

»Er hat sich selbst den Tod gegeben«, sagte Markus.

»Und wir haben derweil die beiden Reiter verfolgt«, meinte Hugo. »Sie hatten sich in einer Höhle versteckt, und als wir sie aufforderten, sich zu ergeben, haben sie sich erdolcht.«

Die Sonne stieg über den Horizont und übergoss die Wälder und Wiesen mit ihrem Licht. Die Vögel begannen zu zwitschern. Teresa schaute auf die Burg, die äußerlich nur wenig geschwärzt war von dem Brand, doch innen mochte es furchtbar aussehen.

»Wir werden alles wieder aufbauen«, tröstete Markus sie. »Den Grundstock zu einer neuen Bibliothek haben wir ja schon gelegt.«

Tränen traten Teresa in die Augen.

»Wir werden es für uns herrichten, für uns, Matthias und für Euch und Eure Männer, Hugo«, sagte sie und blinzelte. »Und dazu möchte ich einen Garten anlegen, mit Buchsbäumen, Oleander und vielen Blumen. Und einem Brunnen in der Mitte, aus dem Quellen entspringen.«

Vom Wald her kam ein Reiter in schnellem Galopp. Als er die Gruppe erreichte, grüßte er, stieg ab und übergab Teresa einen Brief. Sie erbrach das Siegel. Ein Leuchten ging über ihr Gesicht, nachdem sie ihn gelesen hatte.

»Er ist von Gabriel de Montaña«, sagte sie. »Er schreibt, dass er wohlauf sei und dass er von David Saloman von unserer Reise durch das Heilige Land erfahren hätte. Er hofft, dass die Menora in

Sicherheit ist. Und dass wir ihn auf unserer nächsten Wallfahrt nach Santiago de Compostela besuchen.«

Teresa schaute nach Süden, dort wo das Tal der Donau in die Ebenen überging und wo das Leben selbst sich immer wieder von neuem verborgen hielt.

Nachwort

Die Idee zu diesem Roman kam mir nach der Lektüre von Teilen der »Zimmerschen Chronik«. Froben Christoph von Zimmern verfasste sie Mitte des 16. Jahrhunderts, u. a. auf der Burg Wildenstein im Donautal. Es war die Rede von einem Kandelaber, den einer von seinen Vorfahren, zwei Brüdern, von denen einer starb, aus dem 1. Kreuzzug in das Kloster Alpirsbach im Schwarzwald gebracht habe. Seitdem sei dieser Kandelaber verschwunden.

Daraus und aus dem Umfeld mit seinen Personen entspann sich dieser Roman. Namen und Orte wurden teilweise von mir verändert. Wundertätige Reliquien haben Menschen schon immer fasziniert und sie dazu getrieben, in deren Besitz zu gelangen, damals wie heute.

Es ist möglich, dass die Tempelritter teilweise gegen die Assassinen kämpften, teilweise sich mit ihnen verbündeten. Eine spätere Verbindung zwischen ihnen, auch einen Zusammenhang mit den Katharern, habe ich erfunden. Die geschichtlichen Hintergründe sind recherchiert. Der »Alte vom Berge« hat wahrhaftig auf der Burg Alamut gelebt, auch die anderen Burgen gab und gibt es wirklich. Über den sagenhaften Garten Eden hatte Marco Polo nach der Rückkehr von seiner Reise auf der Seidenstraße berichtet. Die Handlung, die Figuren und Orte sind also fiktiv mit »historischem Vorbild«, der Zeit um 1546 nachempfunden. Burg Wildenstein, das Kloster Alpirsbach und die meisten der Landschaften, in der sich das Geschehen abspielt, kenne ich aus eigener Anschauung.

An erster Stelle möchte ich meinem langjährigen literarischen Begleiter, dem Übersetzer Andreas Helweg, dafür danken, dass sich dank seiner engagierten Analysen das Wesentliche aus meinen Texten herausschälte. Er hat mich darauf gebracht, dem historischen Roman in meinem schreiberischen Schaffen den Vorzug zu geben. Peter Stubenvoll danke ich für seine Begleitung bei Recherchen, Karl Kloiböck für seine unermüdlichen Leseranmerkungen. Und schließlich, nicht zuletzt, sei meinem Agenten Dirk Meynecke und meinem Lektor Reinhard Rohn für ihr Engagement gedankt, aus dem ich – besonders, was das Lektorat betraf – sehr viel lernen konnte.

Christa Schmid-Lotz

Christa S. Lotz
Die Nonne und die Hure
Roman
395 Seiten
ISBN 978-3-7466-2464-8

Geheimnisvolles Venedig

Die Lagunenstadt im Jahr 1560. Nachdem ihre Eltern bei einem Schiffsunglück ums Leben gekommen sind, muss die lebenshungrige Celina in einem Kloster Zuflucht suchen. Doch hinter den Mauern gehen merkwürdige Dinge vor. Rauschende Feste werden gefeiert, Nonnen verschwinden spurlos. Mit der Hilfe eines jungen Deutschen gelingt es ihr zu fliehen. Dann taucht ein Mann mit einer Totenmaske auf, und ein erster Mordanschlag auf sie scheitert knapp.

Eine spannende Liebesgeschichte vor der malerischen Kulisse Venedigs.

Mehr Informationen erhalten Sie unter
www.aufbau-verlag.de oder in Ihrer Buchhandlung

aufbau taschenbuch

GABRIELA
GALVANI
DIE SEIDENHÄNDLERIN
HISTORISCHER ROMAN